La gallera

RAMÓN PALOMAR

La gallera

Grijalbo

Papel certificado por el Forest Stewardship Council®

MIXTO
Papel procedente de
fuentes responsables
FSC® C117695
FSC
www.fsc.org

Primera edición: octubre de 2019

© 2019, Ramón Palomar Chalver
© 2019, Penguin Random House Grupo Editorial, S. A. U.
Travessera de Gràcia, 47-49. 08021 Barcelona

Printed in Spain – Impreso en España

ISBN: 978-84-253-5781-7
Depósito legal: B-17.485-2019

Compuesto en La Nueva Edimac, S. L.

Impreso en Black Print CPI Ibérica
Sant Andreu de la Barca (Barcelona)

GR57817

Penguin
Random House
Grupo Editorial

Para Alejandro y Pablo

Comprender y no juzgar.

GEORGE SIMENON

Escribir es un oficio sanguinario.

JOSEP PLA

Maté a un hombre en Reno sólo para verle morir.

JOHNNY CASH

Basilio Galipienso, traje impecable de lino blanco cortado a medida, atraviesa junto a su amada Esmeralda Sarasola, infinitas pestañas postizas y rojo pasión realzando sus carnosos labios, los amplios jardines en plena efervescencia de trópico cimarrón que circunvalan sus dominios neocoloniales de Puerto Rico.

Se detienen bajo una pérgola frondosa de hiedra. Se miran a los ojos como dos quinceañeros.

Se besan.

Basilio le masajea el trasero y Esmeralda le devuelve la caricia manoseando su entrepierna.

Basilio y Esmeralda están tan enamorados como el primer día y la calentura entre diabólica y húmeda les relampaguea justo en la crisma.

No hay testigos.

Basilio, con sólo una mano, desabrocha los botones de la blusa de Esmeralda acusando espléndido entrenamiento.

Entonces suena en el aire un cocoricó profundo. Es su nuevo gallo triunfador, campeonísimo.

La sincronización con su gladiador emplumado resulta tan extraordinaria que el bicho ha detectado el subidón sexual de su entrenador. Seguro.

Basilio y Esmeralda sonríen y sus mejillas adquieren tonalidad rosácea. El pudor les embarga y separan sus cuerpos derrotados. Basilio y Esmeralda contemplan extasiados sus posesiones.

Son ricos.

Se les envidia.

Se les respeta.

Pero no siempre fue así y ambos entienden que escaparon del mundanal infierno.

A veces, tras la cena, cuando los lacayos y las doncellas desaparecen, empinan el codo y recuerdan aquellos tiempos broncos de venganzas, amistades, traiciones y sangre.

Durante esas noches húmedas, su nuevo gallo campeón emite hondos cocoricós de victorias recientes y a Basilio se le escapa alguna lágrima furtiva en memoria de aquellos amigos caídos.

Venganzas, amistades, traiciones…

Y sangre.

Qué tiempos…

PRIMER ASALTO
Año 2000

1

Sólo vio la foto durante una milésima de segundo con el rabillo del ojo, pero intentó borrar de su mente las caras allí amortajadas en un clásico marco de plata sin duda regalado por la esposa de ese consumado vendedor de coches.

No deseaba grabar ninguna huella familiar entre los pliegues de su cerebro de sicario a punto de doctorarse.

Borrar.

Se esforzó en diluir cualquier rastro, pero sabía que recordaría durante mucho tiempo aquellos rostros. Mieeerda.

El jefe del concesionario, sublime mercachifle de lengua hiperactiva, continuaba con su cháchara, narrando sin cesar las bondades de un Nissan Patrol que Gustavo Montesinos Yáñez, alias Gus, fingía comprar con un punto de desdén.

¿Y por qué aquel cabrón de vendedor lavacoches y comecabezas plantificaba la foto frente a la butaca donde se sentaban los clientes? La rastrera artimaña insultaba incluso la inteligencia menos frondosa: para ablandar la voluntad de los posibles compradores. Una familia feliz representaba honradez, corrección, mansedumbre, seriedad, medianía, normalidad, un nicho vulgar en la sociedad y en su carrusel de servidumbres y modales encorsetados, domesticados, aburridos.

Una fotofeliz familiar decía: «Mírame, soy como tú, tengo una mujer tan fea o más que la tuya y unos niños al menos tan repugnantes y burros como los tuyos».

Una fotofeliz de cutrefamilia te susurraba ladina: «Mírame, tengo que alimentarlos y pagar el colegio y los zapatos y los abriguitos y las medicinas para la tos y la bollería de la merienda y todo lo demás».

Una fotofeliz apastelada gracias a esa cortina azul clara de fondo te indicaba: «Mírame, mírame, mírame… y cómprame el coche porque tengo que cumplir con los objetivos este mes, no me hundas, compadre, por favor. Compra, compra, compra. Por caridad o por cojones. Pero compra».

Gus desvió su mirada hacia el rótulo de metacrilato donde se exponía el nombre del vendedor. Sergio Esquemas, se llamaba.

Aunque conocía su nombre y sus costumbres desde que le habían contratado para el encargo, todavía le asombraba que alguien se llamase así de verdad.

«Esquemas.»

No te jode.

Y no parecía mal tipo, el tal Esquemas, con su rollo continuo sobre coches y esa carita ambigua, entre la bondad y el desfalco.

Pero Gus sabía que aquel tipo no podía ser un ángel, pues en ese caso no le habrían contratado.

El vendedor escondía sus poderosas entradas ayudándose por un flequillo ridículo que le caía sobre la frente como una cortina despeluchada. Rondaba los cuarenta y con su residual verborrea mostraba enorme capacidad para camelar al prójimo y encalomarle su niquelada ferralla rodante.

Mientras gastaba saliva, Gus no pudo evitar recordar los caretos de su familia.

Mierda. No había logrado evaporar aquellos contornos.

Una niña de seis o siete años con unas gafas que revelaban unas dioptrías de topo, un crío algo más mayor de mejillas sonrosadas y aire bobalicón que vestía el uniforme del Celta de Vigo, y una esposa gastando melena ochentera, acaracolada y horripilante, formaban esa santísima tríada de aplastante vulgaridad.

El vendedor Sergio Esquemas tiró de intimidad doméstica para ablandar a aquel cliente lacónico.

—Roxana, la pequeña se llama Roxana… Sí, la de las gafas, pobrecilla…

—¿Cómo dice? —preguntó Gus sin entender.

—Roxana, así la bautizamos, sí, suena raro, ya lo sé, pero así consta en el registro… Al cura no le sentó nada bien, pero al final tragó; a ver, ¿qué iba a hacer? Estamos en los noventa, ¿no? Nada, mi parienta, que se empeñó en ese nombre para la niña… Es que mi mujer es una apasionada de Alejandro Magno, ¿sabe usted? No sé de dónde le viene ese empeño… Pero se lo sabe todo… De lo demás ya puede usted preguntarle que ni idea tiene… Pero de Alejandro, ah, en ese tema ganaría un concurso… No sé de dónde le viene esa fijación, pero, bueno, si ella disfruta pues yo callado… Roxana era la mujer de Alejandro… Y yo le dije: «Pero, mujer, que nuestra niña no tiene ni idea ni de leches históricas ni de Alejandro ni de nada, y además es gallega, de las que habla con acento galleguiño y se mete empanadilla por la vena siempre que puede… Pero nada, no hubo forma. Cuando la parienta se encabrona… Bueno, ya sabe usted cómo son las mujeres… ¿verdad?».

A Gus le desagradaba la gente que usaba el término «parienta» para denominar a su esposa.

Qué zafio.

Decidió cortar, ya era casi la hora del cierre del concesionario y empezaba a dolerle la cabeza tanta leche de cigüeñal, pistón, cilindrada, bujías y la madre que los parió.

Gus se levantó de su butaca con la agilidad de los tipos nervudos. Era alto y magro. Sus ojos negros se hundían en un semblante alargado y huesudo. Lucía esa faz suya un extraño brillo artificial, fruto de una multitud de microsurcos que nacían de unas imperceptibles cicatrices reparadas por un paciente bisturí. Su pelo era corto, afilado y grueso, de color tirando a castaño. Gastaba manos finas y dedos fuertes como crótalos recién nacidos.

—Si le parece, lo probamos dando una vuelta y luego venimos y me prepara los papeles… —susurró Gus con acento comprador sí o sí.

La mirada del vendedor chisporroteó de placer. Su flequillo se agitó rebelde y culebroso. Sus entradas brillaron. Sus pupilas relampaguearon ante la perspectiva del negocio cerrado y casi emitieron un musical clin-clin de caja registradora.

Gus y el vendedor alcanzaron una puerta que desembocaba en

la nave donde hibernaban los coches destilando perfume de cuero virgen.

El vendedor agarró las llaves del Nissan de un panel. Se las tendió a Gus sonriente y éste las rechazó.

—Prefiero que conduzca usted y así me va contando…

—Perfecto. De acuerdo, usted manda, no se preocupe, conozco estos contornos como el culo de mi parienta, si tiene algún capricho me lo dice y ya está… Pero le aseguro que este pedazo de máquina podría ir sola, sí, ¿ya le he dicho que el motor…?

Gus ignoraba qué habría hecho ese tipejo, pero le empezaba a alegrar el encargo recibido porque su inagotable palique le exasperaba.

«Parienta.»

De nuevo había pronunciado «parienta».

Se merecía lo que le tenía reservado. Jamás permitía que su trabajo cayese bajo el influjo de las emociones. Eso no era profesional. Pero comenzaba a experimentar cierto placer ante este encargo. Además, ya casi había extirpado de su cerebro las imágenes de su familia.

Sólo las gafas de la niña de nombre exótico, Roxana, modelo Telefunken, revoloteaban en su mente.

En cambio, del careto de tonto del haba del crío ni se acordaba. Mejor.

Gus sí controlaba la comarca. Y había escogido el lugar exacto.

Llevaba dos días estudiando el terreno y los horarios del tráfico. También había examinado el deambular de los paisanos. Conocía las carreteras comarcales y los caminos que se deslizaban entre los montes poblados de aromáticos eucaliptos. Su memoria había registrado las bifurcaciones que se ramificaban desde la arteria principal.

Circularon por la carretera que bordeaba un mar bravo de irritados espumarajos. Cuatro kilómetros después, Gus susurró:

—Métase por ese camino, ya que estamos me gustaría comprobar la suspensión, si no le importa.

—Por supuesto —contestó el vendedor.

El coche recorrió una senda bacheada ideal para el trote lento tan de gabarra propio de las vacas lecheras. Gus observó que se acercaban al terreno que había escogido durante sus exploraciones preliminares.

—Arrímese cuando pueda y pare, nos fumamos unos pitillos y me alivia unas dudas que tengo…

El vendedor obedeció. Bajaron del coche.

El flequillo del tal Esquemas se encabritó por culpa de una repentina ráfaga de viento. Gus se fijó en sus cejas. Las tenía despobladas y esa escasez capilar le confería un no sé qué repulsivo.

Igual Sergio Esquemas se lo montaba de reina nocturna con cejas depiladas, ya me entiendes, hasta arriba de doble moral, y su encargo respondía a un asunto de bujarrones despechados.

Tampoco le importaba. Conocía bien la galaxia rosa y sabía, vaya que sí, cómo se las podían gastar en casos de venganza.

Él cumplía y punto. Él cobraba y punto. Nunca preguntaba ni investigaba los motivos. Ése no era su trabajo.

—¿Qué me dice? ¿A que este paisaje es bonito y a uno le dan ganas de…?

No finalizó la frase.

Gus le propinó un derechazo contra la mandíbula que lo tumbó sobre el arcén de hierbas silvestres. Sus dedos de crótalo se agitaron y vibraron para despejar el dolor del golpe.

El tal Esquemas se desplomó y una nube de polen y polvo se elevó provocando un efecto de cuento de hadas o de meigas cuando el cuerpo impactó contra los matojos.

Luego le pateó la barbilla, un golpe seco y contundente, para garantizar su siesta. Manó sangre de la boca del durmiente. Quizá el patadón le había cortado un pedazo de lengua o tal vez le había roto varios dientes. Era posible que todo a la vez.

Un puñetazo de esa categoría, junto con una patada de remate, devastaban.

Gus sabía golpear. Aunque era joven y sólo contaba veinticuatro años, la vida le había entrenado desde bien pronto.

El vendedor estaba fuera de combate. Gus comprobó muy tranquilo la soledad que les rodeaba. Nada. Nadie. Sólo susurros de hojas de eucaliptos mecidas por los vientos galaicos. Aspiró aire puro. Sintió infinita paz. Preparó la guerra.

Cogió rollo de cinta americana del bolsillo de su cazadora y le selló los labios. La sangre del durmiente le ensució las manos. Lo agarró por los pies y le arrastró. Cruzaron un prado y ese dúo de imposible escorzo y fusión contranatural se asemejaba a un fauno chepudo recortado contra el sol de poniente.

Sergio Esquemas, gordinflas y tronchón, pesaba unos noventa kilos. Gus bufaba mientras acarreaba aquel bulto fláccido. La cabeza de Esquemas rebotaba contra los accidentes del suelo.

Más allá de la pradera, protegidos de las curiosidades ajenas por un seto, lo encajó sentado contra un árbol y lo ató contra el tronco sin racanear cinta americana.

Le palmeó las mejillas varias veces.

El vendedor charlatán de las cejas calvas despertó. Ahora su flequillo caía de lado y mostraba unas entradas intensas, profundas, descoordinadas, asimétricas. Las puntas de ese flequillo rezumaban la electricidad del miedo. El vendedor Esquemas despertó por completo, aunque tardó varios segundos en comprender su situación. Entonces su mirada proyectó pavor.

Su vejiga se aflojó.

Se retorció avergonzado como un reptil al cual le han partido el espinazo sobre el asfalto. La mancha húmeda de sus pantalones prosperó.

La mano de Gus buceó en otro bolsillo para trincar varias bridas de plástico. Las anudó en alturas concretas, meditadas, de los brazos y las piernas del vendedor.

Luego sacó su arma despacio, un 38 especial Smith and Wesson camuflado hasta entonces en su espalda, y atornilló cariñoso un silenciador contra la boca del cañón.

Agarró el brazo izquierdo del vendedor y colocó el cañón contra su bíceps. Disparó. La carne desgarrada del brazo trepidó como un flan que se bambolea sobre el plato sujetado por un camarero novato. El vendedor expulsó un gemido prolongado que rebotó contra la cinta adhesiva que sellaba su boca antaño parlanchina. Gus miró en derredor.

Nada. Nadie.

Aspiró oxígeno purísimo. La paz de aquel entorno idílico le

embriagaba. Hojas de eucaliptos acariciándose entre ellas, sensuales y tóxicas.

Gus repitió la operación con el brazo derecho. Otro disparo limpio. Delicatessen sádica. Tormento de alta escuela. Tortura gourmet. El aroma segregado por los eucaliptos vencía, de momento, al olor a pólvora.

Gus aspiró aire de nuevo. Cada vez se encontraba mejor. Qué paz. Qué paisaje. Qué movida. Menudo encargo. La rehostia. La repolla.

Luego colocó el cañón contra la pierna izquierda del tal Esquemas justo encima de la rodilla. El pulpejo de su dedo índice sintió el gatillo.

Lo apretó. Sonó el bufido de otro disparo.

La pierna herida brincó como un muelle enloquecido hasta que, por fin, harta de malgastar energía, se relajó.

Reinició la operación con la pierna derecha y, tras unos estertores roncos y varios hilos de babas y filamentos de sangre semicoagulada pugnando por salir desde los bordes de la cinta americana que solidificaba sus labios, el vendedor se desmayó.

Mejor, así se moverá menos porque me falta el tiro final, pensó Gus en un arranque de mera practicidad.

La barbilla del vendedor Esquemas descansaba contra su cuello.

Gus agarró su flequillo con la mano siniestra para alzarle el rostro. Al vendedor le sudaban los pelos y ese tacto acuoso le chirrió. Qué grima. Qué asco. Qué movida. La rehostia en bote.

Con la diestra presionó una de las mejillas usando el cañón del arma como un implacable dedo metálico.

Debía acertar.

Las órdenes recibidas no admitían errores. Palpando meticuloso, trasladando hasta la punta del metal su sensibilidad táctil, logró ajustarlo entre el maxilar superior y el inferior. Sí, era justo ahí.

Precisión.

Necesitaba máxima precisión. Su futuro dependía de ello, lo intuía.

Se relajó. Exhaló el aire muuuy despacio. Y qué paz, coño. Y qué frescor de praderas límpidas hidratadas por el agua de la lluvia norteña. Recordó lo que le habían enseñado: «Cuando dispares, deja que el dedo sorprenda al gatillo. Máxima suavidad. Rollo clítoris, recuérdalo bien».

Gus disparó. El zumbido del plomo provocó un movimiento entre la maleza. Quizá una rata. La bala entró por una mejilla y salió limpiamente por la otra.

Perfecto. Máxima precisión. Sí.

Pegotes minúsculos de sangre mancharon su faz, la pechera de su camisa y su mano. Gus se permitió una leve sonrisa. Máxima precisión y máxima satisfacción. Le encantaba hacer bien su trabajo, cumplir con el delicado encargo sin fisuras. Sergio Esquemas no moriría, las bridas actuarían de torniquetes y no se desangraría. O eso esperaba porque en eso consistía el encargo. Y ese tipo aprendería la lección.

Necesitaría algunos arreglos, desde luego, y una dentadura postiza de alta tecnología si pretendía masticar carne en el futuro.

Pero viviría.

Se trataba de eso. Tenía que vivir. Más bien malvivir, para recordar el fallo que le había condenado a ese castigo. Gus permaneció un rato contemplando el fluir de la sangre. El aroma de la cordita doblegaba ahora al de las hojas de eucalipto, pero pronto todo recuperaría su curso natural y esas brumas artificiales de pura maldad desaparecerían.

Irrumpían caprichosos arroyos bermellones desde los brazos y las piernas del vendedor y, cuando la sangre de ambas extremidades empezó a mezclarse, decidió marcharse. Ya le encontraría algún rústico destripaterrones cuando pastorease sus vacas.

Se sentó frente al volante del Nissan mientras oscurecía. Arrancó y, sin prisas, se deslizó en dirección al puerto de Vigo, hacia una zona exenta de cámaras de seguridad. Abandonó allí el vehículo.

Su Ford Sierra Ghia yacía enfrente. Abrió el maletero. Agarró una toalla y una cantimplora. Se lavó. Se cambió la camisa. El espejo retrovisor le devolvió su faz. Todo correcto. Cinco minutos después la ciudad de Vigo quedaba a su espalda y no se detendría hasta llegar a la costa este.

Le ingresarían la pasta que le faltaba por ese encargo, la mitad de lo acordado, y desaparecería en la tranquilidad de su hogar. Le importaba una mierda lo que hubiese hecho ese tipo, el tal Esquemas. No era trigo limpio, eso seguro.

Nunca se inmiscuía en los asuntos ajenos. Le contrataban y punto. Aceptaba o rechazaba el encargo y punto. Jamás mostraba curiosidad. No le interesaba la trastienda del asunto.

Venganza ritual. Para eso le habían contratado. Balazos en piernas y brazos; y un último traspasando las mejillas para destrozarle el semblante y que balbucease gangoso el resto de su vida.

No, aquello no era cosa de bujarrones despechados corroídos por los celos; aquello era puro ritual de traficantes traicionados.

No le habían pagado para que matase, sólo para humillar a fuego lento y destrozar de por vida a una persona. A veces la muerte no era un castigo tan terrible.

Esa noche, una mujer con ojillos de nécora resentida se hartó de llamar al concesionario dirigido por su marido. ¿Dónde estaría su esposo? ¿Se habría ido de putas otra vez? Mira que le había avisado… Se lo repetía noche sí y noche también… Si le volvía a pillar yéndose de putas se separaba. Se separaba y se llevaba a los niños con ella. Fue a verlos a su habitación. Dormían. Las gafas de culo de botella descansaban sobre la mesilla de noche. Pobre Roxana, mira que estaba cegata. En el cole la llamaban Cuatro Ojos, pero la seño no hacía nada por evitarlo. Cuando el putero de su marido regresase, se iba a enterar. Cualquier día le mataría de lo harta que estaba de él.

Pero ignoraba que a veces la muerte no era un castigo tan terrible.

2

El mando del ejército destinó, a principios de los ochenta, los primeros equipos de aire acondicionado a los cuarteles de Ceuta y Melilla. Pensaron que, mitigando el calor de aquellas tierras proclives al fulgor africanista salvapatrias, apaciguaban las tendencias que podían desembocar en asonadas militrochas justo cuando la incipiente democracia española se abría paso.

Veinte años más tarde de la incorporación de la brisa eléctrica al ámbito militar, Ventura Borrás, recién ascendido a sargento de la Legión, honor y gloria a Millán Astray y caña de España contra la morisma levantisca y los comunistas que pretendían ganar con mañas arteras lo que habían perdido en la Guerra Civil, malgastaba el tiempo en una especie de despacho ilegal que se había montado en el cuartel de Ceuta.

Componían su microcosmos una mesa, una silla rodante con respaldo de rejilla, el aire acondicionado instalado por un pelón con talento de manitas, una botella de pacharán y una pequeña nevera donde acumulaba hielo y cervezas para los amigos que le visitaban.

Andaba ya un poco fatigado de la milicia, pero se sentía cómodo en su reducto y, sobre todo, empezaba a disfrutar de una privilegiada situación económica gracias a unos chanchullos suyos que abarcaban varios terrenos.

Sabía moverse, Ventura. Vaya que sí.

Se camelaba por igual tanto a los muslimes que traficaban con hash de Ketama como a los aduaneros morunos y españoles que vigilaban la frontera. Sobrinaba sin fronteras.

Lo que había comenzado como un juego para matar el ocio fructificaba como el milagro de los panes y los peces. Ventura controlaba las mentes del prójimo y detectaba cómo manipularlos, cómo comprarlos, cómo acojonarlos.

Leía el alma humana como otros leían los beneficios capilares estampados en las etiquetas de los champús. Ventura también aseguraba protección a la mayoría de los burdeles ceutís. Colocaba de seguridad a un equipo de robustos lejías de su confianza. Les pagaba mediante propinas y un par de polvos gratis a la semana mientras él se embolsaba la tajada, la cual reinvertía en otros negocios siempre lucrativos. A sus chicos les encantaba ese premio porque la depilación total de las moritas les trastornaba el espíritu y les encalabrinaba tanto el alma como la picha hacia terrenos de gallardas conquistas.

Sus primeros envíos de costo hacia la Península, utilizando también a su tropa pretoriana de chicarrones con chapiri y pecho lobo, le reportaron unos beneficios que nunca habría sospechado.

Una vez, un pelón intentó tangarle. «Que me han robado, mi sargento, que me han robado el macuto con la mandanga, que yo no he sido; de verdad se lo digo, de verdad… Me puse ciego y bolinga y me dieron el palo, mi sargento; se lo juro, mi sargento, tiene que creerme…»

Pero no le creyó.

Le metió un paquete de tres meses de calabozo. Ventura tenía el poder. Ventura gastaba mala hostia. De Ventura nadie se reía.

Cuando el pelón llevaba dos aburridas semanas chupando trena, entró una noche en la celda con la porra de un policía militar.

Goma de primera. Verga extradura de semental priápico.

El primer golpe contra los riñones despertó al pelón. Lo masacró con la porra. Le aplicó rabia, intensidad, odio, rencor, venganza. Debía dar ejemplo. Debía forjar su leyenda, cimentar su poder, edificar el mito. El pelón meó sangre durante varios días, pero no abrió la boca.

«Si hablas, te mato», murmuró Ventura cuando el otro lloriqueaba tendido contra el suelo, en posición fetal, escupiendo bilis, sangre y cachitos de miedos variados. Y el aviso no admitía dudas.

Los legionarios sabían que Ventura había matado a dos moros que intentaron violar a una mujer saharaui durante la Marcha Verde. Al menos eso contaban los rumores cuarteleros. Y la puntería del sargento era legendaria. Nunca erraba sus disparos. Ganaba todos los campeonatos intramilicias de puntería.

Durante esos viajes a la Península para competir estrechó lazos con otros compañeros de armas. Hombres bragados, remachos y patriotas como él. Reconoció a otros lobos que redondeaban la mísera paga con actividades paralelas.

Fertilizó alianzas. Reforzó amistades. Trenzó pactos. Tejió comercios. Fortaleció industrias subterráneas. Urdió hermandades paralelas. Le llegaban ondas, mensajes, ruegos. «Oye, sargento, ¿conoces a alguien capaz de…?» Y siempre sabía de alguno dispuesto a todo.

Presentaba gente, engrasaba motores, lubricaba tensiones enfrentadas, hacía favores y… seguía embolsándose un dinero extra por su labor de intermediario. Como un perfecto comisionista en Wall Street.

Ventura controlaba.

La milicia era un muermo y él, un genuino español responsable de la vieja escuela, pero en España recién mandaban los rojos y ahora querían ir de modernos. La gente se amariconaba a pasos agigantados, pensaba, y por eso él ampliaba sus negocios.

Para prevenir.

No sabía cuánto aguantaría bajo la férula del espíritu de Millán Astray porque España cada vez era menos la España que él idolatraba. España se estaba yendo a tomar por el culo, pero por eso ahora la gente como él era tan necesaria. No, no podía desertar en mitad de un trance tan triste. Él no era de ésos.

Contempló el póster clavado contra la pared de su cubil protagonizado por una chica desnuda junto a un carnero legionario con la lengua fuera, lamiéndole el culo en pompa. Esa foto había sido idea suya. Qué bueno. Qué risa. A mí la Legión.

Se sirvió un pacharán con hielo. No eran ni las once de la mañana y ya estaba con el pacharán… El tedio le obligaba a beber. Cómo holgazaneaba… Cómo pimplaba… Se incrustó un trago importante y, cuando meditaba sobre algún método eficaz para intentar beber menos a esas horas, sonó el impertinente timbre de su teléfono de baquelita negra. Descolgó.

—Ventura…

El sargento, cráneo casi rasurado, talla mediana, cuerpo cachazudo con tendencia al achaparramiento y barriga siempre en estado incipiente que no terminaba de progresar, sacudió su modorra al reconocer la voz de Gus.

Esperaba su llamada.

—Dime, dime, querido Gustavo. ¿Qué tal ha ido la cosa?

—Ya está.

—Lo has hecho bien, ¿no? Brazos, piernas y mejillas. Orificio de entrada y de salida para que cuando vuelva a decir «Pamplona» no le entienda ni su puta madre, ¿verdad? No lo habrás matado, ¿verdad? Porque si se muere la cagamos, Gus, mira que la cagamos. El encargo es el capricho de alguien muy importante.

—Tranquilo. No morirá, pero se quedará bien jodido.

—Vale, luego veré las noticias por si dicen algo. Duerme ahora, coño, que seguro que has conducido toda la noche del tirón… Descansa, y no te preocupes que mañana te giro el resto de la pasta. Adiós.

Colgó.

Al otro lado Gus sabía que sólo le mandaría el resto del dinero acordado cuando comprobase que la víctima no había fallecido. Ventura era así y no se lo reprochaba. Su cabeza estaba cuadriculada por las ordenanzas. Se le incrustaron desde la mayoría de edad allá en la Legión y ahora, según calculaba, debía navegar sobre los cuarenta tacos, a saber. Y aunque se dedicase a otros menesteres más allá del uniforme, funcionaba con minucia y orden castrense. Lo llevaba en la sangre, en el ADN, en la incipiente barriga, en sus huevos de acero Von Krupp.

Gus se duchó. Se preparó un vaso de leche caliente y se lo bebió asomado desde el balcón de su apartamento de Denia frente el mar. A su espalda reposaba imponente la mole del Montgó, esa montaña mítica.

El bloque donde vivía sólo recuperaba el pulso de la vida durante julio y agosto. Se asemejaba, ese edificio, a una construcción de Miami por el leve diseño art déco de la fachada y porque estaba pintado de rosa pastel. Moraba en el último piso y bajo sus ojos se balanceaban borrachas las embarcaciones del club náutico.

Apuró su pitillo. Antes de apagarlo miró la brasa de la punta. Sopló contra ella hasta que alcanzó el anhelado tono rojo de abrasión diabólica y, entonces, con pulso firme, a cámara lenta, la acercó hasta su antebrazo desnudo.

La enchufó contra su piel. Presionó.

Apretó los dientes.

Empujó con más fuerza. Un gemido sordo escapó de entre sus dientes. Retorció esa punta incandescente hasta que al final se apagó.

Suspiró. Se relajó. Observó las cicatrices de otras quemaduras. Tenía buen cuidado de no apagar las colillas sobre viejas cicatrices. Apenas le quedaba sitio en esa dolorosa geografía personal. Algún día dejaría de autolesionarse con fuego. De momento, ésa era su penitencia y le gustaba.

Regresó al interior. Abrazó la cama y cerró los ojos. Antes de dormirse recordó los semblantes de la familia del tipo del concesionario. El niño sonrosado de rostro nebuloso, la esposa amargada y la niña con gafotas.

Trató de apartar esas sombras de su mente pero sabía que no sería fácil y optaría por el Diazepam. No le perturbaba su trabajo, sólo los detalles colaterales.

Por eso los evitaba.

Qué mala folla la de aquel hijoputa, mira que dejar la fotofeliz familiar hacia el campo de visión de los clientes… Cogió un Diazepam del cajón de la mesita de noche y lo engulló con avidez.

Ahora sí dormiría. Por fin.

Ventura remoloneó por el cuartel olfateando los rincones como un perro. Abroncó a dos soldados que iban ciegos de grifa, pero no los arrestó, ¿para qué? Todos los lejías se ponían ciegos de kifi, grifa y costo. Era lo suyo. Era la tradición. Era cosa de hombres.

Era ritual de caballeros legionarios. Pero, a menos que no diesen el cante, Ventura toleraba ese escapismo.

No soportaba el jaco, pero no tenía problemas con los derivados del cannabis. Eso era como el coñac: cosa de hombres. A las tres en punto se plantificó en la cantina y exigió silencio para ver las noticias. La parroquia obedeció. Ventura no estaba para bromas. Ventura se había cargado a dos moros malos de un par de tiros justo entre las cejas. Ésa era la leyenda. Ventura había machacado a un pelón que cumplía su pena en un calabozo porque le quiso tangar. Si Ventura reclamaba silencio ellos callaban.

El noticiero escupió sus paparruchas de propaganda roja. «España está de moda», papagayeaba el locutor. «España estaba en el mapa», insistía.

Ventura se cagaba en esas soflamas. Veinte minutos después comentaron el extraño caso de un tipo que había aparecido cosido a balazos, atado en un bosque de Galicia. La pasma estaba despistada con esos disparos y esos torniquetes. No parecía cosa de ETA. Tampoco un ajuste de cuentas entre narcos, que los narcos mataban y no concedían esas florituras.

—Ya podéis gritar —masculló Ventura tras la noticia. Y sonrió. Y se prometió enviar a la mañana siguiente la pasta a Gustavo Montesinos Yáñez, alias Gus. El muchacho había cumplido como un ángel. Era bueno, ese chico.

Se prometió sacarle todo el partido posible. No era fácil encontrar un purasangre tan exquisito.

3

—Los contactos. Eso es lo primero, el puto «ábrete, sésamo».
Recuérdalo bien, métetelo en tu cabeza de joven ambicioso... Y
no me repliques ni me pongas esa carita de pena, que te conozco
y a mí no me engañas, hostia. Sé que eres ambicioso, y por eso te
he llamado. ¿Qué te crees? La gente cree que es un insulto, pero
sin ambición el mundo no prosperaría, coño. Eso sí, una cosa es
ser ambicioso y otra, ser un jodido trepa mingafría capaz de vender a su madre, un codicioso de mierda. ¿Estamos? Si en este negocio eres alguien es por tus contactos. Recuérdalo siempre. Los
huevos pueden servirte cuando la ocasión lo requiera y, en ese
caso, tendrás que ponerlos encima de la mesa, y más te valdrá
hacerlo. La discreción es necesaria porque si das el cante levanta-
rás sospechas, y porque debes evitar que los demás te envidien. El
sexo, o sea lo de follar, mueve el mundo después de la ambición;
pero la envidia lo destruye, te lo digo yo, fíate. ¡Y no me pongas
esa carita de pena de rubito medio moñas, coño, cojones, que yo
sé quién eres! ¡Que a mí no engañas, a los demás sí, pero a mí no!
Sé discreto siempre, y que no se te vaya la pinza. Pero los contactos, recuérdalo siempre, son lo fundamental. Sin el contacto no
eres nadie, únicamente un pringado de tercera que juega a ser
malote y en realidad sólo es una monja predicando en el Congo,
o sea lo que eres ahora.

Guillermo Ramos, alias Willy, sorbía un rioja mientras hablaba.
Gastaba tez morena con barniz de mulato cuarterón, no muy alto
o directamente bajo, de pelo fuerte, algo rizado, corto y canoso.
Con esas gafas finas que lucía se asemejaba a un entrañable profe-

sor algo bohemio de Bellas Artes a punto de prejubilarse justo antes de los sesenta tacos.

Y se jubilaba, sí, pero de la Vida.

Willy era uno de los más importantes mayoristas de coca de la ciudad de Valencia y alrededores, Benidorm incluido.

Willy era el Hombre. Willy era el número uno. Willy te podía hundir o enriquecer. Willy almorzaba todos los días del año un sangriento bocata de caballo con cebolla en un bar del barrio de Monteolivete porque afirmaba que esa carne alargaba la vida y te ponía la polla tiesa a la primera como la de un burro en celo. Cuando el bar cerraba por vacaciones, previamente le habían suministrado varias docenas de bocatas equinos que congelaba. La carne de caballo le hacía fuerte, casi indestructible, aseguraba Willy a los íntimos. Eso, el vino de Rioja y soltar una vasta porción de tacos salpicando cada frase, pensaban los demás.

Conocerle era un lujo para los iniciados del grado 33. Nadie imaginaba la cantidad de kilos que movía al mes desde su modesto piso del barrio valenciano de Patraix.

Un ramillete de elegidos le visitaba cada semana para comprarle una cantidad que oscilaba entre veinte y sesenta kilos. Por menos ni descolgaba el teléfono. Por más te invitaba al vino y a medio bocata de carne de caballo. La fuente de Willy jamás se secaba y su calidad era incomparable.

Coca original importada directamente desde Colombia, justo de la recoleta zona de Pueblo Bello regada por el río Ariguaní.

Frente a él, atendiendo con paciencia de aprendiz, intentando difuminar ese semblante de pena que tantos frutos le reportaba cuando ligaba o cuando deseaba conseguir algo de un amigo, Rodrigo Anclas Ramírez, alias el Rubio.

—Yo me jubilo. Lo dejo. Ya te venía avisando, me cago en los muertos de un millón de putas baratas de carretera mierdosa. Te dejaba pistas, ¿lo viste o no?

Y sí, el Rubio, veinticinco tiernos años pero de un avispado feroz gracias a un bagaje de trapicheos que demarró cuando la primerísima adolescencia, había detectado las pistas porque el viejo, como quien no quería la cosa, de vez en cuando mascullaba quejoso sus mensajes. «No sé si estaré aquí más tiempo», «Ya me está cansando este trajín», «Llevo demasiado tiempo con estas movidas y yo ya tengo lo mío», «Me gusta demasiado beber rioja para tener que atender a los negocios y a tanto gilipollas.» Y recibía los recados sin pestañear, sin mostrar voracidad, sin preguntar. Pero sobre sus pupilas parpadeaba el fulgor de la ambición y el viejo lo tenía calado.

El Rubio, estatura normal, músculos de diseño definidos en un gimnasio de pijos de pueblo y melenilla blonda de nuevo romántico algo babosón, tenía los huevos justos, una ambición pronunciada que procuraba disimular y una sesera despierta, preclara y limpia. Además, se mostraba cauto con los viejos cocodrilos como Willy.

Pero le faltaban los contactos.

Willy tenía los contactos suficientes para colmar su ambición y sus proyectos de futuro. Porque el Rubio maquinaba a medio y largo plazo y ya estaba harto de camellear con cantidades de kilo o kilo y medio a la semana. Miserias.

Y él no había nacido para las miserias.

Willy retomó su discurso de despedida.

—Lo dejo ya. Ahora sí. Y lo he pactado con los jodidos colombianos. No me ponen ningún problema porque en todos estos años jamás los hemos tenido y han ganado, qué cabrones, pasta gansa conmigo. Mucha. Ni un puto problema les he dado. Ni uno. Están muy relocos, esos jodidos colombianos, y tiran de sicario trastornado que no veas. Encima son de un beato que atufa, los muy raros. Algunos les llaman «narcobeatos», yo qué sé, la hostia puta, allá ellos… Pero cuando les demuestras que no fallas te respetan y por eso cuando te largas te dejan en paz y hasta te hacen una fiesta de homenaje. Rollo jubilación en el banco, pero aquí, en vez de un peluco de quiero y no puedo con un contrachapado de oro del que caga el moro, te pagan la puta más cara del mundo, a la que tú elijas de un álbum de fotos con tías en bolas que tienen, y te meten un sobre lleno de dólares ancho como tu cabeza en el bolsillo de la chaqueta. En fin… Lo dejo, Rubio, lo dejo. Tengo de sobra para mis últimos años. De sobra.

Puedo beberme varias cosechas del mejor rioja durante los próximos cincuenta años y todavía me sobraría... Seguir sería jugármela y me ha ido demasiado bien. Seguir sería vicio y el vicio lo perdí con el paso del tiempo. Cierro el quiosco, Rubio. Chapo el chiringuito. Que le den por el culo al universo entero con todos sus mierdas dentro.

Rodrigo Anclas Ramírez, alias el Rubio, permaneció callado. Sabía escuchar.

Precisamente por ello Willy apostaba por él.

—Mis contactos colombianos de Madrid ya lo saben. Sí. Y me dejan en paz —insistió.

El Rubio sintió una placentera y cálida oleada de buenas vibraciones irrumpir en su estómago.

Siguió inmóvil y silencioso, pero su sesera bullía con planes de éxito y fortuna.

Willy bebió otro trago de tinto riojano fingiendo poseer paladar, aunque el Rubio sospechaba que era todo pose de señor que simula actitud fina aunque en realidad no distinga un vinacho de tetrabrik de un Vega Sicilia.

—Mis contactos colombianos me piden que les recomiende a alguien para sus negocios aquí en Valencia y en toda la zona. Y ésa se la debo, coño. Pero quiero elegir con precaución, ¿me pillas, tarado? Me voy, sí, pero voy a hacerlo por la jodida puerta grande. No puedo fallar en la recomendación, ¿me sigues? ¿Me sigues o no? Y cambia de una puta vez esa cara de nene bueno que pones, hostia puta, que lo que te estoy contando es serio.

Las olas de placer mutaron en un tsunami que abrasó todos los recovecos del cuerpo del Rubio. Pero apenas pestañeó.

—O sea que... En fin, me cago en la puta de oros, que me preguntaba si...

Si una mosca hubiese rozado la espalda del Rubio éste habría saltado hasta romper el techo con su coronilla.

«Dilo ya, Willy, cojones. Willy, dilo ya y te meto por el culo el mejor vino de la galaxia para que agarres el pedo de tu vida...»

—... Pues que si tú querrías mis contactos. Eso sí, te pondrán a prueba, irán poco a poco. Tendrás que ganarte su confianza. Si me dices que sí, les llamo ahora mismo, te paso el teléfono y os citáis para la primera operación. Eso si me dices que sí, que si es que no pues no pasa nada, te jodes y busco a otro, tengo más candidatos, eh, a ver qué te crees... Si quieres y me aseguras que serás serio, porque voy a dar la cara por ti, te doy una herencia, o una renta, o el traspaso gratis de un negocio boyante, no sé si lo entiendes. ¿Me pillas o no, cacho gilipollas? Y el caso es que te tengo cariño... ¡Pero que no me pongas esa jeta de pamplinas penoso, la rehostia en un bote de lefa caducada, a ver cómo te lo digo!

El Rubio mutó su faz.

Lo entendía perfectamente.

Trabajaba de encargado de la sección de pescadería en Mercavalencia. Una bicoca de puesto que le había proporcionado un tío suyo capitoste del tinglado. Ganaba con ese curro legal trescientas mil pelas al mes, más otras cien mil con los chanchullos del género robado y revendido bajo cuerda, algo habitual en los tejemanejes internos de los mercados que abastecían las grandes ciudades.

Desde hacía dos años traficaba gracias a los kilos, máximo diez al mes, que le vendía Willy.

Nada de mercadear al menudeo en las esquinas o en los bares, gramito a gramito, papelina a papelina.

Vendía de medio kilo para arriba a una red de elegidos. Algo fácil. Algo que no le pringaba. Algo que le llenaba los bolsillos. Y le gustaba esa doble vida. Le encantaba caminar en la otra orilla y que nadie sospechase nada. Y ahora le ofrecían la posibilidad de alcanzar la cumbre con sólo veinticinco años...

No se trataba del dinero, era una cuestión de poder, de aprovechar la oportunidad, de ocupar un trono, de manejar los hilos.

De ser El Hombre.

Acaso también le impulsaba la vanidad de ser alguien importante. No lo sabía con seguridad. A veces su vida le parecía una película.

«Aprovecha, Rodrigo, aprovecha y súbete al tren que de cercanías vas a pasar a un avión supersónico sin tediosas esperas en la mitad del trayecto.»

—Sí —murmuró el Rubio lacónico y con las manos entrelazadas como si estuviese rezando a un Cristo durmiente a punto de llorar.

Willy fingió no escucharle bien. Quería disfrutar ese momento, el del traspaso de poderes. Colocó su mano tras la oreja para que ésta adquiriese contorno trompetero.

—¿Cómo? No te he oído bien…

—Digo que sí. —Esta vez la voz del Rubio sonó clara, contundente—. Sí, Willy, por mí sí. Quiero tus contactos. Quiero intentarlo con los colombianos. Y no te fallaré.

—Eh, eh, eh… Ojo, Rubio, hostia puta, cuidado… A mí ni me fallarás ni pollas en vinagre… Yo desaparezco, que te quede claro. Yo te paso el contacto y tú te las arreglas… Yo me evaporo, y más te vale no fallar con los colombianos porque están locos, relocos, como putas cabras. Aunque de un rollo beato que no comprendo ni me interesa, son unos demonios y tiran de sicarios psicópatas que cobran lo que cuesta un bocata de carne de caballo por matar a un imbécil que se creyó grande sin serlo, no lo olvides. Se pueden convertir en tus amigos, y entonces son cariñosos y limones del Caribe y viva la salsa y puedes restregar la cebolleta contra el ojal de sus mulatas, pero como les falles más te vale emigrar a Marte o esconderte en el coño de tu putísima madre, porque están muy locos…

—Tranquilo, Willy, vale. Pásame el contacto que yo me apaño…

Guillermo Ramos, alias Willy, se levantó de su butaca y se dirigió hasta el pasillo. Agarró el auricular de un teléfono crucificado contra la pared y tecleó con el índice. Conocía el número de memoria.

—Germán… Sí, sí, soy yo. ¿Cómo te va, loco? ¿Y tu mujer? ¿Sigue tan requetebuena como siempre? Qué cabrón. Pues claro que gasta, con la pasta que ganas cómo no va a gastar, yo haría lo mismo, anda, no me jodas. Oye, atiende… Recuerdas que te hablé de un muchacho, ¿sí? Bueno, pues está conforme, ahora mismo te lo paso, lo tengo al lado…

El Rubio agarró el auricular tenso.

Sus piernas mostraban rigidez de cadáver. Sus dedos se agarrotaron. Moduló su voz. Templó su ánimo. Tranquilizó su lengua. Controló su discurso.

Escuchar, sobre todo debía escuchar con atención. Pero sus neuronas bailaban looocas.

Se mentalizó para no interrumpir y escuchó una voz melosa de ecos caribeños, cocoteros frescos y zumos fosforescentes. La voz le emplazaba a una cita en el primer Burger King de la Castellana entrando desde Valencia.

A las ocho de la tarde en dos días. El Rubio dijo sí sí sí. Luego añadió otro «sí» por si no había quedado claro. La voz colgó y el Rubio descansó. Tenía la garganta seca aunque sólo había emitido monosílabos de mansedumbre y agradecimiento.

—Anda, no seas tacaño y ponme un vino —le dijo a Willy.

Éste le escanció una copa.

—Bebe, bebe lo que quieras que luego si eso abro otra botella. Acabas de llegar a la cima, chaval, pero tienes que mantenerte. De ti depende no cagarla, sólo de ti. Recuérdalo siempre. Y nunca le des tu contacto a nadie. Eres poderoso por tu contacto. Eres fuerte por tu contacto. Vales mucho por tu contacto, nada más que por tu contacto. Y recuerda lo que te digo: en verano, incluso las gordas nos parecen apetitosas y les meteríamos un buen viaje, pero luego llega el invierno con ese frío tan cabrón y ya no te apetece meterla ni a una gorda ni a una flaca… Me entiendes, ¿verdad, mamonazo? ¿Me sigues, no?

Pero el Rubio ya no le prestaba atención.

Abandonaría su trabajo en Mercavalencia.

Nunca más apestaría a pescado.

Las neuronas de su cerebro brincaban alegres ante el ascenso hacia la cúspide.

4

Al pequeño Esquemas, debido a su aire de consumado panoli, el personal le tomaba por un chavalín alelado, pero su cerebro carburaba óptimo y sin descanso.

Había desarrollado la manía de fijarse en los ojos del prójimo. Así, el taxista que conducía transmitía mirada de gorrión raquítico e insensible ante la tragedia que, en ese momento, le envolvía. Los ojos de su madre, camuflados tras unas grandes gafas de sol, eran charcas acuosas histéricas, con algo de manantial que brota tras una época de lluvias abundantes. El pequeño Esquemas se llamaba Santiago. Así respetaron la «s» de Sergio, su padre.

De camino al hospital la madre les dijo a él y a su hermana que no se preocupasen por su padre. Atrancándose desde una voz trémula, sacudida por el hipo y por los mocos que sorbía de forma automática, les aseguraba que su padre parecía un astronauta por la gran cantidad de tubos conectados contra su cuerpo. Les insistió en un punto que a él, mente racional y gélida, le chocó: les rogó que no llorasen cuando le viesen porque su padre estaba bien, muy bien. Sólo iba cosido por unas sondas de *La guerra de las galaxias* porque le estaban haciendo unas pruebas.

Pero a la señora Esquemas se le escapaban las lágrimas en el taxi y además mentía fatal. Ellos no podían llorar pero ella sí, entonces ¿el padre estaba bien o mal?

El pequeño Esquemas, doce años de grasas fondonas y un cerebro analítico impropio de sus rollizas mejillas tristes, adivinaba que algo grave sucedía. Su hermanita de gafas con culo de vaso no se enteraba. Bastante tenía con las burlas que soportaba en clase.

Pero su madre… Aferraba con fuerza un rosario y repetía letanías banales: «Lo sabía, lo sabía… Estaba segura de que su lado putero nos iba a dar un disgusto… Hijo de Satanás… Sinvergüenza… Con dos hijos y metiéndose en a saber qué líos».

La madre miraba al frente y sus lágrimas empañaban el cristal de sus gafas de sol para luego precipitarse sobre las mejillas roturando el maquillaje que se había pintarrajeado sin arte antes de salir.

El hospital apestaba a desinfectante, pis de viejo, infarto reciente, pulmón calcinado y muerte súbita. La habitación deprimía.

Dos camas. En una el padre entubado y en la otra una vieja que hubiese pasado por muerta si de vez en cuando no hubiese emitido un gruñido sordo. La vieja expulsaba un ronquido prolongado que, al comenzar, era sibilante y luego evolucionaba in crescendo hasta un estertor ronco. Quizá veía al diablo al final del túnel y se rebelaba contra esa presencia.

El pequeño Esquemas captaba esos detalles.

Su padre yacía inconsciente y presentaba un color calcáreo. Unas gasas recorrían sus carrillos otorgándole un cómico aire de huevo de Pascua.

Al pequeño Esquemas le asaltaban ese tipo de pensamientos corrosivos.

Los brazos y las piernas de su padre también mostraban vendajes y filamentos, cableado medicinal de larga sanación que le conectaba a una máquina. No podía hablar.

El pequeño Esquemas observó sus ojos cerrados. Traspasó mentalmente esos párpados velados y tras ellos vio rabia y miedo y confusión y derrota y tristeza y fracaso y, de nuevo, miedo. Algo que ya no le abandonaría nunca. Lo vio claramente.

Su madre dejó el bolso, les ordenó que se sentaran en el sofá-cama de las visitas y, tiesa como un garrote, tomó la palabra:

—Lo sabía, lo sabía, lo sabía… Mira que lo sabía, Sergio, mira que sabía que un día te pasaría algo así. No sé a qué jugabas ni quiero saberlo. Pero sabía que algo así te pasaría. Se veía venir. Yo lo veía venir. Pero tú no, tú tan tranquilo, jugando a gran hombre. Pues mírate ahora, gran hombre. Ahora estás convertido en un piltrafa.

Observó a los niños. Les había olvidado. La hija se entretenía con una muñeca calva y el chaval se había levantado y su mirada atravesaba el cristal de la ventana. Pero permanecía atento, con su coco carburando, y se quedaba con la música. Le pareció ridículo que su madre emplease la palabra «piltrafa».

Ésta prosiguió:

—Tú siempre me has ocultado algo. Los coches y lo que no son los coches. Te creías que era tonta, ¿verdad? Pero yo sabía que el dinero no salía sólo de la venta de los coches... Tus desapariciones... Tus líos con otras, con las putas de los clubs adonde ibas... Yo sabía que algo malo pasaría. Te creías muy chulo, ¿verdad? No éramos bastante para ti, ¿no? Pues mira cómo estás ahora, hecho un Cristo, y ya veremos si vuelves a hablar, a hablar y que se te entienda, quiero decir. Y ya veremos si puedes comer esos chuletones de vaca vieja gallega que tanto te gustaban... Por no hablar de los percebes... Te has quedado sin dientes y tienes las mandíbulas astilladas. Ya veremos cómo te dejan, pero, bueno, igual no lo vemos porque yo me voy, te abandono. Ya no puedo más.

Los sollozos ahogaron su discurso. Se recuperó para disparar la andanada final.

—Me he buscado una abogada y me voy a vivir con mi madre. Es una abogada que me da mucho ánimo y que me dice que yo valgo mucho. También me dice que soy una mujer que merece algo mejor en la vida. Contigo nunca sé si vas o vienes, y estoy harta de sufrir. Y los niños se vienen conmigo. Tú no eres una compañía recomendable y, además, estás acabado. Olvídate del chuletón.

Agarró a los críos fuerte contra su regazo.

—Míralos bien, Sergio, míralos porque los has perdido.

Salieron de allí. El pequeño Esquemas aspiró fuerte cuando pisaron la calle y respiró libertad. Le perseguía el perfume peculiar del hospital, esa melaza de mierda y muerte y bacterias y microbios chungos. El parlamento de su madre se le había incrustado en su cerebro y era capaz de repetirlo palabra por palabra. Sacó conclusiones.

Maduró esa tarde.

Poco después tomaría ciertas determinaciones.

De momento fingiría vivir en el mismo limbo que su hermanita.

Al salir tomaron otro taxi de la cola.

—Mamá, ¿qué le ha pasado a papá? —se atrevió a preguntar el pequeño Esquemas simulando curiosidad teñida de infantil empatía.

—Calla, aún eres pequeño para entender. Cosas de mayores. Calla y no preguntes. No me lo preguntes nunca más, hijo mío.

Luego, ovillándose en el asiento trasero, acercó sus retoños contra su pecho escurrido y les abrazó hasta casi asfixiarles. A la hija se le escapó la muñeca y soltó un gritito. El pequeño Esquemas se prometió no preguntar jamás a su madre por el pasado de su padre.

Pero juró que, por su cuenta, averiguaría lo que le había sucedido.

Sí, aunque se dejase la vida en ello.

Y se tatuó ese juramento en lo más hondo de sus entrañas.

Lo juró apretando los dientes y ésa fue su primera e inexorable determinación.

5

Cuando Gus cumplía un trabajo, se permitía una salida nocturna, pero sólo para olvidar el encargo, sólo para ventilar su mente, sólo para tonificar su osamenta, sólo para liberar las toxinas de violencia que sellaban los poros de su piel, sólo para recordarse, acaso autoconvencerse, que pertenecía a la raza humana y que, aún sin socializar con el resto de los mortales, era capaz de soportar su presencia y de pasar desapercibido entre la plácida manada de anhelos sincronizados y existencias planas.

Ni bebía alcohol ni cataba las drogas.

Cuando le urgía desfogarse recurría a las profesionales.

Acudía a los burdeles costeros de las poblaciones cercanas y nunca repetía con la misma meretriz. No les preguntaba ni el falso nombre. No le interesaban sus historias. Eran meros instrumentos para desatascar su rencor y le recordaban el tiempo de los descubrimientos carnales. Tampoco le motivaban las preferencias. Le importaba poco que fuesen rubias o morenas, brasileñas o de Jaén, tetudas o planas, altas o bajas. Sólo les exigía silencio.

Nada de «papito» ni de «amol» ni de «qué buena tranca tienes, mi vida, y qué bien y qué gusto y qué bueno y qué gran follador eres, cariño mío de mi corazón».

Gus follaba mecánicamente y vivía como un autómata.

Los encargos y su rutina habitual. Punto.

Tras el cruel y terrible percance que casi terminó con su vida se musculaba a conciencia en el gimnasio del edificio donde moraba y se zambullía, cuando el clima acompañaba, en la piscina común rodeada de uno de esos jardines prefabricados con buganvillas y césped rasurado.

Se mantenía fibroso.

Era delgado como un alambre de acero y nadie podía sospechar su fuerza física o su resistencia al dolor. En cierto modo había resucitado, aunque eso a nadie le importaba.

Desayunaba y comía en el mismo bar. Cenaba en su casa cereales con zumo de cacao.

Mataba el tiempo en el club náutico, restaurando una vieja menorquina, y procuraba no darse demasiada prisa en terminar porque luego no tendría gran cosa que hacer aparte de sacarse el título de patrón y navegar.

Le encantaba pringarse de grasa y ejercitar sus manos en tareas que lindaban en la purísima artesanía. Mientras sus dedos de crótalo recién nacido trabajaban ajustando tuercas y muelles sosegaba sus pensamientos.

Si le preguntaban, y en un pueblo tarde o temprano acababa sucediendo, contestaba lacónicas vaguedades. Si insistían sonreía y alegaba una herencia que sus padres, fallecidos, le habían dejado. Luego procuraba no coincidir más con esos cotillas.

Preservaba su intimidad.

Gus salía transformado en fauno noctívago tras cumplir con un encargo porque presentía que tanto hermetismo, tanta soledad, podían desequilibrarle definitivamente más pronto que tarde.

Sus neuronas ejercían un perpetuo funambulismo y no podía permitirse una caída al vacío. Le daba miedo autolesionarse pero no lo podía evitar.

Trataba de mantener esa práctica domesticada, apaciguada, controlada, pero volvía a ella una y otra vez. Sólo intentaba no excederse en el dolor que él mismo se causaba. Quemarse los brazos con pitillos no era bueno, nada bueno, y debía escapar de esa necesidad. Lo sabía. Luchaba contra ese enganche.

Se obligaba a salir, alargaba artificialmente sus noches de asueto.

Hasta en eso marcaba diferencias. Cuando sonaba la una de la madrugada se decía: «Venga, Gus, aguanta media hora más… Disfruta con la música… Ríete con ese cantante de melena acaracolada y andares de pato borracho».

Pero no solía reírse demasiado.

También salía para observar y admirar en secreto a una mujer…

Apenas trescientos metros separaban el hogar de Gus del garito Black Note, situado en el malecón de Denia. De miércoles a sábado una banda de guiris ingleses alcoholizados, de mejillas rojizas, pelo de paja y lorzas impúdicas amenizaba las veladas desplegando un repertorio de grandes clásicos que iban desde Johnny Cash y la Creedence Clearwater Revival hasta Status Quo y Rod Stewart. El público parecía entrar en místico éxtasis ante aquellos directos. El alcohol ayudaba al hidratar las articulaciones y galvanizar el fervor.

El público bramaba atrapado por las melodías y los rugidos del vocalista. El público se divertía y bailaba como una tribu primitiva dirigida por un chamán dopado de peyote. El público iba al menos tan cocido como los músicos y la fusión era rotunda.

A Gus no le atraía tanto aquella música como las caderas de Helena, una camata rumana que hablaba un castellano preciso con acento de Valladolid porque la gente del Este aprendía el idioma con una soltura envidiable.

Helena le atendía casi siempre, incluso le parecía que le molestaba cuando otro camarero servía el sempiterno zumo de tomate a Gus.

Esas caderas le hipnotizaban.

Le gustaban con locura sus caderas de crujido perpetuo, el contoneo que manaba de ellas, la manera impertinente con la cual se bamboleaban cuando surcaba el interior de la barra de una esquina a otra en un recorrido de constante carrusel.

Las caderas de Helena representaban el metrónomo de su bienestar y en ellas cristalizaba su anhelo máximo.

Se fijaba también en sus pechos acabados en punta.

Senos con forma de cohete espacial de los cómics de Flash Gordon; y en cómo alteraban el ambiente, díscolos y traviesos, ingrávidos, cuando ella agarraba una bolsa de hielos y la golpeaba enérgica contra la barra, apretando los labios con fuerza, para que los cubitos se despegasen y poder introducirlos así en la cubitera como una cascada de hielo chocando contra el mar.

Conocía el cuerpo de Helena al milímetro.

Su piel bronceada la quería lamer entera. La peca esquinada contra la fosa izquierda de su nariz corta y recta le enloquecía. Las pestañas kilométricas le mareaban. Los tobillos de azúcar le hechizaban. Los muslos duros y torneados le alucinaban.

Necesitaba que esas manos de dedos largos coronados por uñas que variaban su pintura cada quincena le acariciasen.

Y sentir esas afiladas garras clavadas contra su espalda hasta arrancarle lascas de su piel. Deseaba besar, absorber, masticar y luego tragar los finos labios de Helena. Y adoraba sus ojos negros, ligeramente hundidos, enmarcados siempre en unas eternas ojeras que le comían el semblante y le otorgaban halo dramático, gracioso y perverso y malicioso. Esas ojeras de tinieblas románticas le causaban vértigo…

Sí, Gus conocía de memoria su morfología, aunque fingía no levantar su mirada del vaso de zumo de tomate.

Y a veces creía que ella se movía para él tras la barra, sólo para él, en una coreografía ensayada, estudiada, cuyo fin era recalentarle para que él retornase a sus pesadillas.

En sus delirios de amor sospechaba que, cuando se inclinaba para recoger algo del suelo, en realidad lo hacía para sacar en pompa su culo y exhibirlo para él, sólo para él. Y cuando padecía esas crisis delirantes, al subir a casa fumaba mirando el mar y apagaba esa colilla contra su brazo.

Acumulaba quemazos como otros coleccionan soldaditos de plomo. Y él era el soldado olvidado por todos.

Gus la deseaba y no sabía cómo actuar para conseguirla, para atraparla, para añadirla a su vida de furias repentinas, a su existencia de golpes súbitos, a su casa de soledad vital, funcional, mierdosa.

Desconocía los sortilegios de la seducción, los códigos del encantamiento, los misterios de la persuasión que desembocaban en la pasión del lecho.

Pero Helena sería su compañera. Tenía que serlo.

Y lo sería porque de lo contrario perdería la cordura sin remedio. Helena debía ser su asidero para alcanzar la vida normal que aspiraba a tener.

Sin ella moriría. Era lo único cierto que Gus sabía.

En esas reflexiones andaba, cabizbajo, cuando la camarera se le acercó.

Le miró fijamente y sus ojeras eran dos hermosos, enormes y pulposos agujeros negros del cosmos que le arrastraban hacia otras dimensiones.

—¿Quieres una?

Gus no comprendió. ¿Una qué? A Gus aquella chica le obsesionaba hasta el punto de perder la conciencia de donde estaba.

Le temblaban las piernas en su presencia. Se le encogió el corazón. Le palpitaron las cicatrices de sus brazos. Era la primera vez que Helena le hablaba directamente.

No supo contestar y permaneció callado, mirándola con aire de perro abandonado. Helena habló de nuevo empleando un tono que no admitía ni respuestas ni, mucho menos, una negativa.

—Te espero en dos minutos en el cuarto de baño de la trastienda, es el que usamos los camareros. Sigue la barra por la izquierda y llegarás a una puerta, ábrela. Encontrarás una habitación llena de cajas de bebida. Hay otra puerta al fondo, estaré ahí. En dos minutos. —Y levantó su delgada ceja izquierda como diciendo: «¿Está claro?».

Se marchó y su cabellera insolente dejó un rastro de perfume que Gus aspiró con devoción.

Meticuloso, contó ciento veinte segundos y luego siguió las instrucciones al pie de la letra. Como si fuese un encargo pero más fácil.

Él sabía obedecer sin preguntar. Actuaba y punto.

En el cuarto de baño privado de la plantilla, Helena, acuclillada, esnifaba una raya de coca sobre la carátula de un CD que reposaba sobre la descascarillada tapa del inodoro. Recogió el polvillo sobrante con el índice y lo deslizó engolosinada sobre sus dientes delanteros.

Se apartó e hizo un gesto con su cabeza invitando a Gus para que éste esnifase la otra raya.

Gus dijo que no, lentamente, con la cabeza.

Ella alzó los hombros con indiferencia y se metió la otra raya. Esta vez despreció el rastro de polvo. Luego se sentó sobre la tapa del inodoro. Le llamó con la mano y acompañó el gesto con la voz.

—Ven, acércate…

Gus obedeció. Le gustaba obedecer.

—Acércate más, hombre. —Y en la voz de Helena sonó un deje entre irónico e irritado.

Gus se aproximó. Le gustaba obedecer. Ella le asaetaba con los ojos.

—¿Te apetece que te bese? ¿Sí? Sí, creo que sí, seguro que sí quieres… Todos quieren… Llevo meses viéndote ahí, en tu rincón, fingiendo que miras tu zumo pero sé que me miras a mí…

Sus manos acariciaron la nuca de Gus.

Sus uñas se clavaron sobre la nuca de Gus.

Él gruñó y resopló y gimió.

Fuera, la banda rugía a toda mecha.

Helena le empujó contra la pared, acercó su semblante y le incrustó la lengua sumergiéndola contra su boca.

Gus se activó y la agarró por las caderas. Iba a caerse del gusto, sus rodillas flaqueaban.

Helena detuvo su magia.

Se apartó. Le chequeó. Le escaneó. Le escrutó el espíritu y le robó el alma. Se adueñó de su cuerpo.

El soldado olvidado pasó a pertenecer desde ese instante a Helena. La camarera disfrutó de su momento de absoluto poder.

Le miró.

—¿Quieres que siga?

Gus asintió. Le gustaba obedecer.

Helena amplificó sus besos, aumentó la fuerza de sus uñas y acopló su cuerpo contra el suyo para que percibiese sus contornos.

Fuera, la banda de músicos borrachos atacó *Smoke on the Water* de Deep Purple, el plato fuerte al final de los conciertos coreado por el público borrachuzo.

Helena desplegó todo su arte y Gus sentía el desmayo próximo, tanto era su gozo.

La banda se desbocó con los últimos acordes y el local se vino abajo.

Gus derramó su semen contra su pantalón y el bochorno le inundó porque Helena se había dado cuenta y sonreía gatuna.

—Me encanta el poder que tengo… Lo mucho que consigo dando tan poco… Eras mío cuando te besaba. Todo mío. —Y de nuevo sonrió, esta vez con un punto de maldad—. Pero para la próxima vez me gustaría que te tomases una rayita conmigo, ¿vale? Y así progresaremos juntos. Me gustas… Me gustas mucho aunque pareces un poste.

Y se largó de allí.

Esa noche, en su casa, Gus fumó escuchando el mar mientras contemplaba atolondrado las estrellas.

Apagó la colilla en el cenicero y se fue a dormir.

Si no conseguía a Helena para compartir su vida, moriría.

Era lo único que sabía.

6

A las seis de la tarde el primer Burger King del madrileño paseo de la Castellana situado a la derecha desde la entrada de Valencia sólo tenía una mesa ocupada por unos adolescentes ensimismados y silenciosos que deglutían patatas fritas recién descongeladas como monos gibraltareños.

Germán el colombiano gastaba oleoso mostacho negro de Pancho Villa y espesa melena del mismo color y digna de cantante de rancheras porque, seguramente, gracias a ese exceso piloso, se sentía muy remacho.

Segregaba aire de galán de culebrón jubilado a la fuerza porque no supo —endiosado con sus triunfos de haciendas húmedas, caballos de sangre azul, campesinos nacidos para comer basura y chicas siliconadas— conservar la línea.

Se repantigaba sobre la silla y su barriga expresaba tono peleón, rebelde, risueño. Cuando el Rubio se sentó frente a él, el colombiano se incorporó, se rascó primero la barbilla con la diestra, luego se reacomodó los cojones con esa misma mano y, después, trajinó la espalda con dedos viajeros para sacar de allí, sin cortarse, una automática negra de calibre grueso.

La depositó sobre la mesa en un alarde de chulería y el Rubio se sobresaltó un instante al escuchar el sonido metálico de la muerte chocando contra la mesa de fórmica.

Germán masticaba las palabras con el melodioso deje de su tierra.

—Siempre la llevo, sí… por lo que pueda pasar, ¿verdad? Es bonita, ¿a que sí? —Una sonrisa de placer sádico se dibujó en su

48

rostro—. Y graaande… A la gente le acojonan las armas, pero yo digo, ¿y por qué? El arma no importa, nooo, sólo el tipo que la lleva, y si tiene lo que hay que tener para usarla, ¿verdaaad?

Rodrigo Anclas Ramírez, alias el Rubio, por fin averiguó a qué se refería su mentor Willy cuando le insistía en lo relocos que estaban los colombianos.

Aquel cabrón había enseñado la pipa, ahí mismo, a la vista de todos, como quien extrae de la cartera su tarjeta de visita. Germán estaba reloco, desde luego, y parecía militar en el bando de los orates que fingen cordura pertinaz, lo cual indicaba el grado superior de su locura.

Los adolescentes seguían enfrascados en su fritanga de pertinaz autismo juvenil, pero al Rubio le incomodaba aquella cacharra ahí suelta. Puto colombiano reloco. Germán entornó los ojos y su brazo derecho inició un lento vuelo mientras su mano trazaba espirales. Atrapó el arma y la guardó en su escondite corporal.

Ya había delimitado las bases de la negociación. Ahora buscó las palabras justas.

—La llevo siempre, como ya te digo, pero siempre, por lo que pueda pasar, sí. Uno nunca sabe en este negocio, ¿verdad? Tu vienes muy recomendado por nuestro gran amigo Willy, pero, bueno, ya sabes… Conviene estar prevenido… A Willy le conozco, sí. Gran amigo… nunca nos falló, pero nuncaaa… A ti espero conocerte, poquito a poquito, y despaciooo, que sólo así sabe cómo es la gente, con lentitud de caracol… Y yo creo que cuando nos conozcamos bien, pues bueno, incluso te vienes un día a disparar conmigo esta arma y así le pierdes el miedo… Sí, he visto los ojos que pusiste al ver el hierro. No, no es malo ese miedito de tus ojos. Eso me dice que eres prudente, y prefiero hacer negocios con gente así y no con memos de bocachancla, como se dice por aquí, ¿verdad? Ya me entiendes, ¿no?

Sin la pipa sobre la mesa el Rubio sintió alivio.

Sonrió intentando aparentar seguridad. Germán estiró las puntas de su poblado bigote tan de tío con muchos huevos al cual le importa un bledo sacar un arma en un local público.

Germán fue al grano. El Rubio olfateó el aire: el colombiano usaba suavizante capilar y ese detalle le pareció como de presuntuoso seductor de pacotilla. Seguía sin fiarse, pero de repente Germán y su puta cacharra le imponían menos respeto. O eso se decía para inyectarse valor.

—Ahora que ya nos hemos presentado, supongo que habrás venido con alguien, ¿verdad?

El Rubio rumió la respuesta. Mierda, Willy no le había preparado para contestar sin fallos… Su sesera se esforzó para acertar, necesitaba la respuesta correcta para causar buena impresión. Si le contestaba la verdad, o sea que estaba solo, quizá pecaría de pardillo. Mejor colarle una mentira.

—Sí, me esperan dos en la furgoneta. Prefería entrar yo solo para así conocernos con calma…

Germán cabeceó antes de escoger sus palabras. Parecía cansado.

—Perfecto… Te llaman el Rubio, ¿verdad? —Le tendió la mano con franqueza—. Yo soy Germán Miranda, pero los amigos me llaman «Milvidas» porque en las balaceras de allá al otro lado siempre me libro, sí… No sé, Dios me ama, o la Virgen de los narcos me protege, o tengo la suerte de un auténtico hijo de puta, no sé, la verdaaad. Pero llámame como quieras… Germán o Milvidas, no me importa, Rubito, no me importa, sólo me importa que seas igual de honrado que Willy, sí… Nosotros, los de mi organización, creemos mucho en Dios. Por eso valoramos la verdad… Es bueno que lo sepas desde ahorita. Mentir es pecado, Rubito, un gran pecado mortal. Si haces negocios con nosotros y mientes, te matamos. No nos queda otro remedio. Así es la ley de Dios nuestro Señor.

El Rubio obvió el sermón religioso, se relajó y estrechó su mano con la suya. No le gustó lo de «Rubito», pero se tragó el diminutivo tan de perdonavidas. Germán continuó sermoneándole:

—En la parte de atrás hay un aparcamiento. ¿Trajiste la pasta, sí? Bueno, pues vámonos allá y me la das y yo te entrego lo tuyo… Todo facilito, ¿eh?, sin sorpresas. —Simuló con sus dedos la silueta de una pistola para que el Rubio no olvidase su potencia de fuego.

Al Rubio le sorprendió el físico de Germán cuando se levantaron. Era piernicorto hasta el escándalo y su tronco, en consecuencia, parecía demasiado largo. Caminaba algo despatarrado y en esa forma suya de andar había algo de barco navegando en zigzagueante derrota. Quizá debido a ese caminar escorado las balas nunca impactaban contra su cuerpo cuando los tiroteos de ultramar.

Bordearon los edificios de la manzana hasta que las suelas de sus zapatos pisaron la gravilla de un solar custodiado por un gorrilla de osamenta trémula que apenas les prestó atención. El residuo humano de la gorra reconoció al Rubio: ya le había suministrado la propina cuando aparcó al llegar y nada extra iba a obtener. Se refugió fatigado bajo un chamizo y se preparó un chino. Aspiró fuerte y se recostó contra una montaña de cartón para saborear su veneno. Desapareció en su nube tóxica.

Germán se acercó a un BMW M3 rojo y parecía que, al caminar, sus cojones chirriaban de tan macho como era. Abrió el maletero sin ni siquiera mirar a la izquierda o a la derecha, con la misma desfachatez con la que había exhibido su automática en la hamburguesería. Agarró una bolsa grande de lona gris, impermeable, resopló al extirparla del culo de su carro, la dejó caer contra el suelo y, mientras palmeaba sus manos para sacudirse el invisible polvo, dijo:

—Bueno, ya lo tienes, ¿sí? Son cincuenta kilos. Coca buena, original, ala de mosca, pura mieeel… Y ahora… ¿Me das lo tuyo, Rubito?

El Rubio metió su zarpa en el bolsillo interior de la cazadora y sacó un sobre grueso. Germán lo trincó mediante un veloz giro de muñeca. La mano siempre es más rápida que la vista. Echó un ojo matemático al interior. Las puntas de su bigotón se encresparon como si hubiesen recibido una descarga eléctrica.

—Sí…Parece que está todo… No lo voy a contar ahora, Rubito, nooo. Eso ya lo haré luego, con calma, en mi choza. Pero parece que sí está todo. Y si falta algo, si falta una puta peseta… Ay, Rubito, ay, Rubito… Eso querrá decir que nos has mentido, gran pecado mortal, y nunca más podrás usar tu picha rubia porque te quedarás sin polla y sin cojones y sin cabeza y sin alma… Te cortaré en pedazos… Está todo aquí, ¿verdad? Dime que sí, dime que sí, por favor, y así empezamos nuestra amistad de modo correctooo…

El Rubio asintió y, sin desviar la mirada, musitó un «sí» bastante firme procurando que no sonase impertinente.

—Perfecto, confío en ti, pero si quieres que sigamos haciendo negocios debes hacerlo tú en mí. El intercambio es muy arriesgado, así que a partir de ahora deberás pagarnos por adelantado. Un primer viaje con la pasta y otro para recoger la mercancía. ¿Somos amigos? ¿Podemos confiar el uno en el otro?

El Rubio asintió.

Demarraba su aventura en la Champions de la drogaína y no deseaba un traspié que hundiese su carrera. Prudencia. Discreción. Mesura. Temple. Willy le había aleccionado en esas virtudes.

La mente bien despejada, la boca bien cerrada y el ojete bien prieto.

Al Rubio le sorprendió la facilidad con la que se había desarrollado el intercambio. Nada de truculencias, nada de malos rollos, nada de sorpresas desagradables. Germán ni siquiera se había fijado en su furgoneta, en que nadie le había acompañado al encuentro. A Germán se la sudaba, pensó.

Todo se le antojó demasiado fácil. Traficar a lo grande no parecía un ejercicio cuajado de peligros y zancadillas mortales.

Germán se marchó quemando rueda y su coche se perdió entre una nube de polvo en suspensión.

El Rubio encendió el motor de su furgoneta de alquiler —FURGOCAR lucía en los laterales— y sonrió.

Todo fácil y limpio. Qué bueno.

El gorrilla todavía babeaba en sus ensoñaciones de politoxicómano mellado y perdedor cuando la furgo ya ronroneaba hacia Valencia.

El peso muerto de la bolsa con la droga brincaba en la furgoneta rebotando contra los laterales.

«Música celestial», pensó el Rubio.

7

Gus vivió sus primeros años en Lumbrales, provincia de Salamanca. Sus padres cuidaban un rebaño tiñoso de cabras y su madre
roturaba la tierra. Ambos eran analfabetos. Desapareció de allí con
dieciocho años y jamás regresó. Y no volvería jamás. Era lo único
que sabía a ciencia cierta.

Primero, Madrid.

Las luces brillantes de la gran ciudad le habían atraído. Se largó
sin despedirse de la familia, pero su desembarco no encontró la
respuesta esperada.

La inercia de la miseria le había conducido hacia los territorios
asilvestrados de la gran ciudad. Escarbaba como un roedor entre el
fermentado estiércol para conseguir algo provechoso.

Madrid era una jungla hostil y nadie le tendía una mano. Atravesó el reino de los pringados husmeando la carroña celestial que
le salvase un día más.

Dormía en parques presididos por la osa mayor, acurrucado entre
arbustos y escombros. Se acostumbró a ladrar para obtener el respeto
de los otros parias y así acomodarse en un rincón donde los cartones
suplantaban la cama y los periódicos que amarilleaban, las sábanas.

Mataban o morían por un brik de vino recalentado al sol. La
roñosa corte de los milagros imponía la ley del más fuerte. Gus
peinaba los callejones y las avenidas.

Madrid, Madrid, Madrid.

Madrid le mataba a fuego lento.

Buscaba y buscaba y buscaba. Rebuscaba con ahínco. No sabía
qué, pero buscaba.

Derivó sus andares hacia las estaciones de autobuses y trenes porque, a Gus, el instinto le indicaba que en el río revuelto de los lugares de tránsito cualquier beneficio podía irrumpir en cualquier momento. Sólo debía permanecer atento y vencer el virus de la desesperación que, jornada tras jornada, se adueñaba de él.

Salir del pueblo para fracasar no entraba en sus planes, pero la necesidad sepultaba cualquier hebra de orgullo, cualquier átomo donde la dignidad permaneciese incrustada sobre la piel.

Descubrió que podía aliviar su cuerpo, lavarse la cara y las axilas, en los lavabos de las estaciones, lugares frecuentados por una masa compacta, anónima, severa y urgente.

Y en uno de aquellos compartimentos de aseos públicos, empapados de cochambre y ese tufo a lejía barata que revelaban su condición de zona de guerra, mientras se secaba la cara con los jirones de un basto papel higiénico, seguía olfateando su oportunidad. Con las manos limpias encajó su cuerpo contra un mingitorio de ergonomía vetusta.

Esa tarde, tan similar a todas sus tardes de buscón exhausto, advirtió a su vera un bulto que le incomodó.

Sorprendió a un tipo atildado en el mingitorio contiguo mirándole la polla mientras meaba. Calibraba su minga sin recato.

Gus no supo reaccionar. Se bloqueó. Se desesperó.

Su sesera zumbó, pero su cuerpo y su voz no actuaron con la presteza que la situación imponía. ¿Qué coño miraba aquel extraño con tanto descaro? ¿Su polla? No se lo podía creer… Gus se mantuvo firme. En su pueblo nadie miraba la picha del otro salvo si deseabas que te descalabrasen. Cuando ese tipo luego se introdujo en el cubículo de un cagadero y le dijo «anda, ven», su perplejidad aumentó.

«¿Ven a qué, a partirte la cara, pedazo de cabrón?», pensó. Pero cuando ese menda casi ahorcado por una corbata verde oscura y comprimido por un traje gris marengo cortado a medida le mostró un billete de cinco mil pesetas, aunque seguía sin comprender su pretensión, atraído por el aroma crujiente como de pan recién horneado de aquel papel moneda, entró.

Había aparcado su arranque de violencia, aunque presentía el peligro.

Le oprimía el alma la proximidad con aquel desconocido que le examinaba de arriba abajo con superioridad y deseo. Sus cojones palpitaban como si ángeles malignos le clavasen agujas de vudú para despertar su escroto.

Notó como se le formaban gotas de sudor sobre el espinazo. «Eres muy mono… pero estás nervioso… no te preocupes…» Aquel tío hablaba con empalago adherido sobre la lengua.

El trajeado le extrajo la picha con naturalidad, dulzura y desfachatez. Pareció sopesarla con la palma de la mano. Gus sintió como si un palo le desflorase su intimidad más sagrada. Sus músculos se tensaron.

Pero no dejaba de soñar con aquel billete…

Le pareció escuchar el quejido de sus tensionados tendones.

«Si quieres las cinco mil pelas más vale que se te ponga dura, chico mono… Yo pago si la polla se pone dura, pero no para tener un molusco entre los labios, te lo aseguro.»

Asustado, superado por la situación, la posible ganancia le venció. ¿Y qué importaba? Necesitaba esa pasta y ese tipo no parecía peligroso.

Gus se concentró en la colección de tías desnudas que había visto en películas porno y revistas de chicas guarras allá en su pasado renegro de pueblerino con fronteras.

Las gotas de sudor prosperaban en su espinazo. Se reconcentró rememorando la colección de tetas grandes que atesoraba en su memoria. Pensó en esos maravillosos culos en pompa de nalgas simétricas, en esas vaginas depiladas mostrando vertical sonrisa maquillada como de muñeca de porcelana.

Falso glamur para pornógrafo cateto. Divertimento de perdedor que no moja nunca. Calenturas para paletos cejijuntos que cumplían su misión de provocar masturbaciones rurales, agropecuarias.

Cerró los ojos y pensó que la mano que sujetaba su picha era la de alguna de esas mujeres de papel cuché y bronceado perfecto en su punto de jugo.

Tuvo un principio de erección. El sudor de la espalda fluía y podía convertirse en una riada que desembocase hacia los tobillos. Sentía asco de todo, en especial de sí mismo, pero procuraba mantener fija la mente en las tetas y los culos grabados en su memoria y, sobre todo, en la pasta que ganaría.

Trasladó sus neuronas hacia una playa de ensueño donde una mulata comenzaba a pajearle suave y atrevida y cachonda y muy gentil bajo la sombra de unos esbeltos cocoteros.

Experimentó placer. La sensación le asustó. No era tanto por asco, sino por aquello en lo que podría convertirse.

Apartó ese pensamiento. No, aquella mano que le masajeaba era la de una chica cañón de busto natural, perfecto y futurista, y no la de un tipo rico que se la meneaba en un cuarto de baño sucio.

El placer aumentó. El miedo anterior y sus dudas regresaron. Respiró acelerado. Gruñó. Gimió. Jadeó.

El tipo besuqueó su miembro. El tipo chupeteó su ariete. El tipo retornó a los trabajos manuales mientras se relamía muy gourmet.

Gus pensó que la tía más buena del mundo se la estaba cascando y que encima iba a pagarle cinco mil pesetas.

Así fortalecía su mente cuando flaqueaba.

El sudor ahora también brotaba desde las sienes.

Gruñó. Gimió. Jadeó. Exhaló un suspiro ronco y eyaculó en las manos del encorbatado que pagaba a cambio de pajear al prójimo.

El masajeador filtró una risa de vicio confuso que abochornó a Gus.

Salió de allí con cinco mil pesetas en el bolsillo y una sensación pegajosa en todo el cuerpo. Mientras caminaba lloró. Lágrimas de pura derrota expresando ira y frustración.

De una sentada pantagruélica y basurera se comió tres hamburguesas en un burriking y comprendió que sólo existía un medio a su alcance para ganarse la vida.

Dejaría que le pajeasen a cambio de pasta. Pajas por dinero. Sólo pajas. Nada más. Nada menos. Y de momento. Sólo de momento. Algo provisional. Cerraría los ojos y pensaría en playas límpidas y tetas rotundas y culos gloriosos de mujeres estupendas.

Compró un paquete de Marlboro. Se sentó en el banco de un parque y fumó dos cigarrillos seguidos. La nicotina le vivificaba, le despejaba, le limpiaba.

Tenía la mente en blanco pero una extraña pulsión le embargó.

Sin saber cómo, sus dedos cobraron impulso bajo una orden emitida desde algún profundo recoveco de su cerebro.

La mano teledirigió esa segunda colilla moribunda sobre su antebrazo izquierdo. Presionó hasta retorcerla con brío y saña. El contacto entre la piel y la punta de la colilla provocó un chisporroteo como de mosca electrocutada en un bar de carretera. Varias hilachas de humo escalaron hacia el cielo.

Le dolió y le gustó.

Le dolió pero aguantó el tipo.

Extinguida esa brasa, observó ojiplático, pero nada arrepentido, la intensa marca roja lacrando su piel. Olió a carne quemada y ese perfume se le antojó peculiar.

Y, qué curioso, se sintió mejor, mucho mejor.

Ya tenía un trabajo. Se aplicaría con disciplina.

8

Los altavoces escupían bakalao y esto favorecía la aproximación de los labios hacia las orejas para lograr el intercambio de palabras.

Fraseos a voz de grito irritando gargantas. Sin esa invasiva aproximación nada resultaba audible. Esa cercanía impúdica desagradaba al Rubio, sobre todo porque Fermín Matasanz, alias «Gusano», su lugarteniente primero y hombre de confianza, proyectaba asquerosas partículas de saliva que asperjaban el cartílago de su pabellón auditivo.

No le gustaba que Gusano le rociase el lóbulo de esa guisa y optó por decírselo claramente.

Él era el jefe. Él era el nuevo hombre fuerte. Él y sólo él había trasladado, durante los dos últimos años ya y sin el más leve percance, la blanca mercancía desde Madrid. Él tenía el contacto y las pelotas para dirigir el negocio. Él se había tragado el miedo frente a la pipa silente y nefasta del reloco Germán «Milvidas» aquella primera vez.

Él mandaba ahora. Él sufragaba la fiesta en la cual Gusano y el resto de la banda tanto se divertían tras haber vendido los kilos de la última entrega en un tiempo récord. La buena mandanga se agotaba fácil. La droga es el único producto del universo que triunfa sin necesidad de campañas de publicidad y con toda la pasma del mundo a la contra; «si la droga es buena, se vende sola», pensaba el Rubio, inmerso en sus filosofías particulares.

—Gusano… Gusano, tío, córtate un poco que me estás duchando con tus babas…

A Fermín «Gusano» Matasanz la observación seca y cortante

le disgustó y le pareció que el nivel de su pedo, hasta ese momento de siete grados en la escala Richter, menguaba sin remedio hacia los terrenos de la sobriedad.

Gusano tenía el cuerpo deslavazado; la nariz carnosa, pequeña y roja; la boca, cínica, y la cabeza, piriforme. Desde pequeño le endosaron el mote de Gusano, pero cualquier insecto habría servido para otorgarle la denominación de origen fruto del ingenio salvaje de las calles del extrarradio.

Superado el sofoco, el alcohol y las rayas le catapultaron otra vez hacia el limbo de los artificios espirituales. Gusano recuperó su alegría postiza y contestó quitando importancia al mandoble recibido.

—Joder, Rubio, coño, perdona, eh, venga, tete, que estamos de fiesta... eh, y, además esto está lleno de tías buenas. Pero buenas de verdad...

Sí, arreciaba la fiesta, bien lo sabía el Rubio, que para eso la patrocinaba. El desparrame estallaba en un garito fino del puerto de Valencia, en la terraza del piso superior, y les habían acotado una zona privada.

Al Rubio se le antojaba que los del local, serviles ante la suntuosa pasta que había derramado sobre sus testas, parcelaban unos metros cuadrados a mayor gloria del nuevo traficante que había irrumpido estos últimos tiempos con el esplendor y la gloria del que ha llegado para quedarse.

Ahí estaba él, reinando sobre su plebe. Le complacía esa sensación de poder.

Sus lacayos habían avisado a otros eslabones de la cadena de venta y todos habían invitado a muchas amigas.

Color. Necesitaban color femenino. Que corriese la voz. Las chicas tendrían todas las rayas gratis que quisiesen.

El Rubio, repartiendo despilfarro superior para que nadie se quedase sin follar esa noche, había contratado en secreto a media docena de putas encargadas de ligar con los que se mostrasen incapaces de seducir a una fémina. Quería que sus chicos se fuesen contentos. Ignoraba si lo hacía por generosidad, morbo o mera diversión.

En cualquier caso, Gusano, tan listo para trapichear pero tan tonto para los ámbitos de la educación sentimental, no adivinaba la presencia de las profesionales. Algo cobista y por congraciarse con el Rubio, fingiendo una complicidad que eludía la jerarquía de la pirámide, dijo:

—Hostia, Rubio, mira aquella morena, sí, sí, aquélla, la del culo gordo… Joooder, qué cachondo me pone… Y no deja de mirarme… Pero… ¡fíjate! ¿Tú has visto cómo me mira? Si es que me está pidiendo guerra con los ojos… Jooooder…

El Rubio mantuvo las distancias para escapar del chaparrón de saliva, pero le entendió. Sonrió hacia su coleto saboreando la jugada. Y entonces supo que había contratado a las suripantas para divertirse y jugar con su banda. Y de nuevo le saturó de felicidad esa sensación como de mandar sobre el prójimo jugando a pequeño dios terrenal.

Y sí, Gusano, sin intuirlo, pobre pero fiel infeliz, acertaba: aquella morena culigorda le pedía, en efecto, guerra porque era una de las meretrices contratadas, y posiblemente la más fea del grupo. Pero así era Gusano, un tipo que siempre apostaba por el estilo y la elegancia. Ésa era su naturaleza de viscosa lombriz.

—Pues ve a por ella, no seas nenaza… Ve a por ella que seguro que te la ligas… A por ella, Gusano, que hoy mojas…

Éste obedeció y marchó en busca del abrazo de la culigorda.

El Rubio sonreía. Sus muchachos habían vendido rapidito el material y sin rastro de morosidad.

Las cuentas claras. Las cuentas limpias. Cero deudas. Todo cobrado a tocateja. Ganaba pasta a espuertas. Había ganado demasiada pasta en demasiado poco tiempo. Aquello le pareció goloso en extremo, intuía que nunca más podría renunciar a esos beneficios ingentes.

Pero no era el dinero lo que le motivaba. Era otra cosa.

El placer de caminar por el lado salvaje de la vida sí le enganchaba. Y chulear a la poli. Y sentirse más listo que nadie. Vanidad. La jodida vanidad del triunfador. Debía corregir esa tendencia suya hacia la vanidad. Soberbia. La puta soberbia del éxito. No debía pecar de soberbio. No debía olvidar las recomendaciones de

Willy Ramos, pero, claro, ¿de qué sirve ganar tanta pasta en tan poco tiempo si no la disfrutas?

Por eso sufragaba esa fiesta y había patrocinado otras. Iría con sumo cuidado, pero algún capricho se permitiría; una fiesta de esa categoría fortalecía los lazos de la banda, aseguraba fidelidades y robustecía la idea del clan. Si sus chicos disfrutaban darían la cara por él y partirían sin dudarlo los huesos de los enemigos. Eso pretendía él: crear un grupo de quebrantahuesos. Y todavía no sabían el premio que les esperaba además de las putas…

Tres chicas con tacones discotequeros traspasaron el cordón que separaba el reservado del resto de la superficie de la terraza mediante una zancada de garza que revelaba un muslo fortificado.

Focalizó su concentración sobre una. De inmediato.

Y la devoró con la mirada. Aquella preciosidad gastaba ojos verdes salpimentados de reflejos lilas. Ojillos maléficos de pictograma chino dibujados por un pintor revolucionado de absenta. Su mandíbula resultaba quizá demasiado angulosa y definida. Transmitía una fuerza germánica que se le antojaba cargada de erotismo primitivo. Su larga melena lacia, poblada por una cantarina y frondosa mata capilar oxigenada, decolorada, casi blanca, teñida desde las raíces a las puntas, le alcanzaba el trasero rotundo. Sus grandes y envolventes pechos mostraban la firmeza del plástico y su recta nariz descubría el cincelar de un bisturí que cercena en serie las napias como en una cadena de montaje.

El Rubio estaba a favor del progreso.

El Rubio amaba las chicas con curvas de vigilanta de la playa.

El Rubio se ponía muy cachondo con la dureza de la silicona y esas tetas eran como el mar antes de la tormenta.

Había algo huracanado y mitológico en aquella chica de expresión de enfado permanente. Huracanado, sí, exactamente era eso.

El Rubio estaba caliente como las ruedas de un bólido de F1 al finalizar la carrera.

El Rubio pensó que el pecho de esa espléndida falsa albina representaba el progreso en estado puro.

Al Rubio le chirriaban las meninges con esos pensamientos. Salivaba. Necesitaba hablar con aquella joven.

Tomó la iniciativa. Hervía su virilidad. Intentó ser amable.

—Oye, ¿sois de esta fiesta?

La decolorada miró a sus amigas pintalabios funambulistas torcer el morro de mero asquito. Luego fusiló al Rubio con sus faros verdelilas. Le disparó una mirada tan feroz que una lavandera habría tardado una semana en limpiarla.

Acercó su índice hasta el tímpano para dejarle claro, clarito, claro que nada había escuchado. Encendió un pitillo. Contempló el fragor de la fiesta con desprecio forzado.

Se sentía superior porque lo era y lo sabía. Adoptaba el papel de chica fastidiada ante la caspa dominante. Pero el Rubio estaba inflado por el éxito de sus dos años como comerciante cocacolero y por el dineral cosechado durante ese fecundo bienio.

Recordó la bilis vomitada por el miedo de sus viajes cargado de material pero apartó esas cavilaciones. Él era un triunfador.

Atacó. Se levantó y se sentó junto a ella.

—Te preguntaba que si formáis parte de esta fiesta, sólo eso…

La decolorada no acusó la pregunta. Miró al Rubio con sus ojos de chiribitas psicodélicas como si éste fuese un extraterrestre impertinente. Apagó la colilla rematándola contra el suelo con la punta de su zapato. Pisó potrosa esa colilla y al Rubio le encantó esa demostración de cabreo perpetuo. Por fin se dignó, pero sin apenas mirarle.

—Entonces… Entonces ¿tú crees que esto es una fiesta? Vaya, vaya… ¿En serio? Qué cosas… Creo que tú no has estado en muchas fiestas…

Y sonrió destilando veneno de áspid.

El comentario ofendió al Rubio. Rejones de fuego sobre su ego hiperdesarrollado de noche triunfadora. Andanada extra de hostias a traición. Menuda cabrona. O era así de chula desde que nació o se había entrenado desde niña en la modalidad de artes corrosivas.

El gran hombre, el tipo que se la jugaba acarreando el material él solito, el menda que sufragaba el festival con pretensiones de Sodoma y Gomorra, permanecía mudo y clavado contra el sofá, en fase menguante, buscando una réplica oportuna para recuperar terreno. Tras esforzar su mente, acertó a musitar sin gran convicción:

—No, la verdad es que no he estado en muchas fiestas. Tienes razón. Ni siquiera soy un tío de fiestas, si te digo la verdad. Pero, eso sí, al menos esta fiesta, la de toda la zona acotada donde te has colado con tus dos troncas, la pago yo, y no me sale barata, te lo aseguro, pero nada barata. A lo mejor necesito que me asesoren para las siguientes fiestas. Sí, será eso. Necesito algún asesor de festejos y derivados…

Y reculó dolido. Se levantó lento y pachorro y poltrón.

Regresó a su posición original. Le sorprendió el tono manso de su respuesta.

Él no le hablaba así a nadie. Él era el jefe. El gran hombre. Él pagaba los desparrames. Él mandaba. Pero aquella decolorada le ponía muy cachondo, demasiado, y deseaba congraciarse con ella para seducirla.

Chasqueó los dedos y un camata ojo avizor no tardó en suministrarle un botellín de agua. El Rubio apenas bebía alcohol o fumaba ni se drogaba.

Vigilaba su vanidad y su soberbia porque sólo ante esos vicios existenciales podría sufrir un grave hachazo de irresistible y letal enganche.

Se arrepentía del «y no me sale barata». Le sonaba a las películas en blanco y negro que veía de chaval junto a su madre, en la salita cutre del piso de su familia, donde el gángster proclama el precio de su traje para epatar a los secuaces del jefe de la banda rival.

A la decolorada se le aceleró el pulso cuando averiguó que ese rubiales de aspecto soso y neutro, desde luego bastante atractivo, aunque de estatura normal y con un flequillo algo moñas, había aflojado la tela del fiestorro.

Olió dinero. Percibió el perfume de los billetes. Intuyó pasta gansa a mansalva. Barruntó engolosinada y fulgurante lo que sería una buena vida de cartera fácil. Estaba harta de sobrevivir con sus padres en un pisucho de protección oficial enclavado en un barrio fronterizo donde cada vez más los morenitos payoponis acudían en mayor número para agarrar curdas enciclopédicas.

Tenía el instinto de la supervivencia muy desarrollado para chequear al prójimo y sabía que a ese tipo le podría manejar a su antojo. Anhelaba un futuro de fanfarria y risas enlatadas.

Deseaba conseguir a un hombre que le concediese sus caprichos, sus caros caprichos. Y ya iba siendo hora de pillar ese cacho. Durante sus últimas salidas solía probar. Deshojaba la margarita. ¿Será éste mi hombre, sí o no, sí o no? Estaba harta de dar tumbos. Quería elegir ya un maromo y modelarlo a su gusto. Probaba y probaba.

Probaría con ese rubito. El deseo de sus pupilas no mentía. Se lo ligaría rápido. Para eso se había operado a base de ahorrar currando en las pútridas entrañas de una pútrida carnicería especializada en casquería.

Odiaba el aroma de las vísceras porque necesitaba frotarse con ahínco en la ducha para erradicar ese tufo. Se estaba jodiendo la piel con tanto restregar.

Había torneado su cuerpo y perfilado su mente a base de legítima ambición.

Probaría con ese rubito, desde luego. No era feo y parecía tener pasta.

Se recolocó la minifalda, se atusó la pelambrera decolorada, se humedeció los labios y se recompuso las tetas optimizando el canalillo sexi que se formó al apretujarlas contra los aros del sujetador.

Y embistió.

Se sentó junto al Rubio. Desplegó un esbozo de sonrisa. No estaba acostumbrada a sonreír a los hombres, pero el Rubio, obnubilado ante su belleza huracanada, no percibió que fuera artificial. Ella trataba a los hombres como si fuesen colillas. Los pisoteaba con saña.

—Me llamo Sacramento... Sacramento Arrogante. No, no digas nada, me llamo así y no es coña. Y sí, nos hemos colado en tu fiesta. ¿Te importa? Si quieres nos vamos ahora mismo.

Sin esperar respuesta estampó dos besos sobre el rostro del Rubio, muy cerca, lascivamente cerca, de la comisura de sus labios.

El Rubio sintió electricidad estática. El vello de sus brazos y su nuca se erizó.

Ahí supo que esa noche la acabaría con Sacramento Arrogante. Dios, hasta su nombre le ponía cachondísimo…

El Rubio, feliz ante esa certidumbre de sexo, observó que Gusano se largaba con la profesional culigorda. Gusano, tan listo para el trapicheo y tan memo para el amor.

Pero al igual que Gusano, ignoraba, vanidad y arrogancia varonil, que era ella la que había decidido follárselo.

—Sacramento Arrogante. Qué nombre tan bonito y, desde luego, el apellido se te ajusta de cojones. Nunca había conocido a una chica con ese nombre.

—Porque nunca has conocido a una chica como yo.

Sacramento lanzó una risa franca admirada ante su propia réplica y sus tetas temblaron con singular elasticidad rígida. El Rubio, trastornado, absorbió ese movimiento ondulante y firme. Sí, harían el amor esa misma noche. El vello de su nuca y sus brazos continuaba tieso.

—Perdóname un segundo, Sacramento, tengo que hacer algo ya mismo, pero no te vayas, quédate aquí.

Agarró una bolsa de cuero tras el sofá del reservado. Extrajo de allí siete sobres. Avisó a sus fieles lacayos y éstos, en fila india, los recogieron rulando en un ronroneo de satisfacción. Cada sobre albergaba dos mil euros de premio.

Un plus por su buen hacer.

Sacramento contempló atenta la escena y, sobre todo, los rostros de los mayordomos al abrir el sobre. Allí había mucha pasta.

Cuando, más tarde, el Rubio le preguntó «¿Nos vamos?», respondió «sí» ladeando la cabeza. Se iba a follar a aquel tipo.

Mejor aún, atraparía a ese chico rubio aunque algo soso. Lo incrustaría en el callejón sin salida del tornado de su personalidad. Lo acuchillaría a base de silicona. Y le cambiaría ese flequillo tan pasado de moda, eso seguro.

Al Rubio le ponía el plástico y a Sacramento, el dinero. Estaban hechos el uno para el otro.

Sacramento Arrogante… Al Rubio le gustaba ese nombre y le pasmaba ese apellido…

La llamaría Sacra y sería su novia. Lo sabía.

Sacra se acomodó en el asiento del coche del Rubio, un Volkswagen Polo, sin complejos. Su minifalda permitía observar el blanco de su braguita de encaje y el Rubio sintió que las descargas de electricidad podían cortocircuitarle.

En apenas media hora llegaron a su chalet.

La dirigió sin camelos ni pérdidas de tiempo hasta el dormitorio. La desvistió. La admiró. Suspiró.

Ella le desnudó, lo tumbó sobre el lecho y se lo folló a horcajadas. Cuando terminaron, el Rubio pronunció la frase sin darse cuenta. La orden no pasó por su cerebro, venía de más abajo.

—Sacramento, te quiero. Y quiero que seas mía. Y quiero llamarte Sacra a partir de ahora.

A Sacramento le resbalaba el sudor entre el canalillo de su pecho.

Sonrió ante el triunfo y la precipitación de ese rubito. Un poco más y le pedía matrimonio allí mismo…

Y tras haberle catado estaba segura de algo: ese rubito le daría buena vida, desde luego que sí. Para amarrar mejor la jugada, obró con la sangre fría y sinceridad:

—Mira, Rubito, me gustas… Sí, me gustas, incluso mucho, pero yo soy muy independiente y tengo mucho carácter… No soy una muñequita de usar y tirar… Yo exijo mucho… Vamos a ver qué pasa, sin agobios ni nada, eh…

Y sonrió y bufó y se abanicó con la mano abierta.

Luego se tumbó a su lado, encendió un cigarrillo y miró con expresión de mujer dominadora el techo de la habitación.

El Rubio se inclinó sobre ella y mediante un reptiliano lametón le recogió el sudor que perlaba el canalillo de Sacra. Saboreó ese líquido y con esa ingesta, filtro de enamoramiento bizarro de alquimia posmoderna, sintió que era su esclavo.

—Pídeme lo quieras, Sacramento. Pídemelo todo, Sacra, y lo tendrás.

Sacra. La llamaría así porque le sonaba a algo sagrado.

—De momento puedes llamarme Sacra —contestó displicente la decolorada.

9

Gus se acostumbró a vivir vendiendo sus atributos a los que sacia-
ban sus morbos en los lavabos públicos. Encajó ese modus operan-
di con aséptica deportividad.

Ya tenía un trabajo. Y se aplicaba.

Aprendió los códigos, las pautas, los ritos, los protocolos. Aprendió dónde florecía el movimiento chaperil.

Los alrededores de un café llamado Oviedo y la zona de Re-
coletos le suministraban la clientela.

Aprendió a reconocer a los poetas delicados de versos malos
que anhelaban redención cambiando su lirismo por un trozo de
carne que les galvanizaba el sentimiento.

Aprendió a regatear el precio. Aprendió a conseguir dinero
extra jugando con ellos. Aprendió a excitarles mientras se dejaba
querer.

Aprendió cómo alquilar por horas cuchitriles de pensiones
asquerosas para el intercambio cárnico. Aprendió que los clientes
y sólo los clientes sufragaban ese gasto suplementario.

Aprendió a provocarles un deseo irrefrenable. Aprendió a distinguir las manías de toda aquella tropa dotada de infinidad de
matices. Aprendió mucho mientras se dejaba palpar, frotar, pajear.
Ni les juzgaba ni les odiaba. No hacían daño a nadie; eran pagado-
res fiables y aceptaban las reglas del intercambio.

La ropa no importaba, un cliente de vestimenta desastrada podía escupir más billetes de su cartera que otro que fuera como un
pincel.

Aprendió que los viejos pagaban más porque les emocionaba

la carne joven y babeaban con su picha nervuda y robusta. Aprendió que algunos mostraban modales viriles y portaban anillo matrimonial enroscado en el anular.

Aprendió el sutil o brutal juego de miradas que desencadenaba el chispazo.

Aprendió a decir «no» cuando querían extralimitarse y superar la mera y simple paja. Él seguía cerrando los ojos para imaginar que unas poderosas hembras de hechuras mitológicas pugnaban por ordeñar su miembro para extraer la leche.

Él pactaba la paja de antemano. Él dictaba las reglas. No engañaba.

Algunos pretendían, tras ese pacto de paja y leche, besar, acariciar, mimar, arrullar, abrazar y suspirar amorosos. Pero Gus les decía que no y tan amigos. Sólo permitía que le pajeasen y ese trabajo, el suyo, sería temporal. No estaba en disposición de repartir cariño.

Ahora vivía en un piso cutre cerca de Atocha. Lo había pintado. Lo había adecentado con cuatro trastos de chamarilero terminal. Ahorraba sin tener planes. Su mentalidad todavía lastrada por su recalcitrante pasado de cateto le obligaba a resguardar un remanente en el calcetín. Sus precavidos genes de chico de pueblo afloraban en esos detalles. Salía de su habitación a las siete de la tarde y regresaba justo antes de la medianoche. Sólo dos pajas al día, su juventud le procuraba una producción láctea solvente pero no deseaba abusar.

Comía hamburguesas. Fumaba Marlboros. De vez en cuando, antes de dormir, apagaba el último pitillo sobre el brazo y se sentía mejor al demostrar que soportaba el dolor como un macho.

Se infligía ese dolor para demostrar su virilidad. Un cliente, pensaba, jamás se autolesionaría. También por miedo a que algún día le gustara aquello.

Sólo se buscaba la vida de manera temporal, pensaba, pero saldría de aquel universo de meadas estratificadas contra el suelo, tapas de inodoros que jamás encajaban en el aro y pensiones infectas con sábanas sucias y un tufo perenne a sexo de muflones encelados, a sexo que se pagaba, a sexo que colmaba los apetitos un breve instante para devastar el alma después durante luengo tiempo.

Se levantaba tarde y deambulaba sin rumbo. Veía turistas. Veía gente trabajando en curros legales. Veía coches y autobuses vomitando contaminación. Veía el rugir de la urbe y no entendía cuál era su sitio en el mundo.

Buscaba, buscaba y buscaba.

Miraba, escuchaba y procuraba aprender.

Compró una novela de un tal Sven Hassel en el Rastro. Prosa paleta que le permitió huir de su realidad. El autor narraba las andanzas de un grupo de soldados alemanes en Rusia. Mataban y se descojonaban. Se cagaban en Hitler. Violaban a las campesinas y asesinaban a sus maridos. Se aficionó al género y leyó todo lo que cayó en sus manos de Sven Hassel. Mientras lo leía sentía como los piojos de las trincheras también le chupaban la sangre a él.

Una noche cambalacheó con una presa. Un tipo grande y algo oso de barba cerrada, aire tosco, barbilla prognática y una camisa de cuadros rojos como de leñador por fuera de los vaqueros.

Intercambiaron mensaje de flujo húmedo con los ojos.

—¿Quieres hacerme una paja? Son diez mil pelas —susurró Gus. Había aumentado su tarifa.

El oso se relamió y salivó y babeó.

Gus aflojó su cremallera y el oso le pajeó.

Gus había depurado su técnica de evocación visual y caribeña de mujeres de belleza paranormal para derramar lo más rápido posible su simiente y acortar así aquellos trances sucios.

Cuando se corrió el oso intentó besarle. Gus le apartó con energía y el otro se lo tomó mal.

—Pero ¡qué coño haces! ¡Aparta, pedazo cabrón! Ya tienes lo tuyo, ¿no? Te dije una paja, sólo una paja. Ya está, se acabó, aquí no hay propina, coño. Me piro…

Pero el oso se lo tomó mal. Era un oso malo.

—¿Qué pasa, guapo, vas a castigarme, a dejarme sin un besito final? Para ser un puto chapero y haberme sacado diez mil pelas eres muy desagradable…

Gus se revolvió para salir del reducido cagadero que, súbitamente, había adoptado la forma de un fúnebre nicho vertical.

El oso cerró de un manotazo la puerta que ya se entreabría. Destilaba violencia.

—Eres un mierda y voy a meter mi polla en tu culo por capullo. Hoy tu culito sangrará, puto chapero. Eres un putito y te va a gustar —masculló el oso malo.

Gus se giró despacio. Se miraron. Ondas hostiles rebotaron contra la cara de Gus. Inclinó la cabeza. El oso malo creyó ver sumisión en ese gesto sumisión. E insistió.

—Anda, date la vuelta y bájate los pantalones, esto te va a gustar… Ya verás… Igual sangras un poco pero no pasa nada, que te veo muy estrecho, chaperito de mierda… Al final seremos buenos amigos y me suplicarás más y gratis, claro que sí…

El oso le sacaba más de cinco centímetros y cuarenta kilos a Gus. El oso sudaba y olía bastante agrio. El oso era malvado y sus intenciones eran aviesas.

La cabeza de Gus bombeaba mensajes: «Le dije que sólo una paja, le dije que sólo una paja, y aceptó el trato. Aceptó el trato». Ese oso no era como los otros clientes, rebosaba maldad. Ya no recordaba chicas de curvas jugosas y labios ardientes y playas con cocoteros inclinados de ramas cuyas puntas lamían aguas transparentes.

Ahora se preparaba para defenderse. Para machacar al oso. Uno, dos, tres. Atacó a la de tres.

Su frente se catapultó veloz y rotunda, maciza como una piedra, contra la nariz del oso. La rompió y a Gus el sonido del cartílago quebrado le gustó y le dio más fuerza. El oso acusó el golpe y se llevó, mientras gritaba de dolor, las manos hacia las fosas nasales para examinar los daños y taponar la hemorragia, que manaba descontrolada. Gus le clavó la rodilla derecha contra los genitales. Fue un martillazo.

El oso aulló. El oso dobló las rodillas. El oso malo gimoteó.

Gus le incrustó el codo derecho contra la coronilla. Una, dos, tres veces.

El oso menguaba su estatura con cada golpe y se acuclilló mareado, al borde del KO. Permaneció así, apoyado contra la taza del inodoro, exhalando un débil murmullo ahogado por la sangre que se despeñaba por su garganta.

Gus estaba tranquilo, dominante, controlando la situación. Recolocó sus músculos mediante un espasmo de electroshock y suspiró. Pensó en cocoteros y arrecifes de coral y chicas en biquini con ametralladoras. Si hubiese tenido un arma le habría matado sin dudarlo. El oso acababa de sacar lo peor de sus rincones oscuros, lo que escondía latente en sus entrañas. Y supo que no habría vuelta atrás.

Palpó el cuerpo del oso. Éste apenas se movió. Le costaba respirar. Encontró lo que buscaba: la cartera. Cogió de allí toda la pasta y la contó. Diecisiete mil pelas. Un botín extraordinario. Abrió la puerta del cagadero y sus pupilas se posaron sobre la mole inerte. Un tipo que meaba contra un mingitorio acabó rápido lo suyo sin vigilar su bragueta cuando se percató de la movida. Desapareció con el pantalón mojado.

Antes de cerrar la puerta Gus contempló los restos inertes del antaño fiero oso. Calculó la distancia. Estaba tranquilo y calculador. Se tomó su tiempo…

Le propinó una patada contra la boca y varios dientes de osezno malote saltaron por los aires. A Gus le gustó el sonido de esos dientes arrancados de cuajo, reconvertidos en amarillentas astillas voladoras. Cerró la puerta y se marchó.

El oso malo era ahora un osito durmiente de piñata mellada como un cuchillo mocho.

Quizá la rabia acumulada durante los malgastados años en el agreste y hostil pueblo provocó su primer y brutal estallido de violencia. Quizá las expectativas de la gran ciudad no habían colmado su sed. Quizá comer mierda y sobrevivir en ella le había predestinado a ello. Gus explotó con intensidad de gorila enfermo de sífilis y no sintió miedo ante ese arrebato demente.

Había encontrado otro trabajo más lucrativo.

Se terminaron las playas magníficas y refulgentes fruto del blindaje de su imaginación. Se acabaron las evocaciones ficticias de chicas galácticas a modo de escapismo.

La futura clientela ya no le practicaría un grasiento onanismo de urinario.

Ahora les machacaría y les desplumaría. Un osito travieso que incumplió un pacto tuvo la culpa de esa mutación que le elevaba otro peldaño en la escala trófica de la jungla de asfalto.

Ahora él sería el Malo. Ahora le temerían a él. Ahora pagarían justos por pecadores.

Gus se sintió fuerte y remacho. Prosperaba en su trabajo. Demostraba adaptación e iniciativa. Había ascendido en la oficina.

Esa noche se aplicó varios quemazos contra su brazo izquierdo. Apenas le dolía. Era un verdadero machote.

Eso se decía.

10

Al Rubio el único miedo que le atacaba, a veces, incluso demasiadas para lo que le hubiese gustado, nacía de la facilidad de su negocio. Por eso vomitaba bilis antes de una entrega por parte de los colombianos. Una vez al mes pactaba una cita en la misma hamburguesería con Germán «Milvidas» Miranda y luego regresaba a su ciudad sin ningún percance. Rutina de bilis, farlopa y dinero a raudales.

Casi tres años habían transcurrido tras el primer encuentro y ya compraba noventa kilos al mes que distribuía, gracias a Gusano y a sus siete lacayos, con una facilidad aterradora. Y el negocio seguía creciendo. Los primeros años llamaba de vez en cuando a su mentor Guillermo «Willy» Ramos para informarle.

—Todo perfecto, Willy, ningún problema. Esto es la rehostia.

—Me alegro, Rubio, coño, la putísima madre, sabía que servirías para esto, sí. Pero me cago en la leche puta, Rubio, que no se te vaya la olla, eh, no eres una jodida estrella del rocanrol, de esos que llevan mierdas de chaquetas brillantosas y feas como la madre que los parió. Mucho cuidado siempre, con todo, siempre con todo. Cuidado con Milvidas, a buenas es legal, pero a las malas es un pedazo cabrón que ni te imaginas. Y cuidado con la boca, no hables con nadie, que nadie sepa ni de tu negocio ni de tu contacto. Oye, mamonazo, he recibido el vino, muy bueno. Me lo bebo a tu salud.

—Me alegro, Willy, y tranqui, soy discreto. De verdad.

—Más te vale, coño que sí. Fíate de mí que soy viejo y he sobrevivido a estas movidas. Oye, ¿tienes novia? Espero que sí, eso ayuda a sentar la cabeza y a ser prudente…

El Rubio dudó sobre si debía contárselo a su mentor… Sabía

que, en caso de conocer a Sacra, no aprobaría aquella relación por el lado exhibicionista de su amada. Dudó, pero no tenía redaños para mentir al hombre que le había tocado con su dedo mágico hasta procurarle su recia fortuna.

—Sí, sí. Sí, tengo novia. Y estoy enamorado de ella. Vamos, que la quiero, Willy, con toda mi alma. Se acaba de venir a vivir conmigo. Y me mola…

—Vale, vale, capullo, pero no le cuentes nada, eh, invéntate que te dedicas a vender tractores, yo qué sé… No le cuentes nada, imbécil, te lo digo en serio, que las tías acorraladas cantan siempre… Venden a su madre y se follan a su padre con tal de librarse de la trena. Cuidado con la novia, no me seas un bocas hijoputa, eh.

—Que sí, hombre, que sí, que no le digo nada de lo mío… Tranqui, Willy.

Y ésa fue la última vez que le llamó. Willy no tenía derecho a meterse en su vida privada. Se lo debía todo, pero existían límites. Sobre su amante blonda no admitía injerencias.

A veces le pesaba no llamarle porque suponía que incurría en una especie de traición… Pero, en fin, Willy tampoco le llamaba, por lo tanto imaginaba que ya podía volar en solitario. Así acallaba su conciencia o lo simulaba.

Sacramento reptaba en lo más hondo de su ser. La colmaba de regalos. Le puso una chacha payoponi de parla gangosa y docilidad superlativa.

Sacra sería una señorita y no se desgastaría las uñas fregando.

Sacra lucía un Cartier sobre la muñeca, lencería de Victoria's Secret, pantalones Dsquared2, botas de Cavalli y… siempre le daba la pasta que ella le pedía, sin preguntar.

Y qué sesiones en el lecho… Sacra le producía tanto placer que temía electrocutarse durante una de sus encamadas…

Sacra era como el sonido de un tornado en estéreo, en Dolby Surround, en Panavision.

El Rubio disfrutaba. La vida le sonreía. Lo tenía todo… Salud, dinero y, sobre todo, amor.

Sacramento Arrogante.

Estaba loco por ella.

11

De un modo paulatino y nada forzado, el semblante de palurdo atípico de Gus evolucionó hasta adquirir las feroces fauces que afloran cuando atraviesas la otra ciudad, esa otra gran urbe subterránea de taquicardia esquinera que se nutre del cielorraso apolillado.

Su faz perdía ese tono de paleto recién aterrizado, carne inocente de tocomocho ancestral, pero su alma amortajada de boina le prevenía contra las posibles granizadas que arruinaban las cosechas.

Apostaba fuerte. Jugaba duro. Tomaba pocas precauciones.

Había vapuleado a demasiados tíos y se corría la voz en el ambiente acerca de ese cafre que desdentaba a parroquia con sadismo de exterminio nuclear.

Gus era una ciclogénesis de odio. La fama de Gus el Sádico aumentaba en progresión geométrica. Arreciaban los cuchicheos de cuarto oscuro. Se hablaba de él. Se le temía. Su presencia había modificado las pautas de la tribu.

Acumulaba un botín nada despreciable.

Estaba harto de esa vida. Estaba harto de castigar. Estaba harto de escuchar los lloriqueos y los lamentos y los gemidos de los parroquianos cuando yacían en el suelo, quebrados por las hostias que repartía, con la respiración entrecortada, mientras sus labios eran una masa de pulpa sanguinolenta y sus ojos se inflaban como melocotones maduros. No se lo merecían, no eran como el pérfido oso, pero eso a Gus ya no le importaba.

Había perdido la cuenta.

¿A cuántos había masacrado? ¿Treinta, cuarenta, quizá cincuenta? En cualquier caso la cifra de damnificados ya era peligrosa por abundante.

Todos le parecían el mismo.

Todos le parecían el oso.

Todos repetían frenéticos y comatosos la súplica: «No me pegues más, por favor, por favor, coge lo quieras, pero no me pegues más». Sin embargo él seguía golpeando hasta que los nudillos se le despellejaban.

Gus el Sádico, le habían bautizado.

Era como si esos «por favor, por favor, por favor» espoleasen su agresividad.

Se había insensibilizado. La gran ciudad le había maltratado y él se vengaba. Y estaba hastiado porque sabía que en esa actividad no había futuro. Convenía cambiar de empleo, de método, de aires.

Quería más. Y mejor.

Se acostumbró a la buena vida, a la gran vida, a la vida de sátrapa.

Desarrolló sus austeros gustos de paleto. Desayunaba churros con chocolate y eso se le antojaba supremo, sublime. Comía kebab de tugurio turco con gula de gastrónomo profesional. Cuando los cetrinos hijastros de la media luna cortaban tiras de carne le parecía que trasquilaban los borregos de su aldea. Había descubierto el kebab y ahora lo prefería a las hamburguesas.

Evolucionaba. Se sofisticaba. O eso creía.

Buena vida, Gus, eso es una vida de ensueño: kebab, churros y tabaco a mansalva eran para él sinónimo de gran vida de lujo rotundo.

Calculó el dinero de su provisión. Decidió aguantar otro mes con su lucrativa y violenta actividad para redondear la cifra. Sólo uno más y luego cambiaría de oficio, quizá de ciudad. Empezaría en otra parte desde cero. Sin prisas, se lo podía permitir.

Descansaría. Planificaría su futuro. Ojalá tuviese suerte con sus siguientes palos.

Esa noche se acicaló. Buenos presentimientos fertilizaban su moral. Sentía que la suerte por fin caía de su lado.

Salió de ronda.

Recorrió los puntos calientes de la zona y sus pupilas de fauno disparaban fogonazos.

Observó el vaivén. Los tomantes y los dantes. Los cristianos y los mahometanos. Los chulazos y los lechuguinos. Los que pagaban y los que cobraban.

Se fijó en un canijo pinturero. Presa fácil. Cruzó su mirada de cavernícola pueblerino con la de ese fino chaparro que rezumaba dinero por todos sus poros. Una aceitosa onda capilar de Estrellita Castro trinchaba la frente del proyecto de cliente. Decoración contumaz de militante que abandera la causa.

Gus le sepultaría a hostias su orgullo. El reloj, la ropa, los mocasines blandos fabricados como a base de piel de prepucio de niño de coro de iglesia... El chaparro de onda capilar estrellitacastro apestaba a dinero.

Las miradas cristalizaron en palabras. El canijo achaparrado dio el primer paso sonriendo y Gus lo abordó. El motor de un camión de basura recogiendo escoria nocturna hizo que alzase la voz.

—Esto está muy movido. Vamos a un sitio cerca que conozco, que vas a flipar conmigo —murmuró Gus fingiendo un profundo deseo mientras las yemas de sus dedos le acariciaban una mejilla arrebolada.

El cliente bonsái regurgitó sonidos de gorrión hambriento. Estaba por la labor, seguro, pero se hacía de rogar.

Remoloneaba.

Una gota de sudor se condensó en la punta de la onda capilar estrellitacastro. Canijo la sopló juntando los labios, muy artista y luego contestó ladeando la cabeza:

—No, no, no, no soy de ésos, vente a mi casa, allí tengo de todo. No me gustan los sitios públicos, paso de pensiones baratas, de meaderos cutres y de estar incómodo.

A Gus los labios apretujados de Canijo le recordaron el prieto y membranoso culo de una gallina. Pensó que el chaparrete destilaba una determinación impropia de su corta talla, y esa energía le inquietó. En general accedían a sus deseos porque la calentura les impedía reflexionar. La perspectiva de una nueva aventura, pensaba, les bloqueaba el discernimiento.

Canijo retomó el mando.

—No te preocupes por el dinero. Te cubriré de dinero... Te

desnudaré, te besaré todo el cuerpo y dejaré que una lluvia morada de billetes inunde tu piel. Me follarás sobre un colchón de billetes… Me follarás porque yo te pagaré mucho para que me folles mucho…

Y carcajeó cachondón dejando escapar una risa en sordina de óxido y pan de oro, de querubín lascivo expulsado del paraíso.

Gus pensó en la casa de ese tipo. En todo lo que le podría robar allí. Sus neuronas se bloquearon. Se excitó ante ese golpe. Quizá sería el último. Incluso se mostraría piadoso con ese pequeñín de cabellera pegada contra el cráneo gracias a un fijativo grasiento. Era poca cosa, el tipo. Dos hostias a medio gas y lo tendría genuflexo y suplicando.

—De acuerdo. Vamos a tu casa. Pero te va a costar un dinero… Me vas a inundar de billetes, tú lo has dicho…Y te follaré, ya verás… Te voy a follar pero bien, no lo dudes…

Cogieron un taxi. El coche enfiló hacia Boadilla del Monte.

Gus miró los casoplones de techo picudo y tejas alineadas. Ahí debían vivir notarios, registradores de la propiedad, ejecutivos sacamantecas de cuello blanco, politicastros de cartera corrompida, cirujanos de silicona sobre pechos de burguesas o de ahorrativas chonis.

Gus fingió gran mundo cuando el taxi les depositó frente al portalón encajado en mitad de un muro de tres metros de altura.

Canijo apretó el botón de un mando y la puerta de rejas puntiagudas como alabardas medievales abrió su boca de lobo tras el graznido de los goznes.

Gus estaba radiante ante su suerte. De allí sacaría petróleo, diamantes, oro… Sudáfrica al lado de las materias primas de esa mansión era una mierda.

Permaneció pasmado observando el sendero que separaba por la mitad el tupido ramaje del esmerado, amazónico jardín. Y, al fondo, la soberbia morada. Hostia puta, allí debía de haber más pasta que en la cueva de Alí Babá. Todo le parecía tan bonito… Sí… El panorama resultaba idílico como los anuncios de roncola con chicas embikinadas…

Su instinto de paleto le frenó.

No podía tener tanta, tanta pero tanta suerte. Demasiado bonito todo y demasiado repentino… Algo fallaba…

—¿No tienes perros para defender este castillo? —preguntó Gus antes de adentrarse por el sendero.

Canijo filtró otra risilla irónica entre su blanca dentadura de tratamiento carero de céntrica clínica dental.

—¿Perros? Pero, hija, qué antigua eres… Tengo alarma. Calla, calla, perros, menudo coñazo. Y luego te encariñas, se mueren y lo pasas fatal, que ya me lo sé. Esta noche yo seré tu perro. Anda, pasa de una vez.

A Gus le jodió que emplease el género femenino con él. A lo mejor al final no sería tan piadoso. Con andar decidido se deslizó sobre el sendero mientras presentía el rijoso anhelo de la víctima que esperaba una sesión de amor teñida de falsos ladridos perrunos.

Gus nunca supo desde dónde le asestaron el primer impacto.

Tampoco sintió que ese primer golpe emanó de un bate de béisbol de aluminio.

Sí llegó a percibir que el cañonazo explotó bajo su oreja izquierda.

Su cráneo retumbó mientras se tambaleaba. También se percató del chorro de sangre que se precipitaba por el hombro para seguir su curso por la espalda.

Y su caída no fue mala porque la amortiguaron unos helechos. Pero ya no se pudo levantar. Sombras aleteando a su alrededor con furia de carroñero devorador de cebras enfermas.

Cuerpos danzando espasmódicos sobre él. Golpeando.

Y todo a cámara lenta. Y todo confuso y mezclado. Y todo tamizado por un halo irreal de pesadilla.

Todo menos el dolor. Agudo, fuerte, constante, lacerante.

Escuchó una voz nueva, aguda e histérica.

—¡Con el bate de béisbol, dale fuerte otra vez antes de que se levante! ¡Pegadle más por todo lo que nos ha hecho!

Recibió eso que llamaban «bate de béisbol» en mitad de la espalda.

Aulló mientras arqueaba el espinazo.

Luego el mundo se tornó más confuso. Todo se desvanecía

salvo el dolor constante y profundo. El contorno de las siluetas se difuminó y los perfiles se fundían los unos sobre los otros hasta recortarse contra la bóveda celestial.

Tormentas de fuego y acero le descoyuntaron el cuerpo. Creyó escuchar al menos cinco voces diferentes. Acaso seis. Nunca lo podría precisar.

Creyó morir. Creyó resucitar. No creyó nada.

Y, de repente, cesó el dolor.

La avalancha de golpes le anestesió el sistema nervioso. Estaba inmunizado. En otro planeta. El dolor abandonó su osamenta porque el castigo reiterado le insensibilizó.

—¡La cara! ¡Partidle bien la cara, no os olvidéis!

Más golpes.

Ahora en el rostro. También en el resto del cuerpo.

Escuchó el crujir de sus dientes, el chasquido de sus huesos quebrados. Los de las piernas y los brazos. Los de la cara. Las costillas. Dios. ¿No iban a cansarse nunca? Creyó escuchar cosas como: «Esto te pasa por pegar a tantos…», «Te vas a enterar de cómo somos nosotros cuando juegan sucio» y «¿Pensabas que nunca te pillaríamos?».

Creyó escucharlo todo. Creyó no oír nada. Creyó naufragar en una pesadilla.

Y los torrentes de insultos, y la saña, y la necesidad de una venganza ejemplar, y el odio acumulado tras el miedo, y la lluvia que no cesaba.

Y:

—Dejadlo, que igual está muerto.

Y:

—Venga, vamos a cargarlo en la furgoneta y lo arrojamos al vertedero.

Y el sabor de la sangre de su boca contra el plástico tapizando el suelo de esa furgoneta.

Y después la oscuridad total. El fundido en negro.

La nada. La nada. La nada.

SEGUNDO ASALTO

12

Santiago Esquemas contaba veintiocho años y recordaba aquellos tiempos en los cuales afianzaba su personalidad allá en el instituto...

Recuerdos de madre y caspa. Rememoranzas cutres que prefería olvidar pero que seguían revoloteando...

Y la madre, siempre dando por saco cuando ejercía de quinceañero...

—Santiaguiño, cómete las lentejas que tienen mucho hierro y te pondrás fuerte.

Así sonaba el mantra que le propinaba su madre durante los primeros años en los que se adaptaba a la idea de crecer con un padre mutilado, miedoso y ausente.

—Santiaguiño, cómete el filete empanado y las espinacas, todas las espinacas, que tienen mucho hierro y te pondrás fuerte.

Así sonaba el mantra que le propinaba su madre durante los años siguientes.

Santiago Esquemas acababa de cumplir quince años y su mente seguía mostrando una precocidad que su propia inteligencia, natural, espontánea y encauzada hacia sus metas, se encargaba de ocultar. A veces se sentía atrapado ante la falta de sincronía entre su cuerpo de adolescente y su mente de adulto.

Pero fingía. Disimulaba. Callaba y... analizaba todo lo que le rodeaba como si sus ojos escrutasen al prójimo mediante auténticos rayos X que detallaban el carácter y la personalidad ajenos.

Examinaba a su madre, vieja mariposa fatigada, con la curiosidad del entomólogo. Quizá podría haberle clavado un alfiler en mitad del tórax y dejarla patitiesa contra la pared para luego trepanarle el cráneo e investigar su cerebro. «Consecuencias irreparables en las sinapsis tras sufrir un trauma por culpa de un marido golfo y estafador que jugó a mafioso de tercera división y salió escaldado», sería el título con el que presentaría al mundo sus sesudas conclusiones tras un arduo trabajo de campo.

—Santiaguiño, la fruta, no te dejes la naranja, que buen dinero me cuesta. Tómatela entera que con la vitamina C no te resfriarás.

Así apostillaba sus viejos y nuevos mantras mientras la madre de Santiago Esquemas fingiendo que, de verdad, de verdad de la buena, quería a sus hijos.

La fruta. Joder con la fruta de los cojones.

Y se lo comía todo. Para evitar que los mantras maternos no se alargasen optaba por simular absoluta docilidad.

Comía, masticaba, deglutía y… observaba.

El pequeño Esquemas, adolescente serio de rictus enigmático en pleno proceso de mutar su cuerpo de gordinflas en esqueleto duro como una tabla de planchar, ya tenía pelo en los huevos y su faz antaño oronda de niño blando y tonto se había perfilado, alargado, madurado.

Sus mejillas todavía gastaban cierta esponjosidad infantil, pero el pequeño Esquemas sabía que, si continuaba por ese camino, esos mofletes de personaje de dibujo animado desaparecerían del mismo modo en el que su silueta fondona se había evaporado.

La mutación no obedecía a la casualidad, sino a la lógica del esfuerzo y la perseverancia.

Se lo había trabajado. Se lo trabajaba. Se lo seguiría trabajando.

Se fabricó en secreto unas pesas con latas de conserva vacías rellenas del cemento que había robado en una obra.

Bíceps. Quería lucir recios y saludables bíceps. Se entrenaba con flexiones y abdominales. Al principio cincuenta de cada por jornada, luego cien, luego ciento cincuenta y ahora ya estaba sobre las doscientas.

—Hijo, ¿qué haces ahí en tu habitación encerrado tanto tiempo? ¿Va todo bien?

A su madre sólo le faltaba añadir que si se estaba tocando… Y cuando esa mujer pretendía hociquear en la intimidad de su vástago éste meditaba sobre si clavarla contra la pared, pero no con un alfiler, sino con un machete.

Vivían en el quinto y último piso de una vivienda de protección oficial cuya fachada estaba pintada del color de un pulpo que murió por culpa de una indigestión de chapapote.

Esquinada sobre la puerta de la fachada, lucía una chapa moribunda con el yugo y las flechas de la falsa Falange franquista. Santiago nunca usaba el asmático ascensor porque así fortalecía las piernas. Si acompañaba a su madre a la compra luego trepaba sobre los peldaños sobrecargado con varias bolsas. Las piernas le temblaban de furia y fatiga cuando coronaba la cima.

«El temblor de la metamorfosis», pensaba.

—Hijo, pero mira que eres raro. Qué cosas haces. ¿Es que te da miedo el ascensor? ¿Padeces claustrofobia de ésa? Pero contéstame, hombre, di algo, habla, que nunca me cuentas nada…

¿Qué le podía decir? Quizá que en esas ocasiones en las cuales su madre intentaba entablar conversación él sentía deseos de apuntillarla contra el suelo con una catana de samurái para que se callase de una puta vez.

No. Prefería el silencio.

El recuerdo del padre ausente, tullido y cobarde, le torturaba.

Todas las noches padecía la misma pesadilla: su padre herido y entubado sobre la cama, farfullando jerga prenatal, aumentaba el diapasón de sus incomprensibles quejas y terminaba su frenesí vomitando litros de sangre que le empapaban por completo hasta que se ahogaba bajo esa hemorragia.

Todas las noches se despertaba sin aliento y se palpaba los brazos y las piernas para comprobar que la sangre no le manchaba y que sólo se trataba de su habitual pesadilla, esa leal compañera de lecho.

Casi todas las jornadas, sobre todo tras la cena porque los fantasmas y los demonios suelen atacar cuando cae la noche, su madre discurseaba sola desgranando su gran y favorito mantra:

—Mira que avisé a mi marido… Mira que lo hice… Mira que

le decía: «Sergio, por ahí no... por ahí no... por ahí no vas bien... No sé qué estás haciendo pero por ahí no... Tú vas de putas, Sergio, a mí no me engañas. Tú eres un putero, Sergio, sí, sí, no me mientas... Tú vas de putas y así acabarás mal...». Una y otra vez se lo dije, pero mira que era zalamero cuando quería convencerme... y mira que lo negaba todo, y mira que traía dinero a casa, no sé si de vender coches o de más cosas. Yo prefería no preguntar. Y mirad qué mal terminó. Vivo de milagro y tarado para siempre, para siempre, para siempre. Con lo chulazo que él era y ahora está hecho un momio.

Su madre caminaba alrededor de la mesa camilla entonando su letanía y sus manos adquirían un contorno de zarpa pellejuda enferma de artritis. A veces él y su hermana se marchaban para dormir y escuchaban a su madre proseguir con el discurso de la derrota.

—Tomad la fruta, no os olvidéis, que la fruta es muy buena.

Era su manera de decir buenas noches cuando sus hijos intentaban dormir.

Santiago Esquemas odiaba a su padre y despreciaba a su madre.

Ese resentimiento fermentaba en su interior y abonaba su determinación.

Ese resentimiento le fortalecía.

Ese resentimiento le preparaba para el futuro y fraguaba su necesidad de venganza.

El pequeño Esquemas elaboraba sus planes de futuro con la frialdad de un esquimal psicópata.

13

Cuando Gus abrió los ojos, la primera persona que vio parecía traslúcida. Gastaba una faz palidísima y arrugada como si hubiesen lavado a la piedra sus facciones. Ese rostro iba rodeado por un manto negro que se precipitaba sobre sus sienes y su frente estaba constreñida por una banda blanca.

Se asustó. Parpadeó. Apretó los dientes pero notó que no tenía dientes y sospechó que su boca adoptaba el contorno de las fauces de una tortuga. ¿Se había convertido en un galápago debido a un prodigio?

Se asustó todavía más. Reculó unos centímetros deslizándose sobre el lecho. Aquel semblante en blanco y negro sonreía y le habló con dulzura.

—Shhhh… Shhhh… Tranquilo… Tranquilo… Estás en un hospital religioso y yo me llamo Teresa. Sor Teresa. Shhh… Tranquilo… Tranquilo… —La mano de la monja le acarició la frente.

No entendió nada de aquello. Tampoco consiguió recordar gran cosa. ¿Dónde estaba? ¿Qué hacía allí? ¿Qué le había pasado? ¿Era una puta tortuga o no?

La voz recuperó su murmullo:

—No te preocupes. Aquí te hemos cuidado, pero aún te falta hasta ponerte bien del todo. Llegaste muuuy malito. Mucho. Pero Dios y nuestros médicos te han salvado. Estuviste casi muerto. Estuviste en coma cuatro meses. Shhh… No te preocupes… Tranquilo…

Siguió sin comprender, pero ese tono le transmitía calma y

sopor y sus fuerzas le abandonaban. Y, otra vez, antes de cerrar los ojos y de no pensar, ese hilo de voz:

—Duerme, duerme un poco más y ya veremos si mañana puedes hablar y decirnos quién eres… Tranquilo…

Gus sintió el desmayo apoderarse de él. Se durmió. No quería despertar. No quería entender. No quería estar ahí. No quería recordar. No quería ser una tortuga.

Se despertó pronto y despejado la mañana siguiente cuando el sol recién amanecía y los primeros rayos se filtraban a través de los agujeros de una cortina.

Había más camas en aquella estancia y unos carraspeos probaban que existía cierta vida. Descubrió la uniformidad de aquella habitación de un hospital para pobres, desahuciados, parias, sin techo y humanoides despojados de dignidad.

Vio un orinal bajo una cama vecina donde yacía un bulto que emitía un leve ronquido. Sintió asco. Contó ocho camas, dos de ellas sin ocupante. Se obligó a recordar. Lo rememoró todo con extravagante nitidez…

Su presunta víctima estrellitacastro y la trampa que le tendieron. La paliza que recibió y el fundido en negro…

También recordó que aquella mujer de edad avanzada le había dicho que había estado cuatro meses en coma.

Dios. Rediós. Recontradiós. Los médicos. La monja Teresa. La hostia consagrada. La hostia en bote. La frontera entre la vida y la muerte. Y cruzar y superar y vencer ese límite. No sabía si alegrarse o llorar. ¿Merecía la pena vivir? Lo ignoraba. Lloró. Hubiese preferido morir y terminar así con una vida sin sentido.

Cuando el sol bañaba por completo la estancia y sus vecinos/bultos se movían por impulsos mecánicos, entró en la estancia sor Teresa con otra monja negra que hablaba un español perfecto. Más tarde averiguó que venía de Guinea y que se llamaba María. Arrastraba María un artefacto rodante y rudimentario con recipientes. Sor Teresa le vio despierto y se dirigieron hacia él.

—Hombre… Qué alegría verte despierto y fresco… Muy bien, pero que muy bien.

Gus permaneció a la defensiva. Silencioso. Expectante. Su mirada era la de un perro herido que busca un rincón para morir debido a la ponzoña que sorbió.

—Seguro que tienes hambre. Estás muy delgado. Estás más delgado que el papel de fumar que usaba mi padre para sus cigarritos. —La monja sonrió—. ¿Ves estos tubos?

Gus se percató por primera vez de la guía que traspasaba la vena de su brazo. La voz de la monja irradiaba calor y energía, determinación y amor.

—Sí, señor, eso mismo. Sí, eso es la guía y te hemos alimentado con mejunjes porque, claro, no estabas tú para masticar. De momento te nutriremos con sopas y purés, hasta que cojas forma y peso poco a poco. ¿Tienes hambre?

Gus se sorprendió asintiendo. Sí, tenía hambre.

—Pues nada, sor María te dará un poco de puré mientras yo atiendo a tus compañeros. —La monja se largó de allí para revoletar entre la tropa estropeada.

Sor María se sentó en un hueco de la cama y sonrió. Estas monjas siempre lo hacían. Qué disposición. Y vaya piñata glaseada de blancura nuclear. Agarró una cuchara y la cargó de puré. Luego la acercó hacia los labios de Gus como una madre alimentando a su niño. Él abrió la boca. Saboreó ese puré en el paladar y lo tragó.

Algo estalló en su mente y rompió a llorar. Sor María le consoló.

—Shhhh… Tranquilo… Tranquilo… No pasa nada. Llora todo lo que quieras pero yo de aquí no me voy si no te acabas el plato, que sor Teresa me mataría. —Y sonrió otra vez.

Gus terminó su puré.

—¿Cómo te llamas? —preguntó María.

Gus intentó contestar pero su lengua, atascada, se atrancó. Le costó aunque al final pudo balbucear su nombre.

—G-G-G… Gus… Me llamo Gus.

—Bueno, Gus, pues ya sabemos algo. Muy bien. Ahora duerme. Volveré a la hora de comer. Duerme. Descansa.

Los días fueron cayendo.

Y luego las semanas.

La terrible escasez de dientes, esa boca mellada suya lóbrega como una caverna jurásica, le impedía comer alimentos sólidos. Se hartó de sopas, sopicaldos, potingues cremosos, pescado hervido y purés de todos los colores.

Cuando se miró por primera vez frente al espejo, rompió a llorar, pues contempló una cara devastada donde serpenteaban las cicatrices. Se sintió viejo, feo y cansado.

Dios. Rediós. Recontradiós. Estaba hecho un Cristo. Y encima le daban comida de anciano y cagaba blandito todas las madrugadas como un enfermo terminal.

Ya ni cagaba como un hombre.

Ya ni siquiera se podía considerar un hombre.

No le resultaría fácil escapar de la tristeza que le arrinconaba. Las monjas Teresa y María lo intentaban, pero la misión resultaba penosa porque chocaban contra un muro. Sor Teresa irrumpió con su alegre talante de buenismo jipioso en versión neocatecumenal una tarde. Estaba exultante.

—Gus, ay, Gus de mi vida, qué bien, qué bien, qué bien, con el cariño que yo te tengo… Qué buena noticia tengo para ti… Mañana viene un señor que es dentista y te tomará un molde de tu boca… ¡Es para fabricarte una dentadura nueva! ¿No te alegra, Gus, no te alegra?

—No tengo dinero —fue lo único que contestó, lacónico y cortante como siempre.

—Eso no importa. Pues claro que no. Este hombre colabora con nosotras. Nos ayuda y no piensa cobrar. Es un hombre muy pío. Dicen que es del Opus Dei. Un opusino, como se les llama. —La monja soltó una maliciosa risilla de periquito enlutado—. Y, de vez en cuando, su director espiritual le dice que tiene que hacer caridades por ahí. También le saca los cuartos, no te creas, pero, bueno, eso a nosotros no nos importa. ¿No te alegras, Gus, no te alegras? Yo estoy muy contenta. Sor María te dará filetes cuando puedas masticar y con eso entonarás el ánimo. Un poco de sangre te vendrá bien. Te estimulará. Seguro que sí. Qué contenta estoy, Gus.

Un mes más tarde, Gus aprendió a comer con la dentadura

postiza. Pero seguía sintiéndose, pese a los filetes algo duros de sor María, viejo, feo y cansado. Al menos logró engordar algún kilo. De anoréxico perdido evolucionó a flaco sidoso. Era un comienzo.

Dos meses más tarde, de nuevo aterrizó junto a su lecho sor Teresa. Alegre. Dicharachera. Divina. Resplandeciente tras el pálido velo almidonado de sus surcos faciales. Lanzaba su mirada al cielo, cabeceaba algo mula y algo periquito y entrelazaba sus manos en actitud de orar, de agradecer, de amar al prójimo por muy piojoso que éste fuese.

—¡Qué noticia más buena, Gus, pero qué noticia más buena! Todavía mejor que lo de la dentadura…Mejor, mucho mejor… Hay que dar las gracias a Dios… y también a los médicos…

La mirada de Gus mostró curiosidad pero no despegó los labios. Se sentía viejo, feo y cansado. Le daba todo igual y todavía hubiese preferido morir. Su espíritu yacía bajo tierra porque estaba anclado en la sopa boba de dos monjitas. La hermana estaba imparable y él sólo era la sombra de un hombre.

—¿Recuerdas el dentista que te regaló tus nuevos dientes? Seguro que sí… Ya lo creo… Eso no se olvida, no me digas que no. Bueno, pues le comentó tu caso a un cirujano amigo suyo que también es opusino… Bueno, perdón, quería decir de la Obra, ya sabes, del Opus Dei, y me ha dicho que te quiere operar para reparar esas cicatrices que marcan tu cara y recorren tu alma… Yo creo, Gus, que la belleza está en el interior, pero no por ser monja soy tonta, con lo cual sé que a ti te gustará recuperar tus antiguas facciones. Al menos, parte de ellas… Porque los médicos serán muy buenos, pero, no te voy a mentir, milagros sólo los hace Dios. Y tú, tal y como te trajeron aquí, necesitarías un verdadero milagro. Y de los gordos. Pero algo sí ayudarán las manos y la ciencia de ese cirujano… ¿Qué me dices, Gus, qué me dices?

Gus asintió. Cualquier cosa antes de seguir pareciendo el hermano bastardo del hombre elefante o el hijo concebido por el monstruo de Frankenstein. A peor no iría. Era imposible empeorar.

El quirófano se le antojó la antesala del cielo o del infierno. Quizá estaba en el purgatorio. La anestesia le durmió en un santiamén.

Soñó con las monjas María y Teresa. Le decían que se curaría, que su careto volvería a lucir espléndido.

Sor Teresa, de repente, en el sueño, adquirió forma de diablesa. Le crecieron unos cuernos kilométricos y un rabo como de toro bravo. Sus cejas se poblaron de púas metálicas y amenazaba con embestirle mientras le gritaba: «Sé a lo que te dedicabas, Gus. Hijo de la gran puta… Apaleabas hombres vencidos por sus vicios para robarles. Irás al infierno, Gus, nadie te salvará de la hoguera eterna, nadie…». Y luego reía con eco de perfidia mientras se levantaba la falda para mostrarle su intimidad angelical. No la llegó a ver porque se despertó antes.

Jadeaba. Resoplaba. Notó algo sobre sus mejillas y su frente. Lo palpó. Vendas. Eran vendas.

Dios. Rediós. Recontradiós.

Cuando tres semanas más tarde le cortaron las vendas y pudo ver el reflejo de su rostro en el espejo, recibió un latigazo en la columna vertebral que trepó hasta el cerebro y estalló.

No era él.

Sencillamente no era él. Las gruesas cicatrices habían desaparecido y ahora una miríada de pequeños puntos le cosían la jeta regalándole un aire sintético, especial, extraño, ambiguo.

No era él.

Tendría que acostumbrarse a ese detalle radical. Miraba la silueta de su semblante y no reconocía a esa persona.

No era él. Qué locura.

Pero por primera vez intentó mostrarse positivo. Al menos tenía un careto y ya no le tomarían por el hijo ilegítimo de Frankenstein o por el hermanastro del hombre elefante.

Gus tenía un nuevo cartón pero se seguía sintiendo viejo, feo y cansado. Dios.

Rediós, recontradiós y la virgen santa.

Sor Teresa, siempre angelical, no le había comentado que aquel cirujano iba a ensayar una técnica con él. Podía salir bien o… no tan bien. El resultado, gracias a Dios, no era malo del todo y al menos Gus recuperaba aspecto humano.

Humano raro y extraño, pero humano al fin y al cabo.

Además, Gus comenzaba a acostumbrarse a su nueva jeta…

Pensaba que al menos era diferente y… especial.

Sí, ésa era la palabra, «especial».

14

Los jirones de una paranoia primeriza iniciaban su paciente roer.

El Rubio amasaba ganancias y le parecía que su suerte se agotaría en cualquier momento. Fermín «Gusano» cumplía a la perfección en sus tareas de esbirro fiel y sus luces nunca cruzarían la frontera de la traición porque su inteligencia contenida, tosca y eficaz, jamás apostaría al largo plazo.

Por ese lado Rodrigo Anclas Ramírez, el Rubio, estaba seguro. Sólo le atenazaba el pánico cuando viajaba con los cargamentos de coca rebotando sincopados en el maletero de su coche durante los trayectos entre Madrid y Valencia.

Cuando recapitulaba advertía que ya habían transcurrido tres años desde que había conocido a Germán «Milvidas» y había regresado a Valencia cargado de coca.

Tres años era tiempo suficiente, incluso nadando en la piscina del éxito, para que las paranoias brotasen como nenúfares.

Cualquier control rutinario descubriendo el pastel le trasladaría al trullo.

Cumplía las normas de circulación y procuraba no dar el cante con nada.

Pero esas misiones debía comérselas él; por hombría, por orgullo, porque era el macho alfa de la tribu, su tribu; por liderazgo y, sobre todo, porque no le interesaba que ningún otro mantuviese relaciones con su contacto Germán «Milvidas».

Recordaba los graníticos consejos de Willy: «Sé discreto siempre. Y nunca le des tu contacto a nadie, no seas gilipollas».

Y los aplicaba.

Pero Sacra no era así, desde luego no con lo de la discreción. A ella le gustaba exhibir su buena fortuna. Y no hacía preguntas incómodas. Algo se olía sobre las impetuosas ganancias de su novio, pero prefería no preguntar, ¿para qué? Se limitaba a gastar con frenesí como si hubiese estado esperando ese momento tras sus años de oscuridad. Disfrutaba gastando con la compulsión del advenedizo que arrastra hambre desde la cuna.

Y le gustaba todo lo caro. Compraba según el precio de la etiqueta. Así no fallaba.

A veces, cuando el Rubio llegaba al chalet que compartía con la decolorada de su corazón, tras reunirse con Gusano y algún otro subalterno, citas de birras y comentarios jacarandosos acerca de las últimas putas que sus chicos se habían trinchado, Sacra le recibía mimosa para justificar sus dispendios de princesa estratosférica.

—Hola, Rubito… Ya has llegado. —Y le rodeaba con sus brazos y le rascaba la nuca con sus uñas duras de laca y a él se le erizaba el vello de los cojones—. Ven, te voy a enseñar lo que he comprado hoy. No he parado en toda la tarde de mirar y de probarme ropa. Anda que no cansa lo de gastar y buscar. Para que luego digan las petardas de mi barrio. Te va a encantar.

El Rubio tampoco comprendía los motivos de tanta compra. Sacramento solía vestir en casa un chándal rosa, de diseño, de marca, pero chándal al fin y al cabo. De todas formas, incluso así exhalaba clase, toneladas de clase… El Rubio seguía enamorado de ella como la primera noche…

—Sacra, amor, te he dicho que el dinero no me cae ni del cielo ni de los árboles, mola ahorrar, preciosa… Cuanto más guardemos ahora, antes me jubilaré y mejor viviremos…

—Pero qué soso eres, Rubiales, ay, mira que eres sosainas… Ven a la habitación que te voy a enseñar lo que he comprado…

El rosa de las paredes del dormitorio agredía la sensibilidad del Rubio. Sacra era una barbaridad monumental de carne, pero él tenía la impresión de dormir en la casita de Barbie.

También creía ser un Ken narcotraficante y en sus pesadillas la poli le trincaba y cuando le desnudaban para encerrarle en el talego se veía sin picha, capado como el muñequito eunuco novio de

Barbie. Y se despertaba justo ahí y se tocaba las pelotas y la polla para confirmar que sólo era una pesadilla y retornar a la vida real. Ken policía, Ken diseñador, Ken bombero, Ken profesor y Ken narcotraficante. Él era el Ken narco y su chica, la Barbie elegante y lista de chándal rosa y manos despilfarradoras.

Sobre la cama de la habitación yacían vaporosos y fláccidos unos trajes de transparencias lascivas.

Y leches hidratantes y perfumes destilados con orquídeas y cinturones de cuero y pedrería y bolsos de piel extrafina y zapatos de tacón fino y suela roja.

Dinerales malgastados por la princesa mortal y rosa que enamoró al jefe de la banda tras una narcofiesta de poderío golosinero.

A Gus le retumbaban las palabras de Willy: «Sé discreto y no un puto payaso, Rubio». Y tenía ganas de contestarle al vacío: «Yo lo soy, Willy, o lo intento, pero me he enamorado como un perro y esta mujer me domina».

A veces se sentía con fuerzas para intentar embridar los instintos de Sacramento.

—Sacra, cariño, no me gusta que te gastes tanta pasta… Y lo que no me gusta nada, pero nada, me cago en el copón bendito, es que te compres vestidos transparentes. Qué quieres, ¿vestir como una puta de las que se folla el capullo de Gusano? ¿Qué coño quieres, eh, dímelo?

Pero Sacramento Arrogante no se amilanaba. Sacra era mucha Sacra. Imperial en el desprecio y el sarcasmo. Por algo era la emperatriz de su corazón.

—Anda el Rubito. Anda cómo se cabrea. Pero, bueno, qué antiguo eres, macho… Mira, que le ha dado el punto de gallo de corral… Jajaja…

Y ese jolgorio de risas irrespetuosas acuchillaba el alma del Rubio. Y encima Sacra le tenía tomada la medida y por eso profundizaba en su llaga con la crueldad de quien creció en un barrio de bronca constante.

—Mira, Rubito, si tienes un problema me voy, me piro. —Luego, consciente de sus palabras, levantaba el pie del acelerador y adoptaba un tono gatuno—. Yo te quiero, te quiero mucho, pero no quiero ser un problema para ti ni que me comas el coco con tus regañinas. Yo no hago ningún mal y me preocupo de estar bien guapa para ti, para que me folles. Ya sabes que nunca te digo que no, ¿verdad? A mí nunca me duele la cabeza.

Rebajaba la presión. Jugaba con él.

Nunca le había dicho «estoy enamorada de ti» y presentía que el Rubio encajaba de manera pésima ese silencio.

El Rubio exigía su rendición pero Sacra se escabullía.

—Además, esa ropa que tanto te jode yo sólo la llevo contigo, y me pongo sujetador para que no se transparenten las tetas, coño, parece mentira. ¿En qué siglo vives, Rubito? Y eso que con mi plástico mis tetas se mantienen firmes y no necesito sostén, Rubito. Y bien que te gusta chuparlas, por cierto…

Y luego desenfundaba su arma atómica.

—Y todavía no te he enseñado lo mejor, tonto.

Y desaparecía en el cuarto de baño y reaparecía desvestida con un modelito de lencería que trastornaba al Rubio hasta provocarle un tembleque de yonqui pelanas.

Y entonces le susurraba clavándole las uñas rosas forjadas a fuego de esmalte sobre la nuca:

—Anda, Rubio, Rubito mío, ven aquí… cómeme entera y luego fóllame sin parar… Ven, ven aquí… Te gusta… Sé que te gusta… Ven… ven…

Y el Rubio obedecía pastueño y la crisis doméstica se cerraba en falso tras un polvazo en el cual Sacra derrotaba, otra vez, a su novio Rubio. Rubito. Rubiales.

Sacramento no amaba al Rubio, pero él estaba enganchado a su cerebro faltón, a sus ironías triunfadoras, a sus caderas eléctricas, a su pubis angelical, a su vulva magnética, a su culo de huracán.

Al Rubio su novia le recrecía la paranoia. ¿Y no podría gastar menos la decolorada de los cojones? Pues no.

Y cada vez despilfarraba más. Y el Rubio temía que diese el cante y que la pasma le trincase. Y no cesaban sus pesadillas de NarcoKen capado. Pero cómo le follaba Sacramento…

No podía huir de aquellas sesiones… No podía escapar del cuadrilátero del amor y en ese terreno siempre besaba la lona.

15

Por fin la calle.

Gus respiró el aire de la calle y así pudo extirpar lentamente el apelmazado perfume de hospital y de almidón monjil que habían formado parte de su vida durante un larguísimo, interminable año.

La calle le generaba miedo. La gente le causaba miedo. Creía que se reían de su nueva cara y que los micropuntos que pespunteaban la piel de su rostro delataban el origen de su desastre.

Las sombras de los edificios, que desaparecían de súbito porque una nube ocultaba el sol, le causaban miedo. Se obligó a patear el asfalto.

Domesticó sus miedos. Rehabilitó su estima. Gestionó sus traumas. Recuperó cierta confianza. No fue fácil. Nada lo había sido en su vida. El castigo recibido le había quebrado la fe en sí mismo y recomponer las astillas hasta conseguir un tronco firme costaría un enorme esfuerzo. Pero se aplicaría a ello.

«Un poco de sangre te vendrá bien», la frase de sor Teresa le acudía una y otra vez a la mente.

«Un poco de sangre te vendrá bien.»

Una tarde, deambulando por el barrio de Malasaña, vio un cartel bajo los fogonazos de unos neones azules y rojos que gritaban: PEEP SHOW-NUDE-GIRLS-SEX-SHOP.

Le atrajo la palabra «sex». Recordó las chicas de sus sueños. «Se necesita dependiente», rezaba el cartel. Entró. Sus ojos precisaron cuatro segundos para acostumbrarse a esa oscuridad macilenta que anunciaba depravación y pecado.

Descubrió paredes con estanterías forradas por carátulas de

vídeos donde las chicas de sus eternos sueños yacían congeladas, estampadas. Languidecían acuosas en esas carátulas.

Admiró ese orden carnal y el antro le pareció un paraíso de puro infierno abrasador.

Caminó con pasos cortos. Adivinó un mostrador y a un tipo tras él. Avanzó. El tipo leía una revista sin chicas desnudas en la portada. Estaba sentado. Su calva brillaba en la punta del cráneo por un reflejo del minúsculo flexo que le servía para leer. El canoso pelo lateral le cubría en cascada las orejas. Llevaba una rebeca verde con plastrones de cuero marrón en los codos y pendían sobre el puente de su chata nariz unas bifocales con las patillas atadas por un cordón.

El tipo le miró.

—Para ir a las cabinas sigue el pasillo a tu izquierda, enseguida las encontrarás. Elige alguna libre. —Y volvió a hundir sus ojos contra las páginas de la revista.

Gus no supo qué decir. El tipo, sin alzar la vista, añadió:

—Si no quedan pañuelos de papel, ven aquí y te daré una caja, pero luego no los robes, eh, que estaré al loro...

Gus se arrancó:

—Vengo por el cartel... el cartel ese de ahí fuera, en el escaparate...

El tipo cerró la revista. Se levantó. Mostró interés. Le auscultó. Le escaneó. Destilaba escepticismo.

La cara de ese muchacho presentaba un no sé qué extraño. Nada desagradable, y menos para él, acostumbrado a una legión de clientes tarados siempre con la baba en la comisura de los labios. Pero había algo extraño en ese semblante. El de las bifocales preguntó.

—¿Has trabajado antes en un sitio así?

—No.

—¿Sabes de qué va esto, chaval? ¿Lo sabes?

—Un poco...

—¿Un poco? ¿Un poco? ¿Eso de un poco qué es? ¿Qué medida es ésa? ¿Tú crees que sabiendo un poco te puedo dejar aquí solo y quedarme tranquilo...? ¿Tú crees que puedes lidiar con los clientes y con las chicas, con toda esa humanidad frustrada, con los pervertidos y los buscavidas? Dime si lo crees, anda, pero no me hagas perder el tiempo, eh, que no estoy para coñas...

La tensión atrapó a Gus antes de contestar. Olas de agresividad reptaron sobre su esófago. Cerró los puños. Hacía más de un año que no lo hacía...

—Sí, sí que puedo. Créame. Sí que puedo, seguro que sí.

El tipo pareció intrigado ante esa determinación. Volvió a preguntarle:

—A ver, chaval, ¿cuánto hace que llegaste del pueblo?

—Hace unos cuantos años...

—Unos cuantos años, eh, vaya... Antes me has respondido «un poco» y ahora me sueltas «unos cuantos años». Pero ¿tú cómo mides el tiempo? Y otra cosa, ¿cómo te has ganado la vida hasta ahora, eh? Anda, dímelo...

A Gus le pareció que aquel hombre adivinaba las vidas ajenas cuajadas de fracaso y miseria. Estaba claro que no le daría el trabajo. Seguía con los puños apretados y el flujo de sangre abandonaba los nudillos.

Optó por jugársela. Necesitaba sentirse hombre de nuevo.

—Maricones como tú me pagaban a cambio de pajearme. A veces, si se ponían tontos, les daba una paliza y les robaba. Así me he ganado la vida. Y no me iba mal hasta que...

A Gus se le ensombreció la faz.

Volteó sus talones para salir de allí. Se sentía cargado de dignidad, lo había intentado. Apenas le separaba un metro de la puerta cuando escuchó una sonora carcajada brotando del pecho de ese tipo.

—Eh, tú. Coño, no te vayas. No te enfades, hombre. Le has echado huevos, eso desde luego. Anda, ven, acércate. Acércate, hombre, y acompáñame.

Le guio hasta una rebotica situada tras el mostrador. Dejó la puerta abierta para controlar el trasiego de posibles clientes. Gus se fijó en él. Era mayor de lo que había sospechado. Pasaba de los sesenta, seguro. Y, una vez relajado, tenía cara de buena persona.

Un bulto entró en el local. El bulto miró de soslayo y el señor de las bifocales reconoció las hechuras de esa sombra. No prestó atención, era un habitual.

—Me llamo José María Verduch, soy viudo, no tengo hijos y soy el propietario de este negocio de mierda. Sí, no me mires así, sé que es una mierda, pero es mío, soy mi propio jefe y me gano bastante bien la vida, aunque estoy cansado de aguantar a tantos enfermitos... Podría ser panadero, o tener un ultramarinos, pero mira, así es la vida. Tú te la has ganado con las chapas y yo, regentando un peep show que también es sex shop. ¿Cómo te llamas? —le preguntó mientras le tendía la mano.

—Gustavo Montesinos Yañez. —Y Gus estrechó esa mano que se le antojó cálida—. Pero puede llamarme Gus...

—Pues vale, Gus. Como quieras. Mira, iré al grano. Me ha gustado tu arranque, le has echado huevos, ésa es la verdad. Oye... ¿de verdad te ganabas la vida de chapero? No... no... mejor no me contestes que igual me arrepiento y paso de tu estampa... Mira, te pagaré un sueldo escaso pero decente, nada del otro mundo porque todavía tienes que aprender el oficio, lo de lidiar con los taradetes, vaya. Y a veces, te lo aviso ya, que no quiero sorpresas, te comerás el último turno, que acaba a las dos de la madrugada. Ése no me lo voy comer yo, que para eso soy el jefe, pero si eres eficiente tendrás, eeeh, ¿cómo decirlo? ¿Seguridad laboral? Sí, eso sí, eso es, seguridad laboral. Además, te dejo vivir en la buhardilla del edificio, es mía y está cochambrosa, pero te saldrá por la cara. La comida corre de tu cuenta, eso sí. ¿Aceptas, Gus, o te quieres volver al pueblo... tras estar por aquí «un poco» o «unos cuantos años»? Porque por tu cara de las chapas has salido escaldado... No, coño, que no me cuentes nada... Venga, contesta.

No se lo pensó demasiado.

Aceptó.

Superado el primer trago, José María le había caído bien. Lo que no acertaba a comprender era si había prosperado o menguado de posición en la pirámide de la jungla de asfalto. En cualquier caso, seguiría aprendiendo y además cambiaba de aires y de rutina.

—Toma. Ésta es la llave de la buhardilla. Apáñate ahí como puedas. Vuelve mañana a las cinco de la tarde y te lo explico todo.

También te presentaré a las chicas —dijo José María mientras le guiñaba un ojo.

Las chicas… Caminando de regreso a su agujero se preguntó si las chicas destapistas se parecerían a las de sus evocaciones. Y se durmió convencido de ello. Por fin sus sueños se materializarían y por fin su suerte cambiaría.

Fumó en la cama.

Apagó la colilla en el antebrazo.

Ah, qué bueno regresar a las viejas costumbres.

«Un poco de sangre te sentará bien.» Le resultaba imposible olvidar la frase de la monja.

16

El Rubio procuraba mantener presentes las recomendaciones de su guía espiritual Willy Ramos… Hacía demasiado tiempo que no hablaba con él. Superado el punto de no retorno, presentía que ya no podía llamarle sin penosos balbuceos indicando cierta traición.

Sufría un ingrato complejo de culpa parecido al de ese tipo bajito que aborda a una mujer alta que le mira por encima del hombro. Lástima.

Añoraba su verbo y la torrentera insultadora que agavillaba cada frase. Apartaba esos pensamientos pero la losa desgastaba su alma.

Todo se lo debía a él. Todo. No había cumplido los treinta y ya era rico. Y sin el éxito económico fruto de los trapicheos su amada Sacra le habría abandonado hace tiempo. No se engañaba a ese respecto, pero ni con esa certeza era capaz de domeñarla o de sentirse menos calzonazos en su presencia.

Trataba de no incurrir en los errores bastardos de los grandes traficantes que se inclinaban hacia la ostentación espuria.

Lo conseguía a medias.

Cuando los pitones de Sacra le apuntaban, se desmoronaba. Cuando sus pezones le rozaban, sus fuerzas flaqueaban ante la persuasión de la carne brutal, sideral, compacta, maciza.

No moraban en una mansión cantarina de lujo asiático, pero el chalet donde vivían supuraba tono de gama media alta, quizá impropio para una pareja todavía joven y sin horario fijo.

Ignoraba si los vecinos murmuraban porque no fraternizaban con la parroquia de la urbanización y jamás pisaban el club social;

qué nombre más fatuo, club social, propenso a celebraciones de turbachusma con el pelo de la dehesa sobre la chepa y aspiraciones a jet set de quiero y no puedo.

Sacra recibía a sus amigas casi cada tarde. Se enfarlopaban, bebían, reían, comentaban chismes rosas de vísceras renegras, de maromos cachas y de famosas catódicas de braga desabrida.

Y bebían Baileys y Marie Brizard y licores de colores rebajados de whisky que eran como los excedentes pútridos del limpio arcoíris.

Y se metían algunas rayitas de pureza espídica y las coleguitas amorcilladas y gallináceas de Sacra comentaban cloqueando: «¡Chica, pero qué buena que está esta far...! Oye, es puro yogur y qué bien sienta, Sacra, si serás puta y qué bien te lo has montado...». Y se reían y tomaban otra copita y retornaban a sus discusiones de peluquería de barrio pero sin plantificarse en la pelu del puto barrio repleto de tíos cutres con mala coca en los bolsillos.

Un día Sacra les mostró su pubis. Chichi recién depilado de corte guarrikitsch. La estetición que la visitaba a domicilio para rehidratarla, remasajearla y retonificarla le había depilado los pelines forjando arte efímero de entrepierna. Había respetado unas hebras pilosas que formaban un R de Rubio o de Rodrigo.

Y sus amiguitas de trasiego doméstico y cuchipanda casera le soltaban atacadas por el relámpago de la coca: «Chica, pero mira qué eres putón y tú sí que sabes cómo tratar a un hombre para que te consienta los caprichos...».

Y se tomaban otra copita y otra rayita.

—Se puso de un burro que ni os imagináis —dijo Sacra a las comadres que se tronchaban la caja de puritita risa.

El Rubio le había comprado un descapotable biplaza rojo tipo roadster marca Mazda. Y medio millón de vestidos. Y un millón de pares de zapatos. Y un trillón de bragas y sujetadores y ligueros. Y le había construido una pista de pádel porque el tenis para tontos se había puesto de moda.

Ni tres partidas jugaron Sacra y sus troncas. Se sudaba demasiado y molaba más la cháchara porteril y grasienta y cotilla y chistosa y de verde bilis escupida contra el prójimo.

Sacra disfrutaba consiguiendo caprichos y sintiéndose la dueña. A veces incluso creía querer mogollón, pero a tope de mogollón, al Rubio. A su manera, claro. O sería de los subidones de la coca. En cualquier caso se había acomodado a la vida fácil y laxa y tutipleni con él y no iba a renunciar a ese tren.

Además, en la cama le satisfacía. ¿Qué más podía pedir?

El Rubio tenía bien lubricado su engranaje. De hecho, Gusano se encargaba del reparto mientras él seguía contactando con Germán «Milvidas» para traer desde Madrid la mercancía. A veces le rondaba la depre porque su imperio se cimentaba en su capacidad de transportista.

¿Ésa era la vida que había soñado, con blonda despampanante incorporada a su carrusel existencial?

No le gustaban las reuniones de Sacra con su animosa pandilla porque hubiese preferido tenerla toda para él, sin dispersiones innecesarias.

No le placía ni un pijo que se metiese farlopa casi cada tarde con su clan de trogloditas de barriada áspera. Pero… qué remedio.

Decidió buscar una afición que colmase tanto tiempo libre. Entre follar con Sacra, mantener en orden el jardín, despachar con Gusano, vigilar las cuentas y su viaje mensual a Madrid no ocupaba muchas horas.

Y encontró un pasatiempo acorde con su profesión y su estatus.

Fue Gusano quien le habló de ese mundo.

Y el Rubio quedó fascinado.

Los gallos.

Las peleas de gallos.

Las apuestas entre machos alfa allá en las peleas de gallos.

La insuperable emoción de las apuestas que anegaban de grosera pasta las peleas de gallos.

Gusano le presentó a una singular tribu que vivía de las peleas de gallos. Militaban en la Champions de esa práctica y en ese submundo les conocían en todo el Levante español, desde Gerona hasta Tarifa.

Se les conocía como «los Coraje». Formaban un clan y todo el territorio del Este era de ellos. No eran gitanos puros. Si acaso cuarterones. Su sangre era una mezcla de quinquis, calorros, chitis, gitanos y extraviados de razas alternativas que sumaban porciones de hemoglobina de difícil identificación.

Presidía esa tribu un patriarca, Generoso Coraje, un metro noventa de altura y 240 kilos de carne semoviente y grasienta que sólo se desplazaba apuntalada por dos bastones cosidos a sus manos.

Era sin duda el hombre más gordo que el Rubio había visto en su vida. Calificarle de gordo, de simple gordo, de mero gordo, no describía su magnitud corporal. En un circo de freaks se habría erigido como una de las más celebradas atracciones.

Semejante mole, cetrina, barnizada de sudor, coronada por una calva rugosa salpicada de manchas moradas, imponía respeto a varios kilómetros de distancia.

Él mandaba y el resto de la parentela obedecía.

Generoso era el jefe del clan de la tribu de los Coraje, conocidos en todo el país por sus legendarios gallos de pelea. No diga pelea de gallos, diga gallos *made in* la factoría de los Coraje. Los criaban para ellos y también para la venta a otras almas sensibles adictas a esa disciplina.

La afición a los gallos entre los Coraje se perdía en la noche de los tiempos. El gallo de pelea era su tótem, su dios, su razón de ser.

Su escudería residía en el edificio familiar de Catarroja, un pueblo del cinturón de Valencia con un pequeño puerto en la laguna de la Albufera. «Edificio» era una manera cualquiera de denominar dos plantas de ladrillos sin lucir en las afueras. Allí habían organizado su granja, su industria. Sin reparos.

Todo por los gallos.

Todo por la pasta.

Viva el noble deporte de la lucha de gallos.

Mantenían a la policía local bien untada de aromática panoja bajo la promesa de no organizar peleas en la comarca ni de montar trifulcas. Y la cumplían porque el patriarca no era tonto.

Y cómo entrenaban a los gallos… Con qué devoción y mimo y cariño y sensibilidad y ternura…

No les falta de nada, a los gallos de su propiedad. Durante los meses de buen tiempo les instalaban en la azotea y el cocoricó mañanero se propagaba por el aire hasta flotar sobre las aguas de la Albufera.

Cuando arreciaba el frío, acomodaban las bestias aladas en la planta baja, siempre con paja fresca y calefactores estratégicamente situados.

Vitaminaban a los gallos. Les dopaban. Experimentaban. Un veterinario sin escrúpulos les revisaba cada semana y luego recogía frescachón la generosa pasta que le suministraban. Incluso habían montado una pista interminable de lona como la de los gimnasios para fortalecer las patas de los gallos. Un pariente agarraba el gallo bajo las alas, la cinta demarraba y el bicho debía trotar como un jodido *marathon man*.

Al primer gallo que usó esa cinta le bautizaron, alborozados, Dustin Hoffman, en homenaje al actor de la peli. Más tarde le recortaron el nombre a Dustin, y luego a Dusti, pues les pareció más práctico. Hasta que a Dusti otro gallo más fiero se lo pulió. Gajes de ese noble deporte.

De tanto como corrían sobre esa cinta los bichos alados, se diría que se les ponía cara de hámster.

El patriarca vigilaba. El patriarca ordenaba. El patriarca velaba por los cruces y los encastes de sus gallos. El patriarca arrullaba los polluelos de los gallos vencedores y les susurraba lindas palabras de amor para que conociesen su voz. «Bonitooo… Pero mira que eres bonito y mira que los vas a matar a todos…»

El patriarca también les bautizaba.

Dedicaba todo su esmero y gracejo a esa tarea. Prerrogativas del mando. Rambo, Kempes, James Bond, Chuck Norris, Van Damme, Bruce Lee, Cassius Clay, Perico Fernández y Toro Salvaje eran algunos de esos nombres.

El patriarca controlaba la pureza de la raza de sus gallos. James Bond resultó un gallo perdedor y el patriarca decidió que no había acertado con el nombre. Qué se podía esperar de un tipo que vestía esmoquin con pajarita y que bebía Martini mezclado con mierda líquida desconocida… James Bond acabó cuarteado en la paella dominical.

En cambio el primer Rambo le reportó pingües beneficios y

esto motivó un linaje de Rambos: Rambo 1, Rambo 2, Rambo 3. Luego también tuvo un Fumanchú 1 y un Fumanchú 2. Todos, antes de sucumbir, masacraron a numerosos congéneres como indomables gladiadores. Algunos se convirtieron en auténticas leyendas.

El Rubio le compró cuatro gallos al patriarca del linaje de los Rambos.

Pagó en metálico una suma considerable. Dos gallos jóvenes, casi a punto para pelear, y dos polluelos nerviosos, piafantes y bravísimos que requerirían iniciación y escuela.

Justo lo que quería el Rubio para entretenerse.

Pero como andaba algo profano en la materia, también alquiló los servicios docentes de un pariente lejano y algo tullido del patriarca que le enseñaría a entender esos gallos y, sobre todo, a prepararlos. Tendría un profesor particular tres veces por semana, un diplomado de la escuela gallera con máster incluido por el clan Coraje de Catarroja, los reyes del gallo psicokiller.

—Uno de ellos, el de la cresta anaranjada, viene directo de la estirpe de Rambo, mi mejor gallo de la década. Cuídalo como a un hijo y te dará, si lo educas bien, muchas alegrías —masculló el patriarca—. Mira, te lo bautizo ya como Coronel Trautman, ése será su nombre y no se hable más.

Generoso Coraje bebió un trago del gollete de la botella de coñac y luego asperjó la cresta de Coronel Trautman.

—Así, si se muere de repente no irá al limbo —opinó la mole.

El Rubio se agenció jaulas de acero cromado con todas las comodidades. Jaulas que eran las suites del mundo gallero. Jaulas de lujo y confort para héroes emplumados. Las depositó en la trasera de su chalet con los gallos infantiles y cadetes.

Sacra protestó por el olor y las plumas sueltas que, en ocasiones, rodaban sobre el césped fastidiando el entorno. Pero el Rubio, por una vez, galleó y plantó sus cojones.

—Yo no te digo nada de la coca que te metes con tus amigas. No me quejo de tus reuniones de comadres, Sacra. Déjame en paz con los gallos. Sólo te pido eso. Me molan. Les quiero. Un hombre necesita su espacio y sus aficiones. Tienes que entenderlo.

Sacra cerró el pico. Su sexto sentido le aconsejó no meterse en esos berenjenales. Era verdad, al fin y al cabo un hombre necesitaba ventilarse con alguna afición. Caza, pesca, fútbol, tragaperras, putas, filatelia, coches, aeromodelismo, submarinismo, gallos o la reputa madre que les parió a todos. Qué importaba. Cosas de hombres.

17

A los dieciséis años Santiago Esquemas se había desembarazado por completo del halo de panoli que le había envuelto hasta entonces. A su madre la metamorfosis le parecía un milagro, pero no había tal. Las raíces de sus métodos se hundían en la estricta voluntad.

La disciplina había conseguido borrar los mofletes rechonchos y el exceso adiposo. Ahora su rostro presentaba aristas y su perfil revelaba la consagración de las abdominales.

Seguía chequeando los ojos de la gente y gracias a esas pupilas adivinaba los pasados, los presentes, acaso los futuros de sus congéneres.

Radiografiaba al prójimo. Cavaba conjeturas. Establecía conexiones.

Mantenía la temperatura de un iceberg y no se dejaba arrastrar por las pasiones propias de su edad. Moldeaba su cuerpo y sus músculos. Cosechaba notas brillantes en el instituto. Era un muchacho aplicado y silencioso. Apenas se relacionaba con sus compañeros. No le interesaba salir por ahí para fumar porros, beber litronas y ejercer de mentecato.

Se aficionó más a las novelas de malhechores diabólicos que a las de astutos detectives que fumando una aromática pipa recomponían el puzle en la página final gracias al chivatazo de un mayordomo chupavergas.

Luego evolucionó hacia los tratados de criminología de corte profesional.

Leía todas las noches tras la cena.

Se incrustaba en las mentes de los psicópatas, los psicóticos, los sociópatas, los delincuentes que iniciaron sus carreras lastrados por los traumas de la infancia, los violadores que jamás se reinsertarían, los atracadores profesionales enganchados al peligro, las rutas del narco conocidas hasta entonces.

Devoraba tratados de psiquiatría y psicología.

Le fascinaba el mal. Quería luchar contra él. Quería amarlo para entenderlo y combatirlo así con mayor ahínco.

El mal, a veces, le resultaba ambiguo. Y la idea que le alimentaba adquiría un contorno casi sólido.

Cada vez estaba más decidido.

Su hermana no progresaba de mente, si acaso de cuerpo, pues éste se le había apaisado y su pecho había aumentado hasta convertirse en un prodigioso y llamativo conglomerado de masa cárnica que necesitaba un sujetador de tamaño XXXXL para contener la inundación mamaria que siempre amenazaba con el desbordamiento súbito. Una copa de su sujetador serviría de carpa de circo.

La protegía, o al menos lo intentaba. Su madre se quejaba:

—Santiago, hijo, siempre leyendo. ¿No te cansas? Mira que don Quijote se trastornó por leer demasiado. No leas tanto, hijo, que te quemarás las pestañas. ¿Por qué no sales de vez en cuando por ahí con amigos? ¿No te gusta ninguna chica? ¿Qué me dices? Anda, hijo, di algo…

Su madre sospechaba cosas raras… Veía a su hijo modelar su cuerpo y leer sin pausa cuando caía el sol; relacionaba ambas actividades con los afeminados posmodernos de llorera continua. Sufría. Santiago jamás se tomaba la molestia de contestarle, ¿para qué? Miles de kilómetros le separaban de su madre. Entre ellos dos se establecían galaxias enteras separadas por atroces agujeros negros.

—Santiago, hijo, tómate la fruta y no leas tanto. De joven tuve un amigo que leía mucho, pero mucho. Una vez leyó algo de un señor que se llamaba, ¿cómo se llamaba? Ah, sí, creo que Kafka. Pues luego se hizo cura. No es bueno leer tanto, hijo mío…

Pero Santiago jamás contestaba.

Compartía instituto con su hermana. Un recinto cutre de paredes desconchadas y pasillos perfumados con desinfectante agresivo segregando tufo a pobreza intransferible.

Fauna bípeda desarraigada compuesta por payoponis, moros, rumanos, negritos mandingos, algún armenio, algún paqui y algún hindú. Y algunos españolitos de cartera tumefacta que no podían permitirse un centro concertado.

Su instituto era el aparcadero de los futuros manguis de vía estrecha, el homenaje al fracaso educativo de una nación decadente. Algunas aulas eran una jodida torre de Babel y los profes se conformaban con que los alumnos no se levantasen de su silla para organizar sus tertulias en idiomas herejes.

Algunas aulas eran una United Colors of Benetton pero en miserable y perdedor.

En cierta ocasión, un alumno grandote de espíritu terrorista del último curso encajonó a Roxana en una esquina durante el recreo para sobarle las supremas tetas con la chulería del bravucón matasietes.

Hubo chufla. Hubo chanza. Hubo burla. Hubo humillación. Hubo llanto.

Su hermana se lo contó esa noche entre lágrimas. Pobre Roxana. Nunca sería nada en la vida pero su misión consistía en protegerla y, llegado el caso, vengarla.

Combatiría el mal. La idea, su gran idea, cobraba forma y sólo necesitaba fertilizarla.

Al día siguiente, aprovechando también el recreo, Santiago se preparó.

Iba pertrechado por una funda de almohada y había depositado allí dentro cuatro latas de Coca-Cola que había desviado de la nevera materna. Estudió el terreno con calma.

Su pulso latía a velocidad diésel.

Pretendía sentar una doctrina que se elevase a categoría de ley no escrita.

El grandullón se apoyaba contra un muro y tres lacayos le reían las gracias. El poder de la fuerza bruta dominaba el patio.

Santiago consultó su reloj. Todavía no.

Un par de alumnas minifalderas deambularon cerca del grandullón y su trío de palmeros. El grandullón se inclinó y fingió perseguirlas adelantando las manos. «Que os cojo… que os cojo y os hago un hijo…» Los palmeros rieron y el acné de uno de ellos casi estalla por el esfuerzo. El grandullón se divertía amedrentando. Practicaba un terrorismo de taberna casposa y era un proyecto de psicópata cobarde.

Santiago consultó su reloj. Todavía no.

El grandullón extrajo un arrugado pitillo de su calcetín, oteó a su alrededor y, cuando comprobó que la presencia de los docentes brillaba por su ausencia, lo encendió. No les temía y nada podían hacerle salvo recriminar su actitud, pero prefería no escuchar el sermón antitabaco. Los palmeros le suplicaron una calada y el jefe sólo les cedió el cigarrillo cuando éste cobraba visos de colilla.

Santiago consultó su reloj. Todavía no.

Faltaban tres minutos para que el bocinazo que indicaba el retorno a las aulas chiflase con su ulular de presidio para adolescentes.

Santiago consultó su reloj. Ahora sí.

Ahora había llegado el momento.

Su pulso latía normal cuando se encaminó con paso firme hacia el grandullón. Sujetaba la funda de la almohada con la diestra y la ocultaba en la espalda.

Las latas tintineaban con el ronco sonido tenebroso de las campanas que anuncian el muerto reciente de un pequeño pueblo.

Su pulso apenas se aceleró.

A dos metros del grandullón le soltó un «¡eh!» como si citara a una vaca de espectáculo callejero.

El grandullón, sorprendido, le miró. Santiago lanzó su brazo coronado por la funda y el metal allí escondido chocó contra la rodilla.

La descoyuntó.

El grandullón rodó por el suelo y emitió un grito agudo, impropio de su tamaño, que el estridente silbido metálico de la sirena que anunciaba el fin del recreo amortiguó. El trío de pelotas permaneció petrificado, sin rastro de risas, con las cejas congeladas.

Santiago le machacó la otra rodilla.

Luego los pies. Preservó su cara y la parte superior.

Su intención consistía en reducirlo a una babosa.

Lo logró.

Le machacó las piernas, desde las caderas hasta las puntas de los dedos de los pies. Que se arrastrase como una babosa. Eso mismo.

Descargados sus golpes, se largó a su aula sin ninguna prisa, dejando al grandullón llorando y clavando sus zarpas sobre la arenilla del patio para deslizarse como el soldado herido en una trinchera. El trío palmero había desaparecido.

El grandullón jamás regresó al instituto y el resto de alumnos nunca osó propasarse con la hermana de Santiago.

Con él tampoco.

Circularon historias de violencia desmedida. Nadie le hablaba y él lo agradecía. Seguía obteniendo calificaciones sobresalientes y le complacía el sordo temor que despertaba.

Entendió que la fuerza, junto a la inteligencia, se convertían en un activo muuuy interesante.

Entendió que su soledad le catapultaría hacia otros destinos alejados de ese cutrerío.

Entendió que sería alguien en la vida.

Cuando cumplió dieciocho su madre le ofreció un cumpleaños sorpresa y su padre, su monstruoso padre, acudió.

Qué cosas. Qué manera de celebrar su mayoría de edad. Su padre acudió al aniversario repantigado en su carrito de minusválido con derecho a una pensión de mierda.

Su padre... En realidad, según los galenos, podía caminar pero se negaba a ello. El psiquiatra habló de una patología emparentada con el miedo. Nadie se atrevía contra un minusválido de carrito rodante y eso tranquilizaba al viejo. Le agarró el gusto a lo de provocar pena penita pena. Pobre minusválido. Su padre era un montón de carne picada, cobarde e inútil.

Santiago Esquemas sopló las velas, comió una porción de tarta y se refugió en su habitación para leer otro manual protagonizado por chalados peligrosos.

Antes de los diecinueve años su hermana Roxana se largaría

para vivir con un tío hornero de Cangas de Onís, a despachar pan, a amasar en el obrador. Tan joven y tan carne de cañón. Él no sería así.

Mejor.

Él ya se había decidido: entraría en la academia de policía nacional de Ávila.

Se convertiría en madero y averiguaría quién disparó contra su padre resquebrajando y hundiendo su estructura familiar y toda su vida tal y como la había conocido hasta ese momento.

En el examen de ingreso deslumbró a los profesores maderos.

Ese muchacho, sin duda, sería alguien en la policía, comentaban.

Santiago también lo creía. Durante el reconocimiento médico silenció el bruxismo que padecía desde los diez años, ese eterno rechinar de dientes que le atacaba durante las noches. No les contó que usaba una férula para dormir.

Tampoco les dijo nada acerca de las pesadillas que le despertaban todas las noches, sueños malditos protagonizados por un padre convertido en steak tartar que le suplicaba ayuda.

Tenía dieciocho años.

Sería madero.

Empollaría furioso clavando los codos. Con ahínco y fe. Con pasión y fuerza. Saldría de la academia de Ávila con honores y alcanzaría veloz la tribuna de flamante inspector. Con placa y pipa y mando en plaza. Así lo haría.

Combatiría el mal y encontraría al hijo de puta que destrozó a su padre.

Santiago Esquemas buscaría venganza porque sólo así descansaría.

Pero a veces, sólo a veces, pensaba que el mal también destilaba algo bueno.

18

El roce tejió el cariño. De empleado a amigo. Gus jamás lo habría sospechado pero así era. Él y José María habían entablado una relación que podría calificarse de amistad. Pero sin perder el pudor ni incurrir en empalagos.

Gus dirigía el peep show con eficacia y buena mano mientras José María huroneaba con libros viejos en su casa. El tiempo había transcurrido demasiado rápido para su gusto. Las heridas de su faz, esos micropuntos, habían cicatrizado por completo y las imperceptibles muescas, una vez asimiladas, qué ironía, le otorgaban carisma, atractivo animal y personalidad de peligro asimétrico.

La mayoría de las chicas del peep show padecían la erosión de una celulitis que disimulaban con mallas de color carne y no se parecían en nada a las de sus sueños. Pero éstos se habían disuelto hacía tiempo y sus pesadillas se instalaban en una rutina pacífica.

Una de aquellas chicas le violó antes de finalizar su primer mes y, por fin, pudo arrojar su virginidad a la papelera.

Lo grabó en su memoria como un punto de inflexión. No era la mujer más guapa del mundo, pero cumplió con su benefactora misión. En el fondo, aquella chica tenía alma de monja, pues le gustaba ayudar al necesitado.

Le atrajo hasta el zulo donde se cambiaban de ropa con artes de veterana pellejuda. Empleó el viejo truco de la cremallera. Pero en su pueblo no había chicas nudistas de baile rijoso con cremalleras rebeldes y él picó.

—Gus, amorcito, anda ven que la cremallera no se me cierra. Ayúdame, guapo.

Y Gus acudió con jeta de minúsculas cicatrices recalentadas. Y vio su corpiño desflecado y sus tacones desgastados.

Y observó las nalgas picoteadas por la piel de naranja, separadas por la tira del tanga, expectantes y dotadas de un temblor como de gárrula moto trucada.

—Ay, Gus, hijo, que no hay manera…

Y entonces el corpiño se precipitó contra el suelo y ella se giró y le abrazó y le besó y roturó su cuero cabelludo con las yemas de los dedos bajo rugidos de mamá leona.

Y cuando a Gus se le difuminó el pasmo pudo actuar por mero instinto y entonces la empotró contra la puerta. Un minuto después se corrió y pensó: «¿es esto, sólo era esto?». Tanto tiempo imaginándose lo que supondría follar y ahora sentía el vacío fruto de la absoluta decepción. «¿Es esto, entonces sólo era esto?» La chica se recompuso el corpiño mientras sus labios de hiperbólica pintura dibujaban un mohín deshidratado.

—Gus, chico, qué rápido, si casi no me he enterado. Mira, guapo, eres un amor y nos cuidas de maravilla, en eso no tenemos queja, pero en esto de follar me se parece que llevas retraso. Ay, no pongas esa cara, hombre, que todo se aprende en la vida. Y no te preocupes, tonto, que yo te enseñaré… —Y le brindó un maternal pellizco de monja en el carrillo.

Se lo calzó metódicamente cada día durante los tres meses siguientes. Y algunas jornadas, si disponía de hueco entre baile y baile, le ofrecía doble sesión. Sólo cesaba el aprendizaje cuando la íntima marea roja la inundaba. La chica guardaba principios basados en la higiene popular. Se lo explicaba con demoledora finura lumpen:

—Los próximos días no, amorcito, que tengo el tomate y no puede ser por las infecciones, que la sangre infecta que no veas. Me lo dijo la Toñi, la pelirroja de pecas, que siempre está de médicos y sabe de todo.

Y entonces Gus se pajeaba porque el sexo con una mujer le había subyugado y necesitaba su ración diaria.

Aprendió posturas. Aprendió a lamer. Aprendió a trabajarse los preliminares. Aprendió a ofrecer calidad poscoital, aunque de recién corrido deseaba largarse a lo suyo.

Lo aprendió todo. Todo y más.

Una tarde, la desvirgadora no apareció. Tampoco acudió al trabajo el resto de la semana. Nunca volvió. Gus sintió cierta morriña. Pero descubrió su gancho con las otras empleadas. Averiguó que su jeta estriada de chispeantes cicatrices era un imán. Detectó que a algunas chicas les chiflaban los tipos con cartón de malote. Además, era el encargado, casi el jefe, y eso le daba poder.

A las strippers del peep show no les costaba nada follárselo con la naturalidad mantecosa de sus nalgas y la desfachatez de sus ojos algo cebollinos.

Gus empezó a creer que sus sueños se hacían realidad y que sus pesadillas protagonizadas por bates de béisbol quebrando espinazos se difuminaban, que sus despertares allá en un nauseabundo vertero pertenecían a otra era de oscuridad lamentable.

Cobró seguridad de pastor.

Intuyó que su vida era bella, fácil, placentera, cómoda. Intuyó que había encontrado su sitio en el mundo. Pero también sospechó que necesitaba más. Progresar, siempre progresar.

Ya casi volvía a ser un hombre.

Una de esas noches de tedio añejo dos barbudos irrumpieron vocingleros en el local. No eran clientes habituales y lucían tatuajes sobre los antebrazos con escudos de corte militroncho, o eso le pareció.

Gus percibió mal rollo. De aquel dúo emanaba agresividad instantánea.

Saltaron las alarmas de su instinto. Vigiló. Se preparó. Durante todo ese tiempo trabajando en el garito de José María Verduch se había encontrado con toda clase de tipos y de situaciones. Abundaban los enfermitos, los oligofrénicos, los pervertidos, los viciosos de crepúsculo y parque infantil de blanda pilila. Había desarrollado olfato para reconocer los problemas. Aquellos barbudos chulescos eran unos hijos de puta de primera clase, concluyó Gus.

—A ver, chavalote, queremos una cabina de ésas para meter monedas en la ranura y ver cómo se despelotan las putas. A ver, que venimos de Ceuta y tenemos hambre de ranuras peninsulares. Paso libre a dos caballeros legionarios.

El aliento del barbas número uno apestaba a priva. A Gus le molestó que calificase de putas a las chicas. Alguna hacía trabajitos extra fuera de su horario, le constaba, pero eso no le daba derecho al barbudo a pronunciar insultos con tanta alegría.

La hostilidad aumentó. El ambiente se tensionó.

Los fuegos del preludio de una bronca galvanizaron el cuerpo de Gus.

—Cada cabina sólo es para uno. Sólo uno —dijo—. Seguid recto y encontraréis las cabinas —añadió.

Los barbudos caminaron zambos zigzagueando con el lento trotar del borracho que se pasma ante el milagro de las parlanchinas farolas de luz limpia. Se metieron los dos en la misma cabina.

Oleadas de mal rollo empaparon a Gus.

Decidió concederles cierta gracia, esperar unos minutos. Intentaba evitar lo inevitable. Se mantuvo tenso y alerta.

Recordó sus antiguas palizas y su facilidad para romper huesos ajenos.

Recordó cómo le partieron a él hasta las pestañas y su estancia en el limbo del coma.

Las sensaciones chocaron. Venció el ansia de violencia.

Escuchó el sonido de un cristal roto y el grito de una chica.

Gus agarró una tubería de plomo que guardaba bajo el mostrador y se dirigió con el nervio del momento supremo, poseído por los demonios de la furia, hacia la cabina. «Qué hijos de puta», pensaba mientras la violencia se adueñaba de su alma.

Los majaría a palos.

La puerta de la cabina estaba entreabierta. Risotadas zafias de tumulto cuartelero rebotaban entre las paredes de la angosta estancia. El suelo pespunteado por un millar de cristales que crujían como cucarachas aplastadas bajo el peso de las botas de la energuménica pareja.

Restos de sangre: uno de ellos había golpeado el cristal, rompiéndolo. No parecía percatarse del dolor. «En caliente, nada duele», pensó Gus. Sólo cuando despiertas, él lo sabía, sientes un trillón de alfileres desgarrando el cuerpo.

No avisó. El primer golpe de tubería de plomo impactó contra el cráneo del barbas número uno. Se escuchó un sonido similar al de la carrocería de un coche que ha recibido la embestida trasera de otro.

El barbas número uno se desplomó con una flaccidez irreal.

El barbas número dos no reaccionó ante la catástrofe porque la rapidez suele ser mortal. Cuando su cuerpo encaró al de Gus éste le demolió de otro golpe.

La nariz del barbas número dos se fundió contra su maxilar superior y la argamasa que allí se instauró necesitaría una delicada reparación quirúrgica.

Gus actuaba controlado y sin angustias. Atesoraba demasiadas palizas infligidas como para perder los nervios. Su entrenamiento favorecía su contundencia y su pasado regresaba con el esplendor de la veloz carrera de un hambriento fauno recién liberado de su jaula.

El barbas número dos aullaba en sordina de congestión dolorosa, acuclillado contra una pared de la cabina. A sus pies, su compañero yacía inerte y era difícil constatar si respiraba o no. Un afluente rojo brotaba desde la base de su cráneo. La moqueta absorbía la bermellona irrigación mutada en un papel de esponja esporádica.

Gus le infló de forma metódica, cargando contra los hombros primero. Después le asestó un revés contra la mandíbula y el barbas número dos marchó al país del sueño universal uniéndose así a su compinche.

Acabó la escaramuza y parecía que un tsunami había estragado esa cabina. Gus tomó las riendas:

—Escuchadme. ¡Escuchadme todas! ¡Coño, que me escuchéis! ¿Estáis bien todas? ¿Sí? ¿Sí o no?

Sólo cuando un débil coro afirmativo confirmó la salud de las chicas prosiguió.

—Os largáis ahora mismo. Todas. He dicho todas, coño. Y rapidito. Pero ya. Pero ya mismo, leche, ¿no me habéis oído o qué? Y no le contéis nada a nadie. Mañana, aquí a la hora de siempre. No sabéis nada. No habéis visto nada. ¿Está claro? Pero, hostia… ¿Estáis mudas o qué? ¿Está todo claro?

De nuevo el asentimiento gregario, apenas audible, de un coro de ninfas nudistas afectadas por el terremoto aseguraba la comprensión del mensaje.

Sacó a los barbas por la puerta trasera y los arrastró hacia un callejón dominado por la escoria y los gatos pardos.

Sus viejos hábitos renacieron: les trincó la pasta de las carteras y guardó su documentación. En algún carnet leyó algo de Legión Española. Aquello le importaba un bledo, pero decidió esconder aquellos papeles por si acaso los necesitaba en el futuro.

Llamó desde una cabina a la policía local para informar sobre dos cuerpos ensangrentados manchando el asfalto de Malasaña. Cuando el tablillas le pidió el nombre, colgó. Cerró el negocio y se marchó para informar a José María.

—¿No tuviste otra opción…? —preguntó con un rictus picajoso su jefe.

—Ninguna. Créeme, ninguna. Hubiesen arrasado con el local y violado a las chicas. Eran mala gente. Muy mala gente. He conocido a gente así. Créeme, José María, te lo digo en serio.

—Bueno, pues esperemos que esto no nos traiga malas consecuencias. De todas formas, las próximas noches, cierra una hora antes de lo habitual. Y ojo avizor, Gus, ojo avizor…

A José María aquella batalla no le estimulaba el optimismo. Quería a Gus, pero sospechaba que éste atraía la violencia y esa cualidad suya, a su edad, le preocupaba.

Tras arreglar los desperfectos, Gus se lavó la cara. Miró su jeta contra el espejo y le gustó lo que veía.

Ahora se reconocía. Ahora se sentía todo un hombre.

«Un poco de sangre te sentará bien.»

Por fin las palabras de la monja Teresa cobraron sentido y sonaban tan proféticas…

Gus se sentía superior.

Esa noche apagó su último pitillo contra el cenicero y durmió sin pesadillas.

19

A Basilio Galipienso se le conocía por el sobrenombre de «Cobra» porque, recién lo alumbró su madre en su chabola con un techo de uralita robada en una obra y bajo los cuidados de dos mujeronas que eran una suerte de comadronas espontáneas, había sufrido una hemiplejía galopante, consecuencia de la cual arrastraba una pierna y esta peculiaridad desembocaba en un caminar sincopado causado por el importante desnivel.

Asimismo, uno de sus brazos, el derecho, parecía agarrotado eternamente formando un ángulo de treinta grados; esto es, con la mano a la altura del pecho y la palma de la misma semiabierta, conservando de ese modo cierto parecido con el tronco y la cabeza de una cobra real en fase de rabioso cabreo justo antes de propinar su mortal dentellada.

Alguien proclive a las asociaciones de ideas, en el poblado chabolista, tras ver un documental sobre la India y sus venenosas serpientes, exclamó en voz alta eso de «anda, la cabeza de una cobra parece la mano de Basilio...». Fue suficiente para que a éste le cambiasen el nombre de inmediato.

Lo asumía sin rencor. Casi prefería Cobra a Basilio o a cualquier otro mote demasiado descarnado que pusiese en evidencia su carcasa de mutilado civil.

Cobra sonaba rechulo y ponzoñoso. Basilio, en cambio, a cantante melódico del lado hortera de la vida y crucero de saldo por el Mediterráneo.

La familia del Cobra no encajó demasiado bien su aterrizaje desmochado a este mundo porque un tullido poco podía ayudar en el negocio de recogida de chatarra y otros sueños siderúrgicos de minucias hojalateras. Comía las sobras porque en su casa opinaban que su desgaste calórico era menor.

Pero el Cobra compensaba su físico de piltrafa con un acusado virtuosismo de buscavidas especializado, incluso alegre, de emprendedor activo. Si el destino le había herido con esa frágil osamenta de muelle, extraería partido convirtiendo el defecto en virtud. Provocaría la caridad del prójimo.

Practicó la mendicidad arrastrando su chasis por las puertas de varias iglesias enclavadas en barrios adinerados. De paso aprendió a babear porque suponía que esa saliva espumosa beneficiaría el caudal limosnero.

Pero siempre salió escaldado de aquellas industrias, pues ejercer de mendigo francotirador no era del gusto de los pobres con plaza fija, lameculos de sacristanes y sotanas, hipócritas chupacoños de beatas pertenecientes a una hermandad que se repartía equitativamente los dividendos tras llevarse su jefe, un tal Elías el Dientes, la parte del león. Los pordioseros funcionarios, bajo la férula de Elías, le habían propinado varias palizas para que aprendiese a respetar la veteranía, la jerarquía. Su condición de medio hombre no les había hecho sentir ninguna caridad a la hora de bonificarle con recias raciones de hostias y hostiones.

Y, además, le habían tildado de «baboso», lo cual le fastidió porque negaba su estatus de crótalo venenoso.

También robó al menudeo aprovechando los turistas bobalicones que atravesaban la valenciana plaza de la Virgen con la cámara colgando sobre el cuello como el cencerro de un bovino.

Con la mano de reptil pedía limosna mientras salivaba súplicas en un idioma desconocido que él creía inglés, con la otra trincaba las carteras de los bolsos.

No tardó la policía local en ficharle por culpa de su pésima digitación, con lo cual decidió que esa actividad tampoco satisfacía sus necesidades.

Vagando una tarde por el arrabal de Catarroja escuchó el cocoricó de los gallos y acudió hacia él sintiendo una poderosa atracción. Le llamaba la selva. Lo supo de inmediato.

Entabló cháchara con los quinquis amantes de las plumas peleonas. Lo uno llevó a lo otro y un par de meses más tarde se ocupaba de limpiar las jaulas y de alimentar a los gallos con piensos de primerísima calidad y compuestos químicos que reforzaban la agresividad de los gladiadores alados.

Pitas, pitas, pitas…

Se había procurado un faldón con bolsillos y desde allí, desde su mano moribunda y engallofada a modo de cazo, repartía el grano a sus amigos.

Pitas, pitas, pitas…

Ese clan no escatimaba con sus gallos, verdadero sustento familiar y no por que acabasen en la olla común, aunque algún ave cobarde sí podía finalizar en tan indigna suerte. Con qué gozo picoteaban los gallos atendidos por el Cobra.

Pitas, pitas, pitas…

Y con qué amor miraban los guerreros emplumados a su nuevo amigo. Era como si reconociesen a uno de los suyos.

Un par de años más tarde ya era uno más del clan de los galleros Coraje. Era de la parentela, aunque de la segunda división, por así decirlo.

Se alimentaba y dormía allí, en un cuartucho mal ventilado. Le lavaban la ropa. Le trataban con respeto. Jamás se burlaban de sus taras y cuando le decían «Cobra esto» o «Cobra aquello» nunca se filtraba un deje burlón en el timbre de aquellas voces.

Apenas tenía contacto con su verdadera familia y eso en absoluto le preocupaba. Basilio Galipienso, el Cobra, era feliz porque los gallos le proporcionaban esa felicidad ingenua que nacía de una relación pura y amistosa.

Se entendía mejor con los gallos de pelea que con los hombres. Había encontrado su lugar en el mundo.

Pero la adopción por parte de los galleros no fue casual…

El patriarca había observado la innata habilidad del Cobra hacia sus bichos. Les mimaba, les arrullaba, les hablaba, entendía sus necesidades, y lo mejor de todo es que los gallos parecían escucharle, comprenderle, quererle e… incluso morir sobre la arena por él.

Aquellas bestias fieras de espolones afilados se tragaban risueñas el pienso de su mano que no era sino un garfio de parálisis y afecto sincero.

El patriarca, Generoso Coraje, le fichó al comprobar semejantes virtudes y el Cobra ascendió hasta el rango de primer entrenador.

Estableció tientas para depurar los genes y tonificar la sangre de los polluelos. Consiguió castas más puras. Revitalizó dos razas genuinamente valencianas famosas por su beligerancia: la gallo de Carcaixent y la ojo de gato.

Estudió el mundo gallero basándose en la observación y en lo que le contaban otros preparadores de gallos y los propios miembros del clan de Catarroja. Y, sobre todo, consiguió enormes ganancias, fabulosos beneficios.

Sus métodos de entrenamiento y su olfato clínico, casi infalible, le otorgaron un prestigio con el que nunca había soñado.

El Cobra era el hombre que entendía a los gallos de pelea. El Cobra criaba campeones. El Cobra adquirió fama en la galaxia de las galleras. El Cobra manejaba pasta, se hacía cortar levitas roqueras a medida porque era un fan de Elvis Presley y, de vez en cuando, se pagaba una puta para aliviarse.

El Cobra apuntaba en una libreta infantil de Cuadernos Rubio, meticuloso y ordenado, con caligrafía basta y plagada de faltas, las evoluciones de sus luchadores empenachados por las crestas de la gloria y el valor.

Fue el patriarca, Generoso Coraje, el que le proporcionó al Cobra el trabajo extra de profesor particular en materia de gallos con un alumno que pagaba bien, muy bien, y al cual se le conocía como el Rubio. Y así, el Cobra acudía tres tardes a la semana al chalet de éste para iniciarle en los misterios de la lucha de gallos.

El Cobra le explicó al Rubio cómo y dónde, en qué exacto lugar del jardín, teniendo en cuenta el recorrido del sol y de los vientos de levante y de poniente que manejaba gracias a una estadística, debían construirse las jaulas. Y éstas serían las mejores, ya que al cliente le sobraba la pasta. Jaulas individuales porque los gallos de pelea, por su naturaleza violenta e instinto asesino, se habrían matado al compartir el mismo hogar.

Y menuda obra encargó el Rubio, las jaulas hundían sus raíces en unos cimientos hondos, muy hondos, inexplicables. Le dijo al Cobra que los buenos cimientos siempre eran importantes en cualquier obra y éste no quiso averiguar más.

Al Cobra le gustaba que sus bichos estuviesen cómodos porque así, cuando luego peleaban, se portaban mejor: querían ganar rápido para volver a su corral, a su jaula, a su pienso. Al menos ésa era una de sus teorías.

Cuando los gallos del Rubio estuvieron preparados, el Cobra le acompañó a sus primeras peleas. También le inició en el resbaladizo pantanal de las apuestas.

Por supuesto le enseñó a colocar los espolones de acero sobre los naturales del gallo. Convenía encajarlos con suavidad, como si fuesen un guante de fina cabritilla, para que el guerrero no perdiese sensibilidad.

Al Cobra le placían los espolones de acero galvanizado y, al herrero que se los fabricaba, le encargó una marca, una «C» de su inicial, grabada sobre ellos.

Eso le daba suerte, comentaba. Era otra de sus teorías.

A veces, durante aquellos combates, les acompañaba Gusano. Al Rubio le fascinó aquel ambiente porque rezumaba clandestinidad y a él lo furtivo le sosegaba.

Gitanos, macarras, moteros, delincuentes de medio pelo, capitalistas de Rolex y Mercedes, chicas agresivas buscando emociones fuertes acompañando a sus hombres, busconas y buscones que se arrimaban a los vencedores, tarados fruto de endogamias paletas, aficionados con aire de panolis, amantes de las sensaciones alternativas, esnobs, ratas de ciudad y de campo, apostadores irreductibles, intermediarios de esto y de lo otro… Un mejunje espeso y multicolor de mestizaje otoñal, caduco, herrumbroso, se arremolinaba durante aquellos encuentros.

Y la emoción de las peleas…

Y el griterío ante el fragor de la batalla…

Y los billetes cambiando de manos a toda velocidad…

Y los tacos de gente que se cagaba en todo y en más, y las botellas de anís y coñac rulando de mano en mano, y el calor humano, y las plumas volando, y ese gallo derrotado bañado en sangre y tendido en el suelo como un angelito del demonio que nunca volverá al infierno de su corazón…

Al Rubio en esas ocasiones se le salía el alma por la boca gracias al inmenso subidón. Era como si viese pelear a un hijo. Pero aprendió a dominarse. No le importaba la pérdida o la ganancia del dinero, se lo podía permitir y las sumas cosechadas o despilfarradas no le afectaban. Se imponía apostar pocas cantidades porque no deseaba dar el cante.

Las palabras de Willy Ramos rebotaban sobre los pliegues de su memoria: «Sé discreto, Rubio, sé discreto siempre, cacho cabrón». Le gustaba ganar por el mero hecho de la victoria y porque esos gallos suyos eran, en cierta manera, sangre de su sangre.

Ganó y perdió.

Aumentó su camada.

Se aficionó de verdad a esa escabechina que a él se le antojaba un deporte noble protagonizado por caballos purasangre de la aristocracia británica compitiendo sobre una verde pradera. Pero, en vez de caballos, se trataba de gallos. Al fin y al cabo era hombre de secano y no de verde pradera. Le atrapó aquella corte de milagros donde el brillo de los espolones imponía su ley.

El Rubio disfrutaba con aquella afición. Sacramento, en cambio, se quejaba del olor de la mierda de gallos y de la escandalera de sus matutinos gritos de guerra, pero cuando vio que su hombre disfrutaba en serio con ese pasatiempo cerró el pico. Era una chica lista y sabía cuándo no tocar los huevos de su hombre. Ella seguía esnifando con sus amigas y así cada uno contaba con su parcela de esparcimiento…

—Oye, Cobra, ¿y a ti de dónde te viene lo de los gallos? —le preguntó una tarde el Rubio.

—Pues… Pues no lo sé… Supongo que tengo un don para ellos. Creo que, en esta vida, todos tenemos un don para algo. Yo estoy medio jodido con esta pierna de mierda y este brazo, pero no sé, igual Dios me dio el don de entender a los gallos. Yo creo que sólo sirvo para criarlos. Los entiendo. Me gusta prepararlos para las peleas. Aunque luego sufro cuando les hieren y no veas

cómo los cuido, con antibióticos y todo, hasta que se recuperan…
que no siempre lo hacen, ojo, y me jode porque me encariño con
ellos demasiado.

—Eso que dices tiene sentido. Lo de que a lo mejor todos
poseemos un don para algo, para algo en concreto. Yo creo que
tengo un don para el comercio…

Pero al Cobra ya no le sacabas del tema gallero. Se venía arriba.

—Al principio, Rubio, el patriarca del clan de los Coraje quería que matase a los que estaban demasiado heridos para volver a
pelear, aunque se recuperasen. Ya sabes, los que quedaban sin pico,
sin parte del muslo, tuertos… Pero le convencí para que no, porque la semilla de esos gallos, si habían mostrado una bravura cojonuda, serviría para cubrir gallinas y mejorar la raza. Por suerte me
hizo caso… —Y al Cobra se le escapó una sonrisa de ternura y
sabiduría que impresionó al Rubio.

Era inevitable que estrecharan lazos.

Cuando finalizó el curso gallero impartido por el Cobra, no
rompieron las relaciones y el tullido seguía pasando por el chalet
del Rubio.

Se tomaban un refresco o unas birras. Hablaban sobre gallos y
sobre las últimas peleas. O mantenían el silencio y se limitaban a
mirar el paisaje más allá de la piscina, con el mar al fondo.

El Cobra pensaba que Sacramento estaba muy buena, pero
jamás cruzó palabra con ella porque ésta le ignoraba. No le importaba. Agradecía perrear en lo que para él suponía un entorno de
máximo lujo. No pedía más.

—Oye, Cobra. ¿Tú sabes a lo que me dedico?

Éste dudó, pero optó por decir la verdad.

—Sí. Vamos, creo que sí. Sí… algo me parece… Al comercio,
tú mismo me lo dijiste. Pero a mí me da igual el producto, oye. Yo
distingo entre la gente que me trata bien o los que me consideran
como a un perro. Y ya está. No hay más.

El Rubio ocultó un leve sobresalto. Si su interlocutor conocía
sus actividades es que disimulaba bien poco y era un pardillo. El
Cobra continuó con la charla.

—Yo creo que te dedicas al trapicheo, pero no sé en qué cantidad. Ni me importa. A mí me importan los gallos. Y digo lo del trapicheo porque, vamos, oye, joder, macho… Tienes tiempo libre por un tubo y pasta a mogollón. Un chaletazo y una novia que te cagas de buena. Vamos, es de cajón… Digo yo, eh, pero que no importa, que conste.

El Rubio lo tuvo clarísimo.

Le reclutó al instante.

Para faenillas.

Un recadito por aquí y otro por allá. Sin agobios.

El Cobra aceptó.

El Rubio ni siquiera le pidió discreción. Confiaba en el Cobra. Sabía que cumpliría. El Rubio no fallaba eligiendo a la gente.

A Generoso Coraje le irritó que le birlasen a su mejor gallero así tan de suave, y mandó a uno de sus hijos, a José Manuel, acaso el más violento, para parlamentar con el Rubio acerca de ese fichaje artero. José Manuel regresó a la morada del clan con una bolsa de deporte Adidas preñada de billetes y ahí terminó la querella. El dinero a modo de vaselina contra los malos humores…

Gusano agarró una ventolera de celos cuando el Rubio le comentó la adquisición. Apenas disimuló. Pero el cabreo de su subalterno no le iba a costar dinero…

Ya se le pasaría, pensó el Rubio algo ensoberbecido.

20

—No me lo puedo creer... Es que no me lo puedo creer... Vosotros... Vosotros igual sois damas de caridad en vez de caballeros legionarios y lo que pasa es que a lo mejor no os habéis enterado de por qué os han roto el ojete así por la cara... Si debe de ser eso... Debe de ser que envío a dos lejías míos barbudos y pecho lobo, a dos novios de la muerte, y va y regresan aquí con el careto partido porque un tío, uno solo, les ha dado una paliza que ni el desastre de Annual. Sí, yo creo que sois señoritas de la Cruz Roja y aún no lo sabéis... Por lo menos habéis vuelto con la pasta de mi mercancía, que por suerte la dejasteis en el hostal donde dormíais, porque encima la vuestra os la picó, con vuestras carteras y la documentación, el menda que os jodió en el antro ese de las que se desnudan a plazos... Hostia, si parecéis el eccehomo. Si estoy por enviaros a la procesión de los mutilados de la Guerra Civil de la Semana Santa de Málaga. Vaya jeta morada que os ha dejado. Uno solo... Y era solo uno...

Ventura Borrás, sargento de la Legión, despreciaba a los soldados que, trabajando para él, recibían una paliza. No lo podía soportar. Se sirvió un pacharán para amortiguar el sofoco.

Chendo y Matías eran dos lejías farrucos de orgullo prieto y cojones de mapamundi probados en mil aventuras.

Chendo y Matías, ante su sargento Ventura, componían faz de peluche famélico, triste y enfermo.

Chendo y Matías lucían los golpes que Gus les había propinado en el peep show con la tubería de plomo.

Chendo y Matías, en fin, todavía no entendían cómo habían

recibido semejante correctivo, pero se avergonzaban. Lo achacaban al pedo que les traspasaba cuando salieron de farra y tuvieron la mala suerte de acudir hasta aquel tugurio atraídos por el destape de cabina y moneda contra la ranura.

Ventura no les castigó, bastante penaban con esos morros partidos y las miradas burlonas de sus compañeros de armas.

Pero al sargento aquel episodio le provocó cierta alarma.

Si un tipo, uno solo, había logrado masacrar a dos de sus mejores chicos, o se retiraba del negocio porque los suyos eran unos incompetentes o fichaba a ese tío para que trabajase para él.

Decidió lo segundo.

Un mes más tarde viajaría hasta la Península, a Granada, para participar en un concurso de puntería con arma larga en el campo de tiro de allí. Pediría un par de días extra para subir a Madrid y visitar a ese rompecaras. La curiosidad le mordía con su zarpa de fiera.

Sería instructivo. Sería ameno.

Un mes más tarde Ventura entró en la penumbra del sex shoppeep show. A Gus no le gustó el andar marcial de aquel menda embutido en un traje que provocaba discordancia.

Ese tipo no solía vestir así.

El del traje impostado irradiaba seguridad en sí mismo. Colocó las manos sobre el mostrador. Se mantuvo de esta guisa varios segundos, luego sonrió y soltó:

—Así que eres tú… Pues así de entrada no pareces gran cosa…

Gus iba a contestar algo así como «¿qué dice?», pero el menda levantó su mano exigiendo silencio. El gesto remarcaba aplastante seguridad, aderezada por una implacable autoridad.

—Pero algo debes de tener porque hace un par de meses machacaste a dos de mis mejores legionarios.

Gus amagó la mano hacia la tripa del mostrador; desde el incidente guardaba allí la tubería de plomo. Por si acaso. Por si aquellos cabrones regresaban con ansias de vendetta.

El tipo del traje improbable echó la cabeza hacia atrás y su sonrisa se ensanchó como la de un saurio a punto de escupir los restos de su última cena.

—Tranquilo… Tranquilo, hombre… Deja esa mano quieta, tranquilo. No he venido desde la puta Ceuta hasta aquí para vengar a dos gilipollas que, seguramente, merecían lo que les hiciste. No soy tan capullo. Y no me gusta perder el tiempo. ¿A qué hora sales de este antro para enfermos mentales? —dijo echando un ojo hacia las estanterías con las carátulas de casquería fina.

—A las dos de la madrugada. —A Gus le sorprendió responder con tanta docilidad.

—Perfecto, a las dos volveré, esperaré fuera y, si te parece, daremos un paseo para hablar de negocios, de trabajillos que, a lo mejor, te interesan. Un chico con tus cualidades a lo mejor aspira a más.

El extraño cumplió su palabra. Acudió puntual.

Gus y él pasearon por Malasaña sin rumbo fijo y, a veces, se topaban con pandillas que navegaban bajo los vapores del alcohol y esas risas conejiles que preludiaban el «Asturias, patria querida».

Bastaba con que el menda de complexión marcial les mirase imprimiendo seriedad en sus ojos para que éstos desviasen su dirección y eludiesen cualquier contacto visual que provocase un altercado.

El menda, pese al traje, irradiaba seguridad y autoridad, desde luego, y causaba respeto entre el prójimo. De todas formas, Gus había cogido la tubería de plomo y la escondía en la trasera del pantalón. Algo en aquel tipo le inspiraba confianza, pero la llevaba por si las moscas… Había caído una vez en una trampa y eso no se iba a repetir jamás.

Tras un rato de caminata desbrujulada y silencio viril, el menda se presentó:

—Me llamo Ventura Borrás y soy sargento de la Legión. Estoy en Ceuta, chaval. ¿Sabes dónde está Ceuta? Pues no muy lejos, pero en realidad es el culo del mundo. Hay miles de hindús vendiendo porquerías en sus bazares con olor a pachulí y a incienso. Venden paraguas a cascoporro, ¿tú lo entiendes? Pues yo tampoco. Aquello tiene algo de ratonera para frustrados. Pero estoy cómodo y eso me gusta. Allí, te lo digo yo, se pueden hacer buenos negocios si eres espabilado… Los lugares fronterizos son una bendición de Cristo Rey. Un hombre sólo puede mostrar su hombría viviendo en la frontera, adaptándose a ella, casándose con ella para sacar todo su jugo... No sé si me explico...

Gus no le entendía muy bien, pero prefirió no interrumpir su discurso. Ventura divagaba, pero desde un verbo estructurado, hilvanado, y con unas frases como de la época del blanco y negro de la televisión. Sus palabras le hechizaban.

Algo le decía que aquel tipo no era una persona corriente.

Eso le atraía.

Le escuchaba atentamente. Gus se rascó las cicatrices de su brazo, había vuelto, ahora que ya era un hombre completo, a su vicio de autolesionarse con las brasas de los cigarrillos.

—Ceuta está aquí al lado, pero desde la Península os importa un bledo. Sólo os ponéis farrucos cuando el zorruno Hassán monta un pollo para conseguir ventajas en algún tratado pesquero o para exportar naranjas sin pagar aranceles a Europa. Pero yo lo prefiero así. Somos, Ceuta y Melilla, las hermanas bastardillas y pobres, el último refugio del esplendor colonial, nuestras garras de pólvora mojada entre la morisma de África, los restos de nuestra antigua gloria. Sí, parezco el *Nodo*, ya lo sé, pero qué coño, soy así. Me gusta darle a la vida un punto de grandeza, qué quieres. Ceuta y Melilla os importan un bledo, lo sé. Llámame imbécil, chaval, pero yo me siento más español en Ceuta que aquí. Yo mato y muero por Ceuta, no sé si me entiendes...

La cháchara lírica de fervor patriótico barato embelesaba a Gus. Se preguntaba adónde quería ir a parar con tanta soflama... Pero no le rompía el hilo de la charla.

Disfrutaba.

Le dejó perorar durante casi media hora y por fin presintió que el tal Ventura iba al meollo.

—Mira, chaval, no sé quién coño eres ni de dónde sales ni lo que has hecho hasta aterrizar en ese garito de mierda de tías gordas sobre las cuales se pajean los tarados de esta ciudad, pero, y te lo digo a la cara, me ha impresionado la paliza que le diste a mis chicos. Tienes temple y agallas. Huevos, vaya. Y me gusta trabajar con gente así... O, mejor dicho, contratar a gente así para trabajos puntuales. No sé, igual me gustaría contar contigo. Sí, algo así. ¿Cómo lo ves, chaval? Y si me dices que no, pues tan amigos. Y si me dices que sí, pues ahora mismo nos vamos de putas, que te convido yo y así sellamos nuestro pacto. Bueno, ¿qué dices?

El cerebro de Gus caviló a toda mecha.

Le zumbaban las meninges.

Le crujían las neuronas.

Le palpitaban las cicatrices de sus quemazos.

Por fin abrió la boca. Su voz, tras tan largo silencio, sonó débil.

—Y… ¿Y qué tendré que hacer…?

Ventura tomó aire. Aquel chico, Gus le había dicho que se llamaba, estaba en el bote. El legionario sabía que, cuando las personas no se niegan al escuchar una propuesta sospechosa, cuando muestran curiosidad, es que aceptarán.

—Pues un poco de todo… y siempre podrás negarte ante un mandado, aunque si lo haces nunca más te llamaré y tan amigos, que conste. No te quiero mentir, las relaciones no funcionan cuando se miente.

Gus no dijo nada. Ventura prosiguió.

—A veces se tratará de simples recados… Recoger un paquete de un sitio y dejarlo en otro… A veces harás de escolta de alguien, más que nada para impresionar… A lo mejor, a veces, también tendrás que acojonar a alguien, pero de palabra, eh. Iremos poco a poco, nos conoceremos poquito a poquito. Y, hombre, pues no te voy a mentir, ya te lo he dicho, a veces, ojalá que no, te pediré que le quemes el coche a alguien, por ejemplo, o que le partas la cara o las piernas, a saber… Pero eso no sucede casi nunca, casi nunca…

Gus miró las estrellas a través de los muros del angosto y desierto callejón donde estaban. Sintió que su paso por la vida estaba enhebrado a la violencia y a la muerte por alguna razón que se le escapaba.

Sintió que ése era su destino.

Fue lacónico en la respuesta. Ya que jamás igualaría el fecundo pico de Ventura, jugaría a la contra.

Fue breve. Muy breve.

—De acuerdo —musitó.

Ventura expulsó una risotada que olía a ajo y sonaba a trueno. Le palmeó la espalda. Se intercambiaron los teléfonos.

Y así iniciaron una bella y lucrativa amistad tejida en el horror que desprendían sus razzias.

Gus comenzaría una nueva carrera de provechosos tiempos nuevos.

«Un poco de sangre te vendrá bien.» Joder con la monja, ni que fuese pitonisa…

21

A Santiago Esquemas le sorprendió el olor como a coche nuevo que desprendían las instalaciones de la academia de policía de Ávila. Inauguradas por un presidente del gobierno con facha de galán llamado Adolfo Suárez, natural de Ávila, el poblachón moroso donde el frío helaba la sangre más caliente y donde la gente con inquietudes huía a la primera ocasión, la ciudad recibió como un premio un centro que la revitalizase económicamente.

Los alumnos salían a comer y beber cuando podían. Los profesores, maderos de licenciatura superior que habían pedido ese destino para sumar puntos y luego conseguir ascensos y plazas de buena reputación, alquilaban pisos. Las familias de los alumnos que acudían a visitarles dormían en fondas, hostales y hoteles. Ávila sobrevivía gracias a esa academia y sus austeros habitantes se repartían los beneficios.

Ávila y el frío. Joder, qué manera de marcar las mínimas cuando el invierno arreciaba.

Y qué bonitas las murallas nevadas y la sierra de Gredos al fondo.

Ya te digo.

A Santiago Esquemas le placía la vida reglamentada, el horario estricto, la escasez de sorpresas e improvisaciones. Mostraba una disposición natural hacia la rutina de corte castrense y hacia la obediencia a los superiores.

Empollaba el derecho civil, el penal y las otras asignaturas.

Empollaba fuerte y riguroso.

Empollaba hasta despellejarse los codos.

Se levantaba una hora antes que los demás y corría por la pista de atletismo. Se compró camisetas de Thermolactyl para combatir el frío.

Joder, el puto frío de Ávila.

Descubrió que le gustaban las armas. Las prácticas de tiro, en medio de la disciplina, le parecían un viaje a Disneylandia. No era el mejor pero tampoco el peor. Y cuando agarraba, en el patio trasero, la escopeta Franchi, alias «la pajillera» en el argot de la pasma, la encajonaba contra la cadera y apretaba el gatillo y las postas taladraban un viejo neumático puesto allí para deleite de los alumnos, se sentía Terminator.

Un Terminator incrustado en la gélida Ávila y con una misión entre ceja y ceja.

Y había que joderse con el friolento de Ávila.

Sus dientes rechinaban por la noche pero la férula los protegía. Sus duermevelas ya no los protagonizaba todas las madrugadas un padre hecho cisco, suplicando ayuda y reptando sobre el suelo en un mar de sangre. Ahora su pesadilla sólo le sacudía cada dos o tres noches.

Progresaba. Evolucionaba. Mejoraba.

Y menos mal que su compañero de habitación, una especie de hirsuto gorila de Almería de dicción a ratos incomprensible por el acento sureño, dormía como un tronco. Santiago le ayudaba en las clases teóricas porque el tipo andaba justito de sesera.

A veces salían juntos a tomar algo. Santiago no probaba el alcohol y el gorilón sureño se pimplaba cubatas de whisky Dyc. «Ponme un segoviano», le decía a la camarera del bareto de turno. «Échame una lagrimita extra, mujé…», suplicaba cuando consideraba que la ración de licor escaseaba. Y si en el garito aparecían profesores maderos buscando solaz y copas, ellos les dejaban el hueco de la barra sin chistar.

Jerarquía. Respeto. Tradición.

El mundo ordenado le encantaba a Santiago Esquemas. Hasta le fue tomando gustillo al cabronazo del frío que te dejaba la polla acurrucada y gomosa como el nudo de un globo.

Ligar en Ávila era tan difícil como mear en el polo norte sin que la orina se congelase antes de besar la placa de hielo. «Tú ahora dices que me quieres, pero luego acabarás en la academia, te irás con el uniforme nuevo y no te acordarás de mí…Y yo me quiero ir de aquí, que me falta el aire y el frío me deja humor de témpano o de solterona prematura…», murmuraban con deje de castellano viejo las niñas de Ávila dejándose sobar, sólo un poco, un poquito, el culo.

Pero el irresistible físico de Santiago favorecía finalizar hasta el fondo los lances del falso amor. Nada quedaba de aquel chaval apocado, gordinflas y bobalicón. Ahora era puro músculo realzado por una faz angulosa y agraciada coronada por un cabello cortado a lo cepillo.

Irradiaba virilidad.

Lucía un rollo cadete de West Point. Era un proyecto de héroe nacional.

Salvaría vidas. Muchas. Seguro. Y detendría a los malos. Docenas cada día.

Las chicas creían sus mentiras o fingían hacerlo. Porque aprendió a mentir. «Te lo juro… Estoy enamorado de ti… Cuando acabe aquí de alumno nos iremos a donde me destinen…Te vendrás conmigo porque ya no sabría vivir sin ti… Te lo juro.»

Y ellas se lo tragaban mientras le palpaban el brazo duro, fibroso, de macho genuino. Y él las arrastraba hasta un hostal llamado Casa Patilla y ellas aceptaban superar los límites del culo, de los pezones, de la vulva, y entonces Esquemas se las follaba con la mala baba del farsante.

Y tras cada embestida la figura de su padre perdedor cobraba vida. Su padre fue un putero, pero él no necesitaba ni le haría falta jamás pagar a cambio de sexo.

Doblegada la cima, las olvidaba y no respondía a sus llamadas. Jamás entendió el motivo por el cual sus semejantes se enamoraban.

¿Amor, para qué? ¿Eso se come? ¿Sirve para algo?

El sexo le gustaba sin llegar a enloquecer, pero el amor se le antojaba una rotunda pérdida de tiempo. El amor, ah, el amor. El amor le parecía el absoluto al alcance de los caniches. Ni más ni menos.

Cumplió con excelencia su tiempo de formación. Se graduó con los máximos honores.

Ahora su pesadilla, ese padre paupérrimo de fuerzas arrastrándose sobre la sangre viscosa, sólo acudía cada cuatro o cinco noches.

Progresaba, evolucionaba, mejoraba.

Ahora tenía una pipa y una placa.

Ahora era la Ley.

Ahora buscaría al tipo que taladró a su padre desde la autoridad de su situación.

Ahora se vengaría. Por fin. Al fin.

Ahora mandaba.

Ahora pisaba fuerte.

Ahora o nunca.

Pero de un poblacho le mandaron a otro.

Primer destino: Albacete.

No protestó. Había que cumplir con la jerarquía y chupar periferia agreste.

Y allí conoció al inspector jefe Lázaro Quirós, un pasma de morfología decrépita pero de espíritu fino y sarcástico, al borde la jubilación.

El inspector Quirós era de colmillo retorcido y probóscide desarrollada, tanto en tamaño como en olfato. Poco pelo, alto, manos como botijos, panza prominente y aire como de escualo patrullando sin rumbo fijo por el secano.

Los rumores le perseguían… Los nuevos compañeros de Santiago le pusieron al día empleando vocación de comadre…

Parecía ser que en Madrid había sido grande, muy grande. Pero la cagó, según se decía. Contaban que él y su compañero habían detenido a un narco venezolano que no quería cantar. Lo subieron hasta una azotea y el arrestado apareció, misteriosamente, sobre el asfalto de la calle con la cabeza estallada.

Voló sin motor, sin alas, sin cinturón de seguridad.

Vuelo libre y caída a plomo.

Taparon el asunto, pero a Lázaro Quirós le exiliaron hacia Albacete para que acabase allí su carrera comiendo mierda de turbachusma y estiércol de borrico. Y gracias.

Santiago nunca olvidaría el primer caso que compartieron... Se trataba de un ahorcado en la casona de una finca rústica rodeada de cereales dorados.

El inspector Quirós examinó el cadáver desde un visual rapiñero. Inhaló el aire con las primeras partículas de cadaverina en suspensión. Luego, alzando las cejas, masculló con autoridad:

—Esto es un asunto de mariconeo. Lo huelo. Ya lo creo que sí. Me baso en mi intuición. Esto es un suicidio por amor a un chapero. Joder, seguro que sí... Lo clásico, vaya. Mi novio me deja y yo me ahorco... Y cuando penden de la viga se arrepienten, vaya que sí, pero ya es tarde, demasiado tarde, y su melodrama acaba fatal. Pobrecillo... Matarse por amor es la peor de las capulladas. Que ninguna hembra te sorba tanto la cabeza como para cometer una estupidez así, Santiaguito. Suicidarse por amor o por lo que sea, eso lo último, que es de cobardes. Tú, fóllatelas a todas, que para eso eres guapo y cachas. Y encima con placa. Esa conjunción de factores las vuelve locas... Pero ni se te ocurra enamorarte. Casi la mitad de mi paga se la come mi ex. Otra cagada de mi vida...

Santiago asentía y observaba al veterano actuar. Quirós, dirigiéndose a un subalterno con semblante de cangrejo de río, ordenó:

—Consígame unos guantes de plástico, no sé, mismamente de esos de fregar, busque por ahí en la cocina, debajo de la pila, a ver qué encuentra...

El madero regresó con unos guantes azulones y bastos de fregar platos. Quirós se los enfundó. Ante el pasmo de Santiago, de un tirón enérgico bajó los pantalones del fiambre colgante. Luego, con idéntico ímpetu, le clavó el dedo índice en el recto.

Cuando sacó el dedo varias gotas de semen en trance de fermentación culera se deslizaron desde el ano. Con sonrisa triunfante, el inspector dijo:

—Ves, Santiago, lo que yo te decía... Su novio chapero le enculó y luego le dijo que se piraba, que le abandonaba. Entonces el imbécil este decidió que vivir ya no merecía la pena. Lo maricas maduros de pueblo tienden al culebrón barato porque han visto demasiadas veces *Lo que el viento se llevó* y se sienten como la perturbada de Escarlata O'Hara. Qué le vamos a hacer... Anda, chaval, busca los chaperos guapitos de Albacete, que son tres o cuatro, no más, pilla al novio, tómale declaración y cerramos esta mierda de caso.

Santiago así lo hizo. Lo que ignoraba es que en el informe el inspector Quirós le cedía todo el mérito.

Un tipo noble, el inspector.

—Yo estoy acabado y finalizo aquí, pero tú tienes la vida por delante. Conforme vayamos resolviendo casos mierdosos te cuelgo a ti las medallas y a ver si te piras pronto de estos terruños. Prefiero que te marches a la capital para que disfrutes de la profesión. No me des las gracias, coño, ojalá yo hubiese encontrado a tu edad a alguien como yo. Y ojalá nunca hubiese subido a aquel edificio con el mamón que se despeñó. Y recuerda, que ninguna hembra te sorba los sesos. Ninguna… Yo estoy aquí por culpa de una mujer. La historia que te han contado del narco que voló es cierta, pero lo que estos paletos no saben es que me lo fundí porque perdí la cabeza por su novia. De paso luego me quedé a mi esposa, la legal, digo. Pero ésa es una historia larga y a lo mejor algún día te la cuento… El amor sólo trae problemas, Santiaguito. Problemas y miseria.

Santiago nunca le olvidó.

Tampoco olvidaría esas lágrimas de semen blandas, angelicales, verdaderas perlas ensangrentadas, escapando lentas y espesas del culo de un machuchito que se ahorcó por sus desamores.

Esas cosas no las enseñaban en la academia.

TERCER ASALTO

22

Cuando Gus desviaba su mirada hacia el túnel del tiempo, el vértigo arponeaba sus tímpanos hasta estallar en una suerte de reverberación mística.

Demasiados acontecimientos le habían aperreado en demasiado poco tiempo. A ratos se sentía viejo, mayor, fatigado, confundido. Sólo a ratos.

Otros ratos se sentía el hombre más hombre del mundo. Su aldea natal era un recuerdo lejanísimo al fondo de la noche. Su mente acusaba una edad que no correspondía con su físico. Apenas cuarenta años de cuerpo encerrando una mente fea, vieja y cansada. Y cuando la sensación de caída libre reptaba en su chasis renacían sus ansias de infligirse dolor.

El dolor era su camino hacia la redención.

Redimirse por permitir que toda clase de pervertidos le pajeasen.

Redimirse por fracasar durante tanto tiempo.

Redimirse por fallarle a sor Teresa.

Redención. Arrepentimiento. Necesitaba una epifanía.

Unas veces evitaba la curativa y dolorosa redención de los quemazos; otras no.

Procuraba gestionar su vicio de abrasiones íntimas como ese domador de leones que sabe que, cada cierto tiempo, sufrirá, inexorable estadística, la dentellada de una de sus fieras, acaso de la que parecía más amigable esa temporada. El domador siempre vigila para retrasar al máximo esa nueva cicatriz, pero intuye que, tarde o temprano, un nuevo mordisco con forma de estandarte daltónico ornará su piel.

Desde que abandonó su trabajo en el peep show, con las bendiciones de su mentor civil José María Verduch y tras alguna juerga sexual de cariñosa despedida junto con las chicas destapistas más amistosas y tiernas, hasta su doctorado de sangre y fuego en la Universidad de los Bosques Gallegos, con aquellos plomos rituales propios de un encargo extraño en tierras galaicas que aniquilaron moralmente a un vendecoches bocazas del cual nunca más supo, todo consistió en un aprendizaje minucioso de la mano de Ventura, el sargento legionario.

Ventura poseía una batuta endiablada para seducir a los muchachos que trabajaban para él. Conocía sus aptitudes antes de que ellos las descubriesen.

Con Gus desplegó la pedagogía tradicional del aprendizaje que va de menos a más.

Ventura sabía que Gus podía matar. Era consciente de ello. Con total seguridad. Y eso le interesaba.

Chencho y Matías, dos de sus chicos lejías, nunca podrían matar a sangre fría. Asesinar sin motivos y sólo por dinero requería una madera especial. No se trataba de valor, coraje, feroz psicopatía galopante de narcisista chilingo, matonismo bastardo o desenfreno irracional. No se trataba de simple y sencilla sed de sangre.

Para segar una vida sólo por trabajo se precisaba un plus, un extra, ese particular no sé qué del funambulista que camina a cien metros sobre el suelo sin red y resiste un viento huracanado porque conoce los misterios de Eolo.

Matar sin que el miedo agarrotase los miembros.

Matar sin caer en el abismo ante la indomable presión de los tornados.

Gus poseía esa característica sublime que le trasladaba al olimpo del mal.

Y, además, aprendió pronto.

Poseía inclinaciones naturales, aptitudes innatas.

Primero Ventura comprobó su fidelidad al mandarle de escolta para ciertos cambalaches. Luego lo empleó de recadero con galones. Después de rompepiernas asustapijos y de amenaza andante. También de secuestrador exprés en cierto trasiego turbulento.

De todas esas industrias salió airoso aquel mozo de pueblo vapuleado por la gran ciudad, cosido por microcicatrices y curtido por las penurias de la iniciación a la vida.

Y Gus había demostrado su temple y su valía con el asunto gallego.

Alto, altísimo nivel, había demostrado.

Ventura estaba radiante y por eso siguió ofreciéndole trabajo. Pero ahora subirían un escalón.

El peldaño definitivo.

Gus tampoco olvidaba el primer encargo de sangre sin retorno. El primer muerto se graba para siempre en el pecho. Podía repetir palabra por palabra la conversación que mantuvo con Ventura a través del hilo telefónico.

—Gus… Lo estás haciendo muy bien. Estoy muy contento de tu trabajo. Mucho. Lo que le hiciste al gallego que vendía coches se sigue comentando con admiración. Te ha convertido en un tío grande y, aunque de eso hace mucho ya, los que confían en nosotros aún se acuerdan. Te llega puntual la pasta que te mando, ¿no? Vale… Me alegro, me alegro, eso espero… Si alguna vez se retrasa el pago me llamas y me lo dices, eh, con toda la confianza del mundo. Pero, Gus, macho, creo que ha llegado el momento, si quieres, claro, de progresar en este negocio. Ya sabes que en la vida y en cualquier empresa hay que ascender… Sin crecimiento no hay progreso, dicen los cerebrines. Eso lo es todo. A Pinocho le crece la nariz y a nosotros la picha española delante de una tía buena. Crecer, el ser humano necesita crecer para no oxidarse…

Gus mantenía la boca cerrada. Cuando Ventura agarraba así el turno de palabra no osaba interrumpirle, no por miedo o respeto, sino porque no se le ocurrían respuestas y porque intuía que aceptaría cualquier oferta que le propusiese.

Le gustaba caminar junto a la violencia. La violencia era su compañera y ahora, además, vivía gracias a ella de una manera holgada.

Gracias a la violencia cauterizaba su infancia de mierda y las cicatrices que la gran ciudad le había infligido.

—Mira, Gus, yo no voy a presionarte, pero esta vez se trata de otra cosa más… más… Hostia puta, ¿cómo decirlo? Pues más… más radical, sí, eso mismo, ésa es la palabra, «radical»… Ahora se trata de algo mucho más radical. Pero vamos, oye, que paso de movidas contigo y de buscar palabras raras, coño, que ya llevamos tiempo juntos y nos entendemos y sabemos de qué palo va cada uno…

Gus siguió callado.

—Me han llamado unas personas de Madrid con las cuales trabajo… Buena gente… Gente honrada, a su manera, y de palabra. Y, además, que pagan muy, pero que muy bien. Han tenido un problema con un panchito de mierda. ¿Te lo puedes creer? Estos panchitos es que se han recrecido mucho de un tiempo a esta parte, macho. Vinieron muy lloricas y modositos y luego trapichean con drogas y se follan a nuestras mujeres y juegan al fútbol en nuestros parques los domingos mientras se ponen ciegos de ron o de otra mierda de las suyas y ya se creen algo o alguien. Hay que joderse… Bueno, al lío. Mira, yo no sé cuál es el problema, ni me importa. Pero pagan de cojones. Y yo sólo me llevo el 20 por ciento de lo que nos pagan, el resto es para ti. Creo que los mánagers de los artistas cobran eso, el 20 por ciento, pues yo igual, eh, que no se diga…

Gus esbozó una sonrisa. Mánager de artistas… Eso era Ventura, sí, un representante y él era la vedete que baja por las escaleras del escenario encaramada sobre tacones como cuchillos de carnicero.

Él era la estrella de la función en el arte de machacar, torturar, extorsionar, traficar, sobornar…

—Dime primero si te interesa y luego te informo de los detalles… Pero sin presiones, eh, tranqui, y si quieres te doy tiempo para pen…

Gus le interrumpió.

—Sí, me interesa. Sí. Que sí.

Ahora fue Ventura el que desplegó una sonrisa allá en su cuchitril ceutí presidido por el póster de una rubia tetuda a la cual le lamía el culo una cabra.

Gus era un diamante y le iba a dar muchas tardes de gloria. Se felicitó por su buen ojo a la hora de escoger nuevos potros para su cuadra.

—Pero sólo te pongo una condición, Ventura, no quiero saber nada de su vida privada, de si está casado o soltero, de si tiene familia, de si va a misa o de si juega al frontón, de si come carne o pescado. No quiero saber nada más allá de lo necesario para cumplir con el tema... ¿Está claro?

A Ventura le sorprendió tanto la determinación de Gus como el exceso de frases pronunciadas. Era de normal lacónico, pero sus ideas se regían por la claridad. Mejor.

—Tranquiii, Gus, tú tranquilo... Es que además yo tampoco conozco esos detalles ni quiero conocerlos, ¿qué te crees, que paso de todo? Coño, yo también tengo mi corazoncito... Te voy a contar y ya está... Mira, es un panchito que se llama Dennys Canuto... Regenta un garito de salsa en la calle Almirante Cadarso del barrio de Hortaleza. Mis amigos quieren que desaparezca para siempre, ¿está claro? Les importa un huevo que encuentren su cadáver o no, y en qué estado lo encuentren, eso si lo encuentran. Pero vamos, hay que darle el matarile, eso sí. Algo definitivo. ¿De acuerdo? Esto es una novedad... Nada de filigranas a la gallega. Pasaporte al infierno fetén. Tu verdadero bautismo, vaya, así que tú me di...

De nuevo Gus le interrumpió.

—Lo haré, Ventura, lo haré.

—Bien... Bien... Me alegra escuchar eso, chico... Bueno, te cuento... El tipo chapa el garito a las cuatro de la mañana y sale a eso de las cinco. Todas las noches salvo la del domingo. Ojo, porque a veces sale con una camarera mulatona que luego se zumba, digo yo, en su choza. Tiene las caderas, la camarera, no el panchito, circulares como dos plazas de toros, me han dicho. Si va con ella te recomiendo que no actúes. No hagas nada. No interesa. Somos prudentes. Siempre. Es una testigo. Y tampoco mola que te la cargues porque no queremos que paguen justos por pecadores. No somos angelitos, ya lo sé, pero tenemos principios. Si se puede evitar un daño colateral, como se dice ahora, se evita, coño. Yo prefiero que lo trinques solo, eh.

—Estoy de acuerdo.

—Bueno, pues vamos bien... No sé... ¿Quieres saber algo más?

—No, la verdad es que no...

—Bien... Te mando un sobre por mensajero con datos y direcciones y una foto del tal Dennys Canuto. Empóllatelo todo de pe a pa, y luego quema la información cuando la hayas memorizado, ¿eh? Tómate tu tiempo y cuando lo hagas me llamas, ¿eh? Pero tampoco te me duermas... Tienes cuatro semanas máximo. ¿Está claro, Gus?

—Muy claro, Ventura. Te llamaré antes.

Colgaron y, entonces, Ventura se dio cuenta de que Gus ni siquiera le había preguntado cuánta pasta iba a ganar. Joder, aquel chico en verdad era un diamante. Era un deportista del mal. Y de los grandes. Lo suyo era de medalla de oro en el sprint de las cabronadas.

Gus se esforzó con esmero de colegial de la primera fila.

Memorizó todos los datos que necesitaba y destruyó el dossier. Actuó con el silencio del cazador furtivo.

Las primeras noches comprobó la rutina del panchito. Se alegró porque esa víctima le cayó mal al instante. Eso facilitaba su tarea.

Dennys Canuto era ostentoso y farruco y vocinglero y excesivo. Y dentón, muy dentón.

Reloj de oro, cadena del mismo metal tintineando sobre el pecho, traje mil rayas desvaído, zapatitos de punta acharolados, bigotón como dos babosas negras perpendiculares sobre el labio, anillaco con circonita en su gordezuelo dedo anular, barriga encerrada por una camisa brillante y un BMW negro de segunda mano que necesitaba un urgente lavado.

Durante una semana le siguió los pasos.

Tres noches regresó a su piso, en el barrio de Hortaleza, acompañado por una caribeña achocolatada de colosales caderas que le reía las gracias. Los lunes, martes y miércoles salía con ella colgando de su brazo.

Los jueves, viernes y sábado, no.

Se conoce que Dennys Canuto, recuperado tras el reposo dominical, podía darle gasolina a la mulata al principio de la semana, luego tal vez se le agotaba el combustible, demasiados mojitos y pláticas pelotilleras con la parroquia. Gus supuso que prefería regresar solo y descansar.

La semana siguiente fue a esperarle el jueves.

Portaba consigo una automática con silenciador Smith and Wesson del calibre 38 que le había llevado Chencho, el lacayo de Ventura, acompañada de un mensaje oral muy nítido: «Deshazte luego del arma. La reduces a piezas y las tiras una a una, en tramos diferentes, en el canal de Isabel II o en algún pantano cercano. Pero deshazte del arma nada más acabar con el encargo. Sin ella, por si vienen mal dadas, los maderos no tienen nada».

A las cinco menos cuarto de la mañana Dennys Canuto salió de su tugurio. Elevada sobre sus tacones, la mulata de caderas opíparas colgaba del brazo del dentón. Mala suerte para Gus y buena para Dennys… Esta noche sí me queda gasolina, mami.

Pero el viernes Dennys salió solo.

Y Gus le siguió.

Y cuando el panchito dentón aparcó, Gus dejó su coche justo en doble fila tras el suyo.

Y cuando Dennys se aprestó a cruzar la calle, Gus, tras comprobar que todas las luces de los edificios estaban apagadas y que no había nadie en la calle, apareció soplando su aliento contra la nuca panchita y ahí fue donde le descerrajó el primer tiro.

El cuerpo cayó como desinflado y Gus le descerrajó otro disparo en plena frente para asegurarse del trabajo bien hecho.

La rapidez fue su aliada, su mejor arma.

A Gus le sorprendió el ruido. No era un silbido afónico como en las películas. Aquello se escuchaba potente.

El proceso exterminador duró tres segundos.

La testa del panchito, con un balazo por delante y otro por detrás, terminó explotando hasta convertirse en un amasijo sanguinolento. Un santurrón halo de masa encefálica rodeaba con perfección circular lo que quedaba de aquella cabeza.

Gus subió al coche.

Nadie por arriba y nadie por abajo.

Los segundos parecían horas.

Sospechó, quizá eran paranoias, que algunas luces de los edificios se encendían, pero él ya estaba rodando sin prisas indebidas.

Desapareció como un fantasma.

Cuando desembarcó en su piso fumó.

Helena le esperaba en la cama.

Se obsequió con una doble dosis de redención con dos nuevos quemazos decorando su geografía.

Si sintió algún jirón de arrepentimiento, con esa drástica cura se le olvidó lo que acababa de hacer.

A la mañana siguiente llamó a Ventura.

A los tres días le llegó el dinero.

Todo correcto.

Todo formal.

Todo en orden.

Gus flipó con el dinero. Le gustaba, sí, ganarse la vida gracias a la violencia y al exterminio.

Las cicatrices de sus brazos palpitaban risueñas.

Mami, dame gasolina.

23

Sacramento Arrogante y el Rubio descubrieron Ibiza y les encantó.

Ibiza. Ronroneo de espuma cristalina lamiendo bajo la solana los tobillos de nácar de las ninfas delicatessen y melodías machaconas de repetición ancestral en las discotecas dominando la noche.

Ibiza. Luz y oscuridad. Hielo y fuego. Cuerpos gloriosos torrefactándose sobre mullidas tumbonas en silencio de resaca y crujidos de caderas sobre las pistas de baile bajo el furioso latigazo de los focos.

El Rubio y Sacramento sucumbieron sin titubeos a los atractivos de la isla donde la droga, el nudismo, el alcohol y el dinero circulaban con obscenidad de vieja millonaria que contrata fornidos mozos de compañía que succionan lascivos sus blandas encías.

Ibiza, durante los primeros dosmil, representaba un espacio de libre tránsito, de vicio asegurado, de perversión a la carta.

Sacra y el Rubio lo vieron meridiano. Y si tus bolsillos entonaban la callada música de los billetes recibías un trato preferente.

A Sacra le fascinaba que le hiciesen la pelota en grado desmedido en las tiendas del puerto porque la actividad cobista de las dependientas le recordaba a la Julia Roberts de *Pretty Woman* en las tiendas careras de Hollywood Boulevard.

Su Rubito no se parecía a Richard Gere pero era de billetera fácil y pagaba su jodida moda ad lib, vestir para sentirse desnuda, qué pérdida de tiempo y de dinero, sin rechistar.

Sacra luego, siempre elegante y divina, se lo follaba en el chaletazo alquilado gimiendo al compás de la música chunda. Había tenido una buena idea, su hombre, con ese viaje. Sólo le dolía no haberlo pensado ella antes.

Ibiza le parecía un bidón de leche fresca para un lindo gatito y ella era una pantera sedienta. Su piel, untada por caros aceites protectores, los mejores del mercado, brillaba con personalidad propia en aquellas calas de aguas transparentes y chiringuitos que mezclaban los almohadones de pluma de ganso con las mesas rústicas.

Camareros cachas y camareras macizas.

Y pescado fresco para comer.

Incluso creyó ver, en una ocasión, a un jugador de fútbol, quizá del Madrid, quizá del Barça, quizá de yo qué sé, zampando grosero en aquel lugar. Cuando lo contase a sus comadres se morirían de la envidia. Sacra había nacido para ser rica y los ricos veraneaban en Ibiza. Se sentía ibicenca adoptiva e hija predilecta de la isla. Su porte aristocrático y nibelungo no desentonaba.

Al Rubio se le ocurrió la idea una noche mientras calentaba sofá frente al televisor.

Un reportaje sobre Ibiza, sobre la marcha de Ibiza, sobre los multipelas que veranean en Ibiza, sobre los megayates que atracan en Ibiza y sobre los famosos que acudían a Ibiza, provocó el destello.

Y después de más de un lustro juntos, la rutina les aplastaba.

Necesitaban un cambio de escenario, unas vacaciones, levantarse en algún territorio diferente y otear un nuevo paisaje desde la ventana para ampliar horizontes y limpiar las toxinas acumuladas en el tarro. Y era el mes de julio, ideal para una escapada de amor y risas.

Actuó con sigilo y celeridad porque pretendía sorprender a Sacra.

Buscó. Se informó. Comparó.

Arrendó un chaletazo sobre una loma en la zona de Cala Salada. Alquiló un aerotaxi para viajar hasta allí en privado, por su suprema intolerancia hacia las colas y los pasajeros chancleteros. Le costó una pasta, pero le sobraba.

Sacra aceptó ese detalle volador sonriendo hacia sus adentros.

Qué bien se porta tu hombre contigo, chica.

Al principio, su complejo de chica choni no asimiló bien eso de marchar a Ibiza. Allí, sospechaba, la gente tenía demasiada clase y a ella se le notaría el pelo de la dehesa. El Rubio la convenció. Sacra refunfuñó porque todavía no era consciente del estilo que rezumaba. Su naturaleza le imponía una autoestima baja. Gajes de la barriada de origen.

—Vale, pero si no me mola, nos volvemos, eh, que yo aquí estoy muy bien con mis amigas y con mi vida. No sé, Rubio, me da a mí que Ibiza tampoco es para tanto... Los de la tele siempre mienten... Seguro que exageran... Son mala gente.

—Lo que tú quieras, Sacra, nosotros vamos y, si no nos gusta, volvemos. Lo que tú digas. Pero lo intentamos, mujer, y nos da un poco el aire, que siempre estamos aquí y nos están saliendo telarañas...

Sacra preparó su kit de farlopera perfecta. Sólo cuando se colocaba se sentía menos cochambrosa.

Metió treinta gramos de cremosa coca en un preservativo y encajó la bola de paraíso artificial en su vagina. El jet sería privado y sólo para ellos, pero su condición choniesca la mantenía en un estado de desconfianza permanente. Y cuando vio el jet, tan cuco, tan mono, tan aerodinámico, tan de juguete de niño ricachón, casi se desmaya.

Despegó el pájaro y la azafata abrió la botella de champán y les tendió una cesta monísima con fresas. Casi se mea del gusto. Ay, cuando se lo contase a sus amigas cotorras. Se iban a morir de la envidia. Era como Julia Roberts cuando Richard Gere se la lleva a la ópera. Pero ella, la Sacra, en mejor, en más auténtico. En vez de coñazo operístico disfrutaría bailando en las discos como una verdadera sirena.

La rehostia, su Rubito a veces tenía buenas ideas.

Cuando desembarcaron les esperaba un coche con chófer. Más buenas ideas de su Rubito. La leche... Cada vez le quería más... Tantos mimos traspasaban su blindaje de egoísmo áspero. Y luego el chaletazo, con una piscina que se fundía con el mar cuando te metías dentro por las cosas de la perspectiva.

Ay, señor. Ay, Dios. Ay, la puta madre. Y qué sol…

Cuando Sacra recorrió las habitaciones tocándolo todo con finas manos de duquesa arruinada por una revolución de octubre, sacó el polvo blanco de la vagina y se metió una raya mundial de triunfo de aldea global.

Luego se benefició al Rubio en la piscina.

Nunca lo había hecho en el agua. Y seguro que Julia Roberts tampoco. Y cuando lo contase a sus comadres viviría otra vez aquellas sensaciones… Se sentía rica, famosa, guapísima, poderosa, invencible. Se sentía de todo. De todo y más. Y más y más y más. E intuía que la aventura sólo acababa de empezar.

Ibiza era para ella, lo presentía, lo sabía y se entregaría. Ése era el precio por llegar a ser hija predilecta. El pelo de la dehesa comenzaba a abandonarla.

El Rubio lo había dejado todo atado en Valencia. Gusano y sus chicos mantenían a los vendedores con un buen depósito de material. Basilio Galipienso cuidaba sus gallos y, además, estaba entrenando con especial atención a uno de ellos, de nombre Urko, que mostraba maneras de campeonísimo y venía de la estirpe de los Rambos. Basilio tenía las llaves del chalet del Rubio y cuidaba de que todo estuviese en orden. Basilio era de fiar y el Rubio admiraba su cordura.

La vida les sonreía.

Se acomodaron al horario del ocioso vacacionero.

A Sacra le gustó comprobar que en Ibiza no existían las fronteras construidas por el clasismo de los apellidos, aquella isla se regía por las normas dictadas por la mera pasta, y a ellos les sobraba la viruta porque su Rubito estaba de un generoso tremendo y, de momento, no protestaba.

Abandonaban la cama a media mañana, desayunaban cerca del puerto en una cafetería sofisticada mientras, allá en su chalet, una mucama filipina, o chinorra, o tailandesa, o de ojos rasgados en cualquier caso, se encargaba de recomponer y petrolear la morada.

Luego playa y comida en algún chiringuito de fábula. Después al chaletazo. Más tarde una ducha tonificante para exiliar la sal incrustada contra la piel y luego a recorrer los antros y las discos, hasta que amanecía.

En algunas discos compraban un reservado y se ponían morados de burbujas.

Sacra aliñaba el champán con coca. Qué mezcla tan buena y tan de verdadera señora de aficiones óptimas.

Conocieron a relaciones públicas, gogós, camareras, camareros y veraneantes de postín que iban y venían mimetizados en el ambiente.

Admiraban su seguridad. Aprendían de ellos.

Uno de ellos le dijo al Rubio: «Aquí, con dinero, consigues cualquier cosa, ¿me entiendes? Cualquier cosa». Y el Rubio compuso faz de comprenderlo todo todito todo pero no entendía ni una mierda.

El Rubio regaba los locales con propinas de escándalo porque sabía que la pasta lubricaba, doblegaba las voluntades.

A veces, con una punzada de arrepentimiento, recordaba las palabras de su mentor Willy Ramos: «No des el cante, pedazo de capullo. Sé discreto. Huye como un hijoputa de las demostraciones. Sé discreto, astuto y listo».

Pero necesitaba esparcimiento canalla tras tantos años de mansedumbre y tedio y ese miedo que le empapaba cuando iba a Madrid a recoger los kilos de droga.

La tercera mañana, cuando bajaron a la playa, Sacra se despojó de su tul ibicenco y se quedó allí, luciendo tanga y tetas al viento. «Joder con la Sacra, qué tía más buena. Y encima elegantona que te cagas», pensaba su hombre. Y qué morbazo de cuerpo.

Al Rubio al principio aquel destapismo le mosqueó, ni se lo había consultado. Pero luego se instaló en el orgullo. Se puso cachondo sospechando que los mendas de aquella cala deseaban a su hembra. Pero aquella mujer era su compañera del alma. Que babeasen. Las demás tías buenas de la playa gastaban pareja desnudez, pero no se acercaban a su poder de cuerpazo total y presencia dominante.

Ibiza era así.

Ibiza underground.

Ibiza y el amor libre y las sirenas tan potentes como un portaaviones nuclear.

Toma toma toma y dale dale dale.

Sacra disfrutaba cada vez más. Le encantaba caminar hacia la barra del merendero, con su destape, para pedir bebidas de colorines. Se excitaba comprobando las miradas viscosas de los tíos que la taladraban.

Adquiría seguridad. Acumulaba aplomo.

Luego se follaba al Rubio con furia vacacional cuando regresaban al chalet. Qué morbo. Qué lástima no haber descubierto antes Ibiza. Y una ducha y a cenar y a bailar.

Bailaba ella, el Rubio era un hombre arrítmico, negado para la expresión corporal, pero se contentaba mirando o pegando la hebra con las amistades ocasionales y esos tíos que le susurraban «aquí se puede conseguir todo con dinero, tú-ya-me-entiendes».

Sacra reinó pronto en las discos.

Sus gramos blancos le granjeaban amistades. Un tirito por aquí y otro por allá. Y tan amigas. Y a reírse. Y a bailar.

Cinco días después de su llegada, la provisión de combustible blanco casi se había terminado y Sacramento se subía por las paredes ante el negro panorama de secano por decreto. No se resignaba. Tras un polvo acuático, mientras su hombre recuperaba el aliento, lanzó el ruego ronroneando y con las uñas bien afiladas:

—Rubio, anda, haz algo… Por mí, por tu chica. Yo te hago feliz, ¿verdad, verdad que sí? Hazlo por mí… No sé, avisa a alguien de Valencia y que venga con mandanga, que la fiesta no es lo mismo así a palo seco… O pregunta tú por ahí a la gente que hemos conocido, que yo no sé, que yo no sirvo… que tú lo haces mejor que yo, anda, Rubiooo, consígueme alpiste que me lo estoy pasando de puta madre contigo en esta isla y quiero que esto siga así… No sé, te parecerá una tontería, pero por fin siento que no soy una inútil y una perdedora… No sé cómo explicártelo…

Al Rubio le desesperó el tono mendicante de su chica.

En los últimos tiempos se había desmadrado y ahora estaba en fase de oso hormiguero que esnifa durante el día y la noche.

Non stop.

Ahora Sacra era una aspiradora humana.

Joder con la Sacra. Qué vicio el suyo.

Pero qué bien se lo follaba, y ahora encima le había pillado gustito a lo de fornicar en el agua. Eran medalla de oro en folleteo acuático sincronizado. Si seguían así igual les florecerían branquias.

La leche. La releche.

Pero había detectado un cambio en ella más allá del provocado por la ingesta de polvo blanco… Era como si hubiese crecido espiritualmente, aunque tampoco podía explicarlo bien… Y ahora, lástima, le salía con la murga esa de ir preguntando por ahí quién vendía material… Viva la discreción y el disimulo.

Discreción, sí, y un cuerno.

—Vale, Sacra, esta noche preguntaré por ahí, pero pon el freno, eh, que esto no lo regalan y es una putada que tenga yo que buscar ahora tu gasolina. Controla un poco, guapa, que además nos queda una semana y luego hay que volver a la cruda realidad, eh, no te malacostumbres…

—Venga Rubito, no te pongas farruco que yo te haré feliz…

Contemplar su sinuosa exuberancia le provocaba al Rubio, por extraño que pareciese, una suerte de sentimiento paternal y no le quedaba sino rendirse sin condiciones. No podía con ella.

La amaba.

El Rubio, en esos casos, asumía su condición de marioneta.

Esa misma noche, con tacto y prudencia, preguntó.

Dirigió sus esperanzas hacia un relaciones públicas de pelo rojizo, delgadez drogadicta del que duerme poco y mal, orejas de soplillo y cejas depiladas.

El orejas mostraba una energía más allá de lo reglamentario. Se fijó en su rutina. Cada veinte minutos desaparecía hacia la rebotica de las oficinas y, cuando su hocico emergía saltarín y mocoso de aquella trastienda, su mandíbula mostraba la rigidez, la tensión, de una raya recién absorbida.

El Rubio le abordó con la autoridad del cliente fijo que derrama cada noche muchos billetes, y el orejudo moscón discotequero se mostró dispuesto a ayudarle.

Cuando el Rubio le dijo que necesitaba veinte gramos, el moscón orejudo experto en lameculismo discotequero abrió la boca y su piñata de blanca masilla y sus labios adquirieron contorno circular de ojete de pato. Superada la primera impresión, los cerró. Luego habló.

—Vaaale —dijo mientras efectuaba saltitos de congestión farlopera—. Vaaale. Pero tendremos que movernos. Venga, venga, vamos ya a por tu coche. Aquí, de una tacada, no podemos pillar tanto sin dar el cante. Hay que moverse, y rapidito que se supone que estoy currando... Veeenga...

Llegaron a una urbanización de adosados replicantes. Bajo sus órdenes, el Rubio detuvo el motor.

—Dame la pasta y espérame aquí. Veeenga, que tengo que irme luego a currar. Rapidito, rapidito... Vuelvo ya... Veeenga...

Al Rubio le mortificaba el precio de cada gramo. Un tercio más de lo que costaba en las calles de la Península. Ya era mala suerte que su Sacra fuese tan derrochadora.

El orejas tardó veinte minutos en reaparecer. Le tendió un bote de esteroides que contenía una veintena de bolsitas, cada una de un gramo. El Rubio le regaló dos al Orejudo por sus servicios. Éste casi dio una pinturera voltereta del gozo.

Regresaron a la disco.

Sacra bailaba en la pista, pero en cuanto le vio se acercó sensual, luciendo sonrisa de mujer carnívora que arrastra hambre atrasada. El Rubio le dio una bolsita.

Vigilaría su ímpetu farlopero. Racionaría su alimento.

Sacra se largó al cuarto de baño para homenajearse y luego, con redobladas fuerzas, se reincorporó a su puesto en la pista de baile.

El Rubio pidió una botella de champán y se apalancó en un reservado vip.

Cavilaba. Reflexionaba. Calculaba.

La música se difuminaba en su sesera y sus cavilaciones, casi iluminaciones, se abrían paso a través del estrépito del chunda.

«Reflexiona, Rubio, reflexiona.»

¿La farlopa valía un tercio más en Ibiza? Y encima era de baja calidad...

Verdadera basura. Poco más que cal de la pared. Rumiaba ciertas ideas que aún no tenían forma. Pero masticaba proyectos que cristalizarían en cualquier momento…

Su mente se acercaba hacia una conclusión prometedora…

Sacra brincaba sobre la pista, sensual, empapada de sudor.

El teléfono sonó. Era Gusano. Tuvo que ir a los baños para poder hablar con él.

—¿Qué coño quieres, Gusano? ¿No ves que estoy de vacaciones? Espero por tu padre que sea importante.

—Rubio… No sé cómo contártelo… Tendría que haber llamado antes, ya lo sé…

—Gusano, no me jodas y no me cortes el rollo… Nos va de cojones, pero pones voz de funeral… Venga, cuenta y no les des más vueltas… Suéltalo todo…

—Tenemos a un cabrón que nos debe dinero… Ya le he dado varios toques pero el hijoputa se escaquea que no veas…

—Joder, Gusano, mira que eres cenizo y plasta, me cago en diez… ¿Cuánto debe?

—Las dos últimas entregas… Catorce kilos de farlopa.

—¿Y qué excusa te da ese mierda…?

—Lo típico, que a él también le deben, que en cuanto cobre me paga, que tenga un poco de paciencia.

—¿Y cómo te huele la movida? ¿Nos quiere tangar o dice la verdad? Joder, macho, di algo, el que le ve la carita eres tú, algo sabrás de cómo piensa ese tío…

—Pues no sé qué decirte, siempre nos ha pagado, pero no me gusta que ahora ya nos deba…

—Te debe, Gusano, te debe. Este problema es tuyo y lo tienes que solucionar tú, que para eso mandas… Él te lo debe a ti y tú a mí.

Fermín Matasanz «Gusano» notó una punzada directa en su ego. El Rubio, entre Sacra la de las tetas grandes y su recién afición a los gallos, no estaba dando el callo de jefe máximo. Parecía ocupado en otras cosas y dejaba de lado el gran negocio. Y a él le humillaba sin motivos.

—Bueno, pues que me deba las dos últimas entregas… No me

gusta, coño… Además, dice que necesita más para seguir vendiendo y hacer caja, así nos, quiero decir «me», pues que me pagará antes. ¿Se te ocurre algo?

—A ver… a ver… —El Rubio se pinzó la barbilla con la diestra como si ese gesto agudizase su ingenio—. A ver que me aclare… ¿Es la primera vez que deja algo a deber o ya nos había hecho antes esa jugada?

—Es la primera vez que me sale con éstas, pero me da mala espina…

—Bueno, pues antes de darle otra entrega, avísale de que si no paga tendrá problemas serios, muy serios. Yo qué sé, hostia, métele un poco de miedo por lo menos, ¿no?

—Vale, Rubio, lo que tú digas.

En cuanto Gusano colgó, el Rubio olvidó el problema y regresó a la zona de baile.

Tuvo una erección mirando a Sacra.

Le hechizaba su estilo. Follarían al llegar a su chaletazo. En la piscina, cómo no. Le encantaba el chapoteo que brotaba del agua cuando sus cuerpos se unían para iniciar el sacrosanto movimiento del sube y baja.

Chof, chof, chof.

Y esa prometedora ideíta que también bailaba en la trastienda de su sesera…

Chof, chof, chof.

Ya había olvidado el problema con Gusano. No veía los nubarrones que se aproximaban…

Chof, chof, chof.

24

El paso del tiempo le obsesionaba. A Gus le parecía que los años galopaban demasiado rápido, como si esos jamelgos purasangre estuviesen dopados de anfeta, y por eso se empeñaba, periódicamente, mirando el mar desde su atalaya de Denia, en recapitular.

Qué lejos quedaba su etapa madrileña, cuando se buscaba la vida castigando a los amantes solitarios, allá en los lavabos cutres. Tantas hostias a cambio de tan poco. A veces se palpaba las ahora apenas visibles cicatrices y le parecía una pesadilla el trance de la casi mortal paliza recibida.

Pero ahí estaban esas escoriaciones como si fuesen las medallas oxidadas del soldado que perdió la guerra y recibió a cambio una magra reparación.

Trabajos finos. Pura orfebrería. Delicatessen sangrienta. Máxima eficacia. Garantía total. Si no le gusta, le devolvemos su dinero, anda no me jodas.

Se había convertido en el mejor peón de Ventura. Se lo rifaban y por eso el legionario le preservaba de las movidas chapuceras.

Gus era el Von Karajan del mal y sólo recurría a él cuando la operación merecía una bestial y diferente delicadeza, una marca de la casa única.

Ventura le cuidaba porque intuía su frágil equilibrio emocional y no le quería quemar. Necesitaba Gus para rato. A un fichaje así convenía mimarlo y por eso le pagaba con generosidad. Tan sólo tres o cuatro veces al año recurría a sus servicios.

¿El cliente demandaba canela fina? Ventura avisaba a Gus. ¿El cliente buscaba una venganza especial? Ventura avisaba a

Gus. ¿El cliente anhelaba recrearse con una novedad única? Avisaba a Gus.

Y entre plomo y fuego, para ocupar el tiempo, Gus restauraba su menorquina. Ya poseía el título de patrón, comprado de matute a una red fraudulenta que conseguía ese papel vía Lisboa sin necesidad de examinarse, y esa papela era legal porque lo convalidaban. Gus, pese a su raigambre de secano, conocía el mar y le bastaba con mirar el horizonte para descubrir hacia dónde rolaría el viento según las ondulaciones de las olas.

Trabajo fino. Delicatessen de sangre. Metalurgia de precisión científica. Orfebrería purísima. Venganza radical y… si no queda satisfecho, le devolvemos su dinero. Para eso le contrataban. Cuando el teléfono sonaba y emergía la voz de Ventura al otro lado, sabía que ganaría una montaña de pasta.

—Gus, ¿te apetece ir a Alcázar de San Juan? Es un puto pueblo con aspiraciones a ciudad en Ciudad Real. Es un nudo de comunicaciones ferroviarias y, como hay dinero por la cosa esa de los trenes, hay tomate y una deuda que no pagan. El cliente se caga en el dinero pero quiere venganza. Venganza sin retorno, Gus. Pagan el doble porque se requiere algo especial, hay una movida rara, no sé si me explico…

—Sí. Voy. Pero ¿cuál es esa movida?

—Pues… pues tendrás que llevar pasamontañas, o peluca, o disfraz de Popeye o de lagarterana o de Papá Noel, yo qué sé… El caso es que una vez allí te acompañará alguien porque quieren grabar con una cámara de vídeo la solución.

—¿Qué? ¿Qué es eso de la cámara? No me jodas, Ventura…

—Sí, ya, ya lo sé, me cago en la puta… Tranqui, Gus, tranqui… A ver cómo te lo explico. A ti no te van a grabar, eso está claro y se han comprometido, pero al tipo que reciba el castigo, sí. De todas formas, por si las moscas morunas y el parche tieso de Millán Astray, tú ve camuflado que las cámaras son muy putas y no quiero ni que salgas de refilón…

—Sigo sin entender… ¿Qué movida es?

—Ya voy, ya voy… Trincarás a un tipo, a un joyero que redondea sus ganancias blanqueando dinero, pero ese menda no se ha portado bien y ha dejado colgados a los que le dan la guita para blanquear. Vamos, que se ha quedado un dinero que no era suyo del todo. Le trincáis, luego lo lleváis a una finca apartada propiedad de nuestros clientes, con toros pastando, cerdos bronceados y todo eso, no te jode, y luego quieren darle la vida eterna, o sea que se la des tú, mientras está llorando, arrodillado y con los brazos en cruz. El tiro debe ser entre las cejas. Justo ahí. Y que el tipo esté con los brazos en cruz es importante. Vamos, es un capricho que nos exigen. O sea que hay que acercarse y a lo mejor llevar impermeable para que la sangre no te manche. Eso lo grabarán todo. Yo qué sé, para que sirva de ejemplo o algo así, porque no creo que lo pongan de vídeo educativo en los colegios, me cago en Stalin… Y, te lo repito, pagan el doble.

Gus rumió la jugada. Le mosqueaba esa cámara. La gente que nutría su faltriquera desde el lado ilegal de la vida era muuuy rara, pensó. Pero le faltaba poco para pagar su amarre y su barquito de Chanquete del Mal, y por eso aceptó. Por eso y porque su singular trabajo de violencia exquisita le motivaba.

Los nuevos retos le atraían.

—Vale, Ventura. Di que sí y ya me contarás los detalles. Pero que sí.

—Cojonudo, Gus, cojonudo. Eres la repolla. Te quiero, cabrón.

Gus jamás olvidaba sus trabajos y las marcas de sus brazos así lo atestiguaban.

Pero ver a ese tipo arrodillado, con los brazos en cruz, gimoteando, humillado sobre sus propias heces por el miedo, le pareció una barbaridad.

Cuando la víctima yacía genuflexa con los brazos abiertos esperando ajusticiamiento, uno de los que acompañaba a Gus, también de rostro velado por un pasamontañas, dijo:

—Así mueren los que desafían a Don Niño Jesús. Así pagan sus pecados, invocando arrepentidos a Jesucristo Nuestro Señor.

Gus detectó acento sudaca en esa plegaria final. Intuyó que, bajo ese pasamontañas, se ocultaba un mostacho frondoso. La mención esa hacia Don Niño Jesús le provocó un leve escalofrío…

El del acento indicó con la cabeza a Gus que actuase y éste

apretó el gatillo sin pestañear. Justo entre las cejas. Ya casi tenía pagada su menorquina.

No le gustó ese trabajo. No le pareció cosa de hombres. Se arrepentía de haberlo aceptado, aunque ya era tarde para dramatizar.

A la noche siguiente se obsequió con triple dosis de redención y su antebrazo olía a crematorio. Se sometió a su cura en el balcón y Helena observó sin rechistar, entre las sombras, cómo se castigaba.

No dijo nada.

Respetaba los traumas del prójimo y conocía algunas partes duras de su chico. Vivían juntos desde hacía mucho tiempo y la clave estaba en el respeto. Gus hablaba poco y eso le gustaba. Ella le haría olvidar, sin prisas, todas aquellas marañas que le entumecían el corazón.

—Gus, anda, ven y vamos a dormir —le dijo empleando un tono maternal.

Obedeció. Se encontraba a gusto obedeciendo y siguió por el pasillo la grupa de Helena con esos dos fascinantes hoyuelos dibujados sobre las nalgas. Se durmió sobre esos hoyuelos mientras recordaba ese extraño nombre:

Don Niño Jesús.

25

Las pocas comisarías que Santiago Esquemas había conocido solían coincidir en el mismo patrón de cochambre y mugre.

Olían a pedo de Gengis Khan y a vómito de borracho cirrótico. Olían a desinfectante industrial y a entrepierna sudorosa. Olían a fritanga de chinche sofrito y a cacahuete podrido.

Los ordenadores de cualquier comisaría arrastraban un retraso de tres años si los comparabas con los de la peor oficina del país. De cinco cuando lo sometías a un careo con los de Hacienda.

La pasma era el último mono para cualquier administración. Material parcheado, coches tuberculosos y falta de papel higiénico en los cuartos de baño. Algunos se traían lonchas de ese papel limpiaculos de su casa, dobladitas como la mortadela envasada del súper.

Le destinaron a la comisaría de Fuenlabrada y su carácter taciturno no le granjeó grandes amistades. Las justas y siempre desde el estricto parámetro profesional.

Su comisario era coetáneo de su mentor de Albacete, Lázaro Quirós, pero de inmediato detectó que no le profesaba gran cariño. A Santiago esto no le extrañó. Evaristo López, que así se llamaba ese comisario, era un vago redomado y aguardaba la jubilación sin inmutarse. «No os metáis en líos ni me toquéis los huevos más de la cuenta, que yo ya tengo la mili hecha», era una de sus muletillas favoritas.

Santiago procuró hacerle caso guerreando por su cuenta. De vez en cuando detenía a alguien para fingir profesionalidad, cierto tesón, y luego investigaba lo que de verdad le interesaba.

Rumiaba su venganza. Siempre. Sólo lavar la deshonra de su padre evitaría las pesadillas y el bruxismo y su arraigado odio contra el universo.

Aprovechaba la hora de comer para husmear con un ordenador que compartía con otros dos inspectores. Buscaba heridos que guardasen similitud con lo que le había sucedido a su padre, balazos rituales certificando ajustes de cuentas mezquinos y salvajes que eran mensajes en clave para que otros no se pasasen de listos.

Accedía a la red central del Cuerpo Nacional de Policía y buceaba en el océano cibernético.

Todos los días.

Su frustración aumentaba ante el fracaso. Sólo encontraba chorradas como el asesinato de un joyero que se cagó encima antes de que le pegaran un tiro en la frente. Pero del ritual del plomo traspasando las mejillas, nada de nada.

Por las noches, su bruxismo alcanzaba cotas de Himalaya y cada férula le duraba un par de meses.

Aprendió a gestionar aquellas derrotas y a disimular. También aprendió a canalizar su energía sobrante. La primera vez que se le escapó rauda y sañuda la mano le sorprendió. Pero también le gustó.

El Mal y su eterna e irresistible atracción.

Acababa de llegar a la comisaría. Se había incorporado apenas dos semanas antes a esa cuadra. Era tarde. El comisario Evaristo no estaba. Se presentó ante los pocos compañeros que aguardaban ociosos el fin del turno y éstos le comentaron que un poli pelón estaba custodiando a un preso conflictivo en el sótano, donde los calabozos.

Santiago descendió hacia aquellas dependencias para saludar y descubrir ese inframundo tenebroso. Lucía una gabardina nueva de color beige, perfecta para el Madrid otoñal barojiano.

Los peldaños lloraron en sordina. Escuchó murmullos morunos de bajalajaulajaime y resto de jerga pedregosa de morisma levantisca. Vio a un moro desnudo atado en una argolla de la pared.

Qué fuerte.

Se le antojó una mazmorra medieval. Joder con la España democrática...

Frente a él, un madero de ojos sádicos apuntaba con una porra al muslim. El madero le reñía escupiendo hilachas de baba.

—Jodido Mohamed de mis cojones, ¿qué te dije, eh, pero qué te dije? Si es que te lo dije... No vuelvas a dar tirones a los bolsos de las viejas que luego mi comisario nos mete la bronca y nos comemos el marrón... Vende tu puto hachís y deja a las viejas en paz... Pero no hay manera, macho, es que no hay manera... Y, encima que te aviso, tú va y sigues y a la última vieja le rompes la cadera porque la tía se agarró a su bolso como si tuviese allí el oro de Moscú... Pero... ¿es que no sabes cómo son las viejas cuando acaban de cobrar la pensión, eh? Te voy a canear, mamón, pero a canear de verdad para que se te quiten las ganas de una vez para siempre. Me cago en el rey de bastos y en la madre que le parió...

Cuando levantaba la porra de goma para descargarla contra el muslo del musulmán atado, interrumpió el gesto al ver a Santiago.

Sus mejillas se arrebolaron. Ignoraba si ese inspector era un buen o un mal poli, y, según su código, un buen poli era aquel que sabía cuándo administrar justicia rápida repartiendo severa, contundente y necesaria fuerza.

El poli pelón permaneció cortado, blandiendo la porra, inmóvil como si fuese una figura de cera en el museo del horror.

—Inspector... Usted perdone... ¿Usted es el nuevo, verdad, el que llegó hace unas semanas...? No sabía que bajaría usted precisamente ahora, justamente hoy... Yo, yo, en fin, inspector, yo...

—No se preocupe, siga usted con lo que estaba haciendo, sólo venía a presentarme, me parecía lo correcto. Usted a lo suyo.

El pasma de goma fácil esbozaba una sonrisa cuando el morito tuvo la ocurrencia de participar en la conversación.

—Hijos de la gran puta. Perros infieles. Me follo a vuestras madres con mi polla grande y ellas me piden más. Sois una mierda. Una verdadera mierda.

Luego, mirando fijamente a Esquemas, le dijo:

—Y tú, además, eres un capullo. Mírate, con esa gabardina nuevecita... Seguramente te la ha comprado tu mamá... Eres un poli nuevo, ¿no? Por eso usas gabardina como los de las películas... Me das risa, capullo. Y a tu mamá le voy a meter mi pollón por el culo para que gima de placer... Y luego también encularé al cerdo de tu padre, que seguro que además le gusta... Eres un capullo...

Aquel moro tenía valor, eso desde luego. Maniatado y desnudo, plantaba cara como un demonio. Su audacia merecía admiración.

Y castigo.

Nunca debió de mencionar la gabardina de Santiago. Nunca debió de mencionar a su madre. Su madre era un ser amargado de otra galaxia, pero era tabú, intocable, sagrada. Su madre era su tótem porque había apechugado con toda la mierda familiar.

Pero sobre todo nunca debió de mencionar a su padre. Ahí la cagó el bravo moro.

Santiago no perdió la sangre fría. Nunca lo hacía. Y actuó con cruel profesionalidad. Sabía dónde golpear para no dejar marcas evidentes. En la cara no, no hacía falta.

Una patada contra el tobillo derecho del muslim le abrió las piernas. Lo agarró por los hombros y le propinó un rodillazo de intensidad media que acertó en sus huevos. Mohamed aulló y se acurrucó dejando la espalda apta para recibir golpes. Santiago lanzó sus puños contra los riñones. Una, dos, tres, cuatro, cinco, seis veces. Golpes secos, duros, contundentes. Martillazos que le despellejaron los nudillos. Aquel cabrón había mencionado a su madre, le había faltado el respeto, pero lo peor era lo de mentar a su padre. Santiago exigía que mease sangre para lavar el insulto.

Santiago resoplaba. Recuperó el aliento.

El moro encajaba el castigo con hombría, acaso se le escurría algún sollozo ahogado. Pero ni gritaba ni pedía clemencia. Un tipo duro, ese morito. Lástima que hubiese faltado tanto.

De nuevo, otra andanada de golpes contra los riñones. Uno, dos, tres, cuatro, cinco, seis. Mazazos compactos. El pasma pelón componía mirada de asombro y fe. El morito componía rictus de ramadán eterno. El pasma se dijo que aquel nuevo inspector era un tío de una pieza, de los que se visten por los pies. Sabía tratar a los detenidos. Sabía imponer ley de la buena.

El moro se desmayó.

Santiago se frotó los nudillos despellejados y expandió la sangre que desde allí brotaba. El pasma, con un gesto vago, le indicó un grifo que goteaba como la nariz de un cocainómano consumado. Santiago se limpió despacio cuidando las hebras de carne desprendida. Se secó con método.

Dolía.

El pasma extrajo de su cartera varias lonchas de papel higiénico.

—Tenga, aplíquese esto, le cortará la hemorragia, al menos un poco —murmuró sumiso.

—Gracias… muchas gracias… ¿Cómo se llama usted?

—Francisco… Francisco Delgado, pero todos me llaman Paco, inspector.

—Gracias, Paco. Esto queda entre usted y yo, ¿verdad?

—Por supuesto, por supuesto que sí. Si cuando se despierte todavía anda cabreado, no se preocupe, que le daré ración de goma. Es un hijoputa. Un asaltaviejas. A ver si así aprende de una puta vez…

—Muy bien, Paco. Nos veremos por aquí seguro… Hasta pronto.

Subió con parsimonia pisando fuerte los peldaños, que crujían como dientes castañeteando de frío o de miedo.

Le dolían los nudillos. Salió de la comisaría con las manos en los bolsillos de la gabardina y se despidió escueto de los compañeros que vegetaban por allí.

Paco mantendría la boca cerrada, estaba seguro. Cuando regresó a su piso hundió las manos en una bolsa de hielo y se aplicó vaselina antes de vendárselas.

Le dolían las manos, pero se sentía poderoso.

Tenía una placa, una pipa y sed de venganza. ¿Qué más podía pedir?

Trincar al cabrón que mutiló a su padre para descansar por fin. Ni más ni menos.

Esa noche rompió otra férula. Le había durado un mes y medio.

Un nuevo récord.

26

Una semana en Ibiza les otorgaba estatus de veteranos. Era como si un promiscuo dios de la isla de épocas arcanas les hubiese gratificado con galones de oro sobre sus hombros de iniciados. Habían destripado la subterránea mecánica de la isla y adoptaban semblante de rico acostumbrado a la buena vida tejiendo ese mohín de desprecio que concede la sabiduría que germina, infalible, con la rutina.

Sacra y el Rubio almorzaban en un chiringuito de ultimísima moda junto al puerto rodeados de viejos pellejudos y ventripotentes que se hacían acompañar por chicas del Este tan despampanantes como silenciosas.

Novias de alquiler. «Muditas», las había bautizado el Rubio, y Sacra se tronchó ante la ocurrencia.

Cada vez le gustaba más su Rubito. Se estaba portando muy pero que muy bien con ella. A él le había dado por el rollo sano de los zumos y Sacra prefería Martini blanco porque, a esas horas, ya transitaba con la nariz empolvada y necesitaba rebajar los efectos del polvo blanco con alcohol.

Cuando detectaba que el alcohol le subía demasiado, aspiraba polvo blanco y recuperaba el tono. Si la priva reconquistaba terreno, entonces adelante con otra raya.

Compensar. El yin y el yang. El equilibrio.

Compensar para mantener el puntillo de delicia permanente y de las buenas vibraciones picoteando todas sus moléculas. Se encontraba óptima siguiendo el instinto de sus entrañas.

Al Rubio no le placía comprobar la adicción de la chica de sus obsesiones, pero prefería cerrar el pico y no liarla parda porque, total, sus vacaciones finalizaban en pocos días y tampoco quería fastidiar la paz que les arrullaba. Ya hablaría con ella cuando regresasen. Y conversaría en serio, pondría los cojones sobre la mesa.

Era necesario. Era por su bien.

Desde aquella terraza le fascinaba el trasiego de embarcaciones. Los veleros y los yates sobre las aguas le embelesaban. Él nunca había navegado. Tanta agua alrededor le inspiraba respeto, pero le atraía.

La gente que pululaba sobre aquellas cubiertas parecía feliz en su laxitud de bañador y topless, en su bronceado perfecto. Claro que todos sujetaban una copa en la mano y lo de pimplar solía inflar el pecho de buenos sentimientos. ¿Se marearía sobre un velero o resistiría como un lobo de mar?

Sacra y su realidad farlopera de urgencia terrenal extirparon de cuajo sus ensoñaciones marineras.

—Rubio, pásame un gramete que el de anoche ha desaparecido por el camino. Invité a varias camatas, ya sabes, pero conste que luego ellas me convidaban a las copas, no te enfades, por favor.

¿Cómo podía aquel ser tan elegante y altivo caer en vicios tan vulgares? Al Rubio le noqueaba la paradoja.

—Ha desaparecido porque esnifas a toda velocidad, Sacramento. Córtate un poco, coño, y disfruta del paisaje, que no paras de meterte perico y te va a dar un jamacuco y joderás las vacaciones porque tendré que llevarte al hospital para que te reanimen. Joder, es que no sé cómo puedes llevar esa marcha. Espera a la noche, Sacra y, cuando caiga el sol, te daré lo tuyo…

—No seas coñazo. Me apetece ahora y ya está. Estamos de vacaciones, ¿no? Pues no me cortes el rollo. Soso, que eres un soso. Parece que te joda que disfrute tanto. Y con lo bien que íbamos, que casi ni protestabas. Yo sólo quiero hacerte feliz. ¿No te enteras o qué?

El Rubio seguía perplejo ante la paradoja.

—No te pases, Sacra. Me gusta que disfrutes, pero tampoco te pases. No abuses. No hay que abusar, ni del prójimo ni del alpiste.

Sacramento conocía a su chico y sabía que debía de ceder un poco para contentarle.

Remoloneó. Ronroneó. Carraspeó. Gimió. Caracoleó. Taconeó.

Se alisó la cabellera decolorada de bote. Se atornilló las puntas ensortijándolas con los dedos. Se reajustó el diminuto biquini que apenas cubría la areola de sus pezones. Chasqueó su lengua. Se humedeció los labios. Despojó su pie derecho de la sandalia y, bajo la mesa, lo hundió contra el paquete de su Rubito para masajear con esmero y maña sus huevines vacacionales.

—Ay, ese Rubito de mi corazón y de mi alma... Mira, te prometo que cuando volvamos estaré una semana, no, una no, dos semanas sin meterme nada. Para que veas que ni estoy enganchada ni nada, eh. Pero no me cortes el rollo ahora, porfaaa. Ahora no, que ya falta poco para que volvamos y me encuentro como nunca... Como nunca. Dios, qué bien que estoy, Rubio, ni te lo imaginas... Nunca me había sentido tan bien... De verdad.

Y el Rubio sabía que la paradoja de sus sueños y sus disgustos no mentía.

Y eso le conmocionaba.

El Rubio consintió y le suministró el gramo con cierta negligencia. Sacra saltó de su butaca y se largó rauda al cuarto de baño. Al Rubio le sorprendió la celeridad de su huida: estaba más enganchada de lo que él mismo suponía. Bueno, ya ajustaría cuentas cuando regresasen. La verdad es que ya tenía algo de ganas. Echaba de menos sus gallos. Cómo se había aficionado a ellos... Llamaría esa misma tarde a Basilio para comprobar que todo estaba en orden y que le informase acerca de los progresos de Urko. Basilio le aseguraba que ese gallo tenía madera de campeón y no solía errar en sus diagnósticos.

Volvió a centrarse en el trasiego del puerto.

Un velero de casco azul atracaba cerca con el velamen recogido y unas señoritas muy suculentas danzando bajo los palos. Sin duda esas «muditas» se contoneaban con la música que escupían los altavoces encajados en la bañera del lindo trasto, ajenas a la maniobra del patrón. Parecía un anuncio de roncola y limoncaribe y putimojito.

La depurada línea de ese velero le hechizaba.

Qué bueno, el velero, poder ir de aquí hacia allá, de cala en cala sin aguantar el tráfico ni la chusmilla de los veraneantes baratos que a veces se colaban en los antros sólo para divinos. Con total libertad e independencia, sin que nadie te controlase.

Sin que nadie te controlase...

El velero. El velero. El velero...

Y el precio de la coca isleña, por encima del mercado y de baja calidad...

El velero sin que nadie te controlase...

Y entonces ató cabos.

El velero. El velero. El velero.

Recordó que desde Denia o Jávea o Calpe o Gandía o Moraira o la misma Valencia zarpaban muchos veleros con turistas que se dirigían hacia Ibiza para sentirse marineros de agua dulce y borrachos náuticos durante unas jornadas.

Su cerebro bullía. Siguió atando cabos...

El velero y la libertad de movimientos.

Sí, sí, sí. Eso era. Ahí estaba la clave.

Su mente burbujeaba perfilando la jugada. La coca que le había comprado a Sacra era una auténtica porquería de bajísima calidad, un compuesto de residuos comparada con la suya, y se pagaba un tercio más.

¿Y si...?

Claro... eso era... Sí... Sí, desde luego que sí.

¿Y si ampliaba su negocio trasladando droga a Ibiza a bordo de un velero bajo el disimulo de los turistas pamplineros?

Sí, sí, sí.

Ésa era la jugada maestra. Y todo el traslado seguro y limpio.

Sólo que él ofrecería calidad y su beneficio sería colosal.

Estudiaría esa idea. Desde luego necesitaría un buen contacto en la isla, e investigar sobre los veleros de alquiler. Pero encontraría ambas cosas. Y los colombianos, por supuesto...

Cuando tuviese hilvanada la jugada avisaría a Germán «Milvidas» para asegurarse el aumento del suministro... Incluso los colombianos podrían ayudarle en la expansión... Tal vez ellos conocían gente en Ibiza para distribuir con garantías...

Sí, estudiaría la operación al detalle…

La posible ampliación de su negocio animó su espíritu. Llamó a la camarera fusiforme y le pidió un Martini rojo, a tomar por culo el zumo.

Había tenido una buena idea, una que ni Willy habría discurrido.

Estaba contento. La cercanía lasciva de Ibiza con las costas del Levante favorecían el negocio.

Estaba radiante.

Esa misma noche llamaría a Basilio para comprobar cómo marchaba todo y preparar el regreso. Sacra se reinstaló en la mesa con tensión mandibular y ojos de espasmo. Le sorprendió ver ese Martini en la mano de su chico.

—Venga, Sacra, brinda conmigo…

—Oye, vaya, qué bueno, chico. Qué bueno mi Rubito. Por fin te pones menos soso, hijo…

—Es Ibiza, Sacra, que me inspira. Ibiza y tú, qué más se puede pedir. Brinda conmigo, que nos va a ir muy bien… Pero que muy bien…

Sacra no entendió la buena vibración que traspasaba a su novio pero se alegró. La bolsita escondida en el interior de su paquete de tabaco la tranquilizaba.

Esa misma tarde, antes de cenar, mientras Sacra acometía su ducha, el Rubio llamó a Basilio. Colgaba un teléfono cerca de la cochera del chalet, junto a las jaulas, y a esas horas, justo cuando el sol se retiraba y los gallos entraban como en trance, Basilio andaba por allí porque les daba las buenas noches y hablaba con ellos, casi les canturreaba para hacerles rezar el «Cuatro esquinitas» de tanto como les amaba. Ya le había avisado: «Al loro, Basilio, que cualquier noche oyes el teléfono mientras hablas con los campeones, cógelo que seré yo». Basilio Galipienso permanecía anclado en el pasado y todavía se negaba a utilizar el móvil, detalle que crispaba al Rubio porque sólo le podía localizar en ciertos momentos, y con suerte. Pero se lo consentía porque esas excentricidades no mermaban su talento con los gallos. A la gente se la quería por sus defectos, no pese a sus virtudes, se decía un resignado Rubio.

Basilio andaba tan enfrascado en su tertulia gallinácea que tardó en escuchar el timbre del teléfono. Cojitranco y escorado, alcanzó sin aliento el auricular.

—¿Basilio, Basilio, eres tú?

—Sí, Rubio… Sí. Joder, creía que no llegaba. Y los gallos, con el timbre del teléfono, han abierto unos ojos que no veas. Se me han estresado, los campeones, luego me tocará relajarles… Rubio, que los gallos son fieros pero sensibles, te lo tengo dicho…

—Joder, tío, ya empezaba a desesperarme. Sí que has tardado, sí. Claro que lo de esprintar no es lo tuyo…

—Es que me has pillado masajeándole los muslos a Urko. Y qué muslos tiene… Y qué espolones… Y qué bravo es el hijoputa… Tenemos un campeón, Rubio, ya verás. Sólo yo puedo acercarme a él. El hijoputa es fiero como un pitbull loco. Qué bestia… Los va a destrozar a todos…

—Oye, Basilio, por casualidad tú no sabrás quién tiene un velero, ¿no?

—¿Có… cómo? ¿Un velero?

La palabra «velero» en la boca del pobre Basilio adquiría una connotación de fenómeno paranormal. El Rubio sonrió para sus adentros.

—Nada, nada… Olvídalo… No te he dicho nada, de momento, pero ya te contaré… Oye, ¿todo bien por ahí? Ya sabes, los gallos, el chalet, los negocios…

—Sí, sí… Todo bien… Bueno, hay algo…

El Rubio arqueó una ceja. Sacra cantaba bajo la ducha y se depilaba los pelos del pubis con una Gillette.

—¿Qué pasa, Basilio? ¿Pasa algo? No me jodas y cuéntame…

—No, no, nada. Pero el Gusano vino anteayer, y también ayer, y me preguntó por ti, que si sabía algo de ti, que cuando volvías y eso. Le dije la verdad, que no tenía ni idea porque no has llamado hasta ahora…

—¿Y? ¿Qué tripa se le ha roto al Gusano? ¿No folla o qué? ¿Qué quiere, qué te ha contado?

—Nada, no me quiso contar nada, pero…

—¿Pero?

—Pero le he visto preocupado. Yo diría que mucho. Aunque igual me equivoco.

El Rubio reflexionó varios segundos.

Se centró. Se concentró. Se reconcentró.

Si Gusano llevaba dos días con ganas de hablar con él y no se atrevía, es que algo chungo se cocinaba. Fijo. Puto Gusano. Ellos sí se comunicaban vía móvil cuando era necesario.

El moroso, el deudor de los cojones, seguro que todavía no había pagado y seguía pidiendo material fiado. Gusano cada vez se mostraba más torpe y mastuerzo. Y menos resolutivo. Y más cobarde. Aquello no le gustó nada. Pero disimuló ante Basilio. Él era el jefe y un jefe no perdía los nervios ni gritaba para imponer su autoridad. Enseñanzas de Willy.

—Vale, vale… Seguro que no pasa nada, pero hazme un favor, Basilio, busca a Gusano y le dices que me llame mañana cuando le salga del nabo. Él sí tiene móvil, no como tú. Que me llame. Quiero hablar con él, ¿de acuerdo? De todas formas vuelvo dentro de poco y seguro que es una de las chorradas de Gusano, que el cabrón ya no sabe hacer ni la «o» con un canuto. Pero, bueno, que me llame rápido y sin falta para darme explicaciones, ¿está claro?

—Sin problemas, Rubio. Le localizo y le dejo el recado. Sin problemas.

—Venga, sigue mimando al campeón…

Y colgó. Una ola de negra vibración le sacudió el espinazo. No quería pecar de pesimista, aunque intuía que algo desagradable sucedía. Gusano era un hombre fiel, pero atolondrado hasta extremos únicos. El rubio presentía una mala historia a la vista…

La puerta del baño se abrió. Sacra estaba desnuda. Y bronceada salvo por tres diminutos triangulitos pálidos, blanquísimos, que correspondían a los pezones y al pubis. Esa blancura era puro capricho de los dioses.

Esa blancura destrozó al Rubio.

—¿Haces algo esta noche, Rubito? —dijo Sacra deslizando sus párpados hacia su terso monte de Venus.

El Rubio no tardó en ofrecer una ferviente y danzarina lengua para demostrar que sí tenía algo que hacer esa noche.

Y qué feliz vivía Sacra, ajena a sus problemas y sus proyectos, pensó entre lametón y lametón, evocando veleros que inflaban sus velas por un viento favorable.

Sus preocupaciones desaparecían cuando cataba la piel de Sacra. Aunque estaba seguro de una cosa… Y es que su mentor Willy Ramos nunca daba la espalda a los nubarrones.

Nunca.

27

No era guapa al uso pero poseía una belleza selvática por explotar, o eso pensó Santiago Esquemas. También se dijo que jamás había cohabitado con una negra.

Esa mujer, a todas luces profesional de taxímetro entre las ingles, esperaba su turno en la cola de las denuncias de la comisaría. Su labio inferior estaba hinchado y su ojo derecho permanecía cerrado, tumefacto. Ese ojo era una bola de ping-pong. La habían gratificado con una buena paliza.

Menudo final infeliz.

Santiago decidió saltarse el reglamento.

La encaró sin dudar: «Tú, acompáñame».

Ella obedeció sin chistar.

Luego la subió en su coche y la trasladó hasta una cafetería aséptica de un centro comercial de extrarradio con sobredosis de clientela vistiendo chándal.

La negra le miraba desde su ojo sano y éste destilaba chispazos de rabia.

Aquel madero parecía radiografiar a la gente con su mirada. Aquel pasma parecía averiguar los secretos que los demás escondían. Se sentaron.

—¿Qué quieres tomar?

La negra no respondió. Santiago observó sin disimular sus piernas esbeltas, sus nalgas voluntariosas, sus caderas altas y su pecho breve pero erguido. Era juncal, en líneas generales, la negrita. Irradiaba carácter. Era como Naomi Campbell pero en más pequeño. Una sílfide morena de jungla húmeda y frondosa.

—¿Qué pasa, no hablas? Mira, soy inspector de policía y te quiero ayudar. —Y le enseñó la papela que le identificaba porque le encantaba ver el efecto que provocaba esa tarjeta plastificada—. Te lo repito: ¿qué quieres tomar?

La negra se tomó su tiempo. La vida la había vapuleado demasiado y no se fiaba ni de su oscura sombra. El rango no le impresionaba. Por fin habló en plan telegrama. Usaba un español con peculiar acento francés y eso le hizo gracia al madero.

—Agua. Natural. Sin gas. Por favor.

Santiago pidió el agua y un cortado de máquina.

—Bueno, a ver, eres puta y un cliente te ha pegado, ¿verdad?

—Sí.

—Si has venido a la comisaría es porque es un cabrón del siete y tienes miedo… Bueno, miedo no, no creo que seas de las que pasan miedo… Te da mal rollo y te jode que no te haya pagado, ¿verdad? Por eso quieres denunciarle, para que al menos se acojone y no vuelva a verte otra vez… ¿Sí?

—Sí.

—Bueno, vamos bien, pero también me ayudará que renuncies a los monosílabos porque así le trincaré y eso te alegrará, ¿verdad?

—No.

—¿No? ¿Cómo qué no? ¿No quieres que le detenga para que luego el juez le dé un susto? Su mujer se enterará, le dejará, se divorciará, le sableará el dinero con la pensión y se quedará con el piso. Oye, a ver si estoy perdiendo el tiempo contigo… Mira, morena, no me jodas… Ya me estás aburriendo, acábate ya el agua y vamos al coche que te acerco donde me digas y luego nos olvidamos…

Santiago hizo ademán de levantarse. El fastidio presidía su faz.

—Espera… Espera, por favor… Espera un poco…

—Vaya… Además de «sí» y «no», conoces más palabras de nuestro idioma. Te escucho, pero sé rápida que me has quemado con tanto melindre…

Y la morena proyectó un verbo fecundo…

Tenía un piso en Carabanchel con dos compañeras, de Costa de Marfil, como ella… «Cote d'Ivoire», pronunció en un francés mandingo que captó la atención de Santiago. Y le contó, ahora en un español mandingo que le provocó calambres en los cojones, que un tipo de unos cuarenta años, guapo y distinguido, había acudido a ese miniputiclub de amiguitas morenas que buscan provecho en la hospitalaria España.

Un caprichoso de pasta. Simpático. Parlanchín. Seductor. Atildado. Almibarado.

Se tomó varias copas con ellas y pagó generosamente. Luego la eligió a ella y marcharon a su habitación. Allí le contó su propósito: deseaba masturbarse mientras ella le besaba los pies. Sólo eso. En vez de besamanos quería besapiés.

Ella era una profesional y aceptó aquella extravagancia, y eso que había visto de todo. ¿Besarle los pies mientras él se pajeaba? Perfecto. Y pagaba bien, aquel guapo rarito.

Lo malo vino cuando el tipo, tras despelotarse, se quitó los calcetines. Por el tufo se adivinaba que la higiene de pies no primaba en su aseo. ¿Qué hacía aquel cabrón? ¿Se duchaba con fundas plastificadas protegiendo sus pies? Aquellos pies acumulaban mugre y suciedad y mierda y pieles y pelotillas y restos cárnicos que le provocaron arcadas. «Te lavo primero los pies y luego los beso», dijo la morenita.

Y al menda se le cruzaron los cables y le propinó una paliza. La dejó tendida sobre el suelo y se fue al cuarto de baño para asearse. La dejó sangrando y se marchó sin pagar.

—Joder, morena… Vaya movida… La gente, desde luego, está muy mal… Pero no sé, lo tenemos un poco crudo. Podría ser un tipo que estaba en Madrid de paso, o un nativo, me da igual. Pero si no tiene antecedentes lo tenemos mal para encontrarle y denunciarle… Pero oye, antes has dicho que no quieres que le trinque, ¿a qué te refieres?

—No quiero que le denuncies y que vaya al juez. ¿Para qué? ¿Para que le multen? ¿Para que su mujer le deje? Y eso si la tiene, que no lo sé. No, no… Quiero que le hagas daño. Que pague. Que sufra. Quiero joderle. Mucho. Quiero que sufra y que le partan la cara como me la partió a mí. Eso quiero, señor inspector.

—Y recalcó ese «señor inspector» con un desparpajo negro y gabacho y mandingo que complació a Santiago.

—Morenita, eres muy buena. Me gusta cómo piensas. Admiro y comprendo tu sed de venganza. Créeme que sí. Si supieses cómo entiendo lo de vengarse… Pero te digo lo mismo de antes, no tenemos por dónde empezar, no habrá forma de trincarle a no ser que tenga antecedentes. Es muy difícil, por no decir imposible. Y te aseguro que me encantaría partirle la cara… Desde luego que sí. Por guarro y por pegarle a una mujer. Una mujer es una mujer, sea o no puta, y es sagrada. Pegarle a una mujer es lo peor. Así lo veo yo. Pero va a ser imposible. Anda, vámonos. Te acerco donde me digas. Seré tu taxista. Me has caído bien… Quién sabe… A lo mejor algún día nos vemos… A lo mejor algún día voy a verte para que me alegres la mañana… A lo mejor algún día puedo hacerte un favor y no como ahora… Vamos…

Pero la morenita esbozó una sonrisa de triunfo y su ojo abierto chispeó feliz.

—Espera… Espera un poco.

Extrajo de su bolso de símil de piel un DNI, lo depositó sobre la mesa y lo arrastró leeentamente hacia Santiago. Luego murmuró:

—Es suyo, se lo cogí de la cartera cuando fue al cuarto de baño. Luego fingí estar desmayada. Ya sabes dónde vive. Y cómo se llama. Hasta tienes su cara de tío mierda. ¿Harás el trabajo, señor-inspector-guapo? —Y a Santiago le encantó cómo había añadido al señor-inspector ese «guapo» de coletilla final. Le echaba morro y huevos, la morena. Desde luego tenía gracia y carácter.

Santiago agarró ese DNI. Lo miró por delante y por detrás. Primero sonrió. Luego rio franco. Luego carcajeó como hacía tiempo que no lo hacía. Y además el acento hispano-mandingo de la morena le seguía alegrando los huevos.

—Lo tenemos, morenita, lo tenemos. Tú ganas. Le voy a dar una paliza a tu salud. Eres buena, muy buena, y me caes bien, muy bien.

Los ojos de Santiago chocaron contra el ojo sano de achocolatada cíclope juncal de la morena.

Se sincronizaron.

Estalló la telepatía. Estalló el relámpago de la calentura.

Se entendieron sin hablar. Se largaron de allí al piso de la negra y consumaron. Veloces y furiosos. Ya eran amigos para siempre.

Cuando iba a desaparecer, la morena le coló doscientos euros en el bolsillo. A Santiago esa dádiva le perplejizó, pero sin ninguna transición la asumió al instante con naturalidad. Era la primera vez que alguien le untaba y no le pareció extraño o ilegal. ¿Por qué no?

—Si vas a ser mi hombre, quiero que tengas tu parte.

Santiago guardó ese dinero con displicencia y algo de pereza.

—Te avisaré. Ese cabrón se arrepentirá de lo que hizo. Te lo garantizo.

—Ven a verme todas las semanas. Llámame y te diré cuándo estoy libre. Ven a verme cada semana y te daré placer y dinero. Si vas a ser mi hombre, quiero que estés contento conmigo. —Luego le agarró con sus manos las mejillas y le besó fugazmente los labios con ternura exquisita—. Eres mi señor-inspector-guapo. Eso eres.

—Oye, morenita, ¿cómo cojones te llamas?

—África. Llámame África. ¿Te gusta?

—Sí, me gusta. Mucho. No es tu nombre, pero me importa un carajo. África suena muy confortable y muy colonial. Me pone. Me pones tú y tu acento africano, coño.

Santiago se marchó de allí con un revoltijo peculiar en el estómago. El tacto de aquellas manos sobre sus mejillas destilaba una rugosidad primigenia y diferente que le complació. La suavidad esponjosa de sus labios se prolongaba mientras caminaba hacia su coche. ¿Iba a ser su hombre? Bueno, ya se vería. De momento disfrutaría con ella y también machacando a ese imbécil de pies sucios.

Regresó a la comisaría para explorar tiroteos distópicos en el ordenador.

Nada de nada. Nada de hombres atados a un árbol con balazos en brazos, piernas y mejillas.

Sus muelas chirriaron mientras sus mandíbulas apretaban rabiosas.

Tendría que comprar pronto otra férula.

Mientras, también tenía que partirle la cara a alguien.

Joder.

África se lo había camelado.

28

¿Era eso la vida? ¿Era ésa la vida a la que aspiraba? ¿Era ésa la vida con la que había soñado cuando salió de su aldea de garrapatas clavadas en la trasera de las orejas de canes mestizos que ni tenían fuerzas para aullar cuando las noches de luna llena?

A Gus le reconcomían estas preguntas durante los tiempos muertos entre un trabajo y otro.

Demasiado tiempo libre y la menorquina ya estaba prácticamente a punto para navegar. Alargaba los últimos arreglos porque le aterraba disponer de tiempo libre. Las dudas sólo se disipaban cuando miraba los ojos de Helena. Ya hablaba casi mejor castellano que él. Y qué cabecita, la de la rumana. Un cráneo privilegiado. Todavía el sexo presidía su relación.

Pero había más.

Tras algodonosos años de amor y cama, Gus le ofreció una sorpresa.

«Vente conmigo, que tengo un regalo para ti», le dijo. Helena sonrió y los hoyuelos que decoraban el alto de sus nalgas vibraron de placer.

Callejearon.

Ella se deslizaba a su lado en silencio, miraba caminar a su hombre, siempre tan serio, siempre encerrado en un hermetismo de hierro, siempre como alejado de cualquier ruido, y se ponía ultracachonda. Le hubiese lamido las pelotas ahí mismo, en la calle, a su hombre.

¿Y qué sería ese regalo? ¿La llevaba a un restaurante, a una boutique, a una joyería, a uno de esos masajes en spa que ahora los enamorados se regalaban? Llegaron a un edificio alto situado en el céntrico paseo de Ausiàs March.

—Venimos aquí —susurró Gus con cierto candor.

—¿Aquí? Pero ¿adónde?

Gus señaló una placa dorada donde se podía leer: ALFONSO MALDONADO DE MIGUEL, NOTARIO.

—No entiendo nada, amor… Lo siento —dijo Helena cada vez menos cachonda y más ojiplática.

—Tú ven conmigo, no te preocupes. —Consultó su reloj—. Ya es la hora, faltan cinco minutos para nuestra cita.

Helena le siguió.

Entraron en una amplia oficina decorada con muebles sobrios, elegantes en su minimalismo. Se masticaba la actividad. Tipos trajeados sujetando carpetas trotaban circunspectos de un lado a otro con aire de fraile que se retrasa a sus maitines.

La chica de la recepción les acompañó hasta una sala colegial y bien iluminada, presidida por una mesa que estaba coronada por un recipiente que contenía bolis de gama baja de varias marcas.

A Helena aquella sorpresa la inquietaba y sus nervios se tensaban. Los hoyuelos de sus ancas se encogieron como el mercurio de un termómetro que sufre un súbito bajón de temperatura.

—Amor mío, sigo sin entender…

—Espera… Ten paciencia… Espera y verás… Es mi regalo. Sólo es un regalo y tienes que aceptarlo. Llevamos siete años juntos y quiero que tengas algo de recuerdo. Espero que te guste…

Diez minutos después abrió esa puerta un cincuentón apuesto con traje cortado a medida, ojos oscuros y cabello repeinado hacia atrás formando una masa pilosa compacta gracias a un fijador granítico. Su barriga mostraba una incipiente curva de felicidad.

Se presentó. Sonrió. Juntó las palmas de sus manos revelando una manicura perfecta. Llamó a uno de sus lacayos con voz firme. Éste le suministró un dossier. El notario tomó la palabra y desgranó su jerigonza leguleya. Helena no comprendía ni papa hasta que escuchó:

—Y la sociedad limitada de nombre Dulce Veneno SL, por cierto —apuntó el notario—, vaya nombrecito de la sociedad, actual propietaria del bar Black Note Club, con domicilio social blablablá…, mediante la firma del presente documento, pasará a ser propiedad de doña Helena Ileanescu Rumbeu. ¿Lo entienden los presentes? En este caso, doña Helena, que a partir de ahora será la propietaria con todas sus consecuencias, tendrá en consideración que…

—No —contestó Helena.

—¿No lo entiende? ¿Quiere usted decir que no lo entiende? —inquirió diligente el notario.

—Sí, sí que lo entiendo. —Y luego, clavando ojos de fuego contra Gus, siguió—: Lo entiendo muy bien, pero no lo acepto. No quiero aceptarlo.

Al notario se le desencajó la sonrisa e incluso su matemática cabellera alineada por un agrimensor pareció perder la compostura por un momento.

Gus no pudo hablar, apenas murmuró sonidos incomprensibles.

El notario encauzó el soterrado fragor que se gestaba.

—Si no les importa, yo les dejo aquí a ustedes para que hablen sobre el asunto que nos ocupa, siempre con educación, que eso lo recomiendo siempre, faltaría más, y de aquí a media horita vuelvo a pasarme y ustedes ya me comentan lo que han decidido…

El silencio les aplastó.

Gus se sentía minúsculo como una de aquellas garrapatas de su aldea.

Helena contenía su rabia pero era el tapón de una botella de champán que han mareado y que puede saltar hacia las estrellas en cualquier momento. Era cuestión de segundos.

Hacía unos instantes le hubiese lamido las pelotas a su hombre. Ahora se las patearía con satisfacción. ¿Cómo se atrevía? ¿La estaba comprando?

—Helena… —silbó entre dientes Gus.

—No. He dicho que no. Yo no soy tuya. Si me regalas el garito entero, es como si pasase a ser de tu propiedad. No. Estoy contigo porque me gustas, porque te quiero, porque me atraen tus tormentos y tus silencios, porque me cautiva el dolor que te provocas cuando te quemas los brazos. Te quiero porque me remueve un morbo incomprensible cuando te miro y tú no sabes que lo estoy haciendo. En realidad no sé por qué te quiero, si casi ni hablas. Es como el color azul, me encanta y no sé por qué… A ti te quiero y no sé por qué… Pero te quiero. Eso lo sé. Eso lo tengo clarísimo. Pero este regalo no puedo aceptarlo porque estás comprando mi alma y mi coño.

—Helena, escucha…

—No. No quiero hacerlo. ¿Ése era el regalo porque llevamos siete años juntos? Siete años no es nada. Siete años es una mierda. ¿Te he contado mi infancia, eh? ¿Te he contado mi puta infancia en Rumanía, eh? ¿Y tú, me has contado la tuya? ¿Me cuentas las cosas de tu trabajo, eh? Te vas y vienes. No me cuentas nada pero veo en tu actitud de qué va todo. ¿Crees que somos una verdadera pareja, eh? ¿Siete años? ¿Y qué? Podríamos llevar cincuenta y sería lo mismo.

—Helena…

—No he terminado. Sé dónde escondes un arma. Claro que lo sé. Y veo tu rostro serio cuando a veces te llaman justo antes de que desaparezcas. Y la cantidad de dinero que manejas. No soy tonta. No puedo serlo porque he logrado sobrevivir a mi infancia. ¿Crees que fue fácil escapar de mi familia y de mi país? No, claro que no, pero ni te lo puedes imaginar. Me compras un bar porque me quieres comprar a mí. Yo estoy dentro del bar. Como los muebles. Como las botellas. Y, no te olvides de una cosa: yo te elegí. Venían muchos como tú, a dejarse las babas sobre la barra. Pero te escogí a ti por todo lo que intuía. Me gustó tanto tu cara como de tonto, de tímido… con esas minúsculas cicatrices que se reflejan cuando te da el sol… Y me gustó cuando te besé tan rápido aquella primera vez en la trastienda del bar. Y me gustó ver cómo te asustaste cuando te negaste a meterte la raya. Te estaba poniendo a prueba. Y me gustó que no te metieses la raya. Por eso repetí contigo. Por eso me vine a vivir contigo. Por eso también te quiero.

Helena pareció tranquilizarse poco a poco. Nunca la había escuchado hablar tanto y tan de corrido.

Entonces tomó él la palabra.

Primero con dulzura, como con miedo, y luego, paulatinamente, con una fuerza interior que transmitía persuasión.

Le propuso un pacto que les contentaría si mostraban buena voluntad. Y el lánguido cuello de Helena, envarado y espiritual como el tronco de un ciprés, se dobló como si de repente soportarse un gran peso para, finalmente, asentir.

Socios.

Gus poseería la mitad del garito. Desembolsaría toda la pasta. Helena se la devolvería aportando una cantidad cada mes que oscilaría según los beneficios hasta liquidar su deuda. Y sería la gerente. Con sueldo. Dirigiría el negocio. Aplicaría su talento de superviviente, de cráneo privilegiado. Gus supervisaría las cuentas.

Se lo explicaron al notario. Su incipiente barriga trepidó y su sonrisa reapareció de cuajo. Papeleo extra para unos chalados. Pero si así lo disponía la clientela…

—Bueno, pues vuelvan ustedes otra mañana, tengo que cambiar, ya comprenderán ustedes, los documentos. Acompáñenme y les darán hora para esta semana.

El notario se había vuelto a repeinar tras el sofoco.

Esa noche, Helena se atizó recio y le brindó a Gus una mamada de primera división. Con labios de lujuria le espetó:

—¿Quieres una raya? No te imaginas lo bueno que es follar con coca…

—No —respondió Gus.

—Por eso te quiero. Por eso y por todo lo demás. Te quiero porque siempre pareces triste y eso me mata dulcemente… No lo entiendes pero es así. Yo tampoco lo entiendo pero es así.

29

Con los medios policiales al alcance de su mano actuaba con el poder del tirano que todo lo controla. El DNI del señor pies guarros y los ordenadores de la pasma le brindaron toda la información. No estaba fichado. Ni siquiera tenía multas de tráfico.

Santiago Esquemas encaminó sus pasos hacia el edificio, barrio de Salamanca, cómo no, donde ese bastardo moraba. Esperar era lo que peor llevaba.

Se aburría.

Empapado por la desesperación del aburrimiento, sus dientes gemían y sus pensamientos hundían sus raíces en el legamoso subsuelo de sus queridos traumas. No le placían esas rememoranzas. Durante esas guardias se entretenía imaginando su venganza.

Algún día encontraría al tipo que apioló a su padre y se lo haría pagar.

Antes de las ocho de la tarde le vio llegar. Bajó de un taxi.

Iba atildado. Iba amembrillado. Iba lozano. Iba fresco y sonriente. Iba campanudo y pimpante. El portero del edificio le abrió la puerta con rictus de coba menesterosa y, al entrar, el señor pies de mierda le palmeó la mejilla con la superioridad del rico que se cree intocable.

Esperó tres horas más hasta asegurarse que no saldría esa noche y regresó al día siguiente a las seis de la madrugada. No quería que se le escapase.

No trazó ningún plan.

A saco. Tenía pipa y galones. Era la ley.

El señor pies de escoria además estaba casado: en el timbre del portero electrónico figuraba el nombre de su esposa, AMELIA NOSE-QUÉ. Un hombre casado estaba vendido porque no ventilaría sus secretos. Ahora bien, ¿qué rayos de mujer aguantaba esa tara de pinreles nauseabundos? Ese tipo debía de ser muy raro y su mujer también.

No le importaba.

Santiago Esquemas era el ángel vengador, fumigador y exterminador.

Santiago vengaría a su amiga de chocolate y miel.

A las ocho menos cuarto salió el señor pezuñas de puerco de su portal y pareció aguardar un taxi. Santiago tomó aliento y le abordó con inconfundible tono de funcionario.

—Perdone, caballero, ¿es usted Roberto Méndez Redondo?

El señor que boicoteaba la higiene básica dudó. Presintió que algo no marchaba bien. Su lengua se encasquilló. Miró hacia el interior del portal con ojos de calibrar una fuga o de suplicar socorro. Aquel tipo desprendía mal rollo. La mandíbula cuadrada del que le interpelaba no presagiaba buenas nuevas.

Santiago aprovechó para atacar.

—Es usted, ¿verdad? —Y enseñó su identificación con un rápido giro de muñeca y, cuando guardó su cartera, tuvo buen cuidado de mostrar la culata de su arma. Eso le daba poder. Eso intimidaba al otro. Eso acojonaba de verdad. La cacharra proyectaba yuyu y mermaba posibles desplantes. Roberto Méndez Redondo habló:

—Soy yo, pero no entiendo porque está usted aquí…

—No se preocupe, usted acompáñeme… Será un momento, un pequeño trámite, tenemos que solucionar lo que seguramente es un malentendido…

Méndez no se dejó intimidar a la primera…

—Pues me va a perdonar, pero así por las bravas yo a usted no le acompaño…

Santiago sabía exactamente lo que debía responder.

—Vale, hijo de la gran puta, pues en ese caso ahora mismo voy a subir a hablar con tu mujer sobre tu afición al mundo negro, y no precisamente para dar donativos a los que pasan hambre. Pero antes, me equivocaré varias veces de puerta, y les contaré a tus vecinos, y también al portero, tus curiosas aficiones. Y ya puestos, te sacaré a hostias los zapatos y los calcetines para que vean tu intimidad. Así que, campeón, lo que tú prefieras, o te vienes a comisaría conmigo para responder a unas preguntas y te dejo en paz, o mejor cambias de vivienda, y el barrio mola, cabronazo...

Roberto Méndez Redondo sufrió un vahído. Se recuperó. Rumió sus opciones. No tenía salida.

—De acuerdo —murmuró cabizbajo.

Subieron al coche de Santiago. Méndez sujetaba una cartera fina de cuero negro y tamborileaba con las yemas de sus dedos contra la cerradura.

—Te gustan las negritas, eh, Roberto —masculló Santiago.

—No le entiendo. No sé de qué habla. Mire, acabemos con esto pronto. Soy economista y me esperan para una reunión importante... Dese prisa, por favor.

—Me suda la polla que seas economista y me cago en la sombra de tu madre. Eres un capullo.

—No le permito a usted ese to...

No acabó la palabra «tono» porque recibió un codazo que le rompió la nariz.

El coche bamboleó cuando Santiago propinó el golpe hasta casi embestir a un taxista, que insultó largo y profundo. Santiago recuperó el volante y enderezó el vehículo. Manó sangre de ese apéndice quebrado. Unas gotas rojas se precipitaron contra la hebilla de la cartera provocando un dulce y angelical sonido metálico.

—Y no hagas nada raro porque estoy muy loco y te juro que te meto cuatro tiros y descuartizo tu cadáver y quemo los cachitos de carne y nunca sabrán de ti. ¿Lo tienes claro?

La mirada de Santiago no admitía dudas sobre su capacidad para cumplir la promesa y Méndez se encogió sobre el asiento de copiloto.

Intentaba desaparecer. Intentaba entender. Intentaba que su nariz dejase de sangrar. Luchó para no mearse encima. Estaba aterrado. ¿Quién leches era aquel pasma? ¿Era poli de verdad? ¿Qué le estaba pasando?

Luchó para no llorar y sólo consiguió mezclar alguna lágrima con la sangre que todavía borboteaba de su nariz rota. La mezcla de líquidos chocó contra el cuero de la cartera y ahora el sonido era sordo, espeso, pesado.

El pasma dirigió su coche hacia las afueras. Los edificios baratos dejaron paso a los solares y éstos a unos descampados de secarral ornados por montes de basura amorfa, ruedas de coches abandonadas, túmulos de piedras, tiendas de campaña desmochadas y parcheadas con plásticos mugrientos, chamizos de cartón y uralita agrietada y pequeñas construcciones de ladrillos de diferentes tamaños robados de obras de cualquier corte.

Méndez no conocía aquel paraje.

Méndez jamás había visitado la Cañada Real, páramo y patrimonio de yonquis que caminan buscando una dosis, dos dosis, tres dosis. Siempre otra dosis. Las siluetas delgadas y casi transparentes, blandas y encorvadas, de los adictos, exudaban forma de polucionada medusa urbana. Los desechos de la sociedad cimbreaban su cuerpo de callo perpetuo y sus miradas vacías no apreciaban el drama que sacudía el interior de ese coche.

Santiago aparcó cerca de un barranco. Torrentes de bolsas de plástico a merced de la brisa reptaban sin rumbo emitiendo susurros de tuberculoso. Algunas zonas del suelo estaban tapizadas por jeringuillas como el erizado lomo de un monstruoso puercoespín.

—Baja —ordenó Santiago cuando detuvo el vehículo.

Roberto Méndez Redondo, aferrando la cartera al borde del histerismo, dudó.

—Baja o te juro que saco la pipa y te meto una bala en la cabeza.

Roberto Méndez Redondo se apeó mientras aferraba nervioso su cartera.

Temblaba. Luchaba para no mearse encima. Luchaba para no sollozar a grifo tendido. Luchaba para no gritar como una nena.

A Santiago le reconcomía la curiosidad. ¿Y si África le había mentido? Lo comprobaría.

—Quítate los zapatos y los calcetines. Ahora. Sí, me has oído bien. No dudes. No me hagas repetir las cosas, que me tienes hasta los huevos con tu llantina de tío mierda. Hazlo. Ya.

Méndez negó con la cabeza. Usaba su cartera como si fuese un escudo. Sus uñas se clavaban contra ese cuero fino.

—¿No? ¿Me has dicho que no, pedazo de mierda?

Santiago le aplicó un uno-dos de intensidad media y Méndez se desplomó contra el suelo. Le pareció que su espalda rebotaba contra varias jeringuillas y ahí fue cuando se meó. Las chutonas de yonqui saturadas de bacterias infinitas de muerte lenta y segura achantaban el alma más viciosa.

—Quítate los zapatos y los calcetines o te juro por Dios que no lo cuentas…

Méndez, sin levantarse, sentado sobre el estéril polvo del secarral, se descalzó con parsimonia.

—Los calcetines. También los calcetines. ¿Estás sordo o qué?

Méndez se los quitó. Santiago se acercó. Sonrió. Se tapó la nariz. Bailó como un mono borracho. Se golpeó las rodillas. Luego la frente. Se masajeó las sienes.

—No me lo puedo creer… ¿Cómo eres tan guarro? Pero… pero a ti… ¿Qué coño te pasa en la cabeza? La hostia, macho… Anda, levántate, que ya hemos acabado con la función. Levanta que te llevo a casa. Y lávate los pies, por Dios, lávatelos porque si no me matas tú del tufo te mataré yo por guarro.

Méndez se incorporó.

Pero Santiago le había mentido. Agarró su pistola y le aporreó la cara con el cañón. Le rompió los pómulos. Ambos. Méndez rodaba sobre el suelo de faquir yonqui y Santiago le pateó a conciencia. Cuando ya no se movió lo arrastró y lo metió en el maletero del coche.

Regresó a la ciudad.

Fue a casa de África. Cuando la morena descendió le enseñó el tesoro de su maletero.

La sonrisa de África expresó alegría de tam-tam y fiesta patronal de su tribu.

La sonrisa de África parecía decir: «Hoy estamos de juerga y nos comemos al misionero blanco y gordo que está en nuestra olla». Ella misma cerró el maletero y, tras acariciar con arte y elegancia las pelotas de su «señor-inspector-guapo», le dijo «sube, sube que te prometo que vas a disfrutar como nunca…».

Gozaron hasta saciarse y luego estuvieron de palique en la cama, en pelota picada, mientras ella fumaba y se bebía un pelotazo.

Dos horas más tarde, Santiago regresó con el bulto en el maletero al mismo descampado.

Extrajo a Méndez y lo depositó en el suelo con el asco del que arroja esa rata muerta que apareció inoportuna en el jardín. Roberto Méndez Redondo balbuceaba en idioma de idiota contusionado. El pasma, picado por la curiosidad, se acercó al cuerpo convertido en hamburguesa cruda.

—Oye, Robertito… Shhh… Venga, hombre, tranquilo que ya no te pego más… Traaanquilo… Sólo una cosa, sólo quiero preguntarte una cosa… Es que me tiene intrigado, macho.

La hamburguesa cruda tosió y escupió flemas de tutifruti. Respiraba con dificultad. No se le entendía.

—La pregunta es muy sencilla, Robertito. Verás… ¿Tu mujer cómo aguanta lo de tus pies? Es que no me lo explico… Contesta, y date prisa, o todavía te rompo algo más, cabrón.

La hamburguesa trató de hablar, estaba como ausente y zurumbática. Se trabucaba. Su lengua era un trozo de tocino. Se esforzaba.

Santiago Esquemas se acercó hasta su boca con la oreja colocada en forma de trompeta para captar con precisión aquellas palabras sepultadas bajo un gorgojeo de coágulos. Al final le pareció comprender la respuesta y se largó de allí abandonándolo a su suerte.

Más tarde se lo contó a África.

—«No dormimos juntos.» Eso fue lo que me dijo el muy cabrón. ¿Te lo puedes creer? Hay gente que está muy mal, Afriquita, pero que muy mal. «No dormimos juntos»… Así son los matrimonios de hoy… Mis padres, al menos, siempre dormían juntos…

Y África sonrió victoriosa y su ojo sano brilló como un cometa a punto de colisionar contra un meteorito de kriptonita y oro.

30

—No me lo puedo creer. Pero mira que se veía venir. No, si la culpa es mía por haberte dejado a tu aire, por fiarme de ti. Mira que lo sabía. Mira que eres tonto, Gusano, un capullo te ha chuleado y de paso me ha chuleado a mí. Me cago en la puta, Gusano, la hostia... Me voy unos días con Sacra a Ibiza para descansar y me montas este bacalao...

El Rubio no estaba para bromas. Le habían fastidiado las vacaciones justo en el punto dulce, justo cuando disfrutaba rumboso maquinando acerca de la expansión de su industria hacia Ibiza y sus neuronas reconvertidas en cajas registradoras calibraban los beneficios. La conversación con Gusano fue el mazazo que le devolvió a la mugre cotidiana. A su subalterno le dolía la cabeza por el rapapolvo recibido mientras sujetaba su móvil con asco, como si éste fuese una mierda seca. Sus excusas sonaban a coartada de colegial sorteando su colección de calabazas.

—Te juro que lo teníamos todo controlado. Te lo juro.

—¿Y cómo dices que se llama el hijoputa que nos chulea de esta manera?

—El Chino.

—¿Qué?

—El Chino... No sé su nombre. Pero todo el mundo le conoce como el Chino. El Chino, sí.

—Pero... Pero ¿qué me estás contando..?

—Tú le conoces... Bueno, le conociste en una de nuestras fiestas... Te lo presenté yo... Bajito, tirando a gordo, calvo... Y con ojos muy rasgados, de chino, y una coleta larga que le nace desde los pelos de la nuca. Una coleta fina de medio metro… Parece el típico malo de las pelis de kung fu… Tienes que acordarte de él…

Le recordaba. Imposible olvidarle, aunque sólo lo vio unos segundos. Con su aspecto era como si llevase tatuado en la frente «Soy camello, deténganme». Aquella ridícula coleta trenzada, esos botines con añejos tacones cubanos para ganar altura, ese gabán negro y hortera con hombreras para amortiguar su gordura, esos dedos amortajados de anillos… Pero sobre todo esos ojos rasgados y esa coleta.

El Chino. Sí.

Gusano siguió gimiendo:

—Tú mismo me dijiste que no había que actuar fuerte porque el tío pagaría…

—No me jodas, Gusano, no me jodas, yo no te dije eso. No inventes, mamón. Te dije que había que estar muy al loro, mucho… No me jodas y no te quejes como una maricona… Que un gilipollas como el Chino nos haya tangado… No me lo puedo creer, Gusano.

—Ya, ya… Por eso fui a verle con dos de los míos, para saldar la deuda, para darle un susto, para…

—No me cuentes historias —interrumpió el Rubio—, que no me cuentes más historias. La cagada ha sido total y encima el tío nos debe una pasta y os han partido la cara. ¿Sabes lo que puede pasar si se corre la voz? ¿Lo sabes? Pues que nadie nos pagará, porque resulta que no pasa nada si no lo hacen… ¿Y luego qué? Pues que vendrán otros y se quedarán el negocio. ¿Y por qué? Pues porque nos ganaremos fama de cagones y nadie, Gusano, nadie respeta a los cagones. Mañana voy. Llegaré cómo sea a Valencia. Nadando si hace falta. Estate al loro que te avisaré. No hagas nada hasta que yo llegue. Pero nada.

Colgó sin permitir derecho a réplica. El asunto se había torcido. Gusano no dio la talla que la crisis exigía. El Chino le había echado agallas y un rostro duro como el cemento armado. Empezó debiendo siete kilos y ahora ya eran catorce. Coca pura, celestial, virgen. Platino para devastar tabiques nasales. Y les había humillado como si fuesen cucarachas. Y de pagar ni flores. Y les había partido la jeta. Y les había escupido en mitad del alma.

Cuando Gusano y dos de sus chicos fueron a amedrentarle para cobrar las dos entregas, el Chino deudor apareció con dos armarios del Este. Rumanos, kazajos, armenios, albanokosovares o de su puta madre, vete tú a saber, y les majaron a palos. Desde las raíces del pelo hasta las puntas de los dedos de los pies.

Eran duros de verdad.

Exboxeadores. Exmilitronchos cafres. Seguramente sádicos extorturadores de niños y actuales follaviejas con demencia senil. Mala gente.

Muy mala gente.

A Gusano le sonrió la suerte y, sobre todo, le favoreció su velocidad punta, su cobardía de superviviente. En cuanto vio asomar los corpachones de los dos gorilas se olió la tostada y salió huyendo. Sus dos chicos no tuvieron esa perspicacia y ahora dormitaban ciegos de analgésicos en el hospital. Costillas rotas, narices cubistas, rostros desfigurados y autoestima a dos metros bajo el suelo. Ése fue el resultado por culpa de la nula previsión y de la escasa cabeza de Gusano. Estaban despedidos. Eso sucedía cuando confiabas en colegas de la infancia.

Profesionalizarse, el Rubio lo tenía claro. Arrojar lastres. Prescindir de sentimentalismos. Necesitaba profesionalizar su organización. Su negocio lo reclamaba.

El Chino moroso les había citado en su barrio, en un bajo de muros descascarillados con un par de bombillas grasientas colgando desde el techo. Olía a petróleo y a tubería atascada.

Gusano no se tomó la molestia de acudir varias horas antes para examinar el terreno.

Ése fue su primer error.

Tampoco presintió el peligro larvado en los cojones de ese moroso.

Segundo error.

Creyó además que no poseía contactos en el lado chungo de la vida, y un hombre que mueve varios kilos de material al mes no es un simple camellete de pandilla de fin de semana, sino una persona que se juega los cuartos y la libertad. Le subestimó.

Ése fue su tercer e irreparable error.

Dos de los suyos en el hospital y sensación de ridículo galáctico. Colosal sabor de humillación rotunda. Vaya mierda.

Entraron en el bajo. El Chino les llamaba bonachón, adiposo, fraternal, campechano: «Pasad, hombre, pasad, estoy aquí…».

Y se lo encontraron tan repancho y apoltronado sobre el asiento arrancado de un coche junto a una caja naranjera de madera que hacía las veces de mesa, sorbiendo a morro una lata de cerveza.

Era la imagen de la tranquilidad. «Pasad, coño, pasad.» Y luego no se cortó: «Que no, macho, que no puedo pagar, que a mí también me deben… No, si ya me gustaría pagarte, ¿qué te crees, que voy de listo? Si no me pasas más farlopa no puedo recuperar la tela y tenemos un problema. Sí, un problema. Tú y yo».

El tipo no se inmutaba. Hablaba como esa beata de pueblo masticando el padrenuestro de rutina. Y cuando Gusano se acarició la oreja, la señal para que sus chicos adquiriesen tono farruco y le apretasen las clavijas, el moroso bonachón-colegón-campeón-mamón-campechanote, silbó presionando su lengua bífida contra el labio superior y los dos mostrencos del Este acudieron como focas amaestradas.

Y sujetaban barras de hierro. Y sabían usar esos bastones de metal. Y Gusano no lo dudó ni un segundo y se marcó un esprint olímpico y sólo pudo escuchar los gritos de los suyos mientras les rompían los huesos.

Y mientras sudaba océanos intentando arrancar el coche, que de los nervios y los temblores del canguelo se le escurría la llave, pensó que con ese Chino con pinta de malvado de película cutre tenían un problema tan real como el sudor fruto de su miedo porque sus huevazos estaban muy pero que muy bien aposentados. Y cuando por fin su carro arrancó, se fue a tajar durante veinticuatro horas seguidas, haciendo el avestruz, con su medionovia la puta culigorda, porque le daba pavor y vergüenza contárselo al Rubio. Menudo marrón.

Rodrigo Anclas, alias el Rubio, meditaba severas medidas contra Gusano. La mañana siguiente le comunicó a Sacramento con seca brevedad que volvían. Su tono no admitía dudas y ella asumió la partida repentina sin quejas.

—Nos largamos, Sacra, prepara tus cosas que nos recoge un taxi en un par de horas y ya tenemos los billetes de avión.

Sacra quiso decir algo, pero el Rubio no lo permitió.

—No preguntes, Sacra, ahora no, por favor. Tenemos que irnos ya mismo.

Pero Sacra al fin habló y al Rubio le sorprendió el matiz comprensivo, incluso mimoso, de sus palabras…

—¿Ha pasado algo chungo, Rubio? ¿Algo malo?

—No… Tranqui… Nada que no pueda solucionar, pero tengo que volver a Valencia. Hay algo que resolver, pero no es nada grave, tú tranqui. Te prometo que volveremos… Volveremos y reventaremos esta isla, ya lo verás…

Sacra mantuvo su boca cerrada mientras recogía las telas transparentes de su ropa ibicenca. Estaba preocupada. Le inquietaba perder su estatus, su vida loca de festivalera empericada, su frenético tren de gastos. También le perturbaba que algo grave podría sucederle a su Rubito. Cada vez le quería más.

Mientras caminaba arrastrando sus maletones, el Rubio suspiró. La besó rozando sus labios, paseó sus dedos sobre las montañas de silicona y se marcharon en taxi al aeropuerto. Mientras volaban silenciosos hacia Valencia, caviló.

Profesionalizarse. Recurrir a gente del rollo. El ritmo de sus ventas aumentaba de forma espectacular, pero el montaje que había levantado segregaba aroma de aficionado.

Menos recurrir a los colegas; más trabajar con profesionales desde ahora.

Menos corazón; más frialdad.

Expulsar los sentimientos. Ésa era la estrategia para sobrevivir y progresar de forma exponencial.

Una vez aterrizado en Valencia, remoloneando en su hogar, reflexionó.

¿Debía de llamar a su mentor Willy para pedir consejo? No podía. Eso suponía acudir a él buscando refugio. Tanto tiempo sin llamarle, ahora no descolgaría el teléfono para gimotear. No. Era una cuestión de dignidad y hombría. ¿A quién podía recurrir? Buceó entre los recovecos de su mente. Arañó sus opciones peinando su tuétano. Y en todas las ocasiones, en todas las búsquedas, sólo se le ocurría un nombre.

Germán «Milvidas», el colombiano reloco.

Estaba como una regadera, pero rezumaba profesionalidad. Se citaría con Germán, no tenía otra opción. Además, estaba aquella otra idea rondándole la cabeza, la de la expansión hacia Ibiza, y el colombiano era fundamental para sus planes de futuras conquistas.

Recién aterrizado en Valencia, convocó a Gusano. Le destrozó la mente y le hundió la moral delante de Basilio Galipienso. Gusano se marchó luciendo semblante de plañidera.

—Basilio, ¿cómo lo ves? —preguntó el Rubio.

—No lo veo. Es leal y fiel, pero no tiene cabeza, Rubio. Se ahoga en un vaso de agua. Y, además, no aprecia a los gallos. Les mira mal. Me he fijado. Un tío que no percibe la belleza de los gallos no tiene nuestra sensibilidad. No se fija en las cosas buenas de la vida.

—¿Quieres jugar en serio conmigo y ganar buena pasta, además de entrenar mis gallos? Tú dirás…

—Déjame que me lo piense, Rubio. Dame unos días.

—Pues piénsalo, Basilio, piénsalo bien porque quiero seguir creciendo más allá de nuestras fronteras, pero sin gente de talento, o —y aquí sonrió por primera vez en muchas horas— sin sensibilidad, como tú dices, no daré el salto.

El Rubio iba acelerado, como si media tonelada de coca irrigase sus venas. Llamaría a Germán «Milvidas». Le jodía, pero no tenía, de momento, otra opción que le brindase suficientes garantías.

Germán «Milvidas».

El colombiano reloco que desenvainaba la cacharra a las bravas para dejarla sobre la mesa como un John Wayne de la galaxia sudacona. Todavía no se le había borrado esa imagen.

Germán era su hombre. O eso creía.

Forzó sus neuronas urdiendo planes de triunfos y glorias y victorias.

Contempló desde el porche el horizonte posando con lustre imperial.

El cielo estaba cubierto de nubarrones.

31

Corromper su alma no le resultó ni difícil ni traumático. Lo aceptó con absoluta naturalidad, como si un desconocido le hubiese pedido la hora y él hubiese contestado del tirón echando un rápido vistazo al reloj. Lo que no podía suponer, aunque tampoco le escandalizó, es que pudiese corromperse a tanta velocidad. Porque la corrupción de Santiago Esquemas crecía exponencial como los músculos anabolizados de un culturista kamikaze en ese gimnasio de rebotica chanchullera.

El madero Esquemas no se cortaba.

Empleaba la violencia.

Empleaba la furia.

Extorsionaba.

Machacaba.

¿Se inició en la senda de la corrupción cuando la negra África le regaló por primera vez un dinero que él aceptó como un vulgar chulo? Creía que no. Quería creer que no. Sospechaba que incubaba el germen de la corrupción desde que rescataron a su sanguinolento padre atado contra un árbol.

El mundo había sido injusto con él, por lo tanto nada le debía. El mundo era un contenedor corrupto y él sacaría partido de la corrupción para conseguir sus fines de venganza y redención. Para alcanzar así algo de paz.

No escatimaría medios para su venganza. El mundo era un lugar sin reglas y él fingiría seguirlas para saltárselas. A él no le adoctrinarían sobre la justicia o la injusticia. ¿Qué sabían los demás sobre ese concepto? ¿Justicia? ¿Dónde coño estaba la justicia si ni siquiera habían detenido al que masacró a su padre? Se había convertido en poli para tomarse la justicia por su mano. Mientras, extraería petróleo del horror.

Tenía placa y pipa. Tenía cojones. Tenía cerebro. Tenía superpoderes: taladraba con su mirada las almas ajenas. Descubría las fisuras, se filtraba entre ellas y destrozaba al rival erosionando primero, y amplificando después, sus defectos. Amaba la violencia porque creció fertilizado gracias a ella cada vez que su madre mencionaba la desgracia paterna.

La violencia le nutría, le acompañaba, le arrullaba.

Confidentes, confites, membrillos, ratas, chivatos, soplones, bocachanclas, gramolas, lilas, tolilis, cucarachas, lenguas...

Por consejo de aquel comisario en el exilio interior de Albacete, Lázaro Quirós, había tejido una red de confidentes costrosos, espectrales, tartajas, descoyuntados. Ésa fue la clave. Uno de ellos le comentó: «Inspector, si quiere usté, le hago una pirula facilita y le conecto gratis a la luz». Y ese detritus le trucó el contador de Iberdrola y a Santiago le encantó escaquearse pagando una miseria. El ahorro no era la fuente de su alegría, sino lo de timar al poderoso y sentirse por encima de él.

Más tarde, el resto de la cofradía ratonera le susurró que, a cambio de pequeñas cantidades de droga, le proporcionarían soplos acerca de camellos de cierta enjundia, de tipos que apaleaban a sus mujeres, de mayoristas de negros manteros que distribuían cedés del gárrulo de Ricky Martin y de la recauchutada de Madonna, de peristas de arrabal que trajinaban con mercancías de mediopelo robadas en chalets cagones y de pichinchos rebotados que habían aprendido la hispana técnica del alunizaje que reventaba escaparates de tiendas de ropa lujosa culeando coches robados.

Y con esos chivatazos de roedores al borde del monazo cumplía con su cupo de detenciones y entonces incluso su jefe, el comisario Evaristo, le felicitaba porque la estadística marchaba viento en popa y a toda vela.

Zancadillear las reglas desde las entrañas del sistema.

Se convirtió en el catedrático de esa asignatura. Pero no denunciaba por lo legal a todos… No, a todos no. Desde luego que no. Para conseguir la mandanga con la cual untar a su ejército de mellados chivatos algunos botines se los quedaba él. Sólo para sus ojos. Sólo para sus bolsillos. A ésos no los conducía a comisaría y aquel encontronazo entre el pasma y el mangui no se registraba.

Practicaba la justicia clandestina, que le servía a un fin superior. En sus expediciones justicieras, personales, íntimas, aplicó grandes métodos.

Métodos expeditivos. Procedimientos de choque. Pura guerra relámpago.

Violencia.

Furia.

Extorsión.

Apocalipsis de orate espídico.

Tenía placa y pipa. Tenía huevos como melones. Se lo podía permitir. Regateaba el mundo cruel. Se aprovechaba sin reparos.

Sus confites le indicaban la dirección donde mercadeaban con los alijos habituales de coca, jaco y costo. Tacita a tacita. Papelina a papelina. Gramo a gramo. Él vigilaba. Anotaba las rutinas mentalmente. Destripaba el carácter de los compradores. Taladraba sus personalidades. Ése era valiente; ése, cobarde; ése, prudente; ése, descerebrado; ése, maricón; ese otro, mentiroso compulsivo. Y acertaba siempre. Pleno al quince. Observaba el tránsito. Carrusel de yupis amantes del polvo blanco, escoria humana buscando otro chute, porreros de hueso laxo comprando sus ensoñaciones rastafaris de contrabando moruno.

Cuando Santiago controlaba el procedimiento, se colaba con algún parroquiano en el ascensor. Le miraba, le indicaba con los ojos que él también pertenecía al club y conectaban con esa sonrisa de «somos de la misma familia politoxicómana, somos primos, somos hermanos, somos los miembros de la misma iglesia y nuestra parroquia de paraíso terrenal es la mejor».

Entraban juntos al piso. Se repetía la rutina, el paisaje, el protocolo: viejos pisos de abuela alquilados a bajo precio, destartalados hasta decir basta. Pisos de pasillos largos y oscuros con habitaciones que podían servir de refugio a novias de Drácula aquejadas de lepra y ceguera. Pisos con cocinas donde se amontonaban restos de pizza y donde los platos se habían solidificado y estratificado gracias a su mugre en la pila. Pisos con vajillas que superarían la prueba del carbono 14. Pisos que olían a chocho de mangosta y a cuerno de cabra. Pisos donde los ácaros dominaban las moquetas y donde las cucarachas reinaban en las cocinas. Pisos que acumulaban electrodomésticos con ribetes de óxido fruto de robos extravagantes. Botines cedidos como pago de las dosis del placer.

Y esos largos pasillos escoltados por un papel pintado que te ametrallaba la boca con la munición de mal gusto desembocaban en unos salones que eran estancias multiusos donde el camello, enjuto sátrapa de reino jibarizado, presidía repartiendo a diestro y siniestro sus golosinas mientras introducía la pasta en una caja metálica como de humilde papelería regida por una viuda honrada que jamás volvió a follar desde la muerte de su esposo.

A veces esa estancia estaba más poblada que el vagón del metro en hora punta. Pero a Santiago esos leves contratiempos no le molestaban. Al contrario, disfrutaba con el público. Les fusilaba con el superpoder de su supermirada y descubría a un atajo de cobardes enganchados a su miseria. Entonces emergía su lado de exhibicionista macarrón.

Sacaba la cacharra, la enseñaba bien pero bien pero que muy bien. La mostraba en sonido Sensurround y en relieve 3D. A todo color. Luego mostraba su identificación maderil para acto seguido gritar forzando su garganta hacia la ronquera que se largasen de allí los visitantes porque, si no, la próxima visita sería la del calabozo. Siempre le asombraba la rapidez del personal para evaporarse con la jeta desencajada. Se encorvaban para adquirir invisibilidad.

Se disolvían. Escapaban raudos. Mutaban en humo.

Él era la ley. Él mandaba. Tenía placa y pipa. Y gónadas como sandías.

Cuando sólo quedaban el camello, reyezuelo recién destronado, y él, teatralizaba sus gestos de pura vida, de mala vida, de vida al límite. Empezaba su espectáculo con insultos para marcar el terreno y demostrar su poder.

—Eres un capullo. Y un mierda.

—…

—¿Qué quieres que haga contigo? Me das pena, imbécil —mascullaba mientras sacaba despacio del bolsillo exterior las pulseras cromadas del reo.

Y, ante el tozudo silencio del camello, volvía a la carga.

—¿Qué? ¿Qué miras ahí tan alelado? ¿No lo entiendes, eh? Pero qué pinta de payaso tienes ahí sentado con la boca abierta… Rediós… ¿Qué hacemos, eh? ¿Te vienes conmigo a comisaría o llegamos a un acuerdo tú y yo y te perdono la vida, cabrón? ¿Te pongo las pulseras, gilipollas? ¿Quieres eso?

Y claro que llegaban a un acuerdo. El camello era Japón tras Hiroshima y Nagasaki. Rendición incondicional y que le dejen el culo rojo y estriado al emperador. Santiago trincaba la droga y la pasta y se marchaba sin sermonearle, sin decirle majaderías como «cambia de vida, deja esto, blablablá…». En realidad, prefería que el tipo reincidiese, y siempre lo hacían, porque tarde o temprano regresaría en una de sus razzias para cobrarse el impuesto.

Él era la justicia. Sus cojones eran duros y ovalados como balones de rugby.

Sólo una vez le plantaron cara. Se le puso dura cuando un traficante de ojos saltones, pelo ralo y mejillas carcomidas por el cráter de la viruela cometió la osadía de gallearle. A él nadie le tosía. Y el tipo tuvo el suicida descaro de chulearle.

—Pasma cabrón… He oído hablar de ti… Te dedicas a dar palos al prójimo y te quedas la mercancía, no te jode… Como me toques los huevos o te lleves lo mío, hablo con mi abogado, uno que es más cabrón que tú, entérate. Te metemos una denuncia y te echan del cuerpo. Y vamos a la prensa. Yo no soy como los imbéciles analfabetos a los que atracas. Yo tengo estudios, gilipollas. A mí tú no me acojonas… ¿Qué pasa? Si hasta tienes una cara como la del cantante ese panchito, cómo se llama, Chayanne… No te jode, si eres el puto pasma Chayanne…

Santiago le traspasó con la supermirada y supo que ese menda no faroleaba. Era un mal bicho. Santiago entendió que debía exterminar esa ingrata oveja negra para dar ejemplo entre la grey que pastoreaba.

Violencia.

Furia.

Extorsión.

Apocalipsis de orate.

Se aproximó sin dejar de apuntarle entre las cejas con su cacharra.

—Que no me das miedo, no hace falta que me montes el numerito del poli malo, puto Chayanne —dijo el camello.

Fueron sus últimas palabras.

Santiago le aporreó la nariz con el cañón de su arma empleando el reprise de aquellos míticos Renault Cinco Turbo. Cuando chilló de dolor y se agarró el apéndice roto entre las manos, le golpeó la cabeza. Una, dos, tres, cuatro veces. El sonido a calabaza hueca que se resquebraja reverberaba hasta adquirir tono gutural conforme la corteza del cráneo se quebraba. El cañón de su arma goteaba sangre. Partículas de sesos esmerilaban el metal. Los dedos enguantados de látex de Santiago palparon la aorta del cuello. Estaba muerto. Cuatro golpes como cuatro martillazos propinados por el mismísimo Thor bastaban para destruir la cabeza de un hombre.

Qué fácil era cargarse a un julandrón impertinente.

Se lo tomó con calma. En el cuarto de baño encontró un frasco de alcohol de 96 grados. Limpió el cañón del arma con una toalla y apartó de ese letal tubo metálico restos de piel, pelos y residuos blandos de gelatinosos sesos similares al culo de los caracoles que desprecia el buen gourmet del sector chupadedos. Qué asco.

Regresó al salón con esa misma toalla empapada de alcohol. En un rincón encontró media botella de vodka. Rompió el cuello, metió la toalla estrujada con forma de mecha hasta el líquido y así fabricó un cóctel molotov. Lo depositó cuidadoso en el suelo. Siguió husmeando y encontró una caja con los gramos de la coca, otra con el costo y otra con la recaudación del día. Jaco no había. Mejor, no le gustaba nada el caballo. El costo lo dejó. El resto lo guardó en sus bolsillos. Repasó la estancia. Todo estaba correcto.

Recogió el cóctel explosivo. Lo encendió en la puerta del salón. Lo lanzó con brío contra la cabeza del muerto y la botella escupió un fogonazo de pirotecnia fúnebre. A Santiago le hipnotizaron los lametones de unas llamas que devoraban una cabeza pletórica de frambuesa roja. El pelo chisporroteaba. La piel de las mejillas desaparecía entre un mar de ardientes burbujas. Se largó de allí a toda mecha. Desde el patio pulsó varios timbres. Respondió con un seco «¡fuego!» cuando algunas voces contestaron. Subió al coche y desapareció.

Un camello menos. Lástima, a ése ya no volvería a cobrarle el impuesto.

Mientras conducía hacia el piso de África, pensó con melancolía acerca de la importancia de las últimas palabras de un hombre al morir y lo triste que era pronunciar, a modo de epitafio, el sobrenombre artístico de un cantante. Chayanne. Joder, morir con eso en la boca era un deshonor.

También le extrañó no sentir ningún remordimiento. Aunque, bien pensado, desde chaval se había preparado para ese instante supremo.

Matar no era tan difícil. Matar estaba sobrevalorado. Cuatro hostiones con el cañón de su fusca bastaban para inducir el sueño eterno.

Folló con África como un bestia. Godzilla desflorando millones de doncellas de ébano. Descubrió que matar le ponía cachondo. Luego le regaló la cosecha de droga fresca a la negrita y le espetó:

—Véndelo, a tus clientes o a quien quieras, y ya haremos cuentas.

Descubrió que, además de pasma corrupto, podría ser también hombre de negocios. Sus huevos retumbaban como los timbales de una orquesta sinfónica.

Violencia.

Furia.

Extorsión.

Asesinato.

Venganza.

Descubrió que un hombre necesita principios férreos como tablas personales de la ley para atravesar la vida con decencia.

32

No tenía el cuerpo jaranero porque el asunto del impago a Gusano le preocupaba más de lo que quería admitir. Sus nervios también andaban «sensibles», por emplear la terminología de Basilio, ante sus ambiciosos planes de expansión. ¿Abarcaba demasiado? Debía hacerlo. Profesionalizarse era la clave.

Ya preveía los negros nubarrones sobre el despejado cielo de su sosegado negocio, pero confiaba en su buena estrella.

No podía negarse. Tenía una cita importante esa noche con Basilio.

El estreno de su campeón Urko en el ruedo. Basilio le aseguró que perderse la velada sería un crimen. Al Rubio le chocó que emplease la palabra «crimen» porque cometerlo era la única idea que se le ocurría para solventar ese impago que agravaba su organización. «Un crimen preñado de sensibilidad», pensó el Rubio y volvió a sonreír ante el vocablo exquisito de Basilio.

—Vas a flipar, Rubio, es una gallera nueva, limpia, cojonuda. La estrenaron el mes pasado y se ha convertido en el templo de los aficionados. Un lujo de sitio. Es como si fuese la mansión de los gallos propiedad del tío ese dueño de *Playboy*, sí, el viejo ese que gasta una especie de batín de seda tipo señor marqués y también lleva siempre, qué cabrón, colgando del brazo unas titis rubias de tetas gigantes. Creo que se las calza de dos en dos, el tío. Y nuestro campeón va a ganar. Urko se va a licenciar matando a su enemigo. Prepara la pasta que ganamos seguro.

—Vale. Voy. Que sí. Así me da el aire, que no levanto cabeza… Pero vendría bien que tuvieses alguna idea sobre cómo solucionar el marrón de Gusano. Ese asunto me está matando. Necesitamos a un profesional, a nosotros esto nos viene grande y no quiero cagarla, no quiero que le rompan la cara a los nuestros... Con dos mierdas en el hospital hay de sobra. Tengo algo en la cabeza, una posible solución con un contacto de los míos, pero necesitamos más opciones. Se acabó lo de ir en plan colegas a salto de mata. Quiero plan A, plan B y si se puede plan C. ¿Me entiendes? No sé... Estamos en una encrucijada... ¿Has pensado algo? Basilio, si se te ha ocurrido algo, éste es el momento...

—Algo puede haber... Relájate... He hablado con mis amigos los Coraje y algo saben... Conocen gente en toda España. Por las peleas de gallos y otros chanchullos. Los gallos son su principal negocio, pero caminan siempre entre varios palos y conocen gente y la gente les conoce a ellos. A lo mejor algo vemos esta noche, por eso quiero que vengas... Les he echado algún anzuelo... Tal vez nos presentan a alguien... Nunca se sabe. Hay que estar por si acaso... Fíate de mí. Hay que ir.

La parla de Basilio transmitía serenidad y eso le gustaba al Rubio. Parecía vivir encapsulado en su mundo gallináceo, pero nada se le escapaba. Era eficaz. Discurría. Meditaba. No perdía la fuerza por la boca.

La gallera se llamaba Gallera El Rey. Se camuflaba en la enorme nave industrial de un polígono cercano a Alcira. Desde la gran ciudad los iniciados en el secreto llegaban en veinticinco minutos. Pero acudía gente, como hubiese dicho Basilio, de toda España por la calidad de las apuestas y lo niquelado del local. El polígono, sin actividad comercial un sábado por la noche, yacía moribundo, apagado. Sin embargo, en derredor a esa nave los coches se apelotonaban y un rumboso y vocinglero caudal de personas se dirigía hacia la puerta principal en ordenada procesión. Con el precio de la entrada el cliente tenía derecho a una bebida, ya fuese cubata de garrafa o birra.

Tres largas barras cromadas de aluminio se plantificaban en los laterales atendidas por lindas señoritas poligoneras sucintamente vestidas. Sus uñas de fantasía rompían los hielos y arrugaban los vasos de plástico transparente. Chicas duras de pezón acerado y cadera de titanio. Algunas mascaban chicle porque encontraban un no sé qué sofisticado a ese rumiar.

La gallera propiamente dicha constaba de un ruedo con genuino albero andaluz.

—Lo traen de Sevilla, Rubio, ya te dije que aquí hay lujo —comentó Basilio mientras descubrían el recinto de las plumas y las maravillas engalladas.

El ruedo de bombero torero, de asesino gallo feroz, medía quince metros de diámetro y unas gradas novísimas con olor a coche recién estrenado lo circunvalaban. Las butacas de color naranja, acolchadas, transmitían comodidad y estaban numeradas. Eran réplicas a las del palco vip de un estadio de fútbol de primera división.

—Te dije que había lujo, Rubio —insistía Basilio.

El Rubio contó seis alturas de gradas. Joder con la Gallera El Rey. Se decía que los propietarios de ese templo untaban a los picoletos de Alcira y otras villas circundantes para favorecer su miopía. Debía de ser verdad porque ese trasiego no se podía disimular.

Unos altavoces escupían música de Camarón, de los Chichos, del Fary, de Tomatito, de Menese, de Mercé, de la Niña de la Puebla. Y la guitarra taquicárdica de Paco de Lucía bisbiseando, asaetando las yugulares del respetable. Toque racial para paladares que disfrutan con la esencia musical hispana y con la violencia de unos gallos carniceritos.

El Rubio se sentó en una butaca de la segunda fila según se indicaba en su entrada.

—La primera fila te puede manchar con sangre de gallo, la segunda es la fila de los enteraos —explicó ufano Basilio.

Bebía una cerveza Starck a morro. Basilio se ubicó en los chiqueros de los gallos con su campeón Urko.

Le masajeaba los muslos. Le susurraba palabras de honor y gloria. Le prometía doble, triple ración de pienso con salsa de golosina especial *made in* Basilio, o sea una pizca de anfetas, otra muy pequeña de éxtasis y algo de Prozac. Todo en su justa medida para mandar a Urko a la gloria tras una pelea dura. Había experimentado esa pócima y a los gallos les rechiflaba porque les suavizaba el dolor. Agarraba del pico de Urko y lo besaba. Le atusaba la cresta. Le frotaba los huevecillos con amor usando el índice de su mano válida. Se mojaba los dedos con saliva y luego lubricaba con las límpidas babas de tullido experto en gallos de pelea los espolones de Urko.

Liturgias guerreras. Supersticiones para asegurar el triunfo.

El Rubio chequeó el ambiente.

Ambientazo. De putísima madre, tú. A una camarera se le rompieron de golpe dos uñas y soltó un tonitruante «mecagoenlaputamadrequemeparió» que sepultó la voz de Camarón unos segundos. El público se descojonó. El público aplaudió. Por ese orden. Alguien gritó: «¡Tía buena, te comería entera sin uñas y todo…». El público aplaudió. El público se descojonó. Por ese orden.

Ambientazo como de Nochevieja plumífera y emplumada.

Los encargados de las apuestas recorrían el graderío con sus boletos. Portaban un ceñido delantal dotado de varios bolsillos y ahí, en simétrico orden, guardaban las monedas y los billetes. Urko combatía en la tercera pelea. Todavía necesitaba hacerse un nombre. El Rubio sabía que lo conseguiría porque se fiaba del diagnóstico de Basilio y apostó una suma más que considerable en favor de su pupilo.

Las peleas de gallos contaban con su reglamento. La lucha sólo se detenía cuando un ave no se levantaba del albero, cuando rehuía la gresca manseando, cuando su cuidador detenía el combate o cuando moría. No importaba la duración, aunque los combates rara vez superaban los diez minutos. Los gallos se vaciaban desde el inicio con alma de boxeador furioso pero carecían de la sublime inteligencia de Muhammad Ali contra George Foreman.

Cuando el Rubio apuraba las últimas gotas de su cerveza, los altavoces enmudecieron dejando a Camarón con el duende suspendido en un quejido sobrenatural.

Las luces se apagaron y el público aulló de placer.

Unos potentes focos se enchufaron y sus haces sembraron de luz blanca el hemiciclo mortal. El público tronó. Las campanadas de Año Nuevo no hubiesen provocado tanta espumosa emoción. El Rubio pensó que los picoletos de Alcira fijo que estaban en la pomada porque ese rugido se había debido de escuchar hasta en Huesca, hasta en Toulouse, hasta en Mongolia.

Un maestro de ceremonias con gafas ahumadas de proxeneta veterano anunció la primera pelea. Los preparadores azuzaron sus bichos. Los gallos aleteaban contagiados por la solemnidad bronca y napoleónica del trance. El maestro de ceremonias gritó «¡ya!» mientras su brazo indicaba el pistoletazo de salida y los gallos brincaron furiosos y encabritados hasta chocar.

Revoltijo de plumas y cabriolas galleras. Graznidos de gallos remachos que se quieren exterminar. Espolones que se proyectaban como misiles de corta distancia. El gallo B recibió una cuchillada del gallo A en el ojo y éste salió catapultado de la órbita.

El público gimió grimoso. El público jadeó como un ahorcado que pende de la soga y se retuerce. El público aplaudió a rabiar. Por ese orden.

El ojo colgaba sujeto por el nervio óptico y bamboleaba obsceno como el péndulo de un reloj de pared ciego de anfetas, pero ese gallo recién tuerto no se amilanó. El dolor y la rabia le propulsaron al ataque. Pero medio ciego tenía los minutos contados. Luchó hasta el final y por fin se desplomó. Fin de la pelea. Moriría poco después. Bramidos extasiados del respetable y dinero cambiando de manos.

Al Rubio le encantaba el espectáculo. Pidió otra birra y regresó raudo a su butaca. Se fijó en las uñas rotas de la camarera. Una morenaza algo gitanuza que no estaba nada mal. Y qué huevos tenían esos gallos, ojalá él los tuviera tan atléticos, así despacharía el asunto del moroso a quien llamaban el Chino en un plisplás, sin necesidad de recurrir a profesionales. Él debería ser el profesional. Él tenía que ser el gallo de pelea vencedor del corral. Pero no lo era, y por eso suplía con inteligencia su falta de valor.

El segundo combate sembró de sangre la arena. Fue una guerra de trinchera y desgaste. Un Verdún gallero. El gallo A venció a los puntos al gallo B, que se rindió exhausto cuando estaba en el suelo y todavía trataba de picotear, estertores estériles de pura raza, a su feroz oponente. Su dueño se apiadó y lo recogió mutado en piltrafa de carne picada, pero todos sabían que ese gallo comatoso acabaría en el guisote del domingo siguiente. Ni el mismísimo Jesucristo podría resucitarle.

Por fin, el tercer combate con Urko de protagonista...

El Rubio sintió condensarse la espesa atmósfera de humo y vapores humanos justo en la nuez de su garganta. Su pulso se aceleró. Finiquitó la birra en un santiamén y marchó rápido a por otra. Coño, sí que estaba buenorra la gitanuza morenaza, y al Rubio incluso le pareció que le ponía ojitos, pero no pudo asegurarse de ello porque se largó con el corazón taquicárdico a su butaca.

Allí estaba Basilio, derramando ternura sobre Urko. Le atusaba la cresta. Le pareció al Rubio que le frotaba con disimulo los huevecillos. Su adversario era un gallo llamado Montecristo. Feo y avieso, con indudable perfil traidor, o eso le pareció al Rubio en plena fase de amor de padre.

«Cuidado, Urko, mucho cuidado, tu padre está aquí en la segunda fila y te manda fuerza mental, toneladas de energía.

»Cuidado, Urko, hijo mío, mucho cuidado y no te fíes de ese gallo feo y traidor.

»Cuidado, Urko mío, y obedece sin chistar al tío Basilio.»

El Rubio no sabía si se le iba la pinza o es que las cervezas se le habían subido a la cabeza. El preparador que se encargaba del gallo avieso era un tipo con rostro de Buda y pelo recortado con raya en medio. Su boca adoptaba una mueca desagradable cuando azuzaba a Montecristo. Destilaba maldad, aquel Buda, o eso le pareció al Rubio.

Su corazón siguió galopando y amenazaba desbocarse hacia una arritmia fatal. Joder, qué fuerte, tantas sensaciones a costa de un gallo. El árbitro de las gafas ahumadas propinó su disparo gestual y ambos duelistas colisionaron con furia de tren. El Rubio estaba tan preocupado y nervioso que no acertaba a adivinar cómo discurría el combate. El tiempo se ralentizó. El griterío del público menguó hasta alcanzar la sordina porque su cerebro adoptó otro tempo. La realidad que le rodeaba se distorsionó y logró focalizar toda su atención en el ruedo bañado de luz blanca.

Así, observó las salpicaduras de sangre que jaspeaban el aire. Urko tenía clase. Volaba como una mariposa y picaba como una avispa. Era el puto Muhammad Ali del ring gallero. Sí, señor, tenía su misma inteligencia.

«Cuidado, Urko, escucha a tu padre, cuidado y no te dejes encajonar contra la valla.» Pero Urko dominaba el combate con soltura. Se enzarzaba y se despegaba de su oponente a voluntad. Tenía los sesos tan finos como Einstein. Fintó, o eso le pareció al Rubio, y esquivó el ataque de Montecristo en un nanosegundo para picotear bravo a su oponente desde la ventajosa posición lateral. Luego clavó repetidas veces sus espolones en el cuello de Montecristo. De ellos manaba fuego de metralleta Thompson, ese clásico. El pico del damnificado se abrió para emitir un sonido estridente que preludiaba su muerte. Montecristo trató de defenderse, pero Urko siguió propinándole navajazos con los espolones, en los muslos y el pecho. Finalente, Montecristo yacía trémulo en el suelo. Urko se ensañó con él.

Lo mató. Lo remató. Lo redujo a steak tartar.

El público bufó de gozo. El público se rompió las manos de tanto aplaudir. El público coreó: «¡Ur-ko! Ur-ko!». Por ese orden.

El Rubio acababa de ganar una pasta gansa, pero eso era lo de menos. Era el dueño de un campeón. Urko, además, poseía las cualidades para convertirse en leyenda. Tenía carisma, personalidad, crueldad, inteligencia, sadismo. Ese gallo convertirá a Basilio en el emperador de los galleros. O eso pensaba el Rubio.

Pidió otra birra y comprobó que la morenaza gitanuza le ponía ojitos.

—Urko es mi campeón —le dijo atrompiconado.

—Ya lo sé —respondió la otra mientras ramoneaba su chicle con brutal y poligonera sinceridad.

El Rubio estaba a punto de lanzarle un requiebro de jugo sensual cuando notó que alguien le tiraba de la manga. Era un exultante Basilio.

—Tenemos un campeón, Rubio, lo tenemos… ¿Has visto cómo se movía nuestro Urko? ¿Lo has visto? Tenemos un campeón, Rubio, lo tenemos…

—Ha sido la hostia, Basilio… La hostia… Menos mal que te he hecho caso y he venido… Tenemos un campeón… ¿Para cuándo la próxima pelea? En cuanto se reponga de las heridas otra vez a la arena, eh… Hay que aprovechar… Vamos a por todos…

Basilio dejó los ojos en suspenso. Permitió que el Rubio disfrutase de aquel subidón. Luego dijo:

—No, Rubio, no. Fíate de mí… ¿Te vas a fiar de mí, verdad? Escúchame bien lo que voy a decirte. Urko es un campeón. Incluso podría llegar a ser una leyenda. Pero vamos a mirar a largo plazo… Fíate de mí. Ahora ya he comprobado la pasta de Urko. No lo vamos a meter en más peleas, lo voy a usar de semental y lo voy a cruzar con varias gallinas. Tengo planes. Estableceremos un linaje y obtendremos el gran campeón de todos los tiempos, el gallo que pasará a la historia de la gallística. Tengo planes. Grandes planes. ¿Tengo tu permiso?

El Rubio sonrió. Basilio tenía cabeza. Discurría. Trazaba planes. Necesitaba hombres así a su lado.

—Tienes todo mi permiso. El maestro gallero eres tú y se hará lo que tú digas.

Chocaron sus manos para sellar el pacto.

El Rubio se olvidó de la gitanuza rompedora y mascachicle. De repente se sintió pequeño y menguante. La bajada tras la subida. La depre tras la alegría. Tenía un gallo campeón que le daría un gallo megacampeón, sí. Pero ¿y él? ¿Estaría él, Rodrigo Anclas, alias el Rubio, a la altura de las circunstancias con el problema que le amenazaba?

—Y otra cosa… —prosiguió un Basilio eufórico—. He hablado con los Coraje, con su patriarca Generoso. Aceptan hablar contigo. Ya te diré cuándo vamos a verles… Me voy a cobrar la apuesta y luego ven a verme a los chiqueros, le estaré dando la golosina extraplus a nuestro campeón tras curarle las heridas… Te veo allí, ¿eh?

¿Los Coraje? No quería decepcionar a Basilio, pero el problema con el Chino sólo lo podría solucionar un profesional como Germán «Milvidas». Estaba reloco y admiraba a Chuck Norris, pero era un profesional.

Se imponía una larga y provechosa cita con Germán ya mismo.

33

—No te entiendo. De verdad que no te entiendo. No me jodas, Gus. No me jodas... Eres un purasangre de lo tuyo y te gusta lo que haces. No me jodas que aún no tienes edad para jubilarte. No me jodas. Si tuvieses mi edad todavía te entendería, pero a la tuya, no... No me jodas, Gus. Me matas, de verdad que me matas...

El sargento Ventura Borrás parecía un disco rayado con ese «no-me-jo-das, no-me-jo-das». Gus no pretendía joderle pero soportaba desde no sabía cuándo el germen de una crisis mística que sospechaba estaba desembocando en apatía absoluta.

Cada vez le costaba más aplicarse en su trabajo. Creía que su depósito estaba vacío. La confusión le maltrataba. Ignoraba, pues, cómo y dónde descargar todo el dolor que había infligido, el que la vida le había causado a él mismo.

El dolor, ese círculo vicioso de ida y vuelta, esa espiral sin principio ni fin. Ese bucle infinito, repetitivo, constante, permanente. El dolor, la senda tachonada de clavos por la cual había caminado tantos años. Quería romper el círculo del dolor en el cual se había embarcado desde que huyó del pueblo. Lo necesitaba. Lo necesitaba de verdad.

El Black Note Club generaba pingües beneficios y no daba problemas. Dinero limpio alejado del dolor. Helena manejaba las riendas del negocio con firmeza y talento. Conocía el gusto del público y se adaptaba a las estaciones. Así, en verano permitía concesiones hacia la pachanga y con los fríos primaban las bandas de calidad. Todo redondo y las cajas registradoras suspirando quejosos cantos metálicos de dinero fresco y calderilla saltarina. Le gustaba estar con ella, como siempre, y no necesitaba hablar para que entendiese sus emociones. Navegaban juntos. Follaban en alta mar y, de vez en cuando, Helena se metía sus rayitas desde un perfecto control y se burlaba de él ofreciéndole coca para recordar su primer momento de intimidad hacía ya bastantes años.

Había aprendido a dominar las reglas del mar. Fondeaban en calas de Jávea y Moraira. A veces cruzaban hasta Ibiza y Formentera. Planeaban incursiones hacia Mallorca y Menorca, y luego, quizá, hacia Córcega. En junio, mes tranquilo, la soledad les acompañaba y era cuando más navegaban. Pasaban días viviendo como gitanos lacustres, tostándose al sol, libres y salvajes.

Y follaban.

Regresaban el fin de semana para atender el bar de copas con el espíritu hidratado. En esas ocasiones sentía paz en sus entrañas y esa sensación, vivificante, extraña, ronroneante, almizclada, que antaño jamás le había asaetado. Sólo durante esos trances apaciguaba, acaso olvidaba, el dolor. No estaba seguro de poder seguir con su lucrativa actividad, con la labor que le había procurado primero una cara nueva y, luego, una vida nueva. Había llamado a Ventura para soltarle un escueto «cuando vengas a la Península, pásate a verme y comemos, es importante. Mucho». A Ventura le había escamado tanta palabrería teniendo en cuenta el laconismo de Gus. Nada bueno podía esperar. En cuanto pudo marchó a visitarle.

Luego se acercaría hasta Madrid para resolver otros asuntos. Siempre tenía cosas pendientes. Gestionar desde las sombras un negocio turbio y sus imponderables ramificaciones obligaba a ciertos recorridos. Así eran las servidumbres del poder. Llevaba algún tiempo metido en negocios con unos colombianos tan locos como iluminados y estaba sacando unas tajadas colosales.

A Ventura se le estaban indigestando la media docena de sabrosas gambas rojas que se había zampado de aperitivo y el posterior arroz a banda. Su crispada mano derecha sujetaba un vaso de pacharán. No podía dejar escapar a Gus, era su mejor potro y todavía podía ganar muchas carreras. Ventura discurseaba con verbo de cornudo asimilado.

—Pero es que vamos a ver, en todos estos años, ¿has tenido algún problema? Ninguno. Pero es que ninguno. Y, además, ¿te he obligado a hacer algo? Nunca. Yo te proponía el trabajo y tú siempre aceptabas. ¿Y los pagos? No te quejarás de los pagos, hostia, Gus… Siempre puntuales y generosos. No me jodas, Gus, anda, no me jodas. Pero di algo, coño, dime por qué, dime qué cojones te pasa así tan de repente. Es que no te entiendo, si estás en plenitud de facultades… Si es que no has engordado una mierda… Si acaso ahora te han salido entradas en el pelo, pero te quedan bien y todo… Y sigues cachas, se conoce que el barco ese tuyo curte y mantiene en forma. No me jodas, Gus, no me jodas. Pero dime algo, coño, dime algo.

Ventura se sopló de un trago el pacharán y masticó los hielos. Con gesto autoritario de milico bizarro y ademán de fulgor africano, reclamó otra dosis a un camarero de bizcos andares que reptaba por allí. Gus buscaba las palabras justas. La dificultad para encontrarlas le mortificaba la lengua. El sargento de hierro y granito, de yugo y flechas, presionó.

—Dime algo, cojones, que no te voy a comer…

Tras algunos segundos consiguió hablar:

—No es un barco, Ventura, es una menorquina…

—No me jodas, Gus, no me jodas, como si es un submarino…

Gus fingió no escuchar.

—No lo sé muy bien, Ventura. Es… es difícil de explicar… Es… es como que ya no tengo el cuerpo para esas movidas… No sé, Ventura, no sé cómo explicarlo… Es… es como si todo eso me quedase muy lejano, como si no fuese yo el que lo hizo… Ahora, ahora siento que soy otra persona… Y no se trata del dinero. Nunca fue por el dinero, Ventura, lo sabes… Había algo más. Y ahora ya no está ahí.

—No me jodas, Gus, por favor, no me jodas. —Parecía que Ventura fuese a estirarse de los pelos tal era su desesperación—. Explícate mejor porque no entiendo nada… Me cago en la puta madre de Lenin… Me cago en la madre que me parió… Me meo en la puta calavera de Stalin… No me jodas, Gus, no-me-jo-das…

Gus volvió a tomarse su tiempo. Cerró los ojos buscando concentración, inspiración, fluidez de palabra. Otro largo silencio festoneado por lentísimos segundos acuchilló la mesa. Luego reinició su parlamento.

—Yo tampoco lo entiendo demasiado bien. Pero... pero veo que no puedo seguir... Lo noto aquí —dijo señalándose el vientre—. Algo aquí dentro me está diciendo que se acabó...

—Algunas cosas no acaban nunca, créeme, Gus —apostilló Ventura con escéptica resignación y timbre tan resabiado como triste—. Nunca. Te lo digo yo. Cuando el virus de la violencia nos atrapa, ay, amigo, nunca nos abandona. Hay fases, rachas, temporadas, pero nunca nos abandona, al menos no del todo. No. Nunca.

Gus vio una puerta abierta y se lanzó por ese hueco.

—A lo mejor es eso. Rachas, fases. Pero creo que no, que lo mío es para siempre. Sí.

Ahora fue Ventura el que vio una rendija de esperanza y traspasó esa grieta para intentar demoler el edificio que construía Gus.

Ventura bufó. Ventura suspiró. Ventura se ventiló el nuevo pacharán con avidez de condenado a muerte. Ventura se atusó el cabello. Ventura miró las cabezas decapitadas de las gambas y creyó que la suya propia estaba ahora tan muerta y vacía de jugo como las de ellas. Pero todavía tenía una oportunidad. No se rendía. A mí la Legión. Un lejía lucha hasta la muerte.

—Mira, Gus... Mira... Vamos a tranquilizarnos. —Aunque sólo él estaba nervioso ante la perspectiva de perder al mejor elemento de su ganadería—. Mira, mira bien lo que te propongo... Qué te parece, no sé, digo yo, se me ocurre ahora mismo... que sólo me haces un par de trabajitos al año... Uno al semestre. Sólo eso. Sólo te pido eso. Nada más que eso. No te pido mucho, eh, sólo un par de arreglos al año.

Gus no tuvo que reflexionar demasiado.

—No puedo, de verdad que no puedo. No te quiero mentir, por eso te digo que no puedo.

—No me jodas, Gus, no me jodas. Me va a dar un infarto por tu culpa... Me estás matando con lo que me dices... ¿Me vas a dejar así de tirado?

—Es que no puedo. Lo sé. De verdad que lo sé.

—Bueno, mira… —La cabeza de Ventura cavilaba opciones, distracciones, soluciones—. Mira, te prometo que no voy a llamarte en seis meses. Nada. Desaparezco. A lo mejor es que necesitas desconectar, y luego volvemos a lo nuestro, ¿sí?

—No. Sé que ya no puedo más.

Ventura pidió, para aliviarse y ganar tiempo, otro pacharán al camarero de renquear estrábico. Se negaba a admitir la realidad. Le sirvieron su gasolina favorita. La firmeza de Gus le despistaba.

—Bueno… Pues hacemos otra cosa… Un trabajo al año. Sólo un trabajo al año hasta que recuperes la forma, la sensatez, tu estilo, tu rollo. Pero no me jodas, Gus. Acéptalo y no me jodas. Me lo debes. No me gusta recordártelo, para nada, pero no me dejes tirado ahora, ahora no, ahora empiezo a hacer negocios con gente de ultramar y no me puedes dejar tirado. Me lo debes, no eras nadie cuando te conocí y ahora eres alguien. Seré paciente y, hasta que tú me digas, sólo un curro al año, aquí me quedo. Te lo juro. Y te subiré la paga, qué coño. Si eres como un hijo para mí. O como un sobrino.

Sólo un tipo tan vieja escuela como Ventura empleaba palabras como «ultramar», pensó Gus. Eso había logrado arrancarle una sonrisa, pero se mantuvo firme.

—Ya no puedo, Ventura. Me gustaría, pero no puedo.

Ventura tosió. Su rostro se congestionó. El rojo iluminó sus mejillas. Ventura volvió a toser y esa tos le sonó mortal a Gus. Se apiadó del legionario. Su cerebro se volteó de repente. Sentía que sí le debía algo a Ventura. Gus cambió de opinión mientras esperaba no arrepentirse. Gus cedió.

—Un curro más a tu elección durante los dos próximos años, Ventura, sólo un arreglo más para los dos próximos años. Luego, salvo que cambie de opinión, nunca más. ¿De acuerdo?

El sargento recuperó el tono muy despacio. Delicados cantos de criaturas castradas para sus oídos. Bebió agua con asco. Una fina sonrisa de astuto mandril punteó la comisura de sus labios.

—¿Un trabajo que yo escoja durante los dos próximos años hasta que recuperes tu espíritu? ¿Uno y luego ya veremos?

—No, Ventura. Uno y punto. No cambiaré de opinión. Escoge bien. Y lo haré porque te lo debo, es verdad. Sólo uno más y se acabó.

Cuando se despidieron, el sargento subió satisfecho a su coche de alquiler. No pensaba abusar de Gus.

De momento.

Que respirase. Que navegase con su novia. Que jugase a los médicos con ella, que fingiesen ser una pareja feliz y normal. Que pusiese copas en su barucho y hostiase de vez en cuando a un impertinente guiri borracho para mantenerse desengrasado. Gus no abandonaría nunca su querencia violenta. Ventura lo sabía.

El legionario nunca se equivocaba en esas predicciones. Suspiró hondo mientras remontaba la AP-7 en dirección hacia Barcelona. Uf, había salvado la situación.

Por su lado, Gus miraba sus viejas cicatrices de abrasiones terapéuticas en los brazos. No había sentido la necesidad de administrarse ese remedio tras sus últimas fechorías, y ese detalle era el que le había indicado que ya no era el mismo.

Permaneció abstraído frente al mar, sentado en su terraza. Helena entró, colocó sus manos sobre las sienes de Gus. Le masajeó. Ella también adivinaba sus emociones. Usó comprensivos susurros de amor.

—¿Ha ido bien? ¿Lo ha entendido?

—Sí. Me ha costado, pero sí.

Es la primera vez que le miente, pero no tiene fuerzas para explicarle la conversación, para decirle que le debe algo, un último trabajo, a ese legionario cabrón, mitad diablo y mitad padre, que le subyugó para encaminarle hacia la mala vida.

—Helena…

—Dime, amor…

—¿Tú sabes lo que quiere decir «ultramar»?

Helena sonríe. Le incrusta su flexible lengua de chicle con sabor a fresa en la boca mientras piensa que «ultramar» suena sexi y guarro al mismo tiempo.

Así es ella, sexi y guarra al mismo tiempo, y esa mezcla suprema mantiene enamorado a Gus.

34

Fue un descubrimiento tardío pero le deslumbró.

El cine, la oscuridad de la sala, el sonido fluyendo alto y claro desde los altavoces y esos semblantes perfectos de actores carismáticos en inmensos primeros planos engancharon a Basilio Galipienso.

Mantenía su vicio cinéfilo en secreto, pues temía las burlas de los otros. Pero se acogió a una rutina sagrada y los viernes por la tarde acudía a un cine de reestreno para sumergirse en la penumbra, armado por un refresco y una ración de palomitas, durante más de cinco horas.

Existía otra realidad en medio de ese aislamiento solitario y compartido, y aquella pantalla gigante le trasladaba hacia otras dimensiones.

Se vestía con la mejor de sus levitas y se peinaba con el mejor de sus tupés para expresar así su respeto. No se dejaba atrapar por manías y predilecciones. Para Basilio, las películas eran buenas o malas, de reír o de llorar, con explosiones o mucho diálogo. Tampoco distinguía el cine según las nacionalidades.

Las películas eran buenas o malas. Se zambullía en ellas. No buscaba mayores explicaciones.

Empatizaba con los héroes y los antihéroes, con los perdedores y los triunfadores, con los malos y con los buenos. Se enamoraba como ellos lo hacían de las mujeres fatales, bondadosas, listas, dóciles, trágicas, alegres o rebeldes. Y salía de aquellos trances sonriendo y sosegado.

Siempre y cuando sus quehaceres gallísticos se lo permitían

marchaba hacia esa sala de reestreno. Qué barato le resultaba viajar hacia esas otras ilimitadas sensaciones...

No recordaba cuándo la vio por primera vez, tan sólo le llamó la atención su risa franca y la curiosa vibración de su nuca cuando las carcajadas la sorprendían. Se fijó en su pelo negro y en sus manos de juguete. Observó que se sentaba sobre un taburete de los que usaban los niños. Descubrió que era enana; enana, pero muy proporcionada.

Coincidían todos los viernes pero ella no pareció reparar en él. Encargó otra levita en el sastre, una de color rojo caldera, y reforzó su tupé con dosis extra de fijador. Se pavoneaba como un petirrojo en celo cuando entraba en la sala y la oscuridad todavía no dominaba aquel templo.

Pero nada. Ella seguía sin mirarle.

Decidió pasar a la acción, sutil y pertinaz. Así, cada viernes, procuraba aproximarse más hacia la butaca de aquella enana que tanto le gustaba. Ésta gastaba grandes ojos marrones, pantorrillas firmes, manos pequeñas y esa risa franca que desafiaba al mundo.

Si Basilio hubiese sido más ducho en el arte de la seducción, habría observado que la enana también se emperifollaba cuando iba al cine. Ahora pisaba recio desde unos vigorosos tacones, sus faldas se habían acortado, su escote había aumentado y el maquillaje, discreto, elegante, apenas dos pinceladas, decoraba su rostro redondo. Pero a Basilio, cada día más obsesionado con esa chica, esos detalles se le escapaban.

Por fin, una tarde, venciendo los nervios y el miedo, se sentó justo tras ella. Terminó la primera película. Cuando comenzó la segunda escuchó su voz, saltarina y despreocupada:

—Tú, el Elvis Presley feo y en miniatura, sí, tú, ¿vas a atreverte de una vez a sentarte a mi lado o qué? Es que ya llevas meses revoloteando y empiezas a darme pena... Anda, ven aquí ya... Y borra de tu cara esa expresión de cordero degollado...

El corazón de Basilio se encalabrinó.

Y la obedeció.

Se sentó a su vera y cuando ella le cogió de la mano se sintió el hombre más feliz del mundo.

—Me llamo Esmeralda, pero puedes llamarme Esme, aunque no me gusta demasiado… Me gusta más Esmeralda porque yo soy un poco así, pequeña como una piedra preciosa…

Basilio abrió la boca pero Esmeralda le interrumpió.

—Shhhh… Luego, vamos a ver primero la película, que sale Sandra Bullock y es mi actriz favorita, shhhh… Luego me invitas a tomar algo y ya hablamos, ¿vale? Si estás de acuerdo, asiente con la cabeza… Hijo, cómo eres, creía que nunca me abordarías… —apostilló mientras lanzaba una de esas risas suyas que hechizaban al gallero.

Basilio asintió.

Esmeralda le apretó la mano y el tortolito sufrió una erección.

Salieron satisfechos tras el visionado de la comedia pastelona. Esmeralda seguía agarrándole de la mano y Basilio creía ser un milhombres.

Su erección prosperó.

—Bueno, ¿y cómo te llamas?

—Basilio. Me llamo Basilio aunque algunos también me llaman «el Cobra».

Esmeralda miró de reojo su mano de reptil y exclamó:

—Lo de Cobra lo olvidamos, Basilio es mucho más bonito. Desde luego. Aquí cerca hay una terraza, vamos y allí hablamos…

Se contaron sus vidas plagadas de desdichas y alguna alegría. Se hermanaron en el dolor que surgía tras un rechazo familiar. Tenían tanto en común… Basilio le contó anécdotas sobre gallos y Esmeralda se partía de la risa. Ella disponía de una pensión mensual y no necesitaba trabajar. Por eso iba tanto al cine…

Hablaron y hablaron. Pasaron las horas. Esmeralda le lanzó una mirada de pasión y ternura.

—Vivo muy cerca de aquí. ¿Me acompañas?

A Basilio le rebrotó la erección.

—Cla-claro —acertó a musitar.

En casa de Esmeralda, otra vez, hablaron y hablaron.

Hasta que ella le besó y entonces callaron y callaron.

A la mañana siguiente a Basilio por fin le había abandonado el priapismo.

Ahora tenía a sus gallos, que eran como sus hijos, y además a su mujer, Esmeralda.

Ahora por fin había conseguido una familia, una de verdad.

Esa mañana, antes de que Basilio se marchase, se juraron amor eterno y fidelidad hasta la muerte.

Basilio se sentía el hombre más feliz del mundo. Casi se le escapó un cocoricó victorioso cuando pisó la calle abombando el pecho.

35

El flash de la sonrisa de África relampagueó hasta iluminar la noche invernal del Ártico. Sus dientes acompañaron los destellos castañeteando simpáticas melodías de satisfacción. Giró graciosa sobre las puntas de sus pies y sus nalgas titilaron algo frenéticas y rabiosas al chocar contra la mirada escéptica de Santiago Esquemas. África dobló su flexible espinazo fingiendo saludar a un público inexistente mientras señalaba con los brazos la desolación interior de un almacén. Divertida, palmeó sus manos y el eco retumbó. Dos palomas tiñosas revolotearon asustadas.

—¿Qué cojones es esto? ¿Estás de broma o qué? —masculló el pasma mientras se frotaba la barbilla.

Su faz mantenía cierto atractivo pese a la maldad acumulada en forma de arruguillas como microscópicos surcos de secano. Su vientre progresaba hacia el contorno de cervecero feliz. Con el transcurrir de los años el odio le había moldeado la cara hasta parecer un hombre fatigado de edad indefinida. Aunque la madurez estaba lejana, sus sienes habían adquirido un prematuro color de óxido roñoso. Sus nudillos eran nueces rosas encallecidas por el uso excesivo.

Además del pertinaz bruxismo que amenizaba sus pesadillas, ahora también padecía acúfenos, pitidos estridentes que solían conducir hacia la chaladura absoluta a las mentes más débiles.

Él resistiría.

Completaba su cuadro desportillado una serie de accesos de tos que le causaban espasmos generales. Disparaba las flemas con precisión de Billy el Niño.

Estaba hecho una piltrafa, pero no le importaba. Lo superaría.

Cuando cumpliera su venganza, sabía que sus males desaparecerían. Esa certeza impulsaba su eterna búsqueda. Su fervor vengativo no había menguado un gramo durante todos los años transcurridos.

África le abrazó y le besuqueó. Esquemas la miró y, de nuevo, como de costumbre, pensó que no había perdido un ápice de su belleza salvaje.

Será cosa de la genética de los morenos, se dijo. La negritud veta el paso del tiempo, se dijo. Lo negro es siempre bello porque disimula el desastre de la vejez, se dijo. Qué buena estaba la jodida negra. Y qué lista era, se dijo.

Ganaban mucha pasta gracias a los botines que le proporcionaba, tesoros que aumentaban porque Esquemas aprendió a robar a los suministradores de los camellos de aquellos pisos de viejas. Sus latrocinios trepaban en la escala del mal.

Él tenía placa y cojones, mala leche y ambición.

África estaba enamorada de aquel poli bastardo, loco y corrupto. Se prendó de él cuando apaleó al tipo de los pies sucios. Un detalle tan caballeroso una señorita jamás lo olvida. Y ella era una señorita. Una señorita puta, pero una señorita. El puterío nada tenía que ver con la sensación de ser señorita aunque muchos no entendiesen ese matiz. ¿Qué podía comprender la gente que fichaba cada día a la misma hora y en la misma oficina? Muertos vivientes anestesiados por el televisor. De hecho, conservaba algún cliente de tarifa máxima no por necesidad sino porque intuía, acaso premoniciones de oscuros orígenes selváticos, que a su hombre, al rudo y corrupto policía, le motivaba aquella situación.

Morbo a raudales.

Mi novia es negra y puta y yo soy un madero brutal, ¿pasa algo?

Le daba buena vida, aquel madero que trituraba aparatos plastificados para amortiguar el bruxismo nocturno. Se lo habían montado, ambos, poco a poco.

Desde una naturalidad atípica, las piezas encajaron sin forzar la maquinaria. Vivían a lo grande en un chalet de Majadahonda. Habían prosperado. Las rapiñas de su hombre la abastecían de material y ella desviaba ese manantial hacia otras fulanas negras que lo vendían a su clientela o a pequeños traficantes e indigestos de la calle. África sumaba y restaba con la precisión de una pantera mordiendo el cuello a su pieza. Era hábil con los números y el cálculo.

Su hombre seguía enganchado a la violencia. Él surcaba otro mundo. Le gustaba derramar violencia. Ése era su enganche. Bueno, ése y alguno más.

Cómo había evolucionado su poli del alma…

Santiago no dudaba: el mal era rentable. El mal les garantizaba buena vida. Ella era feliz. Él, no. Él no podría serlo hasta culminar su misión. Él era razonablemente infeliz porque un dolor íntimo le roía las entrañas. Nunca le comentó el motivo que le desgastaba y le hundía en un barrizal tóxico del que no podría escapar. Ella tampoco le preguntó. Era lista. Había sobrevivido a la selva de su pueblo y a la jungla de asfalto del primer mundo. Sabía cuándo callar. Sabía cuándo hablar. Ahora habló:

—No ves nada, ¿verdad? Nada de nada…

—No me jodas con adivinanzas, preciosa, no me jodas, que no tengo el día… Veo una nave industrial llena de mierda en un polígono polvoriento de fábricas quebradas… Sólo veo mierda… Ya te he dicho que no tengo el día…

—Pues aquí vamos a montar un negocio que nos va a dar dinero, mucho dinero… Ya lo he mirado todo… No tienes que preocuparte de nada. Yo me encargo.

Santiago arqueó las cejas. Frunció el morro. Un silbido, un puto acúfeno, le irritó los tímpanos perforándole la sesera. Dios, qué tabarra, uno nunca se acostumbraba a aquello…

Colocó los brazos en jarras y mostró la cacharra bajo su axila. Ese gesto segregaba dominio y le inyectaba seguridad. Le gustaba enseñar el arma como una prolongación fálica que reafirmaba su autoridad. Era como decir: «Tengo pipa, tengo huevos, luego mando yo».

África se armó de paciencia y su sonrisa se redobló. Sí, amaba a aquel pasma con pinta de escombrera porque era su caballero andante. Lancelot atrapado en el carrusel del horror. Un Lancelot perturbado por el bruxismo, los acúfenos y unas cuantas hemorragias espirituales devorando su diabólica alma o lo que quedase de ella.

—María.

—¿Qué? ¿Qué coño María? —replicó el pasma.

—Marihuana. La gente se vuelve loca por fumarla de calidad extra. Y se paga bien. Vamos a cultivar maría *indoor*, que así se llama. Lo tengo todo pensado y preparado. Vengo de la selva. Las plantas son mis amigas. Les hablo. Me entienden. Les voy a montar una selva artificial para que flipen. Y les voy a dar la mejor tecnología y mucho amor, como a ti...

África se rio. Sus nalgas titilaron de nuevo. Estaba disfrutando. Siguió hablando:

—Se llama «cultivo hidropónico»...

Santiago la interrumpió con ironía.

—Joder, África, qué bien hablas nuestro idioma. Tantos años aquí y ya sabes más palabras que yo. ¿Eres académica o qué? ¿Hidroqué...?

—Hidropónico, Santi. Cultivo hidropónico. Ni te imaginas lo rápido que crecen las plantas, y sin tierra, sólo con agua fertilizada. Todo limpio. Ya tengo el contacto. Uno de mis clientes me puso sobre la pista...

—Vaya, qué cariñosa eres. No sólo les comes el rabo, sino que luego íntimas con ellos dándole palique. Muy bien, Afriquita, muy bien... Pues me cago en el cultivo hidropollas de su putísima madre y me cago en el gilipollas ese de tu cliente... Mira, a ése ya no lo vas a ver más, ¿te enteras?

A África le dolieron esas palabras, pero conocía a su hombre. En esas situaciones prefería obviar sus malos modales. Se le pasaría rápido. Le rodeó el cuello con sus brazos, le besuqueó las mejillas, le lamió el lóbulo derecho.

—¿Todavía tienes esos ruidos en tu cabeza molestándote?

—Acúfenos. Deberías conocer la palabra exacta, ya que eres nueva académica de la lengua. Esos ruidos se llaman «acúfenos». Y sí, los tengo, y ni te imaginas cómo joden.

—¿Ves? Ahora eres tú el que habla bien... ¿Acuqué?

—Acúfenos...

—Acupollas —replicó África.

Santiago Esquemas sonrió remolón. La negra supo que se lo había ganado y que por fin le escucharía.

—Mi cliente es un tonto que trabaja de ejecutivo en una gran empresa. Se queja siempre de lo agobiado que está y dice que sólo le relaja un buen porro de maría antes de irse a dormir. Dice también que cuesta mucho encontrarla buena. Y que está muy de moda fumarla. Cada vez más. Eso me dio la pista. Miré por internet y...

—Coño —interrumpió Esquemas—, creía que sólo mirabas páginas porno y mira por dónde investigas...

—Sabes que sí, guapo. Te explican cómo cultivarla hidropónicamente, dónde colocar las luces, el producto que las fertiliza. Todo. Mis amigas pueden vender la maría que cultivamos y así no dependeremos tanto de lo que tú me traes. Así seremos independientes. Y ricos. Muy ricos. Creo que nos puede ir muy bien. Seremos de los primeros en ofrecer un producto de alta calidad... ¿Qué te parece?

Esquemas rumió. Sufrió otro dardo acúfeno. Se iluminó.

—Eres muy lista, Afriquita, pero tenemos, o tienes, un problema... Es verdad que está de moda fumar maría y el cultivo hidropollas, pero por eso, la pasma, que no es tonta, vigila desde el aire con el helicóptero. Sí, sí, con una cámara térmica, y ven el derroche de la luz de los focos. Luego comprueban la electricidad consumida y saben si ahí se cultiva maría o no. Olvídalo, África. No vale la pena que te trinquen y no sé si podría ayudarte...

África lució una sonrisa victoriosa.

—Eso ya lo sabía... ¿Por qué crees que esta nave es tan grande? Voy a construir otra aquí dentro, con el techo y las paredes forradas de plomo. Así el puto helicóptero no descubrirá nada. Lo tengo todo pensado, señor policía que dice que la pasma no es tonta...

Por algún motivo, a Esquemas no le apetecía que su mujer se dedicase a negocios de altos vuelos. Pero le sorprendió lo meditado de su plan, incluso se sintió orgulloso de ella. Era la chica que se merecía, sin duda.

—De acuerdo, África, de acuerdo. Tira adelante y que sea lo que Dios quiera. Estaré al loro con los de estupefacientes por si inventan algo nuevo para joder a las agricultoras de selva y plomo como tú… Vale. Adelante.

Esquemas tosió fuerte. Disparó una flema contra el suelo y una nubecilla de polvo alzó el vuelo. Pensó que estaba hecho una verdadera ruina.

Recordó que esa semana no había chequeado los ordenatas de la comisaría para comprobar si alguien había baleado a un paisano con el ritual que emplearon con su padre. No atisbaba con exactitud el alcance de la propuesta de África, pero, bueno, si ella era feliz jugando a la dama de las camelias o de la marihuana, que se lanzase hacia esas tareas de cosmonauta agropecuario. No le importaba.

—Mira, morena, te lo vuelvo a decir: haz lo que te salga del chirri. Pero sé discreta y no me molestes con tu jardinería, ¿vale? Y ten en cuenta que puedo protegerte hasta donde puedo. No me metas en líos, que ya tengo los míos, ¿estamos?

África no esperaba más. Ya lo tenía todo planificado. Había comprado los materiales. Había contratado a los obreros que levantarían ese recinto de plomo dentro de la gran nave en una semana.

—Ven aquí que te voy a dar un acupollas de los que te gustan… —le susurró muy señorita.

Lo arrinconó contra una esquina y le demostró su profundo amor a la lengua. Era señorita, académica y puta a partes iguales. Y ahora también jardinera.

Una verdadera mujer del Renacimiento.

36

—Buenooo Rubito… Buenooo buenooo buenooo… Tu voz suena, ¿cómo decirte? Muuuy preocupada… Sí, eso es… De acuerdo, vamos a vernos para platicar largo rato, *no problem*; pero mira, ahora que lo pienso, nunca has venido a mi casa, un humilde chaletito en las afueras de esa hermosa capital llamada Madrid… Estoy en Alcobendas, en una urbanización de gente humilde y trabajadora llamada La Moraleja. Lo encontrarás fácil, basta con seguir el rastro del dinero… Tantos años trabajando juntos, sin problemas, ya sabes, con muy buenas vibraciones, *good vibrations*, y nunca hemos intimado… Mira, te vienes en tren a Madrid, te recoge uno de mis hombres y hablamos todo lo que tengamos que hablar… No me gusta oírte así, Rubito, no me gusta. Y lo que no me gusta me preocupa… Y lo que no me gusta nada, pero nada, es preocuparme. Así pues, acudes pronto a mi chabolita y nos vemos las caras… Mañana mismo vienes. Coges el tren ese rapidito a primerísima hora. Sí, sí, no digas nada, te ofrezco mi hospitalidad y no me vas a hacer un feo, ¿verdad? O pasado mañana como muy tarde. Y temprano. ¿De acuerdo? ¿Sí? Pues no se hable más, amigo Rubio Rubito Rubiales.

La conversación telefónica entre el Rubio y Germán «Milvidas» no había discurrido por el cauce que él había imaginado. La invitación destilaba perfume de velada amenaza. Ahora no podía negarse a ir. Necesitaba a Germán para solucionar lo del Chino y a su producto para sus planes ibicencos. Y cuanto antes viajase hasta Madrid para despejar los nubarrones, mejor.

Un tipo cetrino de ojos como clavos, nariz rota, cuello ancho y pelo rapado le esperaba en la madrileña estación de Atocha. Pese al traje caro, su aspecto turbulento indicaba su condición de sicario. Su porte resultaba siniestro, inquietante. Gastaba estampa de asesino silencioso. Una señal con la cabeza bastó para indicarle que era su chófer.

No le vendó los ojos ni le propuso milongas peliculeras. El Rubio se sentó a su lado, el sicario enchufó su dosis de salsa y, media hora después, se encontraba saludando en el porche de un chaletazo con grimosa fachada neoclásica, enclavado por supuesto en la urbanización de lujo, a un Germán «Milvidas» vestido con chanclas, pantalón corto y camisa hawaiana, evidenciando así la recia distorsión entre la propiedad y la vestimenta del dueño.

Sólo llevaba dos meses sin verlo porque la regularidad de sus trapicheos implicaba visitas frecuentes en el Burger King de siempre. Pero al observarlo fuera de aquel contexto de rutina fugaz, le detectó más viejo. Las canas de su mostacho chorreaban por las comisuras de la boca como el fino hilo de agua desde un grifo descalabrado, las puntas eran filamentos de color mostaza por culpa de la nicotina.

El Rubio se dijo que el tiempo afectaba a todos, a él por ejemplo le socavaban los ojos unas patas de gallo importantes, acaso era ése el peaje por mantener una escudería de gallos, con Urko de buque insignia y sus descendientes cogiendo peso gracias a los entrenamientos de Basilio. Por lo demás, apenas había perdido pelo y tampoco había ganado kilos, lo cual le alegraba.

Germán «Milvidas» le abrazó pamplinero.

—Qué bueno que *my friend* está aquí… Por fin… Mi casa es tu casa, Rubio… Sííí…

Entraron. Dos tigres de cerámica de tamaño natural escoltaban el salón. Dentro, unos sofás enormes tapizados en color púrpura aguardaban custodiados por el arco formado por dos majestuosos cuernos de elefante. El Rubio miró esas defensas pasmado. Germán se dio cuenta.

—Sííí, Rubio, me gusta mucho cazar. Caza mayor y menor… *Yes*. Eso viene de un elefante macho de muuuchas toneladas… Ni te imaginas cuánta manteca tuve que soltar para sacar esos putos cuernos de allí así como de contrabando. Joooder. Al coronel, a la mujer del coronel; al general, a la mujer de general; al ministro, a la mujer del ministro; al presidente y… a tooodas las mujeres del presidente… A todos… Esos negros son voraces como pirañas, verdaderos caníbales del dinero… Qué gente, Rubito, qué gente… ¿Son chulos esos cuernos, verdad? Sí, me encantan… Y quedan taaan elegantes… Pero ven, pasa y acomódate.

Se sentaron.

Un lacayo de morfología filipina, una suerte de pigmeo amarillo, les sirvió limonada. El Rubio observó una cacharra automática sobre la mesa. Germán y su manía de dejar las armas sobre la mesa, a la vista.

Joder con Germán. Se fijó en esa pipa. La culata y el cañón mostraban un fino y barroco trabajo de orfebre. Artesanía de muerte. Oro y piedras preciosas incrustadas en la culata y en el cañón. Y encima aquello disparaba. El Rubio volvió a quedarse ojiplático cuando Germán paseó el arma bajo su nariz.

—Mira qué trabajo tan elegante, tan delicado. Es bueeeno. Muuuy bueeeno. ¿Te fijas, *my friend*?

El Rubio por fin habló tirando de seducción:

—Es una pasada, Germán. Y la casa también…

—El arma me la regaló mi jefe, Don Niño Jesús… Sííí, no vuelvas a poner cara de asombro culero, hombre, se llama así, Don Niño Jesús. Ya sé, ya sé, nunca te había hablado de él… Pero a lo mejor ya va siendo hora… Tú empiezas a ser de la familia… Tantos años y ningún disgusto… Eso lo apreciamos, de verdad, de verdad que sí…

—Lo tienes muy bien montado, Germán. Mucho.

—Y así quiero que siga. ¿Me comprendes, no?

—Te comprendo, pero me han surgido problemas y además tengo una propuesta para ti y tu gente… Lucrativa, claro. Mucho. Ampliaríamos el mercado.

Germán se retrepó en la butaca. Se atusó los pelos mostaza del mostacho. Murmuró algo para su coleto y susurró ronco:

—Pues dime, Rubito, dímelo ya.

El Rubio demarró con la golosina.

Le resumió y le explicó su expansión ibicenca. Todos los gastos los asumiría él, por supuesto. Pero necesitaba asegurarse el canal de suministro y, sobre todo, que éste no fallase. Calculaba unos beneficios enormes. Y además:

—Si puedo contar con vuestro suministro, me vendría bien algún buen contacto en la isla. Si no lo tenéis, ya me busco, con vuestro permiso, la vida…

Germán agarró la cacharra. Miró los rubíes de la culata formando varios corazones entrelazados. Esas piezas rojas certificaban la suerte de su corazón de Milvidas. Otra vez utilizó el ronco susurro para hablar:

—Me gusta tu idea. Sí. Discurres bien, Rubito. Yo lo veo, pero una decisión así necesito consultarla con Don Niño Jesús… —Germán consultó su reloj—. Sí, ahora puedo llamarle… Si me disculpas… No tardo nada. Si quieres otra bebida, pídela al mucamo amarillo. Estás en tu casa…

Enfiló escaleras arriba. Diez minutos más tarde regresó.

—Sííí… Vamos a hacer más negocios contigo… Y sí, te pasaremos un contacto, incluso varios, de la isla. Irás con nuestra garantía y, por supuesto, nuestra protección espiritual… Ah, y claro, los kilos que sean para esa isla de pecadores te costarán más caros porque tú los venderás más caros… Ya sé que me lo ibas a decir, pero por si… Pues por si te atrapaba la amnesia…

—Por supuesto, Germán. Nos va a ir de puta madre, ya verás… Pero de puta madre…

—Bueno, y ahora fuera las caretas, no me jodas, Rubio, esta parte no era la que te preocupaba… Me vas a vomitar ya mismo, antes de que me enfade, el problema que te tiene estirado y tenso como si te hubiesen metido un cocotero lanudo por el culo. Venga, no despistes, cuéntaselo a tu *friend* Germán…

El Rubio suspiró y le narró el problema de morosidad con el Chino. Quería el contacto de un matón profesional para erradicar a aquella sabandija de la faz de la tierra.

¿O quizá incluso Germán le podía prestar a uno de sus hombres? Pagaría con generosidad, por encima del precio de mercado. Lo que fuese.

¿Podía Germán ayudarle de algún modo?

El colombiano jugueteó con el arma haciéndola girar sobre su índice como el aprendiz de pistolero de una película de Cantinflas. El Rubio esperaba que la pipa tuviese el seguro puesto. Germán dejó el arma de golpe y ésta casi rompe el cristal de la mesa. Los vasos con limonada se estremecieron. Germán bufó. Carraspeó. Miró a izquierda y derecha. Deslizó una mano sobre el marfil que una vez enorgulleció un noble paquidermo. Parecía masturbar esa porción con tanto paseo manual. Por fin habló:

—Mmm… Esta parte no me gusta nada, pero nada. Y te lo voy a explicar porque somos amigos, ¿sabes? Mira, cuando alguien me debe dinero, le ajusto las cuentas yo mismo. En este negocio, Rubio Rubito Rubiales, un hombre debe resolver sus propios asuntos. Es como limpiarse el culo. ¿Tú llamas a alguien para que te limpie el culo tras arrojar el lastre que te oprime? No, ¿verdad? Sería indecente. Sería cosa de maricones. Sería asunto de pervertidos, de cagones perezosos, de enfermos de gonorrea. Un hombre se limpia el culo a sí mismo. Un hombre limpia su mierda él mismo y no llama a nadie para que le ayude. ¿Entiendes? Dime, Rubio, cuando tienes mocos, ¿avisas a tu mamá para que te los quite de la nariz? ¿Eres de los que llaman a su mamá lloriqueando?

El Rubio percibió un tono de desprecio y supo que no debía insistir, tan sólo ceder. Era una contrariedad en sus planes. Hablaría con Basilio para activar el plan B de Generoso Coraje.

Ahora sólo deseaba finalizar la conversación con el mayor donaire posible y largarse de allí sin demora.

—Lo comprendo, Germán, de verdad que sí. Me lo has dejado bien claro.

—No. No lo comprendes. Me dices que sí porque quieres largarte rápido de aquí. Lo sé, Rubito. No estás cómodo. Sigues rígido como si un cura te hubiese pillado meando en un confesionario. Ahora llevas en el ojete media docena de cocoteros lanudos y espinosos. Me dices que sí y, ¿qué voy a pensar?, pues que me das la razón como a los tontos, y así vamos muuuy mal, y no seremos amigos… Parece mentira… Te manejas bien en el negocio. Me pagas sin tardanza un dinero óptimo. Eres puntual y discreto. Ya no se te va la olla como al principio… Sí, Rubito, sí, sé mucho de ti. ¿Acaso crees que no investigo, que no vigilo, a los que me compran regularmente buenos kilos de polvo blanco? También sé lo de tus gallos de pelea. Una afición que te honra y que yo respeto mucho, Rubito. Sé incluso que tienes un campeón llamado Urko, ¿qué te creías? No, no me mires así, yo no he ido a esas galleras, pero tengo gente que apuesta por mí, claro… Pues mira, este mundo nuestro por donde circulamos es así, como el de los gallos. Y cada uno tiene que ser el gallo de su corral, porque de lo contrario acabas en la sartén sirviendo de alimento al otro… ¿Me vas comprendiendo, Rubio? ¿Sí? ¿Ahora sí? ¿Ahora podemos seguir siendo *friends*?

El Rubio titubeó. Sintió un vértigo que le oprimía el corazón. Luchaba por mantener firme su pulso, por relajar sus músculos. Recordaba a su mentor Willy Ramos, quien siempre le había advertido sobre el carácter reloco de los colombianos. «No te fíes nunca de ellos, nunca», le repetía.

—Te entiendo mucho mejor ahora. De todas todas. Créeme que sí, Germán. Desde luego.

—Bueeeno, creo que ahora sí empiezas a comprender, pero por si acaso, como sé que eres listo, te voy a mostrar algo y ya lo tendrás clarísimo. Te voy a enseñar algo definitivo que te va a ayudar muuucho. Ven. Acompáñame.

Atravesaron un par de amplias estancias y luego recorrieron un pasillo de muros trufados por cabezas disecadas de bestias. Al fondo se plantificaba una estantería. Cuando llegaron allí, Germán la abrió sin necesidad de sofisticados sistemas. Era una simple puerta falsa. Rudimentaria pero eficaz.

—Paso yo primero si no te importa, sobre todo porque conozco el camino…

El Rubio le siguió. Contó catorce peldaños que le trasladaron a un sótano perfectamente ventilado, cálidamente iluminado, aliviado por la brisa eléctrica del aire acondicionado, tapizado por alfombras blancas, impolutas.

Arriba, para la vida diaria, primaba el barroco hortera. Abajo, para los rituales de sangre, el minimalismo exquisito.

Pocos muebles, de diseño nórdico, decoraban la estancia.

Los colombianos estaban, desde luego, como una cabra.

—Está insonorizado, síí —dijo Germán sonriendo mientras golpeaba una pared.

Se respiraba paz en aquel asombroso ambiente.

Salvo por dos siluetas en el centro de la estancia. Una sentada; la otra, de pie.

En pie estaba el tipo que le había recogido en Atocha. Había cambiado el traje por una camiseta de tirantes, tachonada de sangre, que mostraba sus músculos.

—Hola, Gedeón, ¿todo bien?

Gedeón cabeceó en señal de asentimiento. Un menda lacónico, sin duda. Sus puños cerrados goteaban sangre. Su torso robusto, tabletoide, indicaba verdadera preparación física y escasos chutes de anabolizantes. No era un ciclado, sino un trabajador de las hostias, un esforzado de la tortura, un profesional del tormento, un currante nato del escalofrío.

Lo que yacía sobre la silla no parecía humano. Era un bulto atado que apenas respiraba. De vez en cuando un rumor seco brotaba desde su garganta. Su cabeza estaba tapada por una angosta bolsa de color rosáceo debido a la sangre asperjada. El Rubio también observó un bate de béisbol contra la pared.

—Gedeón, ¿cómo va nuestro *friend*, ahí tan cómodo y sentadito? Creo que te pide acción, ¿verdad?

Gedeón propinó un rapidísimo derechazo contra la jeta del maniatado. El Rubio dedujo que Gedeón era un expúgil posiblemente reclutado en algún gimnasio de Barranquilla o de Medellín cuando era joven y prometedor.

—Gedeón —prosiguió Germán—, no le he escuchado a nuestro amigo y creo que nos quiere decir algo… Quiero escucharle… ¿Puede ser? ¿Sí?

Agarró el bate de béisbol. Miró fijamente el amasijo de carne. Volteó el bate como si fuese una cimitarra y descargó dos golpes contra ambas rodillas. El trozo de carne aulló ópera desafinada. Luego se desinfló. Probablemente se había desmayado.

En derredor de la víctima se establecía una frontera rojiza fruto de las gotas de sangre. El contraste del blanco de la alfombra con ese tono bermellón maridaba sin fisuras.

—Gedeón, por favor, quítale a nuestro amigo su capucha, y despiértale si anda sesteando. Así, nuestro otro amigo podrá verle. Quién sabe, algún día a lo mejor hacen negocios juntos...

El semblante de aquel pobre diablo era una masa amorfa, devastada, arrasada. Su nariz, un mero bosquejo. Los cartílagos nasales y los de los pómulos se habían incrustado contra la frente formando una pulposa, chorreante argamasa. Tampoco se le adivinaban los ojos. El Rubio sintió arcadas.

—Vomita en aquel cubo, por favor, sí, el que está dentro de ese armario blanco. Gracias —dijo sin inmutarse Germán.

Así lo hizo el Rubio. Luego se secó los restos de la papilla con el dorso de la mano. Su mirada se inclinaba hacia el suelo, no quería contemplar aquella catástrofe.

—¿Sabes, Rubio, por qué este señor, un *good* amigo, se encuentra así, en ese estado digamos de gripe? Pues porque no me pagó. No me pagó una vez. Bien. Bueeeno, yo tengo paciencia. Pero no me pagó una segunda vez, y ahí la cagó. Ahora ya no puede hablar, pero cuando todavía tenía cara y ojos y cejas y nariz y pómulos, me suplicaba y me aseguraba que pagaría con intereses. Demasiado tarde. *Too late.* Ahora no saldrá vivo. Cuando veamos que sólo le queda un soplo de vida, ese último aliento, le quemaremos vivo. Así me porto con los que pretenden humillarme. Y Gedeón es especialista en hacerlos durar... Les inyecta adrenalina si es menester... Así, cuando se marche para siempre sabrá lo que fue el sufrimiento. Yo soy el gallo de mi corral, Rubito. Esto funciona así. Gedeón, por favor, lávate, ponte una camiseta limpia, o no, mejor una camisa, y lleva a nuestro amigo Rubito hasta el tren.

Germán le despidió en el porche cuando llegaba otro vehículo; de ahí descendió un tipo barrigudo de traje barato, carisma autoritario y caminar militroncho.

—Bienvenido a mi casa, don Ventura, *my very very good friend* —escuchó el Rubio que decía Germán.

El Rubio cerró la puerta del coche. Gedeón enchufó la salsa

en el equipo de música de alta fidelidad. «Dame gasolina», repetía el nasal estribillo de la canción.

Le iban a quemar.

Iban a quemar al tipo enzulado, pensó el Rubio.

Willy Ramos, su mentor, ya le había avisado: «Los colombianos están relocos, cuidado con ellos».

«Dame gasolina», escupían los altavoces de aquel coche.

37

Niño Jesús.

Don Niño Jesús, para ser exactos.

Nadie conocía su verdadero nombre. Tampoco su exacta procedencia. Algunas fuentes afirmaban que había nacido en Guatemala bajo montañas de basura de los vertederos de su capital; otras aseguraban que era salvadoreño. Su acento híbrido tampoco aclaraba el misterio. Y, de todas formas, pocos eran los que habían escuchado su voz en directo.

Se ignoraba dónde le habían marcado de por vida con ese mesiánico y literario sobrenombre a medio camino entre lo sublime y lo ridículo. Quizá porque parecía poseer el don de la ubicuidad, como el mismísimo Jesucristo. Quizá porque algunos le otorgaban un poder milagroso como el de aquel fraile italiano, el padre Pío, al que le afloraban estigmas de sangre cristiana y domesticaba el don de la bilocalización.

Quizá, también, porque lo sabía todo de todos.

Quizá porque siempre, siempre, se anticipaba a la jugada.

Quizá porque la poli del mundo entero llevaba más de tres décadas buscándole y nunca lo atrapaba.

Quizá porque pocos conocían su aspecto físico, más allá de su condición de manco, y eso favorecía su leyenda de tipo escurridizo.

Lo que prácticamente nadie sabía, salvo algunos de sus apóstoles como Germán «Milvidas», el virrey de las Españas y Portugal, es que viajaba solo en sus saltos al otro lado del charco o por cualquier rincón del planeta, en clase turista, adormilado gracias a un par de valiums, y que rara vez llevaba escolta, al menos cuando andaba de gira de inspección general por esos mundos de Dios.

Su anonimato garantizaba su seguridad. Si no te conocen, ni te agarra la pasma ni te asesinan los sicarios de otros cárteles en el apogeo perpetuo de sus guerras.

Don Niño Jesús era un tipo talludo, calvo como una bola de billar, de voz aflautada, nariz porruda y mofletes pachorros de can pulgoso, consentido. Lo blando imperaba en su cuerpo. El cuello, el tronco, las piernas, el único brazo… La flaccidez presidía su geografía. Todo ello reforzado por un aire como de vender seguros puerta a puerta o, en su defecto, de ganarse la vida como covachuelista del último peldaño de la administración.

Eso de normal.

Cuando se le torcía el carácter, recordaba al tipo de viejo amargado que sostenía que no se le había hecho justicia y por eso, al hablar de ello, parecía un crío repelente prematuramente envejecido.

Y en esos casos, era despiadado.

Don Niño Jesús no perdonaba los pecados del prójimo y cualquiera de ellos era castigado en su Iglesia con el inmediato traslado al más allá. Y para ese viaje te podían expedir de una manera rápida o de una manera lenta. Mejor la rápida.

Niño Jesús.

Don Niño Jesús.

Presidente y fundador de los Narcobeatos, el extenso, opaco y silencioso grupo de traficantes de polvo angelical que funcionaba atacado por una mística cristiana de auténtica secta.

Ojo por ojo y diente por diente.

Sólo que si les tocaban un ojo ellos cegaban mil ojos; y si les partían un diente ellos desdentaban mil dentaduras. Multiplicaban por mil los conceptos bíblicos que les interesaban. La sagrada Biblia adaptada a su chalada idiosincrasia.

Creían en el cielo y en el infierno.

Creían en la pureza de las almas. Ellos, los Narcobeatos, eran puros; el resto era impuro, por lo tanto, salvo por alianzas puntuales, podían mandar al infierno a esa gente sin previa confesión. Lento o rápido. Mejor rápido.

Don Niño Jesús era el sumo sacerdote y el máximo pontífice de los Narcobeatos.

Los rumores perseguían su sombra y se ramificaban desde lo posible a lo imposible. Pero, al fin y al cabo, la realidad siempre supera la ficción, ¿verdad?

Decían que Don Niño Jesús comenzó traficando al menudeo en Tijuana, vendiendo perico adulterado a los turistas yanquis en pos de putas baratas, tequila de tercera y emociones de fin de semana.

Le atraparon en esos trances de pícaro buscón unos pandilleros que protegían/extorsionaban varios burdeles, alertados ante ese escandaloso intrusismo.

Le secuestraron, le colocaron una argolla en el brazo izquierdo por encima del codo y le arrojaron desnudo allá en la trasera de una casamata de las afueras que usaban para sus fiestas, custodiado por varios rottweilers también encadenados.

Las fauces hidratadas de babas de los canes ladraban a medio metro de la cabeza de Don Niño Jesús y éste, si no quería morir degollado por esas gargantas monstruosas, debía mantener tensionada su cadena. Los pandilleros tenían bien medido el entorno para causar pavor a la víctima.

«Si das un mal paso, los perros te comen», apostillaron.

«Cuando volvamos, soltaremos a los perros para que te coman vivo», espetaron.

Transcurrieron dos días. Sin bebida ni alimento. Al tercer día, Don Niño Jesús, encadenado, entumecido, exhausto, se arrodilló y le rezó al Señor para que le salvase, para que le brindase generoso una vía de escape. A cambio le prometió trabajar en el futuro para su mayor gloria y predicar su evangelio entre los herejes, los descreídos, los blasfemos, los apóstatas.

Rezó horas y horas hasta que sus fuerzas flaquearon y, entre los aullidos de los perros, su cuerpo se desmoronó. Al besar el suelo, parpadeando, su mirada observó algo, acaso el instrumento para su salvación. El Todopoderoso le había escuchado y sus ojos se anegaron en lágrimas.

«Cumpliré mi promesa», murmuró.

Arañando el suelo, perseverando, descoyuntando sus miembros, alargó un pie al máximo hasta que atrapó una hoz oxidada, olvidada bajo una mesa carcomida, semioculta tras cartones de comida basura y botellines de cerveza Dos X.

Intentó limar y cortar los eslabones de la cadena que le sujetaban empleando esa hoz. No lo logró. Entonces tomó una de esas decisiones supremas que sólo los hombres dispuestos a moldear el destino, su destino, son capaces de realizar.

Cuentan que Don Niño Jesús se cortó el brazo con ese filo mellado mientras mordía la cadena para no gritar.

Cuentan que arrojó ese brazo cercenado contra los perros, y que huyó mientras éstos se distraían masticando los tejidos de su carne, royendo los huesos.

Cuentan que se aplicó un torniquete con la sucia tela de un saco y que marchó por su propio pie hasta un hospital, donde le recogieron medio muerto.

Cuentan que tenía diecisiete años cuando perdió el brazo.

Cuentan que escapó a Colombia porque allí conservaba jirones de familia verdadera en los arrabales de Cartagena de Indias.

Cuentan que, un año más tarde, reapareció en Tijuana y asesinó a todos los miembros de aquella pandilla. Uno por uno. Uno tras otro. Luego acudió a una iglesia, se arrodilló y sufrió una epifanía: fundaría una congregación de narcotraficantes, ultracristianos, temerosos de las Sagradas Escrituras y de la furia divina, y él caminaría sobre las ascuas de Dios y sería un narcobeato.

Y el fin justificaría los medios. Por supuesto.

Cuentan que, en su mansión secreta, allá en Chiapas, Tegucigalpa, Rodesia o Cali, ¿quién lo podía saber?, alimentó durante lustros aquellos canes que se habían tragado su brazo con los cuerpos de sus derrotados e impuros enemigos.

Cuentan que los hijos de los hijos de esos perrazos siguen el mismo régimen alimenticio. Sólo que esta vez les nutre arrojando los brazos de sus enemigos.

Niño Jesús.

Don Niño Jesús.

La realidad y la ficción se machihembraban bajo su sombra y

lo único que nadie negaba era la cantidad de contactos de los que disponía en todos los rincones.

Lo sabía todo de todos.

Había pactado con Dios. Dios le amaba. Se lo había demostrado. Por eso era tan fuerte.

Cuentan que de él partió la idea de emplear submarinos para contrabandear con la coca.

Cuentan que le enseñó al Chapo Guzmán el arte para horadar la tierra y excavar divinos túneles.

Cuentan que asesoró a Félix Gallardo, a Pablo Escobar, a Ernesto Fonseca y a tantos otros.

Los otros capos acabaron presos o muertos; él, no. Él era Don Niño Jesús y el mismo Dios le protegía con un halo virginal de blindaje milagroso.

Recibió una llamada de su apóstol Germán desde La Moraleja. Autorizó la operación de ese cliente que deseaba expandir su industria. Le darían buenos contactos en Ibiza. Supervisarían desde la bóveda celestial los movimientos de ese cliente inquieto.

Don Niño Jesús decidió salir de su enclaustramiento para viajar hasta España. Algo se movía por aquella tierra. Su olfato así lo dictaminaba. El país era una zona que le reportaba enormes ganancias porque sus habitantes esnifaban duro. Si analizabas el agua de cualquier río español encontrabas un elevado porcentaje de coca que acababa allí junto a los residuos de las cloacas. Sólo por eso amaba España y a sus hijos. Además, convenía visitar a Germán «Milvidas» pues éste, en ocasiones, se mostraba, ¿cómo decirlo?, aparatoso.

Sí, demasiado aparatoso.

Don Niño Jesús, a punto de embarcar en el avión, clase turista, la manga izquierda cosida gracias a una aguja imperdible contra el lateral de la chaqueta para que no flotase libre, urdía sus planes de medio y largo plazo.

Y lo sabía todo de todos.

38

Basilio Galipienso, pese a su descascarillado aspecto, empezaba a ser un gallero respetado. Si aquella victoria de Urko le había concedido prestigio, lo de los últimos meses le ratificaba como un maestro en ciernes de la ciencia gallística.

Paciente y mimoso, había criado a la descendencia de Urko. Tentaba a los polluelos desde que salían del cascarón. Anotaba sus comportamientos. Descartaba los que titubeaban y se concentraba en el resto. Según crecían, examinaba su personalidad y carácter, además de su físico, y seguía eliminando los que cobardeaban en alguna ocasión. Por fin, tras depuradas pruebas y diversos razonamientos que sólo él discurría, escogió un nuevo discípulo para futuras peleas.

Urkito, le bautizó para homenajear a su padre.

A Urkito le hablaba, le acariciaba y le sometía a un entrenamiento intensivo no exento de algún periódico ayuno para fortalecer su personalidad, su carácter. Creía mucho, Basilio, en el poder de la personalidad y del carácter. Si él mismo no los hubiese demostrado, estaría muerto, pensaba.

Basilio agarró una desmochada marioneta infantil y le cosió una cresta de pega. Luego le añadió dos navajas a modo de espolones y de esa guisa, introduciendo su mano en el vacío vientre del muñeco, preparaba a su pupilo en peleas simuladas. Algún tajo de navaja albaceteña se llevó el joven Urkito, pero el gallero tullido le curaba de inmediato mientras le explicaba el porqué de sus errores. «¿Lo has entendido?», le repetía una y otra vez a Urkito hasta que el joven gallo cabeceaba con el pico y entonces Basilio concluía que, en efecto, le había comprendido.

Quería que el gallo aprendiese a fingir debilidades para tender emboscadas a sus rivales. Pretendía amaestrarlo. Cualquier jirón de ciencia le habría confirmado la imposibilidad de esas enseñanzas, pero a Basilio la ciencia le había dejado cojitranco cuando le extirparon del interior de su madre, con lo cual él se cagaba en ella y sólo se basaba en la experiencia y en la perseverancia.

—Rubio, Urkito ya está a punto —le dijo una tarde a su jefe.

—¿Seguro?

—Ya te digo yo que sí. Casi me entiende cuando le hablo. Vamos, que me entiende casi todo. Casi. Con eso me basta y me sobra porque lo fundamental lo tiene aprendido. Ha sido un año duro, pero al final nuestro gallo ya es un depredador con más astucia que una zorra hambrienta. Es joven y tiene ganas de bronca.

—Joder, Basilio, qué seguro te veo…

—En quince días viajamos a Cádiz a competir y, si todo va bien, le llevaremos después a tres peleas más. Nos vamos a currar el circuito de la periferia. Veremos a paletos con pasta gansa en los bolsillos. ¿Vendrás?

—Sí, claro, yo eso no me lo pierdo… Eres la hostia, Basilio…

—No, yo no. Urkito sí es la hostia. Y listo. Prepara pasta para las apuestas que nos vamos a forrar…

Urkito venció en Cádiz, Málaga, Écija y Jaén. Despachó a sus oponentes en menos de cinco minutos gracias a las técnicas de fintas y engaños que le había enseñado Basilio. A veces parecía que estaba agotado y que iba a rendirse, pero cuando el oponente se abalanzaba contra él, le regateaba y le hundía los espolones en el cuello. Un espectáculo, Urkito. Se convirtió en la sensación del ilegal circuito sureño de peleas de gallos.

Entre combate y combate, el Rubio regresaba a Valencia para ver a Sacra y organizar su red de blanqueamiento.

Le seguía preocupando el tema del Chino, pero Basilio le insistía en que Generoso Coraje les echaría una mano con ese asunto. Que disfrutase con los triunfos de Urkito. Una noche, recién finalizada la gira del gallo, en el chalet del Rubio, mientras Sacra cenaba en la ciudad con sus amigas, Basilio y el Rubio celebraban la buena racha.

—Tenemos que mejorar la infraestructura de los gallos, Rubio. Las jaulas de ahora son una chapuza. Si queremos jugar a lo grande, nuestros gallos tienen que vivir a lo grande. Cómodos, limpios, felices… Eso les añade carácter… Si saben que su casa es cómoda, no quieren perder porque quieren seguir disfrutando de ella…

—Como nosotros… Igual que nosotros… Sí, lo había pensado… Tienes razón. Además, quiero hacer una reforma en el chalet, y tarde o temprano la haremos… Así que lo haremos todo de una…

—Que sea temprano… Mejor si es temprano…

—¿Y ahora contra quién peleará Urkito? Porque ya va a entrar en la Champions, ¿no? Digo yo, vaya…

—No.

—¿Qué?

—No. Ahora Urkito se jubila. Bueno, lo jubilamos.

—Pero ¿qué dices? Hostia, pero si es joven y le queda carrera para rato… Ya empiezas con tus historias…

—No, no son historias mías. Urkito es la leche, pero sólo hemos vapuleado a unos gallos idiotas de provincias. Todavía no ha llegado el momento. Si lo enfrentásemos ahora contra un fuera de serie lo despedazarían… Los Coraje tienen al menos media docena de gallos que lo triturarían… Y no son los únicos. ¿Te fías de mí?

—Coño, sí. Claro que sí.

—Pues ahora lo jubilamos. Ahora ya sé que los gallos, a base de paciencia y de magia de la mía, pueden aprender y pueden obedecer órdenes. Ahora, Urkito, de semental. Vamos a seguir mejorando la raza. Sé con qué gallinas cruzarlo… Vamos a criar otra generación y de ahí, si todo va como creo que debe ir, ya tendremos el campeón definitivo. Paciencia, Rubio, paciencia… Conseguiremos el gran campeón, el campeón de todos los campeones… Ésa es nuestra meta…

—Si tú lo dices…

Brindaron con sus cervezas. El Rubio contempló la sonrisa de Basilio. Aquella sonrisa no era sólo fruto de sus ilusiones gallísticas… Había algo más…

—Basilio… Tú estás muy contento…

—Bueno…

—A ti te pasa algo, cabrón…

—Sí… La verdad es que sí.

—Pero ¿me lo vas a contar o no? Venga, coño, que soy muy cotilla…

—Tengo novia, Rubio.

El Rubio se golpeó la cabeza con la palma de la mano. Pues claro que sí. Pero qué tonto era. Los detalles se le habían pasado por alto pero acudían ahora todos juntos. Basilio luciendo las últimas semanas un afeitado impecable. Y vistiendo levitas de roquero cortadas a medida. Y luciendo siempre manos y uñas limpias. Y peinándose un delicado tupé a lo Elvis…

—Joder, Basilio, qué alegría, tío…

—Es enana.

El Rubio enmudeció y luego adoptó una de esas postizas poses de absoluta naturalidad que indican justamente lo contrario. Basilio retomó su discurso.

—Sí, hombre, no pongas esa cara, y sobre todo no te rías, eh, no me jodas. Que es enana, Rubio. Enana, enana. Medirá un metro y veinte centímetros, y eso con tacones… Pero la quiero y me quiere. Bueno, estamos enamorados, ésa es la verdad… También le encanta Elvis, como a mí. Y vamos al cine, y cenamos por ahí, y esas cosas…

El Rubio arqueó una ceja. No se atrevía a preguntarlo. Basilio adivinó la pregunta.

—Que sí, coño, que sí… En la cama, genial. ¿Ya estás contento? Mira que eres cotilla…

—Oye, que yo no he preguntado nada, eh… Pero me alegro, me alegro mucho, ya la traerás por aquí cuando quieras, no te cortes… Y te digo algo más: si estás enamorado, bienvenido al club, Basilio, bienvenido al club… Ah, oye, sólo una cosa más…

—Hostias, pero ¿qué más quieres saber?

—Su nombre, sólo eso… ¿Cómo se llama tu novia?

—Esmeralda. Y es muy lista. Mucho más que Urkito, que ya es decir…

Abrieron más cervezas y brindaron a la salud de Esmeralda.

39

Fue Don Niño Jesús, alabado sea el Señor, el que puso en contacto a su apóstol Germán con Ventura Borrás.

—Habla con él. Está avisado y sabe para qué le queremos. Sí, para los dos negocios. Le conocí hace tiempo en tierra de perros sarracenos, ya ha trabajado antes para mí en ajustes de cuentas y siempre cumple. Ventura es cabal y serio. Es un poco ateo, desgraciadamente, pero tiene muchos huevos. No le andes con basuras. Cierra los flecos y ya me cuentas, Germán. Que Dios te bendiga, Germán.

Don Niño Jesús siempre acababa con esa clase de bendiciones cuando impartía órdenes a sus empleados. Quizá también de ahí le venía su mote. ¿Cómo descubrir el verdadero origen?

Germán «Milvidas» pensó en los extravagantes horarios de su trabajo. Días o semanas rascándose los sobacos y luego, durante una misma jornada, doble sesión. La primera entrevista no le quitaba el sueño. El Rubio era un tipo eficaz y con el susto que le había propinado allá en el sótano se portaría como un buen chico. Sí, le suministrarían más coca y le proporcionarían contactos ibicencos, pero con su ajuste de cuentas, que se jodiese.

Que aprendiese las reglas del negocio. Y si él mismo era incapaz de recuperar el dinero que le adeudaban, que lo diese por perdido. Con suerte no se la volverían a colar doblada.

Germán se dijo que podría haberle pasado el contacto de su siguiente visita, Ventura Borrás, pero no quería marear al legionario con otros asuntos porque prefería cerrar con él los suyos propios.

El Rubio y Ventura se cruzaron sin apenas mirarse cuando el primero salía del chalet y el segundo entraba. La discreción era una norma básica en los terrenos legamosos.

Ventura Borrás, sentado sobre un sofá púrpura, ignoraba todavía qué le repugnaba más del entorno, si la decoración ostentosa y barroca, esa exaltación al mal gusto, el aspecto cetrino de Germán, con esas chanclas, o la espantosa limonada que le había ofrecido.

A él. A un incondicional de Millán Astray. ¿Sería mahometano ese Germán que ni alcohol proporcionaba a los huéspedes? Colombiano, moro… Bah, la misma patulea para sus códigos anclados en el fascio redentor y la santa violencia ultraderechista. Pero, si cerraba el trato con Germán, el dinero fluiría en cantidades industriales. Paciencia, Ventura, paciencia. Además, con Don Niño Jesús no interesaba abrir hostilidades. Su cártel de narcos beatorros y pirados dominaba media galaxia. A él no le acojonaba un colombiano de raíces mahometanas, pero tampoco era un tarado dispuesto a enfrentarse a media galaxia. Negocios. Pasta.

«No es nada personal. Céntrate en los negocios, Ventura.»

Al principio, Germán sacó su cacharra y la dejó con estrépito encima de la mesa. Ventura se partió la caja en su jeta. De inmediato sacó la suya, su querida Astra de nueve milímetros, y la depositó sobre la mesa con mayor estruendo.

Se respetaron. Lobos entre lobos nunca se muerden.

Fue Germán el primero en hablar, y en esta ocasión extirpó los modismos anglos de culebrón casposo y ese arrastrar quejoso de las vocales para impresionar a sus interlocutores habituales.

—Me cuentan que Ceuta hace lo que usted le ordena que haga, amigo Ventura… Que usted es la llave que abre y cierra sus puertas… Y quien habla de Ceuta dice cómo entrar por el puerto de Algeciras sin problemas…

—Exageran, Germán, exageran… Sólo soy un sargento de la Legión, un patriota que espera que su país retome el rumbo correcto y que, mientras tanto, intenta ganar unos dineros que luego puedan aprovechar otros patriotas como yo si la situación así lo requiere. Sólo soy un sargento español de la Legión que conoce a ciertas personas y que dispone de ciertos contactos. Nada más. Oye, ¿esto es de verdad limonada?

Germán fingió no escuchar lo de la limonada.

—Querido Ventura… Vamos a dejarnos de cuentos que ya tenemos una edad… Seré directo porque su tiempo, y el mío, valen oro. Nosotros queremos entablar una alianza de provecho y longevidad con usted. Provecho y longevidad, ésa es la clave que genera confianza. Queremos abrir una ruta fácil y cómoda, sin que nos dé sobresaltos. La policía, ese maldito sector de la pasma que no tenemos comprado, ha aprendido mucho estos últimos años, ya lo sabe, ¿cierto?

—Lo sé.

—Queremos establecer una ruta duradera. Llevar nuestra mercancía hasta Costa de Marfil desde nuestros puertos de ultramar y subirla luego hasta la frontera de Marruecos con Ceuta vía Mauritania no nos preocupa. Eso ya lo hemos solucionado. Está todo engrasado. Los negros aman el dinero que les concedemos y no ponen problemas. Pero luego… Luego queremos asegurar el tramo final. Las rutas gallegas ya no sirven porque la DEA apunta con sus satélites el ojete de los narcos de allí. Demasiado arriesgado. Hay que volver al principio, a lo de siempre, a lo de hace años, o sea el pase a Ceuta y el posterior traslado hasta el puerto de Algeciras, y de allí a Europa. España es la cabeza de puente hacia Europa. Queremos tranquilidad hacia Ceuta y Algeciras. Sin sobresaltos. ¿Se puede hacer? Con suficientes garantías, quiero decir.

Ventura agarró el vaso de limonada. Lo acercó hasta sus labios. Olfateó ese líquido. Unas burbujas estallaron y sus acuosos estertores humedecieron sutilmente las aletas de su nariz. «Qué brebaje infecto», pensó. Dejó el vaso sin probar el contenido. Luego habló:

—¿Sabía que nuestro Caudillo fue el primer militar en la historia de las guerras modernas que estableció un puente aéreo entre África y la Península para trasladar tropas legionarias y pertrechos al comienzo de nuestra Santa Cruzada? Fue el primero en inventar el puente aéreo. El primero.

Germán lo cazó al vuelo y replicó:

—Me está diciendo que, si su Caudillo hizo eso allá por la

prehistoria, usted también es capaz de hacerlo, ¿verdad? —Y Milvidas sonrió porque por fin se topaba con un interlocutor de su talla.

—Verdad. No será fácil, pero conozco a la gente adecuada y su dinero, menos mi comisión, les convencerá. Dispongo de muchos soldados, y muy hábiles, que trasladan lo que yo les diga hasta Algeciras sin preguntarme el contenido de lo que transportan. Y los aduaneros, cristianos y moros, en su mayoría son mis amigos. Se puede hacer. No será barato, pero se puede hacer.

—Y si, digamos, traemos una cantidad importante, muy importante, tan importante que no cabe en los petates de sus milicos, también se puede hacer algo, ¿verdad?

—También. Controlo un par de pesqueros que van y vienen de Ceuta a Algeciras. O de Tánger a Algeciras. Y puedo controlar más pesqueros. Y como soy hombre de amistades leales, en la autoridad portuaria de Algeciras también tengo nobles amigos que me respaldan. Y luego está lo de ir de maniobras al desierto de Almería. ¿Sabe usted todo lo que cabe en nuestros camiones? ¿Y se cree que algún aduanero imbécil se atreve a registrar un camión con veinte de mis legionarios? Ni de coña.

—Perfecto. Nos entendemos.

Germán llamó al lacayo que era una suerte de pigmeo amarillo de ojos rasgados.

—Trae un pacharán para don Ventura Borrás. Un pacharán doble con hielo. ¿Le gusta el pacharán, Ventura, verdad?

—Ya era hora, cabrón colombiano, que me trajese usted algo de beber. Empezaba a sospechar que era un puto mahometano de los que ponen el culo hacia La Meca. Hostia puta.

Ambos rieron. A Germán le sirvieron un roncola. Brindaron. Ya eran amigos. No habían finalizado la copa cuando Germán abordó el segundo aspecto de la charla.

—Voy a necesitar algo más, si puedes, claro. Pero, perdona, podemos tutearnos, ¿no?

—Podemos. Y tú dirás.

—Sabemos que eres un hombre polivalente. Un tipo de múltiples talentos.

—Exageras, Germán, exageras… Por cierto, ¿puedes llamar al enano ese medio amarillo medio moraco para que me sirva otro pacharán ahora que ya somos amigos?

—Claro, faltaría más. Y sabemos, insisto, de tus fértiles facetas… Iré al grano… Hay un tipo, un cabronazo, que nos está jodiendo dando pequeños palos a gente a la que suministramos. Nada grave, medio kilo por aquí, dos kilos por allí, un kilo por acá… Pero es molesto como ese chungo moscardón que zumba y se niega a salir de tu hogar aunque abras todas las ventanas, ¿sabes lo que te quiero decir?

—Sí. En Ceuta hay mucha mosca y mucho moscardón. Sobre todo con los calores.

—Queremos que lo secuestres y que me lo traigas aquí para hablar con él… Queremos que se aparte de lo nuestro. Queremos reconducir su comportamiento.

—¿Lo vais a matar?

—No, muerto no nos interesa…

—Coño, Germán, ahora no te entiendo una mierda. La organización de Don Niño Jesús me pide un trabajo muy raro. ¿A mí? Si vosotros tenéis ejércitos para cualquier menester, ¿por qué coño recurrís a mis servicios…? No te entiendo, macho.

—El cabrón loco es un poli. Corrupto hasta las cejas. Tiene una novia negra que empieza a dedicarse al tráfico de marihuana…

—¿Y?

—Tratándose de un poli de aquí, nos viene mejor que le secuestre un compatriota suyo. Si algo nos saliese mal, todos sus compañeros, el aparato entero de los maderos, se pondrían en nuestra contra y eso nos perjudicaría gravemente porque ahí dentro tenemos intereses y seguimos cultivando elevadas amistades. Pero, y te soy sincero, si le secuestras tú y algo sale mal, no nos relacionarán con el tema. Y además, se podría ir a la prensa para destapar su lado corrupto. Compraríamos periodistas. Les convenceríamos. Es más fácil de lo que te supones. Pero si nos trincan a nosotros, lo convertirán en una cuestión de Estado. Y, tranquilo, te lo repito y te doy mi palabra: no lo vamos a matar. Ni a torturar. Vamos a razonar con él. Es corrupto. Le convenceremos. Seguro. Nos puede ser más útil vivo que muerto. Mucho más. Pon precio por traerlo. ¿Puedes hacerlo?

—¿Aguantó el Alcázar el cobarde asedio de los rojos?

Germán se partió la caja antes de responder:

—Lo aguantó, si tú lo dices, lo aguantó. No lo dudo. Le hemos preparado un goloso cebo al madero recabrón. Ya te avisaremos. ¿Nos tomamos otra copa?

—Sí. Y conste que te llevo una de adelanto, colombiano mahometano…

Ventura Borrás salió chisposo de aquel casoplón y con una bolsa de deporte llena de fajos de billetes. Se acababa el año y ya tenía mucho que hacer. Llevaría algo de tiempo lo del pasma corrupto, quizá para primeros del año que viene. El chófer que le transportaba enchufó salsa en el coche y sus pensamientos sufrieron un cortocircuito.

—Oye, ¿tienes marchas militares para amenizar el camino?

Gedeón no contestó. Ventura le miró intrigado. Tenía orejas de coliflor, y eso en la calle significaba que no debías meterte con él, pues dominaba todo tipo de artes para partir la cara. No debías buscar pelea con un tipo así. Pero eso a Ventura se la sudaba.

Ventura sacó su pipa y destrozó con la culata el equipo Bose de alta fidelidad. Gedeón no pestañeó ante el arranque de furia. Era un perro obediente, bien entrenado.

—Cuando yo pregunto, se me contesta. Y la puta salsa te la enchufas en tu culo de mahometano colombiano. Te he dicho a cuántos capullos fusiló el Caudillo, ¿no? Pues no hagas que te lo cuente con mímica. Y conduce despacio que no me gusta la velocidad, pelón. Avísame cuando lleguemos al centro de los Madriles que voy a echar una cabezada…

Cerró los ojos mientras sonreía al imaginar su momento favorito de la historia guerracivilesca española, ese del «Sin novedad en el Alcázar, mi general».

Ésos sí eran hombres que se vestían por los pies…

CUARTO ASALTO

40

Jamás habría sospechado Gus que los prolongados meses de inactividad le acompañarían hasta la zona de los agujeros negros. Navegar, reparar la maquinaria de la embarcación que, en realidad, ya estaba reparada, follar con Helena, acompañarla al bar y remolonear allí no eran tareas suficientes para anestesiar sus instintos. De repente comprendió el insondable pavor que siente un yonqui cuando prescinde de la regularidad de sus picos.

Entendió que él era un yonqui de la violencia. Del dolor. Y que abandonar su hábito acarreaba un formidable y espantoso monazo.

También descubrió hasta qué punto le conocía el sargento Ventura. Llevaba casi doce meses sin recurrir a sus servicios. Y qué largo transcurre un año sin la habitual dosis de emoción, sin los chutes de adrenalina que te catapultaban a otras esferas. Si la memoria no le traicionaba, sólo le había llamado una vez desde la comilona de gambas regada con pacharán, y sólo para preguntar «hola-Gus-qué-tal-cómo-te-va». Nada de propuestas broncas ni de súplicas para que retornase a su oficio con un único trabajo. Uno o dos. Ya se vería. Y Ventura, en efecto, había percibido que su potro remontaba las paredes del tedio y que necesitaba una buena carrera para no enloquecer.

Ventura prefería macerarlo un largo tiempo para que los pájaros desapareciesen de su mente.

Ventura domaba los instintos. Sabía cómo tratar a los potros que, de repente, mansean.

Gus había nacido para matar. Punto. Y él para ser sargento de la Legión y manejar muchos asuntos. Punto. El destino colocaba cada pieza en su lugar. Punto. No se podía luchar contra eso. Punto. Las teorías de Ventura eran tan simples como certeras. No era amigo de los planes retorcidos.

Principios de junio.

Sábado tarde en el límite de la noche. Helena retocaba sus pómulos con una pizca de colorete. Trazó algo de rojo sobre sus labios. Hilvanó su coleta. Le satisfizo lo que vio en el espejo. Sonrió. Mediante saltitos infantiles acudió a la vera de Gus, sentado sobre un butacón en la terraza mirando el mar. Acarició con las yemas de los dedos el rosario de sus minúsculas cicatrices faciales. Le atraía sobremanera aquel granítico semblante de extraño carisma.

La cara de su hombre era única. Su rostro era su alma, sus vísceras, su corazón, su polla. Por eso se había enamorado de él y por eso seguía estándolo. Por eso, por su carácter, por su personalidad e incluso por su implacable trabajo. Guardaba para sí una amplia gama de sensaciones ambivalentes respecto a las labores de su hombre. ¿Quería abandonar su curro? Que lo hiciese, ella le apoyaría en todo. Pero desde que había cuajado esa pretensión lo notaba más taciturno, distante y triste. No le importaba, él era distinto y a ella sólo le complacían las diferencias. Siempre estaría enamorada de él y del dolor que arrastraba. Tras las caricias le obsequió unos cuantos piquitos sobre los labios. Se acomodó sobre sus rodillas.

—Es sábado, esperamos a muchos clientes porque ya empieza la temporada... ¿Vendrás luego y así volvemos juntos a casa? ¿Harás eso por mí? Si lo haces, te prometo luego un premio especial de chica del Este. Y también te puedo invitar a droga de la buena, soy un poco drogadicta, ¿sabes? Aunque pareces uno de esos aburridos puritanos que nunca se meten nada...

Gus sonrió. Sin Helena su vida no tendría sentido.

—Iré. Y si veo a alguien mirarte el culo demasiado rato te juro que lo mato...

Helena se marchó saltando. Esperaba una recaudación frondosa y la banda que había contratado, la Veva's Band, prometía enardecer al personal con su desgarrador y sinuoso soul. Decían que su cantante y su guitarrista eran muy buenos. Ya se veía.

Gus aterrizó sobre las dos de la madrugada. Saludó a Almendral, el jefe de sala, y observó el gentío que anegaba el bar. Iba a ser una temporada de cosecha fértil.

A base de paciencia y codos logró apalancarse en una esquina de la barra. Incluso Helena, debido a la saturación, echaba una mano sirviendo copas. Le vio y le guiñó un ojo. Recorría la barra y su coleta ofrecía zigzagueantes cabriolas electrificadas. Gus admiró su culo como si lo viese por primera vez. Era más de culos que de tetas, aunque las de su chica, en forma de pera, resultaban deliciosas.

Helena le sirvió un zumo de tomate. Gus trató de decirle algo agradable pero ella le puso cara de «ahora no, imposible escucharte con este barullo y, además, estamos hasta arriba…».

Gus se dedicó a observar al personal, esa masa congestionada que bailaba y bebía y se frotaba y fornifollaba con la mente al son del lujuriento soul que resonaba por todos los rincones. El aire olía a vicio y sudor condensado. La masa anhelaba vacaciones y ocio mientras ingería jacarandosa un aperitivo de sábado noche. La masa disfrutaba. La masa entraba y salía de los cuartos de baño para empolvarse la nariz. Helena era permisiva mientras no publicitasen sus asuntos nasales. Si nadie te veía, nadie te regañaba, ésa era la condición que lubricaba la paz del garito. La masa tarareaba en sincronía etílica desde su global lengua de trapo los estribillos de los clásicos.

Y Gus se fijó en un tipo de mediana estatura, flequillo yeyé, cejijunto y con vitola de mangurrino.

Sus alarmas de fauno saltaron. No era un habitual. No era un parroquiano. No era el típico guiri de paso. No tenía buena pinta. Sus ojos irradiaban vibraciones chungas de mezquino buscavidas. Su oblicua mirada parecía esconder algo.

Gus lo vio. El menda camelleaba en el local de su amada con desfachatez de sinvergüenza.

Al rico gramo, al rico medio gramo, para el niño y la niña. Aquel mamón exento de cualquier discreción ponía en peligro el negocio de su amada. Los músculos de Gus se tensaron. Sus neuronas crujieron.

Demasiado tiempo luchando contra el mono de la violencia. Gus lo vio todo rojo. Una aguja taladró su vena y el émbolo bombeaba ira. Un chispazo de odio recorrió su espinazo. El Mal se extendió por sus venas.

Se abalanzó contra la masa que cimbreaba su cuerpo como un tornado. Le asqueaba el sudor del público. No hizo caso a los que le decían «oye tú, de qué vas». Alcanzó la posición del camello y sin decir palabra le agarró del pescuezo con zarpa de hierro hasta doblegar su testuz. Parecía que le iba a morder el cuello. La gente calló y estableció un cordón sanitario de miedo.

Sus caras expresaban desconcierto y confusión. Sus caras indicaban que se largarían al garito de la competencia. Gus espetó un histérico «¿qué coño haces?» contra la oreja del camello. Éste aleteaba los brazos para desasirse. Se revolvió y le masculló a Gus: «No tienes ni puta idea de lo que haces… gilipollas…». Gus estaba esperando la señal y se la acaban de brindar. Golpeó con su puño derecho el estómago del menda grimoso. Una, dos, tres veces. Cuando el señor grimoso se inclinó acusando los martillazos, Gus le incrustó contra la boca su rodilla izquierda.

Qué bueeeno… Qué subidón… Qué chute… Qué ganas de volver a recuperar aquellas sensaciones… Era como cuando machacaba maricas en los urinarios…

Poder.

Poder al cubo.

Poder a la enésima potencia.

Gus sintió que resucitaba, que regresaba del pozo negro. Algunos dientes del señor torvo se quebraron y brotó sangre de su boca. La gente gritaba. «¡Que alguien lo pare, le va a matar… le va a matar!» La banda de soul hacía rato que había enmudecido. El guitarrista, un grandullón de casi dos metros, protegía con su cuerpo a la cantante, una preciosidad de un metro sesenta.

El menda que vendía chucherías prohibidas en el Black Note Club tosía marfil y burdeos contra el suelo. Naufragaba sobre las aguas del duermevela del KO. Y se apoyaba como podía con el codo. Veía el mundo triple y borroso. Cuando Gus iba a rematarle con una patada en plena faz, alguien le detuvo empleando una profesional llave de «mataleón» que le inmovilizó.

Cuando iba a revolverse para continuar el festín, las manos de Helena se posaron sobre su cuello, dulces y firmes al tiempo.

—Ya, Gus… Ya, mi amor… YA YA YA…

La respiración de Gus regresó despacio a sus parámetros normales. Reconoció la voz de Almendral: «Tranqui, Gus, tranqui, no pasa nada colega… Todo está bien… Tranqui…». Era él quien le sujetaba mediante la asfixiante llave que cedía pausada…

Le caía bien Almendral. Su conversación siempre era interesante. Sabía de todo, y era el mejor en su trabajo.

Gus se calmó.

—Nos vamos a casa, Gus, tú y yo. Te voy a coger de la mano y me sigues. No mires a nadie. Mantén la vista contra el suelo, amor, ¿de acuerdo? No pasa nada, de verdad… Nos vamos a ir poco a poco. Sólo estamos tú y yo, ¿vale? Pues venga, vámonos despacito… Así, muy bien, así, eso es…

Obedeció. Se detuvieron varias veces por el camino, aunque vivían a trescientos metros. Gus continuaba el proceso de recuperar una respiración normal. Helena le acariciaba las manos y las sienes cuando paraban.

Media hora después estaban en silencio en su terraza, frente al mar. Gus gastaba mirada de excombatiente de trinchera tras sufrir un rudo bombardeo. Neurosis de guerra picoteando su piel. Encendió un cigarrillo. Miró a Helena. Su pulso indicaba mono de yonqui y taquicardia de esprint.

—No te entiendo… No te entiendo, Helena… Yo… Yo sólo quería limpiar tu local…

—Gus… No sigas, Gus… Por favor, Gus, déjalo…

—¿Que lo deje? Intento… Intento ayudarte… Tenías un camello vendiendo en tu local… ¿Lo sabías? Sólo quería…

Gestos vagos con la mano.

Helena transmitía exasperación.

—Déjalo, Gus. Déjalo.

—No lo dejo. No puedes consentir que en tu local una rata se dedique a…

—Gus, tenía mi permiso. ¿Me oyes? Estaba allí porque yo le dejo.

—…

—Éste es el segundo año que vende. Sólo que tú te has dado cuenta esta noche. Esta noche. La gente le conoce. Fideliza la clientela. Es discreto y, además, luego me regala lo mío. Es bueno para el negocio y para mí. Era bueno, claro. Pero te has cargado el invento.

—Pe-pero…

—Calla, Gus. Calla. Y te has cargado el invento porque ya no puedes más, porque te subes por las paredes, porque necesitas aire, irte, hacer algo, hacer lo que mejor sabes. Has explotado hoy, pero podías haber explotado ayer. Era cuestión de tiempo… Se veía venir…

—Helena…

—Es así. Es la verdad. Eres un hombre de acción. Sólo te apacigua la violencia. No sé, Gus, tú mismo. A lo mejor deberías llamar a tu amigo Ventura. No lo sé seguro. Sólo digo «a lo mejor». Tú sabrás.

—Lo siento, Helena, yo…

—Y otra cosa, Gus. Me hubiese gustado contártelo en otro momento, pero ha llegado la hora de que te lo diga…

—¿Qué?

—Estoy embarazada. Me lo han confirmado esta mañana.

Gus rompió a llorar.

Luego golpeó la pared con sus puños hasta despellejarse.

Necesitaba más chutes de lo suyo. Sí.

Antes de dormir se premió con una quemadura en su brazo.

Se sintió culpable por celebrar así su futura paternidad.

41

—Nos vamos este verano a Ibiza en velero… De momento
una semana… Me han dicho que ahora a principios de junio es la
mejor época porque así no te aplasta la avalancha de los guirufos
horteras. Y a lo mejor repetimos varias veces esta temporada. Te
va a encantar, Sacra. Saldremos del club náutico de Campomanes,
en Altea. Ya lo tengo todo reservado. Cada noche dormiremos en
una cala diferente, bajaremos a tierra en una Zodiac. Si te apetece,
te traes a un par de amigas que yo igual estoy liado porque quiero
invertir dinero en la isla. Sí, preciosa, a lo mejor veo un par de
negocios. ¿Te gusta el plan, Sacra, eh, te gusta?

Sacramento saltó contra su cuello y le cosió a besos.

Ibiza.

Ibiza underground y flower power y pastis de éxtasis.

Ibiza y exta-sí-exta-no-y-ésta-me-la-como-yo y la madre que
la parió. Desde que el Rubio volvió de su última cita de Madrid le
notaba cabizbajo, menos cuando saltaba la química del sexo. Pero
ahora le veía radiante. Y qué ganas tenía ella de volver a Ibiza…

Cada vez le gustaba más su Rubio. Y qué listo era con sus
negocios, leche. Sacra estrenaba además un retoque en su silicona.
Por las cosas de la ley de la gravedad el plástico de su pecho de
glorioso Everest comenzaba a rozar el ombligo y, tras la visita a
uno de los mejores cirujanos plásticos de Barcelona, había recuperado el antiguo esplendor. O quizá mostraban mayor empaque a
juzgar por las embestidas de un Rubio que disfrutaba con los
nuevos juguetes con inusitado ardor. Nunca tanto plástico provocó tanta dicha en una pareja.

Aquella semana en Ibiza fructificó. El Rubio habló en persona con los representantes de algunos imperios relacionados con el ocio nocturno de las macrodiscotecas. Los contactos prometidos por Germán «Milvidas».

Arriba el chunda y las gogós emperifolladas con tocados plumíferos que alucinaban al turismo de nuevos ricos y futbolistas de tatuajes mongolos. No fue difícil llegar hasta ellos gracias a los telefonazos de los Narcobeatos. El Rubio no era el tipo más valiente del mundo, pero sus dotes comerciales compensaban ese defecto. La calidad de su material era su mejor «ábrete, sésamo».

«Ese Rubio tiene un perico de muerte», decían.

La coca de la isla, hasta que llegó el Rubio, era mierda contrastada y la categoría señorial de su nuevo y recién sembrado maná ejercía de pasaporte universal. Varios representantes de algunos imperios nocturnos aceptaron la maquinación blanca con sonrisa de latin lover. Ellos comprarían el material, ellos lo distribuirían y luego repartirían las ganancias con el Rubio.

Rubricaron el pacto uniendo sus manos y descorcharon champán milésime rosé. Unas gogós les chuparon las vergas pero el Rubio dijo «no, gracias, la mía pertenece en exclusiva a mi señora y a su sagrado plástico». Sacra le bastaba. Máxima discreción, subidón farlopero, pollas relucientes como espadas níveas y runrún de dineros negros resoplando como si fueran Moby Dick.

La isla estallaría con esa mercancía. Los clientes beberían más copas atizados por las brasas de la dama blanca. La previsión de nuevas cataratas de dinero fácil entusiasmó al gremio de hosteleros sin escrúpulos. Pensaban engrasar con un plus de aceite las máquinas registradoras para que pudiesen asumir tanta pasta. Clinc-clinc. El Rubio estaba feliz. Sacra estaba feliz. Las amigas de Sacra estaban felices y se metían rayas de coca juntas toda la noche para bailar como barracudas de fuego y hielo.

Aquello era un Shangri-la de coca y vicio y perversiones y desparrames y mandangas y macarras y panolis y millonarios especuladores y guarros universales y relaciones públicas que traficaban con la harina de la alegría.

Más madera, que es la guerra. Y sólo corría el principio de junio…

Dos semanas más tarde el Rubio reunió y sincronizó una flotilla de varios chárters, esos veleros que son como adosados lacustres y se alquilan con patrón para que los ociosos veraneantes disfruten de las islas desde el mar, durante el día, y en tierra por la noche.

Cuatro veleros del amor y la coca de alta calidad zarparon respectivamente y a la misma hora desde los clubs náuticos de Valencia, Denia, Jávea y Altea.

La armada invencible y farlopera.

Y en cada uno de ellos una persona cómplice, camuflada entre la pandilla, escogida con diligencia por el filtro de Basilio Galipienso, alias Cobra o Cobretti y brazo derecho del Rubio, portaba cinco kilos cinco de coca resplandeciente. El Rubio había organizado su primer desembarco de Normandía a la hora H. Y no hubo sangre como en Omaha Beach, más allá de alguna napia de cocainómano cuajada de heridas. Lo vendió todo de una tacada a sus contactos. Los billetes llovían como granizos diamantinos durante una tarde de tormenta veraniega.

Y todavía no había terminado junio…

Antes de que julio finalizase, el Rubio viajó a Madrid para visitar a Germán y conseguir más producto. Sus previsiones se habían quedado cortas. Más madera. Más coca. Germán recibía su dinero contento y al Rubio se le acumulaban los fajos de billetes. Ibiza era más blanca que nunca y Formentera era el moco encocado que pendía eterno y cristalino desde la punta de su nariz debido a tanto desfase.

Entre un desembarco náutico y otro, el Rubio le comentó otra idea a Sacra:

—Cariño, esto funciona mejor de los esperado… He pensado… He pensado en hacer algunas reformas en nuestro chalet… De puertas para adentro, eh, sin dar el cante, que conviene ser discretos… Ya sabes… Cambiar algunas cosillas, ya sabes… Las jaulas, por ejemplo…

A esas alturas de la vida Sacramento lo intuía todo. Nunca

hablaban de ello porque se había establecido un acuerdo tácito, pero claro que conocía la naturaleza de la industria de su hombre.

—No sé, Rubio, ¿meternos en obras ahora? Si tenemos de todo… Porche, terraza desde nuestra habitación, piscina, habitaciones para invitados que nunca invitamos, salvo cuando Basilio se queda a dormir, gimnasio, una pista de pádel que nunca usamos… Chico, no sé por qué te apetece meterte en líos…

El Rubio se rio. El Rubio estaba feliz. El Rubio era un gran koala blondo y risueño.

—Es que he pensado… En fin… Bueno, tú misma lo has dicho, la pista del pádel hace siglos que no la usamos… Ahí quería yo llegar… Cada vez tenemos más gallos y creo que dentro de poco tendremos uno campeón de campeones y se merecerá una jaula más grande… La suite de las jaulas… Había pensado cargarme la pista de pádel y montar un verdadero entramado de jaulas todavía mejores que las de ahora. Con bebederos y comederos automatizados, sumideros, sombras para que en verano estén frescos, una especie de sótano donde se acumule el estiércol de los gallos con un sistema de agua que mande toda la porquería directamente a la cloaca de la urbanización… Sobre todo me interesa el sótano de la mierda para evitar los malos olores…

—Rubio, estás fatal con lo de los gallos… Si están de puta madre… Si los tratas como a hijos…

—Sí, pero podrían estar mejor, y así luego pelearían mejor… Tienen alma, al menos eso me asegura Basilio. Me interesa sobre todo el sótano de los residuos… Siempre te quejas del pestazo de los gallos… Pues ahora eso puede cambiar…

El silencio de Sacra le indicó que iba por el buen camino… Ahora sólo se trataba de ajustar un poco las tuercas, de presionar sobre el punto correcto, de añadir las fruslerías, de regalar a los indios un par de abalorios… El Rubio era un gran comercial. El Rubio era el lagarto de la persuasión. El Rubio prosiguió…

—Y además, ya que nos enfangamos, aprovechamos y… pues… Creo que también podríamos remodelar tu vestidor. Ya no te caben ni la ropa ni los zapatos… Necesitas más espacio. Si nuestros gallos van a tener más sitio, no veo por qué tú, mi auténtica campeona, vas a ser menos. Así repartes mejor tus trapos y tus taco-nes…

Sacramento le saltó al cuello y le acuchilló a besos. Última-mente le saltaba mucho al cuello. Últimamente le quería mucho, a su Rubio. Cuando las muestras de afecto terminaron, el Rubio tomó de nuevo la palabra:

—Y que sepas otra cosa…

—¿Quééé? —gimió con un impaciente maullido gatuno una intrigada y húmeda Sacramento.

—Las obras empiezan en dos días, así que nos volvemos a Ibi-za, porque mientras duren viviremos en un catamarán enorme que he alquilado…

Sacra se quitó la ropa y la silicona de sus pechos traspasó el alma del Rubio.

Dos semanas más tarde, cuando el sol había caído y Sacra se baña-ba desnuda en el agua bajo un cuarto de luna en Cala Jonc, el Rubio recibió una llamada de Basilio mientras se pimplaba una copa de champán milésime rosé. Hasta ese momento admiraba las nalgas de Sacra. Eran auténticas y las había modelado en el gimna-sio de su hogar. Eran dos lunas llenas y el Rubio se relamía.

Pero ahora debía de atender a los informes de Basilio.

—Dime, Basilio…

—Problemas…

—Hostias, pero, de paso, ¿tienes algo bueno que contarme o qué?, es que aquí la vista es cojonuda y prefiero que vayas poco a poco…

—Como quieras…

—Además esta tarde me han mandado varias bolsas de pasta; al loro, te las van a llevar vía Denia, ¿está claro? Conforme la obra esté acabada, ya sabes dónde tienes que esconder todo el pastelón de dinero, eh. Por cierto, ¿cómo va lo de las jaulas y el sumidero de la mierda? Ya sabes que a Sacra le disgusta el pestazo…

—Bien, estos cabrones cumplen con los plazos porque estoy encima de ellos… Si no, se escaquean.

—Mola. A ver, poco a poco, ¿más cosas buenas?

—Creo que con la selección que estoy haciendo vamos a conseguir un verdadero tigre. Ahora sí que tendremos un campeón de largo recorrido. Estoy seguro.

—Bien. Y ahora vamos con lo malo…

—Joder, Rubio, lo malo es bastante malo, tampoco quiero cortarte el rollo, pero es importante que lo sepas… No sé, tú mismo…

Al Rubio se le aceleró el pulso. Las sospechas le revolvieron las tripas. Sacramento emergió en ese momento trepando desde la escalerilla del patín de babor del catamarán.

Desnuda.

Su desnudez proyectaba obscenidad en estado puro. Desde su depilado sexo gotas transparentes se precipitaban contra la teca del suelo. Sus gomas relucían como el faro de Alejandría. Dios, qué morbazo. El Rubio suspiró por la preocupación y por el efecto que ese cuerpo le producía.

—Dime, Basilio, dime. Sé que me vas a joder las vistas, que son espectaculares a la luz de la luna, pero dime…

—El cabronazo del Chino, Rubio. Esta vez se ha pasado siete pueblos… Ha asaltado con sus dos gorilas el piso de uno de los nuestros… Le ha levantado quince kilos de farla de la nuestra…

—Hostia puta…

—Como te lo digo. Hostia puta, sí. Y, no te lo pierdas, ha dejado un mensaje tras vapulear a nuestro chico. El mensaje es para nosotros…

—¿Qué dice ese hijoputa?

—«Dile a tus jefes que no me van a dejar fuera del negocio, que si no me venden ellos la farlopa, yo mismo la cojo.»

—Encima que no nos pagó la deuda… Qué hijoputa… Basilio, mañana por la mañana vuelvo a Valencia, ¿puedes apañar una cita con los Coraje a ver si les podemos pagar para que nos solucionen de una vez este tema? ¿Puedes?

—Sí, supongo que sí. Éstos siempre están en su cuartel. Ahora mismo les aviso y te digo.

—Vale. Te llamo mañana cuando llegue.

Sacramento se secó despacio y, mientras se aplicaba leche hidratante, le preguntó a su hombre:

—¿Todo bien, cariño? Te ha cambiado la cara…

—Sí… Sí… Es que estás tan buena que me puedes…

Sacramento sabía que algo malo sucedía.

Intuía. Adivinaba. Disimulaba. Había captado hebras de la conversación. Pero prefirió no preguntar.

El Rubio ya no era feliz.

Y el Chino era el culpable.

42

—Rata asquerosa. Saco de mierda. Debería partirte la cara ya mismo con mi fusca. Sólo por higiene y como medida preventiva. La humanidad entera me lo premiaría.

—No se ponga así, inspector, por favor…

—No me llames «inspector». Tú no tienes derecho a llamarme así, puto chivato.

—No se enfade, hombre, no le entiendo. Vengo a verle de buena fe y le estoy dando información fetén, inspec… Señor… Y usted me maltrata… Es que no le entiendo…

—El que no lo entiende soy yo, pedazo de membrillo, y eso me tiene muy mosca… Tú sólo me has dado en todos estos años soplos de mierda, miserias de gente que movía gramos, no kilos… ¿Y ahora así como por arte de magia me vienes con un tesoro? No sé. No me fío una mierda. Eres un julandrón y tu madre era una zorra que te abandonó porque vio lo feo que eras. ¿Por qué has tardado tanto en revelarme los secretos de ese Alí Babá? ¿Por qué, eh?

—Joder, a veces sé callarme. A veces me guardo algo valioso para soltarlo en el momento oportuno… Yo valgo lo que mi información, comprenda usted que a veces la dosifique… Además, ese notas empezó antes de ayer, como quien dice. Sé sus trapicheos desde hace poco… Le he hecho algún favor… Cree que soy legal… Y a mí manera soy legal, yo sé que sí…

—Tú en tu puta vida has sabido dosificar, mírate un poco, anda, por Dios… Y nadie se cree que eres legal. Nadie te toca ni con un palo de cinco metros… Eres una escoria, ¿qué coño me estás vendiendo…?

—Se lo vuelvo a repetir, señor Esquemas.

—Mi apellido ni te atrevas a pronunciarlo, que te juro que, como lo vuelva a escuchar en tu boca, te mato.

—Vaaale… El notas que le digo guarda desde ayer doce kilos de farla. Los tendrá mínimo una semana en su piso de Getafe. Mínimo. Luego correrá la voz y lo pulirá rapidito. Hay que espabilar. Usted le da el palo, hace justicia de la suya, se tira el moco y me suelta mi propina. Pero debe darse prisa… Este asunto hay que cazarlo al vuelo… Al vuelo…

—No me gustan las prisas, capullo. No me gusta que me den prisa. Los malos toreros tienen prisa y en esos casos les empitona el toro.

Santiago Esquemas reflexionaba rápido. Su cabeza era puro magma. Doce kilos. Un buen alijo. Hacía tiempo que no llevaba nada jugoso a la comisaría y le vendría bien un acierto para poner el casillero a cero. Ya hacía tiempo que en el curro le miraban mal todos, incluidos los jefes, sobre todo ellos. Su presencia pendeja los indigestaba. Su lado de francotirador pasaba factura. No le podían expedientar porque sus cifras de detenciones lindaban el récord. Pero, aun así, lo tenían atragantado y esperaban una oportunidad para abrirle un expediente y cesarlo de empleo y sueldo una temporada. Por chulo. Por cabrón. Pendían sobre él rumores no muy halagüeños. Las habladurías le perseguían.

Se decía que tenía una puta negra de novia.

Se decía que pasaba horas en la comisaría durante las noches buscando algo en los archivos de los ordenadores de una manera obsesiva. Y se cagaba en los santos evangelios a pleno pulmón porque nunca encontraba lo que su alma exigía.

Se decía que tenía la mano larga y el gatillo de la cacharra fácil.

Pero eso no era lo peor. Los confidentes de algunos compañeros de placa comentaban que se había cargado a un camello porque le miró mal. Sus modales ásperos, su escasa camaradería y su aspecto siempre como de recién levantado tampoco contribuían a trasladarlo a lo más alto de un concurso de popularidad entre las comisarías madrileñas. Se había ganado fama de hosco, de violento, de amargado.

Esquemas huroneaba y no tenía amigos entre los suyos.

Esquemas era raro de cojones y no asistía a las cenas cuando alguien se jubilaba.

Esquemas era un mamón que no compartía boletos de la Primitiva con los colegas.

Se decía mucho de él y nada bueno. Ésa era la realidad. Así pues, le vendría bien una captura de cierta importancia, al menos cubriría el expediente y le dejarían en paz un mes o dos. Entregaría cinco kilos a la comisaría y también al camello imbécil. Éste berrearía que eran doce kilos, pero la ley estaba del lado de Esquemas y su palabra de poli era sagrada. Nadie podría demostrar lo contrario. Le pasaría la mandanga a África, aunque el negocio agrícola de ésta había demarrado fuerte. La cabrona tenía buena mano con las plantas, eso era innegable. Y olfato para los negocios. Era espabilada como un resabiado contable, la negra.

—A ver, vuelve a contármelo todo, tarado. ¿En Getafe está ese menda, dices?

Y el tarado de lengua resbaladiza que comerciaba con información se lo volvió a narrar.

Los sesos de Esquemas burbujeaban en la caldera de la avaricia.

—Mira, capullo, vamos a hacer una cosa… Háblale de un amigo tuyo que le va a comprar un par de kilos, con posibilidad de repetir. Vamos una tarde, hablamos con él, observo el terreno y luego ya decido. No quiero sorpresas, no quiero prisas. ¿Te enteras? Quiero verlo, quiero verlo todo.

Su chivato tarado pactó el encuentro. Dos días más tarde acudieron a ese piso.

A Esquemas le repelía la repetición de los patrones. Pisucho lóbrego aromatizado por orín de gato. Sofás descascarillados y un menda con pretensiones de ejecutivo agresivo del lumpen negociando la compra-venta con ínfulas de Rockefeller. El menda se hacía llamar Mon. Esquemas, por romper el hielo y fingir buenismo quincallero, le espetó:

—Mon es de Ramón, ¿no?

—No, no, en realidad es un mote que me pusieron en el cole y que se ha quedado. Me llamo Antonio, pero todos me llaman Mon.

Esquemas no entendía nada de las nuevas generaciones. Recordó a su mentor Lázaro Quirós. ¿Qué habría pensado él de estas estupideces?

El tal Mon lucía brackets en la piñata y un bigote de los años setenta a lo Burt Reynolds. Le habían interrumpido su sesión de cine vespertino. El tipo estaba enfrascado con *Los cazafantasmas*.

—Una obra maestra, ¿la conocéis, no? —dijo.

Esquemas seguía sin entender. Estaba a punto de estallar con la absurda situación. Mon movía el cuello cuando hablaba como esos perritos de goma que decoran las bandejas posteriores de algunos coches. Se quedó quieto y habló con una franqueza que desarbolaba:

—Bueno, al lío… ¿Quieres algo, no?

—Sí, sí quiero. Enséñame el material…

—Pero ¿qué dices? ¿No irás a pensar que lo tengo aquí, no? Ni de coña… Tú dime cuánto quieres y ya lo traeré y te lo daré cuando vea tu dinero… Lo tengo bien escondido… Tú, tranquilo, es mandanga de la buena. De la muy buena.

Esquemas sospechaba que ese tal Mon estaba mal de la cabeza. Como todos los jodidos camellos, por otra parte. Tíos que vivían en una telaraña de paranoias. ¿Qué les podías pedir? Gentuza. El tipo prosiguió. Extrajo una bolsita camuflada tras el cojín del sofá.

—Miraaa… Que te veo muy desconfiado, macho. Mira el material… Pruébalo y me dices…

Esquemas calculó que allí habría cincuenta gramos. No valía la pena darle el palo por esa cantidad. Declinó la invitación.

No tardaron en llegar a un acuerdo sobre el precio y la cantidad. Doce mil euros el kilo y se quedaba los doce kilos. Se citaron para dos días después a las cinco de la tarde. Cambiarían la pasta por la farlopa. O eso creía ese infeliz.

Cuando la rata y Esquemas salieron de allí, escucharon la melodía de los cazafantasmas… El pasma casi regresa al lóbrego salón para disparar contra el televisor.

—Si pasa algo raro, te mato y te vas a vivir para siempre con los fantasmas —le espetó Esquemas a la rata mientras le palmeaba la mejilla al salir de ese antro.

43

Generoso Coraje estaba todavía más gordo desde la última vez que el Rubio lo vio.

Permanecía impasible, sentado sobre una butaca de madera cortada a medida por algún carpintero con conocimientos de ingeniería, pues estaba plagada de contrafuertes. Si hubiese sido negro le habrían tomado por el rey de su tribu, un monarca absoluto sobrealimentado gracias a los tiernos exploradores de sabrosa carne que bullían en el caldero. Al ser cobrizo no se le podía achacar, en principio, canibalismo, pero desde luego zampaba como un verdadero tiburón blanco.

Dos pequeños ojos se hundían entre unas bolsas de carnes elásticas y encueradas que, por su tamaño, habrían servido para esconder un teléfono móvil.

Usaba una especie de chándal a modo de pantalón y una extraña guayabera parda, tejida por alguna artesana de su parentela, jalonada por un rosario de migas y manchurrones de la última comida. Dos tirantes anchos como autopistas sujetaban el pantalón. Calzaba pantuflas y sus pequeños pies, grumosos como dos hamburguesas de quinientos gramos cada uno, no parecían poder sujetar tanto peso si acaso osaba levantarse.

Generoso Coraje lucía dos espolones en forma de cruz tatuados en el cuello bajo la oreja izquierda. La marca de la casa, el estandarte de la familia. Sus hijos Modesto, Pacorro, Diego y José Manuel exhibían idéntica seña de tinta en el mismo lugar. Tatuajes algo chapuceros, bastante rudimentarios, porque a buen seguro de ese trabajo se había encargado otro miembro de la tropa. Los

Coraje, en la medida de lo posible, creían en la autarquía y les placía considerarse autosuficientes. Estaban orgullosos de ser lo que eran y no se ocultaban. Los cuatro hijos se sentaban a la diestra del padre, en riguroso orden de edad, de mayor a menor, en lo que parecía ser un banco de iglesia.

Basilio se situaba junto al Rubio y ambos se sentaban en dos sillas de railite repescadas de algún vertedero.

Los Coraje y la autarquía. Los Coraje no habían oído hablar de la obsolescencia programada. Ellos nunca tiraban nada, si acaso recogían y reciclaban. Eran sostenibles, aunque jamás habían escuchado esa palabra.

«Deja que hable él primero. Que pregunte él. Y dile la verdad, ni se te ocurra no ser sincero u ocultarle información, pues entonces pasará de nosotros. Parece que esté alelado, con esa forma de ballena que tiene y esos ojos que no se le ven; pero no te fíes, es listo como el hambre el muy cabrón. Como el hambre. Hazme caso», le había advertido Basilio al Rubio.

Llevaban más de cinco minutos mirándose las caras. Desde esa distancia, apenas un metro y medio, a Basilio y al Rubio les costaba averiguar si Generoso tenía los ojos abiertos o cerrados, si estaba despierto o dormido. Su barbilla se sujetaba por una triple papada que se fusionaba con el barrigón que le nacía por esas alturas. Sí podían asegurar que vivía porque el poderoso ruido de su respiración le delataba y sonaba al rebotar contra los rincones de esa estancia dotada de tele paquidérmica, mobiliario disparatado, paredes de ladrillo sin lucir ni pintar y un suelo vintage a su pesar, o sea formado por retales de diferentes familias de baldosas.

Su respiración sonaba como el motor gripado de un camión. ¿Estaba despierto o dormido? Dos minutos más tarde confirmaron que estaba despierto porque Generoso habló con una voz aflautada, de lija, casi chillona, asombrosamente discordante con su corpachón. Movió unos centímetros la morcilla de su dedo índice señalando al Rubio.

—Cuánto tiempo sin vernos, Rubio. El negocio de los gallos marcha bien... ¿verdad?

—Sí, y más con buena gente a mi lado como Basilio.

—Ah… Basilio, sí, le veo muy bien… Le conozco de siempre… Nadie le quería y nosotros le dimos techo… Un gran muchacho… Fiel y leal. Y sabe de gallos, desde luego. Les habla y les masajea los cojoncillos antes del combate, que lo sé… Ya no queda gente como Basilio… Hiciste bien en contratarle. Te tenía que haber pedido más dinero…

La siguiente y desesperante pausa duró siete minutos. Justo cuando el Rubio pensaba en cómo lograría semejante mole ducharse o efectuar otras acciones relacionadas con la higiene, la montaña volvió a emitir sus quejidos de viento filtrándose por el resquicio de una puerta.

—Te has convertido en un prometedor gallero…

—Eso espero. Creo que hay mucha nobleza en esas luchas. Soy, digamos, nuevo en esto, pero me encanta el mundo de los gallos…

—Sí, eso está muy bien… Yo soy de la octava generación de galleros… Que al menos sepa y conste, pero igual más… Sí… Ya lo creo…

Tosió. Se atragantó. Se sofocó. Su hijo Modesto se desvaneció. Reapareció con un botijo. Se lo tendió. Generoso bebió durante dos minutos. Había algo sobrenatural en esa forma de beber en extremo ávida. Se fundió el contenido. Se limpió con el burujo de pañuelo que pendía del lateral de su butacón fabricado a medida. Generoso tenía lo básico al alcance de su mano y, si no, sus hijos se lo acercaban.

Eructó. Una, dos, tres veces.

—Es Coca-Cola. Me gusta algo desbravada y bien fresquita, por eso mis hijos la meten en el botijo. La uso de jarabe contra la tos. También me va bien para el dolor de vientre y para orinar mejor. Sí, me va bien. Y me despeja.

Eructó por cuarta vez. Luego tomó aliento y prosiguió:

—Bueno, muchacho… Creo que tienes un marrón… Me dicen que un tipo te está puteando y que ya no puedes más, ¿es eso verdad?

—Totalmente. Hay que acabar con él. Tengo que dar ejemplo. Tengo que mandar un mensaje claro para que no se repita la historia. Tengo que ser muy claro…

—Ya veo… ya veo…

—No sé si se pueden encargar ustedes o me pueden facilitar el contacto de alguien… Me sirve cualquiera de las dos opciones y el precio no me importa. Se lo digo así de claro.

Nueva pausa, esta vez de tres minutos. La masa de su carne trepidó como una ola.

—Mira, Rubio, vienes con Basilio y eso me basta, por eso te hablaré con franqueza… Nosotros no nos dedicamos a esas cosas… Los gallos son lo nuestro… Ahora bien, conozco al mejor en esos trajines. Es amigo de nuestra familia desde hace años. Le llevamos apuestas de nuestros gallos. Nos entendemos y nos hacemos favores. Es un hombre de palabra. Militar de Ceuta, no te digo más. Yo hablo con él y, si él me autoriza, te paso su contacto y lo habláis. ¿Te vale?

—Me vale. Claro que sí. Y, en fin, don Generoso, ¿qué puedo hacer yo por usted, o por sus hijos? Entiendo que su tiempo vale dinero… Usted me dirá si yo…

—Quita, quita… Dinero… ¿me ves pinta de piojoso? ¿Crees que hago esto por dinero? Me ofendes, Rubio…

—No, por favor, no pretendía yo…

—Muchacho, muchacho… ¿Te gustan los gallos y a mí también, verdad?

—Así es…

—Dentro de un tiempo tu próximo campeón, porque ya sé que aquí nuestro amigo Basilio está preparando un gran campeón, competirá contra algún gallo malejo para ir agarrando experiencia, ¿verdad? Y no me digas lo contrario porque sé cómo se lo monta Basilio, lo sé porque es como si le hubiese parido yo…

—Sí, sí… Ésa es la idea… Habrá que foguearle primero.

—Vuestro campeón ganará. No me digas cómo lo sé, pero lo sé. Los gallos no tienen secretos para mí.

—Ojalá sea cierto…

—Ganará, y yo también apostaré por tu gallo en esa ocasión. Pero luego, cuando sane de sus heridas, quiero que el siguiente combate lo haga contra Pánzer, mi campeón. Ahí nos veremos. Ahí y en las apuestas. Será el combate del siglo, ya sabes. La vamos a liar. Montaremos un espectáculo que nadie se querrá perder. Te lo digo yo, Generoso Coraje. Me gustaría tener un digno contrincante para mi campeón. Si quieres hacerme ese favor, perfecto, si no, tampoco pasa nada...

—Don Generoso, me encantaría devolverle a usted el favor, faltaría más... Pero su campeón Pánzer es mucho campeón para nuestro gallo. No sé yo si las fuerzas estarán igualadas... El nuestro será muy bueno, pero es joven, nada que ver con un veterano como el suyo...

Generoso tosió. Se sofocó. Escupió contra el pañuelo multiusos. Su hijo Diego le administró el botijo ya repuesto de refresco desbravado. Generoso fulminó el contenido. Qué bárbaro. Se limpió los belfos con el pañuelo recién escupido. Tomó la palabra.

—Ah... Vaya... Vaya, vaya... Muy bien... Entonces no me quieres hacer ese favor... De acuerdo...

Sus ojillos negros emitieron hectómetros de ponzoña.

El Rubio entendió y reculó dócil.

—No, no... No, don Generoso, nada de eso. De hecho, si nuestro gallo sale bien de su próxima pelea ya le pondremos a punto durante el tiempo que sea menester para el combate del siglo... Pues claro que sí.

Los ojos de Generoso Coraje retornaron a sus cuevas.

—Bien, muchacho, bien... Bien, bien... Me gusta esa respuesta... Pero que ese tiempo no se alargue demasiado, eh. Esta semana, arriba o abajo, tendrás noticias de mi amigo. Y ahora marchaos, tengo hambre y quiero cenar con mis hijos... Ah, sí... Cuando te llame la persona que te interesa para solventar tu asunto te dirá una palabra clave, será «Ceuta». Te lo dirá al principio. «Ceuta», acuérdate bien, eh.

—«Ceuta», no lo olvidaré. Gracias, don Generoso. Gracias.

Al salir, Basilio no pudo evitar comentar los negros pensamientos que le abrumaban.

—Maaal rollo, Rubio, mal rollo. Ese gordo trama algo, seguro. Le conozco, no da puntada sin hilo. ¿Has visto cómo brillaban sus ojos con las apuestas? Tenías que haberte negado... No me gusta comprometer a nuestro gallo ni que otros dirijan su carrera. Nosotros decidimos cuándo y contra quién pelea… Mal asunto, Rubio, malo, malo…

—Hostias, Basilio, ¿y cómo nos negamos, eh? ¿Cómo? Dime cómo, ¿eh? Tenemos que acabar con el Chino como sea de una puta vez y necesitamos un profesional que haga un trabajo perfecto para que nadie olvide cómo respondemos cuando nos faltan al respeto. No teníamos otra salida.

—Sí, supongo que tienes razón.

Ya en el coche, mientras regresaban a casa, el Rubio preguntó:

—Oye, Basilio, ¿esos hijos suyos estaban sentados en el banco de una iglesia o qué? ¿A esa gente qué le pasa? ¿Profanan iglesias por las noches o qué?

—No lo sé, Rubio, no lo sé. Te puedes esperar cualquier cosa de ellos. Para mí que cuando se ponen calientes hasta se follan a sus gallinas… Capaces sí son, te lo digo yo.

—Menuda pandilla… La hostia… Oye, y ya puestos, ¿cómo vamos a llamar a nuestro gallo? ¿Has pensado algo?

—Rambito. Le vamos a llamar Rambito. Al fin y al cabo viene del linaje de Rambo, su abuelo. Y de su padre el Coronel Trautman. Además, el nombre despistará a los Coraje. Que se jodan.

Rambito.

El gallo se llamaría Rambito.

44

A las cinco en punto de la tarde Santiago Esquemas pulsaba el timbre de la covacha de Mon. Éste abrió la puerta encorvado y legañoso.

—Joder, sí que eres puntual... Estaba medio sobado viendo una peli que...

—Soy puntual, y me importa una mierda la peli que estabas viendo. Vamos al salón y solucionemos esto rápido, que tengo prisa...

Mon recorría el pasillo seguido por Esquemas. El pasma había dormido poco y tenía ganas de bronca, porque la noche anterior había estado comprobando tiroteos en el ordenador de la comisaría.

Buscaba. Comparaba datos. Pero nunca saltaba la liebre que le pusiese sobre alguna pista de su venganza. Desesperaba. ¿Nunca encontraría al que masacró a su padre hasta reducirlo a un estado semivegetal?

Acababa de triturar otra férula contra el bruxismo y llevaba horas soportando un acúfeno más estridente de lo habitual. Su cabeza zumbaba. Su piel irradiaba melodías de intranquilidad. Su mentón cuadrado interpretaba canciones tristes de triunfos evaporados. Mientras recorrían el pasillo acarició la culata de su arma.

Sería rápido. No pretendía montar el número del madero hijoputa, pero deseaba que Mon se atrincherase chulapón y farruco para castigarle. Necesitaba descargar su furia, su odio, su rencor. Su sangre acumulaba intenciones asesinas.

La sangre llamaba a la sangre. Su cabeza seguía zumbando a

máxima potencia y amenazaba con superar la barrera del sonido. Segar una vida era un acto tan horrible que le aportaba una extraña calma. Algunas personas no merecían vivir. Él tenía placa, pipa y unos cojones como pianos de cola. Ojalá ese mamón le mirase mal... Ojalá le diese motivos para descargar su ira justiciera...

Llegaron al salón. Cuando se disponía a encañonar al cazafantasmas, Mon escuchó una voz cascada, autoritaria y firme justo a su espalda.

—Quieto, hombre, quieto... Quieta esa mano ya mismo... No te precipites... Saca la mano muy despacio de tu sobaco... Así... Poco a poco... ¿Qué guardas ahí? No, no me lo digas, una estampita de la Virgen de Lourdes, ¿a que sí? Hombre, buena cacharra... Una Smith and Wesson... Yo soy más clásico, pero cada uno tiene sus gustos...

Ventura se escondía tras la puerta entreabierta del salón desde las doce del mediodía. Menos mal que en ese cuchitril infecto había un taburete cojo donde poder reposar. Era perro viejo y concienzudo. Había hecho bien anticipándose con esa holgura porque Esquemas había llegado a las dos y desde esa hora había estado vigilando el edificio de Mon. Siempre sospechaba y las sorpresas eran para los tontos. Él era un tipo precavido.

Esquemas se preguntó quién sería ese cabrón que se atrevía a apuntarle. Su asombro vino reforzado por otro lindo subidón de acúfenos.

—Date la vuelta muy despacio... Quiero verte la carita... Y las manitas sueltas, eh, no me obligues a hacer algo feo porque te aseguro que te meto una bala en la frente...

Esquemas se giró poco a poco. Dos metros le separaban de un tipo algo chaparro y con tendencia a la curva de la felicidad que velaba su rostro con un pasamontañas.

Le chequeó con su superpoder. Esquemas reconocía la psicología del otro, aunque ocultase su jeta bajo el velo de un pasamontañas porque él tenía rayos X.

Aquel tío tenía huevos. Aquel tío no faroleaba. Aquel tío exudaba temple. Aquel tío era un profesional... Una automática Astra del 9 se fusionaba en genuina armonía con su mano. Sabía agarrar el arma y se notaba que ya había disparado antes. Aquel tío era amigo y hermano de las armas. Aquel tío era capaz de pajearse con una mano mientras con la otra sujetaba su arma. Aquel tío era ambidiestro y cabal.

O tenía formación militar o era militar. Aquel tío desde luego mosqueaba.

Su acúfeno cesó de repente y sintió que su superpoder aumentaba… Aquel tío era malo de verdad… Pero cuando le radiografió desde las raíces hasta las puntas supo que no le mataría. Aquel tío no mataba en frío. Desde luego que no. No era un asesino a sangre fría. En caliente sí podía matar, pero no en frío.

Santiago Esquemas primero empezó a sonreír, luego su boca adquirió una forma ovalada de culo de pato para iniciar una carcajada. Sonaba a gemido de orate que se cree invencible porque un invisible chaleco blindado detendrá las balas. Ventura Borrás se bloqueó un par de segundos.

Ese pasma era un kamikaze del carajo y le importaba todo un bledo.

Ese pasma hacía tiempo que había cruzado el punto de inflexión de la cordura y ahora transitaba en un universo paralelo de rapiñas extremas y bajas pasiones.

Ventura no movió un músculo. Le apuntaba directo a la frente y no fallaría desde esa distancia porque era un tirador de primera. No parpadeaba cuando presionaba el gatillo y la estampida retumbaba y el olor a cordita alimentaba los muertos. Había matado en el Sáhara cuando era un militroncho mozuelo a dos moros satánicos que violaban a una chica polisaria.

Bang, bang.

Se había cargado no hacía mucho en Tánger a otros mendas luciferinos y gitanuzos en una ensalada de tiros en la habitación de un hotel por un asunto de sesenta kilos de pura coca.

Bang, bang y bang.

Nunca fallaba porque al mantener los párpados abiertos teledirigía las balas. Ese asunto tangerino le había dejado una amiga para siempre, hermosísima, que vivía a caballo entre Tarifa y Madrid. Pensó que le debía una visita. Recuperó la compostura.

Aquel pasma se comportaba como una maraca, como una regadera. No había previsto Ventura ese acceso suicida. El colombiano-mahometano o hijo de su putísima madre, el reloco Germán «Milvidas», ya le podía haber advertido de la clase de prenda que era ese pasma. Y desde luego no entraba en sus planes cargarse a un madero así sin más, qué coño. Pareció que Esquemas le leía el pensamiento. Cesó su risa y su atractiva faz teñida de maldad adquirió una capa de cemento agresivo.

Mon intentaba hacerse invisible en un rincón. Las rodillas le temblaban. Se encogía. Se acurrucaba. Le habría encantado ser el increíble hombre menguante.

El pasma y Ventura se mantuvieron estáticos en un duelo por ver quién era más duro. Esquemas rompió el hielo.

—Soy madero, pedazo de gilipollas. Sí, soy pasma, del ramo de los estupas. ¿Te dice eso algo? Bueno, a lo mejor ya lo sabes. Soy ese madero que está como una cabra... ¿Qué vas a hacer? ¿Dispararme? Pues más te vale porque si tardas el que te va a matar soy yo. No tienes ni puta idea de quién soy...

Crecía el volumen de su voz. Dio un paso en dirección a Ventura.

Mon se acuclilló contra la esquina de la pared buscando cobijo junto al lateral del sofá. Pensó que no le habían pagado lo suficiente porque aquello tenía pinta de acabar de manera pésima.

Chaparronearon más impertinencias de Esquemas.

—¿Qué? ¿Me vas a meter un tiro y luego qué? Es que no tienes ni puta idea de con quién te has metido... Cómo te has equivocado, tío, pero cómo te has equivocado...

Separó los brazos de su cuerpo y abombó el pecho a modo de provocación. Se ofrecía laico como un mártir preñado de testosterona.

—Venga, tío... Venga... Venga ya, hombre... Dispara, cabrón, dispara...

Mientras escupía sus palabras avanzó otro paso. Ventura siguió estático, ni siquiera respiraba. El pulpejo de su dedo acusaba una sensibilidad y una presión enorme. Si daba dos pasos más la distancia de seguridad se reduciría y tendría que disparar. Y lo haría. Era él o el pasma. El superpoder de Esquemas percibió el peligro y vaciló. Pero de nuevo arracimó sus moléculas de locura.

—Pues me vas a tener que matar porque voy a sacar mi arma y te voy a meter tres tiros por gilipollas. Soy pasma y tú, no. A ver cómo vas de huevos, gordito... Seguro que debajo de esa máscara estás sudando como un pollo. Mira, mira mi manita...

Ventura no se movía pero una oleada de pánico le inyectó un subidón de adrenalina... Reconcentrado, calibró la situación... «Tranqui, Ventura, tranqui. Si ese hijoputa avanza, le matas y luego ya veremos... Tranqui, eres un legionario y a ti no te acojona un pasma perturbado.»

No tenía otra salida, en cuanto la mano del pasma desapareciese dispararía...

La mano de Esquemas inició lenta el recorrido hasta su arma...

Entonces irrumpió una mole aulladora desde la cocina y golpeó el cráneo del Madero con una porra metálica y extensible. Sonó a nuez rota. El madero se desplomó. Manó abundante sangre.

El repentino silencio instalado tras el súbito tornado infartó a Mon. Boqueaba como un pez fuera del agua. Lo tenía clarísimo: le habían pagado muy poco por participar en aquel guiñol de sangre.

—¿No le habré matado, verdad? —masculló la mole.

Ventura suspiró. Se quitó con rabia el pasamontañas y dijo:

—Joder, Abel... Joder... La hostia puta... No sé a qué coño esperabas... Casi le meto un tiro... No, no le has matado, respira, pero casi preferiría verlo muerto... Qué mal rato me ha hecho pasar este puto loco...

—Ah, entonces no lo he matado... No he hecho nada antes porque no tenía claro si lo quería usted matar, sargento.

—No, Abel, no, creía que tenías el plan bien metido en la cabeza. Yo le apuntaba y entonces tú le dormías. Pero creo que hubiese sido mejor matarlo... Algo me dice que hubiese sido mejor... Este madero es un perro loco...

Abel, alias la Mole, en realidad se llamaba Abdelkrim Sofian Rami. Era de padres argelinos, aunque nacido en Francia. Medía metro noventa y cinco y pesaba 130 kilos de puro músculo. Acudir a la mezquita para la genuflexión dirigida hacia La Meca, Cuenca o Formentera nunca le sedujo. La guerra santa de los muslimes decapitadores, menos aún. Ejerció de pequeño delincuente de cortas miras, de borrachín amateur, de carne de discoteca y de conato de gigoló para señoras francesas divorciadas con cálidas necesidades de entrepierna.

Se alistó a la Legión Extranjera Francesa. Le metieron caña por moraco y por disperso y consideró que sus suboficiales eran unos mamarrachos y unos vagos. Desertó. Emigró a España. Trabajó de matón en Barcelona. Luego de monitor en un gimnasio de barrio. Siguió musculándose como una bestia. Se alistó a la Legión Española y en Ceuta conoció a Ventura. El sargento había detectado potencial en él. Nunca sería un pura raza como lo fue Tiburón, uno de los mejores que jamás tuvo Ventura y que sufrió un fatal desenlace en el no muy lejano trasiego sucedido en Tánger; ni mucho menos adquiriría la maestría gélida de Gus, pero resolvía los entuertos con resolución y fuerza bruta.

Y era obediente.

Abel. Abdelkrim Sofian Rami. Así se llamaba la mole. Ventura le bautizó primero como Abdel para facilitar el trabalenguas de morería. Luego cristianizó su nombre hasta dejarlo como Abel. Así llamaba a su mole leal, Abel.

—Abel, la próxima vez sé más rápido, ¿quieres?

Eso dijo Ventura cuando pusieron rumbo al casoplón de Germán «Milvidas», allá en la tan repija urbanización La Moraleja, para entregar el paquete que guardaban en el maletero completamente atado y con una brecha de cañón del Colorado bajo la oreja derecha.

El cuerpo de Santiago Esquemas rebotaba en aquel cubil y su acúfeno bramaba como la sirena de un paquebote. ¿Quiénes coño eran esos tipos y quién los enviaba? Los mataría a todos, empezando por ese chivato suyo que le había tendido la trampa. Y luego, al resto. Eso pensaba cuando despertó a mitad de camino.

Y los mataría a fuego lento.

45

Sacramento lucía radiante. Las mejoras en la vivienda habían finalizado y durante las dos últimas jornadas trotaba pizpireta y orgásmica reordenando su ropa, sus bolsos, sus zapatos, sus complementos, su universo entero, su Disneylandia particular. Había recuperado prendas de las que ya no se acordaba y eso le proporcionaba una felicidad infantil. Su vida le encantaba. Cada vez se sentía más unida a su Rubito. Se metió otra raya, así como de merienda, para cobrar nuevo brío y proseguir la reorganización de sus fruslerías.

Basilio y el Rubio caminaban entre las nuevas jaulas admirando el sistema que evacuaba el estiércol gallináceo. El epicentro del costoso sistema hundía su corazón bajo la jaula central ocupada por el futuro campeonísimo Rambito.

Habían iniciado el traslado de sus guerreros emplumados con parsimonia científica. Por derecho propio la suite central pertenecía a Rambito. Las otras jaulas se iban ocupando según largas disquisiciones entre Basilio y el Rubio. La voz cantante era la del gallero. Valoraban el posible talante del gallo, sus manías, sus costumbres, sus rutinas, sus apetitos, y también las horas de sol que cada box recibía y su posible exposición al viento...

Cualquier detalle, sobre todo para los ojos de Basilio, importaba y repercutía en el producto final. Él aplicaba feng shui de gallos. Si cada uno encontraba su perfecto acomodo, los luchadores lo agradecerían en sus peleas. El Rubio confiaba en el tullido porque su sexto sentido hacia los gallos estaba demostrado. Instalaron a cuatro más y Basilio se marchó a ver a su amada enana Esmeralda.

El Rubio se desplomó sobre una butaca de mimbre estilo *Emmanuelle* y observó la calidad de la obra. Qué gozo, contemplar esas jaulas construidas simétricamente sobre una planta radial y con materiales de alta calidad.

Ahí cristalizaba su imperio. Ahí yacía el fruto de sus esfuerzos y de sus congojas. Caía la tarde. Qué paz. Qué buena vida. Y la Sacra con su plástico infinito que le seguía poniendo recachondo. Cómo la amaba.

Su celular chifló. El Rubio miró la pantalla. Número desconocido. Su corazón sufrió una punzada. Muy poca gente, poquísima, tenía su número de teléfono. Y, desde luego, nadie le llamaba desde las sombras. Su chisme siguió pitando… El Rubio lo descolgó al quinto timbrazo. Al otro lado sonó una voz cascada, autoritaria y firme:

—¿Eres tú al que llaman el Rubio? —dijo la voz sin presentarse.

El Rubio dudó. Imaginaba quién le llamaba.

—Ehhh… Sí, soy yo.

—Te llamo desde Ceuta. He dicho «Ceuta». ¿Quieres que sigamos hablando?

—Sí.

—Bien, pues escúchame que no tengo mucho tiempo y, además, los móviles me dan repelús… Me ha dado tu número mi buen amigo el de los gallos, un tipo tan delgado que llama la atención, ya me entiendes. Dame su nombre y el apellido por el que se le conoce. Necesito comprobar que eres tú, no te ofendas…

—Generoso… Generoso Coraje…

—Correcto. Bien. Podemos seguir hablando… Sé que tienes un gallo muy prometedor y, tranquilo conmigo, que soy amante de esa noble disciplina. Combate dentro de unas cinco semanas contra un pollo hijoputa de las Canarias. ¿Correcto?

—Sí. Rambito es un campeón.

—Me asegura Generoso que va a ganar…

—Eso espero, ya veremos, ojalá sí…

—Ganará. Generoso nunca se equivoca.

—Bueno, eso espero…

—Yo acudiré a la pelea y allí hablaremos de nuestro asunto. Te veré cuando acabe el combate y estés celebrando el triunfo. Me cuentas qué te pasa y te diré si te puedo ayudar. No me busques. Yo te encontraré. Tú céntrate en la pelea y en ganar, aunque por muy mal que lo hagas, me dice Generoso que tienes un verdadero campeón. Te lo repito: yo te encontraré. ¿De acuerdo? Pues allá nos veremos. Ah, y que sepas que voy a apostar una pasta a favor de tu gallo…

Colgó sin esperar la réplica.

Sacramento sorprendió a su hombre meditabundo. Lo achacó al trajín de los gallos. Se sirvió un largo vermut con dos cubitos de hielo y tres aceitunas porque el perico le impulsaba la sed. Su hombre estaba preocupado. Lo percibía. El Rubio la miró derramando ondas cálidas sobre su piel.

—Oye, Sacra…

—Dime, Rubito…

—¿Tú qué sabes de mi negocio?

Tanto tiempo juntos y jamás le había mencionado el tema… Su Rubito se mostraba sentimental… Le pareció que eso denotaba unión, fusión, amor verdadero…

Sacramento bebió un trago extralargo, meditó dos segundos y optó por decirle la verdad. Cada vez quería más a su Rubiales.

—Pues, hombre, Rubio, a ver… ¿Cómo te lo puedo decir? A ver, así a lo tonto llevamos ya un montón de tiempo. Las personas que duermen juntas tanto tiempo yo creo que acaban sabiendo todo de su pareja. Yo creo que de tu negocio sé bastante más de lo que tú te imaginas, pero prefiero no preguntar y dejarte a tu aire. Si quieres, me cuentas, pero creo que sé bastante, la verdad… A lo mejor hasta sé de sobra. —Y arqueó sus cejas pícara.

El Rubio sonrió. Cuando Sacra era tan sincera, le desarmaba por completo.

—Vale, pues si sabes tanto, casi mejor no te cuento… De todas formas… De todas formas… Déjame que te pregunte algo…

—Ay, Rubio, miedo me estás dando que cuando te pones serio me asustas… Nos va todo bien, hombre, no me seas cenizo…

—¿Te puedo preguntar o no? Va en serio, Sacra…

—Sííí, total, no vas a parar…Venga, pregunta.

—Si me pasase algo, ¿podrías llevar tú el negocio? Dímelo, ¿podrías?

—Hombre, joder, menuda pregunta… ¿A qué viene esto ahora? ¿Qué va a pasar, hombre? Mira, Rubio, me estás asustando de verdad, eh…

—Sacra, contesta. Es importante.

Sacra exterminó lo que le quedaba de vermut. Se excusó. Se empolvó la nariz. Se sirvió otro vermut. Le arreó otro trago de profesional y regresó muy seria.

—Sí, Rubio. Sí que podría. Vamos, yo creo que sí.

El Rubio se levantó y besó sus labios. Su lengua alcanzó las entrañas de Sacramento. Ni siquiera se tomaron la molestia de ir a la cama para follar. La butaca de mimbre y cierto contorsionismo bastaron para favorecer un polvo de combustión espontánea. Rambito, el gallo campeón, observaba intrigado el humano trajín desde su lujosa jaula.

Cuando terminaron, tras el reposo preceptivo, el Rubio insistió.

—Bueno, pues te voy a contar un secreto de nuestra reforma… Será como nuestro seguro de vida… O como nuestra jubilación eterna… Tenemos un tesoro en un escondite secreto que han hecho… Los ahorros de tantos negocios… Levántate, que te lo voy a enseñar ahora mismo… Sólo lo sabe Basilio, y ahora tú, claro. No le cuentes nunca a nadie el secreto, eh, amor…

Sacramento Arrogante compuso faz de intriga peliculera mientras asentía dócil.

Un tesoro.

Cada vez se sentía más cercana a su Rubito…

Cercana de verdad…

Amor puro.

46

Aquellos cabrones no se andaban con miramientos. Arrastraron el cuerpo de Santiago Esquemas sin reparos y por eso el madero contó catorce peldaños que le martillearon el cráneo en dirección descendente. Con cada escalón su acúfeno recrecía y sus ansias matadoras se redoblaban. No gritó. No les daría ese placer a esos mierdas. Él no chillaría como una nena, aunque por momentos el dolor se tornaba insoportable y sentía que partículas de su sesera se colaban por la escorrentía de la brecha que le habían abierto.

Los mataría. A fuego lento.

Le alzaron. Le sentaron sobre una silla que gemía. Los mozos de mudanza que le trasladaron se marcharon tras quitarle de un tirón la capucha negra. No lo pudo ver.

Una parte del pelo de su nuca se apelmazaba con la sangre seca que había manado durante el trayecto.

Parpadeó.

Una bombilla enroscada sobre una lámpara minimalista segregaba una luz cálida. Chisporroteaba con un zumbido de mosquito. O eso le pareció, porque esa vibración no se correspondía con la indudable calidad de la lámpara. Todavía no se había recuperado del golpe. Sus sentidos le traicionaban.

Posó su vista sobre la mesa. Las yemas de sus dedos palparon la madera como se supone que lo haría un ciego. Detectó rugosidades. Se fijó. Eran manchas de sangre vieja y así averiguó que lo habían encajonado en un sótano apto para tormentos.

Mala gente. Profesionales.

Seguro que ese sótano estaba acolchado para que el vecindario, si es que había, no escuchase los prolongados lamentos de los pringados que acababan allí. Pero él no era un mierdecilla. Él tenía placa, pipa y cojones. Fueran quienes fuesen aquellos tipos, no estarían tan pirados. Si hubiesen querido matarle ya lo habrían pasaportado y él no se habría enterado. Estaría ya enterrado o en el fondo de un pantano.

No. Esos cabrones querían hablar. Bien, que hablasen. Él sólo quería matarlos. No pensaba negociar. Para él estaban muertos.

Sus ojos restablecieron la visión periférica. La rehostia. Aquel sótano era una cucada, la puta habitación de la princesita Blancanieves desposada con el príncipe, porque rezumaba armonía y buen gusto. Los muebles, las alfombras… Todo acogedor pero, a la vez, siniestro. Observó el arco bermellón que rodeaba la mesa. Sangre asperjada, sin duda. El centro de la estancia era el núcleo de los interrogatorios y de los tormentos.

Un tipo cachazudo, moreno, de pelo alborotado y mostacho bandolero penetró en el haz de la luz principal.

Sonreía.

Germán «Milvidas» disfrutaba con la escena: no todos los días secuestraban a un pasma corrupto y pendenciero y se lo traían enrollado como un vulgar salchichón de supermercado baratero.

—Vaya, vaya… Por fin te veo la cara… No eres feo, eso te lo tengo que decir, pero acumulas mucha maldad en tu rostro, ya lo creo… Acumulas mucha mala leche, como vosotros decís… ¿Te gusta nuestro rinconcito secreto, este sótano tan bonito? Mira, esa butaca de allí, de piel negra y madera de cerezo, la diseñó un tipo, igual un sensible inmenso porque es una maravilla… Se llama butaca Eames. Es un clásico. Yo era igual de ignorante que tú, sí. Lo sé gracias a mi patrón, que es un hombre tan pío como amante de las líneas depuradas. Le place la paz espiritual de los entornos agradables… Sí.

Santiago Esquemas continuó observando el sótano, sobre todo para buscar vías de escape. Era lo contrario a un cuchitril lóbrego. Primaba el blanco de las paredes y de la alfombra. Esos tipos estaban chalados.

Los mataría.

Parecía el picadero de un bróker atento al interiorismo más chic. Escupió una flema de sangre contra la mesa. Así marcaba el terreno. Habló.

—No sé quién eres, pero la has cagado, te lo aseguro que la has cagado y no tienes ni puta idea de hasta qué punto.

Desprendía odio. Destilaba intenciones asesinas. No arrojaba espuma por la boca porque la tenía inflamada y era incapaz de fabricar saliva. Germán se tronchó derramando una risotada franca. Disfrutaba.

—No, amigo, no te preocupes… Nosotros no la hemos cagado… Sabemos muy bien quién eres… De hecho, incluso sabemos que tu novia la negra empezó hace no tanto tiempo un negocio muy bien montado de marihuana… Es lista, la negra. Y guapa… Con un culazo… Lo vi en fotos… ¿Quieres verlas? Tú también sales en algunas…

Los ojos de Santiago bailaron claqué frenéticos. Aquéllos eran cabrones profesionales. Milvidas siguió hablando. Disfrutaba. Y mucho.

—Y te puedo dar los nombres de la mayoría de su clientela. Y decirte dónde está la nave donde cultiva sus plantitas… El truco de forrar el techo y los muros de plomo para eludir las cámaras de calor de la pasma es bueno, aunque nosotros ya lo conocíamos. ¿Quieres que siga?

Santiago Esquemas notó que su brecha supuraba de nuevo sangre extra y quizá un torrente de neuronas de su cerebro.

El acúfeno le taladraba. Recolectó fuerzas de donde pudo. Sin levantar la voz, desde una calma siniestra sólo patrimonio de los verdaderos locos y con las pupilas anegadas por chispazos sanguinolentos, dijo masticando cada sílaba:

—Os voy a matar, hijos de puta. A todos. Os voy a matar a todos. A vosotros y a vuestras madres y a vuestros hijos y a vuestros nietos y a vuestros hermanos y a vuestros sobrinos. A todos. A cualquiera que tenga relación con vosotros.

Germán «Milvidas» no le prestó atención. La misma sonrisa acolchada por su frondoso mostacho presidía su cara. Prosiguió su parlamento.

—Por supuesto, también sabemos quién eres tú. Por cierto que tus compañeros no te aprecian demasiado… Eres un bala perdida, querido Santiaguito… Un corazón loco…

Esquemas apretó los dientes y la tensión del marfil, apoteosis de bruxismo cañerísimo, casi le desencaja la mandíbula. Calló. No tenía ningún sentido hablar.

Los mataría a todos. Estaban muertos. Germán sí se mostraba parlanchín.

—Querido, queridísimo Santiago Esquemas, inspector de la policía nacional de la rama del vicio y de las drogas… Saliste con notas excelentes de la academia pero… Pues te torciste por el camino… Esas cosas pasan… A ver, te complace muuucho ejercitar tu propia justicia con tus mismas manos. Y tienes las manos muy largas porque te apropias de botines que no son tuyos. No, no, no. Y no se los das a tus compañeros; te los quedas para tu provecho mientras vende el material que incautas tu novia, la negra lista.

Era la segunda vez que aquel desconocido nombraba a África y eso no le gustó. Pero mantuvo su silencio mientras el tipo con acento de culebrón seguía discurseando.

—Y claro, amigo Esquemas, porque ahora que ya llevas aquí un rato con nosotros ya somos casi amigos, ¿verdad? Pues como te decía, amigo Esquemas, policía modélico de las fuerzas del orden y vigilante atento ante los camellos, si hubieses robado un poco, sólo un poquito, bueno, ya sabes, un pellizco aquí y otro allá, pues no nos habríamos molestado en invitarte a nuestro salón del amor, ya me entiendes… Se puede robar un poquito, eres de la madera y nosotros somos comprensivos… Pero —a Milvidas le cambió el tono de voz sin transición, ahora la agresividad presidía sus palabras— es que tú, sí tú, pedazo de grandísimo hijo de puta, hijo de un millón de putas sifilíticas, hijo de un trillón de putas que trasmiten gonorrea, no has parado de robar… de robar sin control, y luego tus víctimas vienen a quejarse a mí, a mí, una y mil veces a mí. Tú les machacas, les robas, les tocas los huevos y luego ellos me los tocan a mí… Muchas veces. Demasiadas veces. Y no me gusta nada que me toquen los huevos con culerías…

Esquemas reventó.

—Os voy a matar a todos, hijos de la gran puta. Y a ti te haré todo el daño que pueda. Me suplicarás que te mate para acortar tu dolor.

Milvidas efectuó una seña con la mano y el sicario exboxeador Gedeón apareció desde las tinieblas.

Le encajó primero un gancho contra la barbilla y luego un derechazo contra la mandíbula. Gedeón no olvidaba los relámpagos del joven y prometedor boxeador que fue.

Esquemas acusó los golpes. Vio las estrellas. Vio el firmamento entero. Vio la lluvia de Perseidas de la noche de san Lorenzo. Vio la luz fundirse. La bombilla de la lámpara recuperó sus chispas poco a poco. El acúfeno le masacraba el cráneo. Escupió de nuevo sangre fresca que se machihembraba con la ya reseca de anteriores episodios. Gedeón regresó a la zona oscura. Milvidas retomó su cháchara malhumorado.

—¿Te atreves a insultarnos en nuestra casa? ¿A amenazarnos? Te tengo encadenado como un perro y quiero ser tu amigo, te ofrezco mi mano… Pero tú nos brindas amenazas…

Una voz aflautada le cortó.

—Venga acá, Germán, por favor.

Milvidas acudió presto a esa voz, la de su amo. Esquemas escuchó cuchicheos. Esquemas escuchó: «Lo que usted mande, patrón». Esquemas escuchó: «De acuerdo, patrón, lo que usted diga, pues claro que sí». Milvidas retornó hasta su posición.

—Tienes suerte, pasma, tienes suerte.

—Tú sí tienes suerte de tenerme aquí atado, cabrón —acertó a responder Esquemas.

—Tienes suerte… Te voy a decir quiénes somos porque el patrón me autoriza y me dice que eres listo y entenderás… El patrón es Don Niño Jesús y está aquí con nosotros. No todo el mundo oye su voz y luego vive para contarlo. Y tienes suerte porque el patrón es magnánimo y vivir o morir, hoy, va a depender de ti. Sólo de ti.

La valentía de Esquemas se derrumbó al escuchar «Don Niño Jesús». Estaba sentado y por eso no le podían detectar el temblor de las piernas bajo la mesa. Pero le tiritó el alma, el corazón, el cerebro que escapaba pertinaz a través de la brecha de su cráneo.

Todo lo que se contaba de Don Niño Jesús aterraba.

Especialidad: torturar a cualquiera que pusiese mínimas, ínfimas objeciones a su organización.

Especialidad: atormentar física y psíquicamente con lentitud de caracol para realimentar el sufrimiento.

Especialidad: disponer de un médico de guardia para alargar la vida del torturado inyectándole chutes de adrenalina.

Especialidad: quemar luego al atormentado por fases.

Especialidad: efectuar con el desdichado o la desdichada una purificadora pira final que indicaba la liberación de sus pecados, así como su total redención.

Especialidad: añadir un «que Dios te bendiga» a ese montón de ceniza.

Además: Don Niño Jesús mantenía contactos políticos de alto nivel con políticos de diferentes gobiernos a los que había corrompido.

Además: Las especialidades de Don Niño Jesús ocupaban una biblia entera.

Con razón aquellos cabrones eran profesionales. Esquemas no permitió que le descubriesen su nuevo estado de ánimo, empapado por el pánico. Pero Milvidas captó sus dudas, su bajón, la tiritona de sus entrañas, el titubeo de sus huesos.

—Bueno, ahora ya sabes quiénes somos, ¿ves? Nosotros sabemos quién eres, lo sabemos todo o casi todo de ti, y ahora tú también sabes quiénes somos y cuál es nuestra fuerza.

La sesera de Esquemas era un lecho de arcilla a punto de precipitarse por un barranco. Las escasas fuerzas que le quedaban iniciaban una retirada vergonzosa. Tenía placa, pipa y cojones, pero él solo no podía luchar contra la organización de Don Niño Jesús. Por descontado.

Esta vez no escupió.

Se tragó una flema de sangre seca. Se tragó su orgullo. Se tragó sus cojones. Su voz sonó trémula, vencida.

—Sé quiénes sois. Os escucho.

Germán «Milvidas» desapareció hacia la oscuridad. Poco después apareció un hombre talludo, calvo y de mofletes pachorros. Era manco. La manga de la chaqueta de su inexistente brazo se enganchaba gracias a una aguja imperdible. Su voz resultaba aflautada, pero firme. Permaneció un minuto examinando al hombre atado. Percibió que estaba hundido. Justo ahí pretendía tenerle. Don Niño Jesús era un experto quebrando voluntades.

—Santiago Esquemas. Santiago, por favor, míreme usted, no tenga miedo. Míreme, se lo ruego.

Esquemas levantó su faz. Doble apoteosis de bruxismo y alaridos internos de acúfenos. El infierno en su caja craneal y Don Niño Jesús chequeándole con la única mano reposando sobre su tripa como la que entrelaza con la otra un sacerdote de pueblo durante un funeral.

—Mucho mejor así, Santiago. Le voy a hablar con total franqueza y luego usted decide… ¿De acuerdo?

Esquemas cabeceó con mansedumbre bovina.

—Lo que me ha permitido alcanzar tanta longevidad en este, digamos, negocio de peligros infinitos, contrariamente a lo que usted, Santiago, o en general la gente cree, no es la violencia. A veces es necesaria, claro, y ayuda, pues claro. ¿Usted lee libros de historia, Santiago? Yo, sí. Y la historia está plagada de violencia y los gobiernos de todas las épocas son los grandes criminales. Los mayores y más crueles. Sólo que ellos nos persiguen a los comerciantes como yo porque desean monopolizar esa violencia. Quieren la exclusiva del terror. Son unos verdaderos canallas. Unos maricas. Unos gonorreas. Unos malparidos y, además, cuando la situación se voltea, venden a su madre si es preciso porque son unos sapos. Pero tarde o temprano pactan con las personas como yo porque… ¿Cómo decirlo? Nos necesitan… Les hace falta nuestra plata. La avaricia y el ansia de plata les corroe. Yo aquí, que lo sepa usted, tengo amigos poderosos en la administración. Muuuy poderosos. Obedecen porque les tengo comprados, sólo por eso. Pero no le daré más detalles… Y estoy aquí para favorecer mejores amistades… Créame.

Esquemas sufrió una triple ración de acúfenos y un subidón descontrolado de bruxismo que le despellejó la mandíbula. Aquel tipo estaba mucho más loco que él. Se justificaba. Excusaba su imperio con paparruchas de terrorista hippy. Y se recreaba en sus explicaciones.

—Como le digo, Santiago, la violencia no ha cimentado mi poder. En absoluto. Sólo es el maquillaje chillón de la putita callejera. Si yo he llegado hasta donde estoy, ha sido gracias a mi capacidad para pactar, para tejer acuerdos siempre satisfactorios para ambas partes. Y ahí y sólo ahí radica la clave de la longevidad. ¿Usted quiere ser longevo? ¿Usted quiere llegar a viejo o quiere recibir plomo y hierro como de los clavos de Cristo?

Esquemas asintió con mansedumbre de vacuno.

—Pues atienda usted bien mi propuesta... Le daremos a usted un jugoso sueldo al mes, una plata bien larga que le cegará, no se preocupe. Por supuesto, nadie se atreverá a desarbolar el negocio de su novia; gozará de nuestra protección. También, cuando usted lo crea oportuno, le podremos ofrecer información interesante sobre ciertas actividades de nuestra competencia para que usted se ponga medallas al detenerlos y destrozar sus proyectos. ¿Vamos bien? Sí, yo creo que sí. Pero siga usted atendiendo mi mensaje, se lo ruego... Le haremos favores siempre y cuando estén en nuestras manos, y nuestras manos alcanzan hasta el cielo, créame. ¿Por qué sabemos tanto sobre usted? ¿La información parte de sus compañeros, de sus inmediatos superiores? No, va más allá, mucho más allá, pero mucho. Por supuesto, ya no tendrá, digamos, la misma libertad operativa porque seremos sus supervisores... Y también sus amigos, recuérdelo... Sus amigos... Sus protectores... Este punto es importante, de verdad. No somos unos huevones, usted ya lo sabe...

Esquemas tosió. Esquemas saboreó bilis trepando por su garganta.

—Necesito una respuesta ahora. Si me contesta que no, podrá marchar libre ahora mismo. Pero, eso sí, queda advertido, vigile siempre, porque no le garantizo ni su seguridad ni la de sus seres queridos. Se marchará con mis bendiciones. Yo siempre reparto bendiciones. Se marchará libre, se lo aseguro, pero ya no le aseguro nada más... Si me dice que sí, si usted acepta nuestra amistad, nuestra amistad eterna, ahora concretamos nuestro acuerdo y entonces sí va a tener mis bendiciones especiales, mis bendiciones de pura y sincera amistad, que le garantizarán suprema longevidad. ¿Ha entendido usted mi propuesta? ¿Qué decide? Me tiene que contestar ahora.

Esquemas se tragó una, dos, tres flemas resecas.

47

Toda la ciencia gallística de Basilio se focalizaba en ese preciso instante en el campeón Rambito. Le frotaba los huevecillos con amor y saliva. Le afilaba despacio el pico con las limas sobrantes que Sacramento usaba para sus uñas.

Pronunciaba sus conjuros de alquimista gallero.

Masajeaba con alcohol las pechugas de su luchador. Multiplicaba sus gestos con parsimonia de exquisito pianista, de amantísima enfermera, de suripanta asiática.

No había mucha diferencia en el trato con su amadísima Esmeralda. Parecía que amaba por igual al gallo y a la mujer de su vida.

Y también desarrollaba su penúltimo truco… Encendía un cigarro Cohiba y le lanzaba el humo de la primera bocanada contra los ojos y las fosas nasales. La nube de humo encrespaba al asesino de los espolones. Bastaba un poco para irritar su instinto navajero; el exceso de contaminación, en cambio, podía resultar perjudicial. Basilio controlaba a la perfección la dosis que convenía aplicar tras numerosos experimentos con los gallos que entrenaba para el Rubio. Basilio miró a su jefe y no le gustó la preocupación que expresaba aquella mirada.

—Rubio, concéntrate en la pelea y diviértete. Esto es el deporte más noble que existe en el mundo, aunque la gente no lo entienda. Y, más importante todavía, éste es nuestro pasatiempo favorito, nuestra válvula de escape. Además, nuestro campeón va a ganar contra ese bicho canario. Lo sé. Apuesta mucha pasta que nos forramos. A mi señal. Acuérdate de mirarme y yo te avisaré.

—No me preocupa la pelea. O sí. Pero es que tengo la cabeza en nuestra cita posterior...

—Coño, pues sal y tómate unas birras, muévete, habla con alguien, luego ya solucionas lo de tu cita. Te dijo el contacto de Generoso que él se presentaría a ti, ¿no? Pues olvídate por ahora y disfruta del momento... Anda, lárgate por ahí y déjame trabajar con Rambito, que me desconcentras con ese careto de lástima que arrastras... Rambito es el amo, es, ¿cómo se dice en inglés? Ah, sí, ya lo tengo, que me acuerdo de Elvis... Rambito es el King.

La Gallera El Rey registraba un llenazo histórico. Habían añadido gradas suplementarias y otra nueva barra. El Rubio se acercó en pos de una cerveza cuando vio a la camarera morenaza.

Ella le reconoció. Le puso ojitos de gallina blanca Avecrem que desea compartir su íntimo caldo de lujo. Realizó carantoñas de sutilidad agropecuaria. El Rubio no estaba para seducciones y se largó de allí a brujulear. ¿Quién sería el tipo que le solucionaría el marrón causado por el Chino? Observaba los rostros tratando de adivinarlo pero no obtenía ningún resultado.

Sus pasos desembocaron hasta el territorio donde reposaba el gallo contrincante, el enemigo a batir, con sus preparadores y fans. Era un animal hermoso, altivo, soberbio, de plumaje negro azabache salvo por unas plumas amarillas en la cola que le añadían empaque. Gastaba halo de filibustero resabiado, de galán letal, ese gallo. Te llevaba a la cama y luego te mataba.

El Rubio sintió la daga de la envidia hurgando sus riñones. Su fama era terrible. Se le consideraba un asesino de gallos y en su terreno de las islas Canarias acumulaba once victorias, todas por la vía rápida. Eran números de récord mundial. Residía su especialidad en volar alto y rápido al inicio del combate para así adquirir una posición dominante. Su salida era demoledora, definitiva, fulgurante, quizá por eso le habían bautizado como Tyson. Auténtica guerra relámpago, eso era ese gallo. Su desventaja, posiblemente la única, según Basilio y la información que había acaparado por canales diferentes, YouTube incluido, era la escasa resistencia. Si Rambito era capaz de aguantar las primeras embestidas luego mandaría sobre la arena y vencería porque era el más listo de todos los gallos del corral galáctico. Todo dependía de los primeros minutos.

Del primer asalto.

La voz del presentador rugió desde los altavoces. Avisaba atronador al selecto público: en diez minutos empezaría el gran combate de la noche y aprovechaba para recomendar el esmerado servicio de la barra atendido por bellas señoritas.

Las dos riñas anteriores habían discurrido por los cauces habituales. Peleas rápidas, sangre de pollo comatoso o muerto regando el albero, gruñidos de un respetable saturado de alcohol y ávido de emociones fuertes... Más, querían más y mejor y más rápido.

El momento que todos esperaban se centraba en esa última pelea, los preámbulos no eran sino un mero aperitivo. Las apuestas superaban las cifras lógicas y estaban a la par. Rambito contra Tyson. A la rica apuesta. Hagan juego, señores. Tyson contra Rambito. El insular contra el peninsular, ese eterno y ancestral duelo de odio cavernícola fruto de pendencias hundidas en el túnel del tiempo. A la rica apuesta. Sólo uno de los dos vencerá. Atrévase y haga juego, caballero, hoy puede ser su gran día, su gran noche, su jodida semana fantástica.

Los encargados de las apuestas trasegaban frenéticos en medio de la barahúnda sujetando los boletos con una mano y los billetes con la otra. Tipos ambidiestros. Se gritaba y se gesticulaba como en cualquier bolsa importante. Apostadores y corredores de apuestas sincronizaban sus mentes y cuadraban sus importes gracias a una coreografía que era mímica de un simio destetado en un circo.

El Rubio acudió donde Basilio. Éste cargaba en su jaula a Rambito y ya le había encajado los espolones cortos de acero, pues así se había pactado la pelea.

Se miraron.

El Rubio le deseó suerte inclinando su barbilla. La electricidad estática del ambiente erizaba los pelos preludiando la intensidad de la tormenta. La camata morenaza de aire gitanuzo buscó con sus pupilas fosforescentes al Rubio. No le encontró. Trazó un mohín de disgusto entre folclórico y garbancero y, sin que nadie se percatase, se enchufó un chupito de Anís del Mono que le abrasó el gaznate. La morenaza creyó que desde sus ingles emergía humo y se ruborizó. Glups.

La gerencia de la Gallera El Rey había contratado para la ocasión a uno de los mejores árbitros de España. Venía desde Bilbao y su palabra era ley. Se le conocía. Se le respetaba. Era un chicarrón del norte que nunca sonreía. Cobraba un huevo y parte del otro. En el improbable caso de un empate sólo él decidiría de qué lado caería la victoria. El público ronroneaba con un punto obsceno y la camarera morenaza hundió en sus fauces de loba un chicle con sabor a xilitol para diluir el perfume del anís. Ojalá perdiese el gallo de ese engreído rubio que ni se había dignado en mirarla.

El instante supremo. La hora de la verdad. El árbitro indicó a los galleros que se acercasen con sus fieras. El gallero de Tyson parecía su hermano mayor. Era un tipo de mediana edad, nariz larga, pelo negro repeinado y brillante por el fijador. Irradiaba personalidad y bronceado perfecto de piscina lujosa. Gastaba gafas de diseño italiano con lentes ahumadas en amarillo optimista.

Basilio el tullido acarició con la yema de su dedo índice el ojete de Rambito y éste cacareó con soniquete de turbador escándalo. Otro de sus trucos para mosquear a su pupilo. Los gallos lanzaban picotazos contra el viento tratando ya de herir al otro. Sus ojillos de diablos cojuelos emitían ondas de odio sarraceno y fanatismo yihadista. No habría compasión. Ya eran enemigos de por vida. Sólo uno vencería.

A la rica apuesta para el niño y la niña. Las apuestas superaban la barrera del sonido.

El árbitro gritó «¡ya!» y los galleros liberaron a sus bestias de espolones fríos como tizonas de templarios. Desde su butaca habitual el Rubio se agarró el corazón al observar el fulminante ataque de Tyson.

Impulsado por sus pechugas y por un violento aleteo, tomó la delantera. Subió varios metros y se precipitó voraz y psicópata contra Rambito desde las alturas. Si hubiese silbado hubiese parecido un Stuka bombardeando en picado una granja polaca. Al caer acertó. Incrustó con precisión de leñador furioso su espolón derecho contra la robusta pechuga izquierda de Rambito provocando dolor, ira y asombro.

Rambito no estaba acostumbrado a esos inicios de avalancha y retrocedió, saltarín y atolondrado, varios pasos para reubicarse y analizar la situación. Brotaba sangre de su herida pero no parecía incomodarle. La mayor herida era la de su orgullo.

Rambito razonaba. Rambito calculaba. Rambito reflexionaba. Rambito urdía estrategias porque sus genes acumulaban sabiduría. Tyson parecía sonreír. Se enzarzaron en un choque frontal como dos muflones encelados. Maremágnum de plumas, fina lluvia de sangre y aullidos del público. La camarera morenaza escuchaba el sincopado barullo y no pudo impedir ponerse cachonda. Le chiflaba esa atmósfera de bronca y testosterona. Se habría refugiado entre las bambalinas para aliviarse con la mano, pero debía atender a los borrachos más babosos. Ojalá perdiese el gallo de aquel rubio presuntuoso.

Con ambos gallos arremolinados entre picotazos y hachazos propinados desde los espolones finalizó el primer asalto. Los galleros les separaron limpiamente agarrándolos por las alas. Basilio gestionó la herida de Rambito con una pomada inventada por él y compuesta por vaselina, Vicks Vaporub, mercromina, ginebra Beefeater Premium 24, unas gotas de su propia orina y hierbas que recogía del monte cuando paseaba con su novia Esmeralda, la enana risueña. Le frotó los cojoncillos y le susurró palabras de aliento: «Ya es tuyo, Rambito, ya es tuyo; se va a venir abajo, acuérdate de lo que hemos entrenado tantas veces y lo matas... Ya es tuyo, campeón, ya es tuyo... Aguanta un poco más y ya es tuyo...».

Durante la breve pausa los corredores de apuestas mutaron en pulpo para dar abasto al remolino de apostadores. El intercambio de boletos por pasta llegó hasta la estratosfera. Ahora las apuestas favorecían con holgura a Tyson y su gallero galleaba mientras se limpiaba las gafas amarillas. Las apuestas volaban hacia Júpiter. Basilio miró al Rubio y le hizo la seña que indicaba: «Ya, apuesta la pasta gansa ya; vamos a ganar, te lo digo yo». El Rubio no las tenía todas consigo, pero obedeció. Tampoco le importaba perder el dinero. Ansiaba la victoria por mero pundonor y porque amaba aquel gallo.

Demarró el segundo asalto y de nuevo Tyson atacó. Pero esta vez su velocidad no igualó la del comienzo y, además, Rambito ya estaba preparado. Nadie le chuleaba dos veces seguidas. Cuando Tyson descendió, erró su espolonazo por un margen de dos centímetros.

El público rugió. El público fantaseó vocinglero. El público encendió cigarrillos para calmar mediante la nicotina su emoción. La camarera morenaza jugueteaba caliente caliente caliente con las puntas de su cabellera y percibía cierto jugo empañando su blanca braguita de algodón. El gallero canario mordisqueaba su labio inferior. Rambito miraba fijamente a su enemigo. Amagó una vez y Tyson contraatacó rapidísimo porque creyó que Rambito marraba el golpe. Se había tragado el ardid y, cuando proyectó su cuerpo contra el rival, Rambito le esquivó y le clavó un espolón contra la base del cráneo del mismo modo en que Van Helsing clavaba su estaca en el pecho de Drácula.

Sonó a nuez rota. Sonó a mandíbula partida en una pelea discotequera. Sonó a martillo hidráulico rasgando el asfalto. Sonó a choque de coches. Sonó a calabaza partida.

Y tras el estrépito del descalabro, el gran silencio adueñándose de la Gallera El Rey.

A Basilio y al Rubio aquel chasquido les sonó a gloria.

Tras la cuchillada Tyson trastabilló. Le costaba recuperar la verticalidad como a un atleta desfondado. Golpeaba a ciegas desde sus espolones y la sangre le nublaba la vista. Estaba perdido y su sesera galleril le enviaba inequívocos latidos de derrota. Rambito voló y cayó sobre el gallo canario. Le hundió ambos espolones contra el dorso. Una, dos, tres veces. Tyson besó la lona mientras trataba de adivinar la procedencia del implacable castigo.

Trastornado por la crueldad, Rambito se cebó con él. Le remató en el suelo desgarrándole el cuello con ese pico suyo afilado gracias a las limas excedentes de Sacramento. Tyson murió envuelto en sangre y, tan lacerado estaba, que no serviría ni para el guiso del domingo.

El público permaneció mudo en una suerte de éxtasis colectivo. Era como si hubiesen asistido a una milagrera aparición mariana. Entonces alguien gritó algo y todos se unieron al coro. Bramaban, aplaudían, pateaban, lanzaban botellines de cerveza por el aire que luego caían rompiéndose en añicos celestiales.

Rambito era el nuevo campeón. El gallero canario se guardó las gafas y recogió los restos de su animal con solemnidad. A un gallo que había cosechado tantos triunfos se le debía ese homenaje póstumo. La camarera morenaza se acarició el pubis antes de recibir a la horda de bebedores y luego olfateó sus dedos. Lo que se estaba perdiendo aquel capullo rubio... La esteticién que la había depilado la tarde anterior bien que se lo había dicho: «Te he dejado un coñito de oro, Ruth...».

El Rubio y Basilio se abrazaron. El Rubio agarró el brazo agarrotado de Basilio y lo alzó. Éste bailó con la elegancia propia de una silla de tres patas. El Rubio besó la mano con forma de cobra de su entrenador. Alguien descorchó una botella de un brebaje espumoso y los roció. Basilio se apartó para curar la herida de la pechuga de su incontestable campeón y, justo cuando el Rubio miraba hacia el infinito en un ataque de absoluta felicidad, sintió unos golpecitos contra su espalda. Al darse la vuelta, vio a un señor achaparrado de voz cascada y porte como de militroncho que gastaba una chaqueta verde botella que le sentaba realmente mal. El tipo abrió la boca.

—Enhorabuena... Gran pelea la de su gallo... Vaya que sí... Y he ganado un buen dinero gracias a él... Ya me recomendó Generoso Coraje que apostase por Rambito...

El Rubio balbuceó algo así como «gracias». Perplejo, observó que ese tipo portaba una copa de balón en cuyo interior se disolvían unos hielos bajo el calor de un mejunje rojizo. Nadie usaba copas así en la Gallera El Rey, porque sólo servían vasos de plástico o botellines. Aquel menda controlaba y el Rubio supo quién era.

—Vengo de Ceuta para hablar con usted... ¿Le importa si salimos fuera en busca de algo de tranquilidad? Aquí la gente anda desmadrada —murmuró con desprecio.

El Rubio cabeceó y siguió al señor de la copa de balón. La noche cerrada barnizaba de dramatismo la conversación.

—Iré al grano y se lo explicaré todo muy clarito... Sé que

tiene usted un grave problema. Se lo puedo solucionar pero le costará un dineral. Me pagará por adelantado la mitad porque viene usted de parte de Generoso Coraje y eso le ayuda a usted. ¿De acuerdo?

—Sí, de acuerdo. No hay problema con el dinero ni con el adelanto —musitó el Rubio.

—Bien, pues sigamos. Me facilitará usted toda la información posible sobre el causante del problema y yo le diré cuándo le enviamos a un viaje sin retorno para que usted me lo confirme. Por supuesto ya habrá desembolsado la mitad de lo acordado, y si se arrepiente, ese dinero ya no se le devolverá. ¿Entiende?

—Sí… Sí… Bueno, no…

—¿No? ¿No, qué? No me joda que soy un hombre ocupado… No me joda… Me cago en la morisma que degolló a los nuestros en Annual… No me joda, no me jo…

Al Rubio le corroían las dudas. No le importaba que empleasen la violencia, pues su negocio podía precisar de ese extra. Pero arrebatar la vida de alguien… No deseaba cargar con eso sobre su conciencia… No sabía si podría dormir con eso…

—Hay que darle una lección ejemplar al que yo le diga, pero matarile… matarile… No sé… No sé si…

Ventura Borrás nunca destacó por su paciencia, así que estalló.

—No me joda… Hostia puta… ¿Me está hablando de dar una paliza, un susto? No me joda, mi gente no se dedica a eso… Esto no es el patio del recreo ni los malotes del barrio…

Ahora fue el Rubio el que le interrumpió azorado.

—No, no, por favor, no. Hay que dar un ejemplo para que nadie olvide lo que supone faltarme a mí y los míos. Debe recibir un castigo espectacular… Pensaba que a lo mejor había una fórmula idónea para dejar las cosas claras y que recibiese el mensaje… Algo muy chungo… No sé… Algo peor que matarle… Algo, tiene que haber algo… Que viva pero que en realidad esté muerto, no sé si me explico…

Ventura Borrás se pimpló de varios tragos rápidos el pacharán de su copa de balón activando así sus meninges. Luego la depositó cuidadoso contra el suelo.

Caviló. Reflexionó. Buceó. Se acarició las sienes. Arañó los pliegues de su memoria. Reflotó sus recuerdos y… Por fin sonrió… Tenía lo que necesitaba el cliente… Claro que sí…

—Bueno, bueno, bueno… Le voy entendiendo… Creo que tengo algo para usted, pero le costará mucho más de lo que imagina… Es un trabajo de canela fina… Sólo para los mejores… Y eso se paga. Es un trabajo de verdadero relojero de los de antes y le aseguro que el ejemplo será tan contundente que nadie más le tocará nunca los cojones. Se lo voy a explicar con detalle y usted me dice…

Ventura desgranó minucioso lo que podían hacerle al causante del problema y al Rubio se le descompusieron las entrañas. También le dijo el precio.

—Bueno, tengo sed. No me joda más y dígame sí o no ahora mismo. Mi tiempo es sagrado.

El pecho del Rubio lucía pletórico tras la victoria de Rambito. Sabía además que debía finiquitar ese problema y enviar un mensaje claro, rotundo, directo. No lo tuvo que pensar demasiado.

—Sí. Acepto. Desde luego que sí. Es justo lo que necesito. Sí.

Estrecharon sus manos para sellar el acuerdo. Ventura habló:

—Tendrá noticias mías pronto. Vaya preparando información sobre la pieza.

Ventura se largó al interior para repostar su bebercio y el Rubio miró el cielo negro. Ni una estrella brillaba. Se regocijó al pensar que así sería el futuro del Chino mamón que tanto le había humillado. Profesionales. Hacía bien contratándolos. Ahí estaba la clave.

Ventura trepó hasta un altillo de la Gallera El Rey donde habían instalado un salón y un palco oculto para el público desde donde se veía la arena de los gladiadores. Generoso Coraje ocupaba una butaca inmensa y sus hijos pululaban cerca. Un par de camareras con las tetas al aire encaramadas sobre tacones como rascacielos atendían el selecto grupo de ese lugar.

—¿Cómo te ha ido? —le preguntó Generoso a Ventura.

—Bien, no parece un tipo muy decidido para estas guerras, pero cumplirá su palabra…

—Sí, el Rubio siempre cumple y es hábil para sus negocios, créeme. Su gallo es muy bueno. Es el mejor. Y todavía tiene un combate por delante donde se moverán montañas de dinero... Montañas...

A Ventura le sirvió otro pacharán una camarera de semblante brasileño y tetas nórdicas.

Generoso entornó los ojillos imaginando el próximo combate de Rambito. Miró a sus cuatro hijos y éstos le dedicaron una sonrisa filial de agradecimiento esclavo.

Dinero. Montañas de dinero.

48

Aunque la oferta de restaurantes en Denia abundaba, Ventura le había rogado a Gus que reservase mesa en el mismo local de su última reunión. Recordaba con agrado los manjares y la diligencia con la cual le reponían el pacharán.

El olor a salitre le encandilaba, y ese Mediterráneo luminoso, atractivo como un tiramisú de plata y azul, no se podía comparar con el mar que azotaba las costas del estrecho de Gibraltar. El Mediterráneo era como una preciosa yonqui apenas vestida contoneándose suavemente en pleno subidón allá en la inaccesible cumbre de una montaña. O eso le parecía a Ventura.

Estaba de buen humor. Tras hablar con su potro por teléfono sabía que éste necesitaba acción. No podía jugar a las casitas con su mujercita. Él no era así. Él había nacido para lo que había nacido y un hombre tiene que hacer lo que tiene que hacer.

Las cabezas de gambas rojas, el auténtico maná que ensalzaba las virtudes gastronómicas y marineras de la villa, alfombraban los platos con las antenas desmochadas y esos ojos negros exentos de vida como los de un viudo nonagenario anhelando impaciente la muerte. Con el primer pacharán Ventura, tras palmearse los muslos, desenvainó su lengua.

—Joder, qué bien se come en este sitio, Gus. Qué alegría que te acuartelases aquí, justo en este rincón de la costa. La puta madre, cómo me gusta rechupetear el líquido pardo y mierdosillo que sale de esas cabezas… Joder, tendrían que comercializar ese zumo de cabeza de gamba y venderlo en los supermermercados… Yo lo mezclaría con el pacharán… Mira, a la próxima lo pruebo…

¿Cómo llaman a esas cosas los pedantes de hoy? Ah, sí, maridaje… Pues a maridar por mis huevos el pacharán con gotas de zumo de cabeza de gamba…

Ventura se rio con ladrido de pitbull. Gus callaba. El sargento no le había ocultado el motivo de su visita. Su pupilo no mostraba alegría. Tampoco sus músculos lograban desprenderse de una rigidez, de una tensión, que se transformaba en miles de alfilerazos contra su piel.

—Sólo un trabajo más, Ventura. Te lo dije. Sólo una vez más. Te avisé.

El sargento sonrió zalamero. Chasqueó la lengua. Se chupó un par de dedos. Volvió a sonreír.

—¿Sólo uno? ¿De verdad que ése fue el trato? Si te digo la verdad, me largué de aquí tan preocupado y cabezón, por ti y también por mí, no te miento, que no recuerdo muy bien cómo quedamos…

Gus mantenía su silencio. Sujetaba recio el vaso con zumo de tomate que había pedido.

—A ver, Gus… A ti no te va la vida contemplativa… Tú lo sabes. Yo lo sé. Tu novia también lo sabe. Todos los saben. Necesitas acción. Qué importa un último trabajo, o dos, o tres. Sólo recurriré a ti en situaciones especiales y tú decidirás si te apetece ser el protagonista de la función o seguir jugando a los mariditos calzonazos o a los pescadores de agua dulce.

Gus agarró todavía con más fuerza ese vaso ancho. Ventura fingió que inadvertía la congestión de su potro.

—Todo son ventajas en este encargo. Todo. La paga será doble, aunque ya sé que para ti eso es secundario. Pero ganarás dos veces tu tarifa habitual. Una barbaridad. Y para tu actuación no tendrás que marcharte lejos. Es más, si te lo montas bien, podrás volver a casa a dormir esa misma noche con tu señora. Sí, como te lo digo…

El cristal del vaso gimió como un bebé recién despertado de su siesta vespertina. Gus separó una mano y la guardó bajo su rodilla. Con una sola ciñendo el vaso bastaba para canalizar la tensión acumulada.

—Tranquilo, Gus, tranquilo… Vale, ha sido este vino blanco y el pacharán… No volveré a mencionar a tu chica, te lo prometo.

—Mejor —dijo Gus.

—Bien, pues sigo contándote… Es un menda al que conocen como el Chino… Un mal bicho que nunca paga lo que debe y que se forra con el material de otros… Pero qué más da… Todo eso no te interesa, no sé por qué te lo cuento si no es para tranquilizar tu conciencia… El caso es que ya tengo su dirección y su nombre real y sus costumbres. Te lo dejo todo en un sobre. Tú mandas cuando examines el terreno y decidas el operativo. Me lo dices un par de días antes de la función y así yo aviso al cliente por si acaso. Eso sí, ahora viene lo bueno…o parte de lo bueno…

Gus empezó a rebajar su tensión. Por fin pudo desconectar su mano del vaso. Le fastidió ese sosiego ante la inminencia de un nuevo trabajo. En verdad lo necesitaba.

Se concentró. Prestó atención a las palabras de Ventura. Volvía al ruedo de la violencia.

—Bueno, de entrada al loro, ese menda, el tal Chino, te he adjuntado unas fotos en el sobre que te llevarás, pero de todas maneras es inconfundible por esa cara de chino cabrón que tiene, suele ir acompañado por dos gorilas del Este, rumanos, albanokosovares, serbios, macedonios o de donde cojones les guste encular a los cristianos. Gentuza sin sentimientos. Me dicen que son cabrones de verdad, pero tú les pasaportas o no, no serán problema para ti, haz con ellos lo que quieras o trinca al Chino solo. Ya sabes que me fío de ti y eres tú el que está en la primera línea.

Gus asintió. Bebió zumo de tomate. Se limpió las comisuras de los labios. Parecía que le sangraban las encías.

—Pero ahora viene lo bueno, como te decía. El cliente no quiere que muera, sino que reciba un castigo ejemplar… Ejemplar de verdad… Algo muy cañero que asuste a otros posibles buitres… ¿Te suena? ¿A que sí? El cliente empleó la palabra «espectacular», ¿qué te parece? Ni que fuésemos el espectáculo de variedades de las fiestas de un pueblo…

Gus compuso un rostro de no entender nada. Miró fijamente a Ventura. ¿De qué coño le hablaba?

—¿No? ¿No sabes a lo que me refiero? ¿De verdad que no? Hombre, sinceramente yo ya tenía algo olvidada aquella movida, o casi totalmente olvidada, fíjate... Entre el trajín que llevo con unos y otros, mi servicio a la patria vigilando para que los moracos no invadan Ceuta y otras trapisondas, me costó acordarme... Pero al final lo hice. Claro que me acordé... Pero, hombre, si fue cuando sellamos para siempre nuestra amistad... Que no, que con la cara que me pones veo que no te acuerdas una mierda... Yo me iluminé así de repente. A ver, ¿te suena Galicia, eh?

Los ojos de Gus se hincharon como globos. Claro que recordaba aquello. Ventura adivinó que Gus salía de la amnesia.

—Sí, Gus, sí. Como en aquel bautismo tuyo de fuego en Galicia hace, yo que sé, ¿la friolera de veintitantos años? ¿O cuántos? Yo qué sé... Éramos jóvenes, eh. Ya lo creo... Tú sigues en plena forma, bueno, con un poco más de entradas ahí arriba, pero eres una puta máquina, macho, te lo digo yo. Yo sí estoy más tripón y más cegato, joder...

—No lo entiendo, Ventura, ¿repetir aquello con otra persona?

—Ya te he dicho que el tío ese, nuestro cliente, quiere un castigo ejemplar, espectacular, la repolla. Le comenté aquel trabajo de orfebrería fina y le encantó. Y por eso paga una suma indecente. Quiere lo mismo. O sea, trincas al tal Chino, te lo llevas a un monte, al que quieras, le atas contra un árbol y ya sabes, pam-pam, pam-pam y pam-pam. Le pones los torniquetes y lo dejas allí tirado hasta que lo encuentre, yo qué coño sé, un pastor follacabras o un excursionista dominguero. Que no muera, que se quede aterrorizado y gilipollas el resto de su vida. La vez anterior funcionó y hiciste el curro al milímetro. Ahí vi lo bueno que eras... Sí, señor, qué recuerdos... Bueno qué, ¿vamos p'alante, no?

Gus asintió. Ventura parloteó acerca de banalidades relacionadas con peleas de gallos y un sistema de apuestas infalible gracias a un contacto suyo, algo ajeno a Gus.

Se despidieron dos pacharanes más tarde. Cuando llegó a su casa, se asomó al balcón y se sentó en la terraza inexpresivo frente a ese mar que provocaba ensoñaciones a Ventura. Apareció Helena. Ella supo que había aceptado ese encargo porque percibió las ondas de telepatía que manaban de su hombre. Sintió una mezcla de dolor y alivio. Sintió miedo y esperanza. Sintió desazón y gozo.

Su hombre necesitaba acción y violencia y sangre, pero no quería que nada malo le sucediese.

—Es la última vez, Helena. La última. También se lo he dicho a él. Es la última vez.

Helena le acarició la cabeza con ternura. Le rozó los labios con los suyos. Ella era pura sensualidad cuando quería. Se acarició su tripa todavía lisa porque no despuntaba el embarazo. Las ondas telepáticas transmitidas de Helena hacia Gus decían: «Cuidado, mucho cuidado; pronto seremos tres...».

—Bajo al bar que hoy tengo que atender a los proveedores. Volveré pronto —susurró Helena.

En cuanto se marchó, Gus encendió un pitillo. Cuando todavía no se había fumado la mitad lo apagó sobre un rosario de antiguas cicatrices que ya apenas se veían.

Dios, cómo le gustaba aquella sensación.

49

La herida bajo la oreja, esa brecha por la cual seguía fluyendo el goteo de sangre, tenía una pinta horrible. África se aplicaba diligente intentando taponar esa grieta.

—¿Y si vamos al hospital para que te vean el golpe? Esto necesita unos cuantos puntos, Santiago… Yo no entiendo mucho pero creo que los necesita…

El pasma no contestaba. Permanecía quieto y mudo sentado en una silla del salón del chalet que ambos compartían. Su hombre no solía comentarle sus rincones oscuros y su razzias al amanecer; sin embargo, esta vez era diferente.

Algo extremadamente grave le había sucedido. Apareció tumefacto, sucio, cargado de hombros, con ojos vidriosos y los párpados colmatados de cemento.

Arrastraba los pies y era como si le hubiesen arrebatado toda su virilidad, como si hubiesen succionando su hombría pinchando su espinazo con una jeringuilla apta para equinos. Le envolvía un aire de derrota absoluta. No pronunció palabra. Se refugió en el cuarto de baño y reapareció media hora más tarde rasurado y portando su albornoz azul marino.

Se sentó y, señalando su brecha, dijo: «Haz lo que puedas con esto».

África conocía a los hombres y sabía cuándo mantener el pico cerrado. Y ésa era una de esas ocasiones. Cuando presionaba la herida, el pasma de su corazón cerraba los ojos como si tramase algo, como si recapitulase algo, como si buscase algo. Parecía que iba hablar pero callaba, primero, y suspiraba después.

Le practicó un vendaje rudimentario, le cogió de la mano y se lo llevó hasta el sofá. Lo tumbó sobre su regazo y su hombre se dejó acunar. Algo terrible le había pasado. Su pasma se durmió, aunque a veces unos ligeros espasmos le sacudían. África le acunaba en esos casos con mayor brío mientras le tarareaba canciones negras de encriptado dialecto africano.

Dos horas más tarde, Esquemas abrió de golpe los ojos y miró el techo aterrado. «Shhh, shhh… Estás en casa, estás en casa conmigo… No pasa nada…», le canturreó su diosa de ébano. Le masajeó primero las sienes y luego los hombros.

Esquemas se levantó con parsimonia apoyando el peso de su cuerpo en sus crispados puños. Se marchó a la habitación y reapareció vestido con camisa blanca, pantalones negros y chaqueta negra. Necesitaba sentirse persona. Se había vestido así sólo para él, únicamente para recuperar cierta dignidad. No podía engañarse, sabía que le habían arrebatado una parte importante de su ser tras la charla con Don Niño Jesús y sus sicarios en aquel sótano.

Ahora tenía placa y tenía pipa, pero los cojones, sus cojones, pertenecían a Don Niño Jesús. Ahora era un hombre sin cojones ¿Podría vivir así? ¿Se acostumbraría? Más aún, ¿merecía la pena vivir así? Se sentía acabado. Se dirigió hasta la mesa del comedor. África no le perdía de vista. Estaba preocupada. Esquemas se sentó. Unió sus manos. Entrelazó sus dedos. Tomó aire y aulló como si estuviese endemoniado. África musitó mantras de brujería selvática porque la situación le producía un miedo cerval.

Esquemas aporreó la mesa con todas sus fuerzas. Una, dos, tres, cuatro veces. Luego se derrumbó sobre ella y lloró con sollozos que reverberaban en toda la estancia. África le abrazó por la espalda y le canturreó canciones de huérfanas morenas y de blancos violadores que se follaban a las niñas. «Shhh… Shhh… Estoy contigo… No pasa nada… No pasa nada…»

Esquemas se limpió las babas con el reverso de la manga de la chaqueta y se irguió para resucitar la compostura.

Calma, calma, calma. «Ya pasó todo, ya pasó todo, ya pasó todo», se decía. Respiró hondo varias veces. Luego habló. Había tomado una decisión. Ignoraba si buena o mala, pero necesitaba huir de ese callejón sin salida.

—África, quiero probar la mercancía… Ahora.

Su novia negra le miró sorprendida.

—¿Qué? ¿Qué mercancía? ¿De qué hablas? No te entiendo… ¿Qué quieres? Pídeme lo que quieras, amor mío. No te entiendo…

—Me has oído y no quiero repetir las cosas… Quiero meterme una raya o unas rayas de cocaína. Quiero saber qué se siente. Y lo quiero saber ahora. He dicho ahora.

—Pe-pero si tú siempre dices que la gente que se mete farlopa es débil, que son unos gilipollas y unos maricones…

Esquemas aporreó de nuevo la mesa con sus puños. Un redoble profundo. Fue suficiente. África sabía callar y obedecer, ése era el secreto de su supervivencia desde que emigró desde su choza. Desapareció y regresó con una pequeña bolsita de plástico blanco cerrada por un plastificado alambre verde.

—A ver, enséñame cómo se prepara esta mierda, aunque en realidad ya lo sé, se lo he visto hacer tantas veces a tanta gente…

África extrajo de la bolsa con una tarjeta de crédito un pellizco de polvo, luego picó esos grumos blancos y extendió una línea recta de un centímetro y medio. Preparó con un trozo de papel el tubo para inhalar, el turulo, para que su hombre aspirase desde una fosa nasal.

—Tápate la otra fosa y aspira fuerte —le dijo África. Así lo hizo el pasma.

Esnifó con voltaje de aspiradora supersónica.

Los segundos y los minutos transcurrían con lentitud de gabarra. Nada. No sentía nada. Pensó que la gente era imbécil por erosionarse la salud y malgastar el dinero en un producto que ofrecía su contrapartida de prometedor paraíso policromado.

La coca era una estafa. La coca era un timo para esnobs y personalidades débiles. La coca era un mito de ejecutivos alelados. La coca era una mierda pinchada en un palo.

Sin embargo, a lo lejos, de entre esa corriente de pensamientos negativos comenzó a borbotear un extraño y sutil placer que avanzaba por oleadas reconfortando su cerebro… Y esas olas, tan lejanas, se aproximaban imparables desbrozando el follaje de una senda que ganaba envergadura y se ensanchaba entre sus negros pronósticos. Y esas olas, siempre esas olas coronadas por una espuma límpida, le saturaban todo el interior de la caja craneal bañándole en una placentera calidez que le proporcionaba una paz infinita, una calma rotunda, una singular vibración que jamás antes había experimentado.

Las olas derivaron hacia un maremoto de extravagante felicidad y se dejó mecer por esa poderosa corriente que le generaba un bienestar inaudito, un sosiego cósmico y unas ondas de seguridad que le catapultaban hacia el mejor de los confines de la tierra. Sus labios dibujaron una sonrisa de puro gustazo.

Uf. Qué buenooo…

Pensó que si le introducían de repente en un contenedor trufado de basura no le importaría lo más mínimo, porque nadie podía cercenar ese estado de ánimo que apartaba todos los problemas, las ingratitudes, los pérfidos sabores y los malos augurios. Se sentía poderoso. Se sentía preparado para afrontar cualquier entuerto. Se sentía indestructible. Se sentía el primero de la clase, el primero de la fila, el primero de todo y de todos. Se sentía único en el universo y tan sólo quería comentar al resto de la población lo bien, lo extraordinariamente bien, que se sentía.

Y, por fin, sentía que sus cojones, sus grandes cojones como catedrales y como paquebotes y como cordilleras de granito, por fin retornaban a su lugar de origen para ocupar una cima de privilegio en la mitad de su arco del triunfo.

África asistía impertérrita a su subidón. Los cocainómanos tardíos son los peores, se dijo.

—Quiero más. Quiero otra raya. —dijo con voz urgente Esquemas—. Y la quiero ya.

—No, todavía no. Espera, el efecto todavía te dura y te durará un rato más. No hagas el tonto que no entiendes de estas cosas. Poco a poco, fíate de mí. Por hoy ya tienes bastante. No me gusta que a tu edad empieces a meterte rayas. No te pega. No es bueno.

El placer mutó en ira. Esquemas bramó. Quería más y no admitía discusión.

—Mira, negra, no tienes, pero es que no tienes ni puta idea de lo que me ha pasado. Ni puta idea. No tienes ni idea de lo que es bueno o malo para mí. Quiero más y que sea ahora mismo, entiendes, pedazo de puta.

Aquel tono, aquel «negra», aquel «pedazo de puta», le rompieron el alma. El costado demoníaco primaba sobre el lado angelical de su hombre, desde luego, pero siempre la había tratado con respeto y consideración, incluso, a su manera, con cariño. Su hombre no estaba bien.

Agarró enfadada la bolsa y diseminó el contenido sobre la mesa. Preparó otra raya que separó de la jibarizada colina de polvo blanco.

—Aquí te dejo el resto; es fácil preparar las dosis, pero pícala bien y procura no meterte grumos; haz lo que te dé la gana —dijo.

Luego se marchó con trote furioso a la habitación. A esas alturas no iba a tolerar que ningún hombre, ni siquiera el suyo, la humillase.

Esquemas se metió esa nueva raya.

Qué buenooo, hermano. Ufff…

El polvillo ese se le antojó mágico e incluso percibía cómo liberaba la dopamina de su chisporroteante cerebro.

La escena del sótano le parecía un sueño. Don Niño Jesús era su amigo. Su foco cambiaba. Su punto de vista evolucionaba. Al fin y al cabo la nueva amistad con los colombianos le reforzaba. Amigos hasta en el infierno, decían. Él vivía allí y a cualquier nuevo amigo con rabo y cuernos lo admitiría sin problemas en la pandilla.

Otra raya cayó.

Y diez minutos después una más. Su corazón bombeaba sangre como el de una ballena en plena migración. Y, de repente, una imperiosa necesidad de hablar con alguien, de desahogarse, se instaló en su cerebro. Hablar, necesitaba hablar por encima de todas las cosas. Ni comer ni beber ni respirar ni follar. Hablar. Sólo hablar. Hablar mucho. Llamó a África gritando. Una, dos, tres veces.

Su novia no respondía. Encaminó cauto sus pasos hacia la habitación. Abrió la puerta modoso, cuidadoso.

—África, por favor, ven conmigo al salón. Perdón por mis palabras de antes. Soy un bocas. Ven, por favor, que tengo que contarte algo… De verdad, de verdad, te pido que vengas conmigo…

Regresó al salón y se acomodó en el sofá. África se sentó junto a él. Le cogió la mano.

Esquemas le vomitó sin obviar detalles su encuentro y su pacto de sumisión con los colombianos impulsado por la energía del polvo blanco.

Volcó las frases. Confesó el miedo que le había traspasado. Habló y habló. Por los codos, por la boca, por las rodillas, por los pies. Le narró lo sucedido de forma atropellada una, dos, tres veces. Se embarullaba. Saltaba en el tiempo, regresaba al inicio, recuperaba el hilo, lo perdía. Habló y habló. Así fue como descargó todo el rencor que atesoraba. Hasta que el efecto de la coca menguó su potencia. África le introdujo en la boca un Rohipnol para asegurar su sueño. Le condujo al lecho con paciencia y amor. Lamió su picha como si fuese un caramelo de fresa para acabar de relajarle y Esquemas por fin se durmió.

Cuando el madero se despertó a la mañana siguiente, se acordaba de todo y la vergüenza nutría sus gestos, torpes y descalabrados. África, en camisón de puntilla blanca, canturreaba en su jerga selvática mientras preparaba un desayuno pantagruélico que su hombre apreciaría. Café más negro y fuerte que ella misma, tortilla francesa de tres huevos en su punto esponjoso, lonchas de jamón, queso curado y tostadas sembradas de tomate rallado apaciguaron el hambre de su poli corrupto. Al terminar éste la ingesta del banquete mañanero, la negra África afrontó el problema.

—¿Qué vamos a hacer, Santiago?

—No lo sé, preciosa, no lo sé. Estoy superado, dame unos días y algo se me ocurrirá… No lo sé… Sólo sé que no me gusta andar de negocios con esos cabrones medio beatos y asesinos de remate… Son gente disparatada… Lunáticos… No tienen moral…

África pensó que Santiago era precisamente así, o sea lunático y amoral, pero era su hombre y por eso le amaba. África había reflexionado. Sus palabras nacían tras meditar con calma. Había dormido poco e intuía cómo comportarse. Lo primero: reafirmar la autoestima de su hombre.

—Santiago —y le atusó el cabello—, he conocido a mucha gente, a muchos hombres, todos estos años. Ninguno como tú. De nadie me enamoré salvo de ti. De nadie. ¿Y sabes por qué? Porque eres fuerte, guapo, listo y audaz… Y también porque estás loco como una cabra pero… pero a la vez controlas siempre cualquier situación. A ti no te domina nadie.

Las yemas de los dedos de África seguían repasando la cabeza de Esquemas. Detectó que esas frases tonificaban las vísceras de su hombre. Prosiguió:

—He estado pensando mientras descansabas, pensando en lo que me contaste. No te preocupes, mi amor, no te preocupes. De momento esa alianza nos conviene. A los dos. Estaremos atentos. El que tiene placa, pipa y cojones, no lo olvides y bien que me lo repites siempre, eres tú. Tú. De momento veamos qué pasa. De momento que te paguen ese sueldo mensual y que nos faciliten nuestro negocio de marihuana. Estupendo. Luego, si piden imposibles, ya encontraremos la manera de darles por el culo. A Don Niño Jesús tú te lo desayunas por las mañanas con tostadas integrales.

Ambos se rieron. Esquemas agarró por la cintura a África y la besó con lascivia y deseo. Follaron allí mismo contra la pila de fregar. Esquemas sintió una punzada en la memoria. ¿La noche anterior África se la había chupado en la cama o no? Bueno, no importaba.

Lo importante era que seguía teniendo placa, pipa y cojones.

Y sentirse otra vez un macho poderoso le encantaba casi tanto como la cocaína que había catado la noche anterior. Ahora entendía por qué la coca atrapaba a tanta gente.

«Pica bien la mandanga, cierra una fosa nasal e inspira fuerte por la otra.»

Qué buenooo, hermano… Ufff…

50

A todos los efectos administrativos, Mislata era un pueblo con
identidad propia, pero la gran urbe, Valencia, lo había absorbido
con voracidad de pez espada y por eso la gente hablaba de él como
si fuese un barrio periférico. Y allí, concretamente en el número
nueve de la calle Dos de Mayo, se ubicaba el cuartel general del
Chino, donde tiempo ha vapulearon a los chicos del Rubio con
ese Gusano que se libró de la somanta esprintando como un ve-
locista olímpico.

Un bajo de persiana carcomida por el óxido y un interior llo-
rón representaba el castillo del Chino. Nada se salvaba de aquella
ratonera. La arquitectura interna no era sino un cuarto de baño
cutre y luego una amplia estancia despejada con resquebrajadas
baldosas de ajedrez en el rincón que se suponía que ocupaba el
despacho del Chino aunque, a la vez, esa rinconada, a juzgar por
el camastro allí instalado, también indicaba su pretensión de dormitorio.

La higiene no era una de las prioridades del Chino. El resto
del local, hogar, dulce hogar, se componía de un amplio e inclasi-
ficable vacío central con herramientas colgando de las paredes y
unos asientos desparejados arrancados de coches desguazados para
que se sentasen los amigos, los subalternos, los pelotas y la morra-
lla humana que rodeaba al Chino, y parecía que todo lo que le
rodeaba portaba varias capas de mugre, pues él mismo era roña
andante.

Ese bajo representaba el fin de la civilización en diminuta
escala. Un tablón con dos caballetes simulaba labores de gran

mesa. Infinidad de botellines de diversa procedencia y varios tamaños inundaban ese tablero contrachapado, parcelado por incombustibles manchas de humedad. En ocasiones, el Chino padecía un decoroso arrebato y ordenaba enfarrucado a uno de sus muchachos, esos hombretones del Este de puños de hierro, que tuviese la decencia de segar la cosecha de vidrio. «Coño, ¿no ves que ya no cabe nada? Mételo todo en una bolsa y tíralo al primer contenedor que veas, hostias, que es que tengo que estar en todo...»

Reciclar no figuraba entre las prioridades del Chino.

Saldar deudas, tampoco.

Se había venido arriba, el Chino, y sólo esperaba el momento adecuado para arrebatarle el negocio al Rubio. Ése era su verdadero objetivo. Por eso le ponía a prueba. El Rubio no tenía lo que hay que tener, pensaba el Chino, y entonces refunfuñaba, rumiaba planes y aspiraba a ser el número uno del territorio.

Estaba harto de miserias. Estaba harto de trapichear en ese bajo de mierda. Estaba harto de dormir en ese jergón para corazones suicidas. Se merecía más y no tardaría en lograrlo. Ya había socavado la organización del Rubio y, gracias a su infiltrado de traición encrespada, estaba a un paso de averiguar quién era su gran contacto, su infalible proveedor.

Porque eso era todo lo que necesitaba el Chino para volar por su cuenta: averiguar la gran fuente de suministro para así no depender del Rubio. Prescindir para siempre de este último era su primordial objetivo. Y su plan marchaba lento pero seguro. Ahora estaba casi seco porque la gente del Rubio no le suministraba y lo que conseguía por ahí no era sino miseria de pésima calidad. Él ansiaba conseguir el caudaloso manantial de coca, el contacto de platino que le hiciese subir a primera división.

Gus llevaba tres semanas vigilando las andanzas del Chino. Rotaba sus horarios de vigilancia. Mañana, tarde y noche. No era un patán descuidado.

Perfiló las costumbres del tal Chino gracias a su probidad laboral. Tenía buenas y malas noticias.

Buena noticia era que el Chino siempre cumplía los miércoles entre las 19.30 y las 21.30 con una visita y empleaba exactitud de locomotora alemana.

Buena noticia era que el Chino, en general acompañado siempre por sus dos gorilas albanokosovares o de donde coño fuesen, acudía a esa cita solo, solito y sin compromiso.

Mala noticia era que todos los miércoles se desplazaba en solitario para encontrarse con sus pequeños, inocentes y chinescos hijos de corta edad.

Mala noticia era que Gus tendría que atraparle tras la visita y todavía no había diseñado el mecanismo que le aseguraría el éxito.

Mala noticia era que Gus había visto las caritas achinadas de esos infantes revoltosos cuando su papá, ese falso chino, ese chino raro, les había acompañado a un parque raquítico de columpios. Y Gus odiaba cualquier conexión emocional con el entorno de sus víctimas.

Mala noticia era que, de repente, todo aquello le recordó a su bautismo de fuego y su memoria le colocó en primer plano los rostros de los hijos de aquel imbécil gallego que dirigía un concesionario de coches. Vio en tecnicolor aquel marco de plata que ceñía la foto de aquella niña de gafas de culo de vaso y de aquel niño de rolliza constitución que vestía una camiseta del Celta de Vigo.

¿Qué habría sido de aquellas criaturas? No dejaba de preguntárselo… Supuso que se habrían casado con personas de su pueblo y que ahora acarrearían una vida gris, triste, apocada. Serían tenderos, dependientes, repartidores de publicidad, a saber… A lo mejor hasta les había hecho un favor apartándoles de ese padre fantasmón que jugó y perdió en la partida de la pura vida, de la vida salvaje, de la vida ilegal.

No, no quería seguir viendo a los hijitos del Chino, no deseaba más recuerdos incómodos.

Decidió actuar el siguiente miércoles tras prepararlo todo a conciencia. Él no era un chapuzas.

El lugar donde dejar atado y malherido a lo que quedase del Chino ya lo había escogido. Lo trasladaría a la Sierra Calderona. Junto a un camino rural, apenas algo superior a una senda de montaña, hundía sus raíces un pino imponente que, acaso por un rocambolesco milagro, había resistido los incendios del último siglo. La sangre del Chino contribuiría a fertilizar, a hidratar ese árbol superviviente. Mediante el mal también se podía extraer algún beneficio que repercutiese a favor de la humanidad, se dijo Gus. Y por primera vez en varias semanas sonrió.

Ese miércoles estaba a punto. Había escogido el momento tras estudiar a conciencia el trayecto. Justo en el cruce de la avenida del Cid que desembocaba en la calle del Dos de Mayo había un semáforo. Pasadas las 21.30, rara vez un peatón deambulaba por allí.

La calle era estrecha, poco transitada. Predominaba en las edificaciones el modelo de un bajo y una vivienda en la planta superior. Arquitectura sublime de horror periférico que confunde la miseria con el minimalismo. A esas horas los pocos vecinos que allí moraban cenaban con el hocico frente al televisor de anestesia reparadora. Si tenía suerte y el semáforo emitía su destello rojo, Gus le embestiría por detrás. Si estaba en verde también aceleraría para embestirle; sería un inconveniente, pero lo haría.

El truco se lo había ofrecido hacía años Ventura… Si querías descubrir por la vía rápida el nombre y los datos de alguien, bastaba con darle un topetazo para que éste sacase los papeles del seguro con toda su biografía. Era un ardid básico, simple y eficaz. La especialidad de Ventura. Gus se limitaba a darle un giro, pero la esencia era la misma.

Con suerte nadie le vería introducir el cuerpo del Chino en el maletero de su Audi A4.

Si tenía mala suerte y alguien, oculto tras una ventana o caminando, le descubría, sólo atisbaría un amorfo blondo gracias a la peluca encasquetada. Para completar la simulación llevaría un chándal holgado tres tallas superiores a la suya e inflado con oportuna gomaespuma adherida con cinta americana contra su cuerpo. Esa guisa le confería el aspecto de un gordo poligonero enganchado a las guarriburgers. En cualquier caso los dados celestiales deberían favorecer su jugada y ese aliento final confiado al mero azar le preocupaba pero no le impedía dormir.

Él era un profesional. Él era rápido. Él era el mejor.

Ese miércoles el Chino salió de su sagrada visita y, cuando puso rumbo hacia sus dominios, Gus le enfilaba a prudente distancia. Conforme se acercaban al señorío chinesco Gus recuperó posiciones y cuando estaban a punto de alcanzar el semáforo, casi podía tocar con sus manos la trasera del coche del Chino.

Vio el semáforo en verde. Mierda. Agarró el volante con fuerza. Vio que pasaba a ámbar. Remierda.

A lo mejor el cabrón del Chino pisaba el acelerador para saltarse ese semáforo y entonces él se la tendría que jugar acercándose más para no perderlo. O esperar otra semana, aunque eso no le apetecía.

Gus suspiró aliviado cuando el semáforo se tiñó de rojo. Se preparó para encajar el golpe. Avanzó, redujo a segunda y… crash…

El impacto fue débil, pero los pilotos traseros del coche perseguido escupieron añicos y su culo mostró magulladuras en el maletero. «Los coches de hoy los fabrican con papel de fumar y gotas de aluminio», pensó Gus. Su adrenalina se disparó.

Le gustaba aquel subidón.

Se retrancó en su asiento componiendo un semblante de blondo ignorante seboso. El Chino descendió de su vehículo huracanado. Al Chino nadie le arrugaba, y menos aún en su calle, el coche. Ese capullo podía ir soltando su pasta ya mismo o le requisaba el vehículo. Doscientos metros más allá estaba su bajo. Pensó en avisar a sus muchachos fortachones venidos del Este, pero se dijo que él mismo se encargaría de ese pringado. No los necesitaba, ese capullo le daría menos trabajo que limpiarse el culo.

Se acercó vociferando hasta Gus. Éste mantenía la cabeza gacha.

—Baja, baja de una puta vez, que te voy a dar yo clases de conducir, mamón.

Gus seguía sin mover un músculo.

—Que bajes ya, hijoputa, baja o reviento el cristal.

Gus alzó las manos y los brazos en son de rendición, paz y amor. Descendió del coche y, siempre cabizbajo, encogido, se puso a la altura del Chino. Su pasividad alimentaba la ira de éste.

Él solucionaría el marrón con ese pringado.

Seguía bramando cuando Gus le encajó en el plexo solar un directo de infarto. Los dedos de su diestra iban forrados por un puño americano. El Chino entornó su boca. Se ahogaba. Gus le arrastró ovillado hacia su maletero, lo abrió, apoyó el bulto que boqueaba buscando aire y, para asegurar el paquete, le propinó otro derechazo contra el estómago. El Chino ni siquiera emitió un gruñido. Se desplomó mientras Gus lo introducía en el maletero.

Le amordazó con cinta americana. Le anudó los brazos y las piernas con bridas de plástico.

Miró la acera. Nadie.

Miró las ventanas y le pareció que una sombra se movía.

En la otra bocacalle rugía la chatarra rodante de la siempre congestionada avenida del Cid. No más de tres minutos había durado la requisa. Circuló sin prisa. Al llegar junto a la altura del bajo del Chino todo rezumaba calma.

Pasó de largo sin acelerar.

Echó un último vistazo por el retrovisor y vio como un tipo con morfología de armario se asomaba y detectaba el coche parado del Chino. Cuando Gus dobló la esquina, el tipo encaminaba sus pasos hacia el coche mientras se rascaba el cogote.

Gus sintió el placer de la acción atravesar su espinazo. Se obligó a circular cumpliendo el límite de velocidad.

La primera parte culminaba con éxito.

El cuerpo del Chino rebotaba grasiento contra las esquinas del maletero como una bombona de butano.

El recuerdo de sus achinados hijitos intentaba colarse en su mente, pero los expulsó rápido de allí.

Tenía mucho trabajo por delante.

51

Descubrir el juego de la coca a esa edad tardía le permitió amortiguar el dolor que le causaba asumir que sus cojones no eran suyos, sino de Don Niño Jesús.

De momento.

El polvo blanco le ayudaba a sentirse mejor porque le inyectaba seguridad. Su consumo jamás bajaba del gramo diario ni superaba los dos gramos. Andaba en esa franja.

Adelgazó.

La coca le quitaba el hambre. La coca le quitaba el sueño. Las bolsas bajo sus ojos aumentaron y sus ojeras violetas destacaban como mariposas borrachas a tres kilómetros de distancia. Esnifaba en el coche, en los cuartos de baño, en las esquinas desoladas. La primera raya se la metía tras el almuerzo a mediodía de tortilla de patatas y vino tinto. Ah, qué bien le sentaba.

Qué buenooo.

Ahí era realmente cuando se activaba, hasta ese momento era un zombi que funcionaba por meros impulsos básicos. La coca le rebajaba los acúfenos y el bruxismo.

Qué buenooo.

Y qué pena no haber descubierto antes esa medicina…

Le molestaban desde el día anterior con tozudez una serie de llamadas telefónicas a su móvil. No conocía el teléfono emisor y no pensaba atender. Que llamasen, seguro que pretendían venderle algún trasto. Las rayitas apaciguaban sus malos humores. Que llamasen, ya se cansarían.

Transcurrieron los meses y desde el cártel de Don Niño Jesús todavía no le reclamaban nada. Cada treinta días un mensajero le entregaba un sobre con cinco mil euros. Cada dos meses recibía un breve telefonazo de Germán «Milvidas». «¿Sigues ahí, amigo madero? Bien, me alegro… No te nos mueras pronto que cualquier día te necesitamos, ¿eh?» Y se descojonaba. Una vez el colombiano estuvo más amable que de costumbre, por eso cuando apostilló: «¿Te puedo ayudar en algo?», el pasma le replicó «sí, añade con mi sueldo algo de coca en el mismo sobre… O en vez de algo que sea bastante». Germán le dijo que por descontado y luego se rio.

Santiago Esquemas esnifaba material de primerísima calidad. Tenía placa y pipa, era corrupto y ahora cocainómano en ciernes. Seguía sin atributos, pero esa triste mutilación la compensaba con el polvo blanco. África le reprendía y en casa se escondía para esnifar. No engañaba a nadie porque ella le veía el rostro, la mandíbula trémula de Olivetti y la degradación general, pero callaba.

Su hombre atravesaba un prolongado bache, aunque al final, ella estaba segura, todo saldría bien. Su hombre también había empezado a beber, pero lo superaría. África practicaba magia selvática y alquimia de brujo negro para que todo se arreglase. Oraba a sus tótems de madera tallada. Tenía fe en esas cosas. Ingresaba buenos dineros con su negocio de marihuana. Apartaba grandes porciones de esa pasta para su futuro sin que Esquemas lo supiese. Su hombre nunca le preguntaba. Su amor hacia él no había decrecido, pero era una mujer prudente. Mantenía a su parentela africana y éstos engordaban a su costa. África era la triunfadora, su líder. Había abandonado la prostitución por falta de tiempo y porque ya no tenía el coño para ruidos.

Ahora era la jefa de su propia tribu.

Santiago Esquemas se dirigía hacia la mansión de los Narcobeatos, asesinos colombianos. Le habían citado esa noche. Querían algo de él. Iba ciertamente colocado a esas horas, pero aún era capaz de entender y, sobre todo, de articular las palabras, aunque su lengua iniciaba el derrumbe, la evolución hacia lengua de lija. Cuando detuvo su coche, se metió una raya extralarga, de ese modo reanimaría sus reflejos.

Germán «Milvidas» le recibió desde su habitual cariño de farsante. Tensaba coqueto las puntas de su mostacho como un Dalí de pacotilla. Detectó el colocón del pasma. No dijo nada. Cuanto más enganchado estuviese ese huevón más dependería de ellos.

—Hombre, hombre… Mi querido Santiago… Anda, pasa, pasa y ven aquí, siéntate a mi lado… ¿Qué quieres beber?

Esquemas pidió un whisky sin precisar la marca. Se había aficionado últimamente a ese licor para compensar los subidones de la coca y, siendo un bebedor de la última hora, todavía no era caprichoso en cuestiones de marca. Le sirvieron un Chivas. Renunció al hielo. Sus huevos no eran suyos pero seguía siendo un verdadero macho. O eso le susurraba la coca. Germán dejó que sorbiese un trago antes de reiniciar el monólogo.

—Bueno, Santiago… No te quejarás de tus nuevos amigos. Te pagan puntuales, te añaden regalitos estimulantes. Vaya, que no puedes quejarte. Y todavía no te hemos pedido un favor. Ni uno…

Esquemas seguía callado. Le gustó aquel whisky. Le repugnaba aquella situación. Su fosfato cerebral brincaba vitaminado por la droga. Sabía que le iban a pedir algo. Que se lo pidiesen de una puta vez, coño.

—Pero… Pero, claro… ha llegado el momento de pedirte un favor, un pequeño favor, un muy pequeño favorcito. Nada que no puedas hacer. Además, te vendrá bien para tu trabajo policial, que, por cierto, según nos cuentan nuestros amigos de muy arriba tienes algo descuidado… Aunque no te preocupes, no tomarán represalias porque nosotros te protegemos… Nosotros lo sabemos todo de todos, Santiago, nunca, nunca lo olvides. Así pues, ¿nos harás ese favorcito, verdad, Santiago?

Los labios del madero permanecían sellados. Le tenían cogido por los meros huevos. En el curro y en su vida privada.

«De momento», se repetía.

Germán concluyó que su silencio era un «sí» y prosiguió:

—Verás… A ver por dónde empiezo… En este negocio, tú ya sabes, a veces los colaboradores se vuelven molestos después de muchos años. Es algo que pasa, y nosotros velamos por nuestra sagrada organización. Los colaboradores, ¿cómo decirlo? Van y vienen… Sí, eso es, van y vienen… Y ahora hay uno que se tiene que ir, digamos que se tiene que marchar una temporadita… ¿Me entiendes? Se nos volvió incómodo. Sí.

Esquemas se había pimplado el whisky y su sesera era un cóctel molotov. Chivas y coca combinaban una mezcla formidable, explosiva.

Qué buenooo.

No abrió la boca pero en su conciencia revoloteaba la pregunta de «¿Y yo que soy, cabrón? ¿Un puto colaborador del que prescindiréis cuando os convenga?». Sabía la respuesta pero sólo podía aguantar la tormenta hasta que maquinase su definitiva liberación.

—Santiago, estás muy callado… Espera, te voy a pedir otro whisky, que te veo seco, y sigo explicándote… Este colaborador que nos interesa mandar a otro lugar vendrá en furgoneta dentro de siete días, y lo sé seguro porque viene a Madrid para recoger ciento veinte kilos de nuestra coca. Bueno, eso es lo que cree él… Porque no los va a recoger, no podemos, ya entenderás, perder esa cantidad de material, nooo… Tú le detendrás cuando pase por Motilla del Palancar, él viene desde Valencia. Sí, le detendrás tú…

Esquemas frunció el ceño. Las bolsas bajo sus corruptos ojos titilaron nerviosas como moluscos filtrando agua de mar. Germán aclaró sus dudas.

—Sí, Santiago, sí. Le detendrás y con motivos, tranquilo, amigo. Le encontrarás dos kilos de coca donde la rueda de recambio o donde tú prefieras… Tú, tranquilo, te informaré de cómo.

Las bolsas bajo los ojos de Esquemas se inflaron como la garganta de un sapo en celo. Tenía sed de whisky y monazo de raya blanca.

—A ver, que te siento un poco espeso… Te lo vuelvo a explicar… Sí, el colaborador no lleva nada, él viene a recoger, ¿recuerdas? ¿Comprendes? Pero, como hay que detenerlo para que se pase una temporada meditando en la cárcel, le meteremos dos kilos de coca en su furgoneta. No tengas escrúpulos, aunque ya sé que no los tienes; es un traficante mamón, no vas a encarcelar a nadie inocente. Dos kilos podemos perderlos; un gran cargamento, no. Vale la pena porque ese colaborador ya no nos sirve. No ha sido fiel, Santiago. No. Merece un castigo y que otro ocupe su lugar. Demasiado codicioso. Ha querido ampliar el negocio, no se conformaba con lo que tenía. Es el problema de la gente, Santiago, la codicia, la avaricia. No aprenden. Siempre quieren más…

Esquemas se tragó el segundo whisky, dudó si pedir un tercero. Le apetecía pero le disgustaba proyectar tanta debilidad con sus nuevos vicios ante terceros. Se obligó a la abstinencia, ya bebería luego. Y qué ansia por meterse un rayón como la plaza de toros de Las Ventas… Aguanta, Santiago, aguanta, que no te vean tan roto… Aguanta… Vas a recuperar tus cojones, no lo olvides…

—¿Lo has entendido? No te preocupes, te llamaré para darte todos los detalles de la furgoneta y su ruta dentro de unos días y así lo repasamos todo. Te llevarán el par de kilos de blanca y una gratificación especial a tu casa. Te avisarán antes. En cuanto pase Motilla del Palancar, lo trincas, ¿de acuerdo?

Esquemas hizo un gesto vago con la testa y Germán concluyó que aquello era un «sí».

El pasma se marchó intentando una verticalidad al caminar que se le negaba. Se despidió aleteando una mano. Cuando perdió de vista la mansión de los Narcobeatos, detuvo su coche y se obsequió con una megarraya que le sumió en un estado febril.

Cuando llegó a Madrid, navegó en varios garitos de turbachusma leprosa y bebió whisky. Esta vez se cuidó de pedir Chivas. Vio a varios de sus antiguos confidentes. Le rehuyeron. Ratas a la carrera. Qué rápido se había corrido la voz en el ambiente de la mala vida. «Los huevos de Esquemas ya no son suyos, pasa de él, no le hagas ni puto caso…»

Mal asunto.

Pero tomaba nota.

Se vengaría de todos con creces. Y mataría a los Narcobeatos.

A todos.

52

Cuando el Chino logró abrir sus ojillos de ranura de hucha, vio frente a él a un tipo que sujetaba una automática y que ocultaba su rostro con un pasamontañas. Prolongaba el cañón del arma un silenciador.

Intentó gritar pero descubrió que sus labios estaban sellados por cinta americana.

Intentó moverse pero descubrió que unas bridas le impedían cualquier margen de acción.

Mal rollo.

Miedo trepando desde la planta de los pies hasta su cogote.

Vibraciones chungas, porque la noche, apenas iluminada por un cuarto de luna menguante, y ese tipo esgrimiendo una cacharra nada bueno presagiaban. Se revolvió con tenacidad de un becerro de tienta. Uno, dos, tres, cuatro, cinco minutos. Luego, exhausto, se rindió. Bufó y resopló a través de esa cinta. Hilos de saliva se descolgaban desde la boca empapando su barbilla. Bufó más. Sus ojillos rasgados pugnaban por adquirir tamaño de almendra, como si así obtuviese respuestas.

Y aquel tipo de la pipa quieto, estático, sin mascullar palabra, mirándole fijamente, dejando pasar el tiempo.

Gus recordaba las caras de los niños de aquel tipo de Galicia y las de los hijos del Chino. No podría olvidarlas. Tendría que vivir con eso.

Venció sus agarrotados escrúpulos, sus demonios de antaño y los del presente. Se había comprometido con Ventura a realizar ese trabajo y lo haría.

Sin previo aviso colocó el cañón del silenciador contra la pierna derecha del Chino. La pierna se endureció cuando el metal contactó contra la carne. El pulpejo de su índice sobó el gatillo. Gus disparó. Zuuup. Las hojas de los eucaliptos se estimularon con ese zumbido y rociaron la atmósfera con su perfume medicinal.

Los párpados del Chino se abrieron y cerraron como el batir de las alas de un murciélago sobrepasado por la ingesta de un millón de anfetas.

Seguían acelerados esos párpados cuando Gus repitió el disparo contra la otra pierna. Zuuup. La velocidad sorprendió al Chino. ¿Qué clase de tortura era aquélla? ¿Quién cojones era ese pirado?

Las caras de los niños del gallego y del Chino se yuxtaponían formando semblantes acusadores de futuros fantasmas de penitencia nocturna. Tenía que acabar ese trabajo antes de romperse. Se había comprometido.

El Chino mugía tras el plástico pegajoso que le velaba la boca. Lo hacía como una vaca que intuye su muerte en el matadero y añora los lengüetazos eróticos de su toro. Lo más inquietante era observar la coreografía letal y precisa de aquel tipo sin poder reaccionar.

Su miedo aumentó. Le iba a matar como a un perro.

Gus presionó la boca de su arma contra el brazo izquierdo. Disparó. Zuuup. Luego, sin titubeos, tratando de borrar los semblantes de la chiquillería fantasmagórica, disparó otra vez contra el brazo derecho. Zuuup.

Gus no recordaba si había empleado ese mismo orden con el gallego del concesionario… ¿Había empezado por los brazos o por las piernas? Bah, poco importaba. Sintió un curioso hormigueo en el pulpejo de su índice.

Aquellos milímetros de piel mostraban una sensibilidad mística y eso le demostró que disponía de la suficiente concentración como para afinar sin margen de error ese último tiro que representaba en grado sumo la eficacia y el tino de su buen hacer.

El Chino se retorcía como si le hubiesen enchufado un cable de cien mil voltios por el culo. Y seguía con sus mugidos de vacuno exhausto zarandeado en las fiestas de un pueblo renegro.

Pero tenía huevos. No se había meado encima. Gus le inmovilizó agarrándole por la coleta. Estaba sucia por la transpiración y por la resina del pino. Esa coleta resultaba realmente práctica para ese último disparo, se dijo Gus.

Estiró y estiró esa coleta que parecía por momentos alargarse como si fuese la goma elástica de los juegos de las colegialas. Hasta que la tensión alcanzó su cumbre. Gus atrapó por completo la faz del Chino. Presionó el cañón del silenciador contra su mejilla izquierda. Una nube ocultó la luz lechosa irradiada por ese cuarto de luna menguante. Las hojas de los eucaliptos seguían desprendiendo su aroma de catarro en fase de curación.

Gus esperó acuclillado. Los niños de sus víctimas bailaban zapateados flamencos incrustados en su cabeza.

La adrenalina circulaba por sus venas y eso le encantaba.

Era alguien. Era el mejor. Era infalible. Disfrutaba. Le encantaba lo que hacía pero seguía siendo incapaz de averiguar el motivo.

No creía ser mala persona. Era diferente de la mayoría de personas, sólo eso, nada más que eso.

La nube se marchó y la raquítica luz lunar regresó. Los niños de su cabeza se callaron, conscientes de la gravedad del momento.

Aspiró hondo en silencio. La boca del cañón de su silenciador era una prolongación de su dedo, de su cuerpo, de su espíritu. Toda la sensibilidad de su ser residía en ese exacto punto. No podía fallar. Máxima concentración. Máxima delicadeza. Cerró los ojos. No, todavía no. Deslizó dos milímetros el cañón hacia la derecha. Palpó. Una, dos, tres veces. Sí, ahora sí.

Disparó. Zuuup.

La bala atravesó limpiamente las mejillas del Chino arrancándole buena parte de la dentadura y de la lengua. Un disparo espléndido, pensó Gus. Le encantaba su trabajo. Sí. Desde luego que sí. Aplicó los torniquetes en brazos y piernas para que no se desangrase y se marchó dejando al Chino sentado en un charco de sangre que daría alegrías a ese pino superviviente rodeado de hostiles eucaliptos tóxicos.

Los niños de su cabeza aullaron congelando sus rostros en un escorzo de fatalidad. Aprendería a vivir con aquello.

Dios, cómo necesitaba y de qué manera la acción, pensaba Gus mientras conducía hacia Denia.

Esa noche, antes de que saliese el sol, dormiría en su cama junto a su amada Helena.

Ventura tenía razón.

Ventura siempre tenía razón.

53

El reservado de la discoteca Frenesí de Ibiza recogía lo mejorcito de cada casa integrado en el comercio del Rubio. Cuando Ventura le llamó para explicarle que el problema estaba resuelto, «Me vuelvo a Ceuta, todo en orden», dijo en su evidente clave, el júbilo se apoderó de su cuerpo. Primero se desplomó contra la cama. Sus átomos burbujearon de la alegría.

Luego sonrió. Luego rio. Luego carcajeó. Luego llamó a Sacra y mientras la estrujaba con fuerza le gritó «¡Te quiero, Sacra! ¡¡Te quierooo!!».

Liquidó el dinero pendiente con el legionario y estuvo atento a la prensa esos días. Una nota breve en el diario decano de Valencia, *Las Provincias*, narraba el extraño suceso de un tipo que había aparecido atado contra un árbol en la Sierra Calderona con múltiples heridas de bala. Según la noticia, ese tipo llevaba dos días ahí, casi desangrado, casi deshidratado, casi la había palmado, sucio y con heridas infestadas de picotazos de ladinos cuervos.

La policía no se pronunciaba y todas las líneas de investigación quedaban abiertas. Buscarían al culpable, aseguraban desde las fuentes policiales. El herido no podía hablar porque un disparo le había devastado la boca. Los médicos tampoco se pronunciaban con respecto a su futuro, pues la lengua, así como el paladar, habían sufrido severos daños. El herido, por otra parte, tampoco parecía tener intención de escribir algo que pusiese a la madera sobre una pista. Se encontraba en estado de shock, aseguraban esas mismas fuentes.

Dos jornadas con sus noches, y con el añadido de unos cuervos oportunistas y hambrientos picoteando piel y carne sanguinolenta, desayuno de córvido campeón, quebraban el espíritu del más chulazo, intuyó el Rubio. Le traspasó un acceso de sadismo y se regodeó pensando que quizá, por la noche, los roedores también recorrieron el cuerpo del Chino buscando sus limosnas de carne.

Ahora todos sabrían en esa zona de la costa que nadie podía jugar sucio con él, que la impunidad no existía y que el castigo sería terrible. Esas suposiciones inflaron de optimismo al Rubio y por eso decidió celebrar una gran fiesta en Ibiza. Alquilaría un reservado de la famosa discoteca. Invitaría a su plana mayor. Contrataría a chicas de moral desviada. Despilfarraría dinero a manos llenas. Necesitaba un juergón, ejercer de padrino total ahora que desaparecía el problema del Chino. Y así lo hizo.

Y si él era el padrino, Sacra se erigió en impetuosa madrina. Se había llevado a su corte milagrosa de amigas emperifolladas y empericadas. «Ay, Sacra, tú sí sabes sacarle partido a la vida… Qué gusto ser tus amigas…», cacareaban gallináceas impulsadas por las rayas que les enchufaba su querida blonda de tetas coriáceas.

Y Sacra bailaba en lo alto de un pódium y el Rubio la miraba embelesado y presentía que al lado de su mujer, de su madrina, de su musa, de su reina, nada malo podría sucederle porque esos pechos de plástico representaban su coraza y su inexpugnable defensa contra las hostilidades del mundo entero.

Si Sacra y sus amigas hubiesen lucido el palmito desnudas, no habrían logrado el efecto de recalentamiento conseguido por los diminutos trapos que les velaban justo las zonas prohibidas y poco más. Transparencias, shorts ingleros de los que permitían libertad absoluta en el cachete del culo, sujetadores de pedrería, taconazos… Vestían más provocativas que las mismísimas putas que había alquilado el Rubio. Pero Sacra se lo podía permitir porque su porte le otorgaba elegancia vitalicia. Vestían tan provocativas que algún guiri borrachuzo con aire de bárbaro norteño intentó cruzar la frontera de borlas aterciopeladas que delimitaba el fiestón del Rubio para abordar a esas chicas. Sin éxito porque los seguratas impedían el acceso.

Corría el champán y cada botella le costaba al Rubio mil quinientos euros. ¿Y qué? A esas alturas blanquear su dinero, incluso con la martingala de sus concesionarios de coches de importación, era cada vez más difícil, por eso almacenaba en su escondite secreto del chalet más de lo que la prudencia aconsejaba.

Gastar. Derrochar. Vivir a todo trapo. Hacer feliz a Sacra.

Durante demasiados meses el asunto del Chino le había arrebatado la alegría y le había estreñido las meninges. Se sentía, por fin, al fin, liberado. Le aguardaba un futuro espléndido. Ahí estaba en la fiesta Gusano, risueño una vez había aceptado su lugar en la jerarquía de la organización.

Como de costumbre, Gusano había optado por una fulana culigorda algo pellejuda. La cabra tira al monte. Ése era su gusto. Gusano le sobaba el trasero y miró de soslayo al Rubio, éste levantó su copa de champán y le guiñó el ojo. Estaba contento con él. Ajustadas las cuentas con el Chino, le había perdonado de buen grado aquel lamentable error.

Gusano se involucraba voluntarioso en el engranaje y no lo hacía nada mal coordinando los envíos que iban en velero hasta la isla y que mandaba desde la costa Basilio, el verdadero cerebro de las operaciones. Los emisarios que navegaban en velero hasta la isla depositaban sus kilos en las manos de Gusano y éste trasladaba la mercancía hasta varios puntos de encuentro. El chorro de dinero que ingresaba el Rubio con el tráfico en Ibiza superaba sus mejores expectativas.

Cuando la fiesta arreciaba irrumpió en el reservado una pandilla de mariachis cantando rancheras a pleno pulmón. La gente alucinó. La gente flipó. La gente se descojonó. Basilio le canturreó a su novia Esmeralda la enana cachonda lo de «Con dinero o sin dinero sigo siendo el rey».

Gusano le soltó varias guarradas a la oreja de su culigorda. Sacramento Arrogante sudaba bailando en su pódium y el balanceo de sus tetas amenazaba con agredir cualquier norma de mínima decencia. Las amigas de Sacra bailaban como gallinas ciegas de polvo blanco y querían esa noche follarse a alguien, al primero que pasase o que les dijese algo. Los mariachis rodearon al Rubio y le cantaron con arrobo un narcocorrido original de los Tigres del Norte donde se loaban las virtudes de un famoso traficante que murió por culpa de una traición pero que dejó gran sabor de boca entre los suyos por su bravura.

La gente aplaudió. La gente alucinó. La gente flipó. Una amiga de Sacra rompió a llorar, no se sabe si por el pedo que arrastraba o por la emoción ante los versos de los mariachis que, en realidad, eran un combo de italianos y sevillanos que ganaban recia pasta fingiendo rollo mexica.

El Rubio le pidió a Basilio que le trajese un maletín guardado en la rebotica de la barra. Éste se apartó de su enana y cuando le tendió el maletín el Rubio lo abrió y sacó sus sobres de sorpresa económica. Y repartió como un Papá Noel de intensa generosidad. Sobres de dos mil euros para los emisarios de los veleros. Sobres de cinco mil euros para Basilio y Gusano. Sobres de mil quinientos euros para las lumiascas disponibles para lo que fuese menester. Sobre de dos mil euros para la banda de mariachis mestizos vestidos como extras de Cifesa.

Luego repartió billetes de quinientos pavos a los camareros, a los seguratas, a las camareras.

Pasta gansa. Pasta fresca. Pasta loooca.

El flujo de pasta insufló nuevos bríos a la fiesta. El flujo de pasta y los gramos que Sacra repartía a diestro y siniestro.

Retumbó la música chunda-chunda de bakalao hipnótico. La gente vociferó.

Gusano enchufó sin piedad sus dos manos dentro de la minifalda de la culigorda mientras le pellizcaba las nalgas.

Basilio había desaparecido para gozar de su novia y de la lengua de ésta en la habitación del hotel.

Los emisarios habían llamado a los patrones de los veleros, con permiso del Rubio, para que se uniesen a la fiesta.

Los patrones a su vez habían acudido con amigos y amigos de amigos y amigas de esos amigos.

Pandemónium. Maremágnum. Mezcla engolfada.

La fiesta se descontrolaba hacia el paroxismo y el Rubio era feliz observando a Sacra mutada en suma sacerdotisa del aquelarre.

Las botellas de champán se descorchaban sin cesar. A esas alturas el cordón de borlas había saltado por los aires y la clientela más guapa de la disco se fusionaba con los diáconos y con las monaguillas del Rubio. Caos absoluto de coctelera mareada.

Amanecía y las primeras y furtivas parejas se deslizaban buscando el taxi que les condujese a la habitación para fornifollar con el vicio disparado hasta cotas de porno casero.

Las amigas de Sacra ligaron con zamarros de acentos extranjeros. «Ay, Sacra, pero qué reputas somos... Somos más putas que las gallinas, pero entre Ibiza y la farlopa que nos metes es que tenemos las bragas mojadas mojadas mojadas», cloqueaban mientras la vulva les hacía palmas.

Sacra mostraba los primeros síntomas de cansancio. El Rubio le hizo una seña y se largaron. Fuera les esperaba un chófer que conducía una limusina negra de cristales tintados.

En la suite del hotel la blonda se conectó otra raya sólo para follarse con violencia a su hombre. Así cumplió. Luego se durmió y un filamento de límpida salivilla brotó desde la comisura de sus labios. El Rubio deseó beberse esa saliva de tanto como amaba a su chica. La contempló largo rato. Acusaba las copas de champán pero se sentía en paz.

Se tumbó bocarriba. Entornó los ojos. Se instaló en un duermevela y le asaltó el recuerdo de su mentor Willy Ramos. Dios, no le había llamado en todos esos años. Alguien le había contado que estaba muy bien, que se había aficionado al golf y que seguía bebiendo buen vino. Disfrutaba de una ejemplar vida de burgués. Antes de dormirse recordó el consejo de Willy, ese que decía: «Sé discreto. Sé siempre discreto y no hagas alarde de tu dinero». Esta vez no había obrado según las enseñanzas de su guía, pero tampoco pasaba nada por saltarse las normas de vez en cuando.

Se levantaron al día siguiente justo a la hora de comer. Zamparon con hambre de posguerra langostas, gambas, mejillones, erizos y una lubina salvaje de dos kilos. Sacra bebió vino blanco y el Rubio, agua, esa tarde tenía varias reuniones.

La coca en Ibiza se vendía como las chucherías de ese estratégico quiosco en la puerta de un colegio. Se reunió con sus mejores clientes. Estaban casi secos y les urgía más material. Estrecharon las manos y el Rubio les prometió un gran cargamento para la semana próxima. Que no se preocupasen, que el final de la temporada veraniega sería blanco como unas Navidades en Alaska. Habría farlopa para todos.

De regreso al hotel Sacra sesteaba. Llamó a Germán «Milvidas» para hacerle el pedido. En tres días acudiría a Madrid a recoger el cargamento. Avisó a Basilio para que preparase la logística de los veleros y para que Gusano estuviese preparado. Asunto cerrado. Todo en orden.

Y mientras ordenaba sus disposiciones, el Chino yacía ojiplático, cariseco, mudo y vendado como una momia sobre la cama del hospital.

Jamás olvidaría esas dos noches amortajado de oscuridad plagadas de ruidos inquietantes, empapado por un miedo cerval.

Jamás olvidaría los picotazos de los cuervos, el dolor al sentir un jirón de carne arrancada.

Jamás perdonaría.

Su cabeza rumiaba. Su cabeza bullía como la caldera de un marmitón que pergeñaba cocciones titánicas de temperaturas equiparables a la de los altos hornos siderúrgicos.

Sólo admitía alimentos reducidos a formato de papilla infantil y sus labios a duras penas soportaban la pajita con la que aspiraba el infecto caldo.

Jamás perdonaría.

De un modo u otro se vengaría.

La venganza, esa pulsión todavía más adictiva que el amor…

54

A las dos de la madrugada decidió asomarse por la comisaría para cumplir con su rutina sagradísima. Iba ciego como un perro, pero no le importaba. Los maderos que soportaban su guardia lucían el sopor de la duermevela. No les extrañó verle por allí en ese estado. Esquemas era así. Cualquier día le abrían expediente o se lo fundían, eso se rumoreaba.

Se ignoraba por qué no lo habían apartado del cuerpo.

Estaba acabado y se le notaba. Era el apestado de la comisaría. Caería más pronto que tarde.

Esquemas se metió una raya en el lavabo. Agarró el ordenador y tecleó.

Buscó. Chequeó. Radiografió. Contrastó y…

Zum, zum, zum… Mil campanas tañeron en su cabeza.

Cuatro bombas atómicas comprimieron sus meninges. El desembarco de Normandía penetró en su osamenta y los soldados con las bayonetas empalmadas se ramificaron por su cuerpo…

Zum, zum, zum… Sus acúfenos le taladraron. Sus muelas le dedicaron un bruxismo mayúsculo…

Zum, zum, zum…

El suelo tembló bajo sus pies forjando un terremoto diez sobre diez en la escala Richter. El vértigo se apoderó de él…

Zum, zum, zum…

Se largó al lavabo. Se lavó la cara. No era suficiente. Forzó su nuca en alambicado escorzo para que el grifo abierto irrigase de agua fría su cráneo. El espejo le devolvió la estampa de un loco que no reconocía. Era él. De aquel tipo serio tan parecido a Chayanne no quedaba ni rastro. Se homenajeó con otra raya.

Salió. Comprobó los datos escupidos por el ordenador. Una, dos, tres veces. Sí. No había duda. En Valencia acababan de tirotear a un tipo que respondía al alias del Chino exactamente como hicieron con su padre.

Exactamente. Exactamente. Exactamente.

No había ninguna duda, el pistolero era el mismo.

Zum, zum, zum… Trillones de dinamita deflagraron en sus entrañas…

Salió en tromba de la comisaría y peregrinó hacia tugurios *after hours* para celebrar el hallazgo. Esnifó rayas con voracidad de aspiradora atómica. Bebió whisky Chivas. Derramó propinas generosas a las camareras. Acobardó a varios farloperos con pinta de chicos modernos en los cuartos de baño enseñando la placa y la pipa.

Recuperaba los cojones. Lo sentía.

«Padre, voy a vengarte, por fin. Te juro que voy a vengarte. Te juro que el tipo que te hizo aquello va a pagar.

»Padre, voy a vengarte. Pronto. Muy pronto. Averiguaré quién te hizo eso, quién te dejó como una puta planta, quién te arrebató la vida sin darte una muerte digna.

«Te vengaré, padre, te vengaré.»

Miles de rayas y cientos de Chivas más tarde aparcó pasadas las cinco de la madrugada. El morro del coche chocó contra el petril del chalet que compartía con África.

Descendió del vehículo sin molestarse en cerrar la puerta.

Zigzagueaba.

Reía. Lloraba. Trastabillaba. Se caía. Se levantaba. Se volvía a caer sumergido en carcajadas tenebrosas que provocaban un eco del apocalipsis. África le esperaba. No era su estilo. Ella nunca se quejaba de sus horarios. Ella nunca protestaba. Esquemas la miró. Esquemas babeaba indecente por el monumental pedo. Parecía un hombre acabado. ¿Chayanne? ¿Quién coño era ése?

África optó por no andarse por las ramas.

—Ha llamado una chica diciendo que era tu hermana Roxana. Le han dado nuestro fijo en la comisaría. No te localizaba en el móvil, me ha explicado que te estaba llamando desde ayer. También ha dicho que tu padre murió ayer a eso del mediodía. Mañana es el entierro a las cuatro de la tarde. En tu pueblo. Eso me ha contado.

Esquemas se derrumbó sobre una butaca y se agarró las sienes con las manos. Su acúfeno le acuchilló y sus mandíbulas partían bolos de bolera de tanto como estrujaban.

—Café. Prepárame mucho café —le espetó a su novia.

Se duchó durante veinte minutos. Se afeitó despacio. Se vistió con un traje oscuro. Se anudó una corbata negra contra el cuello de la camisa blanca. Efectuó una extraña mueca frente al espejo. Fingió ahorcarse con esa corbata.

Ya no estaba guapo ni siquiera simulando la sosegada faz de un cadáver. Ciñó su pipa contra la axila. Se bebió medio litro de café. Se incrustó otra raya, grande como su dolor. Se marchó sin despedirse de África rumbo a Galicia.

«Padre, voy a vengarte. Te lo juro. Voy a vengarte. Por fin.»

55

El Rubio creía que su furgoneta era una alfombra voladora que recorría la autovía entre Valencia y Madrid gracias a un piloto automático.

El Rubio era el Simbad de la carretera. La vida le volvía a sonreír. Por fin las piezas encajaban y los nubarrones se diluían.

Su negocio ganó respeto y prestigio tras el ajuste de cuentas y sus dividendos adquirían proporciones milagrosas de panes y peces multiplicados en charcas de secarral por designios divinos. Ampliar su territorio hasta Ibiza había sido una sabia decisión.

Ibiza... A Sacra le encantaba la isla y no descartaba comprar allí un chalet. De momento vivían alquilados en un amplio apartamento de una zona exclusiva y un selecto vecindario: rusos, ingleses, italianos... Extranjeros que apestaban a dinero legal o ilegal, personas que no fisgoneaban en la rutina del prójimo, gentes educadas que vestían ropas caras, ninfas exuberantes, plastificadas o no, de hechuras rutilantes y bronceados en su punto. Y Sacra se integraba en aquel microcosmos sin distorsionar el paisanaje. Prefirió quedarse en la isla porque su hombre le dijo que regresaría pronto. Cargaría los ciento veinte kilos de material, se los cedería a Basilio, éste lo repartiría entre la blanca armada invencible y, de nuevo, un caudal de energía artificial fortalecería las venas de Ibiza para proporcionarle tandas de vicio.

Cualquier día, pensaba el Rubio, le daría a Basilio el contacto de Germán «Milvidas». Se fiaba por completo del gallero tullido. Jamás le traicionaría.

En ocasiones Gusano huroneaba sobre la procedencia del gran

manantial blanco, esa fuente del Nilo que les enriquecía varias veces al año con el lodo pálido de las inundaciones, pero en este caso el Rubio escurría el bulto. También confiaba en Gusano, había mejorado notablemente durante los últimos tiempos; sin embargo, le mantenía al margen porque no le consideraba con el suficiente talento, con la suficiente inteligencia, como para torear con Germán, ese colombiano reloco pegado a una pipa.

Santiago Esquemas aguardaba en un repecho de la carretera. Le escoltaba su pasma Paco Delgado, su perro fiel desde que desembarcó en la comisaría de Fuenlabrada. Paco seguía a su lado en ocasiones esporádicas por una vieja fidelidad que comenzaba a mostrar fisuras y, sobre todo, por las generosas propinas que Esquemas le derivaba.

Con Esquemas siempre había premio.

Le notaba taciturno. Sus ojeras eran dos mugrientos capazos de perroflauta pulgoso. Sospechaba que sus malas costumbres acabarían con él. Sospechaba que su olla patinaba. Sospechaba que sólo un milagro impediría que le expulsasen del cuerpo con deshonor.

Esquemas bajaba a menudo del coche para ocultarse tras unos matorrales junto a la curva donde se agazapaban. «Voy a mear», mascullaba. Y un cuerno.

Su adicción continuaba en curva ascendente. Su adicción esprintaba con zancada exponencial. Su adicción resumía la furia del converso. Ahora se metía un mínimo de dos gramos y un máximo de tres al día. Y llevaba una petaca con Chivas. Era un macho con los cojones castrados, de momento, y por eso bebía whisky recalentado a morro. El Chivas era una bebida de hombre, de señor, de paladar experto.

Entre pellizco de farla y sorbo de whisky rememoró el funeral del padre... O lo que recordaba atravesando sus amnesias de nuevo cocainómano y feroz borracho.

Sus recuerdos formaban un barullo opaco... Apenas reconoció a su hermana Roxana y a ese pelagatos marido suyo que gastaba rostro de circunstancias. A su madre, menos todavía. Al menos hubo cierta reciprocidad en aquel reencuentro familiar...

Los suyos tampoco le reconocieron de entrada. Por alguna razón animalizó la cadena de acontecimientos y las caras de las personas...

El funeral le recordó a un pequeño zoo de antaño con clientela deprimida de domingos por la tarde. Su hermana y su marido se le antojaron dos bueyes atolondrados; su madre, más flaca y reseca, de mirada histérica, engarfiada a su rosario, una urraca a punto de momificarse; el escaso personal que asistió a la misa y al cortejo fúnebre, una banda de ardillas con la piñata dispuesta a roer bellotas o lo que fuese. Condujo hasta su pueblo natal de la Galicia profunda de lobos y meigas con su gasolina de coca brillante.

Así apartaba los acúfenos y el bruxismo, así engullía kilómetros como si estuviese en un videojuego, así el tiempo se aceleraba y la realidad se tornaba blanda, algodonosa, dúctil, maleable.

Y llegó puntual.

Y sus ojos eran dos satélites a punto de colisionar contra una estrella enana roja.

Y gruñó letanías laberínticas en jerga perjudicada que nadie comprendió.

Y se largó en cuanto implantaron el féretro en el nicho de una pared mellada como la boca de un gigante desdentado.

«Padre, te vengaré. Te lo juro, padre.

»Y entonces podré descansar, sólo entonces. Ya verás como sí, padre, ya verás mi venganza y estarás orgulloso de mí. Te vengaré, padre.»

Rumiaba sus planes de venganza y el modo de localizar sin retrasos a ese pistolero cuando su leal lugarteniente Paco Delgado le sacudió el brazo.

—Inspector, mire... Mire, mire, esa es la furgoneta... Mismo modelo, misma matrícula... Ése es el vehículo que tenemos que trincar... ¿Vamos a por él?

Esquemas desencajó los ojos y se palpó los riñones, ahí ocultaba el paquete de coca con los dos kilos inculpadores.

—Enchufa el pirulo y dale caña... Vamos a por él... Y métele el morro, procura que pare en algún caminito y no justo en el arcén, que igual hay que sacudirle un poco... Me han chivado que es un cabrón violento y conviene rebajarle los humos...

El pirulo ululó mientras el coche brincaba cabrito y estridente. Esquemas preparó su cacharra. Le gustó sentir ese tacto de rotunda virilidad.

Al Rubio se le descompusieron los intestinos y le flaquearon los tobillos... No se lo podía creer... No había superado el límite de velocidad, conducía con prudencia, no daba el cante cuando rulaba por motivos de negocios... Aquel coche que escupía destellos azules no era un vehículo de la Guardia Civil de Tráfico ni un carro cagón de la policía local de Motilla del Palancar, el pueblo que acababa de dejar atrás.

Aquel coche anónimo de la madera pintaba mal. Pésimos augurios flotaban sobre su cabeza. La sangre abandonó sus mejillas. La boca se le secó. La transpiración humedeció su espalda. Su picha se acoquinó. El miedo le amortajó. Le tranquilizaba saber que la furgo nada escondía. Menos mal que estaba en el viaje de ida, si le llegan a parar durante la vuelta cargado hasta los topes... No quería ni imaginarlo...

Tranqui, Rubio, tranqui, se decía, vas de legal y en regla. No pasa nada. Nada de nada.

Y sin embargo... Qué mal le olía aquello...

El coche del estrépito policial se colocó a su vera. Aminoraron la velocidad. Un brazo coronado por una mano de nudillos descarnados le indicó que doblase hacia un camino de polvo.

El secano de mesetarios pastos amarillos nunca supuró tanta agreste fealdad a los ojos del Rubio.

Detuvo la furgoneta. Del coche perseguidor bajaron dos siluetas. La que parecía liderar el operativo segregaba malas vibraciones, violencia, catástrofe; la otra parecía un cirio de procesión cateta.

El Rubio respiró hondo tratando de calmarse. «No llevas nada, no llevas nada, no llevas nada de material, no te puede pasar nada, nada de nada —se repetía—. Disimula, no llevas nada, nada te puede pasar; sonríe, sonríe mucho, sonríe como un panoli. Si preguntan diles que vas al Ikea de Madrid a comprar algo para tu mujer...» No va a pasar nada... No puede pasar nada», se añadía buscando fortaleza y temple.

Un tipo de ojeras descomunales y caminar abrupto golpeó su ventanilla. El Rubio se fijó otra vez en sus nudillos descarnados. Mientras presionaba la tecla que descendía el cristal, el pasma ojeroso le mostró una placa.

También le vio una pipa en su mano derecha. Maaal rollo. El tipo le abordó directo, tuteándole:

—Baja de la furgoneta, rubio cabrón, y quédate tranquilito.

El Rubio obedeció.

—A ver, abre las piernas y pon las manos contra la chapa del motor... ¡Paco! Hazme el favor de cachear a este pájaro...

Paco Delgado, cetrino y eficaz, obedeció.

—¿Lleva algo encima? ¿Armas, droga? —preguntó Esquemas.

—Nada de interés... No... El móvil, la cartera, en fin... Nada importante... —respondió Paco.

—Llévalo todo al coche y métnelo en la guantera.

Luego, sin avisar, sin ninguna transición, con la boca de su arma golpeó recio en los riñones al Rubio imprimiendo todo el peso de su cuerpo para conseguir una intensidad castigadora. El Rubio se dobló de dolor. Su picha retrocedió hasta refugiarse huidiza hacia la caverna del escroto.

Sudaba mares.

Cayó poco a poco contra el suelo. Yacía acurrucado. Su picha había desaparecido.

Sudaba océanos.

Intentaba dominar su miedo. «No llevas nada, no llevas nada», se repetía. «No digas nada, no digas nada», se añadía. Se incorporó y permaneció acuclillado. Resoplaba. Sus riñones gemían. Las arcadas le sacudieron. Las arcadas vencieron. Vomitó bilis y algo semejante a un café con leche y restos de cruasanes.

Esquemas le miró sonriente. En cuanto el Rubio se limpió los labios con el reverso de la mano, sin avisar le pateó la cara y éste se desplomó lateralmente sobre su propia sopa sintiendo que una manada de elefantes le pisoteaba.

Se meó encima. El miedo le impedía pensar. A Esquemas le

encantaba cuando una víctima perdía el autocontrol. Se inflaba de poder. Él era el amo y señor de la situación. Lo agarró por los hombros. Le zarandeó. Le abofeteó con la mano abierta una, dos, tres veces, para humillarle.

—Abre las puertas de la furgoneta, muñequita meona, o sigo hostiándote hasta que se vaya el sol… Para ser todo un señor traficante me has salido un poco moñas… —masculló Esquemas.

El Rubio, encorvado y tembloroso, obedeció.

Intuía que ese pasma sabía algo. No estaba allí por casualidad.

En cuanto las puertas se abrieron, Esquemas le descargó un fustazo metálico, de nuevo con el cañón de su arma, en lo alto del cráneo. El pasma Paco saltó asombrado ante esa furia desproporcionada. Aquello sobraba. Tanto sadismo le incomodaba.

A Esquemas se le disparaba la pinza. A Esquemas se le iba la olla. El inspector le leyó el pensamiento.

—Se ha resistido. Tú lo has visto. Me ha obligado. Tú lo has visto, no me jodas ahora y no me vengas con mierdas, eh. Se ha resistido y he tenido que defenderme, ¿está claro? Yo no quería, me he tenido que defender… Anda, cógelo y llévalo al coche, ponle una tirita, mercromina, árnica, boñiga de vaca, algo, yo qué coño sé. Ah, y que no manche los asientos, eh, que sólo me faltaba eso… Y de paso ponle un pañal, no sea que la muñequita rubia vuelva a mearse…

Paco ayudó al Rubio a incorporarse. Le guio hasta el coche. Le dejó apoyado contra el capó y le derramó media botella de agua mineral sobre la cabeza. Le aplicó varios pañuelos de papel para taponar la herida. Era como cortar las garras de un león con un cortaúñas.

El Rubio no sabía ni dónde estaba ni qué le sucedía. El agua, el sudor y el orín le otorgaron una humedad desagradable de placenta. Jadeaba. Le dolía el cuerpo entero y su cabeza tenía deseos de estallar.

Ése fue el momento que aprovechó Esquemas para consumar la celada. Entró en la furgoneta, dio un rápido vistazo al interior y sacó el paquete con los dos kilos de coca de los riñones. Los escondió bajo una lona.

Justo cuando se aproximaba su lugarteniente, simuló alegría.

—Mira, mira, mira… Mira lo que tenemos por aquí. —Acompañó su verbo apartando con el pie la lona y, así, el ladrillo de dos kilos quedó a la vista.

Esquemas prosiguió.

—Anda, pilla esto y guárdalo. Voy a seguir registrando.

Mientras simulaba revolver el interior de la furgoneta escuchó los gritos del Rubio. El traficante regresaba tras la paliza al planeta Tierra y olfateaba la trampa.

—Eso no es mío, eso no es mío, lo juro, lo juro por Dios —gritaba.

Cuando traspasaron el umbral de la comisaría Esquemas le miró.

—Te vas al trullo por gilipollas —le dijo con rabia.

En el calabozo, la mente del Rubio carburaba a todo tren pero sus cables, al principio cruzados, se fundieron. No entendía nada. Pero él no iría al trullo. Él no podía entrar en la cárcel. Él era el más listo. Él tenía los mejores contactos. Y dinero, mucho dinero, muchísimo dinero. Ahora no, ahora no podía ir a la cárcel.

La interminable noche transcurrió sin que pegase ojo. Le hicieron una cura de urgencia y el vendaje de su cabeza le confería aire de imán caucásico.

Nunca olvidaría la perdedora tos del borracho con el que compartió calabozo.

Él no iría a la cárcel.

56

Una enfermera atemporal y algo caballuna de arrugas almidona-
das y papada de bizcocho le arrancó de su nube preñada de ner-
viosismo descontrolado.

—Todo ha ido de maravilla. Han tenido que practicar una
cesárea pero todo ha ido muy bien, no se preocupe. La madre y la
niña están perfectas. Ah, sí, que ustedes no lo sabían, ha sido niña.
Una preciosidad de dos kilos y ochocientos gramos, por cierto.
Enhorabuena.

Gus permanecía escondido en la escalera de incendios fumando sin tregua, encadenando los pitillos. El horizonte adquirió color
rosa pastel. Breves lágrimas emergían desde sus ojos. Emociones
insondables asaltaban su alma. Sensaciones desconocidas establecían
una montonera de cemento en su garganta.

—¿Qué? ¿Qué? ¿Qué? —cacareó Gus sin todavía comprender
la magnitud de la noticia.

La enfermera piafó fastidiada. Los padres primerizos siempre
suponían un peñazo, porque creían que algo tan banal como una
nueva vida sólo les podía suceder a ellos. Las ratas, los delfines, los
monos, las cucarachas y las sabandijas también alumbraban chispazos vitales, no había nada extraordinario en ello; sin embargo, los
padres primerizos consideraban que la exclusividad de la vida les
pertenecía a ellos, sólo a ellos. Y mira que ella era educada, y mira
que añadía un mecánico «preciosidad» y luego daba la enhorabuena a gente que le importaba un bledo. Con voz cansada volvió a la
carga.

—Que ha ido todo bien, y que ya puede usted pasar a ver a su pareja y a su niñita. Y tire el cigarrillo antes de entrar, por favor, que esto es, no lo olvide, un hospital.

Gus arrojó el pitillo. Mientras éste escribía su volatinera parábola, pensó que, a lo mejor, ahora debía plantearse abandonar el vicio de la nicotina, no podía intoxicar a su bebé. El mundo era su bebé. El tamaño de la galaxia se reducía a su bebé. Todo el universo cristalizaba en su bebé, en su niñita.

Llegó trotando hasta la habitación. Abrió la puerta temeroso. La fatiga garabateaba su impronta sobre el rostro de Helena. Su regazo sostenía una cosa pequeñita envuelta en limpias telas. Dos lagrimones recorrieron las mejillas de Gus. Se sentó sobre la esquina de la cama. Enjugó sus lágrimas. Observó furtivo a la madre y a la hija.

Recordó su pueblo. Recordó a su padre y las visitas al gallinero de su padre.

Recordó su vida de matón de maricas en Madrid, y su cara nueva, y su sangrienta profesión...

Recordó su pasado turbulento y cafre al admirar esa vida recién aterrizada que prolongaba su carga genética.

—Ven... Ven... No seas tonto... Acércate... Ven a ver a tu hija...

Se habían negado a averiguar el sexo de la criatura. Preferían la sorpresa. En realidad fue Helena la que escogió esa incertidumbre de misterio doméstico. «Así todo resulta más emocionante.» En cuanto supo de su embarazo, abandonó las rayitas esporádicas y las copas para refugiarse en la vida sana. A Gus lo mandaba a fumar a la terraza. Y enchufaba contra su creciente barriga piezas de música clásica para despertar la sensibilidad del feto. Acarreó el embarazo como una campeona y vigiló el Black Note Club hasta la primera contracción, luego se encargó Juanjo Almendral de la intendencia.

«Sí —pensó Gus—, dejaré el tabaco. Por mi hija.»

La argamasa de sensaciones acumuladas en su garganta se convirtió en una inmensa bola de dura nieve cuando contempló la angosta faz de su niña. Y esos dedos como de juguete miniaturizado, y esos ojillos cerrados parecidos a lascas de terciopelo, y esa nariz chata como un guisante fofo y paliducho...

Helena y Gus se miraron. Sus pensamientos conectaron en una de esas sincronizaciones que les arrebataban.

—Sí. Lo sé. No te preocupes. Lo tengo claro. Lo dejo —dijo Gus.

—¿De verdad? Bien. Sí, bien. Pero déjalo para siempre. Por favor. Nada de un trabajo de vez en cuando ni de un último trabajo porque nunca, nunca es el último. Lo dejas para siempre. No lo hagas por mí, hazlo por ella. —Helena cabeceó en dirección al bebé durmiente—. Hazlo por ella, ¿de acuerdo?

—Sí. Se acabó. Dejo mi trabajo. No nos hace falta. Encontraré otra cosa. Lo hago por ella y también por ti. Y también por mí.

Helena le cogió la mano. Estuvieron así una hora hasta que el bebé maulló como un gato famélico. Gus se asustó primero y rio después.

—Voy a darle el pecho —dijo Helena incorporándose.

—Yo voy a hacer una llamada —susurró Gus.

—Ve pensando en el bautizo y en todas esas cosas, eh, a mí me da igual que sea religioso o laico, lo que tú prefieras… —apuntó Helena mientras su hombre salía de la habitación.

No le preguntó a quién iba a llamar porque lo sabía. A Ventura Borrás. Para despedirse. Gus caminaba sonámbulo hacia su refugio de fumador furtivo. Era un yonqui de la violencia y tendría que desengancharse. De la sangre y del tabaco. Y lo haría porque tenía un colosal motivo para iniciar una nueva existencia. Marcó el número de Ventura. Éste descolgó al tercer tono.

—Joder. Gus, ¿qué pasa?

—Hola, Ventura.

—Me pillas en Ceuta… Dentro de unas semanas voy a la Península, a una gallera de Tarragona para ver un combate entre dos gallos que son la repolla… Lo digo por si quieres que quedemos para comer…

—Sí, podemos vernos, pero no te llamo por eso…

Al lejía le pareció que la voz de Gus sonaba menos fría que de costumbre. Aquello no le gustó.

—Bueno, ¿pero para qué coño me llamas?

—Verás… Verás, Ventura…

—Hostia, suéltalo ya, coño, que mira que eres rácano hablando y me tienes al borde del infarto…

—He sido padre. Acabo de tener una niña. Ahora. Hace un rato.

Las palabras de Gus congelaron los ánimos de Ventura. No sabía qué pensar. No sabía qué decir. No sabía qué hacer. Pero sí sabía que Gus abandonaba la vida, la mala vida, la vida de sangre. Y era definitivo. No valía la pena insistir y tampoco él era tan hijoputa. Podía ser un cabrón, un gran cabrón, pero no un hijoputa con los que apreciaba.

—Vaya… vaya, vaya, vaya… Hostia, Gus, no te miento, me dejas de piedra…

Recuperó el tono al rememorar las convenciones sociales. Ahora entendía la voz dulzona de su potro implacable.

—Me alegro, me alegro mucho, muchísimo… Porque… vamos, en fin… Estooo, digo yo, ¿tú estás contento, no?

—Sí. Estoy… Sí, muy contento.

—Pues no se hable más. No hay nada que decir… No te preocupes por mí, voy a desaparecer de tu vida para siempre… A no ser, claro, que quieras volver a nuestro teatro de protagonista… Que ya sabes que enton…

Gus le interrumpió.

—No, no voy a volver.

—Lo entiendo, Gus, lo entiendo… En fin, chico, ha sido un placer… No sé qué más decir, es que me has pillado así de sopetón y ahora…

—Espera… Te quería pedir algo… Pero tú decides…

—Pues claro, hombre, lo que tú quieras, pues claro que sí…

—Me gustaría que fueses el padrino. Hace años que perdí el contacto con los míos… Y además me gustaría que fueses tú…

Si Ventura no llega a estar sentado hubiese caído fulminado contra el suelo. ¿Padrino de un bebé? ¿Él? Le había salido una especie de ahijada de nombre Amapola tras su asunto de farlopa y tiros en Tánger, pero se trataba de una persona adulta… Las ataduras, aunque a distancia, le espantaban.

—¿Ha sido niño o niña? —preguntó el sargento.

—Una niña.

Ventura maldijo su suerte. Un legionario de ahijado le hubiese apetecido, pero, bueno, al fin y al cabo, los rojos modernos aseguraban que el futuro era de las mujeres, así que…

—Pues claro que acepto, coño, claro que sí. Y seré un padrino cojonudo. Sí, señor. Le enseñaré a ser una patriota…

—Gracias, Ventura, muchas gracias.

Era la primera vez que Gus llamaba al sargento por su nombre de pila y eso no le pasó inadvertido al militroncho. Presentía que naufragaba en un pozo de membrillo y la idea no le entusiasmaba.

—Oye, Gus, sólo un detalle…

—Dime

—Mira a ver si me puedes hacer coincidir el bautizo con la pelea de gallos, es que cada vez que salto a la Península aprovecho para matar dos pájaros de un tiro, ¿eh?

—Cuenta con ello…

—Ah, sí, y otra cosita…

—Dime.

—Cuéntame cómo coño va a llamarse la criatura, hombre, que todavía no me lo has dicho…

—Ventura. Mi hija se llamará Ventura.

Gus y Helena no habían decidido aún el nombre de la criatura. Barajaban varios en caso de que fuese niña. Por supuesto Helena. Y Roxana. Y Adriana. Y María. Y Ana. Y Paula. Y Lucía. Nombres y más nombres. Pero, mientras hablaba con Ventura Borrás, sufrió una epifanía y supo que la criatura se llamaría Ventura. No aceptaría otro nombre. Aunque tendría que convencer a la madre…

—¿Ventura? Pero qué dices… No me jodas… Jajaja… Ésta sí que es buena… Serás cabrón…

—Me gusta ese nombre. Ventura. Me trae buenos recuerdos… Sirve para chico y para chica. Se llamará Ventura. Sí.

El sargento colgó, se sirvió un copazo hasta arriba de pacharán y se lo pimpló de dos tragos. Ventura, la niña se llamaría Ventura. Su risotada se escuchó en todos los rincones del cuartel.

Gus regresó a la habitación de sus chicas. De momento no se

le ocurría nada decente para que su mujer aceptase ese innegociable Ventura.

—Lo dejo, Helena. Esta vez sí. Lo dejo.

La rumana le dedicó una mirada de miel. Gus prosiguió.

—Y el tabaco también. Para siempre.

—Gracias —dijo Helena mientras se recostaba—. Sé que lo dices en serio. Nos va a ir muy bien. Ya verás como sí. Tú no te preocupes.

—Por cierto, creo que ya he encontrado el nombre para nuestra hija…

Helena frunció el ceño.

QUINTO ASALTO

57

La cárcel.

Los presos veteranos comentaban como dogma de fe que la primera noche en la cárcel todos lloraban, los duros y los blandos, los culpables y los inocentes. Sólo los psicópatas no lloraban. Únicamente así se les reconocía.

Intervalos llorosos zarandearon la osamenta del Rubio durante su primera noche.

Desde que le detuvieron, imaginaba, durante sus pesadillas, el sonido atronador de ese portazo magnífico como los timbales de una orquesta celebrando su entrada en prisión para cumplir la pena impuesta, esos tres años que le habían adjudicado.

Pero no fue el sonido de las blindadas puertas de metal ni los graznidos de sus goznes ni el taconeo de los zapatos de los funcionarios lo que hirió su sensibilidad de convicto novato, sino el olor.

Una guardería de niños huele a guardería de niños. Un hospital huele a hospital. Una cárcel huele a cárcel, sólo que la mayoría de las personas jamás reconocerían el matiz de ese aroma porque nunca visitarían un lugar así. El olor, eso fue lo que le llamó la atención.

Sacramento le había buscado uno de los mejores abogados, el dinero no era problema. Se llamaba Emilio Pérez Mora y era un tipo atractivo, muy atractivo. Medía metro noventa y gastaba trajes impecables. Emilio Pérez Mora retorcía las leyes para beneficiar a sus clientes. Emilio Pérez Mora extraía petróleo de las fallas del sistema. Emilio Pérez Mora había salvado culos de políticos corruptos y narcos mastodónticos. Emilio Pérez Mora seducía a los jurados, a los fiscales y a los jueces con su dominio, su parla, su conocimiento, su sonrisa, su dentadura perfecta y su magnetismo. La juez que se encargó del caso, una mujer de jubilación cercana, se habría dejado cortar la mano por tener un hijo así y no el prenda que sesteaba en su casa. Emilio Pérez Mora mandó analizar esos dos kilos de coca. Resultó que eran de baja calidad.

Un punto para el acusado.

Emilio Pérez Mora filtró a la prensa las magulladuras de su defendido y se organizó una escandalera ante esa flagrante demostración de energuménica violencia policial que alguien de muy arriba sepultó cuando pretendieron expulsar a Esquemas de la policía.

Dos puntos para el acusado.

Emilio Pérez Mora olfateó sucias jugadas y pactó. Le pedían entre seis y nueve años a su defendido y se conformaron con tres. Al cabo de un año y medio el Rubio saldría a la calle. Otro éxito para Emilio Pérez Mora. Ponga un Emilio Pérez Mora en su vida.

Ese mismo letrado ofreció valiosas recomendaciones al Rubio y a Sacramento. «Vamos a elegir una cárcel pequeñita, que así es todo más tranqui, confiad en mí», dijo.

«En una cárcel pequeñita los reclusos y los funcionarios son de la misma familia y eso ayuda a la rutina, fiaos de mí», dijo.

Por eso el Rubio cumpliría su deuda con la sociedad en el penal de Cuenca. No más de quinientos presos deambulaban hastiados en aquel recinto. Pero el olor… Ese olor… El Rubio supo al instante que nunca lo olvidaría…

Durante el primer mes no aceptó visitas ni siquiera de Sacramento, sólo hablaba con ella por teléfono. «Espera, amor, deja que me acostumbre y pronto vendrás a verme, espera un poco», le rogaba. Durante ese primer mes aprendió los códigos.

Él era listo y buscavidas. Y la pasta le sobraba. Comprendió lo que el abogado le explicó entre líneas… «Reclusos y funcionarios son de la misma familia, recordadlo…» Claro que sí. Desde luego que sí. Ya tenía a tres funcionarios en nómina. No necesitaba más para dulcificar en lo posible su encierro.

Sacramento les untó ese primer mes y la existencia del Rubio ganó en confort. Nada de utilizar métodos tradicionales para introducir droga u otros productos... En un trullo pequeño los funcionarios te lo facilitaban.

En una gran e impersonal cárcel el contrabando se introducía en la prótesis de plástico de la abuela lisiada, en las compresas atomatadas de menstruación, en un huevo Kinder que luego se introducía en la vagina o en el recto.

En una cárcel familiar sobraban estos trampantojos porque todos formaban parte de... una linda familia bien avenida.

Al Rubio ya le habían prometido un móvil para el mes siguiente. Y la droga que él quisiese y Sacramento suministrase a ese trío de celadores que eran los cuñados corruptos de su nueva familia. ¿Pagas bien? Ningún problema. Somos una bonita y bien avenida familia y, además, mi sueldo de carcelero es una mierda y no me lo aumentan porque somos el último mono.

El Rubio a veces creía dormir en un internado cutre de profes chorizos y alumnos cebollinos. Al cabo de un mes controlaba los entresijos y muchos funcionarios le dedicaban coba de lameculos profesional. La mayoría de los presos, robagallinas, desfalcadores, timadores, pegaesposas, follaniños, atracadores de medio pelo, proxenetas y resto de tarados, le apreciaban porque repartía tabaco y licores sin gesto tacaño pero sin rastro de cobardía. Los travelos le brindaban su culo porque era guapo, educado y de cartera poderosa. El rubio declinó esas ofertas. ¿Culos o mamadas entre hombres?

No, gracias.

Mi novia vendrá a verme cuando el vis a vis. Otro mito que se derribaba: en la cárcel nadie sodomizaba al prójimo por la fuerza o mediante el truco de la pastilla de jabón. En una coqueta cárcel familiar los del ramo ponían su hojaldre a disposición del selecto público y si alguien quería jugar, jugaba. Vive y deja vivir. Encula y déjate encular si así lo deseas. En un mes consiguió respeto y popularidad. Pero ese olor, tan único y diferente, nunca se le olvidaría.

Y, por fin, el vis a vis con Sacra.

Y esa tristeza al verse en una habitación como de fonda barata, de añejo motel de carretera comarcal o de puticlub de pueblo atrapado en el tiempo.

Y esa melancolía al comprobar cómo la privación de libertad castraba los instintos y arrebataba cualquier jirón de felicidad.

Se miraron en esa estancia miserable. Se abrazaron. Lloraron. Cabizbajos, se sentaron como dos hermanos sobre la cama.

—¿Lo has traído, Sacra? —preguntó el Rubio.

Sacramento asintió con la cabeza. Luego, con exquisito pudor, se levantó y le dio la espalda. Hurgó en su bolso de doble fondo con sus dedos coronados por uñas esmaltadas que, en ese momento, ejercían de pinzas quirúrgicas. Extrajo un teléfono móvil y sonrió. Había imaginado que lo escondería en su vagina envuelto en un picajoso preservativo. Pero no, la facilidad reinaba en una cárcel familiar. Le lanzó juguetona ese móvil y el Rubio lo agarró al vuelo. Su chica le dio también un fajo de billetes, el cargador del móvil y una bolsa con cincuenta gramos de cocaína pura, compactada, fresca. Genuina alita de mosca tal y como reflejaban las escamas cremosas del material. Suficiente como para asegurarse la fidelidad de muchos compañeros.

—Gracias, Sacra. Muchas gracias. Estás guapísima... Guapísima... Ya no te recordaba tan guapa... Qué alegría verte... Fíjate yo, creo que ya he engordado y todo, ¿no? Tendré que ir al gimnasio... Mírame, aquí estoy pringado...

—No digas eso... Tú nunca serás un pringado...

La blonda se acercó y se sentó sobre el camastro de la habitación que servía para los encuentros vis a vis.

Cuerpos chocando en un barrizal aséptico. Se lavaba a fondo, ese cuartucho, pero uno percibía los litros de fluidos corporales que impregnaban sin remedio las paredes. Por mucho que se fregase, que se desinfectase, una extraña, invisible densidad, flotaba allí dentro.

Y qué lejos quedaba Ibiza y las juergas de Ibiza y los negocios de Ibiza y el bronceado de Ibiza y esos polvos que Sacramento, su Sacramento, le conectaba allá en la piscina empleando un morbo lobuno que le dejaba sin sentido y sin aliento. Sacramento le cogió la mano y la acarició. El Rubio se fijó en su chica. Estaba dando la talla. Aguantaba el tipo y se enorgullecía. De repente, había madurado.

—Ya sé que soy un coñazo y que me repito, pero estás muy guapa, Sacra. Mucho —murmuró encorvado sobre el camastro.

—Gracias, Rubito. Tú tampoco estás mal. —Y le rascó con sus uñas de esmalte la nuca con una ternura desconocida hasta entonces.

—¿Cómo va todo por ahí fuera? ¿Los chicos te hacen caso, Basilio se porta bien?

—Sí. El mejor es Basilio. Me llevo muy bien con él. Es leal. Te quiere. Me obedece porque sabe que, en realidad, el que da las órdenes eres tú. De Gusano no sabemos nada. Ha desaparecido como una rata. Mejor. Basilio se encarga de los gallos y de repartir el suministro que nos queda, que no es mucho, pero da igual. Tenemos pasta de sobra donde tú la escondiste.

—¿De Germán «Milvidas» sabéis algo?

—Nada. Pero te digo lo mismo que de Gusano: mejor.

—Esto se me va a hacer muy largo, Sacra. Muy, muy largo. Esto es una mierda y yo no debería estar aquí...

—Lo sé. Aguanta, Rubito, aguanta. Yo te espero.

—Sacra, tengo miedo...

—No te preocupes, Rubito.

—Tengo miedo de que me dejes, de que te vayas con otro... Tengo miedo de salir de aquí y no encontrar nada fuera...

—No haré eso, Rubito. Estoy contigo. Y así seguiré. Te esperaré, Rubito, te esperaré... Y piensa que tampoco estarás tanto tiempo... Entre los beneficios y tal, menos de dos años, Rubito, eso pasa volando... —Y siguió acariciándole maternal la nuca.

El rubio se deslizó hasta su regazo y posó la cabeza desmayada sobre sus piernas. No quería follar. Ella tampoco. El aire de esa habitación, sus paredes, eran los testigos de innumerables polvos de urgencia entre perdedores. Follar ahí dentro era como rebajar su pasión, como renunciar a su libertad íntima.

—Sacra, tengo miedo. Aunque ahí, fuera de esta habitación mierdosa, entre estos muros, encerrado, disimulo y domino la situación. Pero contigo no tengo ni cojones ni estómago para mentirte. Me gustaría tener los huevos de mi gallo campeón, pero no. Tengo miedo, Sacra.

Sacra notó una gota de agua salada sobre su rodilla. Una lágrima de su hombre.

—Shhh, no te preocupes, Rubito, no te preocupes... Shhhhhh.

Su hombre derramó lágrimas de macho herido. Se desahogó. Se recompuso. Se limpió los ojos con las manos. Se levantó. Abrió el grifo del lavabo y se lavó la cara. No podía ofrecer esa faz devastada por la llantina al resto de los reclusos.

Él, no.

Él era el Rubio, un narco que había mantenido la boca cerrada como los hombres de verdad. Llorar equivalía a debilidad. Él no mostraba flebeza ni lágrimas. De nuevo se sentó junto a Sacra sobre el camastro. Le rodeó los hombros con su brazo. Olió su pelo decolorado.

—Sacra, oye, Sacra…

—Dime, Rubito, dime…

—¿Tienes el dinero controlado?

—Controlado, amor. El escondite es cojonudo. Nadie lo encontraría. Sólo Basilio y yo sabemos dónde está.

—Coge el dinero que te dé la gana. Diviértete, Sacra, diviértete. Aprovecha que no estoy yo para cortarte el rollo.

—Rubio, ¿sabes una cosa? —Sacramento sonrió con labios de tiramisú—. ¿De verdad quieres saber una cosa chula, Rubito?

El Rubio dio un respingo porque el tono de su chica había cambiado. Era nuevo, espumoso, desconocido. Su mente se puso en guardia.

—Sí. Dímela.

La blonda de silicona firme y vertical acercó sus labios contra la oreja del Rubio.

—Te amooo. Te amo, Rubio, te amo. Y como ahora sé que te amo ya no me meto perico a todas horas. Ya no me meto farlopa. Y no me la meteré hasta que salgas de aquí. Te amo, Rubito.

Sacra jamás había pronunciado esas palabras, ese «Te amo», y en ese momento el alma del Rubio galopó allende muros para recorrer a velocidad supersónica toda la corteza terráquea. «Te amo.»

Por fin le había dicho «Te amo».

Por fin le amaba.

Ni los barrotes podrían cercenar el inmenso placer que sentía.

58

Nunca le molestó esperar largo tiempo emboscado hasta saltar sobre la pieza escogida. Desde niño la paciencia le acompañó. Cuando han baleado a tu padre hasta rebajarlo al estado de un monstruo de feria aprendes a ser paciente.

Los pellizcos de perico ayudaban a la espera. Los tragos de whisky también.

Santiago Esquemas aguardaba enfarlopado y felino esa tarde en el aparcamiento del Centro de Rehabilitación Levante. Una vaharada de su aliento hubiese derribado a Lucifer. Allí dentro, un nuevo tullido peleaba con su fisioterapeuta de cabecera para recuperar conatos de movilidad, pero con las rodillas pulverizadas la ausencia de progresos se imponía. El paciente era un tipo con pinta de chino y malos humos. Ni un milagro lograría reanimar su movilidad, pero había que cubrir el expediente y la Seguridad Social era una amantísima santa madre que se ocupaba incluso de sus peores y más descarriados hijos.

Esquemas vio que un celador salía empujando sobre la rampa un carricoche de minusválido que trasladaba a ese tullido a la ambulancia. Siguió el vehículo de la roja cruz estampada.

El conductor de la ambulancia llegó a su destino, golpeó la persiana desconchada de un bajo y alguien abrió esa costrosa cascada metálica. El tullido de rasgos entre asiáticos y garrulos dejó que ese mismo tipo con geografía de armario le arrastrase hasta el interior y la persiana besó el suelo.

Ahí dentro vivía, o lo que fuese, su mejor pista para tirar del hilo y atrapar al pistolero que le desgració la infancia hasta convertirle en un bastardo existencial.

Nunca pudo hablar de su padre en el colegio. Había otros que eran bomberos, electricistas, joyeros, carpinteros… ¿Qué iba a contar del suyo? ¿Que era un paralítico terminal?

Esquemas de nuevo esperó. Se empolvó la nariz varias veces y liquidó el contenido de la petaca. Tenía media caja de botellas de Chivas en el maletero, pero le dio pereza rellenar la petaca. Además, no tardaría en actuar. La noche avanzaba y era el momento de visitar a ese chinito condenado a la silla rodante bajo la losa de la cadena perpetua.

Se preparó. Revisó su cacharra. Ahora sí buscó en el maletero. Agarró un martillo y se guardó cinco clavos de acero de quince centímetros en el bolsillo interior de su cazadora. Todo en orden.

Golpeó el metal de la persiana.

—¿Quién es? —preguntó alguien de acento extranjero desde el otro lado.

—Policía —contestó Esquemas.

El armario albanokosovar miró a su jefe y éste asintió con la cabeza. Otra vez venían a darle la tabarra los maderos y él no contaría nada. Que se jodiesen. Tampoco podía hablar. Un balazo le había arrancado la lengua y ésta no crecía como el rabo de una lagartija. Llevaba una libreta de gusanillo escolar, infantil, para apuntar lo imprescindible en caso de apuro, pero a la pasma no le había contado nada. No entraba en sus planes. Les odiaba demasiado desde sus juveniles escarceos con la delincuencia. Despacharía a ese madero rápido.

El albanokosovar abrió y recibió de inmediato, a modo de tarjeta de presentación, un cañonazo en mitad de la frente con el silenciador del arma de Esquemas. Reculó trastabillando. Sintió una mezcla de dolor y sorpresa. Su mano tocó la frente y la sangre le enrabietó. Apretó los puños y se dirigió hacia el intruso.

Demasiado tarde.

El pasma había cerrado la puerta y le disparó tres veces en vez de entonar un pulcro «Buenas noches, pasaba por aquí…».

La primera bala lamió su coronilla hasta incrustarse en la pared. La segunda impactó contra el pecho y la tercera le destrozó la mandíbula concediéndole así nueva faz de máscara carnavalera.

Murió sin alborotar.

Su maxilar inferior había desaparecido. Irrumpió desde una estancia otro menda que parecía primo hermano del primero. Dos balazos le volaron la cabeza y grumos de sesos frescos tapizaron el suelo. Esa noche las cucarachas disfrutarían de un suculento banquete.

Esquemas permaneció alerta por si otro invitado se unía a la fiesta. Una nube de cordita se expandió inyectando escozor en su garganta. Se aseguró del largo sueño de esos dos basiliscos y, cuando concluyó que nadie más estaba invitado al jolgorio, escuchó un quejido de animal herido.

Avanzó.

Descubrió al tullido parapetado tras la butaca extirpada a un coche. Doblaba su espalda sobre una silla rodante como si pretendiese desaparecer. Movía el cuello como esos perritos de plástico de la bandeja trasera de algunos automóviles. Sus ojos reflejaban veneno a raudales. Ese Chino era un mal bicho. Le radiografió con sus superpoderes y éstos le aseguraron que el tipo cantaría.

Costaría, pero finalmente hablaría.

Empleó de entrada el jarabe de la humillación al arrojarle sin contemplaciones contra el suelo. La silla de minusválido quedó volteada y una rueda chirriaba quejosa al girar. El Chino se estampó entre gruñidos.

Babeaba.

Se retorcía bocabajo.

El factor psicológico siempre le interesó a Esquemas, y un hombre reptando como una lombriz ya estaba condenado de antemano. Le pateó una, dos, tres veces.

El Chino escupió más babas.

Esquemas le giró con el pie ejerciendo a modo de palanca y el Chino quedó varado como esa tortuga bocarriba que se desespera ante la cercanía de la muerte. Le apuntó con su arma en dirección a sus huevos y masculló «¡Pum!» al amagar un disparo. Luego se rio. Arrastró la butaca del coche desguazado y se sentó a su vera. El Chino braceaba. El Chino aleteaba. Parecía querer volar.

—He leído tu expediente... Te llamas Mario Fabregat Cano,

alias el Chino, y para mí que eres una maricona del siete… Desde luego eres un mierda de poca monta, eso sí lo tengo claro… Pequeñas chapuzas desde joven… Camello de medio pelo y luego te da por jugar a lo grande y la cagas… Te faltó cerebro, capullo. ¿Por qué te dedicaste a delinquir? ¿Por tu pinta de Chino tonto como los de las malas película de kárate? ¿Te puteaban en el cole? ¿Tu mamá nunca te acunó con amor? No sé, Chino… Te veo ahí con tus babas en el suelo y me das asco…

El Chino gorgoteaba.

No se hacía ilusiones, aquel tipo le mataría seguro. Ya se había cargado a sus dos esbirros y haría lo mismo con él.

—¿Qué dices? No te entiendo… Hablas en idioma glugluglú y no entiendo ni papa… Ah, claro, que ya no tienes lengua, coño. Sí, también he mirado el parte médico… Pero mira, yo siempre llevo bloc y boli. Soy pasma, un pasma formal, y el boli y el bloc nos son muy útiles. Si eres bueno, me responderás un par de cosas… Con algún nombre y alguna dirección me conformo… Tienes que darme algo, Chino Chinito Chino… Si eres bueno conmigo yo lo seré contigo, ¿vale? Pero si no eres bueno tendré que ser malo… Por cierto, ¿cuándo te dejaste la coleta de Fumanchú? Anda que lo tuyo es estilo, macho…

El Chino hipó en su idioma glugluglú.

—Mira, te voy a contar algo… Pero guárdame el secreto, ¿vale? La gente se come mucho la cabeza en esto de torturar para favorecer la memoria y las confesiones… La peña se monta unas películas de lo más raras… Pero yo soy un tipo básico, una persona simple, y creo en los métodos de toda la vida… Hay que hacer daño, mucho daño de entrada; lo demás son cuentos… Ah, sí… Se me olvidaba… En tu expediente había otro detalle bastante sucio… Sí, cuando secuestraste de jovencito a una pobre deficiente mental, a una subnormal, y la prostituiste en una chabola cerca del barrio de la Coma. No me lo puedo creer, eras el macarra de una infeliz mongola… Qué estómago… ¿Fue ahí cuando te dejaste la coleta? ¿Creías que así parecerías más macarra? Hace falta ser un hijo de la gran puta para hacer lo que hiciste… Te cuento esto porque así podrás estar seguro de que no vacilaré en emplear cualquier método, cualquiera, con tal de que cantes… ¿A un tipo que fue capaz de vender a una inocente tarada que no sabía lo que hacía? Deseando estoy que intentes probarme que eres un macho… Ponte chulo, anda, ponte chulo, cabronazo…

El Chino emitió ruidos ferrosos de reloj de cuco.

—Por ejemplo… Por ejemplo… Vaya, hombre… ¿Qué tenemos por aquí? Pues fíjate… Tenemos un martillo… Un martillo cojonudo… No es el de Thor, pero yo creo que nos servirá… Tampoco vamos a ser unos tiquismiquis… Tú nunca lo fuiste al prostituir a una retrasada, así que hay confianza…

Esquemas blandió el martillo. Sacó su bolsa de coca y espolvoreó un pellizco sobre la base negra de la cabeza del martillo. Esnifó el polvo. El Chino relinchaba como un caballo con la pata quebrada. Percibió que aquel madero había cruzado las montañas de la cordura hacía años y deseó que acabase pronto con él.

—Y mira, mira, mira… ¿Qué más tenemos por aquí? Vaya… No me lo puedo creer, unos hermosos clavos como los del mismísimo Cristo… Qué cosas, Chino… Qué cosas se encuentra uno en los bolsillos… Y mira, se me está ocurriendo ahora mismo… pero es que ahora mismo, que ya que tengo un martillo y unos clavos estupendos, vamos a jugar a la crucifixión de Nuestro Señor Jesucristo… ¿Qué te parece? ¿Sabes rezar, Chino? Pues deberías. O igual lo haces en budista, como eres chino…

El Chino removió su tronco extrayendo fuerzas desde su barriga para reptar con mayor celeridad. Una contundente patada de Esquemas contra su pecho detuvo ese lento avance. Otra lluvia de babas brotó desde su boca. Era imposible distinguir la categoría, los matices de sus gruñidos. Imposible deducir si imploraban clemencia o manifestaban ira.

—No, no te preocupes… Tranquilo, no soy egoísta… Tú serás el protagonista estelar, o sea Jesucristo, ese papel es para ti… ¡Contratado! No se hable más. Yo me quedo el papel secundario, el de crucificador… Sí, lo sé, soy un buen tipo, todos me lo dicen, incluso mi novia…

El Chino arañó frenético el suelo con sus dedos y dos uñas se rompieron.

Estaba aterrado. A punto.

Cantaría. Claro que cantaría.

Pero Esquemas le maceró un poco más.

Le pisó un brazo. Rasgó la manga de su camisa. Descubrió la cicatriz de un balazo y justo ahí colocó la punta del clavo. Agarró el martillo. Contó canturreando «Una, dos y tres» y descargó con todas sus fuerzas el golpe. El clavo traspaso la carne e hirió el suelo. El Chino, incluso sin lengua, soltó un aullido ronco como un altavoz que estalla en mitad de un concierto.

—Oye, oye, oye... Pero, bueno... No me jodas... Casi recuperas el habla —dijo burlón Esquemas—. Ah, no, coño, si ya no tienes lengua... Se me olvidaba que no puedes hablar... Si por eso había traído el bloc... Pero... Pero ahora que caigo... Si todavía no te he preguntado nada... Hay que ver cómo soy... Claro, me emociono con los juegos y se me va la pinza... Seguro que a ti te ha pasado lo mismo... Espera, espera, no seas impaciente... Bueno, considera ese clavo que te he metido como una compensación hacia la subnormal que vendías a la escoria más despreciable de toda la comarca...

La mancha de sangre chinesca iniciaba su camino. Esquemas se metió otra pizca de polvo blanco.

Qué buenooo.

La coca era su vitamina favorita. La coca era su elixir de eterna juventud. La coca era su poción mágica. Sacudió la cabeza tras la esnifada. Le vendría bien un copazo para entonarse y se arrepintió de no haber repostado la petaca.

—Mira, estoy buscando al tipo que te dejó como una basura. Supongo que piensas, si es que piensas algo a estas alturas, que si te chivas te matará él. Ya, pero si no me ayudas, te clavaré los siguientes clavos en tus heridas, y con el último te iré taladrando la frente poco a poco, muy despacio, pero que muy despacio, para que sientas como avanza su punta milímetro a milímetro hasta que se folle tu cerebro. ¿A que mola? ¿Quieres eso?

El Chino negó con la cabeza.

—Me alegro. Me alegro mucho.

Esquemas levantó al Chino y le sentó sobre su silla rodante.

Tras la humillación convenía ofrecerle hilachas de dignidad. Prodigaba la vieja técnica del palo y la zanahoria. El clavo traspasando su brazo le otorgaba aire de faquir o asceta hindú del sector chalado. Le cedió el boli y el bloc. El Chino esmeró su caligrafía y tuvo que reescribir el mensaje original varias veces porque con un clavo en el brazo su mano era un trozo de carne rebelde. Al final lo logró.

Esquemas leyó GUSANO, un número de teléfono y una dirección. Comprendió. Ahora tendría que cazar al tal Gusano. No le importaba. Sabía esperar. Era un sabueso y disponía de suficientes coca y whisky. El Chino decidió vender al eslabón más débil, tampoco se lo iba a poner tan fácil al pasma.

Tenía comprado desde tiempo atrás a Gusano. Era su infiltrado y chivato en la organización del Rubio. Pero, durante todos esos meses, Gusano había sido incapaz de averiguar la gran fuente de material blanco, de pura coca colombiana, que nutría la estructura del Rubio.

Gusano le había toreado, quizá por pura incompetencia, y él le había pagado puntual las mordidas. Que se jodiese Gusano. Que se jodiese ese pasma y que se entretuviese con ese chivato. Él ya estaba muerto y sólo deseaba que el sufrimiento finalizase. Gusano no le había proporcionado la llave para acceder al liderato. «Dentro de poco lo sabré, el Rubio se fía cada vez más de mí», repetía ese traidor.

Demasiado tarde. Demasiado tarde para el Chino, para Gusano y esperaba que también para el Rubio.

—¿Ese tal Gusano sabrá quién te hizo papilla tullida? ¿Seguro?

El Chino asintió con la cabeza.

—Mírame… Mírame bien a los ojos. ¿No me estarás engañando?

El Chino negó con la cabeza.

Los superpoderes de Esquemas corroboraron la sinceridad del tullido mudo.

Sus superpoderes nunca erraban.

Pero necesitaba más. Una dirección, un mote, un nombre y un teléfono eran filfa cuando alguien tenía motivos para desaparecer. Necesitaba más.

—Escríbeme algún detalle. Algo de la familia. Bares favoritos. Manías. Detalles únicos y personales. Dame más o sigo con el martillo.

El Chino garabateó. Esquemas leyó: «Le gustan las putas culonas. Es muy putero».

—¿Putas culonas? Anda, no me jodas… —dijo Esquemas—. Dime más, mandarín de mierda, que mi martillo quiere marcha…

Los ojos del Chino orbitaron aterrorizados. Volvió al papel esmerando su caligrafía. «Es un fijo del puticlub Cielo Lindo.»

—Bueno bueno… Esto ya está mejor… No es la leche, pero está mejor.

Sus poderes de superpasma corrupto certificaron que el Chino no le mentía. Tendría que conformarse con eso. Y le encontraría. Estaba seguro.

Sin embargo, algo le torturaba… No podía apartar de su mente a esa víctima inocente mancillada, vendida y vejada por el Chino. ¿Macarrear a una deficiente mental? Ese tipejo había traspasado una línea sagrada y eso no se podía perdonar. Todo castigo sería escaso teniendo en cuenta su crimen. Traficar con una deficiente no admitía clemencia.

—Por cierto, Chinorro, investigué un poco lo de esa subnormal que vendías… Y mira, resulta que apareció ahogada en el pantano de Tous… No sé si lo hiciste tú o fue ella en un momento de lucidez la que decidió largarse… Ni lo sé ni me importa, pero, en fin, te digo esto porque entenderás que de alguna manera tienes que pagar por aquello, ¿verdad? Sí, claro que lo entiendes… Con lo listo que eres… En fin, vamos allá…

La mirada del Chino se tornó amarilla del puro miedo.

Esquemas le selló los labios con trapos y cinta americana.

Luego, con calma y precisión, uno tras otro, le taladró el resto de las cicatrices con tres clavos. El Chino, pensó Esquemas, merecía inscribir su hazaña en el libro de los récords Guinness: en pocos meses le habían baleado y luego perforado con clavos en el mismo sitio. Insuperable lo suyo.

El Chino se desmayó.

Esquemas encontró un cubo, lo llenó de agua gracias a una

manguera sinuosa y le remojó hasta que recuperó la conciencia. No quería que se perdiese el colofón.

Dispuso el último clavo contra la frente y martilleó poco a poco, poquito a poquito, con suavidad y esmero, hasta que el afilado metal se hundió contra el blando seso. Asestó una tanda de golpes de pájaro carpintero y entonces el Chino, reconvertido en moderno Cristo, murió tras espasmos de epilepsia definitiva.

Se lavó la cara y las manos. Salió a la calle. Respiró una bocanada de aire. Buen trabajo, Esquemas, has hecho un buen trabajo. Padre seguro que está orgulloso de ti.

Cogió una botella del maletero y bebió Chivas a gollete en prolongado, justiciero y victorioso trago.

Se sentía satisfecho con el numerito de los clavos. Aquella infeliz deficiente estaría también orgullosa de él. Esquemas padre aplaudía su inventiva y su labor en defensa de la justicia.

Memorizó ese mote, Gusano. Iniciaría sus pesquisas al día siguiente, tras la resaca, para capturarle en el menor tiempo posible.

«Padre, te voy a vengar. Te lo juro, padre. Ya falta menos.

»Pagarán por lo que te hicieron.»

59

La cárcel.

Los convictos con tendencia a la filosofía comentaban que sólo en la cárcel y en la trinchera del barro de la guerra un hombre mostraba su verdadera faz, pues la máscara que todos llevamos adherida por fin desaparece.

Basilio parecía más tullido que nunca cuando visitó al Rubio. Aquella situación, ver a su amigo entre rejas, le entristecía. El Rubio intentó animarle desde la simulación.

—No pongas esa cara, Basilio, aquí tampoco se está tan mal y funciono bastante a mi aire. No me falta de casi nada. No te preocupes. Saldré pronto y seré más fuerte. Te lo garantizo. Esto es... esto es como si estuviese de retiro temporal por cuestiones de salud. Piénsalo así. Yo lo hago y me ayuda. Venga, tío, hostia, cambia ya ese careto, que me pones enfermo...

—Es que esto es una putada, Rubio. El cabrón que te ha traicionado lo pagará. Nos enteraremos de quién ha sido. Le haremos lo mismo que al Chino. A nosotros nadie nos vende. Somos los gallos del corral.

—Ojalá. Eso espero, pero no quiero hablar ahora de eso... Lo que me jode es que voy a perderme la pelea. ¿Cómo va la cosa?

—Rambito está preparado, en forma. Anoche le dejé calzarse una gallina de premio porque nuestra fiera se entrena que da gusto verlo. Está que se sale. Se folló a la gallina como un tigre siberiano. Ahora, hasta la pelea, lo dejaré en estado de castidad, así acumulará todo el rencor.

—¿Y qué sabes del otro gallo, de la bestia de Generoso Coraje?

—Ese Pánzer es un muy buen gallo, pero salvo que tenga mucha, mucha suerte, no será rival para nuestro campeón.

—¿Seguro?

—Seguro. Hombre, todo puede pasar en una pelea, pero si se cumple la lógica de la gallística ganaremos. Las apuestas están a nuestro favor tres a uno. Pero, con tu permiso, voy a apostar una suma indecente y así conseguiremos una pasta indecente. Rambito tiene muchos fans y, tras su última pelea, todos consideran que es uno de los cinco mejores gallos de España, y te incluyo las islas Canarias, por eso apuestan a su favor. Está en la cresta de la ola. Se ha hecho famoso entre los aficionados. Hace un año o así Pánzer hubiese sido un rival muy peligroso, pero, en mi opinión, ahora está en declive y Rambito, en su punto más dulce. Es más, si no me dices lo contrario, tras esta pelea quiero dedicarlo a semental. Tenemos que preservar su linaje. Quiero retirarlo en su momento más alto, no me gustaría que acabase pocho y destrozado en cualquier gallera. En una pelea nunca se sabe y a veces el gallo más tonto te deja tuerto… No me lo perdonaría.

—Tú mandas. En esto de los gallos prefiero que elijas tú. Oye, ¿y lo otro?

—Nos queda suministro de farlopa para dos semanas. Luego estamos secos. Deberías avisar a tu fuente, pero entonces tendría que ir yo a recoger la mandanga… No sé cómo lo ves y tampoco te voy a presionar… Lo que tú veas…

—Déjame que lo piense…Ya te avisaré… Oye, una cosa más…

—Tú dirás. Lo que tú quieras, Rubio.

—Que no le falte de nada a Sacra. De nada. Y vigila que nadie se propasase con ella ahora que no estoy yo, eh. Cúbrele las espaldas sin que ella lo note, ¿de acuerdo? ¿Lo harás por mí?

Basilio Galipienso tartamudeó. Basilio Galipienso dudó. Su mano inútil con forma de cobra tembló. Basilio disimulaba fatal.

—Euhhh… Estoooo… Verás, Rubio… En fin…

—¿Qué me quieres decir? Suéltalo, coño, no me vengas con secretitos que aquí dentro la paranoia te puede matar a fuego lento… Suelta ya lo que piensas, hostia puta, que me estoy preocupando…

—Mira, Rubio... Tú sabes que Sacra y yo jamás hemos hecho, no sé, pues eso, mucha amistad, mucha pandilla...

—Ya, pues claro que me había dado cuenta, ¿y?

—Pues que la noto diferente...

—¿Qué quieres decir? ¿Me la está pegando con alguien? Hostia, Basilio, cuéntamelo ya, que me vuelvo loco...

—No, no, tranqui, todo es bueno... Ni de coña. Qué va. Es que ahora la veo de otra forma. Está como más madura con todo esto que nos ha pasado. Sacra controla, y mucho. No se mete perico y no queda casi con sus amigas las golfillas esas, unas arpías del copón. Está, está... Pues eso, más centrada. Y me gusta que sea así. Ahora sí hablamos y sí que nos entendemos... Vamos, que me parece una tía cojonuda, Rubio. Pero cojonuda de verdad. Me lo está demostrando. Todos los días. Y está loca por ti. Se le nota. No te preocupes por ella, sabe defenderse, tranquilo.

El Rubio sonrió. Él siempre había intuido que Sacra era algo más que un par de tetas plastificadas, sólo que éstas eran tan grandes que impedían ver lo que se ocultaba bajo su sombra.

—Me alegra que digas eso, Basilio. Y me tranquiliza. Anda, lárgate y saluda a todos de mi parte. Y diles que estoy fuerte, eh. Y, cuando vuelvas, no me traigas esa cara de perro cojo que te mato...

—Hasta la próxima, Rubio. Te llamaré con el resultado de la pelea y te diré cuánto hemos ganado.

—Una cosa más, Basilio. ¿Sigues enamorado?

—Como el primer día, Rubio. Como el primer día.

El Rubio sonrió: ese tullido y él se parecían más de lo que creía.

Regresó a su chabolo. Se acostó sobre el camastro con las manos bajo la nuca. Cerró los ojos y recordó los polvos de piscina con Sacramento allá en Ibiza, folladas acuáticas de tiempos gloriosos. Se dijo a sí mismo que esos momentos volverían y con mayor esplendor.

Apartó esos recuerdos porque necesitaba estar centrado para su llamada. Durante todos estos años sólo había llamado a su mentor Willy Ramos, ¿cuántas veces? ¿Dos, tres? Ni siquiera podía dar la cifra exacta. No se había portado bien y eso le pesaba.

Pero ahora tenía que llamarle, porque sólo la experiencia y el olfato de Willy ratificarían sus sospechas acerca de la traición que había sufrido.

Agarró el móvil que le había proporcionado Sacra durante su primer vis a vis y llamó a su mentor.

—Hola, Willy, alguien me dijo que te habías aficionado al golf. No me lo puedo creer, ¿es eso cierto?

Willy estaba de buen humor.

—Qué pedazo de cabrón hijo de la gran puta eres… Años llevas sin llamarme y me pillas ahora en el hoyo 17 de mi club de golf para señores millonarios… ¿Sabes cómo se llama este hoyo…? Porque cada hoyo tiene un nombre, miserable paleto impresentable…

—¿Cómo se llama?

—El Diablo. Es un hoyo tan complicado que se llama El Diablo. Pero, bueno, si usas el teléfono es porque algo te pasa, marica playero, así que desembucha, que ya he levantado bola y mis compañeros, unos que se creen que soy un naranjero jubilado y multipelas, no me pueden escuchar. Habla claro, desgraciado, que la partida ya me la has hecho perder… Aunque, total, estaba dando rabazos infames…

Durante diez minutos el Rubio le resumió los últimos años y su actual estancia en el trullo.

Willy Ramos ni siquiera le interrumpió para colar unos tacos.

Mal asunto, la cárcel.

Pésimo asunto, lo de ese pasma que le metió dos kilos de farlopa por orden de alguien. Aquello apestaba y Willy seguía en silencio.

—Willy, ¿sigues ahí? Tío, lo siento si te he jodido la partida… Yo de golf no entiendo… ¿Te he jodido mucho? Es que necesitaba desahogarme…

—Sí, Rubio. Sí. Sigo aquí. Y olvídate de la partida, la he abandonado y voy camino de la cafetería, o del club social, como lo llaman estos fantoches de aquí. Ni siquiera tienen bocatas de carne de caballo…

—Ya. Supongo que piensas como yo… No hay otra explicación… Han sido ellos los que se han chivado y me han enchufado este marrón, ¿verdad? No hay otra… Han sido ellos…

Willy resopló. Las canas de su pelo se habían extendido y sus cejas eran dos torundas de algodón. Tampoco escupió tacos. Le embargaba la tristeza. Se sentía responsable del Rubio porque le había iniciado él en esos negocios y a lo mejor habría sido mejor preservarlo de ese mundo, de esa vida.

—Estoy seguro de que sí. Al noventa y ocho por ciento. Qué hijos de la gran puta. Te lo dije… Mira que te avisé… No des el cante, que no te pueda la avaricia… Te sobró Ibiza… Quisiste un trozo demasiado grande del pastel… Ibiza… Me cago en la puta con Ibiza… ¿Qué se te había perdido allí?

—Qué hijos de puta… Pues bien que se alegraban con mis compras… Y bien que les pagaba puntual… Hijos de puta… Chivatos de mierda…

—Te lo dije… Los colombianos están como putas cabras y al cabo de muchos años, se les cruza el cable… Están como cabras, y tarde o temprano la cabra tira al monte… Te han jodido en los minutos del descuento…

—Me las pagarán… Me las pagarán…

—No, de eso nada. Olvídalo. No puedes hacer nada contra ellos. Te lo digo yo. Un año y pico pasa muy pronto. Ni te enteras. Oye Rubio, y escúchame bien… Si los colombianos le cuentan a tu gente que les venden material sin ningún problema, cuídate, es mentira, no lo harán, y me barrunto que harán algo, irán a por ti o algo. Eso huele a traición. No sé. Mucho cuidado.

—No me jodas, Willy… No me jodas…

—Por lo que sé, Don Niño Jesús está cada vez más codicioso y peor de la olla, el muy cabronazo. Cuídate mucho. Las espaldas. Y las de tu novia también. ¿Tienes ahorros en alguna parte?

—Sí, y nadie los puede encontrar… Por ese lado estoy tranquilo.

—Me alegro. Por eso, cuando salgas del trullo, coge tu dinero y lárgate. Con tu chica. Y para siempre. Desaparece. Monta una mercería en Soria, o mejor en Perpiñán. Funda una familia, ráscate los cojones. O haz como yo, apúntate al golf, pero en otro país a ser posible. Desaparece. Cuando salgas, desaparece. Éste es el último consejo que te doy. Hazme caso, Rubio. Y hazlo por ti, no por mí.

—De acuerdo.

—Tengo que colgar, se acercan mis nuevos amigos del golf y me están empezando a mirar mal. Aquí, en esto del golf es que son muy finos… Y no digo casi ni tacos, hostia puta, qué agobio… Cuídate, Rubio. Cuídate mucho.

—Tú también Willy, tú también. Y gracias… Gracias por todo. En serio.

Al Rubio algo le dijo que ésa sería la última vez que hablaría con su mentor Willy Ramos.

60

Por unos momentos, mientras buscaba a Gusano, recuperó los protocolos del perfecto policía que investigaba según el canon de los maderos honrados de mensual paga angosta.

Rastreó en la base de datos de la madera sus huellas sin éxito. Su teléfono estaba apagado, muerto. El mote de Gusano no correspondía con nadie fichado. Se lo había tragado la tierra. Era un gusano invisible, pero él era un pasma persistente.

El miedo le había volatilizado pero, tratándose de un mierda de tercera división, no estaría demasiado lejos. Tras dos jornadas de estériles y reglamentarias pesquisas Esquemas decidió visitar el burdel Cielo Lindo, única pista que todavía le unía al cadáver tachonado de clavos del Chino.

No guardaba demasiadas esperanzas, pero los manguis de tercera no destacaban ni por su inteligencia ni por disponer de amplios recursos. Tampoco perdía nada por acudir a un puticlub. Su instinto le decía que debía ir. Incluso podía intentar follarse a una negra, porque llevaba siglos sin echar un polvo con África. La distancia entre ellos avanzaba conforme aumentaba su adicción. Cuando acabase su sagrada venganza erradicaría el polvo blanco de su vida.

Lo tenía controlado.

Ya te digo.

Se metía de momento cantidades ingentes porque la recta final de su misión así lo exigía. La coca le daba alas, brío, vigor, clarividencia, energía, percepciones extrasensoriales. Se encajó una raya del tamaño del meñique de un pianista obeso. Era una buena loncha. El protocolo del buen poli se marchó a tomar por saco en ese instante.

Qué buenooo.

Le sorprendió comprobar que el Cielo Lindo proyectaba lujo. No era un vulgar puticlub de carretera. Ahí había dinero. Ahí olía a dinero. Ahí un mamazo extralargo con fina limpieza de sable o un servicio completo por delante y por detrás costaba caro.

Ese Gusano quizá disponía de fondos si una fulana culigorda le mantenía enajenado mediante el cepo de sus nalgas latinoches.

Esquemas ataba cabos, los mierdas de tercera obraban todos del mismo modo: a Gusano le tuvo untado el Chino y, además, cobraba de su organización habitual, aunque a esas alturas ya sabrían de su traición, de su doble juego. Gusano era un traidor consumado. Otro motivo para esconderse bajo tierra o bajo las sábanas de alguna culigorda.

El pasma escogió un rincón desde donde poder contemplar el resto de la parroquia, la escalera del trasiego cárnico de las lumiascas y los clientes que trepaban hasta las puertas de las habitaciones del lindo cielo de las corridas.

Chequeó las jineteras. Chicas del Este y de ultramar. Ritmos brasileños. Acentos duros de erres que rascaban como esponjas naturales. Moritas achocolatadas. Pero negras negronas ninguna. Pidió Chivas al camarero y permaneció en estado de falsa hibernación mientras andaba atento a cualquier jugada. Procuraba fijarse en los culos gordos y en sus acompañantes.

Siga ese taxi. Siga ese culo.

A las cinco de la mañana y tras cinco Chivas, uno cada hora, oportunamente realzado por las rayas que se introducía en sus paseos hacia el cuarto de baño, optó por largarse. Nada llamó su atención y la coca y la bebida, con ese trajín, le agarrotaban los músculos y la lengua hasta dejarlo en un estado como de muñeco de ventrílocuo.

Acudió durante siete noches siete hasta ese local.

Descubrió una culigorda ajamonada de probada popularidad entre los parroquianos más zafios. La taladró con su mirada de superpoderes pero no detectó nada. Igual esas nalgas titánicas eran la kriptonita contra su don. Pero se prometió no perderla de vista.

Durante esas siete noches siete, las meretrices, sobre todo en sus primeras visitas, le abordaban zalameras con sus proposiciones de orgasmos de gélida cencellada. Ahora apenas le saludaban porque sus taxativos desprecios le granjearon fama de arisco.

Ese tipo raro de mandíbula cuadrada y rostro inflado por la priva y algo más, ya me entiendes, sólo mataba el tedio apoyado en la barra y echando miradas furtivas a los traseros de las chicas.

Otro enfermito.

Las señoritas de taxímetro entre las ingles cuchicheaban. Los rumores etiquetaban de impotente a ese tipo.

La octava noche, Esquemas empezó a mosquearse consigo mismo.

Esa pista no le llevaba a ningún lugar y le parecía que Gusano se reía en su cara.

Odió a Gusano. Odió a la madre que parió a Gusano. Odió el cadáver putrefacto y agujereado del Chino. Odió al camarero que le servía el Chivas sin pestañear.

Hastiado por el fracaso, decidió emplear metodología de pasma corrupto y protocolo de psicópata, de madero hijoputa al ciento por ciento.

A tomar por culo el manual del perfecto pasma.

A la una de la madrugada se bebió el Chivas de un trago y luego se obsequió con una raya como el dedo meñique de un obeso jugador de baloncesto de la NBA.

El fulgor de la droga le atacó los huesos del cráneo con un mazo de picapedrero medieval. El corazón se aceleró como el pájaro Correcaminos huyendo del famélico Coyote. Se acojonó. Respiró. Se largó al cuarto de baño y el exceso de espejos le mareó. Refrescó sus sienes con agua. Tosió. Escupió contra el lavabo del cuarto de baño. Ladeó la cabeza una, dos, tres veces.

Se sintió mejor. Se sintió muy bien. Se sintió realmente hijoputa y psicópata. Se sintió superior y salió del baño en dirección a la barra. Un gesto leve con el índice y otro Chivas emergió bajo su barbilla. El servicio en aquel local desde luego era esmerado. Olfateó el whisky.

Se centró. Se concentró. Invocó sus superpoderes. Barrió con la mirada el paisaje. Su radar pirulaba frenético. Allí estaba la culigorda populista y muy ramera, parloteando con otras colegas. Se descojonaba, la gordita.

Y entonces los filamentos de sus antenas captaron el movimiento de los labios de la culigorda. No tenía ninguna duda. Pronunció la palabra mágica y luego rio con sus amigas.

La culigorda pronunció «Gusano». Sí. Claramente. Le leyó los labios al ralentí y había dicho «GU-SA-NO».

Dudó entre zamparse otra raya o entablar negocios sin preámbulos con ella.

Sí. Había dicho «Gusano».

Y no, él no creía en las casualidades.

Caminó hacia ella. La agarró por el brazo y ella masculló «heyyy», pero se dejó arrastrar hasta a la barra.

—¿Cómo te llamas? —preguntó Esquemas.

Las nalgas de la culigorda temblaron. Por fin ese capullo se decidía y la había elegido a ella tras tantas noches. Sonrió satisfecha. Las putas siempre compiten entre ellas y les alimenta la vanidad acaparar negocio.

—Me llamo Agatha… Y me apetece beber champán… Tengo mucha sed, papito. —Y reforzó su sed catapultando una lengua que retorció como si fuese el punzón de un sacacorchos.

—Vale. Vamos a una habitación y pide una botella del champán más caro, Agatha.

Subieron.

La habitación estaba forrada por una extravagante mosaico poblado de ninfas y efebos de opereta pederasta. Un jacuzzi rosa esperaba embestidas de espuma y burbujas acoplado contra una esquina.

—¿Quieres que nos bañemos en el jacuzzi, amol?

—Espera a la botella. De momento quítate la ropa.

Agatha obedeció. El Cielo Lindo era un local caro pero ella, desnuda, perfileaba contorno de suripanta barata. Sin duda manejaba virtudes insospechadas, dedujo Esquemas.

Llamaron a la puerta. Ding-dong, aquí llega el champán.

Agatha se recostó sobre el lecho de sábanas de satén rosa, a juego con el jacuzzi.

—Anda, papito, sirve unas copas y acércate aquí, quítate tú también la ropa y ven que te voy a relajar pero que muy bien…

—No, yo no me desnudo —dijo Esquemas.

La crucificó con la mirada de superpoderes. Supo que no necesitaba emplear la violencia con ella. La acojonaría con la palabra, como mucho con la pipa.

Colaboraría. Hablaría. Recitaría endecasílabos si fuese menester.

Agatha acusó la mirada de Esquemas y sintió un escalofrío. Aquellos ojos indicaban locura. Mierda, aquel tipo, sí, era un enfermito de la peor especie.

—Tú eliges —espetó Esquemas.

La fulana alzó sus depiladas cejas.

—Tú eliges entre ganar mucha pasta o… —Esquemas acarició con su mano la botella de champán— o que te rompa el culo metiéndote esta botella, entera, por supuesto, atravesando tu lindo agujerito de cielo rojo y a estrías. Dolerá mucho. Sangrarás y tendré que matarte, porque no me gustará verte sufrir. Soy una buena persona. Si veo a un caballo con la pata rota, lo mato para que no sufra. Tú eliges.

Esquemas leyó pavor en la faz de Agatha.

Colaboraría. Hablaría.

El pasma avanzó y se sentó sobre la cama en actitud conciliadora, casi respetuosa.

Agatha era culigorda pero no tonta. Su cabeza acertó con la frase correcta.

—¿Qué quieres? Yo no sé nada… Pero si crees que sé algo te lo diré. Pero no me hagas daño, por favor, por favor. Si sé algo te lo diré. De verdad que sí. De verdad.

Esquemas palmeó sus piernas con las manos como un ejecutivo tras despachar el molesto problema de un subalterno. Sólo pronunció una palabra.

—Gusano.

Agatha ni se inmutó.

—¿Qué quieres saber de él? Te diré todo lo que sé.

Acababa de encontrar a Gusano.

El placer le arrebató.

Habría besado a esa fulana, pero no era su tipo. La habría acariciado con dulzura, pero no era su tipo. La habría enculado, pero ése no era el ojal del amor. Se la habría follado, pero la coca le impedía cualquier erección y, además, esa mulata no era su amante negra.

Acababa de encontrar a Gusano. Por fin.

Mantuvo la compostura. Le faltaba la pregunta definitiva.

—¿Dónde vive Gusano? Dímelo; te voy a pagar muy bien y no te haré daño, tienes mi palabra. Mira esto —Esquemas le enseñó su chapa policial—: soy pasma. Le busco por un asunto. Pero no te voy a meter en líos. Tú no me sirves para la investigación. Tampoco tendrás que testificar y seré tu amigo. Te deberé un favor. ¿Dónde vive Gusano? Dímelo. Ya. YA.

Agatha dudó. Esquemas se levantó y masturbó el cuello de la botella de champán.

Agatha habló:

—Está en mi casa. No quiere salir. No habla con nadie. Me paga bien por estar ahí. Nada más. Come pizzas y bocadillos. Vive encerrado.

—Bien, Agatha, bien. Ahora te diré lo que vamos a hacer y me vas a obedecer porque yo soy la ley y, además, tendrás un premio por ello, ¿vale?

La ramera culigorda asintió con la cabeza encajando el mentón contra su escote. Ese acto de sumisión complació sobremanera a Esquemas. Cuando salieron de la estancia, las nalgas de la profesional mantenían una correosa tensión de silla eléctrica.

Gusano se había tornado visible.

61

Basilio Galipienso, alias Cobra o Cobretti, se despidió alegre de su novia Esmeralda, alias la Enana Risueña, mientras cargaba en su coche adaptado para minusválidos la jaula con su campeón Rambito.

Pero fingía. No las tenía todas consigo.

Conducía encorsetado por los malos farios y las preocupaciones. Era la primera vez que acudía a una importante, definitiva pelea de gallos, sin el Rubio.

No le gustaba. Se sentía incómodo, abandonado, algo huérfano. Sabía que el Rubio esperaría en su celda la llamada que confirmase la victoria de Rambito. No sólo se enfrentaban unos gallos.

Se trataba de algo más. Era un duelo de escuelas y de linajes; lo nuevo y rompedor contra lo establecido y habitual. Y en la otra parte se situaba firme el clan de los Coraje en pleno. Generoso el gordo y sus cuatro hijos. Y competían en una gallera que él no conocía más que por referencias. La mejor de España, sí, pero seguía siendo territorio hostil.

Basilio durmió en el hotel de un área de servicio próxima a Tarragona. El recepcionista gastaba gafas ovaladas de petimetre y ese aire pisoteado tan propio del turno de noche. Le cobró por anticipado y se desentendió de él refugiando sus dioptrías contra el televisor.

Nadie vio entrar, pues, al gallero en su habitación con una jaula velada por una tela negra. Acomodado en su dormitorio, desnudó la jaula y admiró el porte de Rambito. Le susurró tiernas palabras de amor y guerra. Deslizó sus dedos entre las mallas metálicas y le masajeó los muslos. El gallo alzó su cuello hacia el cielo agradeciendo las caricias.

Basilio apenas le concedió medio puñado grumoso de un compuesto especial preparado por él. Le administró maíz, vitaminas y otros ingredientes secretos en su justa proporción. La cena era escasa, pero el gallo de sus sueños no necesitaba alimento extra antes de la pelea que se celebraría en veinticuatro horas. Los gallos luchaban con hambre porque el estómago rebelde apuntalaba su genio. Rambito devoró su magra pitanza y Basilio, tras darle las buenas noches mirándole a los ojillos, cubrió la jaula con el paño.

Bien temprano al día siguiente, Basilio compró bocadillos para él y marchó a una playa desierta. Sentado sobre la arena, abrió la jaula y dejó que el gallo saliera. Éste pisó precavido la arena. Sus ojillos parpadearon bajo el sol naciente. Miró a Basilio. Parecía decirle «¿Dónde coño me has traído?», pero se le notaba contento. El gallero tullido le atrapó por el pecho y lo acunó con delicadeza en su regazo. Le habló en lenguaje gallero.

—Mira… ¿Ves eso? Es el mar… Sí, el mar… Nunca lo habías visto, ¿verdad? Míralo, míralo bien… A los demás gallos nunca les llevan a ver el mar. Pero yo a ti sí porque eres el mejor… El mejor. Mira, mira el mar… Mola mucho, ¿eh?

El pescuezo de Rambito basculaba rápido desde el mar hasta el rostro de su gallero una, dos, tres, cuatro veces. Su pico parecía sonreír con una mueca infantil.

—¿Te gusta, eh? El mar es una pasada. Yo lo he cruzado para ir a Ibiza un montón de veces. Cosas de negocios. Por eso te voy a decir algo y sé que puedes entenderme… Vas a ganar esta noche. Sí. Y cuando ganes, nunca más te haré competir en peleas. Nunca más. Y te podrás follar las gallinas más guapas del universo siempre que quieras… Pero, además, cuando me suba a un velero para navegar, tú vendrás conmigo. Vas a ser el primer gallo marinero. No, marinero no, serás el almirante. Mira, mira el mar… ¿Te gusta mucho, verdad? Sí, lo sé, te lo noto, te encanta… Pues tú gana esta pelea y ya verás qué bien lo pasamos tú, yo y mi Esmeralda… Tú gana, hazlo por mí. Hazlo por ti. Hazlo por el Rubio. Pero hazlo. Hazlo por última vez.

Rambito infló su buche, clavó sus garras sobre la arena, tensó sus músculos, inspiró aire y luego emitió un formidable y magnífico cocoricó que incluso perturbó a los calamares gigantes de los fondos abisales.

Basilio sonrió.

Rambito aceptaba el trato.

Rambito ganaría. No albergaba ninguna duda.

El resto de la jornada transcurrió playero, arenoso, juguetón y laxo. Rambito remojaba sus patas en el agua y alucinaba. Si se aventuraba en exceso, Basilio le reñía con tono paternal. El gallo, una vez acostumbrado al nuevo paisaje, revoloteaba en derredor de Basilio mendigando alguna miga cuando éste se comió sus bocatas pero su dueño, su amigo, su padre, se mantuvo inflexible.

Nada de comida. Ayuno total. Ramadán rotundo. Al menos hasta que acabase la pelea. Por la tarde marcharon hacia la gallera tarraconense. La estampa de Rambito era la de una armada invencible de orgullo emplumado. Qué porte, el de aquel gallo.

La Gallera Los Gladiadores aprovechaba una antigua masía bicentenaria de payés afortunado. En el antiguo, enorme granero, habían construido ese estadio que podía albergar hasta tres mil almas. El restaurado artesonado del techo otorgaba caché al conjunto porque esas vigas representaban fuerza y estatus. Los muros de piedras venerables apabullaban al respetable. Pero, frente a esas demostraciones de vieja y noble arquitectura, el interior destacaba por su diseño moderno. Se decía que éste lo había proyectado un decorador barcelonés bastante moña que cobraba barbaridades.

Las paredes de las barras derramaban una luz cálida. Los taburetes herían los ojetes del paisanaje por su minimalismo. Las butacas de las gradas eran de una blancura virginal y machihembraban a la perfección con el tono ocre de la arena de albero taurino (como la de la Gallera El Rey). Aquel lugar impresionaba por su eficacia, diseño y lujo.

En cuanto Basilio se presentó al propietario, un menda con canoso flequillo yeyé, ojos de labriego listo y espalda encorvada que se llamaba Jordi Fusté, éste le facilitó la vida. Le encasquetaron a un doméstico trajeado para sus recados y sus peticiones. Instalado en los chiqueros, a salvo de miradas indiscretas, Basilio se dedicó a parlotear con su gallo.

—¿Qué, qué te ha parecido el mar? Mola mucho, ¿eh? Ya te lo decía yo... Pues eso es lo que te espera tras esta última pelea, el mar y el folleteo a tope... Piénsalo bien y no me falles, Rambito, no me falles...

Le aplicó ungüentos de hierbas sólo por él conocidos y controló gracias a la información de su efímero lacayo el nivel de las apuestas. La victoria de Rambito se pagaba a dos contra uno. La gente apostaba a su favor. No importaba. Basilio llevaba un fajo de billetes y ganaría un buen dinero. El respetable sabía que Rambito escalaba hacia la cumbre y que Pánzer iniciaba su ocaso.

Las peleas preliminares contribuyeron a calentar el ambiente hasta el combate final.

El tiempo corría.

Rambito brincaba y cabriolaba, contenido y frenético. Estaba a punto.

Acumulaba rabia de vencedor. Tenía prisa por acabar lo que para él suponía un mero trámite. Su pose indicaba que era un ganador. Los enchufados atravesaban los chiqueros acompañados por el propietario o por esbirros de confianza. Rambito despertaba admiración y Basilio permanecía humilde y tranquilo.

Cuando la penúltima pelea comenzó, Basilio demarró su liturgia final con el gallo.

Le masajeaba los huevecillos cuando aparecieron los cuatro hermanos Coraje. Le estaban buscando. Tomó la palabra José Manuel, uno que vestía de negro, mostraba tez cetrina y lucía un pelo fuerte y algo rizado. Había algo en él como de mafioso siciliano el día de la boda de uno de sus primos.

—Hola Basilio... ¿Todo bien?

—Sí, sí, todo en orden —respondió Basilio.

—Ya lo veo... Oye, mira, que mi padre quiere hablar contigo... Tenemos un ratito aún, ven y te acompaño a ver a mi padre que quiere decirte algo...

Abandonar justo en ese trance a su gallo no le seducía. Pero tampoco podía negarse.

—Vale, pero que sea sólo un momentito, que necesito estar con mi gallo, eh. Tú ya me entiendes…

—Pues claro, será un momentito…

Basilio y José Manuel se deslizaron entre el gentío y subieron en un amplio montacargas hasta una estancia privada. Allí esperaba Generoso Coraje.

Generoso controlaba. Generoso no se mezclaba con la turbachusma. Generoso dominaba siempre desde los palcos privados pespunteados de putitas de cintura juncal. Cuando Generoso vio a Basilio, alzó una mano y apartó a las putitas, que eran como moscas de platino. Su antiguo subordinado acudió a su vera.

—Basilio —le dijo—. Ay, mi Basilio… Tú sabes que yo siempre me he portado bien contigo y que a mi lado te iniciaste en este negocio… Ay, Basilio…

—Lo sé, don Generoso, y le aprecio y le quiero por eso…

—Nadie te quería, con tu cojera y tus… bueno, ya sabes, tus… tus defectos… Y viviste en mi casa y comiste en mi mesa… Ay, Basilio…

—Sí, y se lo agradeceré siempre…

—Pues de eso se trata, Basilio, precisamente de eso… Ha llegado el momento de agradecérmelo de verdad. Ha llegado el momento…

Basilio se olió la jugada. Disimuló. Contuvo su ira. Reprimió lágrimas despechadas.

—Ya sabes lo que quiero, Basilio —insistió Generoso—. Y sé que lo sabes… Ay, Basilio… Yo sé que lo sabes… Sabes muy bien lo que quiero… Has visto cómo van las apuestas, ¿no? Pues ya sabes…

—Don Generoso, le prometo que no sé de qué me habla…

—Ay, Basilio… Ay, ay, ay… No me mientas, hombre… Y no hagas que me enfade… Tú sabes que tu gallo es mejor que el mío… Pero sabes que no puede ni debe ganar… Tal y como están las apuestas, tiene que ganar mi Pánzer porque nos llueven los billetes… Ya sabes cómo es este deporte… Limpio, limpio… Limpio hasta que llegamos al final y entonces podemos conseguir la pasta de los incautos... Esto es y será siempre así. En todos los negocios. Tú tendrás tu parte, no te preocupes.

—Generoso... Don Generoso, yo le pido a us...

—Shhhh... Calla, Basilio, calla. Eso no es posible. Lo sabes. Sé que lo sabes. Sé que lo sabes desde que aceptaste este desafío...

Basilio se mordió la lengua y encadenó su alma. No podía alzar la vista. Generoso aprovechó su silencio.

—Mi hijo José Manuel te va a dar un par de granos de maíz con otra cosita, con unas semillitas de estramonio. Ya sabes, ya conoces lo que es. Le hará efecto a tu gallo después de que las tome, en cuanto pase media hora o algo más. Ofreceremos una buena pelea, que la buena gente disfrute, que para eso nos quedamos su dinero... En cuanto se disuelvan esos granos, tu gallo se vendrá abajo y Pánzer ganará. Pero la gente disfrutará de una buena pelea y nadie se quejará. Tu luchador no sufrirá, sabes que el estramonio anestesia los sentidos. Tendrá una muerte dulce. Es el mismo componente que usan las putas para su burundanga, y con eso despluman a sus panolis. Tú se lo vas a dar a tu gallo antes de la pelea y ya está. Ya está. Tendrás tu parte. El mundo es así. La vida es así. Pero lo has hecho muy bien, Basilio, muy bien. Tendrás otros gallos, otras oportunidades. Yo mismo te las daré. Estamos de acuerdo, ¿verdad?

El silencio de Basilio indicó sumisión. Asesinar a su fiera con estramonio. Qué asco. Y no tenía otra opción más que aceptar. Abrió su mano apta y acoquinó su mano de cobra en símbolo de vergüenza. José Manuel depositó sobre su palma dos granos de maíz rotos mezclados con semillas de estramonio. Así de fácil. Así de triste.

Basilio sintió que acuchillaba a su propio gallo.

El gallero tullido regresó hasta los chiqueros acompañado por José Manuel. El hijo de Generoso comprobaría la ingesta venenosa. Si Basilio flaqueaba, él mismo lo emponzoñaría.

Rambito emitió ondas de victoria cuando contempló a su amo. Le había añorado. Nunca le abandonaba antes de una pelea. Rambito aleteó. Basilio se acercó. Posó sus ojos contra los del gallo. Esperó. Cuando anunciaron la inminente última pelea de la noche entre los dos pesos pesados, Basilio abrió su mano apta con el compuesto de la infamia y Rambito lo engulló mediante una gula de certeros picotazos. Basilio ocultó sus ojos con su mano muerta y lloró lágrimas corrompidas.

—Rambito, iremos al mar, te lo juro. Te juro que te llevaré al mar. Eres el mejor.

Rambito alzó el cuello y su pico alcanzó acordes de gloria. Soltó un cocoricó hondo y profundo que atravesó el Mediterráneo. El estramonio comenzaba a disolverse en su estómago.

Ay, Basilio, ay.

El mundo es un pudridero y tú, un perdedor...

62

La culigorda meretriz Agatha abrió furtiva y ladina la puerta de su casa. Vivía en el barrio de Nazaret y su edificio oscuro, verdadera escombrera de sarro, lindaba con un cuartel abandonado de la Guardia Civil, ahora reciclado en paraíso de esporádicos yonkarras.

Ni la furcia ni el pasma escucharon ruidos más allá de un tamizado, repetitivo ronquido. Eran las seis de la mañana y Gusano dormía en su habitación. La culigorda señaló con un dedo acusica la puerta que separaba el madero de su presa. De un gesto, éste la mandó refugiarse en el ingrato salón que se adivinaba al fondo.

Esquemas entró pausado en la estancia. Olía a tarzanitos de retambufa rebelde y a liendres brincando en la penumbra.

Un bulto yacía bajo las sábanas.

El bulto roncaba en estéreo.

Esquemas dejó que sus ojos se acostumbrasen a las sombras. Cómo dormía aquel zoquete. Sonrió. Desenfundó su cacharra. Encendió la luz y colocó el cañón de su arma bajo la oreja izquierda del bulto. El metal acarició el lóbulo del durmiente.

El bulto gruñó. El bulto se revolvió. El bulto removió el aire con un brazo de lenta modorra.

El cañón del arma rascó travieso la oreja. El bulto gargajeó y trató de incorporarse.

Error. Gravísimo error.

Esquemas le propinó un golpe fuerte con el hierro en la coronilla y el bulto gritó. El hierro descendió y presionó la nuca del bulto.

El bulto adoptó una inmediata rigidez.

La boca del hierro goteaba sangre y restos capilares del bulto agredido.

—Ni te muevas. Tranquilo, tranquilo o te vuelo la cabeza. Pon tus manitas atrás… Despacio. Muy despacio. Eso es, eso es…

Esquemas esposó a Gusano. Lo levantó y lo arrastró a trompicones hasta el salón. Lo sentó sobre una butaca mordisqueada por polillas de ayer, hoy y siempre. Agatha permanecía callada sobre un sofá moteado de cuando sus inicios profesionales, cimentados en el noble arte de las viejas pajas cubanas. Agatha seguramente también recibía visitas en casa y promocionaba fiestecitas privadas. Ven, papito, que te la voy a menear entre mis tetas y verás el géiser que sale a pleno chorrazo… Ven, papito, ven…

—La verdad es que el mote te sienta como un guante —dijo Esquemas—. Te he estado buscando y ya tenía yo ganas de verte, hombre…

Gusano aguardaba angustiado los acontecimientos. Su instinto le indicaba que era mejor no sostener la mirada de ese hombre. Balbuceó algo pero el miedo le anudaba la lengua. Esquemas interrumpió su desconectado intento de apuntalar palabras.

—Shhh… Shhh… No, no, no… Por favor, no me vengas con la monserga de yo no sé nada y todo eso… No me hagas perder el tiempo. Llevo una semana muy jodida, en serio. Necesito una ducha, y dormir, y comer algo. Necesito acabar con esto ya y largarme de esta ciudad. Necesito echarle un polvo a mi novia y que me abrace. Así que… por favor, no me hagas perder el tiempo. Te lo pido por favor. Y créeme que no suelo pedir las cosas por favor… Estoy aquí porque me habló de ti el Chino. Observa que empleo el pasado: habló, el Chino habló. El Chino ya no podrá hablar nunca más. Tú eliges. O me cuentas lo que quiero saber y me voy y te dejo en paz, o te callas y te haré sufrir. El Chino sufrió. Mucho. Y luego habló. Y otra vez empleo el pasado. Se podía haber ahorrado la parte de sufrir. En fin. No hay más opciones. De verdad. Estoy cansado. Colabora.

Gusano tragó saliva.

Aquel tipo buscaba algo. Aquel tipo no faroleaba.

Agatha la culona intervino. Empezaba a sentirse protagonista de un culebrón, reinona de una movida tre-men-da. Agatha habría vendido su alma al diablo por ser actriz, pero se quedó en puta. Le quedaba ese runrún roneando en sus átomos puteriles.

—Cuéntale lo que quiere, Gusanito, este tío es pasma, pasma de los de verdad. Si te portas bien con él, no te hará nada. Me ha dado su palabra. Pero no le mientas, gusanín, así se irá y nos dejará en paz. Cuéntale, Gusanito, hazlo por mí. Hazlo por los dos.

Empleó el tono que usaba para camelar clientes de su puticlub. Era una actriz en su rol de protagonista de psicodrama barato. Roneaba reputa, la culigorda.

Gusano decidió colaborar. No tenía madera de héroe. No quería sufrir. Desde luego, aquel tipo no fingía.

—Si te ayudo ¿nos dejarás en paz? —murmuró compungido.

—Claro que sí… Tú no me interesas, sólo quiero que me digas la verdad… Verás, no te he nombrado al Chino en vano… Quiero saber quién le dejó lisiado de esa manera tan… tan artística, ya me entiendes. Quiero saber quién dio la orden. Quiero saberlo todo sobre esa movida. Todo.

Gusano reflexionó.

Pensó en el fracaso de su vida. Ahí estaba, esposado en calzoncillos, con la coronilla descalabrada, frente a un pasma loco y a una puta culigorda. Por su mala cabeza. Se prometió conseguir un curro decente de repartidor, de carnicero, de peón, de barrendero, de lo que fuese. Se prometió en ese instante escapar de la mala vida para siempre. Colaboraría y luego su existencia experimentaría una metamorfosis. Gusano se convertiría en una prístina y dulce mariposa.

—El Rubio, fue el Rubio el que montó la movida…

Las muelas de Esquemas rugieron. Su acúfeno se intensificó. Su mano presionó recio la culata de su pipa.

—¿Quién es ese Rubio?

—Se llama Rodrigo Anclas. Le conozco desde que éramos pequeños, del barrio. Le llamamos el Rubio… Todos le llaman así. Por su pelo, claro.

Las alarmas de Esquemas ulularon. Fragor de muelas. Furor de acúfenos.

Recordó ese nombre y ese alias al instante. Lo había tenido entre sus manos, a ese Rubio.

Sus nervios eran nitroglicerina. No convenía zarandearlos.

Rodrigo Anclas, alias el Rubio, era el tipo que había detenido hacía unos meses con los dos kilos de coca que le había encalomado por mandato de los Narcobeatos colombianos de los cojones. Todo comenzaba a encajar...

—¿Y? Sigue hablando... Venga...

—El Rubio le suministraba farla al Chino. El Chino empezó a chulearle con los pagos y, al final, no quería pagar su deuda. Y era mucha pasta. Se cagó en los muertos del Rubio.

—¿Y?

—El Rubio contactó con alguien y contrataron a un sicario para que le diese una lección. Pero, como en el fondo es un pureta, no quería que lo matasen, pero sí que le hiciesen algo inolvidable para que nadie más le humillase ni a él ni a los suyos. Y, viendo cómo quedó el Chino, lo logró...

—¿Con quién habló ese Rubio para contratar al matón? Sus nombres. Ya.

—Eso no lo sé.

—No me jodas, Gusano, no me jodas, que me pongo nervioso y la vas a cagar y mira que íbamos bien... Cuéntame, Gusano, y rápido.

—No lo sé. De verdad. Te lo juro...

—No jures, Gusano, que es pecado, no jures en vano que soy un ángel exterminador...

—De verdad, no lo sé. Gus me tenía apartado. Yo sólo era un recadero de lujo. A mí no me informaba de ese tipo de movidas...

—Claro, por eso le traicionaste y te pusiste a trabajar para el Chino de matute, ¿verdad? Jugaste a dos barajas y ahora aquí estás... Pobrecito... Me das pena...

—No sé nada más, te lo he contado todo. Te lo juro.

Esquemas le chequeó con sus superpoderes... Aquella lombriz felona no mentía...

—Bueno, pues esto se acabó. Me alegro por vuestra colaboración. Os lo agradezco a los dos.

Gusano alzó sus cejas y removió las manos obteniendo un musical tintineo de esposas. «Quítamelas», imploraba ese gesto.

Esquemas miró a Gusano. Su mano arrastró la pipa hacia la sobaquera.

Pero no la guardó.

Su mano efectuó un giro antes de besar la funda de cuero. La cacharra recuperó la parábola perdida, apuntó hacia su frente y Esquemas disparó.

Gusano se desplomó.

La mitad de su frente se desperdigó en ramillete hasta incrustarse en lo alto de la butaca como una corona de restos espesos, viscosos, maridaje de sesera y cartílagos. Sus ojos permanecieron abiertos y desde su cerebro trepanado chorreaban filamentos pardos de sopa neuronal.

Agatha gritó con todo el aire de sus pulmones horrorizados.

Esquemas ladeó la cacharra con la elegante decadencia de ese dandi que se afloja el nudo de la corbata empleando un movimiento automático.

Le descerrajó un tiro en la boca. Trozos del marfil de su piñata chocaron contra el cristal de la ventana provocando un soniquete de tragaperras escupiendo monedas tras un premio modesto. Su nuca presentaba un agujero del tamaño de una bola de petanca.

Esquemas se marchó de allí con calma, sin remordimientos ni escándalos.

Necesitaba una ducha, dos duchas, tres duchas.

Necesitaba dormir junto a su negra África y recibir sus abrazos. Por fin había conseguido información de provecho tras una semana de pesadillas y esfuerzos.

Mientras conducía hacia Madrid, un nombre y su mote martilleaban sus pensativas y dilatadas sienes: Rodrigo Anclas, alias el Rubio. En Motilla del Palancar se enchufó su última raya. No sabía ni qué día era. Sólo que visitaría al Rubio en la cárcel.

«Rubio, tú eres el siguiente. Y hablarás como el resto porque sé cómo apretarte las tuercas. Lo sé.

»Padre, la venganza se acerca. Te vengaré, padre.

»Muy pronto.»

63

El combate del año. El combate del siglo. El combate del milenio. El combate definitivo que marcaría un antes y un después en la gallística. Idénticos reclamos de otros tiempos para que el público de ociosos calimocheros y verdaderos aficionados apostasen con fruición unos cuartos que les quemaban enquistados en los bolsillos.

La gran pelea entre Rambito y Pánzer había congregado un gentío que venía desde todos los rincones del país e incluso desde ultramar, concretamente Puerto Rico, respetadísima cuna que mantenía un más que notable y verdadero amor hacia las peleas de gallos.

Sobre la arena, Basilio sujetaba a Rambito y José Manuel, el hijo cetrino de Generoso Coraje, a Pánzer.

El respetable, consciente de la gravedad del momento, mantenía un insólito silencio de respeto, emoción y nervios. La densa atmósfera atenazaba las almas.

El público contuvo el aliento cuando un ademán del árbitro reclamó la atención de los galleros y ambos preparadores avanzaron sobre la arena para azuzar a los gallos y fomentar su delirio violento de sangre fresca.

El público ronroneaba expectante como si permaneciese atento al preludio de esas estrellas del rock que tardan en salir al escenario.

El público encendió cigarros del tamaño de una pata de elefante y aspiraba vicioso el humo agropecuario desde sus labios de boca piñonera.

El árbitro pronunció un nítido «¡Ya!» y el respetable aulló en sincrónica comunión.

Un espectador quemó la nuca del de delante y se montó algo de trifulca pasajera. Pero las miradas regresaron de nuevo hacia el albero.

Por fin. Al fin. La pelea del siglo. La pelea definitiva.

Pánzer mostraba su tono cachazudo y consistente, por eso, apenas se elevó unos centímetros del suelo, embistió de frente con el pico por delante, como un morlaco dotado de un ariete de acero entre los ojos. Pánzer atacaba directo, sin florituras. Rambito, ágil y listo, evitó la arremetida volando alto, ingrávido, y cuando descendió hacia la arena logró, alargando el cuello y de refilón, cercenar con su pico varias plumas adheridas a la carne del ala izquierda de su enemigo.

Tocado, pero no hundido.

Tras ese primer lance, los ojillos de asesinos en serie de ambos gallos conectaron y Basilio supo que ambos contendientes se respetaban, se admiraban, se entendían. Lucharían hasta la muerte, pero una conexión solidaria, inevitable, se estableció entre ellos. Basilio se enjugó una lágrima triste. Esa pelea no merecía la estafa a la que se había prestado. El gallero ignoraba si algún día, algún lejano día, podría perdonarse la engañifa…

Esas primeras y límpidas gotas de sangre espolearon a los gallos. Se enzarzaron urgentes en un remolino bestial donde intercambiaban los latigazos de espolón. Ligera lluvia roja sobre el albero componiendo un arte de capricho monstruoso. Plumas a merced del aire tejiendo arabescos de ralentí. Chispas bermellonas fruto de las violentas acometidas.

Pánzer resultaba más basto y primitivo. Estaba acostumbrado a despachar sus peleas por las bravas. Rambito, más técnico y espiritual, trataba de averiguar por donde asaltar definitivamente a su adversario. Rambito fintaba por placer, para provocar las cuchilladas de Pánzer. Éste siempre enfilaba derecho, afilado y enérgico, con toda su alma. Rambito evitaba esos funestos espadazos mediante quiebros danzarines.

Un señor asapado sintió un malestar en sus ojos de batracio y gritó «Infarto, que tengo un infarto». El público no le prestó atención y un par de empleados se llevaron de la grada al presunto infartado.

Uno, dos, tres asaltos. Los gallos sudaban, se habían esmerado. Su vigor y su furia aumentaban.

Cuarto, quinto, sexto asalto y, a pesar de ese juego del gato y el ratón, con Pánzer marchando sin regates y Rambito esquivando, los encontronazos resultaban inevitables y, entonces, ambos gallos rociaban con sus mejores odios al otro.

Las apuestas aumentaban paralelas a la ingesta de licores. Camareras fusiformes y veloces atendían las comandas del respetable y éste enloquecía ante el espectáculo.

Sí, aquélla era la pelea del siglo. Sí, aquélla era la pelea del milenio. Sí, aquéllos eran gallos de pura raza ganadora.

Habían transcurrido veinte minutos y Basilio a veces olvidaba que, en cualquier momento, el estramonio amortiguaría la pericia y la fuerza de su gallo, y entonces todo finalizaría. Otra lágrima se precipitó desde su ojo y la limpió con un revés de la manga.

En el séptimo asalto Pánzer cambió de táctica y Rambito acusó la nueva estrategia.

Pánzer también cavilaba…

Desesperado ante la inutilidad de sus acometidas, probó un nuevo enfoque. El ala izquierda de Pánzer era un inservible jirón desmochado, así que el gallo decidió tomárselo con calma. Si sus embestidas frontales fracasaban, esperaría paciente. Cacareaba, provocaba a Rambito. José Manuel Coraje sonrió desde la esquina. Basilio murmuró: «No, Rambito, no caigas en la trampa, aguanta tú también».

Pánzer alzó su cuello y cacareó para corroborar su supremacía. Rambito encajó mal la demostración y atacó cegado por la rabia y porque Pánzer le tendía esa ala desmochada suya como si fuese una muleta. Cuando Rambito se precipitó, Pánzer recogió esa ala, menos herida de lo que parecía, pero escandalosa por el caudal de sangre, y clavó a la contra su espolón izquierdo contra el muslo derecho de Rambito. El luchador de Basilio recibió el fustazo metálico en el orgullo, pero también en el músculo. Se alejó perplejo y renqueando cuando finalizó el asalto. Pánzer se recreó en la suerte y volvió a cacarear. Rambito mostraba una brecha importante y caminaba cojitranco, pero sus alas permanecían intactas.

El desgaste menguaba los ardores de los gallos; sus heridas imponían su factura, aunque su bravura no decaía.

A muerte.

En ese momento eran hermanos y se amaban, pero deseaban matarse.

Matar o morir.

A Basilio le daba pavor comprobar la hora. Deseaba que el estramonio retrasase sus estragos. ¿Por qué? Porque se sentía un redomado traidor y ese pensamiento, esa certidumbre, intuía que le esclavizaría el resto de su vida. Rambito… Rambito había sido su gallo mimado, su luz, su sol… Rambito era el gallo que mejor le había entendido… Rambito era su par, su igual, su compañero de fatigas. Rambito representaba, sobre todo y ante todo, la cumbre de su ciencia gallera, su obra de arte, su luchador más destacado.

Por eso, una idea germinaba en su interior y cobraba forma como esa pelota de arcilla que, en las manos adecuadas, se metamorfosea en vasija de lujo.

Y si… Y si… Y si…

Y luego, mientras trataba de cauterizar con vaselina la herida de Rambito, la idea cogió forma, fondo, contorno…

¿Por qué no? ¿Y qué coño pueden hacerme? ¿Y cómo voy yo a traicionar a Rambito? No me pueden matar aquí, ante tanta gente…

Basilio se maldecía a sí mismo por haber permitido a Rambito tragar la pócima de la derrota. Basilio sudaba. Su pulso era una locomotora. Necesitaba más tiempo, el estramonio no tardaría en expandir su veneno por las entrañas de Rambito.

No, tenía que revertir la situación.

Por él, por Rambito, por la nobleza de las peleas de gallos y porque el bien, a veces, debía vencer sobre el mal.

El octavo asalto fue de puro trámite. Los gallos recuperaban sus maltrechas fuerzas. Una camarera de tacones cercanos resbaló en lo alto de la grada norte y las copas de su bandeja se precipitaron contra las cabezas de los concentrados espectadores, el desaguisado desencadenó un vocinglero e irritado estrépito. Ella se dislocó un tobillo, pero el respetable bramó exigiendo su ración de bebercio. Una camarera menuda enmendó el traspié de la de los tacones y los empleados habituales se llevaron a la susodicha del tobillo fundido.

Las apuestas continuaban su ascenso y los corredores, con su faltriquera de los dineros, no daban abasto.

La sangre de los gallos fertilizaba la locura general.

Era la pelea definitiva y los espectadores dirían durante largo tiempo con suficiencia de sátrapa lo de «Ah sí, yo estuve allí y recuerdo que...». Y salpimentarían sus evocaciones con exageraciones pletóricas de literatura cipotera...

Noveno asalto.

Basilio volvió a limpiar sus lágrimas. Arrullaba a Rambito, trataba de cerrar con vaselina la herida de su muslo.

Y se dijo que a la mierda.

Y susurró tiernas palabras de honor y gloria a su pupilo:

—Rambito, es ahora o nunca... Recuerda el mar, Rambito, recuérdalo...

Y el gallo alzó su pico como si quisiese besar los labios del gallero tullido en un acto supremo de amor.

—Rambito, escúchame bien... Pánzer está cansado y no puede volar... Tú sí puedes... Haz lo de siempre, lo que te he enseñado... Finta otra vez, varias veces, las que hagan falta, y cuando embista caerá en la trampa porque anda flojo y le sobra arrogancia... Cuando embista fintas y luego le clavas el espolón en el cuello... Hazlo... Hazlo por ti, por mí, por el Rubio... Hazlo por todos...

El gallo cabeceó para decir que lo entendía... El gallo entornó sus ojillos y Basilio percibió que el estramonio comenzaba su efecto perverso. Le pellizcó los huevines y Rambito abrió el pico para cacarear y tonificar sus pulmones.

«A por él, hermano, a por él», susurró Basilio.

La pelea se reanudó y Rambito obedeció las consignas. Fintó y no pudo, por primera vez, eludir la embestida de Pánzer. Soportó un nuevo y lacerante topetazo en el muslo izquierdo. Basilio detectó el peligro. Su gallo, escaso de fuerza en las patas, apenas podría impulsarse para volar. Basilio certificó que el estramonio actuaba inflexible.

Mierrrda. Rambito perdía sangre por ambas patas y parecía titubear.

Pánzer embistió otra vez, pero sin la fuerza ni la rapidez de los primeros asaltos. Rambito, recogiendo toda la energía que pudo, tal vez de las reservas de su alma moribunda, recuperó su gracia para fintar y se elevó.

Y se elevó todavía más.

Y algunos afirmarían tiempo después que voló como un halcón.

Y, al bajar, asaetó el cuello de Pánzer de una limpia cuchillada. Lo mató en el acto. El público entonó un alarido mítico.

Rambito había ganado. Rambito había ganado. Rambito había ganado.

De inmediato Basilio atrapó su gallo y se marchó a chiqueros. El victorioso animal dejaba un reguero de sangre caliente como de comatoso Pulgarcito plumífero.

Allí le aguardaban los cuatro hermanos Coraje. Circunspectos. Con cara de verdaderos hijos de la gran puta. Con jeta de pocas bromas. Le escoltaron y le depositaron frente a su padre Generoso. Éste se limpió las salivas de furia de las comisuras de sus labios y dictó sentencia.

Basilio no recogería el dinero de las apuestas. Eso se lo quedaba él a modo de indemnización por incumplir lo pactado.

Jamás volvería a entrenar gallos de pelea en España. Ni se podría acercar a ellos. Jamás. Nunca jamás. Generoso Coraje se lo prohibía y lo exiliaba de la galaxia gallera.

Y la sentencia se cumpliría a perpetuidad, sin posibilidad de revisión o de apelación.

Basilio galopó pese a su cojera para acudir a la vera de Rambito.

«No te mueras todavía, por favor, por favor, no te mueras todavía.»

Las hemorragias de los muslos y del resto de heridas, así como el imparable avance del estramonio, le arrancaban el poco aliento que le quedaba.

«Aguanta, Rambito. Eres el campeón. Eres el mejor. Has vuelto a ganar. Como siempre. Eres el gallo invicto.»

Aguanta.

El gallo boqueaba. Le faltaba el aire y perdía demasiada sangre.

Basilio llegó a la playa del día anterior. Se sentó lloroso sobre la húmeda arena con la ropa empapada por la sangre de su gallo. Rambito expiró sobre sus brazos cuando despuntaba el sol. El mar abrazó la desmochada cintura del gallero mientras sujetaba el cuerpo de su campeón. El agua estaba fría. Llorando, se despidió de él.

Salió del agua cuando la última pluma desapareció entre la espuma.

«El mar, Rambito, amigo mío, te dije que te llevaría al mar. He cumplido mi promesa.»

Basilio se encerró en el coche. Siguió llorando. Nunca supo cuántas horas.

Luego cogió el móvil que había guardado en la guantera y llamó al Rubio. Se lo contó todo y su jefe colgó. No escuchó las últimas palabras del gallero entrecortadas por sus sollozos.

—Pero he cumplido mi promesa… Le he llevado al mar… Al mar… Al mar… Al mar…

64

El trullo.

Tienes que buscarte aficiones para no volverte majareta integral de soliloquio intramuros. Jugar a las cartas, crucigramas, leer, levantar pesas... También sirve apuntarte a cualquier terapia imbécil con un psicólogo papanatas, incluso desviar la monotonía yendo a misa. Eso aconsejaban los veteranos de largo recorrido y esperanzas errantes.

El trullo. El tiempo cunde como en la antesala de un ambulatorio amortajado de toses.

El trullo. Qué putada.

Disponía de dinero, de varios gramos de coca a la semana y de buenos alimentos gracias a los funcionarios corruptos untados con esmero por Sacramento.

Había empezado a esnifar algo de perico para matar el tiempo e infundirse ánimos. No se atrevía a confesárselo a Sacramento. A buenas horas caía en el vicio. Un poquito para él y el resto lo regalaba. Además del escaso, a esas alturas, suministro que ella le pasaba, se la vendía un probo funcionario padre de familia numerosa. A él, con lo que había traficado... Y era de mala calidad. Pero es lo que había.

Trasteaba con los naipes y se dejaba ganar algunas perras, era una especie de soborno camuflado entre sus compañeros y el gesto le permitía mantener popularidad, para así recibir cariño y respeto por parte de los reclusos más conflictivos. El Rubio dominaba el panorama de su cárcel familiar, pero acumulaba resentimiento y rencor.

Dibujaba planes de venganza.

Él no debía estar allí y sólo las malas artes de los Narcobeatos le habían condenado al encierro.

La penúltima llamada de Basilio le confirmó que los colombianos se habían adueñado del pastel ibicenco que ellos habían construido con audacia, sabiduría y paciencia. Su flota de veleros con marineros de agua dulce ejerciendo de tapadera a tomar por culo. Sus antaño clientes, los que de verdad mandaban en el circuito nocturno de la isla pecadora, aceptaron sumisos el cambio de proveedor.

Cómo no.

Germán «Milvidas» arrojando su cacharra sobre la mesa a modo de tarjeta comercial no admitía dudas. Además, se informaron, descubrieron que los colombianos estaban relocos y que en la cúspide se agazapaba Don Niño Jesús. Palabras mayores de vida o muerte. Don Niño Jesús era un histórico de los tiempos gloriosos. El superviviente. El único y verdadero gallo invicto, incombustible, inatrapable, del corral sin fronteras del tráfico de drogas a gran escala. Ellos querían el producto y poco les importaba la fuente.

Que se pudriese el Rubio en la cárcel.

Su estrella se extinguió. Su momento pasó. Fue un pionero, pero nada más. O nada menos. Adiós, Rubio, hola, colombianos y viva Don Niño Jesús, el Dios Padre, la Virgen María y la madre que los parió.

La última llamada de Basilio, esa misma mañana, le sumió en el abismo. La pelea amañada… La traición del gallero intoxicando mortalmente a su propio luchador… La posterior, pero tardía redención, logrando la orgullosa y agónica victoria… La muerte de Rambito… La sentencia de Generoso Coraje prohibiéndole entrenar gallos… Y él, encerrado, dirigiendo los flecos de un imperio que se desmoronaba, si no lo estaba ya, por teléfono… Y los colombianos ya no le suministraban coca a Sacramento y ni siquiera le cogían el teléfono tras quitársela de encima con excusas entre la ramplonería y la soberbia del triunfador… Y los pocos clientes que le permanecían fieles a punto de la estampida porque necesitaban otra fuente de polvo blanco y, ahí, de nuevo, irrumpían los colombianos tentando al prójimo con su divino material...

El abismo. El abismo. El abismo.

Acostado en su cama, observaba una breve grieta decorando una esquina. Ojalá pudiese metamorfosearse en hombre menguante para atravesar grácil esa rendija de ciencia ficción y libertad.

No se engañaba respecto a su caída. Estaba acabado y lo sabía. Al menos, él y Sacra tenían guardada mucha pasta, más de la que podrían gastar hasta su muerte, en el escondite secreto del chalet. Nadie encontraría esos millones.

Nadie. De eso estaba seguro.

Sólo conocían el refugio del oro él, Sacramento y Basilio. Y las dudas... ¿Podía fiarse de Basilio? Quizá sí o quizá no. Ya le había fallado en esa última pelea, pero ¿acaso el tullido tenía otra salida? Estaba solo. Sin él, el Rubio. Y las circunstancias le superaron. Sí, podía fiarse de él. Digamos que quería creer que podía hacerlo, lo contrario sería demasiado doloroso.

Demasiado.

Sería inconcebible y, además, le trasladaría todavía más abajo del abismo y ya no saldría nunca de la oscuridad. Necesitaba creer en Basilio. Sí, no le traicionaría con la pasta. No era codicioso y su novia la enana, tampoco. Ahora se arrepentía de haberle colgado el teléfono. Pero el golpe había sido tan duro, tan hiriente...

Rambito traicionado por los suyos, por los que más le amaban... Joder, qué fuerte... Bueno, no importaba, mañana saldría el sol y llamaría a Basilio para decirle que le entendía. Hoy ya no. Hoy no podía reaccionar y sólo deseaba encontrar amnesia y paz.

Pero no era el día adecuado...

Un funcionario asomó su jeta alargada de lúser profesional. Le avisó con respeto, para eso recibía sus propinas.

—Rubio, perdona, pero tienes que acompañarme para hablar con una visita...

El Rubio no le entendió. No eran horas de visita. El del semblante larguirucho añadió:

—No es tu novia ni tampoco ese amigo tuyo que va cojo y tiene una mano como la de una cobra a punto de atacar...

—¿Y quién coño es? Hostia, no me jodas, hoy no estoy para ruidos… ¿Qué pasa?

—Es un inspector… Un pasma… Un tipo raro… Trae el papel firmado y puede verte ahora mismo. Dice que viene como amigo. No sé qué querrá pero será mejor que vengas…

El Rubio acudió cansado a ese encuentro. No tenía ni idea de lo que le esperaba. No tenía cuerpo para soportar chorradas. Cumpliría su condena y punto. No tenía nada más que decir, y mucho menos a un madero.

El funcionario le condujo hasta una estancia adyacente al despacho del director de la penitenciaría, una salita rancia y austera de utilidad indefinida, acaso el capricho del arquitecto que diseñó el edificio.

El pasma daba la espalda a la puerta, fumaba mirando el patio circunvalado por el hormigón y dispuesto para aplastar los sueños de las almas que huían evocadoras a través de las ventanas. Escuchó la puerta y los pasos. No se giró. Alzó la mano sin cigarrillo y con voz aguardentosa dijo:

—Si no le importa, déjenos solos.

El funcionario se marchó. El pasma se tomó su tiempo. Luego cambió su posición con lentitud de melodrama. El Rubio lo reconoció al instante. Aunque observó que, en pocos meses, había degenerado. De entrada iba encocado hasta las cejas, el Rubio conocía el paño. Iba ciego desde la coronilla hasta los pies. Su aspecto desaseado no pronosticaba nada bueno. Habló conciliador:

—Sí, soy yo, el cabrón que te detuvo. Venga, acércate y siéntate. Tengo que decirte algo que te va a interesar.

Él también se sentó y siguió hablando:

—No me voy a andar por las ramas. No tengo tiempo y no me apetece. No voy a encalomarte ningún muerto, pero necesito que me contestes…

—Yo no sé nada —dijo el Rubio más por cumplir con la rutina que por otra cosa.

—No seas imbécil, coño… Eres más listo que eso, no me vengas con las frases hechas del manual, hostia… Te he investigado, mucho, y sé que no eres tonto. Mira esto.

Esquemas extrajo del bolsillo interior de su chaqueta un sobre. El Rubio vio las cachas de su pistolón. Calibró sus posibilidades de robarle la pipa y salir de allí a tiro limpio. Desestimó la idea. Él no era un hombre de acción, nunca lo había sido; él era un hombre de reflexión y estrategias. El pasma sacó unas fotos del sobre y desplegó una docena antes de tendérselas al Rubio. Apagó el cigarrillo y encendió otro.

—Mira, y mira bien. Creo que la conoces.

El corazón del Rubio se arrugó. Allí aparecía a todo color Sacramento. Entrando y saliendo de casa. De compras en el supermercado. Con sus amigas. Con Basilio. A pie. En coche. Comiendo en el club social de la urbanización que él tanto despreciaba por pija. El devenir cotidiano de Sacra en postales desde el filo de un pasma encocado…

—Lo sé todo de ella. La tengo controlada y sólo ha sido en cuestión de días. Es lo que tiene no haber cambiado de domicilio cuando te pillé. La encontré a la primera. Eres un pardillo. Incluso he entrado en vuestro chalet cuando ella no estaba… No he olido sus bragas porque no soy un enfermo de ésos, que lo sepas…

El Rubio abrió la boca y luego la cerró. Estudió de nuevo la posibilidad de robarle la cacharra al pasma y matarlo ahí mismo. Pero el madero, decrépito y fondón, amorfo en realidad, parecía fuerte pese a todo. Rechazó la idea. Demasiado arriesgada. El pasma leyó sus pensamientos.

—Tranquilo, Rubito, no te pongas farruco… No es lo tuyo. Seguro que llegamos a un acuerdo. Ya verás como sí.

—¿Qué quieres? —murmuró el Rubio tragando bilis.

—Lo primero, para que te alegres y no me mires tan asesino, que yo sepa no te pone los cuernos. Así que estate contento, coño. Oye, incluso ha llenado la casa con fotos vuestras de Ibiza y de más sitios… No te olvida, chico, yo diría que está muy enamorada, en fin…

El Rubio no contestó.

—Y ahora al lío. Sé que encargaste a alguien que baleara de mala manera a un capullo llamado el Chino. Quiero saber quién le ajustó las cuentas, el nombre del pistolero. Sólo eso. Y es, tranquilo, por un asunto privado. No te afectará para nada, ni a ti ni a ella. Ya no te falta tanto para salir y reunirte con tu novia la de las tetas grandes. Dime lo que quiero saber y os reuniréis en paz y follaréis como conejos. De lo contrario… Bueno, no hace falta que te lo explique, ¿verdad? Pero sería una pena porque la chica parece…

El Rubio le interrumpió. No pondría en peligro a Sacramento. Sería capaz de vender a su madre, pero preservaría a su chica, a su amor.

—¿Y cómo sabré que si te lo digo la dejarás en paz?

—Porque te doy mi palabra. Porque sólo busco al pistolero. Esto no tiene que ver con vosotros. A no ser que te quedes callado, claro.

El Rubio era hombre de reflexión.

El Rubio caviló.

El Rubio estaba acojonado, muy acojonado. Aquel pasma era un perturbado de los que no tienen nada que perder y, por eso, su acojono aumentaba y aumentaba.

El Rubio puso sus neuronas a toda máquina y rápido, rápido, rápido, estableció conexiones y carambolas de billar para su provecho y el de Sacramento. Vio la luz. Vio el destello. Vio cómo podía combinar varias jugadas en su provecho. Vio la escapatoria. Y lo tuvo clarísimo.

Disimuló. Fingió dudar.

—No sé quién apretó el gatillo. Eso no lo sé. Te lo juro y sabes que no pondría en peligro a mi chica. Pero sí que te diré quién consiguió mi encargo… Y es lo único que sé. No quise saber más. Yo sólo ponía la pasta y me lavaba las manos. Compré ese trabajo.

—Dime. Te escucho.

—¿De verdad dejarás a mi novia en paz? ¿Me lo aseguras?

—Te lo repito, tienes mi palabra. Estoy en otra guerra. Lo vuestro no me interesa pero te tenía que presionar con algo porque voy a trincar a ese pistolero. Y haré lo que sea. Y créeme, sentiría hacerle algo malo a tu chica. En serio. Tiene huevos, la chica, y no te ha puesto los cuernos ni te ha vendido. Eso lo respeto. Me gustan las mujeres fuertes. Tiene personalidad, la chica, eso no lo niego.

—Avisé a mis proveedores. Les dije que buscasen a alguien y que se encargasen ellos de hacerme ese favor, ya te he dicho que yo corría con los gastos.

—¿Y a quién avisaste? Dímelo.

—Eres pasma del sector de las drogas, igual les conoces… Seguro que sí… Me hicieron el favor los colombianos, los de Germán «Milvidas» y su banda de meapilas. No sé los detalles, pero ellos contactaron con los ejecutores y lo hicieron muy bien. No sé más. De verdad. Habla con ellos. ¿Les conoces?

Ahora fue el corazón de Esquemas el que se achicó. Otra vez los colombianos, los Narcobeatos.

Siempre en el ajo. Siempre omnipresentes desde las bambalinas. Urdiendo, tejiendo, manipulando, dirigiendo.

Hijos de la gran puta.

El pasma se levantó de golpe y se marchó en tromba.

El Rubio regresó a su celda y supo que había acertado. Que se matasen entre ellos.

Había sembrado cizaña. Había provocado fracturas irreparables. Había abonado desconfianzas.

Ésa era su estrategia.

Tres horas más tarde Santiago Esquemas esperaba en su chalet a su negra África.

—Abrázame —le ordenó cuando ella regresó. Ella le complació porque detectó que iba cieguísimo y porque todavía le quería.

—Ya falta poco, África, para que vengue a mi padre. Muy poco. Muuuy poco… Es una larga historia que nunca te he contado y que me ha estado matando desde mi infancia… Ponme una raya grande y un whisky generoso y te la cuento. Deja que te vomite mi historia y no preguntes.

Y se lo contó todo.

Y África le arrastró hasta la cama y le durmió canturreándole canciones de tam-tam selvático. Esquemas era su traumatizado King Kong acosado por los demonios de la noche.

«Padre, se acerca el momento.»

ÚLTIMO ASALTO

65

—Uy, uy, uy… Pero qué elegante y serio te vienes… Eso es que vienes a pedir algo, ¿sí? Claro que sí. Pero te daré un consejo, gratis, por supuesto. Cuando vayas a pedir algo, mejor que no se note mucho, porque al otro, o sea a mí, le jode que los paisanos vengan al modo de los pedigüeños. ¿Sabes? Te lo repito: para vender algo es importante que parezca que no quieres hacerlo. Ésa es la regla número uno del buen vendedor. Dime, pasmita: ¿has venido a vender?

La sonrisa de Germán «Milvidas» al pronunciar sobradísimo esas palabras de bienvenida le desarmó; sin embargo, Esquemas mantuvo el tipo.

Sólo se había metido un par de rayitas pequeñas, para sosegar sus demonios, de mero efecto psicológico. No había bebido y sufría sed de Chivas. Su lengua era lija.

Los Narcobeatos cabrones, relocos colombianos, siempre lo sabían todo. Parecía que disponían de orejas incluso en los rincones más ocultos y por eso se anticipaban a las jugadas. Al fin y al cabo, se dijo Esquemas, por eso Don Niño Jesús seguía manejando el cotarro.

Hijos de la gran puta.

Y por eso cuando Esquemas pidió una cita resultó que se la concedieron sin tardanza, pero el del mostacho le recibía en el sótano del chalet para demostrar que mandaban ellos. De entrada ya gozaba de cómoda superioridad porque ahí fue donde le robaron sus huevos.

Allí le caparon. Allí le eunuquizaron.

No descuidaba nada, el lugarteniente de Don Niño Jesús que gobernaba en las Hispanias.

Santiago Esquemas admiró de nuevo ese sótano que era un loft blanco de diseño minimalista y gusto exquisito salpimentado por muebles depurados. De refilón controló, plantificada allá en el centro de la estancia como capital jibarizada del dolor, la tosca mesa de madera que no era sino el potro quirúrgico de las torturas y ese círculo rojo de pura sangre coagulada, reseca, crujiente y parda que rodeaba la blanca alfombra de pelo esponjoso. Los pies se hundían hasta los tobillos al pisar esa alfombra.

Él estuvo allí. Él también se hundió allí. Él se vendió allí. Él aceptó su absoluta sumisión allí.

Dios, qué mal rollo. Olvida esa mesa y esos grilletes, Santiago, olvida todo aquello. Bórralo. Bórralo ya. Estás aquí y no te largarás sin lo tuyo. Hoy no.

Se inyectó fuerzas recordando proezas pasadas de tiempos no demasiado lejanos. Perforó mentalmente hasta su hígado para extraer bilis de violencia añeja.

La negra África, enterada de su historia, de su gran trauma, le había efectuado una terapia durante los dos días anteriores al encuentro.

«Eres grande, eres grande, eres grande. Eres el mejor, eres la ley, eres mi amor, eres el más duro entre los duros…» Todo eso susurrado desde sus caderas de vudú… Pero ese sótano blanco nuclear de aséptico diseño nórdico, salvo la parcela delimitada por la sangre, le había debilitado las fuerzas, la mentalización.

La voz de Germán le retornó al presente:

—Anda, ven aquí y siéntate, que se te está poniendo cara de comercial que visita las viejas a puerta fría. ¿Te pido un whisky, pasma? Seguro que tienes sed…

Esquemas negó con la cabeza. Le costó rechazar el jarabe de fuego porque su lengua ansiaba el licor. Se sentó fingiendo tranquilidad. Se esforzó y miró directamente a los ojos de Germán. Desde una esquina, Gedeón, el chico para todo, el sicario, el mamporrero profesional, vigilaba.

—Quiero información y me la debes —dijo de carrerilla, como si lo hubiese memorizado.

—Oye, oye… Vaya con el pasma. Cómo ha venido de fresco… Directo y al grano, sin interesarse por mi salud, por nuestros negocios, por nuestra vida, por nuestra firme amistad… Menuda actitud. Así no se vende. No, no y no. ¿Te parece bonito? Segunda regla del vendedor: para colocar la mercancía primero tiene que hablar de temas comunes, jamás debe ir al grano. Eres una mierda de vendedor, pasmita. Ay, ay, ay…

Esquemas no se dejó envolver. Tenía la lección aprendida. Siguió perforando para succionar caudales amazónicos de mala leche.

Bruxismo y acúfenos más o menos controlados, en fase de despegue.

África le había advertido, le había entrenado. «Tú a lo tuyo, Santiago, a lo tuyo.» Por eso insistió:

—Me la debes. Tú y tu jefe. Yo he cumplido. Y seguiré cumpliendo. Me lo debéis. Quiero una información y sé que vosotros me la podéis dar. Lo sé.

Germán echó su cuerpo hacia atrás. Se balanceó. Sonrió. Se mesó las puntas del bigote mientras sonreía socarrón, huevón, tripón. Luego habló:

—¿Te la debemos? No sé yo… Que yo sepa, te pagamos religiosamente todos los meses a cambio de unas chapuzas, de unos favorcitos. Y además gracias a nosotros y a nuestros contactos no te han echado de tu empleo; ahora estarías en la puta calle pasando frío, con suerte, o con una bala en la cabeza, sin suerte y, sobre todo, no lo olvides, sin nuestra protección. Tienes placa gracias a nosotros, ¡mírate! ¡Mírate bien! Hoy te has duchado, sí, pero estás hecho un desastre. Da pena verte, tan abotargado, tan dejado de la mano de Dios. Te has abandonado, pasmita, y sólo vives gracias a nuestra generosidad. ¿Y cuánto perico te metes cada día? ¿Y quién te lo suministra? Nosotros. Siempre nosotros. Te mandamos a Gedeón con la bolsita o vienes aquí y sale él a entregártela. Y encima te pagamos muy bien. No te debemos nada, nuestra contabilidad de pagos es impecable. Y tú cobras. Siempre. Y, además, permitimos el negocio de hierba de tu novia, la guapa negrona, ¿verdad? Y le va muy bien a la negrita. No sé de qué me hablas pero me estás pillando de buen humor y no quiero enfadarme. Así que aligera y te marchas ya mismo antes de que me enfade y enfades a Gedeón, no sea que te saque de aquí a patadas como si fueses una bolsa de basura. No tientes tu suerte, policía de mierda.

El deseo de venganza fermentado durante los meses de capado vitaminó a Esquemas.

Emergió un géiser de bilis y mala leche hacia su cerebro. Por fin había perforado la bolsa, que guardaba una reserva importante. Volvió a insistir.

—No, todavía no me voy. He venido buscando información y no me iré sin ella. Hazme lo que quieras, con tu sicario bíblico o sin él, pero no me iré sin ella. O me cuentas lo que quiero saber o ya no trabajo para vosotros. Es lo que hay. Y me importan una mierda las consecuencias. Es una guerra particular. He esperado demasiado tiempo. No me voy a ir, Germán, no sin la información. No.

El colombiano leyó determinación en su timbre, pero siguió tensando el ambiente para satisfacer su sadismo.

—Muy bravo has venido y me voy a tener que enfadar. Te estás equivocando, pasmita, gonorrea, vendido, traidor… Te estás equivo…

Esquemas sintió un temblor que le nacía desde el estómago y reaccionó sin pensar, desde las vísceras, sacando su arma y dejándola sobre la mesa de cristal con gran estruendo.

Silenciooo.

Germán se mantuvo quieto, desconcertado. Era él quien montaba esos numeritos, no al revés. Miró al lacayo Gedeón, ¿cómo leches no le había cacheado? Sabían desde luego que ese pasma estaba en las últimas, o casi, pero semejante fallo de seguridad era imperdonable. Cuando acorralas a una rata en un callejón sin salida, ésta se revuelve y trata de morderte, y no es bueno que esconda una cacharra automática en la trasera porque te puede disparar.

Germán también estuvo rápido. Contraatacó. Extrajo su arma de la espalda y la depositó sobre la mesa con todavía mayor estrépito.

¿Quería jugar? Pues jugarían.

Pero Esquemas recuperaba sus fuerzas de antaño y siguió apostando fuerte: agarró su arma y, mientras se incorporaba con una velocidad impropia para su estado decrépito, amartilló el percutor con el pulgar y colocó la boca del cañón, alargando el brazo, contra la frente del colombiano.

La coreografía no había tardado más de un segundo.

Su lengua se humedeció de placer y sus cojones aumentaron de tamaño y elasticidad.

Él era la ley. Sus huevos regresaban poco a poco a su sitio preferente. Él era el pasma cabrón y los demás le respetaban.

—¿Qué? ¿Aprieto el gatillo o qué? ¿Quieres esto, Germán? ¿Quieres jugar a ver quién la tiene más larga? No me parece inteligente, pero tú decides. Te lo repito, no me iré de aquí sin la información. ¿Puedes entenderlo, te queda cerebro para entenderlo? —dijo el poli mientras presionaba el cañón del arma contra la frente del colombiano para que reflexionase seriamente acerca de las ventajas de vivir o de las tristezas de morir.

Germán permanecía estático. Su mirada derramaba ácido. Sin venir a cuento, una sonrisa relajada le iluminó el rostro.

Santiago Esquemas descubrió el motivo de esa sonrisa cuando notó el cañón del arma del sicario Gedeón contra su nuca.

La alfombra había silenciado sus pasos. Habían establecido, pues, un circuito cerrado. Su pipa contra Germán y la de su acólito contra él.

Pero no iba a perder, esta vez no.

Le hubiese gustado poseer ojos en la nuca para chequear al sicario. ¿Dispararía? ¿Sí, no? Se concentró. Trató de potenciar sus superpoderes hacia la esfera craneal para que, de alguna manera, aquello le indicase el grado de firmeza de Gedeón. ¿Dispararía? ¿Sí, no? El divertimento propio de ruleta rusa vigorizó su soberbia.

Sus leales taras acababan de despegar.

—Mira, Germán, matar a un funcionario de la ley no es buena idea...

—¿Ah, no? ¿Crees que con nuestros contactos te buscarán mucho? ¿A ti, a un pasma corrupto fuera de control que les avergüenza? Y naturalmente, ya lo sabes, jamás encontrarán tu cadáver. Estás acabado, cabrón. Les haremos un favor. Te harán un lindo entierro, pinzarán una medalla sobre la bandera que cubrirá el ataúd, el pez gordo de turno pronunciará un bonito discurso y luego enterrarán el caso.

—Germán, sigues sin entender… Me la suda todo, pero tú sigues sin entenderlo, eres duro de mollera y me parece que voy a tener que volártela porque no te sirve para nada. Me da igual morir, ¿no lo entiendes? Y tú también morirás, te lo garantizo, y tienes más que perder… Yo, como bien dices, estoy acabado, pase lo que pase…

—¿De verdad crees eso, puto pasma? ¿De verdad crees que tengo miedo a morir? ¿Yo? ¿De verdad crees que estoy donde estoy porque he preservado mi vida? ¿Por qué crees, malparido, que me llaman «Milvidas»? He salido de peores que ésta… De mucho peores… A mí también me importa un huevo morir… Yo creo en el más allá. Tú no. Yo me reuniré con mis hermanos y tú te irás al infierno…

—Pues yo creo que estás acojonado, sí, lo creo… Mira lo que te digo, cabrón colombiano, voy a contar hasta cinco. Si no me dices lo que quiero saber, si no llegamos a un acuerdo, te mataré. Te juro que te mato, Germán. Te lo juro. Uno…

La sonrisa del narcobeato se había petrificado.

Su sicario exigía órdenes con la mirada, pero el colombiano no apartaba la vista del dedo de Esquemas sobre el gatillo.

Santiago no detectaba nada respecto a Gedeón. Sus poderes sólo se activaban frente a frente.

—Dos…

La inalterable sonrisa burlona de Milvidas sacaba de quicio a Esquemas. No podía tragar saliva. Necesitaba meterse una raya y refrescar el hígado con un buen trago. Cayó otro segundo.

—Tres…

La sonrisa del colombiano se congeló. Gedeón sudaba implorando órdenes. Algo tramaba el colombiano.

Esquemas decidió que el sicario necesitaría órdenes.

Esquemas se reconcentró al ciento cincuenta por ciento.

Esquemas tuvo un flash, adivinó lo que probablemente iba a suceder y trazó en su mente la cronología del futuro cercanísimo de los hechos.

Esquemas, sacudido por su impetuoso crujir de molares de las grandes ocasiones, se preparó para lo que pudiese suceder y, prevenido, atento, con todas sus terminaciones nerviosas en alerta máxima, siguió marcando el ritmo.

—Cuatro…

La sonrisa desapareció de la faz del colombiano.

Germán aulló:

—¡¡Dispara!! ¡¡Dispara, Gedeón!!

Esquemas apretó el gatillo una fracción de segundo antes de que Gedeón hiciese lo mismo. Tuvo tiempo para dejarse caer sobre el lateral de la butaca.

Un caldo caliente brotó desde su oreja izquierda precipitándose por el cuello.

El fogonazo de la pistola del lacayo de Germán le había cercenado y quemado al menos media oreja.

Un zumbido ronco inundaba sus sienes. El humo de la cordita esculpía efímeras volutas. Las acciones y los gestos se ralentizaron, o eso le pareció, mientras la vibración progresaba.

Esquemas rodó sobre la alfombra hasta alcanzar el centro de la estancia. Se parapetó tras la mesa de las torturas y vació su cargador contra Gedeón mientras intentaba esquivar las balas que éste le vomitaba entre alaridos. Pero Esquemas, sordo, inmerso en su zumbido y en su universo ralentizado, no escuchaba esos bramidos de rabia y acertó con un plomazo que alcanzó la garganta del sicario. Éste se desplomó sin ruido. La alfombra amortiguaba cualquier sonido. Gedeón murió en dos minutos, entre gorjeos, mientras se desangraba.

«Los guardaespaldas armarios nunca tienen buena puntería y son pura fachada», pensó el pasma.

66

Cuando se levantó, aplicó su mano contra la oreja.

Escocía. Dolía. Manaba abundante sangre.

El zumbido fruto del disparo que le había segado media oreja se unió a su acúfeno habitual. Sinfonía dodecafónica de pesadilla extrema.

Examinó la escena de los crímenes. Germán «Milvidas» yacía sentado y tieso. Su frente se había evaporado y un enorme surco central ofrecía la pista inequívoca de la trayectoria del plomo; sin embargo, el bigote permanecía intacto, apenas jaspeado por gotas de sangre y restos de sesos, si acaso con las puntas algo calcinadas. Sólo conservaba la parte inferior de la cara y un frondoso mostacho completo. El capricho de las balas cincelaba monstruos.

Esquemas rebuscó en los bolsillos interiores de la chaqueta del fiambre fresco. Ahí encontró lo que buscaba, un teléfono para conectar vía satélite.

Hablaría con el mismísimo Don Niño Jesús, ahora tenía hilo directo con él.

No se marcharía de ahí sin la información. Lo había avisado.

Arrojó un vistazo general al sótano. Poco quedaba del diseño nórdico y de la calma que transmitía aquella fina guarida de lobo. La sangre había anegado la blanca alfombra dibujando continentes. Le pareció que la sangre que fluía de la cabeza hueca de Germán cayendo en cascada sobre la pierna formaba algo parecido a Europa. Le pareció que la sangre que brotaba desde el taladrado cuello de Gedeón dibujaba la silueta de África.

Y el humo de la cordita no se diluía debido a la mala ventilación. El panorama segregaba un no sé qué apocalíptico. Se los había cargado, a los dos.

¿Quién era ahora el pasmita, el comercial, el tipo acabado, eh? Él era el mejor. El duro entre los duros. Sí.

Subió a la planta baja. Se sirvió un whisky. Se metió una raya de tamaño medio.

Qué buenooo.

Sus cojones le pesaban como media tonelada cada uno y ese lastre le gustó. Su lengua chasqueaba gozosa, risueña ante la dosis de alimento recién ingerido.

Qué buenooo.

Trepó hacia las habitaciones superiores. La decoración del dormitorio de Germán, recargada, hortera, excesiva, histérica, le infligió una puñalada de alergia. Aquel mamón merecía morir ya sólo por su mal gusto. En la inmensidad del cuarto de baño, con jacuzzi macarrón incluido, buscó un botiquín. Abrió armarios en pos de gasas, alcohol medicinal, algo.

Topó con un cajón bajo una pila de grifería dorada y rococó que llevaba estampado una cruz roja y la leyenda de PRIMEROS AUXILIOS. Sus zarpas arrancaron la tapa.

Y allí, junto a los productos de esos supuestos primeros auxilios, encontró una libreta de tapas grises envuelta en un plástico transparente.

Aquél no era lugar para una libreta y sólo un motivo poderoso la podía haber llevado hasta ese escondite.

Su cabeza emitió graznidos de triunfo y su corazón le dijo que ese descubrimiento era oro puro. Sus dedos temblaron cuando acariciaron las páginas de la libreta.

Nombres de jueces y fiscales célebres por sus casos.

Apellidos de políticos de morro abonado a los noticieros.

Nombres de peces gordos de empresas de múltiples dividendos.

Y sumas de dinero anotadas.

Y fechas.

Y fértil numerología de cuentas corrientes.

Aquello apestaba a blanqueo y sobornos. Aquello hedía a chanchullos de Liga de Campeones.

Oro puro. Platino. Pozos de petróleo.

Aquella libreta sería el tesoro con el cual negociar. Y Don Niño Jesús tragaría. Perder media oreja suponía una bagatela a cambio de ella. Su sangre manchó algunas páginas. La envolvió en una toalla y la apartó.

«Mantén la calma, Santiago, consérvala, y céntrate ahora en los putos primeros auxilios… Cura tu oreja, o lo que te queda, gracias a ella vas a hablar de tú a tú con el primer espada del Mal Global. Calma, Santiago, calma. Negociará seguro y te dará la información. Seguro. Matemático. Has ganado. Eres el mejor. Calma Santiago, calma.»

Despilfarró media botella de alcohol contra su desmochada oreja. Apretó los dientes para no gritar y entre los nanohuecos de la piñata roída por las bacterias se filtraron gemidos de limusina frenando. Cogió otra toalla y se la enrolló circunvalando la cabeza. Presionó la oreja herida y se desentendió de ese asunto. Ya le cosería la escabechina la negra de su corazón. Perder media oreja, pero reconquistar los huevos y poseer la libreta mágica olía a victoria total.

Regresó a la planta baja.

Otra raya. Otro trago.

Agarró el móvil vía satélite. Pulsó la tecla mágica de las llamadas escupidas y recibidas. Se repetía un número. Ése era Don Niño Jesús.

Llamó. Dejó sonar tres tonos y colgó. Repitió la operación y colgó de nuevo. Le quería mosquear, desconcertar, irritar.

Rellamó y esperó. Tres, cuatro, cinco, seis tonos y una voz contestó. Reconoció la voz del jefe narcobeato.

—Espero que tengas algo importante que decirme porque me has despertado. ¿Es que no sabes qué hora es aquí? ¿Y qué te pasa con lo de colgar? Ésta es una línea segura, ya lo sabes.

—Sí, es algo importante. Yo creo que muy importante. —contestó Esquemas.

Uno, dos, tres, cuatro… Hasta cinco segundos de silencio. Y luego…

—Vaya, vaya… ¿Germán ya no está, verdad? Espera que lo adivino. Germán ya no puede hablar. Ha sufrido un accidente.
—Don Niño Jesús ataba los cabos rápido.

—Aciertas. El accidente he sido yo. Germán se ha marchado al cielo. Le he ayudado a encontrar el camino. Por cierto, Gedeón le ha acompañado. Estoy yo solo en tu chalet. Y deberías cambiar de decorador. Pero primero manda un equipo de limpieza. Aunque no sé si la alfombra la recuperarás…

—¿Qué quieres?

—Ah, y me temo que tendrás que reformar un poquito tu bonito sótano. Ha sufrido algunos desperfectos, qué pena. Hay unos agujeros en las paredes que quedan fatal. No sé, insisto, llama a los chicos del mantenimiento. La sangre, cuando se seca, es jodida de limpiar, pero creo que ya lo sabes…

—Te lo pregunto por última vez: ¿qué quieres?

—Tengo la libreta. La de tapas grises. Germán no era premio Nobel en temas de esconder bien las cosas importantes, debo decirte…

Esquemas detectó pavor desde ultramar. Sus poderes acababan de aumentar de manera exponencial y ahora cruzaban el océano. Don Niño Jesús tenía miedo, o algo similar.

—Estás muerto, huevón. Del todo —dijo sin perder la compostura Don Niño Jesús.

—Pero no lo estoy, y espero seguir vivo. Y no me toques los huevos porque ahora mismo, si quisiese, se la pasaba a varios periodistas, o a todos los medios, y no tienes comprado a todo el mundo. El escándalo es demasiado bueno y alguien lo publicaría todo. Seguro.

—Voy a llamar en cuanto cuelgue y estás muerto. No te quedan ni dos horas.

—No. Tú eres más listo que todo eso y te estás comportando como un matón de taberna.

Silencio. ¿Quince, veinte, treinta segundos? Esquemas escuchaba la respiración de Don Niño Jesús. El gerifalte narcobeato mantenía sus pulsaciones de cocodrilo. Y, por fin, cedió:

—¿Qué quieres? Habla rápido y haz que no me arrepienta.

Esquemas dejó escapar un suspiro.

—De acuerdo. Te lo voy a explicar, atiende bien y más nos vale pactar. Escúchame bien.

Al finalizar la charla Esquemas salió escopeteado.

Don Niño Jesús se preparó un café.

El cabrón del Rubio se la había jugado. Había hecho bien en ordenar su muerte.

La próxima vez no fallaría.

Sólo podía ser el Rubio quien le había cantado a Esquemas que ellos tenían algo que ver con lo del Chino ese. El hijoputa quería vengarse por haber entrado en el trullo. Pero eso daba igual.

La próxima vez no fallaría.

No le fue difícil averiguar el nombre del que lo hizo. Un trabajo así sólo podía haberlo hecho una persona. Ellos mismos habían contratado sus servicios alguna vez a través de Ventura. Había subestimado al Rubio.

La próxima vez no fallaría.

Meditó mientras sorbía con parsimonia de reina inglesa. Luego llamó para impartir dos órdenes. Regresó a la cama y no tardó en conciliar el sueño. El café no le impedía dormir y problemas como el del pasma, menos todavía.

Sus órdenes ya estaban en curso.

El Rubio moriría.

La próxima vez no fallaría.

Don Niño Jesús anticipaba las jugadas.

Don Niño Jesús no permitía que los impulsos o los arrebatos enturbiasen su mente, sólo se guiaba por la reflexión, de ahí su longevidad en el lado oscuro.

Y todo el mundo sabía que la palabra de Don Niño Jesús, alabado sea el Señor, iba a misa.

Otra de las órdenes del gerifalte de ultramar fue una sentencia sin posibilidad de recurso ante un tribunal superior.

Don Niño Jesús llamó a Esquemas para cerrar el trato con dicha sentencia:

—Te doy seis meses para encontrar y solucionar tu asunto con Gustavo Montesinos Yáñez, alias Gus. Él fue el brazo ejecutor. Apunta bien su nombre, ésta es la información que tanto ansiabas.

Él apretó el gatillo. Y en lo suyo es bueno, te lo advierto, muy bueno. También te voy a dar su dirección. Vive en Denia, un pueblo de la costa valenciana donde abundan los turistas. Ahí lo encontrarás. Te concedo su cabeza sobre una bandeja y así le convierto en mártir. Pero ahora te impongo mis normas, y escúchalas bien. Irás a por él y le harás lo que te dé la gana, pero ahí quedará todo.

»Al que lo contrata y le encarga los trabajos le dejas al margen. No investigues por ahí. No te equivoques, un error tuyo en ese sentido provocaría enorme dolor a tu madre y a tu hermana y tu zorra negra y a cualquier rastro de parientes que te queden por ahí. Sí, sé que todavía viven. Y sé dónde. Y también sé cómo acabó tu padre. Querías al tipo que apretó el gatillo y te lo voy a dar. Yo cumplo con mi palabra. Yo soy Don Niño Jesús. Pero no pidas más. Ni se te ocurra. Y memoriza esto porque es importante: tienes seis meses para resolver tu asunto. Te lo repito: seis meses. Durante esos seis meses serás intocable, tendrás mi protección, pero, finalizado ese plazo, no respondo acerca de tu seguridad. Finalizado ese plazo, tú y yo ya no nos conocemos y cada uno vigilará su espalda. Tienes seis meses, aprovéchalos y pon en orden tu vida, luego Dios dirá. Y esto no es todo. Hay otra cosa, otro asunto. El negocio de tu novia la negra pasará a nuestras manos, sí, esto no admite discusión. Hay que compensar a las familias de los que has matado como un cobarde, me refiero a las familias de Milvidas y de Gedeón. No podremos compensar el inmenso daño que has causado, la enorme pérdida de esos dos bravos cristianos, pero aliviaremos sus penas manejando el negocio de tu negra y cediéndoles buena parte de los beneficios. Y todo esto que te digo no es negociable. Me contestas sí o no, tú sabrás. Y ésta es la última vez que hablamos. Tu silencio me dice que tu respuesta es «sí». No te mereces estas atenciones, pero quiero recuperar el cuaderno gris. No te lo mereces porque salvamos tu culo y financiamos tus vicios. Nosotros cumplimos con nuestra palabra y tú sembraste sangre y fuego. Seis meses, ni un día más. Ahora te concedo la dirección exacta del tal Gustavo porque no quiero alargar esta historia… Vive en… ¿Apuntas bien? Sí, seguro que sí. Y ahora vas a dejar el cuaderno gris que es de mi propiedad, puto ladrón, en la calle Pizarro, número cuarenta y ocho de Madrid, séptima planta, puerta tres. Te estarán esperando. Y cuando digo ahora es hoy mismo, es ahora mismo según subas al coche. Más te vale hacerlo porque, si no, no tendrás ni seis horas de paz. ¿Estás de acuerdo, verdad?

Así sonó la sentencia emitida por Don Niño Jesús.

Esquemas, rechinar eterno de muelas, puños cerrados y rabia en combustión permanente, aceptó el trato porque por fin disponía de la información que llevaba esperando desde hacía tantos años.

Si Don Niño Jesús le hubiese propuesto sodomizarle con un condón de castigo a cambio de la información tampoco se habría resistido. Necesitaba su venganza como un viejo yonqui sus dulces chutes diarios. Le habría dicho que sí a todo.

Pero fue precavido y fotocopió la agenda para que luego África escondiese esa copia. «Esto será tu seguro de vida, Afriquita, guárdalo bien, y cuando llegue el momento, negocia mejor.»

Qué cojones. Por mucho que desde las catacumbas del lumpen cacareasen acerca del granítico valor de la palabra del gran capo, él no se fiaba de aquel veterano narcobeato. Y una mierda.

A su novia no le gustó la perspectiva de perder el lucrativo negocio marihuanero que había levantado.

Se quejó, lloró, pataleó, pero sabía que lo suyo era un caso perdido.

Esquemas le prometió que ya organizarían otro negocio, ese fabuloso negocio que les jubilaría y les trasladaría a un paraíso, pero ella adivinaba que el sabor de esas promesas estaba caducado. A ella la mierda también le salpicaba de forma injusta: la maldita rutina de su vida. Pero el pacto estaba sellado y no podía enfrentarse a una organización todopoderosa.

La negra perdía; los Narcobeatos ganaban.

—Te compensaré, te compensaré, amor, pero tienes que ayudarme en esto, por favor, por favor, necesito acabar con esto... Hazlo por mí... Tendré paz y entonces seremos los amos del mundo, tú y yo, tú y yo, juntos para siempre en algún país de espuma constante.

Palabras desesperadas de un hombre roto, pero al que todavía amaba. Por fin había recuperado sus atributos.

67

El trullo.

Universo tóxico de sentimientos contaminados.

Planeta endogámico de frustraciones a flor de piel y resentimientos abrasivos.

Los presos más talludos de caparazón coriáceo conocían las reglas y les gustaba pregonar la normativa a los muchachos rubios de estancias cortas que regaban con dinero pimpante su retiro espiritual a costa del Estado.

Cuando alguien te acuchilla las nalgas repetidas veces con velocidad de liebre en un pasillo con un pincho casero, no te cagues en los pantalones porque eso indica que no quieren matarte, sólo te avisan.

Alégrate. Con varios puntos de sutura en las nalgas se soluciona el asunto. Eso es una broma.

Cuando quieren asesinarte de verdad, entonces emplean otros métodos y cualquiera de ellos vale. Así es el trullo. Incluso un trullo familiar.

El trullo.

Tumbado sobre la cama de su celda, el Rubio repasaba los últimos acontecimientos con el ceño fruncido y el estómago prieto. Le había informado Sacramento vocalizando con precisión de burócrata fúnebre. Habían matado a Germán «Milvidas» y a un sicario suyo, se decía.

Un verdadero baño de sangre, se decía.

Sacra, Sacramento Arrogante, mujer de una pieza que había madurado de golpe por mor de los rudos contratiempos, mostraba una diligencia y una sangre fría ante la adversidad que le impresionaba. Y mantenía cerrado el grifo de su nariz. Cumplía su palabra.

Los colombianos habían desembarcado masivamente en la península Ibérica para vengar la afrenta, se decía.

De momento y hasta nueva orden, los grandes suministradores españoles que dependían de la fuente de los Narcobeatos no recibirían su maná habitual y debían arreglarse con las provisiones que habían ido guardando, se confirmaba.

El veredicto de la calle masculló: adulterarán la droga y nos meteremos mierda por la nariz, qué remedio.

Las aguas están muy revueltas, concluyó Sacramento. El Rubio recapitulaba los acontecimientos y su olfato predecía más tormentas cargadas de aparatosa electricidad. Sospechaba que las había desencadenado él. Sospechaba cierta relación entre esos sucesos luctuosos y la visita del pasma encocado. La paranoia del trullo le abrazaba con fuerza de titán.

Apenas tres meses de pena le separaban de la calle y sus energías se agotaban. Ya no podía más. Deseaba abrazar a Sacramento, homenajearla con una interminable follada en su casa, sobre su cama, con sus sábanas, bajo su techo, alejado de la hostilidad ramplona y mugrienta del vis a vis. Conforme se agotaba el tiempo de su condena, padecía el efecto chicle del tiempo. Cada día se alargaba más que el anterior.

Más y más y más y más.

La sensación de claustrofobia le ahogaba.

Lo primero, la seguridad de su amor, de sus propiedades, de sus gallos.

Llamó a Basilio y le mandó otra tanda de reformas en el chalet. Elevar los muros, coronarlos por concertinas que cortasen el aliento y alto voltaje propio de silla achicharradora del corredor de la muerte. Y diseminar cámaras, blindar puertas, lo que fuese. Su chalet se convertiría en un fortín inexpugnable, acorazado. Y alarmas a mansalva. Que no se preocupase Basilio, ya que ya había avisado a Sacramento, pero que se encargase él de supervisar las obras pues no quería que los curriquis se la cascasen a costa de las tetas de su novia. Y que cogiese el dinero de donde él sabía.

Sin límites.

Basilio prometió realizar los trabajos desde ayer y terminarlos mañana.

El Rubio decidió salir al pasillo del pabellón para estirar las piernas y a lo mejor pegar la hebra con alguien. Su cabeza estallaría si seguía cavilando. Desde su encierro el margen de maniobra era escaso. Todos le hacían la pelota por su dinero y el polvo blanco que repartía. Odiaba esa sumisión de espurio interés, pero ahora necesitaba despejar el magín.

Su chabolo se ubicaba en el segundo piso. Se inclinó sobre la barandilla del pasillo. Vio el techo del comedor, placas de uralita esmerilada de lapos y quemaduras de colillas. En el trullo se permitía fumar, las autoridades preferían el cáncer de los reclusos a los posibles motines espoleados por el mono de nicotina. Adivinaba sombras de tejemanejes culinarios bajo el plástico roñoso de la uralita. Casi nunca comía ahí, en su mesa nunca escaseaban los alimentos sabrosos. Incluso, en algunas ocasiones, se permitía una mariscada que le traían del exterior. No le apasionaban los crustáceos, pero lo hacía para mantener su leyenda de generoso capo de opereta. El marisco era puro atrezzo.

Observó las sombras de los presos encargados de la comida preparando el rancho taleguero. Faltaba media hora para que repartiesen la papilla. Rotó a la izquierda su cabeza saturada de hastío y pesadumbre.

Observó a dos guacamoles caminando lentorros por el pasillo. ¿Qué hacían allí?

Ésa no era su zona y ese paseíto chirriaba. Los morenitos o pichinchos o payosponis o panchitos o bananeros no solían salir de su propio pabellón. Allí imponían su propia ley sin que los funcionarios osasen entrar a molestarles salvo por causa de fuerza mayor. Era un pacto tácito y se respetaban las fronteras.

Los guacamoles o pichinchos o panchitos, que todos venían a ser lo mismo, colocaban centinelas en la entrada de su pabellón y se regían por sus códigos.

Los dos pichinchos andarines y fuera de límites lucían tatuajes en el cuello y en las manos, el santo y seña de su banda, el DNI que identificaba su grupo tribal.

Avanzaban con aire de disimulo, culebrosos y a trompicones.

Una intuición alertó al Rubio.

Su cabeza se volvió hacia la derecha.

La señal de peligro se amplificó por mil. Otros dos morenos caminaban hacia su posición. Aquello no era casual.

El estómago del Rubio crujió. Sus rodillas temblaron.

Un pichincho de la parte izquierda escondió su brazo bajo la camiseta.

Malo. Muy malo.

El Rubio retrocedió despacio hacia la puerta de su celda. No quería demostrar miedo, pero estaba aterrado.

Sólo le separaban un par de metros de su cubil.

Cuando los guacamoles detectaron su fuga corrieron hacia él.

El Rubio saltó al interior de su celda y se parapetó tras la puerta mientras la empujaba para encerrarse. Pediría ayuda a pleno pulmón. Intentó gritar, pero sus cuerdas vocales no respondieron porque su boca se había secado. El miedo provoca efectos secundarios insospechados. Él no era un hombre de acción, pero sabía que venían a cobrarse su piel y pelearía por su vida. Pensó en Sacramento. Eso le dio fuerzas. Lanzó un grito y esta vez su voz tronó. El amor actuaba como antídoto del miedo. Cuando iba a cerrar la puerta, el brazo del agresor que había escondido la mano irrumpió. Sujetaba un pincho casero fabricado con un boli Bic al cual habían añadido un largo clavo oxidado encajado con cinta americana. Las rodillas del Rubio bailaron el claqué del terror. No era un hombre de acción pero sus reflejos mentales eran rápidos. Utilizando la hoja de la puerta golpeó varias veces con todas las fuerzas que logró reunir el brazo del moreno, hasta que escuchó el sonido de un hueso quebrado sincronizado por un gruñido de dolor. La mano se abrió dejando caer el pincho. Se agachó todo lo deprisa que pudo para recoger el arma y defenderse.

Ése fue su error.

Mientras su mano agarraba el pincho, los guacamoles embistieron la puerta y la abrieron. El Rubio cayó por el empellón. Se abalanzaron contra él mientras le propinaban golpes con sus pies y sus puños. Pero él cerró la mano que sostenía el arma con fuerza. Era como si esa daga de elaboración rudimentaria se hubiese solidificado contra sus dedos. No se la arrancarían. Pensó otra vez en Sacramento. «Dame fuerzas, Sacra, dame fuerzas para salir de ésta», se repetía. Entre la lluvia de golpes logró lanzar varias acometidas. Detectó que sus agresores no esperaban tanta resistencia y eso le envalentonó. Descubrió que un hombre acorralado extraía valor desde las entrañas, desde la mente, desde cada milímetro de su piel. Le pareció que uno de sus lances asaetaba el hombro de alguien. Sintió gotas de sangre sobre su faz, pero no sabía si era suya o de los otros. No le importó, siguió practicando su esgrima furiosa revolviéndose como un perro rabioso. Nunca supo cuánto rato duró el asedio, pero de repente varias zarpas le atraparon por los pies y los brazos le arrastraron fuera, otra vez hasta el pasillo. Sus fuerzas flaqueaban y concentraba el resto de la energía en su mano: jamás la abriría, jamás le robarían el pincho. Si lo conseguían le matarían y él no quería morir, no quería abandonar a Sacramento. Su mano estaba blanca por asir tan recio aquel filo.

Otro error.

Centrado en el pincho, no percibió que le alzaban por los aires. Se enteró de lo que sucedía demasiado tarde, cuando volaba por los aires. Le habían arrojado desde el segundo piso. Nunca imaginó que una caída de apenas instantes podía cundir tanto. Mientras volaba, recordó la geografía de su amada y aquella lejana fiesta en la cual la vio por primera vez. Recordó su descaro choniesco, su franqueza poligonera, sus pezones de codicia, su abundante pecho de plástico, sus réplicas de acero, su manera de incitarle hacia el sexo.

Recordó los buenos momentos de Ibiza.

Recordó sus éxitos.

Qué largo puede resultar un mísero segundo...

Su espalda golpeó la uralita provocando un crujido de roble derribado. Superada esa primera barrera, su cuerpo se estampó contra una mesa de railite, cuyas patas cedieron.

Luego el fundido en negro.

Si la cárcel alargaba el tiempo, el vuelo libre sin paracaídas lo convirtió en infinito.

Un día después se despertó en un hospital. Pronto le llevarían de regreso a la cárcel para instalarle en la enfermería. Dos policías nacionales custodiaban la puerta de su habitación. La uralita le había salvado de mayores descalabros al amortiguar el primer impacto y el balance no era tan malo: conmoción cerebral, una mano, un tobillo y tres costillas rotas. El médico le contó que, cuando le introdujeron en la ambulancia que acudió al penal, todavía sujetaba el pincho.

Sólo soltó el arma blanca cuando llegó al hospital, como si por fin supiese que su vida ya no corría riesgo de muerte.

Esta vez no necesitaba llamar a su mentor Willy Ramos para llegar a conclusiones. Los colombianos habían ordenado su muerte para evitar fisuras y cerrar viejos lazos de manera definitiva. El Rubio no sólo era prescindible, sino también molesto. Era un bien amortizado.

Le habían sentenciado.

Pero gracias a su percance le adelantaban la libertad provisional. Del hospital iría directamente a casa.

Sus guacamoles, nacidos para matar a su mayor gloria beata, habían fallado.

Incluso en las mejores familias se yerra.

68

El sol del Mediterráneo abrazaba Denia y los guiris se dejaban mecer, gamba va, gamba viene, mientras caminaban escorados entre esos rayos que les imprimía tonalidad de crustáceo.

Esquemas vigilaba guiado por su protocolo de pasma paciente que soporta largas esperas censurándose las ganas de mear. Dormía en un hotel impersonal y setentón de cuatrocientas habitaciones cercano a la playa de las Marinas.

Por el día husmeaba incrustado en su coche, plantificado en el aparcamiento del club náutico. Desde ahí controlaba la entrada del edificio donde vivía Gus.

Detectó rutinas. Averiguó horarios. Descubrió que Gus no era un lobo solitario.

Se relamió por anticipado cuando observó a la familia del tal Gus… Su sadismo salivó al comprobar que le causaría el máximo dolor. No es lo mismo destrozar la vida de alguien solo que devastarla cuando una familia feliz le acompaña. Además, un hombre acompañado siempre mostraba mayor debilidad. Un hombre con familia teme perderla; uno solo no rezuma el mismo miedo porque sacrifica su propia vida sin arrastrar pérdidas colaterales.

Gus sería suyo y ya esbozaba el plan para atraparle. Ese hombre de rostro artificial, de faz como festoneada por multitud de minúsculas cicatrices que se reflejaban como las escamas de un pez, había arruinado su vida y la de su familia.

Él, Esquemas, el poli más hijoputa del Cuerpo Nacional de Policía, el madero más temible de Maderolandia, le devolvería con creces el golpe porque durante todos esos años los intereses se habían ido acumulando y ahora llegaba el momento de cobrarlos sin plazos ni demoras.

La familia feliz compuesta por Gus, Helena y una niña pequeña retorciéndose sobre su carrito salía todas las tardes a pasear. Se sentaban en un parque frente al mar y la niña reptaba jugueteando en un recinto de arena.

Una, dos, tres tardes les siguió.

Y esa tercera tarde una extravagante y abrumadora llantina le sorprendió.

Parecían tan felices, tan unidos. Y tan ajenos a la turbulencia letal que les derrumbaría esa placidez. Proyectaban amor, tanto amor.

Sus lágrimas le avergonzaron. Él no lloraba. Él nunca lloraba. Las lágrimas se le secaron para siempre, eso creía, cuando quebraron su infancia. Se dijo que lloraba porque aquella familia le recordaba a la suya hasta que ese miserable cercenó su felicidad infantil. Por eso lloraba, sí. De pura nostalgia, de genuina ira.

Pero las tardes de felicidad en el parque de los juegos no le interesaron tanto como las mañanas. Ahí también se repetía la rutina con notable precisión.

Gus bajaba para comprar pan recién horneado sobre las 7.30 de la mañana. Tardaba entre cinco o diez minutos en regresar, según la cola y según si se entretenía hojeando el periódico de la cafetería-panadería. A esas horas el trasiego de su edificio echaba humo de hora punta. Los guiris, gamba va, gamba viene, madrugaban y la gente entraba y salía sin prestar atención creando una suerte de tráfico circular, urgente, mañanero, legañoso.

A esas horas nadie tenía los reflejos perfilados. Él sí. Esquemas mantendría la tensión porque no podía fallar. Su plan se iba cerrando.

Una, dos, tres, cuatro, cinco, seis, siete y ocho mañanas comprobó el mismo procedimiento, idéntico horario.

Para ser tan bueno, aquel asesino no parecía muy precavido. Con el tiempo todos bajan la guardia, pensó Esquemas. Y decidió actuar la mañana siguiente. Lo había meditado bien. Sabía que tendría éxito.

Llamó a su negra África.

—Pronto estaremos juntos para siempre —le susurró.

—Ojalá… —contestó África. Su plan era sencillo y, en consecuencia, infalible.

Cuando Gus salió la mañana siguiente en torno a las 7.30, Esquemas acechaba junto a la puerta del edificio, apoyando el hombro contra la pared, ladeado y anónimo.

Gus salió y el pasma aguantó hasta que dobló la esquina, luego se acercó hasta la misma puerta del edificio de su presa y esperó. El habitual trasiego de vecinos le franquearía el paso. Algún vecino saldría ya mismo y él aprovecharía el trance.

Transcurrió un minuto y se impacientó: la luz del ascensor estaba muerta y nadie caminaba hacia la salida.

No podía ser, no podía tener tan mala suerte. Otro minuto y el sudor perló su frente. Gus, calculó, estaría cerca de la panadería. Cayó otro minuto.

Punzadas de bruxismo le dijeron: «Hola, pasma, hoy no tienes suerte, hay que joderse». Gus estaría ya comprando el pan. Ojalá el periódico llamase su atención. Ojalá hubiese una larga cola.

Otros treinta segundos y por fin la luz del ascensor parpadeó. Aterrizó en la planta baja y salió una vieja que se deslizaba a paso de tortuga ayudada por un andador. Cómo le costó salir del ascensor a la vieja. Su lentitud afásica le desesperó.

Un acúfeno le despellejaba los sesos mientras le susurraba: «Hola, pasma, menuda casualidad tan chunga con esa vieja que es un caracol paralítico».

Un pasito, y otro, y recuperamos el aliento, y otro pasito, y otro más, y qué angustia…

La vieja alcanzó la puerta y Esquemas se preguntó por qué no la acompañaba una mucama filipina. ¿Cómo la dejaban sola? La vieja pareció desmoronarse cuando su mano trémula agarró el pomo.

Esquemas intervino caballeroso, mojado de sudor, y abrió la puerta sonriente indicando con la cabeza que le cedía el paso, que él se encargaría de todo. La vieja le devolvió la sonrisa y tardó un año luz en sortear esa frontera.

Esquemas entró y corrió hasta el ascensor. Ya estaba dentro. Se acercaba al éxito, al cielo, al infierno, a la meta. Ascendió hasta el séptimo piso. Se colocó frente a la puerta cuatro y llamó con los nudillos. El hombre de la casa nunca pulsa el timbre, se limita a golpear la puerta con el puño transmitiendo cariño y seguridad, se dijo.

Tras palmear la madera gruñó un saludo. Helena escuchó esos golpes. Supuso que Gus se había olvidado algo porque regresaba demasiado pronto. Ni siquiera preguntó quién era. Abrió con despreocupación de piso estudiantil. Un camisón transparente revelaba su anatomía atractiva, sus curvas prietas, sus senos en forma de pera.

El cañón de un arma le descargó un latigazo metálico en mitad de la frente. Helena no gritó, el cristalino tarro de papilla que sujetaba en su mano derecha cayó contra el suelo y se rompió mientras se desmoronaba. Su cabellera quedó pringosa por la papilla derramada y la mezcla entre el pelo y el potingue alimenticio adquirió aspecto de medusa polucionada.

Esquemas chequeó el recibidor del hogar. Sobre un mueble yacía una fotofeliz de la familia enmarcada en plata. Papá, mamá y su linda hija. Sonrientes. Estúpidos. Esquemas odiaba esa clase de fotofeliz porque le trasladaba hacia otros tiempos.

Arrastró a Helena por los tobillos y cerró la puerta con el talón. Rápido, rápido.

Gus regresaría pronto. La arrojó sobre el sofá, bocabajo, y le ató las manos con bridas de plástico. Luego le colocó una capucha negra sobre la cabeza.

Esquemas escuchó un berrido infantil. La cachorra reclamaba su pitanza. El pasma fue hasta la habitación de los padres y la cogió con precaución de su cuna, no fuese a romperse. Acarició su pequeña testa con el cañón del arma mientras mascullaba «Uh, uh, uh» y trataba de acunarla. Le miró a los ojillos y, otra vez, tuvo ganas de llorar. Se le empañaron los ojos. ¿Tenía tiempo para una vigorizante raya de tamaño extra? No, no lo tenía.

Rápido, rápido.

Gus estaría esperando el ascensor. Sin soltar a la niña se marchó a la cocina. Destripó armarios y consiguió otro tarro de papilla. Calculó que Gus ya debía de estar a punto de llegar. Sus tímpanos trataban de adivinar el sonido de la puerta.

Rápido, rápido.

Retornó al salón y se sentó en una butaca. Helena yacía a su lado, inerte, tendida sobre el sofá. La niña aleteaba sus manos, intentaba agarrar el potito papilloso. Mierda. Esquemas no había cogido ninguna cuchara.

Rápido, rápido.

Olvidó la cuchara. Apalancado sobre su butaca, sostenía a la pequeña, sin inmutarse, centrado en la puerta. De reojo desenroscó la tapa del potingue, incrustó el cañón del arma en aquel magma alimenticio y lo sacó impregnado de suculenta, nutritiva y rica papillita. Acercó aquel tubo de muerte contra la boca de la niña, ésta sacó su lengua de joven batracio y se dedicó a propinar lametones que destilaban glotonería.

—Tranquila... tranquila... Poco a poco... Cuidado que te atragantas... —musitó el pasma ante la gula de la criatura.

Repitió la operación. Esta vez procuró cargar más la punta de su arma.

Cuando la pequeña repetía sus lametones, papaíto Gus abrió la puerta.

Rápido, rápido.

Silencio.

Se le cayeron las llaves, el pan y una bolsa con cruasanes.

Sus rodillas chocaron contra el suelo.

Ató cabos: alguien buscaba venganza.

Su cerebro se activó para sumergirse en recuerdos de violencia absoluta pero no adivinó desde qué lugar emergía ese demonio de venganza.

Luego vio a Helena tumbada sobre el sofá, atada, con surcos de sangre seca recorriendo su nuca.

Luego su mundo se rompió y puso sus brazos en cruz a modo de imploración.

Luego, desde el suelo, con voz tranquila, acertó a decir:

—Por favor, ellas no, ellas no. No sé quién eres, pero lo que tengas que hacer házmelo todo a mí. A ellas no. Por favor, por favor... Te lo suplico.

Esquemas sonrió. Esquemas rio. Esquemas disfrutó.

La pequeña gorjeó. Quería más papilla.

Esquemas pataleó de gozo. Hacía años que no reía de esa manera delirante. El éxito. El éxito era eso, reír a mandíbula batiente. Mirando a la niña dijo:

—Papá acaba de llegar y está muy contento porque ve tu apetito. Eres muy buena niña. —Luego miró a Gus—. Tranquilo, tu mujer o tu amante o tu furcia está viva y si tú no me obligas no le haré nada a la pequeña. No me obligues.

—Lo que tú mandes —dijo Gus.

—Acércate despacio y ponte de espaldas. Despaciooo. Avanza, avanza, date la vuelta. Retrocede. Bien, eso es. Alto, alto. Para ya. Ahora túmbate en el suelo, de espaldas, no lo olvides, y une tus manos. No intentes nada, no lo olvides.

Esquemas le colocó unas bridas de plástico en las manos y en los pies. Inmovilizado su enemigo, le enfundó otra capucha.

—Ni te muevas. Tenemos un montón de horas por delante. Saldremos cuando caiga la noche. Ni te muevas, si tienes que mear te lo haces encima.

—Haré lo que digas, pero a ellas déjalas en paz. Por favor. Castígame a mí, no a ellas.

«Ni lo dudes», pensó el pasma, pero sólo respondió:

—Ni te muevas.

Con la niña sobre su brazo de nuevo buceó en la cocina. Encontró una cucharilla. Se retrepó sobre la butaca y alimentó a la pequeña con mimo y paciencia. Helena, apenas consciente, y Gus, no podían ver sus ojos vidriosos. Habrían descubierto un poso de ternura extraordinario.

La pequeña se durmió sobre el pecho de Esquemas. Cuando aleteaba en sueños las manitas, Esquemas acariciaba la cabeza con la mano para que se tranquilizase.

Helena recuperó el sentido. Habló y el miedo lastraba sus palabras.

—Gus… ¿Qué pasa? Pe-pero ¿qué pasa? —Y sollozó con hondura y sentimiento.

—Viene a por mí, no hables y no os hará nada. Viene a por mí. Os dejará en paz, pero no digas nada —apuntó Gus.

444

—Haz caso a tu hombre. Nos os haré daño a no ser que tu pistolero me obligue. Porque tú sabías desde siempre que es un pistolero del copón, ¿verdad? —masculló Esquemas.

Helena no contestó.

Helena no pudo aguantarse y se le escapó lluvia dorada bien entrada la tarde. Gus soportó el secano, concentrado en salir de esa situación. Dominaba su cuerpo.

Llegó la noche. Esquemas apuntaló la siguiente fase de su plan.

—Vamos a largarnos. Pero necesito que te portes bien hasta que lleguemos al coche. Y para asegurarme te voy a explicar el escenario… Como imaginas, no he venido solo. Tengo tus llaves, cuando bajemos se las daré a mi compañero, y subirá para asegurarse que todo va bien y que tú cooperarás. Cuando te tenga en mi maletero y salgamos de este pueblo de guiris agilipollados, te prometo que le llamaré, soltará a tu chica y desaparecerá. Sólo te quiero a ti. Únicamente trato de asegurarme de que vas a portarte bien. Ellas no me interesan, sólo son mi seguro para tu buen comportamiento. Más te vale cooperar. Y tu fulana no llamará a nadie porque entonces no tendrás escapatoria. ¿Estás de acuerdo? ¿Tú novia lo entiende también? Además, mi cacharra estará en contacto contra tus riñones mientras nos vamos. ¿Lo tienes claro?

Gus asintió.

—Ah, sí, otra cosa, cuando nos marchemos te liberaré los pies y te quitaré la capucha. Si nos cruzamos con algún vecino te finges borracho, te apoyas contra mí y yo te agarro. ¿Lo tienes claro?

Gus asintió.

A las doce y media de la noche Esquemas anunció su partida. Helena sollozó de nuevo. No le vieron, pero el poli se deslizó hasta la cuna y comprobó que la criatura dormía. Le acarició una mejilla con el índice y frenó el manantial de lágrimas que pugnaban por brotar desde sus ojos. Se metió una raya tamaño extraplus para recuperar su mortal odio.

Trincó a Gus. Salieron. Caminaron hasta el ascensor. Bajaron. Nadie. Paz absoluta. Le dirigió hasta el coche aparcado en la bocacalle de arriba y lo empujó contra el maletero. Le ató los pies con las bridas y lo encapuchó de nuevo.

Cinco kilómetros más tarde detuvo el coche. Abrió el maletero para que Gus le escuchase. Marcó un número al azar para hilvanar su paripé, su farol. Alguien liberaría a la chica del tal Gus. Ella misma encontraría el modo de llamar la atención, tonta no parecía.

—Oye, todo en orden. Suelta dentro de un par de horas a la chica y te largas.

Gus lo escuchó desde la lejanía del maletero. Aquel cabrón al menos cumplía con su palabra y, de momento, sus mujeres estaban a salvo.

Las manos de Esquemas se fundieron contra el volante. Pisó el acelerador. Le invadía un profundo bienestar de ronroneo gatuno. Sólo se detendría un par de veces para esnifar vitamina C.

Rio.

Carcajeó.

«Padre, dentro de algunas horas, por fin, por fin, por fin voy a vengarte.»

En su delirio no se dio cuenta de que un coche vigilaba sus movimientos.

Un vehículo dispuesto a llamar a Don Niño Jesús una vez Esquemas hubiera terminado el trabajo.

Los Narcobeatos sieeempre lo sabían tooodo.

69

Ventura bebía con moderación un pacharán en el cubil de su cuartel.

Estaba nervioso.

La tarde anterior, cuando salía de un cafetín ceutí saturado de morisma tras cerrar algunos negocios de poco fuste con unos jefecillos locales de chilaba rifeña, le abordó un cachas pelón con acento panchito.

—Don Niño Jesús le llamará mañana a la hora del ángelus. Está usted avisado.

Luego el cabrón se subió a la moto que un compinche mantenía bramando y se evaporó. La hostia. La rehostia con el puto narcobeato y sus infinitos tentáculos. Se enteraba de todo, ese Don Niño Jesús.

Consultó su reloj. Faltaban dos minutos para que sonasen las doce en punto. «Me cago en la puta madre del meapilas sudaca, puto manco de mierda», pensó Ventura.

A las doce en punto su teléfono chifló. Dejó tañer el chisme tres veces para no parecer un cagón ansioso y contestó. Se filtró como de ultratumba la voz de Don Niño Jesús.

—Ventura, qué bueno volver a hablar contigo.

—Lo mismo digo.

—¿Qué tal por Ceuta, van bien tus business con los moros?

—Yo nunca me quejo. En la Legión aprendes a no quejarte, ¿para qué?

—Eso es bueno, muy bueno. Los verdaderos hombres no se quejan, actúan, afrontan los problemas y los resuelven. Y mira,

Ventura, en este sentido te advierto que van a pasar cosas. Cosas feas y malas. Algunas fuerzas se han desencadenado, la Biblia está llena de episodios similares. Y algunas de esas cosas están pasando ya. Imagino que lo sabes, pero perdí a un muchacho y a mi amigo Germán «Milvidas». Supongo que agotó tantas vidas que por fin el Señor le llamó a su seno. Llegó su hora. Sí...

—Algo he oído, sí.

—Entonces entenderás que tengo una vacante para todo el territorio español. Mucha plata que ganar, Ventura, mucha. Estoy muy contento con tu trabajo desde Ceuta y Algeciras, tus contactos han sido claves para mi negocio. Pero creo que en la Península eres más necesario.

—Yo ya gano mucha pasta, mucha. Y soy mi propio jefe.

—No digas eso. Trabajas para mí. Y todos tenemos un jefe. Así que tú también. El mío es Jesucristo. Además, esto no es lo mismo, no son las mismas ganancias. Ni te imaginas...

—Tengo mucha imaginación, Niño Jesús, mucha... Fíjate que me pongo cachondo imaginando a mis novias follando con el carnero de mi Bandera y se me pone dura, si eso no es imaginar...

Don Niño Jesús encajó deportivo ese tratamiento familiar de «Niño Jesús» a secas. Prosiguió:

—Necesito un recambio para Milvidas. Alguien inteligente, discreto y capaz. Mi hombre era bueno, pero no era discreto. Y la discreción, en este negocio, es fundamental. Por eso he pensado en ti, desde el principio fuiste un profesional. No eres de los nuestros y creo que eres un español poco católico, pero eres serio y eficaz, y eso me place. Por eso te digo... ¿Quieres ser mis ojos y mi palabra en España? ¿Quieres ser mi apóstol? Tendrás máxima protección y sólo responderás ante mí. Y aunque tengas mucha imaginación, insisto, ni te imaginas, de verdad, la de monedas que ganarás...

Ventura carburó. No le convenía despreciar al narcobeato manco con una negativa rotunda. Ganaría tiempo. Era lo más sensato.

—Aunque no te lo creas, soy un patriota y siento la Legión atravesar mis venas. Hago mis chanchullos, sí. Me aprovecho de estos tiempos inciertos y saco beneficios, sí, pero sin mi uniforme me siento desnudo. Y para aceptar tu propuesta tendría que renunciar a él. Necesito tiempo. Dame un par de semanas, Jesús, sabes que si me meto en algo voy a muerte. Necesito pensarlo bien. Supongo que lo entiendes. Me pides renunciar a mis votos más sagrados...

—Te entiendo, soy un hombre de férreas convicciones y créeme que te comprendo. Pero, por favor, permíteme ofrecerte, sin interés, un presente para que veas mi buena voluntad. ¿Tienes papel y bolígrafo?

—¿Cómo? Sí, sí.

—Entonces apunta bien este nombre. ¿Estás listo para escribir?

Sin excesiva convicción Ventura cazó un boli desmochado y acercó la contraportada de un diario deportivo para garabatear sobre ella.

—Sí, tengo papel y boli, pero no te sigo.

—Tranquilo, tranquilo, Venturita.

Don Niño Jesús le apeaba el tratamiento con ese diminutivo para devolverle el «Niño Jesús» a secas.

Prosiguió:

—Mira, algo malo, algo feo, le va a suceder a uno de tus mejores colaboradores, a uno de tus mejores potros. Me refiero a ese muchacho tuyo al que le tomaste cariño hace muchos años, sí, a ese que vive frente al mar y que creo anda medio jubilado. Conozco el nombre del culpable de esa catástrofe. Un chivato. Un judas. ¿Habrá algo peor que emular a Judas, Ventura? ¿Te doy ese nombre y su dirección? ¿Lo quieres?

El cuello de Ventura se tensó. Sus dedos apretaron el boli hasta disipar el flujo sanguíneo. Sólo podía referirse a Gus. Tragó saliva antes de contestar con una pregunta:

—¿Puedo hacer algo por él ya mismo? Dímelo y, si le salvo, soy tuyo durante diez años. Diez años.

—Mmm... No, me temo que no, demasiado tarde. Yo lo he intentado pero también he llegado tarde. Ves, ¿a que te interesa estar junto a mí? Yo siempre cuido de los míos, Ventura, siempre. Pero esta vez sospecho que hemos llegado tarde por muy poco.

Ventura sintió vértigo. Don Niño Jesús le enviaba un mensaje: soy el más poderoso y lo sé todo. Yo manejo todos los hilos y vosotros sois mis marionetas. Escuchó la voz de Don Niño Jesús fingiendo preocupación.

—Ventura, ¿estás ahí, amigo?

El legionario tragó sapos y culebras antes de responder:

—Sí, aquí estoy.

—Bueno, pues apunta, y apunta bien. El responsable de las desdichas de tu estimado colaborador se llama Rodrigo Anclas, se le conoce como el Rubio. Acaba de salir de la cárcel. Vive con su novia, que es igual de culpable que él, en una urbanización de Valencia llamada La Eliana, en la calle Blasco Ibáñez, 142. Por cierto, vive rodeado de gallos de pelea y acaba de reforzar la seguridad de su hogar. Sí, sus malos actos le remuerden la conciencia y por eso se blinda. Él es el culpable, el delator, el causante de la desgracia que va a destrozar a tu gran amigo y, en consecuencia, a su familia. Un drama, un verdadero drama, Ventura. ¿Sigues ahí?

—Aquí sigo.

—Pues estate atento a los noticieros de los próximos días. Esto es un obsequio para ti, disponlo a tu modo, ¿de acuerdo?

—Así lo haré. Y… En fin… Don Niño Jesús, muchas gracias por la información. Gracias.

—No se merecen. Yo ayudo siempre a mis amigos. No lo olvides jamás. Esperaré tu respuesta. Que tengas un buen día.

—Igualmente. Y gracias otra vez.

Colgaron. Ventura llamó de inmediato a Gus.

Nada.

Luego a Helena. Gus le había dado su teléfono por si alguna vez le sucedía algo grave.

Nada.

Se sirvió otro pacharán. Resopló. Se levantó. Arrojó la silla de su mesa contra la pared hasta convertirla en astillas. Luego visitó al coronel para pedirle un permiso especial porque una tía suya soltera acababa de fallecer en la Península. Se lo concedieron sabiendo que mentía, como de costumbre. Pero al coronel le interesaba contentar a Ventura. Recibía jugosos sobres de su parte todos los meses.

Preparó su impedimenta y salió rumbo a Denia en el primer transporte posible.

Don Niño Jesús siempre cerraba sus jugadas y las derivadas se neutralizaban las unas a las otras, sólo se precisaba reflexión para disponer las piezas y dejar que el tiempo obrase.

Don Niño Jesús manejaba los hilos. Por eso era el número uno.

Las personas eran los gallos de Don Niño Jesús y él sólo las lanzaba a la arena del combate mortal para que se enfrentasen las unas contra las otras.

Don Niño Jesús las contemplaba desde su Olimpo mientras se rascaba el muñón.

70

Reconoció el paisaje.

Incluso los olores de la campiña galaica.

Y recordó ese bautismo de fuego suyo que le elevó a la posición de sicario filigranas, de sicario exquisito, de sicario ultraprofesional.

Incluso aquel árbol donde yacía atado era el mismo que él había usado para balear a un tipo del que no recordaba bien su semblante. Le sonaba algo de su pelo grasiento en forma de cortina, rememoraba la silueta difusa de aquel hombre que derramaba cháchara de vendedor, de mercachifle, de buhonero de algo... ¿Vendedor de coches? Sí, eso creía.

Pero el paisaje, ese árbol y la danza casi mortal que elaboró... Jamás olvidaría aquello.

Tantos años después para acabar así. El círculo se cerraba. Gus ni siquiera sentía el mordisco del miedo. Le embargaba cierta resignación y una gran pena porque sabía que no volvería a ver a sus chicas, a sus dos únicos amores. Una verdadera lástima que le devolvía a su condición de perdedor.

Se inmolaría por ellas.

Pagaría los desperfectos del pasado para salvarlas. Lo asumía.

Su raptor acumulaba demasiado odio y no se conformaría con los balazos del ritual. Le mataría.

Lo leía en aquellos ojos de pupilas alimentadas por la venganza. Pensaba que era justo terminar así, porque de algún modo debía de pagar por todo el daño que había infligido durante tanto tiempo y sin rastro de remordimientos.

Todo tiene un principio y un final. Aquél era el suyo.

Santiago Esquemas miraba con desprecio y cierta curiosidad a Gus atado el árbol donde éste había taladrado a su padre.

Le había aplicado torniquetes sobre sus brazos y piernas para impedir que se desangrase. Realizaría, punto por punto, el mismo teatro.

Gozaba con la puesta en escena tantas veces soñada. Se relamía durante ese preludio de palabra cumplida. Ese dulce sabor de los preparativos y el trabajo bien hecho.

Pero añadiría una novedad porque luego le volaría la cabeza. Sin piedad.

Algo se movió entre los arbustos. Quizá un roedor huyendo ante la presencia humana. Una ráfaga de viento frotó las hojas de los eucaliptos y el susurro del follaje desprendiendo perfume de botica añadió a la escena intensidad dramática.

Gus aceptaba su suerte. No hablaría. No imploraría. ¿Para qué? Esquemas hurgó en su bolsillo, sacó una bolsa y hundió la nariz en ella. Se metió una tajada de coca digna de una estrella de rock. La coca sosegaba su bruxismo y anestesiaba su acúfeno. Necesitaba tranquilidad para disfrutar al máximo del espectáculo.

Qué buenooo.

Esquemas se dirigió a Gus señalando su propia nariz con un gesto vago.

—¿Sabes? Yo jamás había probado esta mierda y jamás tendría que haberla probado. Otra cosa que te debo. Me torcí hace tiempo, también te lo debo a ti. Jodiste mi infancia, mi vida, mis sueños, mis compromisos. Lo jodiste todo. ¿Por qué?

Gus ni siquiera le devolvía la mirada. Concentraba sus pensamientos en el rostro de Helena y de su hija. Las dos sonriendo. Años atrás, cuando los maricas le acariciaban y él peleaba para no sentir placer ni tener dudas acerca de su virilidad había aprendido a concentrarse en otros asuntos que desviasen su atención. Empleaba ahora la misma técnica. Tantos años después para acabar así.

El círculo, sí, se cerraba por completo.

La voz de Esquemas difuminó el contorno de sus chicas.

—¿Por qué? Fue por dinero, claro. ¿Tanto lo necesitabas? ¿Tan

453

chungo eras? Yo fui de los primeros de mi promoción, ¿sabes? Todos me consideran destinado a grandes cosas. Confiaban en mí. «Llegarás lejos», me decían, y ahora mismo ya debería ser comisario. Pero sólo soy un pasma corrupto, un madero vendido, y todo te lo debo a ti. A ti y sólo a ti. ¿Sabes cómo nos jodiste a mi madre, a mi hermana y a mí? Creo que ni te lo imaginas. Cabrón, hijo de puta cabrón.

Esquemas resopló. Desenfundó su arma. Atornilló un silenciador. Se acercó.

—¿Por dónde empezaste la carnicería? ¿Por los brazos o por las piernas? ¿O directamente por las mejillas? ¿Eh? ¿Por dónde?

Gus mantenía fija la vista en algún punto del horizonte. Se abstraía.

Esquemas no le había amordazado, pero no gritaría, no le daría ese gusto. Se mantendría en silencio.

—Bueno, pues como no me ayudas, voy a improvisar... En fin, como no colaboras, empezaré por... pues por el brazo izquierdo...

El pulpejo de su dedo acarició el gatillo. La boca de su arma presionó el antebrazo de Gus justo por encima del torniquete.

El pasma suspiró. El pasma respiró. El pasma notó que su picha se ponía dura y entonces, zuuup, disparó.

El cuerpo de Gus se arqueó y contuvo un grito mordiéndose los labios hasta sangrar.

No gritaría.

Hilos de sangre brotaron desde el orificio y se precipitaron hasta los dedos para regar el suelo. Gota a gota.

—Vaya... Tienes cojones... Casi ni te has inmutado. Bravo. —Y Esquemas fingió aplaudir sin que su mano se despegase de la pistola—. De todas formas acabamos de empezar el show, eh, tú, tranquilo, que todavía quedan balas. Mira, ahora voy al otro brazo.

Otro disparo y un leve gruñido de Gus. Aquello ardía. Mucho más que las quemaduras de cigarrillo que se aplicaba a modo de penitencia feroz. Seguía pensando con todas sus fuerzas en sus chicas. Helena saldría adelante sin él. Era resuelta y lista.

—Bueno, pues ya tenemos la parte de arriba. Aunque me falta el balazo que traspasa las mejillas, no creas que me olvido, y luego el número final, que en esta vida todo evoluciona, ya sabes. Pero no nos precipitemos. Las prisas, para los malos toreros. Ahora vamos con tus piernas. Venga, ya verás que te gusta y todo.

Esquemas renunció a las florituras. El placer había menguado y ahora actuaba con frenesí mecánico.

Zuuup y zuuup… Otros dos balazos y el humo de la cordita flotando remolón.

Chorros de sangre serpenteando sobre su piel. Mojando la húmeda capa de humus. Gota a gota.

Gus permanecía en silencio, pálido, con la mente a muchos kilómetros de distancia.

Pensó en la monja que le atendió en el hospital, en su padre cuando desaparecía en el gallinero de la casucha de su pueblo, en José María Verduch y su peep show y en aquella chica, ¿cómo se llamaba?, que le inició en las artes amatorias. Pensó y repensó en su desgraciada existencia. ¿Qué habría sido de él si hubiese tomado otro camino? El cañón del arma de Esquemas presionó su mejilla izquierda.

El metal frío le revolvió las entrañas.

Gus gimió débilmente. Gus se acobardó. Gus cerró los ojos. Eso iba a doler. Intentó prepararse para el impacto devastador. Trató de acorazar sus mandíbulas.

Eso iba a doler.

Pensó en Ventura el legionario, en los pobres homosexuales que había vapuleado, en la paliza que recibió cuando le atraparon. Se arrepentía de tantos y tantos actos violentos. La violencia, siempre a su vera, siempre de compañera fiel, siempre estimulando sus instintos y sus pasiones.

Pensó y repensó. Enfocó sus pensamientos hacia Helena. Helena, siempre Helena. Helena era su salvación.

El disparo le atravesó la faz de lado a lado arrancándole media lengua y buena parte de la dentadura. Notó una inundación de sangre y virutas de carne y lascas de marfil taponando su garganta.

Tosió. Regurgitó cachitos de carne bañada en sangre fresca, tropezones de su ser en el gazpacho de la tortura.

Eso había dolido. Mucho. Demasiado. No sentía la lengua. Se atragantaba. Tosía. Vomitaba bilis y sangre y babas y pedazos de lengua y de mejilla. Gus aulló mientras expulsaba aquella melaza bermellona, viva y palpitante.

Esquemas se carcajeó como un loco. Estaba fuera de sí. Por fin ese cabrón hijoputa había gritado. Por fin le estaba causando daño. Por fin recibía el aterciopelado, reconfortante abrazo de la venganza.

Bailó. Pataleó. Se encorvó. Se estiró. Brincó. Palmeó sus piernas sin soltar el arma. Se enchufó otra raya del tamaño de un rascacielos. «Toma premio, Esquemas, te lo mereces por tu perseverancia. Estás en la cumbre, en el cenit de tu gloria.»

Qué buenooo.

—Vaya… No eres tan duro como parecías, ¿eh? Ahora sí has gritado y, si me permites la puntualización, un poco como una maricona. Si pudieses verte… Dios mío, si pudieses verte… Mira, qué pena, tendría que haber traído un espejo para que pudieses verte. Es que estás hecho, en fin… No sé, mentiría si te dijese que un eccehomo… Es algo peor. Tu jeta es una masa de carne picada y tus ojos se han cerrado de la hinchazón. La boca, en fin, no tengo palabras. No me atrevo a definirla. Tose, hombre, tose más. ¿Cómo? ¿Quieres decirme algo? No te entiendo. Ah, claro, que te has quedado sin lengua ni dientes y así, qué le vamos a hacer, es un poco complicado hablar. Lo sé porque mi padre sufrió así más de media vida, hasta que murió. Y luego, vaya, menuda putada. Calidad de vida tampoco tuvo. Ya sabes, la silla de ruedas, cagar en una bolsa, depender de otros para cualquier mínima actividad. En fin… Pero soy bueno, todavía queda en mí algo de poli justo, así que ha llegado el momento de bajar el telón.

Esquemas se colocó frente a él con las piernas abiertas, enraizadas contra el suelo, apuntándole a la cabeza.

Su mano temblaba en una confusión de ira y sentimiento reparador de tormento y éxtasis.

—¿Sabes? Ni te imaginas la de veces que me pregunté por qué no le mataste. Me habrías ahorrado verlo convertido en un monstruo. Me habrías ahorrado pesadillas, insomnios y paranoias. ¿Por qué no lo hiciste? No lo sé y ya no me importa... Yo, en cambio, sí te voy a matar. Te voy a hacer ese favor. No soy tan cabrón como tú.

Gus no se resignaba a morir. Con la cercanía de la muerte se aferraba a la vida. No quería renunciar ni a Helena ni a su hija. Quería vivir por encima de todo. Quería sentir la piel de su mujer y ver crecer a Ventura. Quería...

Esquemas seguía apuntando.

El pulpejo de su dedo índice fundido contra el gatillo. El temblor de su mano aumentó.

Su respiración se entrecortó. Las sienes le retumbaban como cañonazos de un buque destructor. Permaneció así encapsulado durante varios minutos de eternidad cuántica.

Entonces desde sus ojos brotaron unas lágrimas que se transformaron en violenta torrentera.

Estaba llorando y su cuerpo emitía unos espasmos que no podía controlar. ¿Qué le pasaba? El temblor de la mano se ramificó por todo su cuerpo. Más espasmos. Y la llantina que no cesaba. Y, de repente, un vacío interior que jamás había sentido, un blanco total engarfiando sus moléculas. La nada bajo sus pies, frente a él, en su derredor. Pero una nada amistosa, cósmica, placentera. Ni le molestaba ni le irritaba. Qué bien se estaba en ella. Era como dormir en la placidez del útero materno que te conforta mucho antes de nacer.

Sus terminaciones nerviosas le indicaron el camino a seguir.

Descubrió su verdadera meta. Su única meta. Su genuina meta.

Apercibió sin ninguna duda lo que le sucedía: su mente se hallaba en una paz profunda y, por fin, tras tanto sufrimiento, el bruxismo y los acúfenos habían desaparecido. Sí, se encontraba en una paz perfecta, en un limbo de calma absoluta, perpetua, constante.

Entendió que deseaba prolongar esa tranquilidad hasta el infinito.

Comprendió que, al regresar, le esperarían los sicarios de Don Niño Jesús y toda la espiral de maldad en la cual estaba enfrascado desde hacía un par de décadas se volvería definitivamente contra él. Y ya no deseaba esa existencia.

Ahora podía guardarse las respuestas que tanto anhelaba.

Ahora, por fin, había chocado contra sus fantasmas y éstos escapaban para siempre proporcionándole un reposo rotundo, absoluto, irrepetible y, de nuevo, esa certeza de paz infinita.

Ahora, ahora, ahora.

Ahora o nunca.

Ahora y siempre.

Se enjugó las lágrimas.

Alzó el brazo hasta colocar el cañón del arma bajo su barbilla.

Sonrió como un ángel que regresa al cielo tras una larga misión en un lóbrego exilio plagado de amarguras.

Apretó el gatillo.

Zuuup.

Gus vio entre la sangre velando las ranuras de sus ojos semicerrados cómo el pasma se desintegraba la cabeza. Se desmayó.

«Padre, acepta mi venganza y perdona mi tributo.

»Ahora ya puedo verte. Ahora ya puedo entenderte. Ahora ya puedo amarte.»

71

Dos de la madrugada. Calle Blasco Ibáñez, 142, de la urbanización La Eliana, Valencia.

A las dos y media habría un apagón general de electricidad en esa manzana tachonada de verdes jardines. En consecuencia, los sistemas de alarma hibernarían. Ventura obtendría un ventajoso lapso de tiempo hasta que algún vecino detectase el fallo y avisase a la compañía encargada del suministro. Había untado un menda de la eléctrica y el tipo cumpliría. Más le valía.

Durante los tres últimos días apenas había dormido. Le fastidiaba reparar los flecos de Don Niño Jesús, pero su inflexible código de honor le obligaba a ello.

Se vengaría. Seguro.

En cuanto el caudal de electricidad se extinguiese, entraría en el chalet del Rubio para ajustar cuentas y enmendar imperdonables pendencias. Le acompañaba su lacayo Abel. Grande, torpe, escaso de inteligencia, aunque perruno y obediente.

Iban armados. Él portaba su queridísima Astra de nueve milímetros. Su olfato le recomendó no olvidar un pico y una pala por si encontraba un premio sorpresa.

Algo intuía. Aquel chivato, ese Rubio, tras tantos años de narcotráfico, fijo que amasaba una fortuna y no sería extraño que escondiese parte de ella en su propiedad. La desconfianza y los narcos iban de la mano.

Si había premio él lo encontraría y se lo daría a Helena y a Gus. Así podrían empezar una nueva vida.

Cuando llegó al piso de Helena, en Denia, ésta lloraba mientras acunaba a su niña. Helena se había liberado por sí misma y sólo había transcurrido una jornada desde que raptaron a Gus. La conmoción presidía su cara.

—Helena, soy Ventura. Tranquila, ya estoy aquí.

La mujer le abrazó clavándole las uñas contra la espalda. Nunca supo el rato que permaneció aferrada a él.

Después, los telediarios, mientras ellos esperaban cualquier señal, escupieron la morbosa noticia con voz insensible de papagayo de abrevadero agradecido.

Habían descubierto en Galicia, cerca de Vigo, a un hombre con la cabeza volatilizada y a otro frente a él con varios impactos de bala, atado contra un árbol. La policía, al principio, se rascó la cabeza sin comprender gran cosa.

Reinaba la confusión. El hombre malherido, inconsciente, en pronóstico reservado, sin capacidad para hablar según los sanitarios que le practicaron los primeros auxilios, yacía en un hospital.

Tras certeras investigaciones tiraron del hilo y concluyeron que el hombre muerto, según la versión oficial, era un valiente policía infiltrado en un cártel de profundas conexiones colombianas, un probo funcionario de la ley embarcado en una misión secreta que dependía directamente del Ministerio de Interior.

El bravo policía infiltrado, superado por las circunstancias de una balacera entre narcos de diferentes facciones, obligado por su nobleza, pretendió liberar a la víctima atada contra un árbol que iban a asesinar vilmente y pagó esa defensa con su propia vida.

Prevalecieron sus juramentos sagrados, su tesón policial, su instinto honesto y su indoblegable rectitud.

Ante el riesgo de la pérdida de una vida inocente, desveló desde el corajudo arrojo policial su identidad con el resultado nefasto que ahora se conocía. Ese policía ejemplar, cuyo nombre silenciaban para no poner en riesgo a su familia, recibió el balazo mortal del sicario a sueldo de un poderoso y sanguinario cártel de la droga.

Semejante crimen, afirmó el portavoz del ministerio, no quedaría impune y todas las fuerzas disponibles, prioridad absoluta, se encargarían de atrapar a los asesinos, así como a sus cómplices.

Se condecoraría, en una ceremonia discreta por expreso deseo de los familiares, a ese policía que ya era un mito y un héroe para sus compañeros del cuerpo.

Jamás olvidarían su sacrificio.

Ventura no se creyó nada. Ventura no se tragaba las milongas oficiales. Ventura conocía los chanchullos del poder.

Salió hacia Galicia sin un plan trazado, pero con una bata blanca comprada en un bazar chino.

Actuó rápido.

Se coló en el hospital enfundado en esa bata blanca a las cuatro de la madrugada. Todos dormían. Agarró una silla de ruedas. Encontró la habitación de Gus, de lo que quedaba de Gus, de la caricatura de Gus, del guiñapo de Gus, y lo encajó sobre ella hasta sacarle por las cocinas.

A tomar por culo todo.

Gus le miraba con los ojos muy abiertos, incapaz de pronunciar palabra. A Ventura se le desinflaron los ánimos cuando le vio tan decrépito, pero sólo le dijo: «Nos vamos, lo he arreglado todo. Te esperan tu mujer y tu hija. Aguanta. Aguanta, Gus».

Regresó del tirón a Denia. Allí tenía preparado a un picoleto de su entorno en excedencia por depresión, falsa depresión, con una furgoneta. Ventura había organizado el viaje y las martingalas de las aduanas. Trasladarían a Helena, Gus y la pequeña a Essaouira, a un hotel del que era accionista principal junto con unos moros también de su círculo.

Ventura no era Don Niño Jesús, pero en tierras de morería controlaba.

Arregló la operación a golpe de teléfono y de chequera. Todos le debían favores y él sabía cobrarlos y además repartía largamente café y té mentolado con hierbabuena fetén. ¿Quieres flus? Yo te doy flus a tope, pero tú haces lo que te mando.

Luego ya discurriría sobre cómo recolocar a Helena, Gus y a la pequeña para que disfrutasen de una existencia sin sobresaltos… Quizá dirigiendo un chiringuito para hippies y modernos adictos al surf. Joder con el surf, él que lo odiaba y parecía que le persiguiese esa diversión. Tarifa, Essaouira, en fin…

«A tomar por culo todo», volvió a decirse.

Él no abandonaba a sus mejores muchachos. Y ahora vengaría a Gus.

Sólo diez minutos más y llegaría el gran apagón.

Acarició la culata de su amada cacharra. Confiaba en su puntería.

Sólo diez minutos…

72

—Prepárate. Cuando se apaguen las farolas entramos a saco —le espetó a su lacayo Abel—. Tú sígueme y no hagas nada hasta que yo te lo diga. Tú ve pegado a mi espalda y vigila la trasera, ¿eh? No la cagues. ¿Entendido? Y no te olvides de llevar el pico y la pala...

Abel ajustó la impedimenta sobre su espalda y asintió, algo borrico.

Las farolas dejaron de emitir luz como ese pelotón que obedece al escuchar la orden de firmes a la voz del sargento. Salieron del coche.

Manipularon la puerta del jardín. Trastearon con una lima, un par de destornilladores y unas cizallas medianas. Un sonido metálico indicó que el bombín de la cerradura se descacharraba.

Alcanzaron trotando y silenciosos la puerta de la entrada. Ventura la golpeó suave con los nudillos. Era blindada.

Mierdaaa.

Por allí no podrían entrar salvo montando un estrépito apoteósico.

Rodearon el chalet como enanos de jardín jorobados y malignos. Encontraron otra puerta trasera. También estaba blindada.

Ventura sudó. Ventura se desesperó. Ventura oteó las ventanas del primer piso. Las protegían unas rejas, pero siempre sería más fácil abrir éstas que unas puertas blindadas...

Susurrando, le preguntó a Abel:

—¿Llevas el gato en el macuto?

Abel compuso jeta de borrico perdedor.

—No —contestó mediante un balbuceo delicado.

Ventura sintió que le ardían las yemas de los dedos de los pies, lo cual probaba su grado de ansiedad. Contuvo la tanda de injurias que pugnaban por explotar desde su pecho y suspiró. Echó un vistazo hacia las jaulas de los gallos, el jardín, el cobertizo de los trastos y la piscina.

—No tiene mal chalet este chivato de mierda… Busca una escalera bajo la piscina, o en el cobertizo, o donde sea. Pero no hagas ruido ni despiertes a los gallos. O te mato. Te juro que te mato. Muévete como una delgada bailarina de ballet. Y vuelve con la escalera, yo voy al coche a por el gato. Nos vemos aquí mismo. Y date prisa.

Abel rebuznó suavito como un borrico melancólico que necesita agradar a su amo y desapareció. Tuvo suerte. Bajo la piscina, donde la depuradora, encontró una escalera en el suelo arrimada horizontalmente contra el muro. Casi coceó de la alegría.

Cuando regresó a la posición inicial, Ventura le esperaba con el gato. Apuntaló destilando exquisito tiento la escalera y trepó sobre los peldaños procurando no jadear. A su edad y practicando alpinismo…

Las yemas de los dedos de sus pies se durmieron; en cambio, desde sus axilas manaban chorros de sudor.

A tomar por culo todo, se dijo.

Alcanzó la altura de la ventana. Incrustó con el mimo que empleaba para masajear el clítoris de una doncella el gato contra dos barrotes. Contenía el aliento. Le parecía que el galopar de su corazón equivalía al tableteo de las ametralladoras de cuando el desembarco de Alhucemas.

Maldecía su negra suerte y su esquizofrénico código de legionario corrupto pero honrado.

A su edad y jugando al hombre araña…

Impulsó la manivela del gato y escuchó cómo cedían los barrotes y cómo se resquebrajaba la pared. Le pareció también escuchar el cacareo de un gallo, pero ignoraba si ese leve cocoricó era real o fruto de su imaginación. Tampoco se decidía sobre si girar esa manivela rápido o lento.

Rápido implicaba menor tiempo pero mayor estruendo.

Lento implicaba un sufrir constante como de usurero empapado de mezquindad apilando sus lingotes de oro.

Decidió darle caña. A tomar por culo y a mí la Legión.

Los gemidos del metal y el cemento aumentaron. A Ventura ese estrépito le pareció un terremoto metamorfoseando catedrales en escombreras.

A tomar por culo y a mí la Legión.

Veterano y a por todas.

Sacramento Arrogante dormía de lado y sus piernas rodeaban la cintura de su hombre como dos sensuales anacondas amándose en la primavera amazónica.

El Rubio dormía bocarriba con la barbilla contra el pecho y una mano suya en mitad de la espalda desnuda de Sacra. Soñaba que una marabunta de hormigas horadaba los cimientos de su chalet y que éste se iba a desmoronar.

En la nube de la ensoñación su primer reflejo fue avisar a Sacramento. La buscaba por las interminables y vastas estancias mientras gritaba su nombre, pero su diosa no aparecía.

El Rubio se movió todavía en sueños presa de los nervios. Luego abrió los ojos en plena tierra de nadie. Ni dormido ni despierto. Zona gris entre Morfeo y la realidad.

Y luego escuchó claramente un sonido extraño y nada halagüeño. Lo entendió todo y se incorporó de un respingo con orejas tiesas de dóberman.

Tapó la boca de su chica y la despertó.

—Escóndete bajo la cama —dijo.

Se enfundó el pantalón, abrió la mesita de noche y agarró un revólver del 38.

Multitud de armas se diseminaban entre los rincones de su hogar desde que le intentaron matar en el trullo. Bajo el sofá, tras los espejos, en la nevera. Un arsenal se ocultaba por doquier porque a él no le sorprenderían desarmado.

Era un cobarde, pero en las ocasiones duras su sangre fría le otorgaba visión panorámica. Por supuesto, una cacharra yacía en el cajón de la mesita de noche.

La amartilló en cuanto Sacramento se deslizó bajo el lecho. El sonido nacía del cuarto de baño de la habitación de invitados del primer piso, o sea dos estancias hacia la izquierda.

Ventura resoplaba furioso y sudaba mares, océanos.

Dos vueltas más de manivela y los barrotes cedieron.

A tomar por culo.

Una pieza de metal cayó sobre el césped del jardín y la otra contra el suelo del interior. Si alguien todavía dormía, se acababa de despertar en ese momento.

A tomar por culo y que se mueran los feos y los chivatos, que llega al asalto la valerosa Legión para establecer auténtica justicia de verdaderos hombres. «No olvides Alhucemas», pensó Ventura.

Con un último y feroz bufido sorteó el alféizar de la ventana. Su cabeza rebotó contra el grifo de un lavabo. Una angosta brecha se humedeció con su sangre perlando la frente. La secó con la manga, se ovilló rechoncho bajo el lavabo y preparó su adorada Astra con el silenciador incorporado.

Permaneció quieto como un muerto, apuntando hacia la puerta, intentando convertir sus orejas en un radar de murciélago y dotar sus ojos de visión nocturna.

Tranquilizó su respiración. Sosegó su mente.

«No yerres ahora, Venturita. Tranquilo y céntrate.»

Centímetro a centímetro, milímetro a milímetro, el Rubio acudía hacia la fuente del ruido que le había despertado. Mantenía una lucha sin cuartel contra su propio miedo.

«Tú eres más listo, tú eres más listo, no puedes perder a Sacra. Piensa, Rubio, piensa y deja de temblar, tienes una pipa y estás en tu terreno. Vas a ganar, y cuando ganes pillarás toda la pasta y desaparecerás hasta esconderte en un lugar donde jamás os encontrarán porque eres más listo que ellos.»

Sus huevos se encogieron mientras caminaba, pero calmó su desbocado pulso inyectándose pensamientos positivos de triunfo seguro.

Supo que alguien se agazapaba en el cuarto de baño.

Lo supo.

Su pulso se desbocó otra vez, mierdaaa, y sus huevos desaparecieron entre las ingles.

«Piensa, Rubio, piensa, eres más listo que ellos. Piensa, no puedes perder ni a Sacra ni tu vida. Eres más listo que ellos y juegas en casa.»

Ventura se dejó guiar por su instinto. La respuesta tardaba demasiado. Si no irrumpían en tromba era que estaban cavilando, y entonces eso era malo para él porque aquel tipo era listo y no perdía la cabeza embistiendo como un kamikaze. Pero también era cobarde. Le faltaban cojones, agallas, hombría, virilidad. Por eso no entraba en tromba.

Ventura olía su miedo. Meditó y cambió de posición. Abandonó la posición bajo el lavabo y se desparramó sobre la amplia bañera jacuzzi moviéndose como una morsa que sale del agua para buscar a su cría. Se fundió contra el suelo de la bañera y succionó todo lo que pudo su barriga para que ésta desapareciese.

Su mano sujetaba la pipa. Sólo necesitaba un disparo. Sólo uno. Luego le remataría.

«Piensa, Rubio, piensa.» Y el Rubio reflexionó. «¿Dónde te esconderías tú sí entrases por la ventana?» Y la respuesta fue: acuclillado bajo el lavabo. Seguro. Ahí abajo. Sí, sí. Sin duda.

El Rubio reptó por el suelo y encaró la puerta. Calculó la altura del matón acurrucado allí abajo.

Respiró. Cerró los ojos. Los abrió. Le habría gustado sentir sus huevos pero, estos habían desaparecido tras la funda del escroto.

Expulsó lentamente el aire de sus pulmones y por fin descargó seis balas que atravesaron la puerta creando un grupo de orificios que parecían primos hermanos.

Ventura esgrimió involuntariamente una sonrisa victoriosa. Ya era suyo aquel mamón. En cuanto los disparos sonaron lanzó un grito de dolor. Luego emitió una gama de variados y multicolores gemidos que duraron veinte largos minutos. De más a menos. Ventura sonreía al certificar que aquel tipo era un gran cobarde. No se atrevía a entrar. Pero lo haría. Estaba obligado a entrar. Y a Ventura le bastaría un disparo. Dos, si acaso, para rematarle.

El silencio se adueñó del chalet. En el jardín, Abel no sabía qué hacer. Su lado borrico recordó las palabras de Ventura: «No hagas nada que yo no te diga». Ya, pero ¿y los disparos? Por si acaso, y de momento, no pensaba desobedecer. Ahora era un borrico bueno esperando su ración de alfalfa.

El Rubio prestó atención a la sinfonía dolorosa. Sintió ganas de saltar. Le había cazado. Pero no estaba seguro. El exceso de confianza mataba y él no quería morir.

Siempre con el cuerpo besando el suelo se mantuvo atento a la intensidad de los lamentos. Veinte minutos después cesaron las exhalaciones. Abrió la puerta del cuarto de baño agachado, sin exponer su cuerpo, dispuesto a rematar al intruso.

Por Sacramento. Por él mismo.

Acumuló valor, aunque la prudencia presidía sus actos. La oscuridad le impedía comprobar el resultado de sus balazos. Adelantó su cuerpo un pasito corto, lo justo para otear el oscuro interior.

Lo justo para que Ventura intuyese una sombra recortada sobre el marco de la puerta.

Lo justo para que recibiese un balazo sobre el pómulo derecho y, de inmediato, otro en la mitad del pecho. Se desplomó sin un gruñido. El Rubio murió fácil y rápido en el letal juego de los ardides y las sombras.

Dos balazos. Habría bastado con el primero, pero a Ventura le gustaba asegurar las misiones.

El legionario saltó para evitar el cadáver. Ni siquiera le miró. Sabía que estaba muerto y convenía actuar rápido. Desde el pasillo buscó el dormitorio. Era difícil orientarse sin luz, pero el aroma de la sangre había despertado su instinto criminal y se guiaba gracias a su olfato asesino.

La encontró.

El primer sitio donde metió la zarpa fue bajo la cama. Agarró del pelo a Sacramento y la arrojó contra una esquina.

Sacramento Arrogante intentó musitar un «No, por favor», pero antes de pronunciar cualquier sílaba recibió primero un plomazo entre las cejas y luego otro entre sus gloriosas tetas de plástico fino. Filamentos de silicona y sangre descendieron hacia el ombligo de la recién finada.

Ventura no perdía el tiempo. Odiaba la teatralidad peliculera de los últimos momentos. Descendió hasta la planta baja y dejó pasar a Abel.

—Aquí ya no hay nada. Vete a la jaula central del gallo dominante y pica en el suelo. Yo ahora vengo, voy al coche. Y vamos a darnos prisa, que, a estas alturas, la movida seguro que ha mosqueado a algún vecino gilipollas que estará llamando a la compañía eléctrica para recuperar el suministro. Venga, rápido.

Ventura cogió del maletero del coche una hoz nueva y reluciente. Regresó con paso de legionario hasta la jaula central donde Abel picaba duro. Ventura le ordenó detener la faena. El gallo caracoleaba confundido en una esquina de su hogar. Advertía las malas vibraciones y galleaba poco, el gladiador plumífero.

Ventura le arrebató el pico a Abel y golpeó en diversas zonas. Detectó que bajo ese cemento no existía ningún hueco, ningún zulo secreto.

Mierdaaa.

Descubrió al gallo alfa acurrucado contra una esquina, lo agarró por el pescuezo de un manotazo y le cercenó con la hoz el cuello de un fulminante tajo.

Géiser de sangre y plumas volando casi ingrávidas. El gallo no graznó ni un mísero cocoricó. Pero sus compañeros de armas se despertaron inquietos y presumieron que algo raro sucedía. Intranquilos, comenzaron a vociferar en idioma galluno y la intensidad del cacareo crecía cada segundo.

—¿Has visto lo que he hecho y cómo, no? —le dijo Ventura a su subalterno—. Pica en todas las jaulas de la parte izquierda, en varios sitios, como me has visto hacer, yo haré lo mismo con la pala en las de la derecha. Si no suena a hueco, olvídate y te vas a la siguiente jaula. Si notas algo, vienes y me avisas, pero sin gritar, eh. ¿Lo has entendido? Y date prisa.

Abel y Ventura hundían contra el cemento sus herramientas. El sargento, más espabilado y habilidoso, también degollaba los gallos con velocidad de verdugo profesional.

Ríos de sangre y plumas revoloteando como en una lucha de almohadas de adolescentes. No quería perdonar la vida a ningún ser en aquel lugar que, para él, representaba la infamia absoluta.

Nada sonó a dulce hueco bajo aquellas jaulas. La frustración empapó a Ventura.

Degolló a todos los gallos como un jenízaro decapitando cristianos. Sus manos goteaban sangre. Sobre su faz se adhería un gotelé de sangre y plumas de gallos. «¿Dónde cojones tiene la pasta este capullo? —meditó Ventura—. En su habitación... Tiene que estar en algún sitio relacionado con su novia porque este mamón debía de ser un calzonazos de cojones...»

Marchaba ya hacia el chalet, seguido por Abel, cuando, en lontananza, una sirena rasgó la noche. Mientras tensaba el cuello, las farolas vomitaron luz.

Ventura se sintió desnudo, expuesto bajo los focos y con un millón de espectadores invisibles asistiendo a su performance. Miró sus temblorosas manos y percibió su estado de ánimo próximo a la locura.

Habría aullado de rabia. La sirena ululante se acercaba.

Recuperó la cordura.

—Nos vamos. Pero ya mismo.

Y treparon al coche para escapar de allí quemando rueda.

Acababa de vengar a Gus.

Dos muertos y los gallos, el orgullo del chivato, guillotinados.

Lástima que el botín seguía oculto. A veces se ganaba y otras se perdía, así lo había aprendido en la Legión.

Y el chivato del Rubio y su putita habían perdido. Ese razonamiento le consoló.

Media hora después Abel se atrevió a abrir la boca.

—Sargento...

—¿Qué tripa se te ha roto?

—Cuando escuché los disparos y los quejidos...

—¿Qué? ¿No me jodas que eres tan tonto que creías que me había apiolado? Anda, no me jodas.

—No, no, claro que no. Pensé que era un truco suyo.

—Anda, sigue conduciendo sin sobrepasar el límite de velocidad que voy a echar una cabezada.

—De acuerdo. Lo que usted diga.

Abel se sintió como un formidable y espantoso borrico.

73

Aquel suceso conmocionó a los pudientes vecinos, acostumbrados al susurro cimbrante de sus mucamas caribeñas.

La prensa local dedicó sus portadas a cuatro columnas.

Dos muertos, dos. Una chica joven y rubia en la flor de la vida, qué drama, vecina, y el otro un chico, posiblemente su novio, a quien apenas veían pero que, según chismorreaban, acarreaba severos antecedentes por narcotráfico, qué horror, vecina.

Y luego esos terribles detalles como de mala película de rituales satánicos... El vecindario rezaba por lo bajini ante el peligro de una secta demoníaca de chiflados encalabrinados y sulfurosos asaltando sus dignas moradas. Porque, claro, ¿cómo explicar esas dos docenas de gallos decapitados salvajemente? Morbo a raudales y miedo cerval humedeciendo las entrepiernas de la encantadora y pacífica burguesía. La urbanización entera soportó una lluvia de plumas como si el cielo les enviase una plaga bíblica en mitad de una sesión de gimnasia Pilates.

Los pasmas fliparon con la abundancia de sangre de gallo. Sí que manaba sangre de unos bichos tan pequeños, sí.

Un pasma comentó a sus compañeros: «Creo que tardaré en pedir pechuga para comer...».

Otro le dijo a la prensa: «Nos solidarizamos con los animalistas que deploran las muertes de unas aves tan nobles e inocentes... Atraparemos a los culpables de esta cruel sinrazón».

Dos semanas más tarde la investigación seguía atascada.

Un jefe de la pasma les dijo a sus subordinados durante una cena de hermandad maderil: «Otro ajuste entre mamones que envenenan a nuestros hijos, pues ya hay un narco menos y una zorra menos; que se jodan, coño». Los subordinados aplaudieron y vitorearon. Alguien pidió otra ronda de gin-tonics.

Tras un lapso prudente, apenas dos semanas, el asunto se solapó con las andanzas de un follaviejas asturiano que mataba abuelas tras violarlas y robarles las joyas.

Y ahí, Basilio Galipienso y Esmeralda Sarasola, en plena hora de la siesta, aguardaban impacientes en su coche.

Basilio había recorrido la urbanización entera varias veces durante los últimos días. Ahora estaban aparcados frente al chalet del Rubio. Era domingo y los moradores de la tribu chaletera, tras la comilona, permanecían atrincherados en sus toperas de naturaleza artificial con la típica depresión del domingo tarde-noche que preludia el lunes de madrugón.

Soledad y silencio. Calma chicha.

—Voy, Esmeralda. Yo creo que voy ya, ¿no? Andan todos con la vagancia tonta del domingo basurero…

Esmeralda asintió. Antes de que Basilio se bajase del coche, lo agarró de la pechara y acercó sus labios contra los suyos.

—Te quiero —le susurró—. Y estamos aquí porque te has empeñado. A mí ese dinero me importa un bledo… Y bien que lo sabes…

Esmeralda disimulaba. La perspectiva de riquezas extraordinarias le galvanizaba sus piernas convexas. Basilio lo sabía, pero no le importaba. Se sentía el hombre más afortunado del mundo y adoptó una mueca de virilidad rufianesca.

Había llorado las muertes del Rubio y de Sacramento durante esas dos semanas. Nadie le había tratado tan bien como su jefe. Y con Sacramento, desde que entrullaron a su novio, la cosa se había suavizado y se profesaban un sincero afecto.

Y a ambos los habían asesinado.

Rumió venganzas. Intentó averiguar motivos y culpables. Pero se impuso la realidad. Él no era nadie y nada podía hacer. Quedaba lo del dinero.

Dudó. Pensó. Caviló. Continuó llorando varias jornadas. Y una mañana, mientras gimoteaba sobre el hombro de Esmeralda, ésta le dijo:

—El Rubio hubiese querido que tú te quedases el dinero.

Pues claro que sí. No lo dudes. Sólo la Sacra y tú conocíais el escondite. Por algo sería. A mí me da igual, no quiero ese dinero. Pero no creo que el Rubio se enfadase si tú lo cogieses. Erais amigos, amigos de verdad. Pero da igual, si tú quieres, por mí que se lo coman las ratas ese dinero. No lo necesitamos. Con nuestro amor nos sobra.

Y Basilio supo que Esmeralda, de nuevo, aun disimulando la codicia, tenía razón. Mira que si la pasma al final encontraba esa pasta y se la repartía. Eso sí que no, menudos hijos de la gran puta. Con lo que les había costado ganarla.

Basilio conservaba las llaves del fuerte. Debido a su corta talla no le costó sortear el precinto de la policía. Introdujo la llave en la cerradura.

Subió. Se dirigió sin dudar hacia el inmenso vestidor de Sacramento Arrogante. Practicó la espeleología en el tercer armario del vestidor. Desmontó la barra que sujetaba las perchas donde colgaban como enormes mariposas muertas los vestidos de verano ibicenco de Sacra. Agarró la alcayata de la izquierda que soportaba esa barra, desenfundó el martillo que portaba en la trasera del pantalón y le propinó un fuerte golpe.

Las aguas del mar Muerto se abrieron y a él le creció barba de Moisés.

Ese golpe desencadenó un exquisito sistema hidráulico de verdadera filigrana y, en el otro extremo del vestidor, donde yacían en un zapatero más de cien pares de zapatos, una plancha de madera crujió.

Ese divino crujir de maderas, ese ruido seco, le sonó a Basilio mejor que el *Suspicious minds* de su idolatrado Elvis Presley cantado en directo desde Las Vegas.

Basilio apartó zapatos sin miramientos y hasta su mano muerta pareció cobrar vida.

Forzó levemente la plancha con su destornillador hasta observar la boca de un doble fondo de un metro de profundidad por dos de ancho. Todo perfecto, tal y como había ordenado según las indicaciones del Rubio cuando reformaron el chalet y construyeron las jaulas.

Su mano lela con perfil de contorno de cobra redoblaba unos movimientos espasmódicos empleando unas energías desmadradas.

Sus ojos lagrimearon de placer y dolor.

Esa pasta la había ganado el Rubio con su ayuda. Y la daría toda por resucitar al Rubio y a su chica. Su mano útil palpó. Y agarró unas bolsas. Y subió con enorme esfuerzo una bolsa, dos, tres, cuatro y cinco. Y cómo pesaban…

Las trasladó hasta el coche de varias tacadas. Sudaba y jadeaba como un mozo de mudanzas cuando se sentó frente al volante.

—¿Ya? —murmuró Esmeralda.

—Sí, ya —hilvanó Basilio.

—He contado cinco bolsas, ¿verdad? ¿Pesaban mucho?

—Sí, hay cinco. Y sí, pesan un huevo.

—Joder, Basi. ¿Cuánto puede haber ahí?

—No lo sé. Millones, seguro que millones. Tantos años en el negocio dan millones, amor mío.

—Te quiero, Basi. Y te juro que el dinero me importa un comino… Me crees, ¿verdad?

—Claro que te creo. Y yo también te quiero. Para mí, el sol se levanta y se acuesta contigo.

—Entonces… Entonces nos vamos de este país, ¿no?

—Sí. Tenemos que irnos. Aquí ya no puedo trabajar en lo mío. Pero en otros lugares sí. Es bueno desaparecer. Es muy bueno. Y no nos queda otro remedio. Juntos seremos felices.

—Pues arranca, Basi, que es tarde y tenemos mucho que hacer. Para mí el sol también se levanta y se acuesta contigo. Eres mi gallo. Eres el mejor gallo. Mi único gallo.

Epílogo

La mejor gallera de Puerto Rico se llamaba Gallera La Española.

Se enclavaba en una lujosa hacienda rodeada por un bosque tropical y campos de caña de azúcar. La presidía una imponente mansión de arquitectura española de corte neocolonial y flotaba sobre ella un no sé qué de plató cinematográfico. Todo lucía demasiado nuevo. Todo el conjunto apestaba a dinero recién inyectado.

Las caballerizas guardaban calesas y caballos purasangre. Un camino escoltado por rosales en la parte de atrás del reluciente inmueble conducía a los invitados hasta un foro gallístico nunca visto.

Unos encargados de la seguridad perfectamente trajeados con bulto pistolero bajo la axila velaban por el buen discurrir de las veladas.

Y no admitían bromas.

El propietario de todo aquel tinglado era don Basilio, un español tullido de modales exquisitos que había llegado dos años antes con varios gallos, cantidad de ideas y, decían, muchos millones. También decían que había ganado su fortuna con el narcotráfico, con la trata de blancas, con la venta de armas, con el contrabando de petróleo e, incluso, los más imaginativos, apuntaban que con la patente de un remedio definitivo y secreto contra el cáncer.

Decían y decían. Especulaciones morbosas anhelando una explicación.

Pero algo estaba contrastado: aquel Basilio, contrahecho por más señas y enamorado de su enana novia de nombre Esmeralda, era un gallero sin igual. El mejor. La ciencia gallística progresaba gracias a don Basilio. Se le temía y admiraba.

Basilio Galipienso, en efecto, compró con el botín en su poder seis gallos de pelea jóvenes y dos gallinas reproductoras. Cuando Generoso Coraje se enteró de sus movimientos ya fue tarde, Basilio y Esmeralda volaban hacia Puerto Rico con el dinero a buen recaudo y en dirección a un paraíso fiscal. Habían sobornado a funcionarios y empleados de la línea aérea; por eso en la sentina del pájaro metálico, bajo el epígrafe de MASCOTAS DE COMPAÑÍA, cacareaban sus luchadores alados y sus futuras novias.

Una vez en Puerto Rico, las dotes comerciales de Esmeralda, junto a su abundante calderilla, forjaron su nueva, espléndida existencia. No tardó en correr la voz acerca de esa nueva gallera, de ese nuevo gallero y de ese renacer dorado de los combates entre gallos en Puerto Rico.

Basilio y Esmeralda, perfectamente asentados como dos reyes de la mismísima Mesopotamia, desde su palco, contemplan el llenazo de su estadio. El público vibra, ruge, brama, disfruta, goza.

Y consume recio y apuesta descontrolado.

Una camarera pechugona de caderas cachazudas masca chicle y mira hacia el palco. Su jefe, el tullido, la pone cachonda. Es muy rico y eso la enloquece. A ver si tiene suerte y en un despiste de la enana se lo liga… Las barras no dan abasto y los apostadores intercambian dinero por boletos.

Seis son las peleas programadas para la sesión. El último combate, el plato fuerte, se reserva para un gallo muy feroz que viene de la República Dominicana y para su contrincante, el gran campeón, el invicto, el gallo propiedad de don Basilio. La gente vocifera ante la perspectiva de la sangre. La primera pelea comenzará en breve.

Basilio mueve su mano con silueta de cobra para indicar a sus lacayos que el espectáculo puede demarrar. Esmeralda le aprieta la mano sana. Se siente, desde el palco, como una gigante que domina un mundo liliputiense desparramado bajo sus pies. Tiene enfilada a una camarera que masca chicle destilando insoportable vulgaridad. No le gusta cómo mira a su hombre. Mañana la despedirá.

No le dirá nada a su hombre, ¿para qué molestarle con menudencias? Ella se encarga de los entresijos del boyante negocio y su hombre disfruta con su compañía y, por supuesto, entrenando a los gallos. Así es feliz. Y ella sabe hacerle feliz.

A Basilio se le escapa una lágrima. Es de la emoción, la rabia y la nostalgia. No termina de entender esa pérdida acuosa. O sí. Le sucede siempre, lo de la lagrimilla, al comienzo de una gran velada. No olvida cuando sumergió a Rambito en el mar.

No olvida tantas y tantas cosas…

Su gallo es un verdadero campeón que le recuerda a Rambito. Su nuevo líder alado comprende sus palabras y asimila sus conceptos. Luego bajará a la arena para indicarle la estrategia a seguir y vencer a su adversario dominicano. Le masajeará los huevines. Él habla con ese victorioso gallo suyo. Y su gallo le entiende. Vaya que sí.

Ese gallo suyo se llama el Rubio.

Y cuando lo jubile por méritos de guerra, instaurará un linaje de Rubios y Rubitos.

Basilio Galipienso sabe que, ante cada nuevo combate, seguirá derramando siempre un par de lágrimas.

Agradecimientos

Por algún motivo hay que agradecer a...

Roxana G. Galván. Emilio Pérez Mora. Manolo Infierno. Vicente Martínez Guillem. Rafa Aleixandre. Manuel Angoso. Paco Roca. Santiago Posteguillo. Alfonso Mateo-Sagasta. Anto G. Olivares y Pepe Barberá. Eva Montesinos. Mònica Tusell. Eva Fornes y Perpi. Sergio Batisse. Lucía de Miguel. Emma Gil. Silvia Benlloch. Cristina Castro. Benji Aranda. Fernando Monforte. Paula y Mauro. Fede Varona. María Sánchez. Francisco Devesa.

Y a... en fin, seguro que me olvido de algunos amigos que también colaboraron, seguro, pero ellos sabrán perdonar mi mala memoria.

Gracias a ellos también.